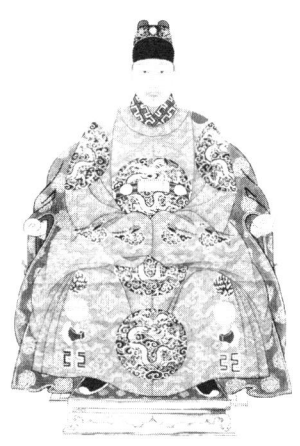

杨静媛 ◇ 著

一月天子

〔上〕

山西出版传媒集团　北岳文艺出版社

·太原·

图书在版编目（CIP）数据

一月天子：上下 / 杨静媛著. — 太原：北岳文艺出版社，2022.10

ISBN 978-7-5378-6592-0

Ⅰ. ①一… Ⅱ. ①杨… Ⅲ. ①长篇历史小说－中国－当代 Ⅳ. ①I247.5

中国版本图书馆CIP数据核字（2022）第128129号

一月天子（上下）

杨静媛 / 著

//

出品人
郭文礼

选题策划
张昊

责任编辑
张昊

书籍设计
张永文

印装监制
郭勇

出版发行：山西出版传媒集团·北岳文艺出版社
地址：山西省太原市并州南路57号　邮编：030012
电话：0351-5628696（发行部）　0351-5628688（总编室）
传真：0351-5628680
经销商：新华书店
印刷装订：山西新华印业有限公司

开本：787mm×1092mm　1/32
字数：696千字
印张：21.75
版次：2022年10月第1版
印次：2022年10月山西第1次印刷
书号：ISBN 978-7-5378-6592-0
定价：128.00元（上下册）

本书版权为本社独家所有，未经本社同意不得转载、摘编或复制

目录

楔　子 …………………………………001

第一章 …………………………………023

第二章 …………………………………036

第三章 …………………………………048

第四章 …………………………………060

第五章 …………………………………073

第六章 …………………………………086

第七章 …………………………………098

第八章 …………………………………110

第九章 …………………………………122

第十章 …………………………………134

第十一章 ………………………………147

第十二章 ………………………………159

第十三章 ……………………………………172

第十四章 ……………………………………184

第十五章 ……………………………………197

第十六章 ……………………………………210

第十七章 ……………………………………223

第十八章 ……………………………………235

第十九章 ……………………………………247

第二十章 ……………………………………260

第二十一章 …………………………………273

第二十二章 …………………………………285

第二十三章 …………………………………297

第二十四章 …………………………………309

第二十五章 …………………………………321

楔子

一道明晃晃的闪电划过天际,像一柄利剑,划破了压顶的黑云。

登封的百姓对这样光打雷不下雨的天气习惯了。那道白光正闪烁在登封城郊信王府的上空,照得朱红大门上的铜门钉反射着金光。人说一场秋雨一场寒,如果电闪雷鸣后有大雨降下,豫北这一夏天的燥热怕是要结束了。

京城来的司礼监的王体乾王大珰的一只脚踏上土地,震耳欲聋的雷声响彻夜空。他乘的是这一队车马的头一辆。王大珰胸前的野兽蟒首牛角,威风赫赫。前头骑马的锦衣武士下马,擎着火把上前开路,他们便是锦衣卫了,护送着王大珰的车驾,南下一千里到这登封地界的信王府。老百姓都知道,身穿锦衣、佩大刀的不能惹。

"王大珰。"为首的锦衣卫千户戴一顶鹅毛装饰的高帽,对王大珰毕恭毕敬。

"这鬼天气。"司礼监掌印太监王体乾摘帕子,抹了把额头上的汗。他立在朱门前,借着火光审视着面前的这座王府。住在这里的是当今圣上天启皇帝的亲弟弟、皇位的继承人、信王朱由检,可那府邸还不及前日到的卫辉府衙气派。王大珰哼了一声，瞥眼撞上了门口蹲的两只石狮子，雕得跟要活过来似的。

锦衣卫千户请示："王大珰，下官叫门？"

王体乾一摆手，锦衣卫千户带他的人退到后边。随他一道来的司礼监随堂太监李永贞手捧圣旨，站到正中间，王大珰边上，高声宣道："信王接旨。"

话音刚落，大门豁开，信王朱由检领王府总管王承恩迎了出来。

一班人向信王殿下鞠身行礼。信王快步走下台阶，挽了王大珰："王大珰好。"说罢，让着王大珰先迈入他的王府。王承恩手擎灯笼在前引路。

王体乾不由得扭头打量信王殿下，他比两年前离京就藩时壮了、高了，穿了件御赐的章服，皱皱巴巴的，并不服帖，袖子短了一截。信王殿下还像在宫里时那般与世无争吗？王体乾由着信王殿下错后半步，陪他走上正殿。殿内烛火通明，阖府的宦官、家丁跪得整齐，接旨的香案、香炉也备好了。白天知县通知了信王，今晚司礼监到府上宣旨。王体乾自李永贞手上接过圣旨，走到信王殿下的宝座前站定。信王在他身前跪好。王大珰徐徐打开圣旨，朗朗念道："皇帝诏曰，宣皇弟信王朱由检即刻入京觐见，钦此！"

"臣弟朱由检接旨。"朱由检木然叩了头，脑子里全是蒙的，没在意王承恩站起，越过他，代他接了圣旨收好。朱由检惶惑，祖制藩王一旦就藩，通常不得出王府半步。宣他即刻进京，除非……

王体乾走到他身旁，俯瞰伏着的信王："信王殿下请。"

信王犹不动，王体乾直接拉拽了信王殿下起身："殿下请。"

"啊？"信王迷茫地看着他。

王体乾做了个请的手势，大摇大摆地走前头去了。信王慌忙跟上王大珰，慌乱下错了称呼："大人，皇兄他……"

"陛下万安。"王体乾敷衍道。

"皇兄……"信王生怕皇兄有个三长两短，皇兄是不是不太好，他问不出口。

"进了宫，信王殿下就知道了。"王体乾的神色教人察觉不出什么，仿佛这种违制的行动，不过一次例行公事。他让了信王殿下先出院门，彰显身份的牙牌挂在腰间直晃。信王出了院门，忽而停步，还是请王大珰先走。担心皇兄，也不能失了谨慎，来的王大珰是司礼监秉笔太监、东厂提督魏忠贤的左膀右臂。

坊间言，只知有忠贤，不知有天子。信王和这位魏厂公熟识，魏忠贤是皇兄的大伴儿，如今代劳天子秉国，以他为首聚集了一拨阉党，把控了朝廷上下。贵为皇弟的朱由检亦不敢得罪魏厂公。

"我……本王跟王妃交代几句家里的事。"

"烦请王大珰移步，宽坐稍候。"王承恩道，"奴才给王大珰上茶。"

"陛下急召，请信王殿下速从奴才进京。"王体乾加快脚步，出了二道门，不再理会谁走前、谁走后。走出大门，锦衣卫千户也催促信王殿下登车。

信王见了列成两行的锦衣卫，牵着马在车前严阵以待，他明白此事非同小可。王体乾亲自掀了车帘，两个小火者摆好了上车踩的凳子，信王踩着脚凳上了第一辆车，坐定才掀开马车侧窗的小帘，看一眼他的王府。他的一言一动皆被王体乾看在了眼里。

王承恩欲跟上伺候信王殿下，王体乾抬胳膊拦下他："回吧，帮着王妃料理府上，省得信王殿下在外担心。"

信王坐进车里，不言声。王承恩冲着车给他的主子行了一礼，再给王大珰行了一礼，转身回了王府。信王又开了小帘，目送王承恩进门，内心五味交煎。王承恩不随行，抽走了他的左右手。万一皇兄……自己还能不能回来？

　　大雨在半夜时分落下，雨水像千万颗珠子从天上砸落下来，砸着马车的顶子，噼里啪啦。滚滚的车轮下溅起了泥水，大地被水雾笼罩着。一行人连夜赶路，风雨兼程。信王坐着车，思绪纷乱，离京城越近，他越忐忑。只望皇兄无事，自己平安归来。

　　锦衣卫和司礼监的宦官护送信王殿下马不停蹄，六日从豫北赶到了京城。入宣武门，车马依然飞驰在大街上，直至停在东华门外。王体乾不由分说，请信王殿下下车，衣裳不换，领他进宫，向西，再向北疾行，到了陛下的寝宫——乾清宫。

　　到乾清宫前，信王觉出了一种不祥的气氛。金黄琉璃瓦的重檐庑殿顶压在信王的心上，那种感觉很熟悉，较他少时来见皇兄，压迫的感觉愈甚。方站下，乾清宫的"管事牌子"开了门。信王对着王体乾揪了揪自己的衣领，暗示他自己风尘仆仆，先更衣然后面圣。王体乾二话不说，推了信王殿下进乾清宫。信王脚底下咯噔一下，跨过了门槛。

　　殿内就两个人，信王无措，"管事牌子"小声道："陛下在等。"

　　"请大珰引路。"信王疑窦丛生，他怀疑是魏忠贤捣的鬼。

　　"陛下和信王殿下说话，不许奴才在旁。""管事牌子"是张生面孔，他给信王殿下开了东暖阁的门。信王看了看他，大着胆子走了进去。

　　东暖阁的环境，信王熟悉，房里的布置和两年前不同了。两年前，在东暖阁寝殿，信王就藩前的一晚，皇兄与他促膝长谈。此时的殿内，深绿色的帷帐低垂，光线昏暗，门窗紧闭。信王撩开两层的帷帐，走到皇兄的床前。

见到皇兄的一刹那,信王捂住了张大的嘴,泪水夺眶而出。床上的那个病人是他的皇兄?那张脸庞熟悉不过,却没有丝毫往日的红润,甚至没有血色。皇兄的脸浮肿着,面色灰败,嘴唇乌青,眼皮都是肿的。

他们兄弟感情极好,信王的眼泪决了堤。他跪倒在地,膝行几步近前,紧握住皇兄的手,悲从中来:"大哥,我回来了。"

皇帝舔了两下嘴唇,润了润,发出艰涩的声音:"由检。"

"臣弟在。"信王以头抵住床沿,哭得悲切,攥紧了大哥的手。他的手是冰冷的,再无昔日的活力。难怪一路上飞奔,所有人三缄其口。谁能想象二十三岁的皇帝,登基不满十载,病成了这样?自小大哥的身子比他健壮,何以至此?

信王抽噎。皇帝平了平气息,用力道:"吾弟当为尧舜。"

信王赶紧伏地,他仍不相信皇兄的龙体有大碍。尧舜是天子,万一魏忠贤借皇兄给他下套?恐惧如潮水般袭来,信王坚决:"臣弟不敢,皇兄万岁。"

皇帝伸直了两根手指,指向信王,发出"嗯,嗯"的两声。信王趴着,没听见也没看见。皇帝说不出话,两兄弟遂沉默着。

僵持的时刻,皇后从帷帐后步出,扑通对信王一跪,叫他名字:"由检。"

信王直了身子,挪着膝盖转身:"皇嫂,使不得。"

"你和陛下说的话,我听到了。"皇后张氏泪眼婆娑,"你皇兄……假如不测。""不测"二字,张皇后说得极轻。

信王顿时全清楚了,宣他进京,以防不测。皇兄为什么说"吾弟当为尧舜",全清楚了。他强忍悲痛,面朝皇兄,磕了三个头:"臣弟奉旨。"

张皇后站起来，信王跟着站起。皇兄冲他扯扯唇角，像是微笑，信王倍感心痛。

这时有个宦官进来了："奴才见过陛下，见过皇后殿下，见过信王殿下。"

"平身。"张皇后发话。

"这位是？"信王看那宦官挂着牙牌，低了低头。

"他是东厂的掌班孙大珰。"张皇后道，咬重了"东厂"二字。

信王称呼他："孙大珰好。"

孙大珰顶了一顶圆帽，神气活现："信王殿下见了陛下，魏厂公令奴才送信王殿下出宫。"

皇帝合上眼。张皇后不好说别的，成年男性皇亲不得久留内宫。

信王跟了孙大珰去，张皇后站在原地，朝信王颔了颔首："由检保重。"

皇帝也"嗯"了一声。张皇后坐了床头的小凳。

孙大珰引信王殿下由神武门出宫，那里有魏忠贤安排的东厂的小火者，服侍信王殿下回京城的信王府安置。信王进京，住他初成年在京城开的王府。这座信王府和登封的相仿，皆不铺排，两年多不住人，更萧条了。信王令那二人去收拾房间，终于可以一个人安静一会儿，理一理凌乱的心神。

无人之处，朱由检最担心皇兄的身体，他相信皇兄挺得过这关，皇兄原来那么健壮。他亦担心自己，父皇只有他与皇兄两条血脉。如有不测，皇兄无子，他再不明不白死了……朱由检真切地感受到来自魏忠贤的危险。

魏忠贤果然把他困在了信王府，不准他进宫侍疾。朱由检心急如焚，皇兄现在是啥情形，有没有好一点？困顿中，朱由检眼前每每浮现他的童年，长他六岁的大哥陪着他玩儿，给他做木头的小玩具。大哥爱做木匠活儿，当年还叫魏进忠的魏忠贤，给他搬把小杌子，他经常坐着看大哥干活儿，一看就是大半天。他们两兄弟在一块儿，魏进忠守着他俩，给他俩讲民间的故事。七年前，皇祖、父皇相继崩逝的几个月，危机四伏，朱由检跟皇祖的周端妃生活，孤单时总想念大哥，打他记事起关爱他的大哥，也想念过大哥的进忠大伴儿。所以，信王至今仍愿意信任魏忠贤，相信他能照顾好皇兄。魏忠贤从皇兄出生照料他，行再多的不轨，再弄权跋扈，他待皇兄该有忠心的。

魏忠贤为挽救陛下的性命，也为自己，拼了他的全力。他搬进了乾清宫附近的懋勤殿，没日没夜陪侍在陛下病床前。眼看着陛下的病日重，魏忠贤偷偷掉眼泪，可是年轻的皇帝大限将至。

天启七年，八月十一，天启皇帝朱由校崩于乾清宫，年二十三。

魏忠贤从内宫封锁了皇帝驾崩的消息。名正言顺的继承人，皇弟信王朱由检对于他实在不是好的选择。魏忠贤忙着悲痛，尚不能够如此之快接受嗣皇帝。原以为天启皇帝年少，至少在位二三十年，待天启皇帝年纪大些，生下皇子，天启皇帝百年后他好控制小皇子。为此魏忠贤迫害过三位皇子，生下来皆成死胎。但是天有不测风云，天启皇帝青春正盛，落水染上急症。魏忠贤想出了借腹生子的把戏，接孕妇进宫产子，充当皇子，继承大统。天启皇帝病重昏沉，张皇后力劝陛下，宣信王回京，传位给信王。于是有了信王紧急入京的一出，借腹生子之类的阴谋被粉碎了。

信王殿下既进了京，魏忠贤要把他控制住，像控制当年的天启皇帝那样。魏忠贤对信王朱由检的印象不错，他不比天启皇帝聪明，比不得天启皇帝机灵。犹记得就藩前，皇弟殿下对魏厂公恭顺极了，对哪位大珰都不摆架子,和他小时候一样的寡言、木讷。

魏忠贤需要时间,试探试探信王殿下,看是否和他印象中的一样。张皇后又一次出手,破坏了魏忠贤的计划。她请动了英国公张维贤为大行皇帝发丧,不给魏厂公机会。

张维贤是世袭的国公爷,靖难之役的功臣张玉的后人,执掌中军都督府。

魏厂公在煤山后的司礼监衙门,和王体乾一起见张维贤。张维贤着一身青袍,国朝的丧服,魏忠贤一看傻了:"国公爷,您作此打扮是为何?"

"陛下驾崩,老夫来奔丧。"

魏忠贤瞪了王体乾一眼,疑他走漏了风声。

"国公爷哪里知道的?"魏忠贤不打自招,出口愈慌了神。

"皇后殿下告诉我的。"张维贤自袖中掏出一封懿旨。

魏忠贤教王体乾接了,辨认过,确是皇后殿下的亲笔。

张维贤浅浅地笑了笑:"皇后殿下懿旨,国不可一日无君,迎信王殿下入宫登基。"

"这……"魏忠贤朝王体乾使眼色,他不识几个字,宦官当中算不上顶精明的。

王体乾手指搓了搓懿旨,为难道:"大行皇帝驾崩前没说……"

张维贤冷脸:"魏厂公、王大珰,请问大行皇帝还有旁的儿子、旁的兄弟?"

一时噎得魏忠贤没辙了,支使王体乾:"你去。"

苦差事又落到王体乾头上,到京城的信王府再接一次信王殿下入宫。

张维贤凝着魏厂公阴晴不定的脸:"魏厂公不随老夫进宫致哀?"

"国公爷请。"魏忠贤硬着头皮，令王体乾先去办事。他进里屋换身青袍，随张维贤进宫。

京城的信王府在西安门的南侧，一盏茶的工夫就到了。

再次见到信王殿下，王体乾行下对天子的大礼。

信王顿感不好："王大珰免礼。"

王体乾还跪着，涕泪交流："信王殿下，陛下驾崩了。"

信王一听皇兄的噩耗，眼前一黑，晃了两晃。王体乾爬起，和服侍信王殿下的小火者扶稳了殿下。

"殿下节哀。"三人齐声道。

"皇兄！"信王撕心裂肺地喊。他无比痛苦，大哥就这么走了，不会的，大哥……

王体乾扶他的手臂分明加了力道，分明听他在说："国不可一日无君。奉皇后殿下懿旨，恭请信王殿下入宫登基。"

无尽的哀恸涌上心头，大哥才二十三岁。信王踉踉跄跄地退了几步，举袖抹泪，袖子泪迹斑斑。王体乾跪下再劝，极尽赤诚："国不可一日无君。"

信王背过身去，胸口堵得慌，望一望天色，天空飘过一片像他离开登封那日的铁块般的乌云。晌午犹晴空万里，黄昏将至，越来越多的乌云一个劲儿地压向低空，罩得整片天满是乌青色的。

"容本王更换丧服。"

信王失魂落魄地进了里屋，小火者取出提前备好的青袍，惹他发了好大一顿脾气。王体乾等到落了雨，方等了信王殿下收拾停当，领信王殿下进宫。

信王从东华门入，悄然无息地进了乾清宫，和上次似的。只是上次他来，皇兄尚在人世。这次进乾清宫，信王急于看到皇兄的法身。

小殓已经完成，皇兄崩逝已有几日。信王终没见上皇兄最后一面，停在正殿的大行皇帝的棺令信王清醒了，他的大哥真地走了，他是嗣皇帝了。

御阶下站着的是皇嫂、首辅黄立极和魏忠贤。彼此见了常礼，信王给皇兄磕了头，哭了一场，与他四人进东暖阁说话。

黄首辅代表内阁和满朝文武向新君见礼，确定名分。信王说过不敢当，拱手拜过黄首辅，立了新朝的君臣关系。黄首辅请示新君，魏忠贤和王体乾在旁支棱耳朵听着。

信王沉下口气，语速缓慢，一如往常的沉静："小殓既毕，大丧由礼部操办。请钦天监为皇兄尽快择定陵址。"

"遵旨。"黄首辅道，他是阉党的骨干。头几日，魏忠贤封锁大行皇帝驾崩的消息，黄立极便窝在内阁按兵不动。

张皇后上前，下了逐客令："明日登基大典，信王早些休息。你们退下吧。"

重臣和权阉下去了，信王松口气。皇嫂屏退左右。魏忠贤把持内廷，新君入继大统，不安全。

皇嫂替他安置："由检，东暖阁是你皇兄的寝殿，今晚你歇在西暖阁吧。"

"多谢皇嫂。"信王含了信赖，"皇兄大殓的时辰定了吗？"

张皇后红着眼："嗯，明早你先登基，午后为大行皇帝大殓。"

信王又恐坏了礼制，对不起皇兄，他懂得这是皇嫂应对魏忠贤的权宜之计。张皇后尽量沉着，忍住了泪，使劲眨了眨眼："你顺利登了基，你皇兄在九泉下好放心。"信王涌出眼泪，张皇后稳住了神，警惕地看向门外："别吃宫里的东西。小心伺候你的人。"

寡嫂不便与小叔多待，张皇后回慈庆宫了。一日内她将坤宁宫腾了出来，搬进了大行皇帝的正宫皇后颐养天年的慈庆宫。

天全黑了，京城秋雨凄寒。张皇后差人送来了晚膳，信王就动了几筷子。尚膳监端的晚膳，信王教人原封不动地端回去了。在乾清宫度过的第一晚，朱由检累坏了，也怕极了。他躺在西暖阁的榻上，隔窗望着雨后的夜空，方觉紫禁城的夜那么深。他在皇宫中长大，睡在乾清宫，和住任何一座宫殿，是完全不同的感受。他摸了摸自己躺的榻，皇兄躺过，或许父皇和皇祖都躺过。明天他会踩着他们的脚印，走上他们坐过的龙椅，成为大明新的天子。

可信王不大兴奋，他从未想过自己会登基。他是光宗的皇五子，皇兄怎么会无后早亡？他这一生本是个藩王的命，上天残酷，带走了年纪轻轻的皇兄。那一晚最折磨朱由检的，不是失去大哥的悲恸，而是恐惧，侵袭着他的五脏六腑。他早习惯了被监视，自父皇驾崩，他就活在魏忠贤的监视下，就藩去了登封都逃不开。因为皇兄无子，他是大明王朝的继承人。今夜躺在大哥躺过的榻上，朱由检越觉着有一双双眼睛在暗处盯着他。

长夜无眠，朱由检想得愈发清晰，皇兄表面上死于落水染疾，其实死于受人摆布。至于他自己，他必须做王朝真正的主人，把握自己的命运、王朝的命运，不让他余下的亲人重蹈皇兄的覆辙。

天启七年八月廿四，信王朱由检于皇极殿登基，改明年为崇祯元年。

崇祯皇帝登基，收到的第一封奏疏是魏忠贤的辞呈。

魏忠贤并非真心想告老，崇祯皇帝看得出，他在试探他。魏厂公深信新皇看在先皇的分儿上，能给他条出路。崇祯皇帝不见魏忠贤，驳回他的辞呈，却给足了他礼遇。他将皇兄的遗旨誊抄了一遍，皇兄要他信任魏厂公。魏忠贤收到新皇的手批，喜不自胜，认为新皇一如他童年和少年时木讷、安静。既然如此，没必要撕破脸了。他的寄托和依靠——天启皇帝不在了，新皇同是他看着长大的孩子。魏忠贤没什么不放心的，新皇和先皇感情好，岂能苛责抱持先皇长大的大伴儿？

于是，魏忠贤回敬了新皇善意，八月廿五，王体乾将王承恩送进了乾清宫。

王承恩换穿了大珰的服饰，着盘领衫，外罩一件比甲，腰际悬着块簇新的牙牌，显出他在御前侍候的身份。

崇祯皇帝见了王承恩，没表现出亲热，扫一眼他。王体乾觉出这主仆间的古怪，他夹在当间，没要走的意思。

"陛下，王承恩先行，您的王妃和次妃在路上。陛下定夺，何时册封皇后和皇妃？"王体乾用讨好的语气向新皇回禀。

"不急，朕想首先为朕的皇嫂上尊号。"崇祯皇帝故意顿了须臾，"皇兄的皇妃们，请入西宫恩养。"

啊？王体乾傻了，新皇知不知道，先皇的六位嫔妃遭过魏厂公的处置，幽居的幽居，死的死。新皇这节骨眼儿上说这个，他八成知道，知道就糟糕了。

崇祯皇帝继续不慌不忙道："光庙诸妃，新朝理当予以关照。朕的生母刘贤妃追封为皇太后，移葬庆陵。"

"是，陛下。奴才以为，紧着先皇的未亡人，移宫。"王体乾随机应变，"奴才问魏厂公。"

"王大珰，您是司礼监的掌印，不必事事问秉笔。"崇祯皇帝语带机锋。

王体乾乱了方寸，魏厂公不识字，所以提拔了他做司礼监掌印太监。名为"内相"，实为魏厂公的助手，新皇知不知道？王体乾

一月天子

隐隐感到，新皇驳回魏厂公的辞呈，有意为之，新皇不好对付。

崇祯皇帝换了凌厉的神色，质问王体乾："哪几位皇兄的遗妃住在东西六宫？为什么不见内官监为天启朝的遗妃移宫？"

王体乾不能说魏厂公，只好囫囵着答："回陛下，先皇有六位皇妃，张裕妃亡故，王良妃、段纯妃、任容妃、李成妃、范慧妃全在宫里。"

"皇嫂住慈庆宫，五位皇妃挪去慈宁宫颐养。"崇祯皇帝缓了缓，给王体乾个下马威，"你下去。"

"是，奴才告退。"王体乾退出，心里直打鼓。新皇不简单啊，话不多，主意大。他肯定晓得，刚才说的那五位，无宠的段纯妃住景阳宫，其余的被幽禁在内宫的僻静处。瞒不住的话……

王体乾走后，崇祯皇帝拉王承恩进了西暖阁隐秘的耳房。和自己的人在一处，崇祯皇帝卸下了防备，他沉痛道："承恩，朕最想的还是朕的母亲。"

"陛下，您登了基，刘娘娘是皇太后了。"王承恩宽慰他。

崇祯皇帝擦了擦眼角："追封为皇太后有什么用？我都不记得我母亲的容貌，不记得母亲做过什么。我找过了，宫里没有我母亲的画像。"崇祯皇帝潸然泪下，他五岁丧母，十二年里，他深爱着那个不存在于他记忆中的母亲："皇兄也走了，我孤孤单单一个人了。"

王承恩来的路上，替新皇想到了前头："陛下，奴才知道有个人熟识刘娘娘。"

"是谁？"

"光庙的傅懿妃。"

"傅娘娘？"崇祯皇帝不大记得了，努力在记忆中搜寻。父皇的子女众多，妻妾众多。父皇登基一月驾崩，他留下的妃嫔经历魏忠贤为祸，有的死，有的散。

王承恩附耳过来:"傅娘娘是六公主和七公主的生母。她在南京,如果她还活着。奴才查过《万历实录》,只言片语记载傅娘娘曾与刘娘娘同住。"

"速接傅娘娘回宫。"崇祯皇帝喜极,旋即转忧,"魏忠贤答应吗?"

"陛下接光庙的皇妃为圣母画像,谁能阻拦您?"王承恩感佩新皇的思母之情。信王殿下就藩前,他便查到了傅懿妃。苦于当时的信王殿下没有能力,而今新皇总算可以弥补遗憾了。

"朕都做皇帝了。"崇祯皇帝紧咬着牙,泄出了恨。他知道母亲怎么死的,母亲是宫廷斗争的牺牲品。他对阉人有刻骨的仇恨,阉人害得母亲惨死,身后无声无息,害得大哥英年早逝,还有父皇暴崩,阉人逃不掉干系!

"刘娘娘不在了,陛下是刘娘娘留在世上的希望。"

崇祯皇帝决然:"承恩,朕要找到母亲的遗骨,将母亲与父皇合葬。朕要为母亲画像,把母亲写进父皇的实录。"

"陛下孝心。"王承恩伏地叩首,出去传新皇口谕,着司礼监接光庙的傅懿妃回宫,为圣母刘贤妃画像。

司礼监的衙门前,于是停了三辆马车,准备往南京去。时近九月,暑热一反常态再次袭来,即京城人常说的"秋老虎"。柳树的枝条蔫苶苶的,燥热得很。

锦衣卫的校官赶着车,候着魏厂公的令,候了两个多时辰,汗流浃背,不无怨言。得了魏厂公的准许,这趟南京才走得成。

屋里的魏忠贤摇着扇子,紧张得不行。

王体乾反而镇定,条分缕析:"奴才以为接傅娘娘来是档小事。没证据证明傅娘娘是咱赶去的南京,就说傅娘娘生病离的宫。"

"新皇重手足之情,傅懿妃生的遂平公主、宁德公主还在。咱做下的这些……"魏忠贤仓皇,扯下扎的平式幞头,露出满头的白发。

王体乾寻来一块网巾,亲手给魏厂公束发:"魏厂公,天儿热,莫急。您想,先皇也重手足情谊。再说二位公主已经出嫁。光宗子女众多,新皇保不齐跟先皇似的,那一堆姊姊妹妹认不全。"

魏忠贤越想越感觉不妥:"傅懿妃进了宫,与新皇话说当年事。单光庙的几位嫔妃,够咱喝一壶的。"对光庙的几个娘娘,魏忠贤实非成心下手,他不想见证了他从叫魏四的小火者,到叫李进忠的厨役,再到先皇的进忠大伴儿的故人活在眼前罢了。

"魏厂公,恕奴才直言,不是您愿不愿意,骑虎难下呀。新皇乾纲独断,咱们只能听吆喝。新皇迎母妃回宫恩养,尽先皇未尽的孝道,人之常情。况且,他只迎回傅娘娘一人,为了给他亲娘画像,咱更没理由阻拦。"

"许是这么个理儿。体乾,一个光庙遗妃,谅她不敢胡言乱语。新皇问他亲娘,傅懿妃说就是了。刘淑女不是咱家害死的。"魏忠贤若有所悟,顺而感慨,"唉,先皇走得仓促,不承想有今日,兄终弟及。"

王体乾见魏厂公伤感,给他打气:"奴才拙见,当务之急,给两位驸马家送份儿厚礼。"

魏忠贤截下他的话头,朗然一笑:"化被动为主动。把光庙的几位妃子全接回来,庆陵的、南京的、内宫的,一道接回西宫养着。"

"是,魏厂公英明。"

光宗暴崩,天启元年,魏忠贤接掌司礼监,把光宗留下的寡妇,有的赶去了庆陵给光宗守陵,有的赶去了南京的孝陵,有的幽禁于宫中。七年过去了,不知尚有几位健在。

魏忠贤收起手中的折扇,敲敲王体乾脑门:"体乾,迎回光庙遗妃,向新皇示好。但咱家实在摸不透新皇的脾气。这样,你给新皇递封辞呈,多试他一试。"

"对啊,以退为进。"王体乾连连点头,"俗话讲,新官上任三把火。扛过了新皇的三把火,厚葬了他母亲,新皇不过那么回事儿。"

魏忠贤反过来安慰王体乾:"你安心写你的辞呈。新皇批示咱家,先皇嘱咐他要信任咱家,有咱家的就有你体乾的。"

"厂公您说过,新皇小时候不比先皇强,且不如先皇机灵。"王体乾长舒口气。

"没必要撕破脸。大家相安无事。"魏忠贤挠了挠眉毛,呷了口热茶,自以为猜得中新皇给王体乾的答复。现而今的他,比他曾经理想中的神宗的大伴儿冯保厉害多了。内阁全听他的,新皇光杆一条,能咋的?

王体乾拱手退出,回他的值房写辞呈。魏忠贤展开了天启皇帝崩逝后,他贴身收藏的一方手帕,包着天启皇帝的胎发。背着人,他捧着这撮儿胎发痛哭失声,仿佛捧着的还是那个柔软的婴孩,皇长孙。天启皇帝撒手人寰,魏忠贤一夜间像被抽空了,小主子走他前头去了!老奴还想伺候您呢。他为小主子伤心,为自己的将来伤心。朱由检定不会像小主子那般待他,至少能够善待他吧?

新皇驳回了王体乾的辞呈,如魏忠贤所愿,新皇念他进忠大伴儿的旧情。悬着的心刚放下,新皇责令魏忠贤的对食、先皇的乳母、奉圣夫人客氏返乡。理由说得过去,先皇龙驭上宾,不用乳母留居宫廷伺候了,恩准客氏告老。客氏也是魏忠贤在意的。七年前先皇初登大位,客氏隆宠正盛,受封为奉圣夫人,他攀附了客氏,与她结为对食。七年来,魏忠贤与客氏相互扶持,是一条绳儿上的蚂蚱。

他这老宦官与客氏那中年妇人，做伴儿多年，有了感情。客氏离宫返乡，魏忠贤极大恐慌。新皇于他到底作何感想？生性乐观的魏忠贤多思多虑了。新皇登基以来，与他一来一回地反复拉锯，这位木讷、安静的崇祯皇帝不简单。

这不，客氏离宫八日后，新皇下旨奖赏阉宫的内侍。次日，新皇在朱批中斥责了弹劾阉党官员的右副都御史杨所修。经王体乾和司礼监随堂太监李永贞的分析，他们的对策唯有一个，向新皇表忠心，拍新皇马屁。

傅懿妃和同住南京孝陵的光庙的邵淑嫔甫一回皇宫，魏忠贤立马请来京城最著名的画师，给圣母刘贤妃画像。黄立极以首辅的尊位，亲为刘太后拟写谥号，并上疏建议将先皇的生母孝和皇后王氏与皇太后刘氏升祔光庙。崇祯皇帝允准，为圣母钦定谥号"孝纯"，祔庆陵被恩殿的同时，将孝和皇后、孝纯皇后的神主奉祀于奉先殿。

孝纯皇后的画像完成，崇祯皇帝为母亲办了一场盛大的典礼，从大明门迎孝纯皇后的画像入宫。崇祯皇帝率三品以上重臣于午门跪迎，无一名宦官获准出席。尚宫局的两位尚宫女官，抬着画像到达午门广场。崇祯皇帝跪着，抬手欲触摸画中母亲的脸，在半空收回了手。摸到的，绢面而已，多么崇敬的追思唤不回他的母亲。刘氏生前是光宗做皇太子时的淑女，在宫中备受苦楚与冤屈，竟以这样史无前例的方式被迎回宫廷。在场的十几个大臣，目睹新皇至纯至孝，不觉掩泣。

崇祯皇帝凝视画上的母亲，涕泗俱下："母亲，朕……儿子不孝。儿子都不晓得画得像不像母亲。"几日来，他命王承恩寻访过服侍过父皇的妃妾，除幽禁中的西李、病逝的东李，全部撵出了宫。西李作孽，和光庙诸妃何干？

"陛下万岁，孝纯皇后千古。"张维贤老泪横流。

广场上响起压抑的哭声，首辅黄立极落泪："请陛下节哀。"

崇祯皇帝尽了哀思，命二位女官卷起画轴。他起身捧过画轴，步行回宫，将圣母的像挂在新收拾出的东暖阁——他的寝殿。崇祯皇帝对着画像慨叹良久，这张画像、奉先殿里的牌位足以尽了他们的母子恩情吗？圣母不葬入庆陵，做儿子的安不了心。

晚间，崇祯皇帝请傅懿妃进了东暖阁，他有话问傅娘娘，传信王妃周氏服侍。

"傅娘娘。"崇祯皇帝亲厚而不失恭敬地叫她。

"妾身不敢当。"傅懿妃起身，屈下膝盖。她为长辈，却仅是光庙的妃嫔，与新皇尊卑有别。

"不，傅娘娘，朕的母亲不在了。您曾与朕的母亲是姊妹，请您允许儿子以儿臣之礼孝顺您。"崇祯皇帝吸了吸鼻子，换了更亲热的称呼，"母妃。"

信王妃周氏向傅懿妃执子媳之礼，也称呼她："母妃。"

傅懿妃以长辈的眼光看着新皇。新皇的面貌英挺，鼻梁高且直，嘴唇宽厚，像刘淑女，眉眼纤长像光宗，生得与他小时候不同了。由检生下来，她就感觉刘淑女的儿子有王者之气，小头发一根根竖着，果真有他继承大统的这天。傅懿妃接受了皇帝和王妃的礼遇，笑着点了点头。

崇祯皇帝开口没问他的母亲，替傅懿妃着想："母妃，儿子不日接徽妍、徽婧进宫，与您团聚。母妃宽心，驸马刘有福、齐赞元与皇妹相处和睦，皇妹们过得很好。"

"陛下有心了。"傅懿妃的笑色适才舒然，新皇想着她的女儿。

崇祯皇帝迟吟，不知从何问起："朕的母亲，闺名叫什么？"

一月天子　　　　　　018

傅懿妃哽塞了，下意识低下脖颈，以免御前失仪。周氏握了下陛下的手。傅懿妃沉了沉，徐徐道："孝纯皇后单名'沅'，刘沅。"

崇祯皇帝默然，认真听每一个字。

"陛下，阿沅生在沅江畔，她是湖南人，幼年随父亲迁居宛平县，十四岁选为神宗的淑女入宫，十七岁得幸于光宗，十八岁诞下了陛下。"

"朕五岁那年，母亲二十三岁过世。"崇祯皇帝接道。母亲的一生短暂，寥寥几句即可概括。

傅懿妃神色柔和，瞅了瞅装扮华贵的周氏，想起了昔日简朴的太子妃——光宗的嫡后。她收回神思，补充道："阿沅生前一直是太子殿下的淑女。"

"淑女就是没有封诰。"崇祯皇帝含恨。

"幸而先皇给阿沅正了名分，追封她为刘贤妃，陛下更追封了皇太后。"傅懿妃道。

烛光摇曳，夜风掠入，传来凉意。崇祯皇帝涕泗零落，为母亲伤感。傅娘娘又提起了皇兄。死后的哀荣，母亲不会知道。皇兄骤然驾崩，使他更加思念母亲。

"母妃，您晓得母亲葬在何地？"崇祯皇帝问出了他最关心的事情。

傅懿妃语塞，刘氏被害致死，死因不明。皇太子怕父皇怪罪，讳莫如深。刘氏的葬地，《万历实录》上只写"葬于西山"，具体的位置，她不知道。

傅懿妃的沉默令崇祯皇帝大失所望，找不到当年东宫的宫人，傅娘娘也不晓得，难道让母亲永世飘零，不能与父皇合葬？

傅懿妃感到了皇帝的失望，嘴唇张合了两下，没发出声音。

周氏听着，心情格外的沉重："母妃或许记着有什么人，知道母后葬于何地？"

"对了，昔年的宫人定有尚在人世的。"崇祯皇帝眼光明亮，燃起了希望，"母妃记着他们流落到了哪儿？"

傅懿妃回忆着，她记得安葬刘淑女是秘密的，东宫没几个人知晓。

周氏与陛下同样情切，一块儿思索："服侍母后的宫人呢？"

"去了南京？庆陵？抑或散落民间？"崇祯皇帝问。

昔年种种，傅懿妃记得清楚。她记着一个人，说出了他的名字："刘庭，刘庭知道。他是光宗的心腹，光宗命他安葬了刘淑女。"

"嗯，嗯，刘庭人在何地？"崇祯皇帝绽开了笑容。

傅懿妃同感着皇帝身为人子对母亲的思念，为姊妹高兴，愈怕皇帝的心愿无法达成。她用心地回忆："西李选侍移宫后，王安辞却司礼监掌印太监，刘庭出宫为光宗守陵去了。"

"哦。"崇祯皇帝梳理着傅娘娘话语中的信息，"朕命王承恩往庆陵找刘庭，带他回宫见朕。"

烛光将三人的影子投于白色的帷帐上，丧期挂白色，称作"孝幔"。

傅懿妃瞧了眼帐子上的人影，提醒皇帝："陛下莫张扬，刘庭是被贬出宫的罪奴。"

周氏亦担忧陛下轻举妄动："陛下可慢慢来。"言下指魏忠贤。

"朕等不了。"知道了母亲的葬处，教崇祯皇帝怎么等？他登了基，最期盼的是奉母亲成为皇太后。国朝哪有不与夫君合葬的皇太后？崇祯皇帝高声吩咐："王承恩，你明儿一早去庆陵，给朕找到刘庭！"

崇祯皇帝保持了谨慎，叮嘱王承恩到庆陵寻访，务必一日内打个来回，别让魏忠贤起了疑。

第二日，王承恩火速赶往天寿山皇陵，寻着了刘庭，趁夜带他回了紫禁城。

崇祯皇帝想好，与其遮遮掩掩，不如和魏忠贤挑明。刘庭回宫的早晨，他在乾清宫东偏殿，召见大臣的地方，见刘庭。崇祯皇帝备下了一道谕旨，起复刘庭任御用监掌印太监。刘庭是父皇的心腹，当然能为自己所用。

七年后回宫，刘庭对乾清宫依然是熟悉的。神宗不见大臣，东偏殿做了神宗的书房。神宗爱读书，收藏的书籍卷帙浩繁，摆了整一面墙。光宗登基，入主乾清宫，保留了原样，把世宗皇帝的墨宝"宵衣旰食"挂回了西墙。光宗讲给他，这四个字是督促帝王勤政的意思。天启皇帝登基，魏忠贤派人把匾摘走了。

崇祯皇帝不容刘庭多看，赐了他座。刘庭了解新皇接他来的目的，开门见山："回陛下，孝纯皇后是罪奴安葬的。孝纯皇后的墓在西山申懿王墓的旁边。没立石碑，葬得不算薄。"

崇祯皇帝展颜，刘庭看上去蛮实诚。傅娘娘说，刘庭伺候光宗，照顾过他的母亲："找得到吗？"

"是的，陛下。罪奴做了记号，罪奴找得到。"刘庭态度诚恳，面对新皇，倒是从容。

"太好了。"崇祯皇帝忙不迭嘉奖刘庭，笑了，"你无罪，不要自称罪奴。朕要你留在宫里，留在朕的身边。"

刘庭跪下，自有种沉定的气度："回陛下，求陛下准奴才回庆陵。奴才老了。"

崇祯皇帝颇感意外，皱了皱眉："你不肯为朕尽忠？"

"陛下，奴才上了年纪，力不从心。恳求陛下准奴才用奴才最后一点心力，为光宗皇帝祈福，为三位皇后祈福。"说完，刘庭郑重叩首，伏于地上，"能给陛下磕头，是奴才此生的大幸，奴才不敢奢求。见到陛下的今日，奴才回去告诉光宗，光宗必为陛下欣慰。"

崇祯皇帝感其忠诚可嘉，向他扬了扬手，示意他起来，坐下说话："紫禁城中难得有你这等好奴才。"

刘庭坐下，正色道："奴才心归山野，浑忘了宫里的规矩。奴才便仗着伺候过光宗，斗胆对陛下讲几句心里话。"

"你讲吧。"崇祯皇帝爱听刘庭讲话。刘庭是被魏忠贤贬黜的奴才，侍候父皇忠心耿耿，忠仆回来多么难得。"朕谢谢你安葬朕的母亲。"

"奴才哪儿敢担陛下的谢？奴才不过伺候了光宗几年。"刘庭说起光宗，落泪了，"魏厂公的事，奴才只晓得一点点。但奴才晓得，宫中的阴谋和争斗从未断过。若想保留自己的一份真心，保护对自己重要的人，陛下要有勇气和决心。"

是啊，刘庭虽是个奴才，但算是位长者。崇祯皇帝思考着刘庭的话，字字说到点子上。刘庭垂下头，崇祯皇帝盯着他花白的头发，稀疏得勉强挽成个发髻，为进宫凑合扎了块头巾。感念他给皇家尽忠一辈子的心，他教刘庭坐自己边上："你说的，朕牢记。你忠于光宗，就是忠于朕。"崇祯皇帝抓了抓刘庭的臂膀，以示信重。青丝追了华发，刘庭结实得一如壮年。

"陛下，为了光宗，您要做个好皇帝。"刘庭抬了脸，迎着陛下的眼神。望着年少的新皇清澈的双眸，刘庭的眼光蓄着力量，穿透他经过的那些时光。

第一章

　　万历朝的紫禁城,长到每一年,短到每一天,总是平淡无奇的。过年都品不出什么滋味。今天是小年了,腊月廿四,年越来越近了。

　　蛾眉月初上,刘庭还在忙着差事。他弯腰往熨斗里添上炭,回身一道道熨平衣裳的皱褶,熨好挂在衣架上,抚平袖口、领口和衣角,再去侍弄下一件衣裳。

　　太子殿下的近侍刚来催过,这五六件衣裳抓紧拾掇,弄好送去太子殿下的寝宫。刘庭估摸着快落雪了,雪天路滑,近侍懒得再跑一趟,他今天会忙到很晚。他直起腰走到窗前,打开窗扇透透气。雪珠落下来了,雪下得密,远望正殿的碧绿琉璃瓦顶覆上了一层稀薄的白色。冷风裹挟着冰凌似的雪花闯入这间简陋的庑房,刘庭赶紧合上窗。他记起了上过内书堂的大珰讲的故事,东晋的才子、才女把落雪比作撒盐,比作柳絮,比柳絮的才女得了师傅的夸奖。他倒觉得落雪比作撒盐更贴切,今儿这雪又急又密,活像尚膳监的盐罐子打翻了。

刘庭收回纷飞的思绪,重新回到衣裳前。他得快点儿干活了,太子殿下等着呢。太子殿下极重仪表,每有重大的场合,总让他多备几套衣裳,试着挑一套最合适的。明日殿下的三弟福王殿下来慈庆宫,太子殿下很重视,他的近侍找了几套常服,现送到宫外德胜门西的浣衣局浆洗,洗好交到刘庭手上整理。

刘庭是东宫伺候太子和太子妃衣裳的小火者。这番近侍偷懒,他来送衣裳,得了个恩典,进殿伺候。刘庭分配到东宫服侍,八九年了,没见过太子殿下。

慈庆宫掌作太监韩本用出来,叫刘庭进宫。刘庭守着规矩,正了正帽子,紧跟着韩大珰入内,站在束起的帷帐后边,不敢抬头。三重帷帐之内,太子殿下由近侍服侍,于一人高的大铜镜前试衣裳。

近侍为太子殿下试了一件袍身两侧开衩的常服,一件侧摆的。

太子朱常洛拨了一下穿上身的圆领四团龙锦袍,和方才试的那两件皆是大红色的。他端详着镜中的自己:"颜色不太好吧。"

"快过年了,穿红色的喜兴。"近侍岳才明给太子殿下系玉带。

太子让他放下玉带,指了指穿衣凳上托盘里没抖开的一套墨绿色的搭护纻丝常服。韩本用拿起墨绿色的衣裳展开,岳才明给太子殿下褪下大红色的。

穿好墨绿纻丝常服,罩一件银鼠灰色的披风,太子欣赏着自己的身影,满意。

岳才明收拾脱下的衣裳,低声道:"墨绿发暗,会不会过分寒素了?"

暗色与亮色只是观感上的,岳才明提示的是祖宗家法。太祖钦修《皇明祖训》中规定,郡王的服色多用碧色,太子殿下不会不懂。

"入了元月穿红色。孤不能上赶着了。"

太子对镜，试戴冠帽，戴了一顶乌色的翼善冠，摘了，又戴九𮓦的燕弁冠。嘉靖改制，燕弁冠与太子穿上身的袍服为一套，是燕居时穿戴的深色服饰。他拉了拉燕弁冠两侧插的玉簪，嘟囔道："双簪的规格还是高了。"

"戴乌纱折角巾？"韩本用问。盛冠帽的托盘底部，放了一块纱质的乌色头巾。韩本用捧出，太子接过，给自己扎头巾。皇帝、皇太子、亲王的头巾扎法复杂，立起一对朝上的折角，太子会扎，边扎边道："侍候衣裳的小火者细心，赏。"

"是。"韩本用上来帮手，笑模笑样的，"头巾都备好了。衣裳熨得也平整。"

"他人就在殿内，奴才唤他过来？"岳才明提议。

闲谈间，慈庆宫掌印太监王安领着太子妃郭氏的奉宸宫掌作太监徐从宝进来了。不通传就进，太子面上掠过一丝不快，摘下扎了一半的折角巾。

徐从宝跪了，声音嘹亮："恭喜太子殿下，刘氏生了，生了一位皇孙。"

"哪个刘氏？"太子疑问。

"回殿下，陛下的淑女刘氏，五个月前……"

王安暗着踹了下徐从宝，打断了他，代他回话："淑女刘氏现与太子殿下的淑女傅氏同住，住在荐香亭与撷芳殿之间，靠东的那间房子。"

"诶？哦。"太子依稀记起来了，好像有这么个人，刘氏。孤又有孩子了？"哎呀。"太子压着嗓子叫道，父皇的淑女，是有这回事！五个月前，太子妃报，父皇的淑女刘氏有了他的孩子。他心烦意乱，塞给了太子妃照料，居然忘光了。刘氏还生了个男孩！父皇应该仍不知道。完了，坏了，刘氏是父皇的女人，本来有五个月的时间，适时地缓缓地禀告父皇，丧失了良机。

一刻前，徐从宝找王安报喜，王安也刚想起来。他自愧失职，也赖太子殿下常年不搭理太子妃娘娘。生个郡主且好混过关，可是出生的是太子殿下的第五个儿子，陛下的五皇孙。陛下那儿隐瞒不得，皇孙满月要上玉牒的。

太子妃给太子想了个对策，托徐从宝的嘴："太子妃娘娘请了大师进宫，给五皇孙批了八字，上上大吉。求太子殿下为五皇孙取个响亮的名字。"

太子令韩本用呈上八字的批语，天月二德，财透官藏。老五好命，富贵双全，趁着天降瑞雪，但愿五皇孙降生吉利，讨得父皇的宽恕和欢心。

"什么字辈儿来着？"太子蹙眉。

"从由从木。"王安赶着去取字书。

太子不等字书，随口叫出个名儿："由，由……由检。"他头一个想到的木字旁的字成了五皇孙的大名。

徐从宝骨碌起身，到书案前添水研墨。王安过来拾笔，写下五皇孙的名字，端端正正三个大字：朱由检。

王安托着请太子殿下过目，太子挥了挥手，叫下去。徐从宝拿了王安大珰的字退下，回奉宸宫。生了儿子，太子心里头没半点的欢喜，全是麻烦。

"怎么跟父皇说呀？"太子急得悬点儿跺脚。

王安镇定："回殿下，必须说。五皇孙已然出生，刘氏……"

太子真是丢了颜面，添丁进口乃大喜，即使皇家人丁兴旺。但是诞下五皇孙的刘氏是父皇的淑女,是为父皇选入宫的闺阁少女,她已经是父皇的女人了。国朝的宫廷中,为皇帝和太子预备了为数不少的淑女,待夫君临幸,封赏位分。有的淑女,一辈子得不到夫君的临幸,亦不可以跟别的男人,熬到老仍是童女。

太子临幸了父皇的淑女,这位淑女生下了皇孙,有悖人伦纲常。朱常洛打小不受父皇待见,他自己即是个父皇临幸都人意外的产物。到十九岁,皇长子朱常洛才受大臣的极力拥戴,千辛万苦坐上了太子位。父皇最喜爱郑贵妃和她生的福王朱常洵,素来有心另立朱常洵为皇太子。就算父皇这遭不治他的罪,郑贵妃母子与他敌对,必抓他的把柄大做文章。

就这么寸!太子在那方面不拘束,给他生儿育女的妃妾多为都人出身。正妻太子妃郭氏嫁给他十年,无宠,无出。随便到如此的尴尬,进退维谷还是头一遭。太子明白,他的父皇万历皇帝貌似离经叛道,心中儒家正统的观念特别牢固,受的教育比国朝的哪一代帝王都正规。朱常洛害怕因为这件事失了太子位。

"不必多言。"太子焦躁,失却了一贯的温文儒雅。

"太子妃娘娘说了,小皇孙的八字好。"韩本用侍奉惯了好脾气的太子殿下,一下子怕了。

太子深吸口气,竭力淡定,非常时刻更不能自乱阵脚。明日朱常洵来,不可让他听去半个字的风声。他那三弟觊觎太子位,防不胜防。

"父皇哪儿那么好糊弄?别看他不问世事。"

"也是。依奴才之见,拖延不得。快过年了,一热闹藏不住事儿。"王安心乱了。

太子瞧瞧岳才明,大事上他不言语了。

韩本用勾头答道:"没办法,据实相告,越快越好。"

"那怎么说?"太子稍平复了些。

韩本用挤出俩字:"坦白。"

太子气不打一处来,坦白?如何坦白?难不成跟父皇说,五皇孙的生母是您的淑女?实录上写,太子幸陛下之淑女?真是的,蠢货!拖至今日,麻烦透顶!

东宫上下,王安最会掌事,现下也没了主意。

"王安。"太子喊他。

王安声气沉沉:"奴才以为,韩本用说得对,坦白。"

"孤容你们仔细想想。"太子泄了气,一屁股坐下,犹穿着刚试的墨绿纻丝常服,长发一丝不苟地挽成标致的发髻。

想了半晌,岳才明再重复一次:"请太子殿下对陛下坦白。"

太子灌了一盅茶,合上眼皮,一颗心落不到实处:"叫徐从宝回来。"

"徐从宝?"韩本用问。

"你们想不出辙。孤问问旁人。"

韩本用拔脚,出门叫守门的李鉴传徐从宝。太子猛地抬眼,看见原立于韩本用正后方垂首侍立的小火者刘庭。

太子急惶,不等了:"不用找了,人,这儿有一个。"

韩本用回来,经过刘庭身侧,拿眼梢瞅他,他穿着下等内侍的衣裳。

王安过去,带出小火者。岳才明让开位置,请小火者上太子殿下跟前去。

"奴才慈庆宫侍衣内侍刘庭叩见太子殿下,太子殿下千岁。"刘庭下跪,叩头。

"平身。"太子稳稳坐着，理理衣袍。

王安站到太子殿下椅子的侧后，替殿下问话："刘庭，你帮太子殿下想想，五皇孙的出生，如何向陛下回禀？"

刘庭依礼垂首，不敢回话。头次见太子殿下，心慌得紧。

王安反应过来，问得突兀了，刘庭不晓得啥事儿呢。他换种问法："刘庭，太子殿下刚才说的你听见了。事情的来龙去脉，清楚否？"

刘庭声音不大："奴才不甚清楚。"

太子发话，对下和善："王安，你再给刘庭讲讲。"

"是。"王安对刘庭复述了一遍，新出生的五皇孙的来历，陛下的刘淑女诞下了太子殿下的第五子。

刘庭弄清楚了，不急于回话，耐心琢磨了一番，讲话渐有了底气："回太子殿下，奴才愚见，皇孙、郡主的降生是殿下的家事，应由太子妃娘娘料理。殿下应以读书、学业为重。"

刘庭一语惊醒梦中人。太子妃是东宫的主母，料理东宫庶务，关照太子的妃妾与儿女是她的分内之事。刘氏和五皇孙归主母管，孤操哪门子的心？

太子舒了口气，赞赏地瞧着刘庭："不错，头抬起来。你很聪明，读过书？"

"回太子殿下，奴才没读书的福分。"刘庭抬了头。太子注意到他生了一双黑亮的大眼睛，炯炯有神。

"识字吗？"太子问。

"奴才略识几个字。"

"嗯，衣裳侍弄得好，规矩也不错。"太子瞅瞅自己脱下的衣裳，蛮平整，夸他，"王安，赏。"

"赏。"王安复声，照规矩下去赏刘庭几两银子。

太子微笑，他喜欢刘庭机灵，嫌赏赐不够，和声道："侍弄衣裳之余，你到孤跟前走动走动。"

刘庭稳当当磕头谢赏。虽然仍是小火者，能到太子殿下跟前走动，他在东宫的地位非比寻常了。

刘庭下去，王安随之告退，韩本用、岳才明服侍太子殿下安置。

太子住慈庆宫正殿的后殿，五开间的大殿俗称"穿殿"，紧挨着穿殿砌了一堵墙，开了个小门。墙的北边并列着两座宫殿——承华宫和奉宸宫，太子妃和皇长孙朱由校的生母王才人同住在东侧的奉宸宫。

大晚上的，为五皇孙的降生，太子妃还没睡，王才人陪着她。

看了徐从宝带回的名字，太子妃郭林英与才人王彩菊玩笑："太子殿下取的啥名字呀？朱由检。"

王彩菊不识字，赔笑道："朱由检，哪个'检'啊？"

"'检查'的'检'。"王安的字摺在小几上，郭林英点了点那个运笔苍劲的"检"字："太子殿下又随口取的。"

国朝有一条不成文的家法，为了避讳方便，不妨碍民生日用，皇子、皇孙取名通常取生僻字为名字的第二个字。第一个字取自太祖给他的二十四个儿子每个人的后代定的二十代的辈分，各成一首五绝。帝系出自太祖的皇四子成祖朱棣，这一支的辈分是"高瞻祁见祐，厚载翊常由，慈和怡伯仲，简靖迪先猷"。太子的儿子朱由校和朱由检是成祖以降的第十代，名字的第一字为"由"，第二字按太祖规定的五行相生循环，用木字旁，当在木字旁的字中取一生僻字。

而到了从翊从金的当今圣上万历皇帝朱翊钧，给皇子取名不在乎取生僻字的成理了。太子常洛、福王常洵、瑞王常浩、惠王常润、未成年的皇七子常瀛，取的都是寻常的字。到了太子这儿更是如此，他的儿子之中，次子早殇后由内阁追名为由㰒以外，长子由校、三子由楫、四子由模、五子由检，都是他随口叫的。

"这孩子八字好，偏生取了这么个名儿。检，木意，金声，形似'危险'的'险'。这字儿不吉利。"郭林英摇摇头。她念过私塾，识文断字，在都人出身居多的东宫的内命妇中愈显特别，她便爱就文字上说几句。

王彩菊反感她这点，卖弄个啥。她的由校出生时，太子妃说太子殿下取的名字不好，校官是低级的武官，不配皇长孙尊贵的身份。给五皇孙取名字，她又瞎说。郭林英虽无所出，人家是东宫的正经主母，王彩菊面子上只得恭顺："要不姐姐帮着太子殿下改一个？"

"我不如你，太子殿下的面见不着。"郭林英伤心了，嗤笑一声掩饰过了，说回名字的话题，"等由检成年，请太子殿下为他取个寓意深远的字。"

"也好。"王彩菊敛容，她有亲生的儿子，别人生的儿子，不好多嘴。她时常告诫自己，谨言慎行。从厨役熬到东宫仅次于太子妃的女人，不容易。她知道自己不得宠，儿子才是实惠的，高位啥的全是虚的。只要太子妃生不出儿子，谁生的儿子都迈不过皇长孙。

"彩菊。"郭林英叫她，叫醒了发愣的王彩菊，"你说刘氏……"

"听太子殿下的。"王彩菊两眼直勾勾的，"太子殿下不能不闻不问了。"

"刘氏有孕的时候，你不让我时时向太子殿下禀报刘氏的情形。你说刘氏的孩子未知男女，不能招太子殿下心烦。孩子落了地，果然是位皇孙。我怕呀，怕太子殿下怨我提醒晚了他。"郭林英似衔了怨色。

王彩菊闷闷的，她在想她儿子添了个弟弟。太子殿下恪守祖制，皇长孙自出生，有大伴儿和乳母保育，不劳她这生母照顾。她保住了她母子的平安，不受欺凌就好。所以她跟紧了太子妃，抓不住太子殿下的心，主母欣赏她也是好的。太子妃宠遇淡薄，估计她生不出孩子，威胁不到皇长孙的地位。唉，说穿了全为了儿子。王彩菊生的次皇孙由樏早殇，由校万不能再出事了。

　　郭林英看着她怔怔的，不说怨她的话了。

　　太子殿下跟前的韩本用入内，方把王才人拉回了现实。他传太子殿下的令旨，请太子妃娘娘料理五皇孙降生一事。

　　韩本用告退了，郭林英接了差事，跟王彩菊讨主意。太子妃庸懦，她执掌东宫，王才人协助，她能省些心。

　　"太子殿下吩咐，姐姐公事公办吧。"

　　"公事公办？"郭林英没听懂。

　　宫里的典章制度，王才人不识字，可她留心学过。东宫一摊子事儿，她懂的不比太子妃少。王彩菊精明道："刘氏是陛下的人，名分上属于内宫的淑女，由尚宫局的司正大人调教。妹妹想，姐姐请周尚宫出面，告知陛下刘氏诞下五皇孙的消息。"

　　郭林英迷茫依旧："周尚宫去讲，刘氏去不去？"

　　王彩菊比正牌的太子妃像拿盘子的："姐姐莫慌，刘氏产后虚弱，不带她去了。"

　　郭林英静了静，想出个点子："我请周尚宫来，让高司仪作陪吧。"

　　高司仪是东宫品秩最高的女官，从六品，随侍太子妃娘娘打理东宫庶务。太子妃从尚宫局挑来的这位高大人高小鸾是个奇女子，十六岁通过女官考试，成绩优异，以才授官即封了从八品。四年过去，她当上了从六品的司仪，是高阶女官了。但是刘氏的这桩案子，王才人不主张高司仪参与。她觉得高司仪书生气过浓，再者她秋天新来的东宫，这里的情形尚不熟悉。

王彩菊委婉地表达她的不同意见："那么大的事，高大人新来的，她行吗？姐姐，先跟皇后殿下说了吧。皇后殿下若和陛下说得上话，没必要通过周尚宫了。"

"陛下除了郑娘娘见谁啊？明早请周尚宫。"郭林英愁眉蹙额，做了决断。

"那也得跟皇后殿下讲明，东宫不可以失礼。"王彩菊周全道。

"刘氏的封诰呢？你找母后讨封诰？"郭林英会错了王彩菊的意。

"姐姐，封刘氏什么品级，听太子殿下的。禀报了陛下和皇后殿下，回头请示太子殿下。早日让陛下知道了，将五皇孙写入玉牒，太子殿下肯定记姐姐大功一件。"

说了这么多，郭林英不慌乱了，尽太子妃的职分罢了，事情非她做下的。

她展了愁容："行，早点儿休息，明早我让小鸾去请周尚宫。"

王彩菊还欲再劝："高大人初来乍到，不保险。"

"我觉着小鸾很好。"郭林英难得坚定，"小鸾与周尚宫同为女官，好说话。"

"姐姐想定了的，妹妹无不从命。"王彩菊言语婉顺。

尚宫局的高阶女官少来东宫走动。太子妃请的周尚宫是紫禁城最位高权重的女官，居正五品尚宫。周尚宫五十上下，画着淡色的平眉，一双丹凤眼描得纤长，穿一身对襟大袖的褙子。国朝女官以纹饰代替朝臣官服胸前的补子表示品级，尚宫用正五品的绣云霞鸳鸯纹，司仪用从六品的绣云霞练鹊纹。

太子妃和王才人相应穿了礼服，下着百褶裙，上穿大红底色的大袖衫，披深青色霞帔。内命妇霞帔上的纹饰是缂丝的，区别身份的高低，太子妃的是翟凤，才人的是长尾山雉。

太子妃和王才人受了周尚宫的礼，看座。徐从宝沏了壶上好的碧螺春，退下了。周尚宫令她的侍女献上给五皇孙的贺礼，太子妃教高司仪收了。高司仪代刘氏道谢："周大人客气，劳大人破费。"

"东宫大喜。"周尚宫客套。

太子妃急着言归正传："本宫觉着，早日请父皇见到新出生的小皇孙，父皇会很高兴。"

"刘氏诞下了皇孙，尚宫局管不了她了。"周尚宫肃容，和太子妃兜圈子，"刘氏算是太子妃您的妹妹了。"

太子妃惶惶，看看高司仪，又看看王才人。

王才人插嘴，主母议事，本没她说话的份儿："没册封刘氏，她还是陛下的淑女。"王才人掩了口，说错了话，她明明在强调太子殿下干了见不得人的丑事。

高司仪立于太子妃娘娘的侧后，一张秀气的鹅蛋脸，讲话轻轻柔柔："名分未定，带刘氏母子谒见陛下，仍是尚宫局的职分。东宫的淑女亦归尚宫局调教。"

太子妃颔首："麻烦周大人了。"

"须等到陛下愿意的时候。"周尚宫严正，"陛下不一定肯见。"言下之意不大客气，陛下的皇孙多了，东宫的五皇孙没什么新鲜的。

"由检的八字好。"太子妃牵强道。周尚宫与郑贵妃为一势。话讲不下去了，太子妃方怀疑，请周尚宫来未必是好办法，未必只有周尚宫能禀报陛下。

高司仪不温不火："周大人，下官以为，至少与乾清宫的'管事牌子'常云常大珰说一声。常大珰晓得了，他禀报陛下，可不可？"

太子妃忙应承，迫周尚宫松口："先告诉常大珰，拜托周大人了。"

乾清宫上下，东宫一概说不上话，还得求周尚宫转达。

周尚宫抿了口热茶，搁下茶盅，脸色不好看了："自然可以。今日福王殿下到东宫做客，太子妃娘娘身为长嫂，不去见见？"

周尚宫挖苦她不受太子殿下的喜爱，太子妃下不来台，涨红了脸，教高司仪去正殿请示太子殿下，用不用她一道招待福王。

周尚宫起身，施了一礼："臣告退，不打搅太子妃娘娘了。"

太子妃唤了徐从宝进，送周尚宫。周尚宫不愧是郑娘娘的人，和她说话占不着便宜。

第二章

来到正殿,高司仪没提太子妃娘娘要过来见福王殿下,代娘娘问了福王殿下好。她一眼瞧见桌上婴孩戴的金项圈,镶了颗鸽子蛋大的明珠。福王殿下送这份大礼给五皇孙,出手阔绰。

高司仪退下,太子与福王闲聊,聊到福王在外省的庄田。

福王借他的礼物,揶揄了太子几句。被太子岔开话题,谈论营建中的洛阳王庄,激起了福王的兴趣,说起来滔滔不绝。

太子看他贪婪的模样,只盼他遂心,多多聚敛,好快点儿去洛阳就藩。福王七八年前早该走了,他转过年二十五岁了,由于父皇的偏爱,还未就藩。只消福王离开,甭管他侵占多少良田,离开京城的藩王对太子构不成威胁。

福王朱常洵对太子炫耀:"大哥,父皇又拨了两千顷的地给我。这次的地在洛河边儿,那肥沃啊。"他的一双小眼眨巴眨巴,下巴叠出了双层。

"你有那么多的田，为什么不过去看看呢？"朱常洛自斟自饮，举止优雅，喝的酒是福王从王府带来的自酿的好酒。福王成年，不得留居内宫，住在京城的福王府，随时进宫陪伴双亲。别人见不到皇帝，福王和郑贵妃例外。

"我在京城是一样的，地租照收。"朱常洵夹了一筷子佐酒的酱牛肉。他生得富态，腰腹宏大，而太子身材纤瘦。

朱常洛泛了醋意："京城、洛阳两座福王府，两套班子，你快比上两京了。唉，孤的詹事府形同虚设，比不上你。"

"我打算好了，就藩再找父皇要两万顷庄田。"朱常洵兴起，比画了个二，喝光了满盅的酒。伺候的福王府总管端上烧猪肉和酱牛肉，两道菜是福王府带来的。这道烧猪肉加了热，上了桌，色泽红亮，喷香扑鼻。朱常洵夹了一大箸，迫不及待放进嘴里，小胡子上沾了油，美滋滋："烧得入味儿。大哥，你尝尝。"

朱常洛嫌油腻，不动筷，笑着给朱常洵递上帕子擦嘴："慢点儿。常洵啊，你再要两万顷，河南的地全归了你，也不够。"

"是不够，我要山东和两湖的，更肥沃。"朱常洵右手举着筷子，左手隔桌拽朱常洛的前襟，"大哥，你衣裳旧了，过年我送你几匹绸缎。"

"不劳弟弟了。"朱常洛忍耐着朱常洵的不恭敬，维持着他的自尊。长兄乃皇太子，他们是兄弟君臣，这小子没自称过一句"臣弟"，从来没大没小。

朱常洵想起了正事，一壁大啖烧猪肉，一壁塞了满嘴食物，咕哝着道："待会儿把请帖给你。年初五，我生辰，大哥来我府上。"

"嗯，嗯。"朱常洛以饮酒掩饰自己的不悦。正月初五，朱常洵满二十五周岁，他几时离京就藩呢？

朱常洵打了个饱嗝儿，撂下筷子，拿朱常洛给的帕子抹了把嘴："不能多吃了，娘在启祥宫等着我用午膳呢。"

朱常洵跟太子常说起娘，他一说起，朱常洛每常难过。朱常洵的娘是风光无限的宠妃，他的娘幽闭在景阳宫十几年了，他有十年没见过母亲了。

朱常洵不理会朱常洛阴着的脸，眉飞色舞："今年不同，生辰当天，我纳俩侍妾入府。大哥，跟我说说，父皇的女人怎么样？"

"什么怎么样？"朱常洛没法再跟他言语，他竟敢当面揭他疮疤！没有不透风的墙。转念一想，父皇宠他，朱常洵有何不敢的？

幸好此时王安入内，解了太子的尴尬。他对太子殿下耳语，周尚宫跟乾清宫的常大珰讲好了，等陛下宣召五皇孙。

朱常洛终于不用陪朱常洵了，起了身，欲和王安出去说话。

"三弟，孤有事儿。年初五，孤会送上贺礼。"

朱常洵煞有介事："福王府不缺大哥的东西。你不去，不给我面子。大哥还忙刘淑女呢？"

朱常洛懒得与他理论，正气道："孤有正事。你去启祥宫吧，郑母妃在等你。"

朱常洵令太子的都人服侍他净手："好吧，我走了。"

朱常洛不着急，先送福王出慈庆宫，到东六宫南头的景曜门，太子不得往里走了。王安随侍太子殿下，送了福王，主仆二人回穿殿，关起门来商量。

"常云知道了，父皇就知道了。"太子舒了心，"孤没事儿了？"

"刘氏，殿下可册封她了，她不能是陛下的淑女了。"

太子不理这茬儿，没事了："父皇说不定会训斥孤。等两天，消息确切了，把由检报给宗人府，多等两天。"

王安懂太子殿下的意思，太难堪了，做下的丑事，不愿多想。刘氏这事儿只能一风吹了，可是……五皇孙是太子殿下的骨肉，刘氏是五皇孙的生母。王安苦笑："殿下，您去看看五皇孙？"

"不了。"太子对儿子不过尔尔。他不到三十岁，有了四个儿子，不缺这一个，"将由检和由模、八郡主养在一处。那个刘氏，那么着，等等父皇的意思。"

"是。"王安也是个人精，主动认错固然蠢，善待刘氏母子更蠢。皇长孙出生，太子殿下对王才人的儿子亦不甚关怀，五皇孙就甭提了。再说，十一月东宫最得宠的李选侍，为区分另一个李选侍，通常叫她"西李"，西李刚刚诞下一对"龙凤呈祥"，即太子殿下说的由模和八郡主。太子殿下盛宠西李，对五皇孙不会过心的。王安识相："奴才候着乾清宫的信儿，随时禀报太子殿下。"

"不必了，此事别跟孤说了，有情况找太子妃。"太子漠然，在书房里踱了几圈，仔细思量了一番，坐回桌前读书。

自从父皇停了皇太子的讲学，太子只好自己用功。靠以前教过他，万历二十六年被征召为左庶子的叶向高，当朝首辅，私下指导一二。太子勤学，叶向高得力，他的功课没落下，至少比开小灶的福王强。

想起讲学，太子特不痛快。堂堂皇长子，十三岁出阁才开蒙，当了太子没几年，父皇停了他的讲学。但读书本身最令太子痛快，大臣都夸他学问好。读书让他结交了叶先生，唯一的知心朋友，他的良师益友。可惜叶先生做左庶子仅有一年，当年新上任的首辅沈一贯排挤他，贬他出京，当了南京礼部侍郎。南京的官大多数是闲差，叶向高赋闲了八年。八年后他被召回京城，进入内阁，再一年阴差阳错当上了首辅。如今的叶首辅和太子没了师生的名分，而有师生的情谊。太子尊称他为"先生",叶向高辅导太子殿下功课,为太子殿下与陛下力争,屡次请求陛下恢复东宫讲学,提高东宫的待遇。太子内心对叶先生无比感激。

转过了年,是叶首辅做"独相"的第三个年头。当今圣上万历皇帝不上朝,不出乾清宫,政务靠叶首辅支撑。忙忙碌碌,一年到头,唯有过年,叶首辅得以松快松快。太子知道庆祝新年,叶先生得了空儿,令小火者刘庭帮他送出封信,请叶先生指教。叶先生教刘庭带了回信。他在信中赞赏太子殿下给予刘氏母子的安排,建议他过完年报五皇孙入玉牒,刘氏暂时不提了。叶先生根据他对陛下的了解,宽解太子殿下,此事归根结底是家事,应该到此为止了。

刘庭因为当信使,得了一笔丰厚的赏赐。太子殿下令他今后负责给叶先生传信,因为他之前没出过宫,面生。太子与朝臣交往犯忌讳,停了讲学,辅导功课也罢。太子处事向来万般谨慎。

然而对刘氏母子,父皇的处置出乎了太子的预料。

正月十五,万历皇帝陪圣母慈圣皇太后赏鳌山灯,夜空辉煌如同白昼。

正月十七晌午,陛下突然下道谕旨给尚宫局,命周尚宫戌时三刻带东宫的五皇孙到乾清宫。

周尚宫请太子妃娘娘抱了五皇孙,早早到乾清宫外候见。冬天天黑得早,戌时天黑透了。陛下不准乾清宫前掌灯,一星光亮不见,黑咕隆咚。陛下不叫进去等,两个女人站在门外,抱个婴孩,又冷又怕,久久无人出来。

乾清宫建于汉白玉台基之上,乾清门豁开,刮着凛冽的穿堂风。宫前的露台上陈列着比皇极殿前逊一等的一整套的龟、鹤、日晷、嘉量、宝鼎。太子妃清晰地闻得正殿里陛下收藏的一套青铜编钟打更的声音。一更了，陛下见不见呀？太子妃回头，瞧了瞧乳母怀里的由检，裹得严严实实，睡得酣甜，脸蛋红扑扑的。太子妃担心孩子冻着，陛下还不传啊？

又等了等，朱红大门开了，常大珰出来了。毋论皇帝，乾清宫掌作太监常云，宫里人也不常见。常云穿了一身锦袍，罩一件长及膝盖的比甲，戴着网巾束发，向太子妃娘娘和五皇孙作了一揖，做了个进的手势，不说话。太子妃欲领着人进，常云比了个停。太子妃会意，让抱着由检的乳母跟常云进殿。太子妃、周尚宫和两个都人在外面等。

太子妃原想着沾由检的光，见见她的公爹。她只见过父皇一面，其实不算见过。她和太子殿下的婚礼上，她蒙着盖头，与太子殿下一齐向父皇和母后三叩首。父皇常年深居，极少见人，何况见她郭林英，不受待见的儿子不待见的媳妇儿。

常云领乳母穿过三开间的正殿，往西经西暖阁、西偏殿，最外侧的两间屋是廊道，廊道开小门通入弘德殿的内院。陛下住在乾清宫的西配殿弘德殿，面阔三间，明间辟门，东西侧间为槛窗，前接卷棚抱厦三间，有个小院子。大殿内的九间屋子，各点两盏灯，光线昏暗，看不清脚下的路，乳母抱着五皇孙可当心了。

进了弘德殿，总算看清了脚下。常云领乳母入西侧间，皇帝的小书房。这间屋子亮堂堂的，镂刻着吉祥纹样的宫灯，照出的光线都有形状。

皇帝穿一身士大夫燕居穿的道袍，坐在书案后边。

乳母抱着五皇孙，不方便下跪，屈了屈膝。

皇帝嗓音浑厚有力，对常云道："朕看看。"

常云抱过襁褓，至陛下身前跪下，举到陛下眼前。皇帝的目光从婴儿脸上扫过,这孩子有点趣儿,见了皇祖,睡得这么香。皇帝揪了揪他立着的小头发,孩子像受到惊吓似的,抬起小拳头蹭到脸上,松开手继续沉睡。皇帝扬起一抹浅笑,道声:"去吧。"

常云站起,把五皇孙还给乳母,带他出去。万历皇帝入住弘德殿以来,小院的外门凤彩门给封上了,出入必须通过大殿,走正门。

出生不满一个月的朱由检,躺在乳母的怀抱里,极其幸运地进了乾清宫,却始终没睁眼看一看皇祖。他合该感到自己的幸运,他的大哥,甚得皇祖喜爱的皇长孙朱由校,长到三岁才误打误撞见了皇祖。

皇帝也记着,看见朱由校的那个傍晚。夕阳的余晖映红了天际,漫天的流霞,暖洋洋的。御驾迤逦,走在乾清门前的广场,小火者给陛下打着伞盖。趁天气好,皇帝出门去慈宁宫看慈圣皇太后,顺便走走,松松筋骨。

忽然间,一个奔跑着的小孩闯进皇帝的视野。小孩垂散着长发,头发迎风飘着,交领衫的衣摆短得在膝下摆来摆去。皇帝驻步,指指那孩子,让常云带他近前。孩子不怕生,认得黑色龙袍上的龙头,扑通跪下。

皇帝笑出了声,跟着孩子的老内侍慌慌张张跑来。老内侍跑得呼哧带喘,见他的小主子跪在皇帝面前,吓得腿软。他也被常云带来,跪在孩子身后。

"你是谁呀?"皇帝知道这是他的孙儿,笑眯眯地问他。这孩子虎头虎脑的,常洵的儿子由崧,他见过,这个是太子的吧?

孩子讲话脆生生的,不胆怯,小脖一梗:"我是由校。"

"你爹是?"

朱由校抢着答:"我爹是太子。"

皇帝的面目柔和了，太子，他不喜欢，太子的儿子倒可人疼。皇帝问他，也是逗他："多大了？"

朱由校张开小手，比了个三。

皇帝摸摸孙儿的头，拉他起来，将他揽在腿前："由校，朕是你的皇祖。"

朱由校扬起脸，冲着皇祖咧嘴一乐，用百姓的称呼甜甜地喊："翁翁。"

他这一喊，皇帝心上乐开了花，没人喊过他"翁翁"，祖孙的天伦感情涌上心头。皇帝搂他更紧了，这孩子与他血脉相通。他抚着孙儿的头，毛糙的长发，心里酸得不是个滋味儿，记起了小时候的太子，像由校这个年纪……皇帝难受了。

跟着皇孙的内侍没问安呢。常云轻踢了他一脚，按宫里的叫法，这老内侍是皇孙的大伴儿。

老内侍磕头："奴才慈庆宫内侍李进忠叩见陛下，陛下万岁。"

皇帝表示出关切："皇孙的生母是你的主子？"

"回陛下，皇长孙的生母王才人……令奴才照顾皇长孙。"李进忠打了个磕巴。

皇长孙和太子同为庶出，皇帝不免遗憾。由校扭了扭，皇帝放开了手。由校跑开，躲到大伴儿身后。皇帝笑孙儿调皮，接着打量李进忠，大伴儿年老，看不住皇长孙调皮的话……

"传朕口谕，东宫好好抚育皇长孙，赏才人王氏太子妃的份例。"

"奴才代王娘娘叩谢陛下。"李进忠伏地叩首。

皇长孙也对皇祖拱拱手："谢谢翁翁。"

祖孙俩的相遇改善了东宫太子的境遇，太子的生母、禁足于景阳宫的王恭妃因此晋封为皇贵妃。那是万历三十六年的暮春。自七年前皇太子开府，开销大了，兼之内宫的人感觉太子地位不牢，摆高踩低，东宫过日子捉襟见肘。太子妃以外，东宫所有的女眷都做活计，贴补日常。服侍的人手也不够，皇长孙便养得粗放。单说皇长孙的生母，皇帝赏赐了的王才人，生过两个皇孙，照旧辛劳。而今因为陛下对皇长孙的疼爱，增加了东宫的用度，郑贵妃于背后支持的二十四衙门的列位掌印太监也不敢对太子殿下再过分了。朱常洛活到二十六岁，做了七年皇太子，终于有了正经皇子生活的规制，拜他儿子朱由校所赐。

那年之后，太子每年给由校添弟弟。万历三十七年王选侍生了三皇孙由楫，三十八年西李生了一对双棒儿，四皇孙由模和八郡主，刘氏生了五皇孙由检。东宫的日子好过些了，李进忠也进益了，陛下赏了他惜薪司佥事的虚职。王才人做主，复了李进忠的本姓，姓魏。李进忠本名魏四，进宫改了这个表征奴才身份的名字，现在他叫魏进忠了。王才人待他好，不只为她儿子的缘故。从前王彩菊做东宫厨役的时候，李进忠和她在一处，很照顾她，他俩是多年的好友。后来，王彩菊受了太子殿下的宠幸，诞下皇长孙，拉拔李进忠出了膳房，伺候皇长孙。那时日子拮据，次皇孙由㰒早殇，王彩菊失了宠，李进忠对她娘儿俩一如既往，护着王才人熬到皇长孙讨了陛下欢心，两人一起熬出了头。王彩菊知恩图报，至今有私房话仍和魏进忠讲。

吃着太子妃的俸禄，王才人闲时依旧做些针线，不忘本，贫家出身的女人闲不住。祖制皇子、皇孙的生母一般不可抚养亲子，那给儿子做点衣裳，尽尽母亲的心。亏了魏进忠和由校的乳母客氏尽责，王才人对儿子非常放心。

这一天，王才人给儿子缝着曳撒的贴里，由校六岁了，能穿大人式样的衣服了。魏进忠托王才人的贴身都人雨儿禀告王娘娘："魏大伴儿说,他带皇长孙去看五皇孙了。"

"那个来路不正的……"王才人碎碎骂了句,手指间针线翻飞。骂了方发觉不妥,朱由检哪里来路不正了?陛下见过他。

雨儿脑筋转了个弯儿:"太子殿下改了主意,令东李娘娘抚养五皇孙。五皇孙的生母是谁不重要了。"

"是啊,刘氏姿色平平。王选侍死了,东李养着三皇孙和五皇孙。刘氏母子全难出头。"王彩菊眉梢蕴了笑,冷嘲热讽,"刘氏身子好了吧?"

"奴婢去瞧过,刘氏还下不了床。五皇孙是难产,满月了,他母亲都好不了。"雨儿赔着笑脸。

"由校爱看,看去吧,左右他没事儿干。"王彩菊叹气,"我儿子早几年读书就好了。"

"皇长孙是陛下最器重的皇孙,快了,快了。"

王彩菊收不住的得意:"那是,陛下关照了太子殿下,是我儿子的功劳。你看,太子妃待我多好。"她说着嘴,却感到失落了,除了由校她还剩什么呢?西李有儿有女,如若太子殿下像了陛下,厌弃长子,起了另立之意……王彩菊拨浪鼓般晃晃脑袋,驱散不吉利的念头:"雨儿,帮我看着点儿魏进忠和皇长孙。"

母亲正说着自己,朱由校牵着大伴儿魏进忠的手,路过与奉宸宫一墙之隔的小花园。朱由校甩开大伴儿,跑了几步。

"小殿下,慢点儿。"魏进忠紧赶上,惟恐皇长孙磕了碰了。

朱由校转头催他:"大伴儿,快点儿。"

魏进忠拽住了朱由校:"别乱跑。"

朱由校很是兴奋:"我又有弟弟了。"

"奴才带小殿下看五皇孙,小殿下不许跑。"魏进忠蹲下,掸了掸朱由校的裤子。朱由校跑来跑去，弄得裤脚沾了灰。

朱由校乖乖站住了，让大伴儿掸干净，从袖筒里掏出个木头的小风车："大伴儿，我给五弟弟做的。"

魏进忠蹲着，拿过小风车摸了摸，确定没有毛刺儿，夸夸他："做得真好。大伴儿送小殿下的拨浪鼓，小殿下照着做一个给五皇孙，可好？"

朱由校抢过自己的杰作，骄傲着："好啊。我做的，五弟弟一定喜欢。"

"小殿下仁义，友爱弟弟。"

魏进忠站起，牵着皇长孙向南走。皇长孙举着小风车。

"我喜欢弟弟，他们长大了陪我玩儿。可是西李娘娘不让我碰四弟弟。"朱由校撅起小嘴，有点儿委屈，"由模也是我弟弟呀。"

"他们将来都是小殿下的臣子。"魏进忠憨笑，学王娘娘的话教育皇长孙。

朱由校不明白，兀自说他自己的，放下举着小风车的手。"我给四弟弟做的风车，西李娘娘不要。"

朱由校说的这事，令他母亲王才人至今光火。去年朱由模和八郡主出生，朱由校缠着魏大伴儿带他去瞧。热脸贴了冷屁股，主仆俩被西李轰了出去，西李娘娘还拒绝了朱由校送给四弟弟的小风车。

说曹操曹操到，西李领着她奉宸宫中近十个都人和内侍招摇过市。整个东宫的内命妇，独她插满头的珠翠。西李出身太子殿下的淑女，姿容美艳，进了东宫即得了专房之宠，不出三年生了一对稀罕的龙凤胎。说西李的风头盖过太子妃亦不夸张。西李貌美而浅薄，偏学内宫的郑贵妃，眼里不夹任何人。

朱由校见西李娘娘走来，躲到道旁，怯生生地向她问好："西李娘娘好。"

"朱由校啊。"西李直呼皇长孙大名，丹凤眼凌厉地飞着，跟随她的都人、内侍占了半条窄道。

魏进忠跟了皇长孙跪了，心下气西李娘娘不尊重皇长孙。

西李当魏大伴儿不存在，一把夺过朱由校拿的小风车："你去看那个老五？"

朱由校站起来，退后一步，西李娘娘身上的浓香熏得他不舒服。

"西李娘娘替我问四弟弟、八妹妹好。"朱由校懂规矩，带着笑。

西李还了他小风车，重重捏了捏朱由校的脸："乖，玩儿去吧。"

"奴才告退。"魏进忠赶忙起身，冲西李娘娘哈了哈腰，带上朱由校走了。

西李不喜欢别人叫她"西李"，李娘娘就是李娘娘，什么西呀东呀的，小孩子叫的她也吃心。她瞧着那一老一小走在一起，解下帕子按了按鼻翼上的香粉。

第三章

京城，叶学士府，两槛的小客堂里，窗外的大槐树的枝杈上吐了新芽，洒下初春的绿意，茶桌上清供着折枝迎春。当朝首辅叶向高和着粗布道袍的老者对坐品茶。进小客堂的是主人家的私客。叶向高今日的客人坐于上座，一副在野名士的做派。叶首辅拿出御赐的贡茶招待他，不消说，这是位贵客，是叶向高的挚交，大有来头。

来客姓顾，名宪成，字叔时，号泾阳，进士出身，万历二十二年被革职回乡，距今十七载。顾泾阳做官，最高做到吏部文选司郎中，正五品，品秩不高，却是朝廷最重要的官员之一，掌管文官的选授和递补，决定所有中下级文官的前途。自然，顾泾阳能为当朝首辅的座上宾，他的来头肯定不止十几年前做过一任要职，他还有个更为人熟知的名字——东林先生。

七年前的万历三十二年，顾泾阳会同东林八君子，创办了东林书院，讲学之余讽议朝政。他创办的书院在官场上颇有影响，包括他在内于东林书院讲学的先生皆为当世的名士，曾为刚正不阿的官员，触怒了天威，遭贬斥回乡，退而讲学，以士君子自诩，标榜品性高洁。这群讲学的先生周围逐渐聚集成一个集团，俗称"东林党"。下到地方，上到朝廷，这一拨读书人越聚越多，大有势力。东林书院的创始人顾泾阳就成了民间的大人物，"清流"官员无一不格外仰慕他。叶向高曾经不夸张地说，顾泾阳无官职而握有实权。实际上，叶向高就是一位东林党人。

万历二十七年，叶向高去了南京做"养鸟"侍郎。南京距无锡不远，闲来无事，他好交朋友，与无锡的顾泾阳相识，结为好友。二人意气相投，叶向高由顾泾阳引见，加入了他的朋友圈子。顾泾阳为人仗义。叶向高能入阁，能当上首辅，顾泾阳出了大力。

忆及当年，"独相"朱赓挂冠还乡，陛下欲召回以前的首辅王锡爵官复原职。陛下看重王锡爵，而王锡爵官声不佳，且与东林党主张不和。顾泾阳遂利用他一个朋友，时任凤阳巡抚的李三才，截获了王锡爵写给陛下的密信，公开了王锡爵在信中的不当言论，引起了士林公愤，阻止了王锡爵回朝。内阁空无一臣，皇帝仓促间拼凑出资历不足以服众的三人内阁，叶向高乃其中之一，排末位。首辅李廷机不久承受不了压力，辞官，次辅于慎行一年后病逝。叶向高顺理成章升任首辅。陛下怠懒，不提拔新人入阁，他成了"独相"。青云直上像做梦一样。若非顾泾阳挡了王锡爵还朝，岂有今日的叶首辅？

顾泾阳坐在叶学上府的小客堂里，优哉品茗。他年逾六旬，身材颀长，疏眉星目，面庞沟壑丛生，眉宇间有股灵动之气。一身灰色道袍，一头银丝用程子巾束起，儒者风范。此番顾泾阳远道而来，不单纯与叶向高叙旧。叶向高与他通信，笔端流露出致仕之意。顾泾阳不顾老病，上京劝他留任。南京一别，四年未见，再相见，小他九岁的叶向高也生了满头的华发。

叶向高晃了晃盛了小半盏茶汤的青瓷盏，以一种轻快的口吻闲谈，却无半点轻松的意味："三月了，仆有两年没见过陛下。"

"陛下早非忠臣劝得动的。"顾泾阳执壶，给叶向高添茶，"见不着陛下的首辅非进卿一人。朱赓七十二岁，苦苦独撑了两年，陛下也不理他。"

"朱首辅最后挂冠而去，不出几个月过世了，活活累死的。"叶向高端起茶盏，凑到鼻子底下，嗅嗅清冽的茶香。谈及先任首辅的遭遇，他兔死狐悲："说白了，陛下因为国本之争没遂他的愿，与朝臣僵持到现在，纯属怄气。"

"陛下又不会真的万万岁。如果坐龙椅的是位公正、宽仁的皇帝，像陛下的曾叔祖父孝宗。"顾泾阳暗示，万历皇帝春秋已高，可以开始考虑扶持新皇。要叶首辅关注太子，培养他像孝宗，做一位没主见、纳谏如流的"仁君"。叶向高听的是顾泾阳的另一层隐意，不让他辞官，自己不正是一位没主见、能听话的"仁相"，替东林党立于台前？其实顾泾阳大可不必跑这一趟，即便自己递了辞呈，陛下也不可能批示。陛下对朝臣的抵制是全面的抵制，自争国本拉开序幕起，陛下怠政二十年了。

叶向高便道："仆理解，太子殿下人品贵重……"

"太子殿下宠幸了陛下的淑女，仆听闻了。"顾泾阳快人快语，他早年即是个炮筒子脾气，口对着心，有一说一，直言开罪了陛下，因而受人敬重。"太子殿下若像穆宗，生活上略不检点，至少高拱主政……高拱和穆宗有师生的情分。"他暗指穆宗不谙政事，帝师高拱深受信重，秉政四年，做了几件利国利民的大事。

"前朝旧事,不提也罢。"

叶向高最不爱听人说高拱,他不是嚣张的高拱。他做了三年首辅,住的仍是初回京城买的小宅子,谦逊极了。有的门生跟他提议过,换一座符合"独相"身份的位于内城的大宅,可他钟爱这座三品官规格的府邸。因为这是申时行首辅的旧居,申首辅从礼部侍郎到位极人臣,在这里住了十年。叶向高推崇申时行,顾泾阳推崇高拱。叶首辅以申时行高蹈的德行和谦敬的品行自居,相反他讨厌高拱为人臣子跋扈专断。

顾泾阳理解叶向高的心志,不好意思地笑笑:"进卿不要多心,仆随便说说。太子殿下有他父皇教导,进卿不过是先生。"

"叔时认为,陛下与太子殿下是一对正常的父子吗?"叶向高叹了口气,他的长髯被吹起。谈起太子殿下,叶向高流露出些微的失望,朝臣中他最了解太子殿下。他开解自己:"太子殿下苦闷,小节上不经意,出了事儿胆战心惊。"

"福王殿下迟不之国,进卿想想办法,帮太子殿下解了危困。"顾泾阳一口气喝光了盏中的茶汤,神情焦虑,倒上再喝一盏。

叶向高以手抵额,心绪起伏,与挚友倾谈,一吐胸中块垒:"仆当首辅的时日不短,仆算看明白了,仆是没办法呀。陛下不曾怠政,他抵制的是朝臣。陛下只不批朝臣的辞呈和对陛下本人的谏言,奏政事的奏疏他全批,但是坚决不见大臣。陛下如在谏他本人的奏疏上批上一字,就中了给事中和御史的下怀,言官便会借题发挥,怎么闹大怎么来。廷杖也灭不了朝臣想要流芳百世的热情。陛下这样治天下,咱们找不到理由批评陛下,圣人教导垂拱而治。国本那事儿,早立了皇太子,扯旧篇没了意义。陛下十年不施廷杖,够仁义了。"

"进卿莫悲观。官位空缺了太多,由高到低。挂冠走了官员,官职不复存在。"顾泾阳拈了拈下巴上的山羊胡，狡黠道，"这叫什么垂拱而治，叫'万境人踪灭'。"

"陛下不补官缺，他忌惮朋党。陛下不认同'退小人之伪朋，用君子之真朋，则天下治矣'。陛下要清流和沈一贯的余党都过不上好日子。"

叶向高所言沈一贯是朱赓之前的首辅。沈一贯任首辅期间，组织他的浙江同乡，形成了"浙党"。这拨人纵容陛下肆意，而陛下待他们倒若即若离，提防沈一贯借势弄权。浙党无耻，是东林党的对立面，为"清流"所不齿。

"陛下限制了大臣。宫里的大珰反倒四处作威作福。"话说一半，叶学士府的管家领了个穿斗篷的人进来。见了陌生人，顾泾阳忙止了话头，站起来。叶向高亦起立，引了穿斗篷的人坐。那人解下风帽，显出一张年轻的面孔。

叶向高为二人引见："叔时，这位是东宫的刘公公。这位是老夫的朋友，无锡的东林先生顾泾阳。"

顾泾阳豁然，回了座。他看不起宦官，板着脸称了声："刘公公。"

叶向高与刘庭相熟，对他二人道："自己人，莫拘束。"

二位素昧平生的各自安了心。刘庭并不晓得东林书院，他看东林先生的打扮，晓得他是读书人，起身向顾泾阳深深一揖："奴才见过东林先生。"

顾泾阳受了刘庭的礼，不吭一声，"清流"必然瞧不起宦官。刘庭面带笑意，又给叶先生见了礼，才坐回椅子，替太子殿下转达宫中的动向。

"陛下见了五皇孙？稀奇！"叶向高暗自高兴，太子殿下平安过关了。

顾泾阳对宫闱中事不感兴趣,他俩谈论太子殿下的家务,他不发一语。

叶向高关心太子殿下的一切:"刘淑女呢?"

"刘淑女尚未封诰。"刘庭答。

"刘公公带话给太子殿下,臣想……赐刘氏个名分吧,选侍即可。"叶向高忧心切切,他恐陛下青睐五皇孙,太子殿下再薄待刘氏,坏了殿下的名声。

"奴才一定带到。"

顾泾阳见叶首辅与宦官礼尚往来,面露不屑。刘庭跟叶先生叙清了事情,立马告辞了,不打扰叶先生会友。

刘庭带回叶先生的忠告,太子殿下已然淡忘了刘氏。刘氏一事,着实耻辱,快过去吧。他没见过由检,不想见,更不可能册封刘氏。可是太子留了心眼儿,让韩本用托付常云,务必使父皇知道由校对由检感情很好,那么他这个父王待新出生的由检肯定不差。父皇以为他重视由校,实然朱常洛对由校亦没给予过太多的关爱。由校的生母,他也快淡忘了。朱常洛钟爱美艳的女人,比如西李。他对西李的宠,不等于父皇爱郑贵妃,爱屋及乌,爱那女人生的孩子。朱常洛也不太关照西李诞下的由模和八郡主。

然而紫禁城中,仍然有人记着刘淑女。风平浪静后,王皇后传太子妃去坤宁宫问话。王皇后多病,不理事,靠坐在榻上,严妆见她的子媳,耐心听太子妃郭氏述说了一遍经过。

"林英,刘氏身子好些了吗?"

给郭林英问住了,太子殿下对刘氏无意,她便不留心了:"傅淑女在照顾刘氏。"

王皇后不问了,想来郭氏能力不足,给疏忽了:"刘氏好了的话,带她来见见孤。"

郭林英蹙了眉："刘氏难产，亏了元气，需要多休息一阵儿。"

"她好利落了过来。"王皇后咳嗽两声。郭林英不动弹，忘了给婆母递帕子，跟来的高司仪代劳伺候了。

王皇后喝了口茶润润："你们准备封刘氏为选侍或是才人？"

郭林英恭谨回话："听太子殿下的。"

"孤病糊涂了，太子的女人，听他的。"王皇后按按太阳穴，坐起来一会儿有点儿晕，叫太子妃先下去。

回到东宫，高司仪问了傅淑女，知道刘氏已经下地了。太子妃令服侍她自己的都人给刘氏备一身新衣裳，过几日带她去坤宁宫。

那一日，王皇后特意穿了红素罗的百子花卉夹衣，贺刘氏诞育麟儿之喜。刘氏弱不禁风，穿的犹是淑女的衣裳，妆服素净，人长得瘦小，皮肤白净，鼻子很美，又高又直。

王皇后点点头，受了刘氏的大礼，教她的都人小悦扶了刘氏落座。王皇后和蔼可亲："刘氏，你的闺名是什么？"

刘氏安静，太子妃插话，怕刘氏失仪："母后问你的名字。"

"臣女贱名刘沅，沅水的'沅'。"刘氏羞怯地答。

"'沅'，你家是湖南的？"

"是，皇后殿下，臣女幼年迁居宛平。"刘氏稍稍停顿。

郭林英坐对面，她亦惶恐，暗示刘氏放松："你跟了太子殿下，不能自称'臣女'了，得自称'妾'。"

刘氏声如细蚊："皇后殿下恕罪。"

王皇后慈和，与刘氏拉家常："你进宫几年了？"

"四年了。"

郭林英做了准备来的："回母后，刘氏于万历三十五年，十四岁进宫，今年虚岁十九。"

"刘氏有福气，生下皇孙。"王皇后莞尔："你的儿子也争气，皇祖见了他。"

刘氏的眼泪扑簌簌落了，由检刚出生就被抱走了。

郭林英赶忙道："母后，刘氏她不懂规矩。"

王皇后知道刘氏哭什么，她体谅刘氏的心情："林英，把由检抱给刘氏瞧瞧。"

刘氏掉泪珠子，掉个不停。郭林英让高司仪带她到偏间，平静平静，她抱歉一笑："母后，刘氏进宫四年，忒不懂事，惹母后不愉快了。"

"没事儿，母子天性嘛。"王皇后抿了抿唇："孤见过了刘氏，好跟孤的母后复命。"

郭林英惊讶："皇祖母知道了？"

"添曾孙是喜事。"王皇后道。

太子妃不知道，打太子殿下出生，王皇后对太子的照应。太子的几个儿子，母后都顾全过。这些多出自皇祖母的授意，是皇祖母和母后两个人保护着东宫。

万历皇帝亲政以后，李太后退居慈宁宫颐养天年，不常置喙皇帝的事。皇帝侍奉圣母孝顺，李太后亦保持了对皇帝的影响，但李太后和王皇后在后宫的作用有限。后宫真正的主人，不是中宫，是三十年来盛宠不衰的福王朱常洵的生母，郑皇贵妃，通常称她为"郑贵妃"。郑贵妃才是内廷二十四衙门和尚宫局的主人，内廷加上外朝，只有郑贵妃母子能跟皇帝经常说上话。

郭林英每想到郑贵妃，总纳闷儿，郑贵妃入宫三十年，不年轻了，何以陛下依旧独宠徐娘半老的她？她佩服郑贵妃的能力。母后卧病后,郑贵妃打理宫务,名为协理六宫,凡事亲力亲为,十多年来将宫禁治理得井井有条。父皇为此看重她在理。郭林英常想,假如我有郑贵妃一半的主事之才,帮太子殿下打理好东宫的家事,太子殿下会不会多看上我一眼?

其实郭林英没搞清,她与郑贵妃有本质的不同。郑贵妃热衷权力,每天早晨雷打不动,听司礼监掌印太监李恩、东厂提督李浚、尚宫局周尚宫汇报宫务。而郭林英心性散淡,和内宫相比巴掌大的东宫,她还倚靠着王才人和高司仪做她的主母。

瞧郑贵妃的心气,刘氏一事了结了,她还不放手:"这就完了?陛下说别的了?"

李恩伺候郑娘娘,摇摇头。

"陛下被奸人蒙蔽了,本宫要见陛下。"郑贵妃沉稳不足,腾地站起。她深受陛下宠爱,议论陛下偶尔尊卑不分。

周尚宫给东宫扎了一针:"太子妃终归聪明一回,不晓得后续的处置是太子妃还是高司仪的想法?"

"哼,太子妃?轮不上她当家。"郑贵妃的两道柳眉怒冲冲向上挑着:"陛下的淑女变成太子的淑女,偷天换日!把阿洵叫来!"

李浚步履匆匆,闯了进来。不及郑娘娘骂他没规矩,李浚跪倒,像被贴裹的下摆绊倒的:"郑娘娘,福王府出事儿了!"

"阿洵能出什么事儿?"郑贵妃拧了眉头:"咋咋呼呼!李厂公皮松肉紧了?"

李浚磕个响头,越着慌声音越尖细,连忙道:"是福王府,福王府的杨荣,去云南替陛下收矿税,激起了民变。杨荣和二百多个当地的税官被老百姓杀了。"李浚替杨荣喊冤,掩盖了一半的事实,他不说杨荣在云南如何肆虐。百姓杀掉一个税官,他杖毙几千人报复,把知府大人投入了监狱。李浚如此分说，有他的道理，他和郑娘娘一心，和陛下一心，税监、矿监下到地方，奉的圣意。激起民变怎样？不是第一起了。老百姓对抗朝廷，不该镇压吗？

"为何你知道了？"郑贵妃盯了眼李恩，云南民变，她不以为意。她关心她自己的权势。按制，京城与外省的奏疏由通政司入司礼监，交皇帝御览，阅后发内阁票拟，然后交皇帝朱批，发六科廊抄出。司礼监掌印不知道，东厂提督知道？

"回郑娘娘，杨荣出事，锦衣卫传的信儿。杨荣兼了东厂的差。"

"通政司没收到奏本？"郑贵妃问。

"云南布政使乖觉，没写奏疏上京。"李恩如实道。

郑贵妃满意地笑："的确乖觉。陛下不晓得。"

不走正常渠道，陛下定不会得知。走了正常渠道，李恩会把云南的奏疏截下，送到郑贵妃处。

"是。"李浚抬脸，看郑娘娘还生气不？

郑贵妃没功夫生气，她沉着下来，迅速拿出了对策："李恩、李浚随本宫去见陛下，周尚宫你回吧。"

周尚宫依礼退出。

郑贵妃匆忙领李恩和李浚去了，边走边琢磨，越想越可怕："陛下怪到阿洵头上可糟了。陛下若气杨荣作恶，一气之下赶走阿洵去了洛阳，召不回来了。阿洵不能走。刘氏一事未扳动太子，到头来栽了太子的道儿。"

"娘娘英明。"李浚心思剔透："奴才决不让东宫知晓。"

郑贵妃默许，李恩又禀了一件事："郑娘娘，景阳宫报，王娘娘的病日重一日，求您请太医给王娘娘诊治。"

"芝麻大点事儿，请吧。"郑贵妃烦乱着，乍然听去没过心。

李恩奉承着笑:"奴才教太医院派人过去。"

"慢!"郑贵妃回过神儿,王皇贵妃病了,本宫才不好心,帮她求医问药。她妒恨那个名分上与她平起平坐的老女人。如果不是她侥幸生了皇长子朱常洛,阿淘就是太子了,自己说不定当上了皇后。郑贵妃银牙咬得咯咯响:"告诉御药房,给王氏用的药……"

"奴才遵旨。"李恩行进中打了个躬,不劳郑娘娘吩咐,他铁定不让王恭妃治好了病。到如今,宫里仍用王皇贵妃最早的封号"王恭妃"称呼她。十六年前,皇长子搬去了慈庆宫独住,郑贵妃把王恭妃幽闭于寝宫景阳宫,王恭妃失去了自由,卑微如草芥。

"行了,王恭妃病了,病了吧。陛下心疼杨荣,无需本宫赘言。"郑贵妃忽地想明白了,打了个呵欠:"本宫不去了,回宫补个觉。"

"遵旨。"李恩扶了郑娘娘的手,回启祥宫了。

郑贵妃算着了。李恩回头禀报陛下,云南收矿税酿成了民变,陛下不但不彻查,不责问,为杨荣哭了一场。杨荣与陛下颇有渊源,他是十几年前陛下最信重的近侍,是司礼监掌印太监兼东厂提督陈矩的干儿子,素性乖巧,贴身服侍过陛下。陛下喜欢杨荣,福王开府,把杨荣赏给了福王。福王赏了杨荣收矿税的美差,断送了杨荣一条性命。"忠仆"惨死,令皇帝想起了早逝的陈矩,伤心不已。陈矩做内廷的首揆,鞠躬尽瘁,积劳成疾,皇帝现今没事儿犹念起他来。现在乾清宫伴驾的这批近侍,常云、马鉴、苗全,他们都是陈矩的干儿子。

想起陈矩,皇帝擦干了眼泪,收矿税被乱民杀害的大珰,不仅杨荣一人,抚恤就是,不能厚此薄彼。说来,收矿税是郑贵妃的起意。万历二十四年,乾清宫、坤宁宫失火,第二年三大殿失火。内宫忙于修缮宫殿,郑贵妃提出用度不够,内廷开支不得随意从国库支取银两，郑贵妃想出了这发财的门道：派出大珰下到地方上开矿、征收商税，合称"矿税"。收矿税很快演变成一场声势浩大的敲诈勒索，然而皇帝睁只眼闭只眼，放任大珰在地方上为非作歹，中饱私囊，收了银钱进内库即好样的。

万历二十九年册立皇太子后，爱子常洵注定是藩王了，皇帝愈发的专注聚敛，将几个省矿税的利分给了福王。十年来，皇家与民争利，百姓反抗剧烈。光皇帝知晓的，死于乱民之手的税监、矿监，算上杨荣，已有四位。还有他不知晓的，郑贵妃隐瞒了的。

陛下宽纵，底下的人越来越肆无忌惮。杨荣闹了这么大事儿，李恩代陛下做了朱批，越过内阁，直接发下，安抚了云南地方，命布政使自己去处理。云南民变给淹了。

郑贵妃进弘德殿小书房，伺候陛下笔墨，陛下亲笔写了一道谕旨，只字不提民变，封赏"为国捐躯"的杨荣。她陪着陛下写字，提了提病重的王恭妃，陛下没理会。

第四章

转眼万历三十九年的九月，秋风吹来了丝丝的凉意，风清气爽。季秋明净的天空上，团云漂浮，映着各宫廊下的菊花金黄簇簇。

坤宁宫挨着御花园，越到深秋，树叶越红艳，隔着东暖殿的矮墙探近了后窗。王皇后住在东暖殿，坤宁宫的东配殿，像陛下弃祖制规定的乾清宫东暖阁，住西配殿弘德殿，王皇后也让自己住得舒服一些。

王皇后出浴，都人小祺用一整块簇新的素绸包住皇后殿下的身子，蘸干身上的水珠，服侍皇后穿上贴身的中衣。燕居时皇后也穿袄裙，不戴凤冠。

王皇后习惯睡醒了晌午觉沐浴，她和皇帝一样，平常不出门走动。九月十一这天，沐了浴，换了衣裳，没施脂粉，都人小悦进了内间："皇后殿下，景阳宫的仲伦公公来了。"

"景阳宫？王恭妃怎么了？"王皇后示意小悦上前，好几年了，景阳宫的人没登过门。

小悦帮着小祺搭把手，给皇后殿下扑粉："仲伦公公说，王娘娘病笃了。"

"快些。"王皇后化了淡妆，出来了。

仲伦拜了皇后殿下，他是景阳宫唯一的内侍，挂着木牌，仅是个小火者。景阳宫没有大珰，只有小火者仲伦和二十几岁的都人菁儿。

"皇后殿下，王娘娘春天旧症复发，挨了半年……王娘娘不好了。"

"郑氏不给请太医吗？"王皇后可怜苦命的王妹妹，她被禁足了十几年，王皇后亦暗中周全过她。

"太医上个月刚去。"仲伦居然对着皇后殿下流泪了。

小祺申斥仲伦："当着皇后殿下，不得无状。"

王皇后制止了小祺："缺什么贵重的药，郑氏不给？"

"王娘娘的病拖延至今，药石无医。"仲伦哽了一下，几乎喊出了声："王娘娘想见太子殿下！"

"这得求陛下，孤见不到陛下，你随孤去问郑氏。"王皇后犯难。

仲伦情急："皇后殿下，郑娘娘绝对不答应，奴才求您了。"

一想也是，幽禁王恭妃即郑氏的主意。几十年了，郑氏当王恭妃是眼中钉肉中刺，岂会善心大发，如了王恭妃的心愿？王皇后紧锁眉心，发愁如何求见陛下。她这中宫皇后和郑氏比，徒有虚名。

仲伦苦苦哀求，眼泪又落下了："皇后殿下，王娘娘就这一个心愿。太子殿下见不到母亲的最后一面……"

王皇后思量了一会儿，如何是好。仲伦说得对，关键在于太子。没关系，陛下不见她，她去求母后，母后会出面主持公道的。

王皇后遂令都人小祺、小悦，坤宁宫掌作太监宋正东，每个时辰到乾清宫求见一次。

去了两趟,陛下没吭气,郑贵妃知道了。郑贵妃来找王皇后兴师问罪,吃了闭门羹。待到黄昏的酉时,皇帝请王皇后进了。

王皇后想不起多久没进过陛下的寝宫。她直走进了弘德殿的东侧间,皇帝盘腿坐龙床上等她,床前放下了纱帘。

王皇后肃了肃,皇帝隔着帘子向她伸手,她碰了下陛下的手:"陛下安好?"

皇帝带笑:"好,姐姐安好?"王皇后比皇帝年长几个月,皇帝爱叫她姐姐。正好她的名字叫喜姐。

"臣妾安好。"王皇后坐了床头的小凳,脚边搁了张小桌,放了几本摊开的书。陛下爱读书,床脚的方向,靠墙置了两个书架,放些皇帝手边正读的书。

侧墙上陛下的一幅字撞入了王皇后的眼:"陛下的这幅墨宝,新写的吧?"

皇帝指了指那幅字:"陶渊明的行旅诗,昭昭天宇阔,晶晶川上平。"

皇帝的书法师承他的大伴儿冯保。琴棋书画,皇帝书法最精。他十岁能写径尺以上的大字,有次赏了幅墨宝给张居正,张先生。张先生不鼓励他,还说书法是微末伎俩,自此停了日课中的书法。张居正死后,皇帝日日用功练字,补上了荒废的几年,又学习了篆刻。皇帝自认他的字不输梁元帝、宋徽宗,亦评价过王皇后的小楷自成一格。

所以王皇后懂欣赏,她品鉴着陛下的墨宝:"三个白字叠在一起,陛下写出了陶诗中洒脱的清气,力透纸背。"

皇帝觑着眼,老了视物不大清晰了:"'晶'是皎洁、明亮的意思。

陶渊明以'晶'形容月夜，笔法精到啊。"

"臣妾看，'晶'字胜在字形独特。"王皇后收回眼光到陛下脸上，她不是来和陛下谈诗词，谈书画的。她与陛下说笑："陛下您变样了。"

"姐姐看上去从来比朕大几岁。"皇帝直言不讳。

王皇后垂下眼帘，她也感到了自己比之陛下的衰老。陛下胖了，胖的缘故褶子不多，不像自己满脸皱纹，憔悴，苍老。

"喜姐。"皇帝伸过帘子握她的手，唤她的名字。

王皇后对上皇帝温和的目光："陛下。"

皇帝用另一只手拍拍她手背："姐姐好生保养，你的气色比前几年好多了。"

"臣妾能把陛下的话当作对臣妾的关怀吗？"王皇后生了小女儿态。

皇帝长叹一声："年轻时候你能这样多好。"

王皇后侧了侧身子："陛下怎样便好了呢？"

"姐姐还是爱教训朕。"皇帝讪笑，夫妻二人隔着纱帘，有的没的说话。聊了半天，皇帝扯出了正题，道出王皇后的来意："假如王恭妃不生病，你都不来看朕。"

"陛下不说想见臣妾，臣妾不敢求见。"

"还倔？"皇帝缓缓道，看上去很为难，先让常云拉开了帘："朕并非不肯让太子探视王氏，可朕担心，阿芳不高兴。阿芳和阿洵夹在当中。"

"太子和王氏是亲生母子，与郑氏母子有何干系？"王皇后迫视皇帝。

"常洛是太子，他的一举一动关乎社稷。朕如让你收了常洛为养子，他与王氏半点关系没有。"皇帝旋即闭口，不该说到收养子这档子。当年国本之争，储位空悬，王皇后几次提出收养皇长子，皇帝坚决不同意，不给皇长子嫡子的身份。

王皇后直言："即便常洛做了臣妾的养子，王氏终究是生母。生母的最后一面，您不准太子见，不近人情。"

皇帝沉吟："王氏果真病入膏肓？"

王皇后点头，皇帝仍然犹豫："那……要不……准太子去吧。偷偷的，别教阿芳知道。"

王皇后鄙夷："宫中的大事小情，没郑娘娘不知道的。"

"朕向阿芳解释。"皇帝关注着王皇后神情的变化。王皇后继而沉默，皇帝缓了语气："姐姐安排太子见王氏，好吗？"

"太子应当光明正大地见母亲。您也应当解了王氏的禁足，接她出景阳宫。"

"你是太子的母亲。"皇帝半哄劝，半要挟："你不管，朕不准太子见了。"

王皇后无奈："臣妾遵旨。"

"你既来了，陪朕坐会儿。"

皇帝待皇后的敬重，在他的女人中，没有第二位。他们夫妻尽管不常见面，有王皇后住后头的坤宁宫，皇帝心安。王恭妃病笃一事，王皇后不张嘴，皇帝不会主动准许太子去探视他的生母。

太子得到了恩准，竟然胡思乱想。

"王娘娘怎么了？"

刘庭轻咳一声，提醒太子殿下用错了称呼。刘庭现下管了两个接替他侍弄衣裳的小火者，他贴身服侍太子殿下了。

太子改了称呼："孤是说，孤的母亲？"

宋正东带来王皇后遣去给王恭妃诊治的太医院医正葛太医。葛太医回话："回太子殿下，王娘娘火盛水旺，气上撞心，肝火乘心，五内疼热……"

太子摆下手，令葛太医住声。他最烦太医的长篇大论，只想听痛快话。"母亲得的什么病"刚要脱口，太子闭严了嘴。如是郑贵妃给他设的圈套……父皇从不许他见母亲，不许宫人提王娘娘一言半语，父皇为什么忽然发了慈悲？

宋正东惶然："皇后殿下请太子殿下即刻往景阳宫。王娘娘病笃，想见太子殿下。"

母亲病笃了？他登时有股子冲动，飞奔去见他的母亲。但太子收住了心，谨慎为上。

"孤不去了。"太子转眼盯着王安："你替孤去。"

宋正东坚辞："皇后殿下的意思，太子殿下必须去。王娘娘多年来最想见太子殿下一面。"

太子不是不想见，他不敢冒失。骨肉分离那年他刚十三岁，他也惦记着母亲，渴求母爱的温暖。可是母亲最在乎他的安危，他更不能犯险。

王安理解太子殿下的矛盾，愁云满面，明着问宋正东："宋大珰，陛下的意思？"

宋正东口气断然："陛下亲口答应的皇后殿下，准许太子殿下探视王娘娘。"

太子闭了会儿眼，深思熟虑。父皇首肯，郑娘娘呢？他不想平白开罪郑娘娘。叶先生教他，做皇太子最紧要的是蛰伏，多一事不如少一事。太子心下痛惜，叹了口气，再看王安："给母亲送点儿东西吧。问太子妃有什么东西带给母亲？"

王安想不通了，陛下首肯，太子殿下为什么不去？王安扭头，瞅一眼司茶水的刘庭。刘庭看懂了王大珰的眼色，放下茶壶，上前一跪："太子殿下，您不见王娘娘，陛下反而不高兴。陛下赐了圣意，郑娘娘的心意，殿下不用考虑。"

王安跪下，吊起眉梢："陛下准许太子殿下探视王娘娘，为彰显皇家的孝道，教导天下人孝亲。"他就差挑明，太子殿下与母亲分离，王娘娘的悲惨境遇，都是郑娘娘一手造成的，殿下您顾虑她干吗？

太子默然，他不去景阳宫，父皇怎么想他，大臣怎么看他？朱常洵就在京城，威胁尚在卧榻之侧，一步不能踏错。太子陷入了两难，他得想出个两全其美的办法，两头不得罪。

"王娘娘期盼太子殿下。"刘庭道。

"王娘娘等着殿下。"宋正东道。

太子思虑再三："这样吧，明天清晨，孤过去。"

葛太医道："王娘娘怕是撑不住了。"

"孤意已决。你们替孤想想。"太子脸色难看了："刘庭送宋大珰、葛大人。王安随孤进来。"

刘庭送二人出了东宫，他方询问："葛大人，王娘娘生的什么病？"

"厥阴证，好几年了，缺医少药给耽误的。"葛太医噤声，不妄议尊上："皇后殿下派我去诊治之时，王娘娘就两三日的工夫了。"

"明日九月十三了。"刘庭喃喃。

"刘公公劝劝太子殿下。我真怕王娘娘撑不住。"葛太医焦急。

宋正东犯了难："是呀，刘庭。皇后殿下去过景阳宫，王娘娘强撑着在等太子殿下。最后见上儿子一面，王娘娘才闭得上眼啊。"

"宋大珰，小奴懂了。"刘庭愣了一下。

"你懂了就好。太子殿下这态度，教我咋跟皇后殿下回禀？"

一 月 天 子

宋正东迈开步子，不回头对刘庭道："不必送了，你回去劝太子殿下吧。"

"小奴恭送葛大人，宋大珰。"刘庭打了个千儿，心事重重回慈庆宫。他劝不了太子殿下，和王大珰说说，求王大珰再一起劝殿下，争取今日让殿下和王娘娘见上面。

"刘庭啊，热心肠不是这么个热法儿。"王安撵了岳才明，合上值房的门。

"小奴是想……"噎得刘庭张口结舌。

"你想？太子殿下和陛下的事情轮得上你想？"王安落座："你别多事，为殿下多事同样是多事。"

"小奴……小奴想找叶先生。"刘庭被王安的严厉吓住了。

"且不论来得及，来不及。没太子殿下的令旨，叶先生是你能见的？"

刘庭顿时乖觉："王大珰，小奴豁然开朗。"

"嗯，你道行浅，多历练历练。"王安站起来，拍拍刘庭的肩，提点他："刘庭，你我共同伺候太子殿下，做个好的近侍，本分和小聪明是不够的。"

"小奴谢王大珰赠言。"

王安饶有深意，扯扯刘庭腰间的木牌。太子殿下和他商量好了。

次日清晨，天刚蒙蒙亮，薄雾飘散，寒气逼人，残月像淡青色的鹅卵石挂在树梢。太子只带了韩本用，静悄悄离了慈庆宫，出东宫的麟趾门、关雎右门，往北过保善门、凝祥门进内宫，沿东六宫东侧的外墙再往北，进衍瑞门，便是东西六宫中把东北角的景阳宫，王皇贵妃的寝宫。

太子十六年未踏足过景阳宫，十三岁前他和母亲同住在这里。

十三岁那年,郑贵妃污蔑皇长子朱常洛爱与都人嬉戏,行为不检,王恭妃教子无方。陛下命朱常洛挪去了慈庆宫,儿子走了,王恭妃被幽禁。母子就此分离十六载。

推开景阳门,一股怪味儿呛得太子打喷嚏。太子站了站,绕过影壁,满眼的萧瑟和凋敝。东西六宫皆是相同的规制,置身景阳宫,竟觉不出自己还在宫中。铺地的青石板光泽黯淡,正殿朱漆的窗棂有的朽坏了,一地的落叶无人打扫。泪水漫上了朱常洛的眼,景阳宫比他离开那年更破败了。

仲伦住在后边的庑房,他闻声赶出,见了太子殿下,一下从睡梦中清醒:"奴才仲伦见过太子殿下。"

朱常洛抬袖挡了挡鼻子,急步走上月台,正要推门,发现门上了一把大锁。朱常洛抓起那锁,质问仲伦:"怎么回事儿?孤的母亲病笃,还上锁?"

仲伦支支吾吾:"郑娘娘。"

朱常洛差点儿大吼:"孤知道!开门!"

仲伦跑着去他的庑房取钥匙。他本是启祥宫的人,来了景阳宫也同情王恭妃。

取来钥匙,开了锁,朱常洛冲进去,仲伦和韩本用留在外面。屋里的光线非常暗,家具早陈旧了,跟十六年前一个样。太子被一把凳子磕了,他揉着膝盖,看这间他住到了十三岁的宫室,从未设过妃子的宝座,寒酸至此哪里是皇贵妃的寝宫?转过落地罩,东暖阁是寝殿。殿内空空荡荡,几把老旧的椅子,一张榻,一张雕花大床贴着北墙。母亲睡在床上,朱常洛奔上前,跪下叫道:"母亲,儿子来了。"

"哦。"王恭妃艰难发出声音,动了动小臂。

偌大的宫室，只一个都人。菁儿坐床沿扶王娘娘坐起，让王娘娘靠着自己。王恭妃动动手指，朱常洛坐到床上来，与母亲面对面。母亲抬起手抚过他的脸颊，他的眉毛，他的眼睛，朱常洛才发现母亲看不见了。

"娘。"朱常洛摸摸母亲的手："我是常洛。"

王恭妃嘴张合了两下，朱常洛凑到母亲唇边，听她说："我儿像陛下。"

朱常洛的泪从母亲的指缝流下。王恭妃哭瞎了眼，流不出眼泪了。朱常洛抓着母亲的手，将母亲揽入怀里，情真意切："常洛在。"

王恭妃靠着儿子坚实的胸膛，渐渐的气息愈来愈弱："儿长大如此，我死何恨？"

"娘……"朱常洛搂着母亲，哽咽无言。

王恭妃等母子团聚的一天，等了太久，耗干了她的生命。平明时分，景阳宫的寝殿中弥漫着萧索的寒意，王恭妃靠在儿子怀里，暖极了，唇边带着笑。

朱常洛感到母亲的手沉了沉，他抱紧了母亲，坚毅道："娘，常洛不会让您受委屈了。"

菁儿于床边跪下，泣不成声："太子殿下，王娘娘去了。"

朱常洛不放手，儿时他就与母亲同睡在母亲今日咽气的这张床上。那时候日子苦，可他还有娘。娘走了，谁关心他？

"我陪娘再待一会儿。"儿子的泪濡湿了母亲的白发，一支素银簪子束得乱糟糟的。

天光亮起来了，照进昏暗的室内。母亲的体温一点点流逝，母亲永远地离开了。朱常洛放平了母亲，为她盖好被子，盖上脸，跪在床前，磕了三个头，对母亲承诺："娘，您放心吧，常洛替娘争气。"

菁儿让到边上痛哭:"太子殿下孝顺。"

"常洛送母亲。"说罢,朱常洛跟跄着起身,转身离去,出了殿门,叮嘱仲伦:"照顾好母亲的法身。"

太子走出了景阳宫,他想他再不会踏足这座见证了他们母子太多屈辱的宫院。太子抹掉了泪水,掉头向西。他走得飞快,韩本用跟上:"殿下,慈庆宫在南边。"

"孤去启祥宫,给郑娘娘请安。"

"什么?"韩本用惊诧。

太子毅然:"孤答应母亲,给母亲争气。"说着,直奔启祥宫而去。

雕梁画栋,飞檐斗拱,启祥宫,好一座华丽的宫院。

太子在心里呸了一声,绕过祥凤万寿纹琉璃屏门,启祥宫前后出廊,外檐绘苏式彩画。他行至廊下,启祥宫掌作太监姜严开了门,迈过门槛,脚踩上栽绒花毯,坐上垫着金黄妆缎坐褥的红木椅,正对着隔开西暖阁的球纹锦地凤鸟落地罩。启祥宫一派天家富贵,与景阳宫天壤之别。

姜严请太子殿下稍候,郑娘娘还没起床。太子剜了这内宫的头面人物一眼,他将满腔的怨愤撒向了郑贵妃。要不是她,母亲不致见到自己即咽了气。太子在茶桌下攥紧了拳头,终有一天他要郑贵妃和朱常洵好看。

太子候了一刻,郑贵妃款款步出,笑了笑,等着太子起身向她行礼。

太子只拱了拱手,郑贵妃不介意。姜严捧上三龙二凤冠,服侍郑娘娘戴好。太子冷眼瞧着,凤冠是皇后的专属,郑贵妃逾制了,她有脸戴?

"姜严,给太子上茶,没眼力见儿的。"郑贵妃提起裙角,在她的地屏宝座上坐了，待太子热情："常洛，本宫新得的君山的贡茶，尝尝？"

"父皇的好东西全给了郑娘娘。"太子屏住了怒火，强摆出笑脸："多谢郑娘娘。"

"常洛啊，还叫本宫郑娘娘，那是宫人叫的。"郑贵妃迄今没洗清万历三十一年的妖书案诽谤皇太子的嫌疑。那之后她对太子表面和气，锋芒藏在了暗处。

一声"母妃"喊不出口，太子缄默着，待姜严上茶，盯着茶汤冒的热气，久久开不了口。

郑贵妃说起了王恭妃："常洛，你的母亲好些了吗？"

太子生生憋回了泪："母亲今早殁了，我去看过母亲了。"

"唉，葛太医是太医院的圣手，王姐姐病了这多年，常洛你节哀吧。"

太子缄口不言，神色阴冷。郑贵妃越装好人，他越反胃。

"让常洵陪你去景阳宫致哀？"郑贵妃略探了探身子。

"不用了，皇贵妃的丧仪由礼部操持。"太子不碰郑贵妃的好茶："常洵安安生生在王府待着吧。"

"哎呀，常洛别见外。本宫和你父皇留常洵在京城，为了你们兄弟间好照应。你说你的母亲多病……"郑贵妃撑着笑容，愈说愈尴尬。

太子锐利了眼神："郑娘娘，常洛但求您高抬贵手。母亲过世了，您大人大量，让往事过去吧。"

"你说啥呢？本宫和王姐姐并无嫌隙。"郑贵妃笑得越浮："太子，好多事儿你不晓得。"

"常洵什么都晓得，我为何不晓得？儿臣告退。"

"常洵今日进宫，你们哥儿俩……"郑贵妃欲留下太子。

"常洵有心，来东宫见我。"太子回身，弯了弯腰，回慈庆宫了。

郑贵妃气得重重拍了下宝座的扶手："摆啥皇太子的谱儿？姜严，把李恩叫来。"

"郑娘娘，小不忍则乱大谋。太子殿下他之所以心急，他的太子位不稳。"姜严道，"再说了，王娘娘刚过身。"

"他摆谱儿给本宫瞧！本宫就说阿洵不能离京。没了阿洵，朱常洛不得骑到本宫头上？"郑贵妃愤怒之下，严阵以待。太子现下已对她夹枪带棒，陛下一旦驾鹤西归，她和常洵……

姜严讪笑："国舅爷常说东宫易主要快。太子的位子坐得越久，越难扳他。"

"阿洵几时进宫？本宫要他加倍孝顺父皇。"

"娘娘，陛下向来不喜欢太子殿下，喜爱福王殿下。"

"用你说！"郑贵妃一时激愤，"王氏那老巫婆，死了也没完。阿洵进宫，本宫跟他一块儿去乾清宫。"

郑贵妃先见了李恩和李浚，令他俩封锁王皇贵妃的死讯，将景阳宫的都人、内侍与王氏的法身一道锁在了景阳宫。她瞒得了陛下，瞒不过王皇后。王皇后四天后确认了王皇贵妃殁了，为时已晚。

第五章

王皇贵妃殁了的这四天,她的儿子太子像热锅上的蚂蚁。太子深悔自己逞一时意气,惹恼了郑贵妃,害了母亲死后不能发丧,不能小殓。为王皇贵妃的丧仪,首辅叶向高顾不上避嫌,从内阁办公的文渊阁到慈庆宫,襄助太子。

太子颓丧至极:"叶先生,您的三封奏疏,司礼监都退回去了。孤一点儿办法没有。"

"容臣想想,办法总是有的。"叶向高茅塞顿开,"殿下,皇后殿下和皇太后殿下可以为王娘娘讨回公道。"

"对呀,孤忘了母后,忘了皇祖母。"太子喜上眉梢,"叶先生的书办能进内宫,给母后传个信儿。"

"镇得住郑贵妃的,唯有皇太后殿下。"叶向高耸下肩膀。

韩本用进来,太子绷起了脸:"叶先生在呢。"

韩本用语速极快:"回太子殿下,奴才失礼,郑娘娘打上坤宁宫了！"

"啊？"太子和叶向高异口同声。

"皇后殿下要为王娘娘发丧，郑娘娘找上门了。"

太子缜密："内宫出事，你怎么知道的？"

"那阵仗，阖宫都知道了。"韩本用闷声，"王娘娘殁了，阖宫也知道了。"

太子泛了泪花："可给母亲办丧仪了！王安，随孤去坤宁宫！"

"慢！"叶向高岿然，"太子殿下，每逢大事要静气。"

太子放慢了节奏："叶先生不让孤出门？那……东宫的人一概不准出门。"

"静观其变。"叶向高赞许道，"郑贵妃凌驾中宫，皇太后殿下该出手了。借太子殿下的文房四宝一用，臣再上一道奏疏。"

"叶先生请。"太子站起，让了叶先生到他的书案前坐下，令王安伺候笔墨。

"太子殿下，郑氏放肆，相反给您添了筹码。眼下您越安静越好。"叶向高捋捋长须，构思他的奏疏。

此时，坤宁宫里，王皇后不讲话，忍着郑贵妃奚落她。

郑贵妃道："皇后姐姐，您直接为王皇贵妃发丧，把妹妹我当什么了？后宫是妹妹在理事，您弄得跟妹妹苛待了王皇贵妃似的。王皇贵妃禁足，是她自己犯错，教坏了太子。"

"郑娘娘，皇后殿下无权主持内命妇的丧仪？或者皇后殿下也得听您郑娘娘的？"小祺正色，替王皇后抱不平。

"小祺，你排揎本宫！周尚宫，掌嘴！"郑贵妃气性大，像年轻人沉不住气。

王皇后转着李太后送她的沉香佛珠，平心静气："郑妹妹，何必呢？为难孤的都人。"

"小祺凌辱主上。"郑贵妃侧头，怒视周尚宫，"打！"

"周大人，且慢！"王皇后宽厚地笑，"小祺固然言语失当，而郑贵妃你咆哮中宫。"

"你！"郑贵妃气红了脸，好你个病歪歪的皇后！再生气，她的手始终不敢指向王皇后，皇后毕竟是皇后，她是妃妾。

"王皇贵妃不幸身故，按制办好她的丧仪即是。不知郑妹妹有何诉求？"

"王皇贵妃的噩耗，应该禀报陛下，由陛下发丧。皇后姐姐不得私自做主。"郑贵妃扬了扬长长的颈项。

"郑妹妹说的是，妹妹去禀报陛下吧。"王皇后搁下佛珠，浅浅一笑，"郑妹妹请，恕不远送。"

"皇后姐姐不了解陛下。姐姐哪儿晓得这种事，陛下听不听得进。"郑贵妃伶牙俐齿，意在拖延发丧，教王恭妃身后多吃些苦头。

"郑娘娘真是陛下的可心人儿。"李太后跟前的方尚仪到，向王皇后和郑贵妃道了万福，"臣见过皇后殿下，见过郑贵妃娘娘。"再朝周尚宫低下头："下官见过周大人。"

方尚仪一来，郑贵妃气焰一下馁了。李太后不出门，方尚仪走到哪儿，相当于李太后到哪儿。郑贵妃赶忙表现："方大人，您大驾光临，母后有何吩咐？"

方尚仪嗔道："郑娘娘，倘若您不情愿行使协理六宫之权，臣代您回禀陛下。"

王皇后帮腔："郑妹妹有更重要的事忙。"

"如今有旁的事务比太子殿下生母的丧仪更重要吗？"方尚仪特区分清了位次，"皇太后殿下说，皇贵妃当中，王氏诞育皇太子，郑氏诞育皇三子，当以王氏为尊。郑娘娘有不敬尊上之嫌啊。"

郑贵妃撇嘴："本宫忙不过来那么多事，全是本宫一个人打理。"

"郑娘娘吃累，不妨请刘昭妃娘娘、周端妃娘娘帮您搭把手？"方尚仪似笑非笑。

"不劳动妹妹们了。"郑贵妃收敛了，"周尚宫协助本宫，得力。"

王皇后早些年常去慈宁宫侍奉李太后，与方尚仪熟络，此刻一同挤兑郑贵妃，配合默契："方大人，孤欲越过陛下，为王皇贵妃发丧，孤处置失当了。后宫事务繁杂，多请几位妹妹一道帮衬着孤也好。"

"事出从权，皇太后殿下称赞皇后殿下处置得宜。皇后殿下有意，臣带给皇太后殿下。不过王皇贵妃娘娘的噩耗，臣回禀陛下。"

"有劳方大人了，方大人请。"王皇后泰然。

郑贵妃不甘示弱："本宫的职分，本宫回禀陛下吧。"

"郑娘娘勤谨，自然是好的。皇后殿下，臣与郑娘娘去乾清宫，臣告退。"方尚仪敛衣拜了王皇后，随郑贵妃退下了。

郑贵妃不得已和方尚仪一起去弘德殿，拉着张脸。皇帝正剥着红薯吃，见了母后的尚仪大人，很吃惊。

"平身，赐座。"皇帝嚼着红薯，口齿含混，"母后怎么了？"

"皇太后殿下大安。"方尚仪眼见郑娘娘与皇帝并坐，取了块红薯剥着皮，二人亲昵如寻常夫妻，"回陛下，王皇贵妃娘娘殁了，九月十三的事儿。"

"九月十三？母后都知道了？"皇帝更吃惊了，"抓紧发丧。"

"请陛下从速为王姐姐发丧。臣妾带来了周尚宫料理丧仪。"郑贵妃将剥好的红薯放回成化斗彩鸳鸯莲池纹盘。

皇帝拿她剥的红薯放进嘴里："阿芳贤惠。"

方尚仪端庄，严肃："皇太后殿下令臣转告陛下，王皇贵妃娘娘是皇太子的生母，她的丧仪是国事，请陛下给予重视。"

郑贵妃瞥了眼皇帝，皇帝领会了她的眼色，搪塞道："朕有数，母后费心了。"

"臣告退。"方尚仪先离开了。

尚仪大人可算走了，皇帝释然，拨了拨郑贵妃发间的珠翠："怎么搞的？惊动了母后，派方大人来问罪。"

皇帝声气全无怨怪，郑贵妃展眉而笑，冲陛下撒娇："臣妾疏忽了。陛下知道了，王恭妃的丧仪，臣妾不管了。"

"你侍候朕，又执掌六宫，太辛劳了。阿芳要多爱惜自己啊。"皇帝体贴，"阿洵今儿进宫了吗？"

"是，陛下到臣妾那儿用膳吧，阿洵来了。"郑贵妃殷勤，"臣妾备好了酒菜。"

"阿芳总想在朕的前头。"皇帝再不问太子生母的丧仪，不问郑贵妃有没有隐瞒他。

马鉴取来热手巾，皇帝由着阿芳给他擦手。郑贵妃服侍，他格外的舒服。待会儿见了阿洵，一家三口用晚膳。阿芳和阿洵在，皇帝有家的感觉。

皇帝偷了一晚上的闲，王皇贵妃的丧仪，还得他拿主意。第二天清早，司礼监递上了叶向高领衔的奏疏：太子母之丧仪应当从厚，按世庙庄敬太子生母，端和皇贵妃丧仪之规格。

司礼监掌印太监李恩伺候陛下亲自批红，皇帝蘸了朱墨，难以下笔。

"这道奏疏不必发回内阁票拟了。"

李恩和稀泥："其实皇贵妃的礼制没大分别。"

皇帝拈着笔杆："怎么没有分别？"

李恩谨小慎微，原以为陛下会把奏疏发司礼监批红。

皇帝想着昨日郑贵妃看他的眼神，想了片刻，方于叶向高的几行字后写道：按世庙皇贵妃沈氏之规制。

李恩留意看了，替郑娘娘安了心，世庙的沈皇贵妃无出，丧仪的规格比诞育了庄敬太子的端和皇贵妃低多了。

皇帝合上奏本，推给李恩："发六科廊抄出。"

"是。"李恩接过。

"李恩。"皇帝将余下的奏疏推到一边，"拿去批红吧。朕瞧瞧太子去。"

李恩迷糊了，陛下降低了王娘娘丧仪的规格，翻过头安慰太子殿下？

皇帝逡巡："教常云去慈庆宫。"

"陛下见太子殿下吗？"

"不。"皇帝摘了翼善冠，拍在案上，背着手踱回东侧间。

李恩收拾御案上的奏本，一头雾水，陛下对太子殿下的态度，让人捉摸不透。

皇帝批过的叶向高的奏疏被六科廊截了，转送到了内阁。陛下这样，内阁不票拟，司礼监不批红，御笔朱批，相当于"中旨"。然而，国朝的监察制度完善，陛下下达中旨，内阁、通政司和六科保有封驳的权力。叶向高纠集六科的都给事中，驳回陛下的朱批，重申己见。

司礼监拦下了叶向高领衔的第二封奏疏，交给了郑娘娘。郑贵妃拿了这本奏疏，闯了弘德殿。

"阿芳，你这是？"皇帝对郑贵妃干政亦怀不满。

"臣妾来给陛下送折子。"郑贵妃举着奏本晃了晃。

"什么要紧的奏本，劳阿芳给朕送来。"皇帝抓过奏本，读了，乌云遮面，"叶向高生事！朕的朱批清楚不过。"

"大臣敢驳回圣意。"郑贵妃玉指点着叶向高的字迹，"圣意不合大臣的心意。"

皇帝对着阿芳，素来不摆在明面上埋怨朝臣，仅就事论事："都是世庙的皇贵妃嘛。"

"臣妾听说陛下教常云看太子去了。"

"太子丧母，朕是父皇。"皇帝正颜。

郑贵妃抢白："臣妾明白，陛下是好父亲，太子的好父亲。"

"吃醋！朕坚持皇祖的训诫'二龙不相见'。"皇帝尽力笑笑，"阿芳啊，不妨顺了叶向高的，按端和皇贵妃的办。"

郑贵妃服了软，搂搂陛下肩膀："陛下，臣妾不是斤斤计较。您赏了王恭妃姐姐皇后的规制，与臣妾何干？臣妾就是替陛下抱屈，叶向高忒不拿陛下当回事儿。芝麻大的事，他都驳陛下的。"

"叶向高也是遵祖制。"皇帝回握郑贵妃的手，"阿芳心胸宽广。朕向你保证，不准阿洵就藩，朕也舍不得阿洵。"

郑贵妃笑逐颜开："陛下看重父子亲情，常浩、常润也成年了，一样没就藩。"

"朕待哪个儿子最亲，你知道。"皇帝贴上郑贵妃耳朵。

郑贵妃咯咯笑："老夫老妻了，陛下还说悄悄话。"

"鸡皮鹤发，两不相厌。"

常云在门外道："陛下，皇后殿下求见。"

郑贵妃坐到边上，皇帝开口回绝："皇后凤体违和，请皇后回去歇息。"

"臣妾先走，陛下见见皇后姐姐。"

"前几天刚见过，不见。"皇帝扬声，"常云，告知皇后，朕依叶向高，按庄敬太子生母的旧例。"

常云出去回了皇后殿下，王皇后淡然："陛下忙，臣妾告退。"

"奴才送皇后殿下。"

"孤自己走走。"她习以为常，转身离去。

小祺、小悦陪着皇后殿下散步，王皇后脚步慢，走过乾清宫东偏殿的窗前，停下咳了两声，往里望了望。东偏殿是她和陛下的洞房，一晃三十几年，陈设早改变了。

王皇后指给两个都人："孤就在乾清宫的正殿，与陛下行了合卺礼。"

小祺、小悦顺着皇后殿下的眼光看去。

"那年没你俩呢。"王皇后笑着摇头，"孤老了。"

她继续向东信步，没回坤宁宫的意思。

小祺问："殿下去御花园吗？让小悦回宫取件披风？"

"不了，孤想看看昭妃妹妹，还想给母后请安。"王皇后娴静。

"殿下孝顺。"小悦赞道。

"因为陛下孝顺母后。"萧萧秋风袭来，王皇后忆及从前，好久没去慈宁宫了。怨自己身子不好，不能常常侍奉母后。忽然要去慈宁宫，她想起了，她进宫到的第一处宫院即慈宁宫，见的第一个人便是母后。

"张先生，你们晓得吗？"

"张先生？张居正，张先生？"小祺重复着那个名字，张居正是陛下惩办了的首辅，当朝寻常没人敢提。

"张先生是孤和陛下的媒人呢。万历五年，孤头一次进皇宫，才十四。"

小悦心生好奇："皇后殿下，说说。"

王皇后落寞了："三十五年了。孤嫁给陛下，三十四年了。"她的笑容却是通明的，老了，老了，放下了。

那是万历五年的初夏，过去了三十五年，四十九岁的王皇后仍然记得，十四岁的王喜姐怎样被首辅张居正带进了紫禁城。

顺贞门外，一乘二人抬的小轿在等着她，张首辅坐进了前面四人抬的轿子。那年正月，仁圣皇太后、慈圣皇太后宣谕礼部，为当今圣上选婚。二月十二花朝节，张首辅来到王家，告诉父亲要带她这个长女进宫，拜见皇太后。王喜姐知道，张首辅是冲着选婚来的。他还对父亲讲，皇帝大婚用的金珠宝石，户部全备好了。父亲说，以张首辅的权势、地位，王家八成要出一位皇后了。十四岁的姑娘哪里懂得成为皇后意味着什么。

小轿走了很长的时间，皇宫好大呀。王喜姐掀开小帘望了望，连绵的黄瓦于阳光下泛着金灿灿的光芒，掺着花香的薰风拂面。轿夫抬着她，转过一个弯，路过一片花园，花朵的甜香中人欲醉。再拐个弯，这回没走多远，小轿稳稳停在两扇殿宇式的朱红大门前。

轿夫压了轿杆，王喜姐诚惶诚恐提着裙摆下轿。国朝民女不能穿长至拖地的裙子，为了拜见皇太后，她生平头一遭穿上这样一条很美的袄裙。

"教你的规矩记着吗？"张首辅的面容使她镇静。

王喜姐依礼屈下膝盖。

张首辅肯定她："很好，进去吧。"

王喜姐看了眼门上的匾额"慈宁门"，里头就是慈圣皇太后住的慈宁宫了。她即将见到皇帝的母亲，对她，对王家人，从前是不敢想的。王喜姐紧走几步，跟紧了张首辅。步下石阶，踏上宽阔的广场，慈宁宫投下的巨大阴影震慑了她。她埋头走路，随张首辅进了殿内，端坐在宝座上的便是皇太后了。

"来，孩子，走近点儿。"皇太后叫她。

王喜姐僵着行了礼，僵着迈开步子上前，竟斗胆瞧了眼皇太后，比她想象中年轻多了。父亲教过，张首辅带她见的是当今圣上的生母，慈圣皇太后，姓李。另有一位仁圣皇太后，是当今圣上的嫡母，姓陈，住在东边。

李太后仔仔细细端详着王喜姐，对张首辅点点头："你看这孩子，多好。"

王喜姐年岁尚小，生了一双会说话的大眼睛，圆圆脸。

张首辅见李太后满意，他也欢喜："她就是臣跟殿下说起的王氏，叫喜姐。"

"名字喜兴，长得也喜兴。"李太后拉她到身边来，"多大了？"

"臣女十四。"王喜姐说话的声音清脆似银铃。

"圣母皇太后殿下，喜姐比陛下年长几个月。"

李太后触触小姑娘的脸，笑着问她："你父亲是？"

"臣女的父亲是都督同知王伟。"

张首辅不苟言笑："殿下，王氏出身浙江余姚的书香门第，余姚王氏的旁枝，和新建侯王守仁是同宗。"

"书香门第，甚好。"李太后打心眼里高兴，"瞧喜姐这模样，是母仪天下的料。谨柯，请陈姐姐来看看皇帝未来的媳妇儿。"

有这句话，大事定了。皇帝的事，李太后决定。陈太后常年抱病，不管事。

李太后慈眉善目,接着问她:"喜姐,读过书吧?"

"臣女在家念私塾。"王喜姐眉目爽朗。

"真好,教养好。"李太后越问越满意。这姑娘一进门,见她生得一团喜气,李太后就喜欢她。欢欢喜喜的,皇帝会高兴的。

"王伟的家教严,喜姐从小和她兄弟一块儿读书。"张首辅露出一丝微笑。

李太后笑对张首辅:"张先生,多谢您了。"

"臣不敢当殿下的谢。"张首辅拱拱手。

李太后指指下边一把椅子,让喜姐坐张先生左手边去:"喜姐,坐那儿。祥儿,给王姑娘上茶。"

都人祥儿给张首辅上了茶,再给王喜姐上一盏香片。

张首辅和李太后谈论婚事,不避将来的新娘子:"臣还是觉得陛下大婚过早。定了人选,等几年何妨?"

"且令钦天监挑个吉日。娶了皇后,可以纳嫔妃了,为皇家开枝散叶。"

"是,早生嫡子。臣亦盼着陛下多子多福。"张首辅撩了撩长须,今儿见皇太后,他没戴胡夹。

李太后平易道:"对,早生嫡子,选秀再议。皇帝大婚,张先生多多出力。"

王皇后多年以后犹记得,当时的张首辅对李太后的礼敬,如何的安之若素。张首辅回话:"臣是陛下的先生,陛下的婚礼,臣必当尽心尽力。"

李太后略有不快,转脸吩咐祥儿:"给王姑娘上点心。喜姐,跟在家一样。"

王喜姐起身道了福:"臣女谢圣母皇太后殿下。"

"多规矩的孩子。张先生，请皇帝来见见？"李太后征询张首辅的意见。

"殿下，于礼不合。"张首辅直来直去，"两宫喜欢，陛下会喜欢的。"

李太后恢复了完好的笑容："也是，早晚会见的。"

一会儿，陈太后到，她是位比李太后更和气的女人，拉着王喜姐的手看了又看。

傍晚，王喜姐出宫，回了家。那日之后,张首辅百忙中往来过几次。陈太后送了王家一套宅子，王喜姐不出一个月搬了新家。

万历五年八月初四，两宫皇太后正式宣谕礼部：定都督同知王伟长女王氏为皇后，责成该部会同翰林院商定婚仪。八月初七，陛下的万寿节，皇帝降旨：奉两宫皇太后慈谕，着于明年三月内择吉行礼。礼部暂定英国公张溶为大婚的正使，大学士张居正为副使。明年三月内大婚，那么至迟来年开年便要肇举大礼了。

万历六年正月廿七，皇帝在皇极殿宣布：以都督同知王伟长女为皇后，遣英国公张溶、大学士张居正持节行纳采问名礼。次日，祭告天地、宗庙，鸿胪寺在皇极殿御座前设节案、制案，内官监与礼部把纳采问名的礼物陈列于殿前文楼下，教坊司在殿内设中和乐的乐器。再次日，皇帝着衮冕于皇极殿升座，接受文武百官的朝贺，由传制官宣读制书 。正副婚使行过三跪九叩礼，身穿御赐蟒袍，正使持符节、副使捧制书放入采轿，锦衣卫为前导，行中道、走中门，出大明门。正副婚使换吉服，骑马前往王家府第，行纳采问名礼。至王家，正副婚使将制书放在正堂，王伟携全家行大礼。正使取走正堂上的名表，上书王氏的姓名和生辰八字，与持节一道放回采轿，抬回皇极门，交司礼监掌印太监冯保捧入复命。

一 月 天 子

二月初三，皇帝再登皇极殿：遣定国公徐文璧、大学士吕调阳、张四维行纳吉纳征告期礼。流程和纳采问名礼相同，三人到王家府第，将聘礼送给王家，并告知占卜后问名的好结果和婚期。

二月初八，皇帝行过大婚前的最后一道礼仪"上巾礼"，即成年的冠礼，改服通天冠、绛纱袍，拜谒两宫皇太后。

经过这一系列的繁琐流程，行过了婚仪"六礼"中的前五礼和陛下的成年礼，二月十九举行大婚的仪式，亲迎与合卺礼。

万历六年的二月十九，黄道吉日，真是王喜姐毕生最风光、最难忘的一天。

第六章

二月十九的这天，英国公张溶和首辅张居正率锦衣卫的仪仗，抬着礼舆和龙亭抵达王国丈府，换随行的内侍抬礼舆进前院，龙亭则被留在了正堂，作为颁赐王家的恩赏。皇后戴九龙四凤冠，穿袆衣。司礼监随堂太监张鲸为内赞，引导皇后入正堂，皇后向阙四拜，受金册、金宝。正副婚使奉皇后出阁，皇后登舆。

仪仗大乐先导，礼舆在后，正副婚使骑马相随，司礼监宦官拥导，迎亲队伍浩浩荡荡，穿城而过，从大明门中门入。文武百官于承天门外列班迎皇后，礼舆入承天门，百官从两侧退。皇后仪驾达午门广场，钟鼓齐鸣，司礼监掌印太监冯保候在午门的中门洞前，正使将符节交冯保进内复命。再起轿，将皇后抬到皇极门的台基下，皇帝等在这里。张鲸先授服侍皇后的坤宁宫内夫人册宝，内夫人与张鲸请皇后下礼舆。皇帝向皇后一揖，皇后向皇帝行大礼。皇帝登东阶，皇后登西阶，同入皇极殿的偏殿，更换礼服，步行往奉先殿，行谒庙礼。

帝后谒奉先殿毕,乾清宫掌作太监、坤宁宫内夫人请帝后还乾清宫,各就东、西暖阁更衣。皇帝换皮弁服,皇后换燕居冠服,戴双凤翊龙冠,穿赭色团衫,配金玉带。帝后同登正殿,分坐东西,帝后座席正中偏南设置酒案。乾清宫内夫人取酒案上的金爵斟酒呈上,帝后对饮。乾清宫的两名都人端上菜肴。坤宁宫内夫人复以酒案上的两个卺,即是一个瓠分成的两个瓢,斟酒呈上,帝后再对饮。至此,合卺礼毕,大婚礼成。

皇帝回皇极殿,受群臣朝贺,晚上于建极殿摆婚宴。而皇后坐在乾清宫东偏殿洞房的婚床上静候。皇帝的旨意,效法民间婚礼,入洞房给皇后蒙上了盖头。

洞房里安静极了,听不见外朝三大殿的热闹。女官和都人陪着,王喜姐孤单单的。红盖头遮挡了视线,凤冠太沉,压得脑袋疼。一整天的繁文缛节,累得王喜姐快散架了。陛下快回来吧,更了衣,就能躺了。想到她的新婚夫君,王喜姐又喜又怕。与她行过婚礼,成为她夫君的是当今圣上,她是大明的国母了。方才匆匆一面,王喜姐犯着嘀咕,陛下是个怎样的人,像不像张首辅描述的那样莹粹纯真?刚看见的陛下,个子比她矮,和她大弟弟差不多高,举止倒是非常稳重。

等待那么的漫长,终于眼前一亮,陛下揭了盖头。近看陛下的脸,分明是孩子模样,稚气未脱。陛下冲她眨眨眼,叫她名字:"喜姐。"陛下看起来不像只比她小几个月。

皇帝丢丌盖头,坐到床头拿着合卺礼前皇后摘下的九龙四凤冠玩儿。皇帝已经换好了便服,王喜姐奇怪,怎么没听见他进来的动静。坤宁宫内夫人领皇后下去,到她更衣的西暖阁换便服。

王喜姐回到洞房,陛下犹抱着那顶凤冠,抠翡翠龙嘴里衔的珍珠。

女官和都人退出，帝后二人相对，成了夫妻，依旧陌生。王喜姐挺大方的姑娘，面对夫君忸怩了，比初见皇太后那回还紧张。

她照父亲教的，向陛下行下大礼："臣妾王氏拜见陛下，陛下万安。"

"平身。"皇帝专心抠他的珍珠。他其实也紧张，不知道怎样待皇后。

大婚，皇帝很开心，娶媳妇儿，更能脱离母亲的日夜管束。两位母后经常对他讲，王喜姐怎么怎么好。他甚至感觉，没见过面，他已然喜欢上了王喜姐。可是母亲搬出乾清宫后老说，未来的皇后比他年长，德行出众。皇帝不自在了，难不成让媳妇儿接替母亲管教他？母亲让张先生代替她担当起师保之责，够烦的了，更有冯保盯着他的一言一行。这又来一位皇后，娶回个管家婆。皇帝不免生了点儿戒备，与新婚妻子在洞房中相遇，不大欢喜了。

"陛下。"王喜姐又叫一声，双手绞着衣裳的下摆。

"哦。"皇帝搁下凤冠，冲皇后咧嘴笑，牙齿洁白整齐，"姐姐好。"他的孩子气上来了，"姐姐的脸真大，又大又圆。"说着，皇帝比画了个圆，摸皇后的脸："姐姐皮肤真好。"

王喜姐向后躲开了，沉默着拉床帐，该睡觉了。

皇帝来劲儿了，他感觉到了皇后的温顺，想捉弄捉弄这个芝麻官的女儿："你的脸像瓷盘子。"他嗤嗤地笑，王喜姐羞个大红脸。好歹她出身官宦人家，书香门第，又是张首辅推荐的，不同于前朝来自京郊真正的平民皇后。皇帝对她没有半点儿的尊重，初次见面便戏耍她。

王喜姐噘起嘴，放下床帐，自顾自地躺到里边，让出陛下的位置，没好气道："陛下，累了，睡了。"

皇帝抓她的手，兀自玩笑，丝毫没觉出皇后生气了："你说你这名字，喜姐，莫非你娘也管你叫姐？"

王喜姐翻身，后背冲着他。皇帝躺下，贴到她背上："姐姐，别睡，咱俩试试。"

"臣妾累了。"王喜姐倔强。

"你是我媳妇儿。来吧，姐姐。"皇帝扒拉皇后身子，内侍教过他人事，他早想娶回皇后试试了。

王喜姐顺从地转过身来，与陛下四目相对，在陛下晶亮的眼眸里，看到了自己的影子。那一晚，王喜姐和她的皇帝夫君摸索着完成了人生大事。尽管他俩同岁，女孩总比男孩成熟些。

二月二十，合卺礼的次日，帝后朝见两宫皇太后。廿一早晨，帝后再往嫡母的慈庆宫行谢恩礼。廿二，皇帝以大婚礼成，于皇极殿升座，接受朝贺。将近一个月了，万历皇帝的大婚告成。与皇帝同住乾清宫洞房五日，王喜姐搬进了属于她的坤宁宫，她的皇后生涯开始了。

王皇后移宫的第一晚，皇帝是来坤宁宫歇的。第二天她起了个大早，都人服侍她穿上青蓝色对襟褙子，搭红底、白色裙腰的缘襈裙，戴好李太后赏的坠子，去慈宁宫请安。王喜姐出东暖阁时，陛下仍在沉睡。昨晚折腾得陛下都累了，王喜姐硬撑着早起，倒不是规矩要求她今日必须一早给母后请安。

李太后修佛，每天起得很早，清早跪在慈宁宫的小佛堂诵经。王皇后来了，让祥儿给她拿一个蒲团，自己跪在母后身后，聆听母后念诵。李太后心很静，诵完经，和王喜姐到西暖阁的窗前坐坐，说说话。

王喜姐伺候母后漱了口，再帮着都人摆茶点。李太后每日晨起必饮香茗，子媳来了，给她预备了些年轻人爱吃的甜味的茶点。

"当了皇后，教都人伺候吧。喜姐，坐。"李太后瞧着子媳勤谨侍奉，甚是欣慰。

王喜姐由衷道："儿臣喜欢母后这里，清净。"

"你们孩子哪儿有心情，清茶、佛音，闷得慌了。"李太后呷了口茶，品了品，"喜姐来了，今儿的茶香。"

王喜姐也抿了一口七分热的茶："儿臣真的喜欢听母后诵经，静心。母后的茶的确很香。"

"你一意念着静心，谁为孤生皇孙呢？"李太后笑语和善，穿戴和王喜姐同样的样式，颜色更加沉稳，"皇帝待你好吧？"

王喜姐羞怯颔首："陛下很好。"

"你们夫妻和顺是孤的福。"

祥儿呈上一碗熬得浓浓的参汤，李太后体质虚寒，穆宗在时便喝参汤滋补。

母后进了参汤，王喜姐递上帕子："母后凤体还好？"

"天寒，不太舒坦，天暖了就好了。"李太后漱了漱口，半开玩笑，"孤的身子比陈姐姐是好的。你记着常往慈庆宫孝顺。"

"母后为陛下操劳过甚，当歇歇了。"王喜姐殷切。

"张先生是不是跟你说了，说孤对皇帝耳提面命，谆谆教戒？"李太后失笑，"张先生讲话夸张了。可你嫁给了皇帝，孤确实能享清福了。孤把皇帝交给你，喜姐，不要让孤失望。"

王喜姐难以启齿，挑陛下的不是，拿了块茶点尝了："陛下他……像个孩子。"

李太后温和："翊钧是没长大，你好好调教他。"

"调教"这两个字刺痛了王喜姐。陛下"姐姐、姐姐"地叫她，拿她寻开心，她很不痛快了，母后还令她"调教"陛下？

王喜姐吃下那块茶点，食不甘味："儿臣岂敢调教陛下？"

偏生这个时候，慈宁宫掌作太监谨柯进殿回禀："陛下来了。"

李太后掩唇笑笑："翊钧来找皇后了。"

"母后。"王喜姐越发害羞了。

"皇帝钟意你，孤替你高兴。"李太后见子媳似有难言之隐，屏退了都人、近侍，吩咐谨柯，"你回了皇帝，教他先回。"

谨柯与一干宫人下去，婆媳俩说起了私房话。

"你和皇帝闹别扭了？"

王喜姐犟着不说，李太后分外关切："有什么好羞的，孤是过来人，皇帝的亲娘。"李太后都人出身，家里做生意的，性情直爽。

王喜姐简单说了说，陛下不尊重她。

"多大点儿事，躲着不见夫君。你自己说的，陛下像个孩子。你担待着翊钧，别往心里去。"李太后与子媳推心置腹。

王喜姐偏较真，夫君是夫君，为什么要当她嫁的九五之尊是小孩？要她担待他，还要她调教他？

李太后犹老一套："你是皇帝的姐姐。"

"可是……"王喜姐有口难言。

李太后硬声打断了她："好了，喜姐，做皇后岂有不忍辱负重的？现在后宫仅你一人，你还不顺心？赶紧怀上皇帝的嫡子。"

"是，母后，儿臣知错。"王喜姐柔顺，垂下了脖颈。

"你出阁前，嬷嬷教过你，皇后关起门来同样是女人，对夫君切记顺从。翊钧呀，就爱别人顺着他。他若实在欺负了你，你告诉孤，孤教训他。"

"儿臣不敢。"

"皇后生的嫡子牵系社稷，孤等你的好消息。"李太后的神情夹着满满的期盼，"你跟孤这儿待上半日，进了午膳回乾清宫陪皇帝。新婚燕尔，多陪陪他。"

王喜姐愣没听进去母后的金玉良言，她以为母后一心盼她生儿子。出了慈宁宫，王喜姐不回乾清宫，去给陈太后请安了。陈太后卧病，子媳到床前侍奉，她一高兴，留下了新皇后小住。这下陛下缠不着喜姐了。

皇帝与皇后谈不上多深的感情，三天的热度，加之没人管他，冯保都回司礼监当差了，皇帝撒欢儿玩儿别的去了。赶上朝廷多事，皇帝愈顾不上新婚的皇后。

王喜姐在坤宁宫亦听闻了朝廷的事，张首辅请求回乡安葬父亲，陛下先是挽留，而后准了张首辅请假，限期返京。

三月十一，皇帝大白天来了坤宁宫，红着双眼。

王喜姐合上书卷，令都人澄个热手巾："陛下，您哭过了？"

"刚才在文华殿见了张先生，张先生要回江陵老家了。"皇帝感触，擦了把脸。

王喜姐看出陛下难舍张首辅，审慎回话："陛下让张首辅限期返京了？"

"朕有好些话与先生说，张先生悲伤，朕也哽咽，话说不出了。"

"嗯，嗯。"王喜姐三缄其口，后宫不得干政，她不敢妄言。

"你知道张先生跟朕说了什么？"皇帝隔着茶桌，探身抓她的手。

"臣妾不知。"王喜姐抽回了手。

皇帝悻悻地坐了回去："张先生教朕大婚之后，更加谨慎饮食起居，教朕撙节保爱。"

"张先生不在，陛下须加倍勤政。"王喜姐啜嚅道，将那本书抓在手里。她很怕逾越了宫廷的规矩，后宫不得议论朝政。

"按说朕已大婚，行过上巾礼，算成年了。但是朕不会勤政，离不开张先生辅佐。"皇帝怏怏，他不介意后宫干不干政的，在皇后的寝殿召负责内廷与外朝传宣的文书官："张鲸，把孙斌叫来。"

王皇后守礼起身："臣妾回避。"

"孙斌一介宦官，你回避什么呀？"皇帝仿佛嫌弃她，却对她坦诚，"好些事儿，肺腑之言，朕不好和母后讲。"

"陛下有两位母后，陛下不好和母亲讲的，和陈母后讲。"王喜姐坐下。

"行。"皇帝垂了头，不讲话了。王喜姐读她的书，等孙斌到。

孙斌进内，皇帝命他往张学士府，代自己安慰张先生，请张先生速去速回。皇帝说这些话，依恋之情犹在。

孙斌领了旨，正欲告退，皇帝叫下他，瞥瞥王喜姐，王喜姐也抬起头看着陛下。静了须臾，皇帝转脸问孙斌："母后对张先生有何表示？"

"回陛下，圣母皇太后殿下赏了张先生银八宝豆叶六十两，作路途上赏人之用。"

皇帝再瞄了眼缄默的皇后，皇后就那么瞧着他和孙斌。皇帝没觉得送张先生回乡葬父是国事，皇后蛮机灵的，为什么不说话呢？她不会赏赐张先生些什么？她还是张先生引荐入宫的呢。

皇后从始至终不语，皇帝遂道："张先生三月十三离京，张鲸，你回司礼监挑个人，到京郊为张先生饯行。"

"是，陛下。"张鲸领旨。

"慢，朕与你俩一道出去。"

王喜姐拜下："臣妾恭送陛下。"

那以后，皇帝不常来坤宁宫了。春去夏至，磅礴的夏雨伴随轰隆隆的雷声，冲刷着大地。御花园里的水漫上来了，皇帝因收获自由欢腾了几个月的心落回去了。王喜姐感觉出了陛下的沉闷，一如夏天大雨前的空气。六月十六，张首辅返京，皇帝亦没高兴两天。王喜姐与皇帝单独相处，每每无话可说。她感到了皇帝的关注从她身上慢慢移开。

新婚夫君的心境，王喜姐到多年后才理解，才学会怎样做一位妻子。为时已晚，她理解了他，陛下早离她而去。万历六年的夏天发生了一件看似鸡毛蒜皮的小事，改变了她和皇帝这对天家夫妻的命运。从那个夏天开始，成婚不满一年，夫君即与她渐行渐远。

事情的发生毫无预兆。起初，次辅张四维向陛下提议晋封王伟，张首辅反对，皇帝仅赏赐了国丈王伟庄田五百顷，银一万五千两，钦定明年大婚周年之际，封王伟为伯。七月，皇帝召王守仁长孙，袭封新建伯王承勋入宫，赏赉甚厚，封他为南京守备。王喜姐特别感谢皇帝对她的恩宠，她母家的封赏快赶上两宫皇太后了。她满以为陛下成熟了。不料，七月中旬皇帝闯了大祸，连累了她这个皇后。

王喜姐闻知了，难以置信，皇帝十五岁了，不至于演出顽童似的闹剧。张鲸和乾清宫内夫人一同来报，说头天晚上陛下的近侍客用、孙海引陛下在西内举办了一场夜宴。陛下喝多了酒，命两个都人唱新曲。都人不会，陛下大怒，截了两个都人的头发，象征斩首，还打了规劝他的内侍板子。王喜姐恍惚，张鲸怎会瞎说。如是真的，李太后必定大发雷霆。她匆匆赶往慈宁宫，陛下已经跪在正殿。

看样子，陛下的酒已然醒了，跪着流着泪乞求母后原谅。冯保站在母后宝座侧后，同是一脸严肃。母后盛怒，紧抿着嘴，褪去了钗环首饰。

王喜姐便摘下自己戴的首饰，脱去了红色云龙纹霞帔，令都人拿下去，自己跪在皇帝身后，战战惶惶："请母后息怒。"

"喜姐，你怎么管的皇帝？"李太后直指皇帝脑门，"皇帝大半夜跑去西内游幸，你晓不晓得？"

"儿臣……"王喜姐暗道，陛下去哪里，岂会告诉儿臣？

"后宫只你一个女人，你不关心皇帝，让他半夜三更跑出去，行径荒诞！"李太后厉声责问。

王喜姐俯首："儿臣知错，儿臣愿替陛下受罚，请母后宽恕陛下。"

她这话激起了李太后愈强烈的怒火："你如何替他受罚？孤废了他这失德的皇帝，改立潞王，告慰祖宗。"

"请母后息怒。陛下贪玩，他是无心的啊。"王喜姐俯伏。

皇帝回身，对着为他求情的皇后发火："王喜姐你少假惺惺的！母后这儿你还装，朕的行踪不是你报告的？"

李太后怒极，双目圆睁："朱翊钧，皇后能调教你，那便好了。你拿皇后撒筏子，孤请家法了！"

"母后，陛下知错，求母后给陛下留些颜面吧。"王喜姐哀求道，她这才见识了李太后教子严苛，张首辅所言不虚。她倒觉着，皇帝这个年纪，偶尔荒唐一回，亦合情理，教育皇帝往后不准再犯就是了。

李太后大动肝火："皇后，你还护着他？你俩一起到殿外长跪。"

王喜姐与皇帝一起罚跪，她默算着，足足跪了一个时辰，祥儿姑娘方教他们起身。跪在那儿，皇帝时不时回头用眼剜她。王喜姐明白，陛下怀疑是她告的状。陛下年轻叛逆，母后以法为教，自己被夹在夫君和婆母中间，百口莫辩。她跪在慈宁宫广场上，顶着孟秋犹带暑气的日头，比大婚那天被人引着行礼还要被动。起了身，母后令冯保送陛下回宫，王喜姐又可怜陛下，她知道陛下讨厌冯大伴儿贴身服侍他。这样，冯大伴儿回了乾清宫当值，继续监视陛下的一举一动，时时禀报母后。

皇帝再来坤宁宫看她，半个月过去了，冯保替了张鲸随侍陛下。

王喜姐亦畏惧冯大伴儿，与陛下小别半月，当着冯大伴儿，只敢问陛下安好。

"大伴儿，你下去吧。朕与皇后……"皇帝状态不好，同样的欲言又止。

冯保退到门外，懂得给小夫妻留点儿空间。

皇帝和皇后说话声音很小，凑到她耳畔来："喜姐，张先生代朕拟了罪己诏。"

"臣妾知道。"王喜姐讷讷道，"陛下……"她觉得陛下委屈，而不能说，顾忌母后和张首辅的威权。

"你看，张居正自己做了啥。"皇帝笑了，自怀中掏出一本奏疏给了王喜姐。

王喜姐确认了陛下的眼神，殿内没别人，她打开看了。

以臣观之，天下无事不私，无人不私，独陛下一人公耳。陛下又不躬自听断，而委政于众所阿奉之大臣。大臣益得成其私而无所顾忌，小臣亦苦行私而无所诉告，是驱天下而使之奔走乎私门矣……陛下何不日取庶务而勤习之，内外章奏躬自盛览，先以意可否焉，然后宣付辅臣，俾之商榷。阅习既久，智虑益弘，几微隐伏之间，自无逃于天鉴。

王喜姐读罢默默，这是本弹劾张首辅的奏疏，鼓励陛下亲政。

皇帝颓然慨叹："朕得听母后的，礼敬张先生。那王用汲说得也对，朕该亲习政务了。"

"陛下上进。"

皇帝拉过她的手，摸摸："喜姐，这本折子放在你这儿。你保重。"

王喜姐惊惶，忙推陛下："臣妾岂敢保留外朝臣子的奏本？"

"它没用了，你存着无妨。"皇帝笑容疏朗而意味深长，"朕晓得那天的事与你无关。你保重。母后教朕静思己过，朕得走了。"

皇帝瞅着她收起了那本折子，方离开。王喜姐看见了，冯保和旁的近侍不同，他就站在暖阁的门边等着。

这本奏疏，皇帝命她收着，王皇后收到了如今，万历三十九年。王用汲的下场，她不晓得，亦不该晓得。可惜她该晓得的，一样不晓得。万历六年的王喜姐茫然不知自己在陛下的这段经历中，发挥了怎样的作用。秋日里，皇帝闭关读书，静思，不来坤宁宫了。直至那年的初冬，后宫来了两位嫔妃，王喜姐适才懂了，皇帝游幸西内半月后来坤宁宫，为何与她说了两遍"你保重"。

第七章

慈圣皇太后给了王喜姐脸面，迎良家子刘氏、杨氏入宫前，通知了皇后一声。

王喜姐被传来慈宁宫议事："好事啊。"她多少有点言不由衷。皇帝三宫六院，但是太快了，她与陛下刚成婚呢。

李太后的语气饱含了对王喜姐的失望："孤和张先生商量，人是现成的。刘氏和杨氏都是好姑娘。你和皇帝年纪太小了。孤盘算着给皇帝纳两位年岁稍长的妃子，也带带你。"

"儿臣听母后的。"

"喜姐，皇帝纳多少的妃子、嫔子，你是中宫皇后。"李太后待她亲切和蔼，而话里话外中对她满不满意，王喜姐听得出来。

半月后，刘氏和杨氏进宫了，刘氏封为昭妃，杨氏封为宜妃。她二人皆比皇帝年长，杨氏大三岁，刘氏大了六岁，真是称母后心意的大姊姊。但皇帝兴趣不大，按礼制她俩各服侍了陛下三天，被扔在一边了。

王喜姐想,比皇帝长好几岁、容貌又不美的女子的确难以赢得帝王的喜爱。相比而言,自己更合陛下的意。

往后的日子过得平静如水,皇帝不常进后宫。万历七年春天,皇帝出疹子,王皇后与刘昭妃、杨宜妃侍疾,推迟了原定于二月举行的标志皇帝成年的耕籍礼。三月,皇帝病愈,遵去年之钦定,封国丈王伟为永年伯。算上王守仁一脉世袭的新建伯,余姚王氏有了两个伯爵。

一年后,耕籍礼如期于万历八年的二月十八举行。"耕籍"是传自周朝的一项礼制,为表天子对农业的重视,皇帝携扮演三公九卿的重臣赴南郊,祭祀先农坛。皇帝持耒耜在耕地上推三下,"三公"推五下,"九卿"推九下。

万历朝"耕籍"的盛况,王喜姐无缘得见。接下来盛大的谒陵礼,王皇后参加了。三月十二,皇帝奉两宫皇太后,率三宫的后妃,于群臣的陪同下赴京西北天寿山谒陵。三月十四,王皇后随陛下、母后拜谒了成祖的长陵、世宗的永陵、父皇穆宗的昭陵,举行春祭礼。其余的陵寝由重臣祭扫。

晚间,御驾回巩华城行宫歇息,次日返京。皇帝激动地告诉王喜姐,完成了耕籍礼和谒陵礼,自己完全成年了,能够亲政,张先生该归政了。王喜姐读懂了陛下眼中闪烁的热切,陛下有他的抱负,亦有自幼勤学的辛苦。陛下亲操政柄,她当然为陛下欢喜。

然而,皇帝失望了,王喜姐不解了。谒陵礼后,张首辅提出归政的请求,意欲请陛下亲政。母后却想留张首辅辅佐陛下到三十岁。

四月初,王喜姐去慈宁宫给母后请安,旁听了他们母子间的一次谈话。

"皇帝，你兴之所甚之时，往往不能自控，孤如何放心地把大明的江山交付与你？孤顺着你，许你立马亲了政，孤怎对得起你的父皇？"李太后口气严峻。

王喜姐才进来，就明白了，母后还为了前年的那件事，不放心陛下。

李太后犹自说下去，她教育陛下，从不惜费口舌："你的能力足够，但作为一位君王，品行比能力重要。皇帝，你多修习几年，专心读几年书吧。"

皇帝挂不住了："母后到底不相信儿臣能做个好皇帝。况且张先生积劳过虑，形神疲惫，皇家应赐他荣归故里。"

"皇帝仁慈，请张先生在京休养即可，派太医院医正给他医治。"李太后意态强硬，盯一眼王喜姐，"你说呢，皇后？皇帝随张先生多读几年书是不是好事？"

"儿臣以为，陛下跟从张先生学习理政，自然是好。"王喜姐低下眼帘，温顺道。皇帝直拿眼睛翻她。

李太后舒然一笑："喜姐都说了。翊钧，莫贪功，莫冒进，你皇祖说的。"

"可张先生亦怀惴惴之感。假若张先生年岁渐长，日渐昏蒙，无法全其始终……"皇帝正视母亲。他想亲政，谁人不知？皇帝周岁将满十八了，亲政不算早了。若非去年因病耽搁了耕籍礼，皇帝应该已经亲政了。冯保仍随侍在乾清宫，日夜监视陛下，张首辅切尽师保之责，着实过分了。王喜姐作为妻子，多想替陛下说句公道话，陛下是有能力的。

"功臣惴惴，那咱朱家更不能亏待了张先生。"李太后有所缓和，"好了，翊钧，听皇后的，你先和张先生学习处理政事。读书也不得荒废了。"

"多谢母后。"皇帝起立拜谢，争来个不上不下的结果。

王喜姐看着陛下惶恐的模样。到陛下三十岁，今后的十二年，对陛下，对张首辅皆非常为难。皇帝毕竟是大人了。还有她父亲说的，张首辅的身子很不好了，他病情的加重与忧思过深不无关系……王喜姐出了慈宁宫，赶快把听到的从脑海里赶出去，把张首辅从脑海里赶出去。首辅怎样，陛下何时亲政，不是她应关心的。可是那天的所见所闻在她的记忆中保存了数十年，她亲眼见证了少年天子的踌躇与焦灼。陛下被母后和张首辅严厉管教的压抑，王喜姐能够体会。

张首辅的身子果然坚持不住了，万历九年七月，他病倒了。皇帝命张首辅静摄兼理阁务，这回王皇后赏了张首辅银八十两。彼时王喜姐已有五个月的身孕，等张首辅病愈归来，头等大事即给皇帝选秀。皇帝敕谕礼部：专访民间女子，年十四岁以上，十六岁以下，容仪端淑，礼教素娴，及父母身家无过者，慎加选择。年底，王喜姐诞下了女儿，万历皇帝一生中唯一的嫡出子女。皇帝赐皇长女名朱轩媖。皇后得女，加之产后失调，选秀愈迫切了。

王皇后需要将养，选秀拖到了来年。李太后令乾清宫、坤宁宫两位内夫人和尚宫大人，辅助皇后办好一应事务，最后一轮请皇帝亲选。

正月末，王喜姐支撑着下了床，到慈宁宫请示母后选秀事宜。万历朝的首次选秀乃大喜，李太后尊重了王喜姐的意见，以德行为首要的标准。

王喜姐虽在病中，思虑周详："儿臣想，前有刘昭妃、杨宜妃，新入宫的内命妇品级不宜高，封嫔就好。"

李太后给予肯定："好，新人入宫一概封嫔。"

"或许，给前头的刘昭妃、杨宜妃加添贵妃的分例。"

"姐姐豁达。"皇帝意气风发走了进来。

"翊钧，有事儿问你呢。"李太后叫皇帝坐。

皇帝喜滋滋的，坐了皇后左手边："什么事儿问儿臣？"

"来，坐这儿来。"李太后招呼皇帝坐皇后对面，上首的位子，看看儿子、子媳，"选秀皇帝想选几个？孤问过喜姐，喜姐说依陛下的。"

皇帝见喜姐情绪不高，逗逗她："九个，朕娶九个。"

"九个？太多了！"李太后道。

皇帝不言语，等着皇后的反应。

王喜姐粲然一笑："好啊，九是至阳之数。张首辅说，参照嘉靖九年选九嫔的先例。"皇帝张口要娶九个，她已然恼了他。王喜姐与陛下拌嘴怄气，这两年没少过，他俩皆是倔强的性子。

皇帝惊讶皇后的反应："喜姐，你说什么？"

王喜姐起座屈膝："臣妾恭喜陛下。"

"好吧。"皇帝垂头，瞧现有的三宫，是该选秀了。

李太后见帝后间微妙，岔开话题："再说吧，给尚宫局报个虚数。"

喜姐不给他想要的回话，皇帝堵了气："朕说九个就九个。"

王喜姐的笑容明媚了："臣妾以为，内命妇的人选在精，不在多。"

李太后倒是和悦："太多了，一日选九嫔过了。"

王喜姐反道："臣妾瞎说的，依陛下的。"她正与陛下为他戏耍轩媖闹别扭，王喜姐偏要看看，陛下敢不敢做如此荒唐的事。

陛下到底做了，母后亦拦不了他。三月，皇帝登皇极殿宣布册封九嫔：端嫔周氏、淑嫔郑氏、安嫔王氏、德嫔李氏、慎嫔魏氏、敬嫔邵氏、顺嫔张氏、和嫔梁氏、荣嫔李氏。

九嫔同时入宫，内宫一下子热闹起来。其中的郑淑嫔一入宫，得了皇帝的专宠。王喜姐对新人无感，她入宫做皇后三年了，心静了。母后教她关怀张先生的病情，张先生二月间旧疾复发，她遂一边颁赏，一边遣坤宁宫掌作太监去张学士府问候。多余的时间，王喜姐待在寝殿，照顾女儿，足不出户。李太后来看望她，常劝她务必耐心养息，为皇家诞育嫡子。两位母后热切期盼的皇子，却出乎意料地来得太突然了。

　　那日午后，乳母抱着轩娱玩耍，慈宁宫的方典侍到，她即是日后的方尚仪，问皇后要彤史。记载皇帝临幸宫眷的彤史由尚宫局的赵司仪掌管，王喜姐令坤宁宫内夫人传赵司仪带彤史过来，方典侍请皇后殿下亲携彤史去慈宁宫。王喜姐想了想，没多大事，兴许陛下临幸了都人，母后想看记录。

　　进慈宁宫方觉出气氛异样，太医到了，起居注官与司寝司的女史都在。瞧母后的容色，像是高兴，犹带着怀疑、不安，甚至有疑虑。宝座底下跪着个小都人，这位着一般服饰的都人便是被陛下临幸的幸运儿吧？

　　王喜姐坐了上首。方典侍拿了彤史请皇太后殿下过目。李太后笑得像初见王喜姐时那般可亲。

　　"这么说是真的了？"李太后和风细雨，"扶淑蓉起来，赐坐。"

　　什么是真的？李太后不问她，王喜姐不敢讲话。几年过去，她早不是初进宫的她，而今对婆母心存敬畏。

　　李太后冉道："盼你早日诞下龙子，皇帝的第一子。"

　　王喜姐明白了，这个叫淑蓉的都人有身孕了。那小都人吓坏了，坐下又站起来，道了福，垂着头。李太后不叫她见过皇后，她也不理睬皇后。王喜姐也不生气，好奇罢了，怎么回事？陛下专宠郑淑嫔，慈宁宫的都人有了喜。

方典侍没忘记王皇后在场："恭喜皇后殿下，慈宁宫都人王氏有喜了。"

王皇后知礼，站起来，向母后道了福："恭喜母后。"又问方典侍："妹妹的胎象可稳固？"

"回皇后殿下，王氏的孩子四个月了。"方典侍道。

"皇后，你若生下嫡子，更可喜可贺。"

母后当着有孕的王氏说盼嫡子，王喜姐飞红了脸。

李太后目光如炬："孤查过内起居注和彤史，王氏有皇帝的信物，不会有错了。待会儿孤问问皇帝。"

王喜姐陪婆母说了会儿话，王氏怯生生地坐着。

皇帝姗姗来迟，领着他心尖儿上的郑淑嫔。郑淑嫔给李太后、王皇后见了礼。李太后跟王喜姐说过，她不喜欢郑氏，郑氏长得妖媚。而皇帝独宠她一人，将一日纳的另外八嫔全抛到九霄云外去了。

皇帝轻松自在，坐了皇后让出的上首："哟，皇后也在？母后急召儿臣，母后不舒服吗？"

"翊钧，恭喜，孤的都人王氏有身孕了，你有孩子了。"李太后笑着给儿子道喜。

"啊？"皇帝惊着了，他瞪大眼去看对面坐的陌生女人，眉头拧成一团。

郑淑嫔站在边上，揪着皇帝的袖子晃了晃，用别人听不见的声音叫了声"陛下"。李太后喊皇帝"翊钧"，皇帝犹愣着。李太后目示方典侍，拿内起居注和彤史给皇帝看。皇帝用手捂住了嘴，太意外了。

李太后欢心，笑容不退。皇帝大婚三年，终于盼来了孙儿，怎能不开心！她对都人王氏道："淑蓉，快见过陛下。"

王氏生硬地跪了。皇帝像没看见她似的，魂不知飞哪儿去了。李太后瞧了瞧皇后，王喜姐也和顺地微笑着。皇后诞下公主的遗憾，此刻已变得云淡风轻了。

"朕想想，八成是误会。"皇帝矢口否认。

方典侍取来皇帝赏赐王氏的玉带扣，给陛下看了，皇帝才记起来，面红耳赤："朕……八成是朕的。"

"祖宗家法，皇帝临幸都人，必有赏赐。"王喜姐温顺，"王氏的孩子，绝对是陛下的。"

皇帝默认了，李太后开导他："皇帝，孤不怪你。孤老了，没抱上孙子。倘若王氏生下男孩，宗社之福。母以子贵，都人怎样呢？"

王喜姐知道，皇帝在母后的宫里临幸了母后的都人，面子上下不来。其实哪有想不开的，王氏诞下皇子，皇长子，大明有后了。她温言软语开解皇帝："陛下，王氏的出身不低。臣妾看了内起居注，王氏之父王朝窦是武举人，任锦衣卫百户。她是刘妹妹、杨妹妹选入宫时同届的秀女，留用在宫中做都人。"

"等等。"皇帝恢复了些，慌张地看向郑淑嫔。郑淑嫔耐不住，轻推了下皇帝。皇帝不讲话，王喜姐懂他的意思，皇帝盼着郑氏生皇子呢。她估计母后和她是一样的，宁愿都人生皇子。当时的王喜姐不可能想到，眼前这束手束脚的小都人，自己会保护他们母子一辈子。当皇帝待她越来越疏远，郑氏越来越骄横，轩姨出嫁后，王氏的儿子会是王喜姐的依靠。

李太后当场做主，都人王氏住进了景阳宫安胎。后来呀，据闻，张首辅病势日重，皇帝终不许他"乞休"，却给了他许多的封赏。六月十六，奉两宫皇太后慈谕，册封身怀六甲的王氏为恭妃，是为王恭妃。四日后,太师、中极殿大学士张居正病逝。皇帝对张首辅的丧仪给予了崇高的待遇,王皇后与两宫皇太后共同赏赐治丧所用银五百两。

两月后,万历十年八月初十,王恭妃于景阳宫诞下皇长子,皇帝赐名朱常洛。成国公朱应桢、恭顺侯吴继爵等勋戚赴郊庙、社稷坛祭告。皇帝登皇极殿受群臣朝贺。九月初六,皇帝颁旨,以第一子生,大赦天下。

张首辅没等到皇帝的第一子降生,普天同庆。精力旺盛的张首辅活了五十八岁。张首辅病中,皇帝对他的态度带给王喜姐一种预感,王皇后至今仍然牢记。皇帝曾跟她讲过,他十四岁时,有次到文华殿讲读,撩起龙袍问张先生:此袍什么颜色?张先生答:青色。他纠正说:不是青色,是紫色,穿久了,褪色成了这个颜色。他本想标榜自己的节俭,结果张先生发了一大通议论:望陛下以皇祖世宗为榜样,节约一件衣裳,十几个百姓有衣穿,随便丢弃一件衣裳,十几个百姓会挨冻云云。他告诫皇帝,紫色易褪色,陛下少做几件。但张先生自己极尽奢侈,出行坐一顶六十四人抬的轿子,轿子内部分成几间屋子,有起居室,有卧房。他就坐着这顶轿子,回了江陵老家葬父。他自己穿极其名贵的丝绸,而不准两宫皇太后多打一套头面首饰。

王喜姐深知,陛下厌恶张首辅表里不一、欺凌主上,势必在张首辅身后予以清算。张首辅推荐的皇后连带着受了冷落。是的,王皇后日后想到了,张首辅尚在世时,陛下已对她划了问号。何况,他有了郑淑嫔呢。

万历十一年十一月,晋封为德妃的郑氏诞下了皇次女,赐名朱轩姝。尽管只是个女儿,皇帝破例赏了当时的三位阁臣大量的礼物。

万历十二年十月，清算张首辅正激烈时，郑德妃诞下了皇次子朱常溆。次年正月皇次子夭折，不久皇次女也夭折了，皇帝和郑氏备受打击。直到万历十四年正月初五，常洛虚龄四岁了，郑氏为皇帝生下了健康的皇子，皇三子朱常洵，实际上的次子，如今的福王。皇三子降生，皇帝与群臣周折一番，三月如愿加封贵妃郑氏为皇贵妃，超越皇长子生母王恭妃，位分仅次于皇后。万历一朝的后宫，郑氏生育子女最多，前前后后生了六个，三子三女，只有常洵活到了成年。

以后的以后，皇长子与皇三子，争国本十五年。皇长子出阁读书，冠礼、婚礼、立为太子等等事件牵动外朝内廷，逼退四任首辅，京城的官员遭到罢免、廷杖、发配达百余人。旷日持久的斗争成了街头巷尾的话题，庶民皆知。王皇后始终维护着皇长子朱常洛，经历的那些困苦，她不愿再想了。夫君不与她亲近，没什么乐趣可言了，她人生中最大的安慰，即女儿轩媖出嫁后生活美满，常洛登上太子位。

王皇后踽踽走在长街上，回忆着年少时那个骄傲的她。三十余年深宫的挫磨带走了什么？常洛的生母，从前见到陛下都会发抖的小都人王氏去世了。皇太子朱常洛三十而立了。天晓得自己还会经受什么？郑贵妃心气不减当年，皇帝一如既往的倔强。皇帝、自己与郑氏，还有常洛、常洵两个孩子围绕储位的归属，显然没到终点。轩媖出嫁十四年了，她在深宫孤单、寂寞，自己与常洛，嫡母和庶子之间，算不算抱团取暖呢？

"殿下，起风了，回夫吧。"小祺随着皇后殿下慢慢地走。

王皇后仰脸望向紫禁城上空的四方天："孤走了多远了？"

"快出西六宫了。殿下传辇轿吧。"小悦道。

"孤不去了。"王皇后调转方向，蓦然想起轩媖。万历二十四年，轩媖十四岁时，册封为荣昌公主。翌年，荣昌公主降嫁南城兵马司副指挥杨继长子杨春元。

　　陛下给公主选的驸马，出身仕宦之家。杨驸马的祖父杨维璁是正德辛巳年的状元，官至太仆寺卿。国朝的公主大多降嫁庶民，王皇后十分感谢陛下给轩媖择了位好夫婿。轩媖和杨驸马感情甚笃，生了五个儿子。尽管不常见面，做母亲的很宽慰。陛下疼爱轩媖，杨驸马帮着以前的首辅沈一贯做过错事，陛下未过分迁怒杨家，杨驸马只受了些许波折。轩媖降嫁杨家，过得好，王皇后便心安了。

　　王皇后想着女儿，问小悦："你记着沈首辅吗？"

　　"奴婢记着。"小悦脆生生地说，"奴婢出宫给沈首辅送过信，好险。"

　　那是万历二十九年，皇长子满十九岁。王皇后清楚地记得，当时陛下腹背受敌。他欲立皇三子，朝臣坚决遵祖制立皇长子，于是陛下拖延立嗣，拖得太久，原先调和矛盾的内阁反了水，站到了朝臣那边。陛下了解一意孤行的后果。母后对陛下讲"你也是都人的儿子"，帮陛下下了台阶。但是，即日册立皇长子为皇太子的谕旨下达的半月后，陛下反悔了。王皇后铤而走险，令小悦送了她的手书给沈首辅，给那老滑头讲清大势所趋。沈首辅遂从了皇后殿下之言，封驳陛下的中旨，且说"万死不敢奉诏"。皇长子朱常洛适才顺顺利利当了太子。

　　小悦一个都人，冒大不韪往当朝首辅的府邸送信，惊心动魄，自然记忆犹新。

　　小悦说笑："皇后殿下，奴婢立了大功了。"

　　王皇后失笑："入了十月，整十年了。小悦，当年你真的很勇敢。"

　　"十年了，福王殿下……"小祺为皇后殿下想到了一层忧虑。

"是，立皇太子的同时，常洵、常浩封了王。十年过了，皇子们尚未就藩。"王皇后愈觉荒诞，陛下留福王到二十五岁，何必呢？陛下还认为他能动摇国本，改立福王？扛了十年，把下头的老五、老六全耽误了。皇帝与朝臣斗了大半生，以怠政抵制朝臣的不驯服，成天惦记着易储，值得吗？

王皇后付之一笑，陛下再怎么坚持也赢不了，就像十年前立太子。当今的首辅叶向高还是常洛的老师。陛下换不掉太子，十年前她与沈首辅，沈一贯那样的事，叶向高任首辅时不会重演了。王皇后多想省省心，她老了，精力不济了。她相信陛下越发的懒，他的精神一样不济了。

第八章

作为首辅,叶向高和先任申时行最大的不同,是他很有主见,甚至固执己见。

万历三十九年的最后两个月,叶向高和他的学生太子,以及皇帝都不好过。

收矿税又收出事儿了。杨荣死了不到一年,原启祥宫内侍、天津税监马堂,差点儿把命丢在天津。马堂逃回京城,求他的小主子福王保护。福王一怒之下,派出王府的家丁,到天津搜捕暴民,杀戮甚众。消息传回京城,满朝激愤,群起弹劾福王。皇帝招架不住,避居弘德殿,不见任何人。福王情急,公然求助太子。一边是福王,一边是太子,关系朝政,把王皇后卷了进来。

王皇后无语。内廷的事,她亦一向置身事外。乍然间太子和福王卷入了民变,太子求她出面,助福王平息众怒。关键是她摸不清陛下的态度。陛下肯定护着常洵,陛下为什么置若罔闻?他护好了常洵，常洛不至于遭牵连。群臣弹劾福王以来，她的坤宁宫被踏破了门槛，郑贵妃的内侍来试探，再来求情，东宫的内侍也来了。

刘庭这样解释的："陛下不管福王殿下，福王殿下犯了众怒，陛下没有办法，太子殿下更没办法。"

王皇后怔忡："常洵求情，太子怎么回的？"

"太子殿下劝福王殿下杀马隋以平民愤。"刘庭答。

"嗯。"王皇后向着太子，"太子最好不要过问。常洵求助，让常洵求孤。"

韩本用回禀太子殿下的原话："太子殿下说，他顾虑若不救福王殿下，陛下怪罪他不爱护手足。"

"常洵大错特错！"王皇后神色峭厉，"太子理解的手足之情就是与自己的兄弟同流合污吗？让太子安心，陛下能拿出对策，此事与太子无干。"

"太子殿下不便遣人出宫问叶先生。"刘庭心服首肯，"收上来的矿税，无一文钱落进太子殿下的腰包。"

"事过境迁，万一陛下怪罪太子殿下见死不救？"韩本用心有余悸。

王皇后不怪他提了忌讳的字眼，熟思道："孤想，陛下宠爱常洵，太子不搭救常洵，陛下心上总是怪罪的。怨常洵不争气，自己捅了娄子，瞎攀扯一气。实话说，马隋可恶，福王报复，残杀百姓，是非、善恶不分，更是可恶！"

"是，皇后殿下，马隋带人白日作恶。"刘庭道。

"活该烧了衙门。"王皇后居然不顾身份，愤愤咒骂马隋那缺德鬼。

韩本用犹然悬心："太子殿下还怕福王殿下纠缠，郑娘娘的人来求过两次。"

"郑贵妃也来求过孤。他们不想想,内侍轻易不能出宫。太子的先生是首辅如何?陛下不见常洵,更不见太子。"王皇后嗤地一笑。

"奇怪呀。"韩本用灵光一闪,"莫非他们故意牵扯太子殿下?"

刘庭思虑深沉:"奴才愚见,太子殿下人品正直。他们希望太子殿下缄默,请叶先生缄默,福王殿下平安过关了。"

"矿监、税监伤天害理。孤还是那句话,太子不要过问。"

"皇后殿下,奴才把您的话带到。"

王皇后点点头,准他俩退下,然后闭门谢客。她就一个意思,把自己和常洛择出来。常洵捅的娄子,让郑贵妃收拾去。陛下爱财,十几年来收矿税引起民变不断,马隋这事儿是个契机,陛下该收手了。要是福王因此就藩……麻烦解决一件是一件吧。

王皇后为朱常洛苦心孤诣,朱常洛却不解母后深意。母后要他不过问,他却反其道而行之,搭救福王。太子致信叶先生,请他与"清流"官员停止对福王的声讨。

叶向高读了这信,急了,太子殿下满脑子想的何物?税监、矿监横征暴敛,何其惨烈?太子殿下有没有仁德?三个月内,叶向高第二次不避嫌疑,进了慈庆宫。他有必要和太子好好谈谈矿税的问题。马隋、福王殿下之流,闹得再大,废矿税才是根本。

"叶先生,父皇不允,矿税哪是您说废就废得了的?"太子灰心丧气,空叹奈何,"要孤说,开矿、增收商税有它的可行性。增加了内库的收入,父皇用以支持宫廷的用度。民不益赋,太祖定的三十税一早不合时宜。"

"太子殿下,您糊涂了。税监、矿监哪个下到地方不贪赃枉法、中饱私囊?宦官不懂矿学,臣建议过陛下,国库枯竭,开矿盈利是好对策，但是需请这方面的专业人士。不然，开矿沦为摊派的幌子。宦官贪鄙，陛下命他们去收商税，亦是竭泽而渔。"叶向高抄着手，在太子殿下的小客堂里愣坐不下来。陛下无可救药，他气的是太子殿下是非不分，想包庇福王殿下滥杀百姓，放任税监。

太子固执，暂时无能为力，不如明哲保身："可父皇对税监、矿监信赖有加，即使他们借机肥私、擅权。"

叶向高气得撂了狠话："太子！臣拥戴您，教导您，不是要您为了登上帝位，无视民生疾苦，做您父皇的应声虫。"

"叶先生，您请坐。"太子红了脸，挠挠鬓角，掩饰他的惭愧。惹得温文的叶先生吹胡子立眉毛，他是做错了。他清楚，凭叶先生东林人士的脾气，不让他写奏疏弹劾朱常洵就不错了。"叶先生，喝茶。万历三十七年起，矿税每年征收不过几万两，父皇收敛了。年初杨荣出事，父皇对矿监、税监的限制愈多了。"

太子令岳才明给叶先生上一盏宁神泄火的甘菊茶，叶向高犹自不忿："不用！矿监、税监所到之处，民变闹了一轮子。单说那马隋，他哥哥马堂在临清惹的事儿不够大？马隋有脸求福王殿下护他？"

叶向高说的是万历二十七年，天津、临清税监马堂肆虐，在南北咽喉重镇、号称天下七大钞关之首的临清，引发的一场极大规模的民众哗变。临清民变不了了之，事后马堂兼任了两淮盐监。今时天津民变的祸首马隋，即马堂的堂弟。马堂死后，陛下恩赏马隋接替他的天津税监。

太子放下茶盏，局促地搓了搓手道："哎，叶先生说的是。税监、矿监所到之处，民生凋敝。内库的收入增加了，国库的赋税收入反而减少。叶先生，父皇明知故犯，您奈父皇何？"

"对，陛下既陆续撤回了大多数的矿监，臣再往前走一步。横竖矿税弊政务必废除，殿下不说话就是了。福王殿下，您莫理会。"叶向高动了动别于长须上的胡夹，直接道，"手足情谊之类的，大是大非上，太子殿下大可不顾。殿下该有自己的主见了。"

太子依叶先生的意见袖手旁观，任百官的声讨一浪高过一浪。福王纳闷儿了，太子答应过救他，没效果啊。母亲只会咒骂太子，李恩、李浚束手无策，父皇不理睬他，本王要就藩了？

"朱常洛那两面三刀的糊弄你。你多余求他，他巴不得赶你走，落井下石！太子还去问过皇后，皇后也看你不顺眼。"郑贵妃骂起太子没完没了。

"娘，别骂了，想想办法！"朱常洵无助地瞅着母亲。

郑贵妃能想啥办法？她以为儿子的蠢莫过于低声下气求太子，连累她派人去了东宫说小话儿。她瞪了李恩、李浚一人一眼，倒怨不着他俩。天津，天子脚下，跟云南的杨荣，天高皇帝远不同。天津出事，压不住。

"阿洵，再求求陛下吧。"

"儿子还不是替您出气，马堂、马隋都做过母亲的内侍。"朱常洵加重了口气，"父皇生我的气了。"

"你父皇不会真心恼你的，要相信你父皇。"郑贵妃若有所思，也"阿洵，你回王府闭门谢客，先别进宫了，看为娘的。你替娘出气，娘帮你。"

"娘，您别冲动啊。"朱常洵拉过母亲胳膊，靠在母亲肩上。

郑贵妃揽着儿子："阿洵，娘做的一切全是为了你。"

朱常洵听话回府，不再出门了。郑贵妃极尽恳切，署上儿子的名，上了一封请罪的奏疏，求陛下看在常洵夭折的兄弟姐妹的情面上，宽恕常洵，宽恕自己。

皇帝留中了郑贵妃的奏疏，他暂不见阿洵，为给朝臣一个交代。皇帝生气归生气，他只怨阿洵不够聪明，遇事莽撞，越不想放他就越了。弹劾的风头稍过，皇帝派出亲军中的神武中卫，去天津捕杀暴民，福王的罪就脱了。皇帝我行我素，大臣的谏言，他充耳不闻。叶向高求见，不见，皇帝召见了福王。

"父皇，儿臣错了。"朱常洵见了父皇，憋憋堵堵。

"阿洵，好久不见。"皇帝笑容可掬。

"父皇，儿臣知道您不会不管儿臣。"朱常洵热泪盈眶，"现在朝臣不数落儿臣，改说父皇了。"

"他们批评朕，朕看不见，听不到。多亏了你娘、李恩帮朕挡着。"

朱常洵无所适从，趴在茶桌上："母亲她很辛苦。"

"阿芳是辛苦。你们何苦求太子？你娘关心则乱。"皇帝抚摸阿洵的脸，"朕救你。"

"多谢父皇。"朱常洵感动。

"多大点事儿，给他们闹腾的。天下是朕的，朕收税怎么了？朕一退再退。暴民十恶不赦。"皇帝叹息，拿起郑贵妃的奏疏，"唯独你阿洵和你娘与我一心。太子一样是我儿子，他心里没我这个父亲。"

"对呀，父皇。皇帝收税，天经地义，那帮大臣有何好聒噪的？我也是王爷，不就死了几条命嘛。"朱常洵坐起身，壮了底气。

"如若太子压一压他的先生，叶向高再压一压东林，朕不用派亲军去天津了。"皇帝愈加激忿，手肘碰到茶盏，"太子是君上，与朝臣沆瀣一气！"

朱常洵听话听音，父皇对朱常洛不满，他忙着告上太子一状："父皇，太子哥哥答应过儿臣说服那帮大臣，他说话不算数。儿臣求过他，那帮大臣闹得更凶了。"

"他做的不像哥哥。"皇帝蹙额。

"太子哥哥不理解父皇的所思所想。我想父皇所想，忧父皇所忧。"

皇帝忽而严肃："太子不想了解朕的想法。"

朱常洵洞明："父皇想做唯我独尊的帝王。帝王就应该唯我独尊，一言九鼎。"

"嗯，把你娘叫来。"皇帝的心绪开朗了，常洵知他。阿芳教出的好儿子，阿芳用心了。

想来，阿洵所言入情入理，他这皇帝当得是憋屈，被朝臣指着鼻子骂过。从前有个御史雒于仁，骂当今圣上酒色财气俱全。他恨得牙痒痒，到头来没能把雒于仁怎么着。皇帝十岁登基，就想做个唯我独尊的帝王。但是当了四十年皇帝，大到立哪个儿子做太子，小到称病偷几天懒，都不能够随心所欲。无论皇帝做什么，总有大臣挑刺儿。皇帝毕生力求效法皇祖，将大臣握在掌心，看他们斗来斗去。可惜他不是皇祖，他是张首辅教大的，必须按朝臣奉行的儒家圣王的标准行事。而朝臣个个像张居正道貌岸然、沽名钓誉。与朝臣周旋了大半辈子，他身心俱疲。他的苦，爱妻懂，爱子懂，算宽慰了。

皇帝迁思回虑，下了中旨，天津马堂一案不许再议。他亦让了步，命日后收矿税，收上税银，一半归内库，一半解送户部、工部。朝臣调转矛头，不就事论事了，封疆大吏们冒头了，攻击矿税之弊。一批奏疏中，言辞激烈尤以凤阳巡抚李三才为最。李三才是皇帝的老熟人了。他是王锡爵的学生，王锡爵向陛下举荐过他。他利用与老师的情分，截了老师和陛下的密信，毁了老师的仕途。好你个假道学，又冒出来了！天地君亲师，李三才背叛了两伦，他有何颜面指摘朕？

如臣境内抽税，徐州则陈增，仪真则暨禄，理盐扬州则鲁保，芦政沿江则邢隆，千里之区，中使四布。加以无赖亡命附翼虎狼，如中书程守训，尤为无忌，假旨诈财，动以万数。昨运同陶允明自楚来云：彼中内使，沿途掘坟，得财方止。圣心安乎？不安乎？且一人之心，千万人之心也。陛下爱珠玉，人亦爱温饱。陛下爱万世，人亦恋妻孥。奈何陛下欲黄金高于北斗，而不使百姓有糠粃升斗之储？陛下欲为子孙千万年，而不使百姓有一朝一夕？试观往籍，朝夕有如此政令，天下有如此景象而不乱者哉？

皇帝把李三才的奏疏念给郑贵妃听，诘责李三才："他问朕安不安。朕问他，他背叛老师，安乎？不安乎？"

"陛下，李三才人品卑劣，您革了他的职完了。"郑贵妃轻描淡写，给陛下磨着朱墨。

皇帝以手支着头："朕忍了李三才六七年，朕不想忍了。"

"杀鸡儆猴，陛下拿李三才开刀，其他的地方官就不敢上疏了。"郑贵妃低眉，悉心揣摩。

皇帝豁然"朕管他地方官怕不怕的。李三才、叶向高，一个不留。"

"是，李三才和叶向高是一伙儿的。"郑贵妃添油加醋。

"常云，去六科廊找给事中姚宗文！"

姚宗文是言官中的浙党，皇帝效法皇祖世宗，拉一打一。如果明着打压，李三才成了忠臣。皇帝与郑贵妃话说得多："抓李三才的小辫子容易。他说朕爱珠玉，恋黄金，他自己任淮抚，花钱如流水。

算了，不说了。"

郑贵妃道了福，心想，陛下倒李三才，即倒叶向高，倒叶向高，即倒太子。太子倒了，或者王皇后薨逝，她继立皇后，常洵成了嫡子。自己的胜算蛮大的。她寻思着，陛下撤换了叶向高，会换一位浙党的首辅。浙党亲陛下，等于亲自己和常洵。熬走了叶向高，也许常洵不用就藩了。

接下来的一个月，万历三十九年的腊月，郑贵妃经司礼监，旁观陛下指导浙党的言官与东林骂战。两派牵延不下，过了腊八节，叶向高方上奏疏。皇帝意外，叶向高不替同党求情，但求陛下速定李三才的去留。

这时的一封邸报彻底激怒了皇帝。

"李恩，你干的好事！"皇帝把新得的邸报掷到李恩脸上，"乡间野老的信函为何上了朝廷的公文？"皇帝装不认识顾宪成。实际上，关于顾宪成，皇帝的记忆太深刻了。东林先生，谁人不识？

皇帝本人和顾宪成的过节有二十年了，顾宪成带给他的愤怒还是那么熟悉。时任考功司员外郎顾宪成，与当时的吏部尚书孙鑨、考功司郎中赵南星乱搞万历二十一年的京察，将皇帝信重的首辅王锡爵拉下了马。孙鑨、赵南星皆被革职，本该治顾宪成的罪，皇帝疏忽了他。顾宪成不降反升，升任要职文选司郎中，负责推举继任首辅。他推举的列第一位的是皇帝最不待见的先任首辅——"炮筒子"王家屏，皇帝因此罢免了顾宪成。多年后忆及二十年前的京察，顾宪成、孙鑨、赵南星，当年的吏部三巨头就是东林党的雏形吧。今日的顾宪成倍加嚣张，首辅都在他船上。平头百姓顾宪成和当朝首辅通信，书信登上了吏部的邸报。吏部依照顾宪成的评议，在邸报上定论"三才廉直"，吏部想造反吗？

皇帝捏紧了拳头,好呀,你叶首辅暗度陈仓,那朕明修栈道。申时行滑头,与朕同仇敌忾。叶向高滑头,兢兢业业为东林效劳。皇帝拿定了主意,叶向高不能用了,至少不能让他继续做"独相"。

李恩被陛下扔的奏本砸中,瑟瑟缩缩:"陛下息怒,吏部一家之言。陛下不恩准,吏部的邸报成不了定论。"

"上了邸报的文章传之海内。叶向高让天下皆知朕无道!"皇帝强笑,走下御座,捡起那封邸报。

李恩思量着:"启禀陛下,您罢了李三才的官。任他成为名流,或寂寂无名,他不在陛下的朝廷了。"

皇帝骂了几句,没那么大火气了:"朕只能赶走一个,满朝的东林,朕无可奈何。"

朝臣结党始自嘉靖初年的"大礼议",现而今朝臣堂而皇之结成两派,明争暗斗,着实辱没了圣名。

"郑娘娘常讲,暂时办不到的事不多虑。"

皇帝终露了笑模样:"李恩,传信儿给姚宗文。"

奉陛下密旨,御史徐兆魁弹劾叶向高的奏疏没过两日就递了上来。这一封皇帝批了,奖赏徐兆魁。见叶首辅遭到弹劾,李三才投降了。他连上十五道奏疏,自请辞官,皇帝一封不批,命吏部贬了李三才的官。皇帝深知,欲拿下叶向高,打击东林,敲掉凤阳巡抚远远不够。讨厌的人走了,新来的人讨厌依旧,凤阳巡抚的官职从此不存在了。

皇帝的下一个目标是叶向高。皇帝亲笔写信,请致仕回乡的先任首辅沈一贯举荐叶向高的继任者。然而启用新人为时尚早,逼叶向高到走投无路再论。皇帝静待万历四十一年的会试,先提拔能臣入阁,分散叶向高的权力,徐徐图之。

腊月廿八,离新年剩两天了,皇帝突发奇想,下旨明年在宫里为福王庆祝生辰。为亲王在宫中庆生，如此逾越礼制，在朝野难免引起震动。

太子妃郭氏亦埋怨："福王二十六岁，不是整寿，不是本命年。"

太子道出了心声："父皇做给孤看的。父皇终究恼了孤，怪孤不爱护手足。"

"没几天了，给福王的贺礼？"郭林英小心翼翼，东宫没有拿得出手的礼品。

"随你便吧。"太子锱铢必较，明年是他的三十整寿，父皇绝对想不起来。

"妾去了库房看过。"郭林英支吾，太子殿下极不愉快的关头，她没辙了才哭穷。

太子厉色，斥责她："鸡毛蒜皮来问孤？你看着办。"

郭林英深深俯首，都说太子殿下好性儿，可她这太子妃畏惧他。

高司仪出了个主意："太子殿下，娘娘是说，请一幅殿下的墨宝，送给福王殿下贺寿。"

太子笑了笑："高大人，甚好。"他算是看清了，朱常洵接连犯错，父皇对他的宠爱有增无减。那么他待朱常洵，亦得做好长兄，宠爱弟弟。修理朱常洵，只得拜托东林人士。

"妾告退。"郭林英谨守规矩，领她的人退出。太子殿下不高兴时，她不愿在跟前多待。

太子教刘庭送太子妃出去，留下了高司仪，令高司仪伺候笔墨。他站到桌前，思忖写哪种字体。他想给朱常洵写一幅"寿"字，是他长兄的心意。他从未想过，今生有讨好朱常洵的时候。谁教父皇越来越抬举朱常洵。他不费大功夫，写了幅他擅长的颜字。太子写字，不求多好，父皇擅长书法，不班门弄斧，写出皇太子的气势就好。

太子坐下，看了看新写的字，自己感觉将就，令高司仪退下，叫岳才明取他的一方旧印。

岳才明进殿，往手上哈了口气，不合适地来一句："太子殿下写字专心。"

太子扔下了笔。岳才明带进了外头的冷气，又张口说浑话。

今年的冬天格外冷，寒风凛冽，室内生了地龙，点了炭盆，也暖不过来。申时，鸭蛋黄似的太阳躲进厚厚的云层里了，灰暗得没生气。

太子越发不爽，斜着眼睛盯他："下去，叫王安来。"

"是。"岳才明心知说错了话，连忙退下，去王大珰的庑房叫他快来，太子殿下不对付了。

王安来了，在外间脱下大氅，不声不响地寻来太子殿下的那方旧印，服侍殿下用了印。太子在寝殿里，穿着夹层的棉袍，领部缀白色护领，端正地戴了顶夹丝棉的翼善冠。太子殿下畏寒，王安亲给殿下的手炉添了炭。

刘庭送了太子妃娘娘回来，太子教刘庭送他的墨宝去装裱。

"王安，别忙了。"太子缩在书案前红木大椅铺的皮草里，"你替孤问母后，朱常洵的生辰，她送什么。"

"是，殿下。"王安收拾着书案上的文房四宝，拿笔在笔洗中涮了，挂在笔架上。

"你……别收了，孤给叶先生写封信。"太子尽量平心静气。

第九章

刘庭出宫为太子殿下送信，去了一上午。王安去坤宁宫传话，带话回来，皇后殿下要见太子殿下。

太子吃惊："母后请孤过去，所为何事？"

"皇后殿下没说。"

理智告诉太子，王皇后不可轻信。尽管母亲去世后，他愈发地依赖王皇后。但母后不是生母，隔着血脉，就隔着心。唉，要是皇祖母硬硬朗朗的……

太子清了清嗓子："母后有要紧的事？"

"好像没有。"王安摇头。

"好吧，等刘庭回来，孤带他去。"太子究竟不想孤立无援。中宫皇后式微，比不上郑贵妃权重，可母后同是朱常洵的嫡母。太子想得周到："你到太子妃那儿，把那天伺候孤写'寿'字的高司仪带上。孤这就去。"

王安中肯道:"奴才以为,太子殿下晚膳时分往坤宁宫更好。兴许皇后殿下年下寂寞,殿下代降嫁的荣昌公主为皇后殿下尽孝,再好不过。"

"嗯。"太子背过身去,恢复了沉默。

王安去奉宸宫找高司仪,高司仪请示太子妃娘娘。

"太子殿下传,自然得去。"太子妃准了。

王安对高司仪客套:"高大人,您随侍太子殿下去坤宁宫,我送您回。"

高司仪的职掌是辅佐太子妃娘娘,她拘束:"不劳王大珰了。"

"随侍太子殿下是荣幸。小鸾,你去吧。"

"是,太子妃娘娘,臣速去速回。"

说心里话,太子妃羡慕高小鸾,太子殿下主动要求带她拜见母后。东宫的宫人里,也就高司仪和王安出挑,自己挑回来个人才。

太子带高司仪去,因为高司仪心思通透。刘庭呢,是他的内侍中嘴最严的。太子刻意避开进晚膳的时辰,稍晚些过去,陪母后喝晚膳后的花茶。

母子对坐,太子自持,不言语。他怕说错话,请母后先开口。

王皇后与长大了的朱常洛话不多。她看他的眼光十分和善,太子感到了母后目光里的慈爱,放松了下来,冲母后淡淡地笑。

"母后,常洛早该来给您请安了。"

太子过分的亲热使王皇后一时不适应。

"哦,常洛。你问孤送什么贺礼给常洵,孤……我来回答你的问题。"王皇后下意识拨了下发间垂下的流苏。论个人好恶,几个庶子当中,她最喜欢常洛。她喜欢常洛沉稳、端正,适合做一位储君。她回护他,因他是名正言顺继承社稷的长子,也看重他的品行。

而太子很懂得如何表现，失去了生母，王皇后是他唯一的母亲。他没机会对父皇表现，在母后这儿他可以好好展示他的仁孝、他的美德。他想父皇对他怀有一些误会，倘若父皇晓得了他孝顺嫡母，父皇可能会相信他是个孝顺的孩子。当朱常洵步步紧逼，就藩遥遥无期，太子越来越急迫去改善父皇对自己的印象。朱常洵每年长一岁，他更应该马上离开京城。太子最恐惧的，跟谁都不会说，父皇撒手而去，朱常洵人在京城……

王皇后沉静有度，观察着太子坐在东暖殿温暖的烛光下，或出神，或神伤。

"来，常洛，喝茶。"

小祺往太子殿下的茶盏里续热水，盏中的香片宛如花朵在热水中翻飞。

太子没心情同享母后的悠闲，他拘谨着道声谢。

"常洛，我没想好送常洵什么。王安说你写了幅'寿'字送他。"王皇后悠然，"你父皇给常洵庆生，教咱们难做。"

"是，常洵啥好东西没有？有啥好送的。"太子略略难堪，像样的礼品，母后绝对是有的，唯独他无物可送。

"孤有一扇早些年的百子屏风，祝常洵多子多福，对你却不公平。"

"谢母后体谅常洛。"太子凝住了一抹笑，"母后，三弟的生辰会在坤宁宫办吗？"

"当然不会。"

"启祥宫？"

王皇后偏了偏头道："启祥宫是内宫。"

"是建极殿了。"太子言下愈加失落，眼睛看向地面，"成了国宴了。"

王皇后温柔宽慰："我不晓得。常洵的生辰宴,由郑贵妃操办。孤不去的。"

太子尽力镇定,手指碰了碰散着热的茶盏,碰出清脆的响声。他怕朱常洵不就藩,怕他亲王的规制越过了皇太子,更怕父皇宠爱朱常洵过头。朱常洵久留京城,折磨得太子紧张兮兮。

"母后保重凤体。常洵的生辰正值隆冬,母后不出门的好。"

"孤不爱凑热闹。"

太子不觉腼腆:"生辰会一定热闹,常洛也不愿意多待。"

"好了,常洛回吧。跟我这儿喝了茶,回宫歇息了。"

"儿臣告退。"太子恭恭敬敬地行礼告别。他暗喜,母后不去朱常洵的生辰宴,甭管为了什么,总是对他的支持。母后明理,维护他们兄弟君臣的尊卑。他孝顺母后,走了步好棋,就算他不是皇后的养子,他得如皇后的亲子孝顺一样。

那次见了母后,入了正月,太子想给母后拜年,母后不见他了。太子生怕朱常洵快过生辰了,母后召见他。年初二,朱常洵也遣人进宫求见母后了。刘庭开解太子殿下,皇后殿下欲托辞推脱福王殿下的生辰宴,初五前最好不见人。

岳才明这回讨了太子殿下的欢心。岳才明说,郑娘娘让皇后殿下难受了半辈子,怎么能疼她的孩子?对呀,母后心目中从未一碗水端平。自己被朱常洵的生辰搞得瞎紧张。不知叶先生几时动作,最快出了正月吧,且让朱常洵风光一把。但愿他明年到洛阳庆祝他的二十七岁生辰。

正月初五到了,紫禁城静悄悄的,看不出是个大日子。皇帝在乾西五所设宴为福王庆生。赴了宴,太子卸了包袱,不过一场小小的家宴。父皇按照亲王的规格摆生辰宴，没准儿不及朱常洵在自家府邸做寿的排场。

王皇后称病，送来了两把长生锁，给福王的孩子。皇帝与郑贵妃并坐红雕漆地平宝座，前设金龙宴桌。下面的主宾坐紫檀木的宴桌和椅子，太子和太子妃坐第一席，福王和王妃坐对面的次席。弄得朱常洵不像生辰宴的主人，他本来就不是。内廷的宴会，主人只能是陛下。

这场家宴统共没几桌，周端妃和瑞王朱常浩、惠王朱常润、皇七子朱常瀛，算是家人。另有福王府的家臣和内廷的几位大珰，李恩、李浚为首。太子起初还高兴，朱常洵的生辰宴，排场小，宾客少，开席方知滋味不好受。

宴席上，皇帝与郑贵妃、朱常洵仿佛普通人家的父母、孩儿。皇帝不理会长子，朱常洵收下贺礼，遂不理会长兄。朱常洵频频起立向父皇、母亲敬酒，说吉祥话逗得父母开怀。在场的兄弟皆成了局外人，尤其是太子，父皇不关注，弟弟不尊重。太子在意，他的窘态被福王府的家臣和郑贵妃的大珰目睹。他后悔了，该学母后称病，不该来做好长兄的姿态，巴巴儿地送礼、贺寿、受辱。

太子屈辱，宴桌下攥紧了拳头抓着桌布。太子妃终见天颜，却不吭声，压根儿不敢抬头，不敢看她公爹。这种场合，太子妃胆怯，不可能理解太子殿下。

终于，太子鼓起了勇气，像他来之前想的那样，摆出长兄的派头，教父皇瞧瞧他爱护手足。

"三弟，大哥祝你生辰快乐。"太子端着酒盅站起来，直直瞅着朱常洵那张略显惊愕的圆脸。太子将友爱尽挂在了面儿上。

换福王慌了，他令近侍斟满酒杯，起座憨厚地笑："谢谢大哥。"

一月天子

说着，就要满饮此杯。

郑贵妃巧言拦他："哎哟，阿洵，不懂事。你怎敢受你太子哥哥的敬酒？"

"不，郑母妃，今日是三弟的生辰。"太子谦和。

太子妃应与太子一齐举杯为福王贺寿，她犹坐着。太子无暇顾及他的正妻，依着福王的节奏，不分谁敬谁了，同时喝下满满一杯。福王扭头瞥见母亲的眼光，冲太子抱了下拳。太子颔首，二人一齐落座。

兄友弟恭的景象令皇帝动容。

"好，好。"皇帝欣悦，拍了拍郑贵妃手背，"阿芳为朕教出的好儿子。"

韩本用斟酒，太子再次起身，向郑贵妃。

"郑母妃，儿臣敬您。"

郑贵妃翩翩站起："太子呀，你让母妃受不起啊。"

皇帝扯了扯唇角："阿芳，坐，你是长辈。"

郑贵妃坐了，太子喝干了酒，坐下，面露忠厚，对他的郑母妃和三皇弟。

皇帝投向太子的目光含了些许的关心："太子，别喝太多的酒。"

"是，儿臣想出去走走。要不儿臣先告退？"太子借机逃脱，需表现的表现完了。

"太子不胜酒力，去吧。"皇帝的眼光落回福王身上。

父皇在场，太子待太子妃很是柔情。他离席前，向父皇、郑母妃、周母妃告了辞，附到太子妃耳边，和声细语："好好陪着父皇和母妃们。"

太子妃转头，见太子温情脉脉。

太子领着韩本用、岳才明走了,剩太子妃一人。太子妃不至于难堪吧,嫁给太子殿下,她从没融入太子殿下的内心,体味太子殿下的进退、权衡,本本分分尽正妻的义务,仅此而已。

正月初五的夜晚,出了乾西五所,太子莫名爱上了在长街上独行,将韩本用和岳才明甩到了后面。凛洌的风吹过巷道,宫灯里的烛火忽明忽暗。岳才明欲上去给太子殿下多披一件斗篷,韩本用挡下了他。太子冷得搓搓手,月光透着清寒,落在石砖上,宛若净水。

"'庭下如积水空明,水中藻荇交横,盖竹柏影也。'"太子仰头望月,任思绪飞向深碧的夜空,冬天的星星都是冷的。良久他喊了声:"韩本用、岳才明。"

"奴才在。"二人跟上。

"你俩跟着。"太子声气极淡。

"是。"二人随着太子殿下转进长春宫前的夹道,"殿下走走?"

"走走。"太子的手扶上冰冷的宫墙,"前头是启祥宫,一点儿不冷。"

韩本用不知如何作答:"是启祥宫。"

二十六年前的今夜,朱常洵就出生在启祥宫的后殿体元殿。父皇肯定希望,常洵乃朕的第一子。太子不禁嘲笑自己,又多思了。朱常洵打出生就是父皇的心头肉,这是不争的事实。

不知不觉向西走出不近的距离,岳才明提醒:"殿下,再走,出西六宫了。"

"哦。"太子转身,"皇祖母住在西宫。孤想哪天去看看她老人家,你说皇祖母会见孤吗?"

"皇太后殿下疼爱殿下。"岳才明一张嘴,冷风呛他个激灵,不说了。

"回吧，酒劲儿上来了。"太子扶了韩本用，回慈庆宫。

慈庆宫这座宫院，有母后皇太后时就做皇太后的宫区，有太子时则做东宫。国朝没有母后皇太后和皇太子同时在世的例子。他的嫡祖母孝安陈皇后在皇祖穆宗崩逝后住慈庆宫。哎，父皇冲龄登基，两宫同尊，慈庆宫永远是少人问津的地方。

太子由着他的思绪信步走入慈庆门，不回穿殿，出纯禧左门，向北到花园一带走走，吹吹冷风，醒醒酒。

"太子殿下，夜凉，回寝殿歇了吧。"韩本用道。

太子步履越来越快，二人紧紧跟上。

岳才明请示："殿下想到哪位选侍、淑女的房里歇息？"

"孤随便溜达。"太子心烦，漫无目的地遛对他是种释放。寒冷之中，他总算得以摆脱朱常洵，摆脱郑贵妃，摆脱父皇。

心渐渐静了，也凉了，月光照得他从外而内的凄凉。他想起了他的母亲。郑贵妃给她儿子庆生，与父皇并坐，无限荣华。母亲则已谥为温靖皇贵妃，草草葬在天寿山的平冈地，入了黄土。路过小门，他向里望了望王才人奉宸宫的灯火，她也是长子的生母，也姓王。太子犹豫着没进去，转头向南，转来转去东宫没多大。他自问，他这个太子拥有什么。空落落的，空落落的，终日行走在冰面上的人生，他没资格厌倦。但凡他失败，被拉下了太子位，等待他的是万劫不复。

刚才他想到了王才人，由校的母亲，念起她，过去的事儿了。至于西李，西李住承华宫，在西边，他没想起来她。

"太子殿下万福。"突然角落里有个轻柔的声音叫他。这儿太黑了，只闻其声，不见其人。

太子眯起眼，走到宫墙角了，慈庆宫好小。

"这儿是哪儿啊？"

"回太子殿下，这里是荐香亭。"岳才明答。

韩本用叫那人出来："喂，你，出来！"

角落里的那人向前迈了两步，是个姑娘，站在暗影里，弱不禁风。

韩本用再叫她："说话啊。"

"妾，妾……"她连忙跪下，"妾淑女刘氏见过太子殿下。"

太子从袖筒里伸出手，上前抬起她下巴，她长得有几分眼熟。她自称是他的淑女，他见过她吗？

"你是孤的淑女？"

太子收回手，刘氏跪着，往暗影里缩了缩："妾是五皇孙的母亲。"

"老五。"太子有印象了，这位便是去年这时候给他惹了大麻烦的淑女刘氏——父皇的淑女。他是有了第五个儿子，算来，老五一周岁了。

"老五好吗？"太子记不起老五叫什么。

"他……"刘氏唯唯诺诺。

岳才明接道："五皇孙养在东李娘娘的勖勤宫，和三皇孙养在一处。"

太子记起来了，父皇见过老五，老五蛮有福气。他想见见那孩子了，老五在东李那儿，改天吧。

太子把手笼回袖筒，慈庆宫的东路，他很少来："刘氏，孤去你那儿喝杯茶？"

"啊？妾的屋子不方便，有一位傅淑女同住。"刘氏答话声音很细。她始终跪在暗处，明显不大懂规矩，大冷天的拒绝太子殿下。

"刘氏，你随孤到穿殿去。"太子的命令不容置疑。

刘氏呆着，韩本用拉她起来，推她和太子殿下走到一起。刘氏与太子殿下错后一步。到了亮的地方，太子细看她的容貌，娇羞中

一 月 天 子　　　　　130

有几分清丽。

今儿晚上想找人说说话,这个羞涩的女人挺好。相互不熟悉,她听他说话,太子不用防备。

太子牵起刘氏:"冷啊。晚上了,你为什么在那里?"

"妾住在荐香亭后。"刘氏紧绷绷的,垂着头走路。

"你不必怕,你和孤有个儿子。"

太子与刘氏闲聊了几句,刘氏笨嘴拙舌,委实无趣。回了穿殿,太子教刘氏服侍他睡下了。

躺在熟睡的太子殿下身边,再一次的偶遇,对于刘淑女,是一次巨大的惊喜。原本她的人生再不会有太子殿下和由检,只有傅姐姐做伴。奇迹般地,太子殿下又遇见了她。她陪太子殿下聊了聊由检,殿下倒头睡下,刘淑女睡不着。漆黑中,她凝视着殿下,升起了那一点点的奢望,假如太子殿下喜欢上她,她接回由检亲自抚养。

到头来,刘淑女做了场美梦,太子殿下终究把她忘了。

那晚以后,王大珰来过,请去穿殿的不是她,是傅淑女。

傅淑女这一去,去了很多次,不出仨月,便有了身孕,搬出了与刘淑女同住的小屋,住进了承华宫后头的昭俭宫。

刘淑女不嫉妒傅淑女,傅淑女欢声笑语的,太子殿下喜欢她那样的。只是傅淑女走了,她更孤单了。由检若在,她不会这么孤单。刘淑女的心再一次沉入了枯井,深宫再一次将她的心事埋葬。她想见见她的儿子,那是她唯一的愿望。

得宠、有喜后,傅淑女推开了刘淑女的房门。

"阿沅,阿沅,你看我把谁带来了?"

刘沅坐在窗边的塌上,借着天光绣花。傅淑女来了,她开心地叫了一声"姐姐"。傅芷彦风风火火,几步上来握住刘氏的手:"快看，由检来了。"

跟着傅芷彦的丰腴的乳母映入刘沅的视线，乳母怀里抱着个男孩。由检！儿子都长这么大了，她竟有些认不出了。由检被抱走时，刚刚落地。

刘淑女张大了嘴，喊不出儿子的名字。她欢喜得蒙了，她的儿子来了，像做梦似的。傅芷彦抱过由检，由检贴在她袄裙的灯景补子上，睁着圆圆的眼睛。刘淑女伸手，摸摸由检的小脸，由检朝她乐。傅芷彦将由检交给阿沅："你抱！由检，她是你阿娘！"

刘沅涌出了泪水，匆匆抹了两把，伸出胳膊，激动坏了："阿娘抱。"

由检倚在母亲的怀抱，咿咿呀呀，好像在叫娘。

傅芷彦嫣然一笑："阿沅，由检喊你娘呢。"

去年由检出生，自己身子不好，一年了，她没抱过。小小的由检充实了刘沅的整颗心，她抱着的是她这辈子从未有过的幸福。

刘沅母子相依，傅芷彦瞧着，感动得掉泪，她也要做母亲了。

"阿沅，由检多乖啊。"

刘沅拥着儿子，又为儿子忧虑："由检跟着东李姐姐，受不受委屈？"

"东李姐姐对孩子很好，由栩和由检一同抚育，她能一视同仁。"傅芷彦凑过来，给妹妹拭泪，"东李姐姐待由检不好，哪儿能让我抱由检出来？"

"你替我谢谢东李姐姐。"刘沅感泣。

傅芷彦擦了泪，便不哭了："妹妹放心。我的孩子生下来，我想把由检抱走，和我的孩子一起养，你们母子能常相见了。我再求太子殿下恩典，接你去昭俭宫住。"她站直了，抖了抖花蝴蝶似的披风。春天了，穿富丽如斯的披风只为漂亮。看傅淑女的服饰，就知道她正得宠，她的承诺不是空话。

刘沅交了儿子给乳母，感激地跪下。

傅芷彦搀她起来："阿沅，你这干什么？"

刘沅热泪滑落："傅姐姐，你待我真好。"

"自打你来了东宫，咱俩就住这间屋子。"傅芷彦理解妹妹委屈，柔声道，"别难过，太子殿下太忙了，我也有十天没见到他。殿下忙他的事情，等他不忙了，会想起你和由检的。到时候不用我，太子殿下会接你去昭俭宫，与我同住。"

"姐姐。"刘沅倚着傅淑女，哭得更凶了，感动交织着心酸。

傅芷彦让乳母把由检给刘淑女抱："阿沅，别哭了，和你儿子热乎热乎。"

刘沅破涕为笑，抱她的儿子愈紧了。她有儿子与她血脉相连，有傅淑女关怀，她知足了。

傅芷彦说对了一半，太子殿下非常忙，忙于读书。可他忙不忙，都想不起有这样一位平淡无奇的刘淑女，生了他众多孩子之中的一个。如今太子读书忙，更是忙于避嫌。

待到春暖花开之时，叶向高要参福王殿下一本，恭请福王殿下就藩。太子待在寝殿，不宜出门。

第十章

朝廷花了二十八万两白银，为福王殿下在洛阳建造福王府。福王殿下不就藩，王府无人居住，浪费事小，福王殿下享受不到陛下的厚爱事大。请福王殿下速速就藩，方不辜负陛下的心意。叶向高如是奏道。

福王殿下这个年纪，二十六岁，别的藩王，包括陛下的胞弟潞王，慈圣皇太后的幼子，在封地已待了十年。从前朝臣偶尔责问陛下，陛下您留一位成年的皇子在京城有什么意义？况且皇三子福王殿下就藩拖得越久，较年幼的皇子亦耽误了。瑞王殿下、惠王殿下到了就藩的年纪，最小的皇七子已经十五岁了。福王殿下居长，他不就藩，他的皇弟们皆不能走，皇家的秩序、人伦纲常乱套了。陛下不缺天伦亲情，太子殿下住在宫里。为了子孙的福祉，朝臣屡屡奏请允准皇子就藩，不针对福王一人。

福王留京越久，形势越对皇太子不利。朝臣们亦学会了迂回，以陛下对福王殿下的关爱为前提，要挟陛下。陛下无策，郑贵妃又找他哭闹。

"阿芳，你……朕在想对策。"皇帝不悦，"你能不跟着添乱吗？"

郑贵妃愁眉泪眼："臣妾不管，骨肉生生的分离。阿洵去了洛阳，难见面了。"

"对朕何尝不是如此？"皇帝叹道，"祖制难违。"

"陛下少拿祖制压臣妾。"郑贵妃与皇帝对坐，泣下沾襟，"阿洵不能就藩。其余的，比如王恭妃的丧仪，臣妾都依了陛下。"

"朕知道你懂事。"皇帝顺了顺郑贵妃散下的额发，瞧着她，甚是怜爱，"阿芳，不急。朕想为今之计，请太子出面挽留阿洵。"

"太子？太子他称病，故意躲着咱们。"郑贵妃气恼。

皇帝安抚似的搂搂她："太子心胸不宽，但他待阿洵有手足之情。"

"那是脸面上的。陛下，阿洵就藩，得利最多的是太子。"

"朕的人去求他呢？他敢不听父皇的？"皇帝皱了眉。

郑贵妃安静了，内廷的人去过慈庆宫，去的是李恩、李浚，假如常云去了……

皇帝长吁短叹："太子孱弱，朕强留阿洵到二十六岁，留对了。"

"是，传闻太子病得严重。"郑贵妃凝视皇帝，眼里闪过一丝期待。

"不许诅咒太子！"皇帝厉声，立马转圜，"太子心机深，还有太子妃呢。"

"倘若太子不见常云，臣妾派周尚宫去慈庆宫。"

皇帝首肯："先打听打听太子的病如何了。"

郑贵妃耐下性子来，倚着皇帝细想，而今能够挽留阿洵的就是朱常洛了。朝臣把陛下能找的借口全堵了，陛下说得对，先探探虚实吧。阿洵一朝离开京城,她再无翻身的希望了。除非朱常洛出了好歹……那种希望太渺茫了。

常云去了,太子连他都没见。太子病重抑或装病?能打的牌只剩周尚宫了。皇帝说,周尚宫见到太子妃也是好的。太子拒见常云,皇帝起了疑心,这一回叶向高领衔,满朝上疏奏请福王就藩,是不是太子和东林里应外合?

周尚宫去慈庆宫求见太子妃娘娘,太子妃也生病了。王才人见的她,请她进奉宸宫中她的寝殿。对面太子妃的寝殿,房门紧闭。周尚宫进来,拘着礼,流露出些微的鄙夷,王才人看得真切。倒是跟从周尚宫的启祥宫近侍刘成堆着笑。王才人鼻子哼了一声,大剌剌坐了正座,自己早晚成为皇妃,不和女官一般见识。

周尚宫保持了恭谨的表情,坐了上首的客椅,不谈正事,寒暄一番。王才人左顾右盼的,扭头看看都人雨儿,又看看太子妃派来的徐从宝。

问过皇长孙安好,徐从宝不知礼数插嘴:"周大人,您有话直说吧。"

周尚宫冷笑,仍拐弯抹角:"太子妃娘娘病了,不严重吧?"

说起装病的太子妃,王才人怨她拉自己出来顶包,一走神,还是徐从宝答话:"太子妃娘娘无大碍,卧床静养。"

"臣听闻,太子殿下也在卧床休养。东宫不会出了啥不干净的,闹起了疫病?"周尚宫假装关切。

"哪儿有啊,我不是好好的。"王才人随口扯谎,"太子殿下和郭姐姐得了时气病,不打紧。"

"太医每日来问诊了吗?"

"东宫的小事,劳周大人费心,我们东宫自己处理。"王才人心生烦意，只盼周尚宫快走。

"内宫的人知道，王娘娘能干，里里外外一把好手。"周尚宫按了按鼻翼，笑着露出一排碎玉样的牙齿，似带嘲讽，"太子殿下病好了，劳王娘娘带个话儿，请太子殿下给陛下问安。太子殿下病了，陛下和福王殿下担心呢。"

王才人讲话呛人："是吗，陛下和福王担心太子殿下？"

周尚宫反呛回去："王娘娘是太子殿下的贴心人，殿下的病，您得好生照料。"

周尚宫讥讽她不得宠，王才人来了气。恰在这时，西李娘娘进来了。太子殿下病着，她还前呼后拥，浓重的脂粉掩不住她的倦容。西李当众打了个呵欠，那意思她才是太子殿下的贴心人，一直服侍太子殿下。

"李娘娘安。"周尚宫起座施礼。

西李转向王才人施礼，弯了下膝盖，懒洋洋的，拖着长音："王姐姐好。"

"西李妹妹来了。"王才人轻蔑。

"太子殿下教我给周大人问个好。"西李道。

"太子殿下客气。"周尚宫让出首座给西李娘娘，"太子殿下安好？"

"挺好的，微恙。"西李声音中透着妩媚。

王才人心想，西李撒谎不打腹稿，不见她害臊。

"微恙的话，陛下和福王殿下安心了。"

西李佯装困惑，斜着眼睨位分在她之上的王才人："福王殿下？难不成他想来慈庆宫看望太子殿下？"

周尚宫温文尔雅："李娘娘说笑了。福王殿下谨守本分，岂敢随意进宫？"

"福王殿下多虑，太子殿下想借这次的微恙养一养身子，不是什么要紧的症候。"西李话里有话，一双眼睛离不开正座上的王才人。她口齿伶俐，更像东宫的女主人。

王才人不甘示弱，瞧底下这俩货色，都没安好心："西李妹妹，你说你多辛苦，养着自己的一双儿女，还得照料太子殿下。殿下养好了身子，你清减了。"

"我哪儿像王姐姐享清福，由校自小用不着王姐姐照料。"西李话里有话，"原本太子殿下还令妹妹我养着由检，这不东李姐姐带走了由检，我清闲好多。"

周尚宫不爱听她们你一来我一回地斗嘴，争执东宫的家务，不足挂齿的琐碎。

她委婉地绕回了她的正题："陛下非常关心太子殿下和东宫的几位皇孙。太子殿下卧病，陛下挂心，殿下痊愈后，请太子殿下带上皇长孙给陛下请安。陛下最喜欢皇长孙，挂念着皇长孙。"

西李笑得亲和："周大人，您说的我懂的，我帮您跟太子殿下讲。"

周尚宫与西李对视，西李精明，怪不得东宫她最得宠，蛮有几分郑娘娘的风韵。周尚宫报以笑容："臣劳驾李娘娘了。"

王才人恨透了西李反客为主，太子妃抱恙，我是东宫的女主人。太子殿下再喜欢你，你能压我皇长孙的生母一头？

王才人含了酸气："陛下最喜欢由校，我教魏进忠和客氏带上由校去看皇祖。"

"王娘娘孝心。"周尚宫澹然。

西李再与周尚宫对视，彼此神会，一同告辞。

"王姐姐，妹妹回去侍奉太子殿下了。"

"臣亦当告辞。"

王才人看这俩人好生奇怪。她没说什么，放她们一道去了。

出了奉宸宫，周尚宫与西李转进小花园，私下说起了话。

"王姐姐那人，不是不聪明。她这几年，太子殿下疏远她。殿下的好些心事，她不晓得，太子妃姐姐更不懂。"

周尚宫听出弦外之音，在王才人跟前，她们已不谋而合："所以臣觉着里子比面子重要。跑东宫的事，不拘找太子妃娘娘，找王娘娘，找太子殿下的贴心人，为陛下和郑娘娘分忧方是正道。"

西李分寸极好："我最盼望太子殿下与福王殿下，与郑娘娘家人和睦。"

"李娘娘这话说到点儿上了，咱们局外人无非为几位主子的融洽尽份绵薄的心力。谁没事儿寻思在一家人之间搅和？"周尚宫和西李投契。

"我有个不情之请，望周大人替我和我的由模向郑娘娘美言几句。"

周尚宫一下子舒然了："李娘娘的'龙凤呈祥'，陛下晓得了定然欢喜。臣一切为了陛下和郑娘娘。李娘娘，您可是大明的有功之人。"

"周大人这么说，我担不起。我的由模怎有由检的福气，一出生即见了皇祖？"西李的笑颜迫不及待，"周大人何时为我引见郑娘娘？我盼着给郑娘娘请安。"

"小心为上，太子殿下对郑娘娘母子有戒心。我若有事来东宫，我来找你。"周尚宫抚了下西李的手，两人算结交了。

"好，周大人慢走。"西李福下了身。周尚宫拉她："李娘娘，使不得。"

西李令她的内侍送周大人，这一下她得意坏了，攀上了郑娘娘的心腹。甭管太子殿下怎么想，郑娘娘这棵大树必须靠，要不她怎么和太子妃、王才人抗衡？光有宠爱，有由模，她想做东宫最尊贵的女人，没有郑娘娘襄助怎么行？她得了郑娘娘做靠山，朱由校有啥了不得？朱由校的娘失宠了，他亦非太子妃生的嫡子。鹿死谁手，尚未可知！

　　"娘娘，四皇孙吐奶了。"都人亚茹跑来了，惊慌的声音打断了西李壮志满怀。西李瞬时被吓醒了："快回去。"

　　由模体弱，晚间关紧了慈庆宫的大门，太子走出了穿殿，去承华宫看了由模。老四病得不轻，太子瞧着由模也不好受。儿子早殇，这种事他不想发生第二次。

　　两天后，由模稍好一点，西李缓过劲儿来，没忘记和周尚宫说好的。她怀抱着由模陪伴太子殿下。由模睡熟了，倚靠在母亲的臂弯。太子捧着卷书闲坐。

　　西李问了个尖锐的问题："太子殿下，福王就藩，殿下如何想的？"

　　太子思疑，抬眼反问道："你呢？你如何想的？"

　　"轮不上妾作想。"西李遮掩。

　　"为什么问这个？"

　　西李瞄着太子殿下，揣度他的想法，叫进乳母抱走由模，缓缓道来："妾晓得郑娘娘有句话，望转达给太子殿下。"

　　"你怎么知道郑娘娘的话？"太子看她，顿时充满了疑忌。

　　西李掩饰不过，红了面颊："回殿下，那一次太子殿下让妾去奉宸宫问候周尚宫，妾因此结识了周尚宫。"

　　"嗯。"太子摆手，叫西李坐边上来；印象中西李安分守己，不会搬弄是非，"郑贵妃说了什么？"

西李把她想规劝太子殿下的话藏好，一字一字，如实转达周尚宫的话："福王殿下，殿下他说若太子殿下不阻挠他占去四万顷庄田，他愿意就藩，即时离京。"这是福王的意思，也是周尚宫的意思，西李亦转达了郑娘娘的心思："但是郑娘娘坚决不同意福王殿下就藩。"

"郑贵妃必然不同意。朱常洵识趣儿了。"太子心境顿然开阔，"朱常洵早觉悟就好了。郑贵妃莫不成把她儿子关在京城？"

"太子殿下或许应该顺着福王殿下的意思，占去四万顷庄田。现下之于福王殿下是最佳的结果。早早晚晚的，福王殿下注定得走。"西李贸然揣想。

"燕丽聪明。"太子眯笑，摸摸她漂亮的脸蛋，"朱常洵，他不傻。"

西李愈发冒昧，秀目闪亮："太子殿下何妨放福王殿下一马？"

"他识趣儿，不与郑贵妃一道负隅顽抗，孤可以不阻挠他占去庄田。可是孤管不了叶先生他们。"太子扑哧一乐，"孤还说福王不傻，他不傻，不和他母亲齐心？孤不阻挠，他能得到庄田吗？燕丽，你信吗？别说四万顷，朱常洵要多少，父皇都会给他。他最后得到多少，是另一码。"

"对呀，四万顷太多了，陛下想给福王殿下，地方上不一定拿得出。"

"堂堂我大明，四万顷良田拿不出？"太子哂笑，放下书本，"是大臣许不许可父皇赏给朱常洵。"

西李靠上太子殿下，容色温顺："妾不明白。"

"得了，你不该明白。离郑贵妃的人远点儿。"太子声色严厉，"养好由模，少让他闹病，才是你的功劳。"

"是。"西李娇嗔，"太子殿下看重由模。可惜由模仅仅是殿下的四儿子。"

"叫什么话？老四不是孤的儿子？"太子重新拿起书本，"女人家，你传话纯属多余。郑贵妃肯不肯放朱常洵就藩，朱常洵要多少庄田，关孤何事？"

"妾知错。"西李欲站起来认错。

太子按下她，神色不善："够了。福王之国乃必然之义。任朝臣和父皇争执，孤隔岸观火。"

太子收回心思读书，他知道，今年叶先生再发难，朱常洵不走不成了。他也想到了，朱常洵会向父皇讨一大笔利益，一概与他无关。四万顷庄田和整个天下比算什么？太子在乎的，朱常洵早走一天算一天，不要威胁自己的太子位。西李带的话亦有道理，叶先生不唱反调，朱常洵顺利拿田走人，就藩这段公案解决了。而东林不会容忍朱常洵既违反祖制，又伤天害理。太子烦了，朝臣与父皇争来争去何苦？东林之中谁忠心为了他？

西李回过头修书一封给郑娘娘，劝她且把儿子的利益要到手。福王满怀信心，上奏父皇，允许他就藩，并拨给他四万顷庄田。他在奏疏中提到了两个人，一个是世宗的皇四子景王朱载圳，一个是他的亲叔叔潞王。他两人就藩时，当时的圣上皆拨给了大量的庄田。他的意思是父皇遵循先例，拨给他四万顷庄田理所应当。

福王举的先例实为特例。皇帝赠送弟弟或者儿子额外的庄田作为就藩的礼物，实非朱家的惯例。祖制规定，亲王就藩，拨划庄田，庄田的所有权仍然归属朝廷，亲王仅有使用权，将所拨田地的收入当作岁禄的一部分，而且此类额外的庄田至多不得超过一千顷。世宗皇帝厚爱皇四子，朱载圳就藩湖北德安，屡次获赠庄田，那是开了恶例。

福王的奏疏，皇帝批准，经六科廊抄出，群臣攻讦。皇太后健在，他们不可妄议潞王，但是他们敢说景王。景恭王早逝，无子，封除，正因为世宗骄纵爱子，不为爱子积福积德，害了爱子。陛下如若真心爱护福王殿下，万不能答应他的无理请求。皇帝看了这一批的奏疏，认为朝臣诅咒他的爱子。天下良田归朕所有，朕想给谁给谁，朕没有分配土地的权力吗？朕就知道，大臣们只看皇太后的情面。当年朕给小弟潞王又拨田，又拨盐引，你们说什么了？

皇帝实在曲解了朝臣的好意，陛下一旦下旨拨出四万顷庄田，即会发现无田可拨。天下良田名义上属于皇帝，皇帝实际掌握的，得以赠送他人的唯有官田。皇帝占用了地方上的田产，甚至私田，势必导致民怨沸腾。时移势易，潞王成年就藩赶上籍没张居正的家产。张首辅的财产像笔横财，皇帝让给了潞王一部分，还用张首辅充公的现银，给潞王办了一场奢华的婚礼，无伤大雅。现今不具备当年的条件，去哪儿找那么多的官田？难道从地方，从民间强征四万顷？朝臣埋怨皇帝，光晓得自己有儿子，不体谅百姓谋生的艰难！

单单叶向高一人为了福王要四万顷庄田，给陛下连上了数封奏疏。太子躲在东宫，读东林劝谏父皇的奏疏，击节叹赏。即使父皇最终给朱常洵找来了四万顷庄田，朝臣跟父皇争一争总是有裨益的。

各直省田土，大郡方有四万亩，少者一二万。祖宗以来，封国不少，使亲王各割一大郡，天下田土已尽，非但百姓无田，朝廷亦无田矣。自古开国成家，必循理安分为可久！郑叔爱太叔段，为请大邑；汉窦后爱梁孝王，封以大国，皆及身而败。

太子拿叶向高的一封奏疏给王安读了，刘庭也读了，读不大懂。

刘庭不解地问:"叶先生文采好,太子殿下打算怎样响应呢?"

"与孤无干。孤看着。"太子冷语道。

王安分析道:"陛下批准了拨四万顷庄田,承诺福王殿下明年就藩。太子殿下抑或可采取行动,阻止陛下与福王殿下行大不义。"

"等等。"太子极为冷静,"父皇的决定,孤不好批评。"

"太子殿下乃社稷的栋梁,陛下的子民也是殿下的子民。"刘庭冒失了。

"刘庭!"太子呵斥,"全是父皇的,父皇爱给谁给谁!"

王安深深看了眼刘庭,以眼神示意他不许多话,白提点他了。

王安很能理解太子殿下,恳切道:"是,殿下,做皇太子太难了。"

"你看着吧,朱常洵今明两日内,必过来。"太子正了正冠帽,令刘庭下去备身新衣裳,以备朱常洵随时过来。

不到半日,李鉴通传,福王殿下到。

"大哥!"朱常洵腆着肚子,挤着坐大哥身边。

朱常洛往边上挪了挪,不愿与他挨得过近:"常洵来了。"

"大哥,你不帮我讨那四万顷?我人都去了洛阳,你还想怎样?"朱常洵全无恭敬,诘问他的太子哥哥。

"我为什么帮你?"

"你答应我的。"朱常洵理直气壮。

"我几时答应你的?"朱常洛咬牙忍着,心中宽解自己很快见不着朱常洵了,"孤不晓得怎么回事。孤以为,你狮子大开口,索要四万顷庄田,不妥。"

"大哥饱汉子不知饿汉子饥!你一辈子在京城,我被发配洛阳,过苦日子!"

朱常洛拿出长兄的口吻教训他:"常洵,何为发配?你去洛阳当藩王。父皇治下的太平盛世,藩王会过苦日子?不准污蔑父皇。"朱常洛深吸口气,"你要走那四万顷,好多人要过苦日子咯。"

"那些人又不是你弟弟。"朱常洵一本正经地瞅着大哥。

朱常洛懒得跟他掰扯,拿他没辙。转念一思量,万一朱常洵跟父皇传话,干脆和稀泥,糊弄着撵他走:"孤不和你讲道理。总之,你找孤没用。叶先生是孤的老师,你见过老师听学生的话?常洵呀,你了解孤的处境,孤接触不着朝臣,不能接触。"

"是吗?"朱常洵嘟嘟囔囔,低下眼梢算计,"父皇的命令,叶首辅都不听。"

朱常洛道:"孤帮你讲过话,常洵。叶先生听不听,由不得孤,懂了?"

朱常洵不由得紧了眉头:"叶首辅刻薄,把父皇气坏了。大哥,你将来当了皇帝……"

朱常洛高声打断他:"常洵!上至父皇,下至宦官,各有各的难处。父皇和孤同为大臣教大的,有的话我们不能不听,有些难为的我们不能不做。"

"看来你懂父皇。"朱常洵望着大哥,心想,终有一天,朱常洛成了皇帝,而他不甘心做大哥的臣子。他走了,朱常洛未来的皇位稳了,朱常洵越不甘心离京了,非要到四万顷庄田不可。"父皇必得给我。父皇一定给我的。"

"孤不妄言。"太子简短道。

"好了,常洵,回启祥宫用膳吧。离京前孝顺好你的母亲,孝顺好父皇。"

"大哥,我不想走,我离不开父皇和母亲。"

朱常洛像哄孩子一样哄他:"你是藩王,迟早有就藩的一天。

你留到了二十六岁，非常幸运了。"朱常洛内心嗤之以鼻，就你朱常洵爹生娘养的？

"大哥，真的不是你怂恿叶首辅参我？"朱常洵蹙着眉头，不依不饶。

朱常洛搬出最后一招，逼他走人："放心，父皇必定答应你的要求，他舍不得你。你不索要，父皇也计虑你到了洛阳的生活，不让你吃苦。"

"大哥也这么说。"朱常洵乐了，"我回了，大哥，告辞。"说着带上他的内侍愉快地走了。

送走了朱常洵，朱常洛揉着太阳穴道："烦。好在马上不用跟他说话了。孤等了十年，再多一年，孤等得起。"

岳才明和刘庭跪下道："恭喜太子殿下心愿达成。"

"孤离那天还早呢。"太子疲累，靠着椅背，闭上眼养神。他做了个旁人认不出的口型，那是他最想说的字眼——朕。

第十一章

福王朱常洵回去，将太子的话传给了母亲。郑贵妃带常洵进弘德殿，一家三口想办法。

皇帝感慨："太子成熟了。"他扬手教常洵靠近，点点他的脑门。他看着常洵五味杂陈。十一年前，他立了长子为皇太子，就觉出了做皇帝对于阿洵，未必是最好的。做皇帝该承受的，他和父皇，和皇祖都承受得太多。不如让阿洵像潞王，把大明的财宝尽数给他，放他去过富贵、惬意的人生。当皇帝当了四十年，万历皇帝不担忧社稷，不担忧嗣君，只怕常洵离开了父母，过得不如意。

"阿洵，你也要长进了。以后一个人去了封地，爹娘不在……"

"陛下，别说了。"郑贵妃放肆地哭，"臣妾就这一个儿子。"

皇帝抚了下郑贵妃脑后的发髻："阿芳，常洵大了，放心吧。"

"陛下，让臣妾和阿洵一块儿走吧。"

皇帝揽了揽郑贵妃，挤出了笑："你舍不下阿洵，舍得下朕？"

朱常洵跪下："爹，娘，儿子到了洛阳，好好做个藩王，不教爹娘为儿子操心。"

郑贵妃跌下榻，紧抓儿子的手："娘想见你一面，难了。"

"阿芳，阿洵不同其他藩王，朕准他定时回京省亲。"皇帝不忍心阿芳如此悲伤，扭过脸去，"阿洵去了洛阳，吃不了苦。"

"潞王……"郑贵妃哽了喉咙。

皇帝扶起他的爱妃、爱子，护他们到身边："朕准阿洵回京，潞王不回京，阿洵可以。"

皇帝这样许诺，实在过分。祖制规定，藩王就藩，大丧之外，永不得回京。藩王间亦不可交往，不可结交地方官，不可离开封地，终身生活在当地府衙的监视下，富足归富足，形同软禁。国朝开朝以来，唯有潞王朱翊镠得到了优待，可以在他的封地卫辉方圆百里内自由活动。福王朱常洵更特殊了，他就藩洛阳，可以做生意，可以和地方官往来，准他回京。皇帝不怕福王坐大，威胁朝廷，毁了成祖、宣宗削藩平叛的一片苦心？慈圣皇太后和小儿子生离，潞王就藩二十多年，没回过京城见过母亲。而皇帝的人之常情，朝臣并非不能够体谅。让福王殿下自由一些，偶尔回来看看，都能容忍，唯独不接受福王殿下搜刮民脂民膏。

皇帝却一心记挂儿子，能给常洵的，他都给。他指点郑贵妃："阿芳，你找叶向高直接谈，说是朕命他放过常洵，把四万顷庄田许了福王。"

郑贵妃颊上挂了泪珠："行吗？"

"传朕口谕！"皇帝满心不舍，"朕不亏待阿洵，阿洵过得好，朕与你才踏实。"

郑贵妃啜泣着点点头，倚着她的儿子。是这个理儿，不能不放阿淘走了，形势逼人。但不保障好了阿淘拥有的财富，阿淘以后如何东山再起？最次像皇帝常对她说的，天下给了长子，天下的财富悉数给了阿淘，阿淘坐拥天下财富，比天子快活。郑贵妃不信藩王会比天子快活。朱常洵挽着母亲走出乾清宫，心有戚戚："娘，我跟你一起去见叶首辅。"

"我遣李恩去，你去了反而不好。"郑贵妃挺直了腰杆，"四万顷庄田，终究是你的。"

"父皇疼咱们，娘安心。"

朱常洵这话说的，教郑贵妃那么心酸。皇帝选的时候不巧，据闻叶学士府在摆祭典，郑贵妃遣李恩去，少不得讨没趣。

叶向高确实在府上的小客堂设了灵堂，祭奠他广故的挚友。

曾与东林先生品茶倾谈，而今东林先生弃世，叶向高枯对着友人的画像，老泪纵横。前岁一别竟成永诀！自己与东林先生在南京相交、相知的过往，历历在目。

"叔时，原谅仆公务繁忙，不能去无锡送你一程。来，一杯水酒，仆敬你。"叶向高将一盅佳酿倒在地上。顾泾阳走得突然，他这一去，东林遭了重创。

"老爷，节哀顺变。"管家劝道，叶首辅只许可他进入这座灵堂，"老爷宽心，无锡书院那边，山长和学生们会把东林先生的丧礼办得风风光光。尽管朝廷不赐哀荣，几位元老准备赠东林先生私谥，像陶靖节那样。"

叶向高敬上一炷清香："叔时身上有很多我不具备的，向他学习。"他凝视着挚友的画像，顾泾阳的音容笑貌宛在眼前，"他们想赠叔时私谥，我以为不用。等太子殿下继承大统，赐叔时好的谥号。"

"东林先生配得上。"管家压低了声音，"老爷忘了，司礼监掌印太监李恩大珰晚上过来，您换身衣裳？"

"李恩一介阉宦，'内相'如何？"叶向高鄙弃。

"李恩大珰毕竟是内廷的红人。老爷看在哪儿见？"

"他不得进老夫的内宅，上正堂的偏房。"叶向高掸掸衣裳，"刘公公很久不来了。"

"太子殿下若知晓了东林先生的噩耗，会派刘公公来的。"管家猜测，"老爷进点儿东西垫垫肚子吧。"

叶向高草草地用了晚膳，穿了居家的棉布道袍，出内宅到正堂的偏房见李恩。

李恩身着蟒袍，胸口盘着一条爪上四趾的金蟒，带了启祥宫的庞保、刘成。摘下牙牌，李恩大珰俨然一位朝廷高官。

李恩给叶向高作揖，叶向高不与他客套。即使打英宗起，皇帝赐予地位显赫的大珰尊崇，满腹经纶的命官对宦官从来居高临下。

"李大珰请。"管家替老爷招呼李恩，退下了。

李恩不谦卑，对着陛下和郑娘娘，他是奴才，对着叶首辅，他是"内相"。他觉得自己和首辅平起平坐。

"叶首辅，郑娘娘的颜面，您不能不给啊。"

"李大珰此言差矣。老夫忠于陛下。"叶向高面色一沉。

李恩颐指气使，他也看不惯叶首辅。这群夫子张口闭口的"敬天法祖"，郑娘娘破坏了不少祖制，因为她深得陛下宠爱。夫子们只会为难郑娘娘，为难福王殿下。

"叶首辅，郑娘娘为陛下所爱。您口口声声忠于陛下……"

"李大珰请直说。"叶向高做人有板有眼。

李恩像喝了酒，脸刷地红了："郑娘娘说，叶首辅全心为了太子殿下，福王殿下也是陛下的儿子呀。您心里头别光装着太子殿下，

一月天子

也装着点儿福王殿下。"

"李大珰，陛下的家事，老夫不可置喙。老夫对陛下尽忠，只对陛下。"叶向高的神情难以捉摸，"服侍陛下的家人是李大珰您的分内之事。"

"教导太子殿下和诸位皇子是您叶首辅的职责，对吧？"

"是，所以，如果福王殿下当老夫年老，老夫便奉劝福王殿下，他现在走，趁着陛下厚爱，资赠倍厚。如错过了时机，将来世事难料。福王殿下稍微懂得收敛，不论到了何时，福王殿下享资财，更享贤名。老夫的教导之责，莫过于此。"

李恩不由得震动，仿佛是这个道理。陛下春秋已高，倘若福王殿下人一直在京城，到山陵崩的那天，太子殿下有满朝文武的拥护，福王殿下没有胜算。那时，福王殿下但凡落下了把柄，等于入了太子殿下的瓮。太子殿下想怎么处置福王殿下就怎么处置，更会连累郑娘娘，连累他们这起子奴才。福王殿下是该见好就收，讨得到多少讨多少吧。

李恩坐了半晌，徐徐站起，再向叶首辅作个揖，道："叶首辅一席良言，我带回启祥宫。多谢叶首辅。"

"李大珰无需客气。天色不早，请。"叶向高喊管家进来，"送李大珰。"

李恩犹不肯走，面露难色："陛下厚爱郑娘娘母子。我们这群奴才，您这些重臣……"

"李大珰勤勉做事。至于老夫，忠于陛下罢了。老夫的同僚和老夫是同样的。"叶向高淡定应对。

李恩得了救似的，表露出歉意："李恩方才失言，抱歉。"

叶向高遂笑了笑："无妨，李大珰回宫，在郑娘娘那儿多多斡旋。"

"是，叶首辅良言，李恩谨记。"

李恩带话回了启祥宫，郑贵妃怒道："本宫何曾阻碍过福王就藩？说定了明年动身。不就那四万顷庄田，那是常洵应得的。"

"奴才愚见，叶首辅替福王殿下着想。太子殿下地位稳固，叶首辅忠于陛下，不致对福王殿下那般吝啬。朝廷拿不出四万顷庄田，陛下没想到这一层，叶首辅想到了。凡事过犹不及，坏了福王殿下和郑娘娘您的美名。"

郑贵妃端起茶盏，听到关键处，一口未饮，撂下茶盏，问："李浚，你琢磨琢磨李恩说的？"

"郑娘娘，李恩所言是叶首辅的意思。奴才左思右想，没必要局限于庄田。庄田拿不出，用其他的代替，福王殿下得的实惠更多。"李浚谨言，"退一步讲，福王殿下让步，不仅换来美名。大臣们再坚持，不占理了。"

郑贵妃敛容沉思："本宫记得，潞王得过盐引。"

"是，可讨盐引，可讨商税。"李恩克制了更大胆的想法。

"叫阿洵来，把福王府的长史也叫来。"郑贵妃神采奕奕，"我们拟个新方案。"

"郑娘娘英明。"李恩、李浚相视一笑。是呀，东林胜得了福王殿下，胜不过陛下。陛下在一天，福王府得的实惠只多不少。

郑贵妃与朱常洵母子拟的新方案，比单纯四万顷的庄田要的多得多：第一，庄田四万顷减半，封地洛阳周边陕西、河南良田不足，要山东和湖广的良田。第二，长江沿线安徽太平到扬州各项杂税划归福府。第三，淮盐一千三百引划归福府。第四，朝廷籍没张居正的财产，余下的悉归福府。

这四条意味着，福王得庄田两万顷，每顷皆为膏腴之地。天下商业最繁荣的地区的部分商税，固定归入福王账下。另外张居正的财产，二十年前赠送潞王一小半，算上二十年来国库的使用和损耗，余下的赠送福王。倘若以上三条，朝廷姑且能够承受，与民争利，与国争利，莫过于拨出淮盐一千三百引。

"引"是贩盐的许可证，日用引申为官盐的计量单位，每引官盐四百斤。国朝盐制实行"开中法"，律法严禁贩卖私盐，官盐运销招商人承办，商人缴纳相应的粮食入仓，发给盐引，规定取盐和卖盐的地点，买卖遵循就近原则。所谓"开中法"，即把边境军粮的补给与商贩官盐相结合，商人到边境上交军粮换取盐引，赴指定的产盐区买盐，再赴另一个指定的区域售盐。

福王要去了一千三百引的淮盐，他是要自己做盐商出售的。他不受律法的约束，不交军粮，领走了淮盐，想到哪儿卖到哪儿卖。福王欲在洛阳卖盐，提出了附加的条件，请父皇下旨，洛阳由吃解盐改吃淮盐。天下淮盐的品质最好，价格最高，只有福记有卖。加之不就近运盐的额外的成本，洛阳的大多数百姓吃不起福记的淮盐。先前洛阳卖盐的商人不再做盐的生意，陕西这一带，便无商人到边境交军粮。种种后果严重，皇帝居然允准了。

问题是福王殿下退了一步，朝臣纵然明白一千三百引淮盐比四万顷庄田过分，不能抗议了。福王殿下退让，朝臣不退让，有失道义。不给福王殿下他想要的，他不就藩怎么办？朝臣拒绝那四万顷的理由 ——"拿不出"，不成立了。福王殿下这回要的，盐引也好，商税也罢，统统拿得出。福王殿下明说了，他要的利益到手，马上走。

终有人站出来了，户部尚书李汝华闯进了内阁，问叶首辅讨说法。

"进卿！"李汝华气势汹汹，将陕西巡抚的私信拍在首辅的书案上,"陛下准奏三天了,内阁、六科、都察院没半点儿意见!"

叶向高默然,任李汝华责备,打开书案下的抽屉,把陕西的来信丢进去,合上抽屉,动作迟滞。

"你!"李汝华风度尽失,就差跳着脚骂,"这封信,你该递给陛下。"

"陛下会看吗?"叶向高轻笑道,"茂夫,你看。"他再打开抽屉,李汝华到书案后,见抽屉里积了厚厚一沓奏本。

"陕西和河南来的,巡抚的、臬司的、藩司的、巡按御史的。"

李汝华急赤白脸:"您一封不给陛下?"

"仆给了陛下,陛下不报,堆在乾清宫,不如堆在仆的抽屉。"叶向高神情中不含一丝的无奈。

"进卿!"李汝华抬起手,指着叶向高,"你跟陛下学的,麻木了!你不上呈,我去敲登闻鼓!"

登闻鼓源于南北朝,遇冤情或者急案,皇帝不理,大臣敲皇宫正门外的登闻鼓。国朝的登闻鼓设在皇极门外。

"你敲鼓,陛下也不听!陛下厚待福王殿下,自立皇太子那年起,各种各样的利益源源不断赏给福王殿下。我们每每阻拦,成功过吗?"叶向高心平气和,"我们不让步,失了信义,以后遇上更棘手的状况,我们说什么,陛下越有冠冕堂皇的理由一意孤行。陛下不守信用,三十年了,我们奈何得了陛下?"

"陕西、河南的生民与边防,进卿置于不顾?"李汝华振振有辞。

叶向高拿起他写到一半的奏疏给李汝华,"仆奏请陛下允许陕西、河南内事从权,不妨碍福王殿下利益的前提下。"

"从权?如何从权?"李汝华怒目相视:"钱和粮全进了福府,进卿让地方上如何从权?百姓怎么活?戍边的将士吃什么?"

叶向高身为内阁的"独相",与六部同气连枝,他长叹一声:"茂夫,仆为你好。你敲登闻鼓,触怒了陛下,仆救不了你。"

李汝华不图虚名,他不会冒葬送仕途的风险,说敲登闻鼓的是气话。宦海沉浮,熬到正三品尚书不容易。与叶首辅逞逞意气,顶多了。

李汝华退却了,临走甩了句狠话:"叶首辅,您良心何在?"

叶向高泰然承受:"大司徒,你理解仆。"

陛下执意,你我身居高位,无能为力,谁人心中不受煎熬?

李汝华气冲冲地来,气冲冲地走。叶向高关上门,令书办谢绝来客,继续写他的奏疏。圣人的教诲拷问着叶首辅的良心。堂堂百官之首,能为百姓做的,唯有奏请内事从权这么多了。

叶向高率他座下的言官、六部退让了。零星仍有不识时务的官员,提出反对意见,其中并无大员。关于福王之国的奏疏,陛下一概不报。户部和陕西、河南地方上照陛下的谕旨,许诺福王殿下的利益全部着手给了。

好处到手,福王不走了。

转过了年,万历四十一年,约定福王就藩的时间,过了新年,过了龙抬头,过了上巳节,过了清明,礼部半月一奏东宫开讲,福王就藩,皇帝不报。

四月间,兵部尚书王象乾奏,皇帝终于做了朱批:"亲王之国,祖制在春,今逾期矣,其明年春举行。"

皇帝存心拖至初夏,拖过了祖制规定亲王之国的春季,冉拖一年。去年朝臣退了一大步,陛下不该不守信用。为什么又僵住了?群臣纷纷猜测,必是郑贵妃吹了枕头风。

郑贵妃闻知陛下的旨意,委实震惊。这样一来,所有人以为是她诱导了陛下。去年叶首辅给李恩的忠告,如一根尖刺扎在郑贵妃心上。到了那一天,陛下不在了,太子登基,常洵走了,她走不了。眼见太子的地位日益稳固,而今她已不敢过分难为朱常洛。陛下何必多拖一年?强留常洵,就这一两年了。

"郑娘娘,您去劝劝陛下吧。"周尚宫与郑娘娘害怕的是同一档子,陛下撒手的那天,他们内廷服侍的,郑娘娘的亲信一个跑不了。

"陛下为了本宫,本宫跟陛下说什么?"郑贵妃咬咬下唇,"陛下的龙体不及从前了,阿洵早走,相反好。阿洵二十七岁了,两万顷庄田一年内凑不到,以外的好处全进了口袋,没理由不走了。"

"扛过了风头,先去就藩,再论吧。福王殿下现在离京,回宫庆祝三十岁生辰,也行。"周尚宫建议暂且躲躲大臣们冲天的怨气。

"本宫以为,得劝陛下。"郑贵妃拉下脸,"你说去年冬天,福王府的行李打好了,陛下不让走了,一留又快半年。"

李恩从司礼监来了,顺势一跪:"郑娘娘,福王殿下不必立刻离京,您也不必担忧,反正您心里舍不下福王殿下。"

"怎么?"郑贵妃问。

"您不是怕朝臣误会?只要郑娘娘进呈一封亲笔的奏疏,奴才将您的奏疏抄出。福王殿下留多久,奉陛下的旨意,福王殿下便可在京城安居。"

对呀,得让大臣看清了,福王府做好了就藩的准备,福王非常想走,陛下强留。大臣的唾沫星子淹不死陛下,把自己和常洵择出来。

"周大人伺候笔墨。"郑贵妃急切自证。

李恩殷切地献上一封现成的,道:"郑娘娘抄一遍即可。"

周尚宫递上,郑贵妃读了一遍,李恩以她的口吻写的,郑贵妃大悦:"李恩,算你聪慧。本宫心底当然不愿阿洵离开,能配合陛下留下他，最好了。"

"郑娘娘谬赞。"

等郑贵妃抄好，李恩带郑娘娘的笔迹回司礼监，今日内交六科廊抄出，洗清郑娘娘的嫌疑。

李恩自诩高明，两全其美，他低估了朝臣和太子殿下那头。太子殿下一眼就看出来了。

"狡辩！若不是她郑贵妃盛宠不衰，何来福王？"太子火冒三丈。

"太子殿下，小点声。"叶向高以辅导太子殿下功课为名进了东宫。

东宫不开讲，詹事府的一套官制形同虚设。太子不配属官，不开讲，是福王迟不之国的另一重隐患。尽管武宗以后，詹事府历来有名无实，但是东宫不开讲说不过去。太子的教育被耽误了，幸而当今的皇太子好学、勤奋。

太子在书房里兜圈儿，年复一年的迁延，谁坐得住！"叶先生，朝廷把能给朱常洵的都给了。"

叶向高亦惶惶道："太子殿下，陛下做主留的福王殿下。郑娘娘吹枕头风的话，好办了。"

"祖制，为合祖制，拖到明年开春。父皇成心拖延，误了时令。"

"无人可左右陛下的意志。"叶向高倍感沉重，"决定的权力在于陛下。"

陛下下了那道福王明年春天就藩的谕旨后，他一直想问太子："殿下记得您小时候，万历十九年的那件事吗？"

"何事？"

叶向高娓娓道来："前一年，陛下跟大臣说好了，殿下虚龄十岁立您为太子。万历十九年，您到了岁数，不算数了。您过完十周岁的生辰，有的大臣沉不住气，给陛下上了奏疏催促。陛下便说，若有人再就国本一事聒噪，待殿下十五岁再议。同是那年，争国本，陛下出尔反尔，申首辅受了陛下牵连，被迫辞官了。"

"申首辅。"经年历久，太子听到生命中第一位待他好的朝臣，依然感到了温情。

"申先生。"太子喃喃道。

叶向高平和地指教太子："您晓得和陛下争斗的后果。成大事务必沉住气，不急不躁。太子殿下，恕臣直言，您欠成熟。"

太子不作回答，纵使父皇言而无信、是非不分……太子信赖地看向叶先生。叶先生就是昔年的申先生，他们是天下最正直的读书人。他们维护他，冲的不是他朱常洛，为的是维护伦理纲常，维护天道祖制。他是祖宗定的嗣君，信任他们就够了。太子正是这样，在忧患和困苦中长大，对他好的人，他永志不忘。

"叶先生。"太子发自内心叫道。

"太子殿下少安毋躁，见您人品的时候到了。"叶向高肃然，"臣且告退，殿下保重。"

"刘庭，送叶先生。"太子殿下望着叶先生的背影，没着没落的，喊来了韩本用，"传傅淑女。"

第十二章

傅淑女到，太子屏退左右。

"太子殿下今儿怎么了？"傅芷彦水葱似的手指抚过太子紧蹙的眉，"叶先生来过，殿下不开心？"

"没事。"太子握了下她的手。

"殿下还为福王殿下不就藩烦心？"傅芷彦有话直说，太子喜欢她快人快语。

傅淑女的女儿已经一岁多了，太子为他最小的女儿取名徽妍，许诺傅淑女，待徽妍满三岁晋她为选侍。傅淑女有幸抚养她的亲女，大有后来居上，宠爱超越西李之势。

太子连着讲了三遍："没事，孤没事。"

傅芷彦笑靥如花，用指尖牵动太子唇角："殿下笑笑，心情就好了。"

太子勉强笑了笑，瞅着傅淑女明媚的笑靥，舒服多了："刚才叶先生提到了从前的首辅申时行，申先生，孤有点儿惆怅。"

傅芷彦睁大了眼，听太子殿下讲。

"芷彦啊，申时行荣升首辅时，还没你呢。其实，那时孤也小。不算高拱，父皇的第一任首辅张居正，第二任是张四维，第三任即申时行。说来申先生相当的传奇，他母亲是个尼姑。"太子接着讲，"申先生本来姓徐，姓养父的姓，考中了状元，认祖归宗，改回了申。"

"申先生的养父甘心不要他培养的状元郎？"傅芷彦颇感兴趣。

"所以说嘛，申先生甚得他养父徐知府的真传，人好。他继承了徐知府的品性。"太子也带了笑，讲他听来的故事，"孤当时小，孤记忆中的申先生，就是故事里徐知府那样忠厚的好人。"

傅芷彦听得认真，长睫毛忽闪忽闪："徐知府对申先生是无私的。"

太子理了理傅芷彦的鬓发："孤跟你絮叨絮叨，孤八岁，正月初一，万历十八年的正月初一。"

"大年初一，难怪殿下记得清楚？"

"不为大年初一，为了那种得到承认的感觉，对于孤太珍贵了。孤年幼……"太子陷入了回忆，敞开了心扉，"申先生为孤铺了第一块砖。"

后来叶先生告诉他的，他四岁时，当时的申首辅打头阵，第一次奏请父皇册立他为皇太子。而他亲眼所见，申先生为他力争，是万历十八年的正月初一，距离朱常洵出生，郑贵妃晋封为皇贵妃，消停了整整四年。

正月初一的早晨，首辅按制进宫拜年，率阁臣到皇极门外叩个头，能回家过年了。那个新年，父皇破天荒召申先生进乾清宫，好像为另一件事，太子不知道。但申先生绕来绕去，绕到了立皇长子为太子。

不晓得父皇出于对申先生的尊敬还是什么，父皇命人把自己和朱常洵一齐带到了御前，请申先生见见。那是朱常洵唯一一次见到申先生，也是他和父皇之间难得亲密的一次。

太子到了三十岁犹然难忘，申先生在场，父皇看自己的目光。父皇的眼神是慈祥的，和蔼的。那次之后，再也没有。太子宁愿相信是申先生带给他的好运。

太子记得，父皇仿佛这么说的，他指了指自己："常洛长大了，身子有些弱。"又指了指朱常洵："常洵五岁了，离不开乳母。"父皇对申先生讲话，声气平和。

申先生道："皇长子殿下到了出阁读书的年纪。"

父皇道："朕已命内侍教常洛读书。"

申先生道："陛下您六岁就出阁读书了，皇长子殿下今年八岁了。"

父皇沉默。当时的自己懵懂，与朱常洵一人一边，站在父皇的龙椅两侧。使太子难忘的，除了错觉般的父爱，便是申先生给予他的肯定。

长到八岁，终有个老师般的人肯定了他。

申先生走到自己跟前，蹲下身子，他无比珍重地注视着自己："皇长子殿下仪表非凡，必成大器。陛下早立国本，乃大明之大幸。"

父皇在笑："册立长子为太子，迟早的呀。"说完，父皇摸了摸自己的头："常洛优秀，朕知道。"

父皇做出了"承诺"，申先生叩头退下了。

朱常洛记忆中，那天父皇待他明明有温暖。父亲的温暖只停留在了那时那刻。

万历十八年，"国本之争"拉开了序幕，父皇为他心爱的郑贵妃、朱常洵与朝臣展开了一场旷日持久的拉锯战。渐渐长大，朱常洛清醒了,父皇那天会那么看他,夸他优秀,是糊弄申先生的。父皇认可的儿子唯有常洵。可是申先生对他的珍重是真的,朱常洛便对申先生心怀感激。当自己有了师傅教他读书,他和他的先生,郭正域、叶向高,不仅做师生,更成为了朋友。

太子叙着这段往事,读出了傅淑女眼中的感动。太子慨叹:"你明白了孤与叶先生是怎样的一份情义?"

"太子殿下要报答叶先生,报答申先生。"

太子喜爱傅芷彦善解人意:"帮助过孤的,孤都会报答。你和孤一样知恩图报。"

"太子殿下,王娘娘和西李娘娘来了。"门外,李鉴通传。

"请她们进来。"太子道。

王才人与西李进殿,傅淑女规矩,给两位姐姐行礼,坐到一边。王才人和西李见过太子殿下,王才人坐到殿下身边,西李坐傅淑女的上首。

太子问:"你俩一块儿来了?"

西李答:"殿外碰上的。太子殿下与傅妹妹说悄悄话呢。"

太子关心西李:"你还好吧?由模和徽媞呢?"

"孩子们好。"西李吃傅淑女的醋,瞥了眼她。她吃醋,为傅淑女的九郡主徽妍生下来,太子殿下才给她的八郡主取了名字。

王才人着急提她儿子:"太子殿下,由校想念父王了。"

大伴儿魏进忠跟来的,呈上一件皇长孙做的木头玩具。

太子接过,随手放在桌上:"好长时间没见由校。他还贪玩儿,打木头?给他找个师傅,念书。"

"由校比前几年有长进,不疯跑、疯玩儿了。"王才人惭愧。西李嗤笑。

一 月 天 子

太子盯一眼魏进忠:"你是皇长孙的大伴儿,念过书吗?"

"奴才不识字。"魏进忠不好意思。

"不识字,教他伺候由校?"太子没好脸色。

王才人忙解释:"太子妃姐姐那儿有位写字的内侍,叫魏朝钦,内书堂出来的,读过书。"

"你不会早点儿从内书堂挑个识文断字的?"

王才人后悔没领魏朝钦来,他比魏进忠年轻,模样顺溜。

"妾遵命,妾回去把魏朝钦求来,伺候由校……教由校念书。"

太子扫视坐着的三个女人,转向西李:"你给由模挑大伴儿也得留心,别净用点子不识字的。"

魏进忠站在一旁,窘到家了。

西李机敏回话:"太子殿下宽心,由模的两个大伴儿都上过内书堂,妾特意挑选的。"

太子思虑:"王才人,你知会东李,老三由楫不小了。老五用由楫的大伴儿就是了。"

"妾转告太子妃姐姐。"

"好,先跟太子妃讲一声。"太子神气淡漠,"你俩来过,退下吧。傅淑女留下。"

王才人和西李来一趟,全没落好。一年多了,太子对傅淑女越来越上心。西李无缘无故失了宠,瞧王才人愈发不顺眼了。王才人失宠,有皇长孙依靠。我西李不争,什么都没了。西李最担心由模,皇长孙健健康康的,为什么由模病病怏怏?西李苦苦思索,她该如何重夺太子殿下的宠爱,如何养好由模的病。

都人亚茹出了个主意:"李娘娘,恕奴婢斗胆,您想拉回太子殿下的心,得帮着太子殿下得到他最想要的。"

西李怄气似的:"你知道太子殿下想要什么?"她解下襟前的帕子,甩了甩。

亚茹觑着西李娘娘脸色:"太子殿下想要的是福王殿下就藩呀。您与周尚宫常有联络,更搭上了郑娘娘,您解了太子殿下的难题?"

"不行。"西李断然:"我可不能为了太子殿下,得罪了郑娘娘。"

"李娘娘……"

"我知道你想说什么……亚茹,这世上只有由模与我休戚相关。太子殿下有那么多女人,那么多儿子,我帮了他,不定帮了谁。"

亚茹不懂西李娘娘的用心,缓了缓再讲:"李娘娘,您在中间哪怕讲一句话,不痛不痒,太子殿下晓得了,会感谢您的。太子殿下领了您的情,您不成了太子殿下心目中的郑娘娘,巩固了您的地位?"

"太子殿下和陛下不是一路人。"西李坚定唯郑娘娘是从,打击王才人,"你嘴上戳个把门儿的,我的事儿我有数。福王就藩这趟浑水,蹚不得了。今年不放福王殿下走的是陛下。我为了太子殿下,叨扰郑娘娘,两头不讨好。"西李越说越细碎:"亚茹,当好你的都人,瞎出鬼主意!你有费脑筋的工夫,帮乳母照顾由模!"

亚茹的冤枉挂在脸上,她为了主子好嘛。主子胳膊肘往外拐,往和太子殿下对立的启祥宫拐,对主子终归不利啊。

西李训斥亚茹愈厉害了:"不许哭丧着脸,由模身子不好,晦气!"

四皇孙多病,西李娘娘心急上火,一点就着。亚茹遂加倍小心侍奉西李娘娘和四皇孙,不敢多嘴多舌了。

没几日,太子病了,真的病了,热伤风,不算严重,病势却淋漓了大半月。太子的体质本不强健,赶上福王迟迟不就藩,情绪不佳,心病加重了病情。太子的情绪糟到了极点,他不传一个妃妾侍疾,也不传太医问诊，甚至不准人进穿殿问安，自己憋屈地躺着。转移注意的，儿子、叶先生什么的，全是徒劳。念起朱常洵，太子烦躁不已，只图自己待着清静。

太子病中，傅淑女被冷落了，西李放下了心。傅淑女盛宠，不过尔尔。西李自恃美貌，自信能把太子殿下的心夺回来。太子殿下近来宠爱傅淑女，然而病中不肯见她，看来太子殿下没给她给过自己的亲密与信任。太子殿下宠爱最长久的只有她西李。西李不怕傅淑女晋封，与自己平起平坐了。西李盘算，傅氏即将晋封为选侍，自己晋为才人不远了。

让西李猜中了，太子殿下不见她，可想着她呢。太子殿下还喊过她名字呢。

"殿下传西李娘娘？"刘庭侍奉在床前，"叫李鉴去请？"

"不了，烦！天知道，孤为何想起她了。"太子在床上坐直了，见刘庭眼圈乌青，"夜里你一直守着？"

"是，奴才和韩大珰、岳公公轮班，人手不够。"

"你会讲话。"太子睡了一大觉，精神多了，"女人烦啊，不见。你给孤擦擦。"

刘庭去澄手巾，伺候太子殿下。太子使热手巾擦了脸，吸吸鼻子，还不通气，不想再躺下，盘腿坐在床上。刘庭给太子殿下搭上薄被子。

太子百无聊赖，揉揉睛明穴："你说孤这觉睡的，时候不短，可梦里头，朱常洵就在孤的眼前晃来晃去。"

"殿下，您病奷了，想见福王殿下？"刘庭坐回他值夜的软垫。

"孤病了，他不来问安，孤去看他？"

"福王殿下明年离京就藩了，殿下您不妨表示表示。"

太子思量，他想到了不能够坐以待毙，坐等朱常洵离京。但为什么需要向朱常洵表示，道理何在？

"为何？"

"太子殿下不表达您的主张，启祥宫以为殿下好欺负。"刘庭直白道，伺候太子殿下久了，殿下好相与，他与太子殿下相处随便了许多。"殿下去看望福王殿下，说是为了给福王殿下饯行，更能起到胁迫的作用。太子殿下的用意在于……"

"孤的用意在于，认定朱常洵行将离京，福王就藩已成定局。"太子眼眸亮了，"刘庭，不少动脑子呀。不错。"

"为殿下分忧是奴才的职分。"

太子追问："给朱常洵饯行，孤要不要送礼物？孤没拿得出手的东西。"

"福王殿下啥好东西没有？殿下送您兄长的情谊。"刘庭宽解太子殿下打开心结，"记着奴才给殿下熨衣裳时，奴才躲在帷帐后，听见殿下说话。奴才愚见，如今不是殿下对福王殿下讲派头的时候。殿下何妨暂时放下皇太子的身段，送送福王殿下？太子殿下礼遇，没准儿会换来福王殿下主动让步。没人说得动陛下，但福王殿下主动要走，陛下……"

"父皇拗不过朱常洵。"太子恍然大悟，"孤甭干坐着了。孤……孤更衣。"太子说着摆下双腿。

刘庭站起来，扶了太子殿下："殿下莫慌，伤风痊愈了再说。叶先生说的，凡事最讲求'度'。"

太子顺着刘庭扶他躺下："你请太医过来，请医正大人。孤明日大好了！"

"太子殿下的心情舒畅了，身子就好了。"

太子夸他："刘庭，你勤快，心思机敏。孤没白提拔你。"

"奴才不过跟韩大珰、王大珰学了点儿皮毛。"

太子舒舒服服躺好:"这儿甭管了。看哪个闲着,叫他进来,给孤倒杯菊花茶。你立刻去太医院,请葛太医。"

"是。"刘庭告退。

太子看刘庭,甚是可心。他想,等到王安告老,刘庭接王安的班。够不够聪明,能不能做大珰,和上没上过内书堂不存在绝对的联系。就算东宫奴才的配置使然,刘庭现在只能做小火者,太子已然离不开刘庭。

几日后,太子痊愈,去了福王府。福王朱常洵大喜过望。大热天的,朱常洵穿了一身的武弁服,绛纱袍,红裳,戴一顶黑纱的皮弁,额头满是汗珠。

"三弟要领兵打仗啊?"

"大哥取笑我了。我去洛阳当个富贵闲人罢了。"朱常洵礼貌多了。

"你真想去洛阳?"朱常洛讶然。

"大家迁就我。我打算去洛阳干些买卖。"朱常洵掏出帕子擦汗。

朱常洛率先登上福王府的台基:"什么买卖?"

"卖掉我的一千三百引淮盐,打理我名下的庄田和商税。"

"你的庄田有数万顷,你吃得消?"朱常洛拿他打趣,扯扯他的前襟,"热不热呀?"

福王府的长史引路。太子首次造访朱常洵在京的王府,他甚有兴致看看,十几万两的白银造一座王府,银子花哪儿了?

迈入首进的院落,太子不想往里走了。福王府的那种与他的慈庆宫鲜明对比的奢靡,强烈地刺激着他。大门口高悬一块金丝楠木的匾额,是父皇的御笔。太子没摊上一幅御笔,福王这儿,没上正堂就看见了三幅。正堂建于汉白玉的台基上,这是皇宫的规制,中间的浮雕由整块的汉白玉雕成,跟乾清宫似的。普天下足够比上这儿的,唯有三大殿与后三宫了。

"京城的福王府如此富丽堂皇,洛阳那儿的?"朱常洛故作玩笑。

"我没去过。"朱常洵不以为然,他住这样一座王府,洛阳的福王府多奢华对他有什么意义?他富可敌国,启祥宫更是内宫最奢靡的所在之一。

太子站住了脚,不往里走了,拍拍朱常洵厚实的背:"孤还有事,不进去坐了。常洵,快去洛阳享福吧。"

"大哥刚来就要走?"朱常洵憬然。

朱常洛垂下头:"孤回了。"他想自嘲地笑,笑不出来。今日亲眼所见父皇宠爱朱常洵,没有一刻比起此刻,太子更希望朱常洵走得越远越好。

朱常洵快离京了,生了些许的兄弟感情,他这一走,也见不着大哥了,想和太子哥哥聊聊:"大哥,我教王妃备了午宴,你留下用膳,弟弟陪你喝几盅?"

"孤无福消受你福王府的佳肴美馔。"朱常洛吩咐刘庭,"把给三弟的贺礼拿来。"刘庭捧上礼盒,太子拿过,郑重交到福王手上:"祝你一路顺风。"

朱常洵咕哝了声"谢谢"。

"孤走了,不送。"朱常洛带上刘庭,转身离开。他的车和仪仗停在七七四十九颗鎏金门钉的朱漆大门外。朱常洵果然不送了,他还纳罕,太子坐都不坐,来他府上干吗?莫名其妙。

朱常洵岂能体味太子眼见同父的兄弟待遇天差地别的酸涩。朱常洛正位东宫,他做皇太子,连基本的规制都不齐备。朱常洵是藩王,规制远超皇太子。尊卑颠倒，朝臣不也气愤吗？

太子坐上了车回宫。刘庭随侍，坐同一辆车，赔笑道："太子殿下，您这么走了，不好吧？"

"孤给了他面子。"太子气不顺。

"太子殿下送了贺礼，道了一路顺风，送过了福王殿下。"

太子越说，气性越大："孤送他的冰晶杯，都是从太子妃那儿讹来的。"

"怎么叫讹呢？太子妃娘娘的都是殿下的。"

"那是太子妃从母家带来的陪嫁。孤一件贺礼都拿不出手。"太子义愤，"天下的银钱没有一文是孤的。"

"将来天下是太子殿下的。"刘庭容色开朗。

太子转怒为喜，他有了新的想法："孤登了基，将朱常洵的财产散给老百姓。孤剥夺干净了他，还利于民，孤做个有道明君。"

"殿下仁心。"车里颠颠的，刘庭勉强跪下，哄太子殿下高兴些。太子殿下这趟出宫，是王安通过常云，千难万难跟陛下争取来的。太子殿下讨了一肚子不痛快回宫怎么行？实然，刘庭旁观，要不是太子殿下心重，福王殿下就藩这事儿不需要着急。三年内，福王殿下必定离京。可是太子殿下焦急，刘庭跟着焦急，焦急为主子排忧解难。

刘庭出的主意确实有效，太子哥哥登门，坚定了朱常洵尽快就藩的决心。

朱常洵的心已经飞了，飞去了洛阳。拨给他的两万顷庄田陆陆续续到手，朱常洵成天惦记着庄田，惦记着盐引。他平生的兴趣无非财货，父皇赐予了厚利，他真想做一回大财主，执掌家财万贯。父皇答应了准他定期回京，朱常洵没有放不下的。经常给父皇捎回他赚来的宝贝，让父皇瞧瞧他的本领。

太子一来，朱常洵屁股下像点了把火，收了朱常洛的礼，面子上亦过不去。朱常洵决定了，本王主动走，洛阳有好多事等着他做呢。

福王进了宫，见到父皇，双膝一跪。

"阿洵。"皇帝令常云拉常洵起来。

朱常洵故作为难："儿臣舍不得父皇。儿臣更舍不得父皇为了儿臣，为了母亲被人难为。"

"太子到你府上说了什么？"皇帝立马想到了太子，悔不该允准太子出宫看望常洵，太子逼迫他弟弟了。

朱常洵用袖子沾了下眼角："太子哥哥祝儿臣一路顺风。"

"朕没答应你走，何来一路顺风？"皇帝压着怒气。

"儿臣今年不走，明年必得走了。"

"急啥？"皇帝对常洵和善，"你踏踏实实住在京城，哪儿都别去。"

朱常洵正颜正色，正视父皇的眼睛："儿臣不忍心父皇左右为难，儿臣惟愿父皇龙体康健，万寿无疆。"

"你的心，朕懂。"皇帝哽塞了。

朱常洵沉默了半晌："儿臣知道，父皇舍不得儿臣，儿臣不是要立刻走。祖制不可违，儿臣是说，请父皇答应大臣，儿臣明年春天离开京城，不再迁延。"

皇帝感触，常洵明白事理，他是储君多好。

"父皇。"朱常洵近前，摇摇父皇胳膊。

皇帝抚抚儿子肩头："嗯。"

"儿臣请求父皇，儿臣走了，替儿臣照顾母亲。"常洵眼角湿润，"父皇多留三个小弟弟几年，您不寂寞了。"

一 月 天 子

皇帝落泪了，阿洵越懂事，他越舍不得。但皇子长大成人，终有这么一天："朕召你回京，一定回。"

"无论儿臣忙什么，父皇宣召，儿臣即刻动身。"朱常洵扎进父皇怀里，他是皇帝的儿，不是臣。

皇帝满足伴着失落："朕还能看你几天啊？"

"父皇长命百岁。"

皇帝被逗乐了："好，朕长命百岁。"他让常洵研朱墨，亲笔写下一道中旨，准福王于万历四十二年春季就藩河南府洛阳。皇帝又传李恩，命他传口谕，朝臣再敢多嘴，福王就藩的日期再议。

做官的都知道，多嘴即中了陛下的圈套。静静等待，别无良策。尚有不到一年，难挨也得挨着。挨到了时日，看陛下怎么办！

第十三章

一道中旨换回了暂时的平静。皇帝酝酿中的一件大事悄然成熟。待皇帝达成所愿，风云变幻，明年春天常洵走不走，不一定了。

万历四十一年了，轮到拿下叶向高。

叶向高在朝廷扎下了根，皇帝想动他，不容易。叶向高不但像前头的申时行、沈一贯势力强大，而且他连续三年考绩特优，声望极高。年初，皇帝刚加了叶向高太子太保、文渊阁大学士。寻找合适的人选代替叶向高做首辅，更不简单，这个人的能力不能比叶首辅差，更要与皇帝同心，最重要的能够服众。

前年沈一贯给皇帝推荐的是一位民间人士。他叫方从哲，最高做过从四品国子监祭酒，十五年前辞官，现在家乡赋闲。皇帝了解沈一贯推荐方从哲的意图，方从哲是浙江湖州府德清县人。皇帝正想要一任浙党的首辅，压一压数年来东林独大的气焰。方从哲能压服东林，因为他受过叶向高提携，赋闲中被叶首辅举荐过回朝修撰玉牒。叶向高的举荐未能使方从哲回朝,但是这名浙党与东林首辅的交情摆在明面。方从哲又是个有气节的,万历二十六年,他开罪了宦官,辞官回乡一待就是十五年。皇帝寻来寻去,方方面面,乡间野老方从哲是最合适的。

十五年过去了,故国子监祭酒方从哲终于等来了陛下宣他回朝。

近两年,叶首辅上疏七十五次,请求陛下增补阁臣。他去年病了,回府养息兼理阁务长达一个月,凸显出内阁的空虚。皇帝的确应当尽快给"独相"添几个帮手,起码补个次辅。于是,方从哲以癸丑年会试副考官的名义,回到了阔别十五年的朝廷。

叶首辅自己给皇帝递的把柄。万历四十一年,癸丑年的春闱,叶向高把皇帝气得不轻。他做会试的总裁,兼为"独相",将内阁的章奏带到科场上票拟,考生引以为奇事,对朝廷、对陛下起了微词。皇帝便顺理成章从浙江召回了方从哲,任会试的副考官,后复他为吏部左侍郎。

方从哲?朝臣对他的印象早淡薄了。他初回朝,陛下升了他品秩,委以重任,更是奇事!朝中开始有了传言,方从哲回朝是要入阁拜相的,吏部侍郎只是陛下的第一步,叶首辅快致仕了。叶向高闻到了危险的气息,密令吏部他的门生不奉诏,因为陛下的中旨与吏部会推的人选不合。言官继起批驳陛下。可是陛下心意已决,拿下叶向高。他隐忍了两年,权等今科会试,召回他想任用的新首辅。至于方从哲本人,终结了十五年的赋闲时光,踏上了又一段叵测的征程。

重回朝廷的衙门,满朝最气派的吏部大堂,窗明几净的侍郎值房,突如其来的巨大幸运压得方从哲喘不上气。他打开窗扇,呼吸新鲜空气,窗外六部衙门的房子鳞次栉比,鱼鳞似的瓦顶反射着阳光。方从哲想静下心,办他第一天的公务。书办来报,叶首辅到。

一套两间的值房,方从哲坐在自己的书案后,叶首辅到了,他忙拉上司茶水的内役进会客室。吏部的书办引着叶首辅进来,方从哲站在客椅前,一丝不苟地向首辅大人执下官之礼。叶向高回礼,同样客客气气。

"叶首辅请。"

"方大人请。"

一副胡夹将叶向高花白的胡须夹得整整齐齐。他知道方从哲要入阁的,特在他赴任的第一天,亲自来吏部衙门问候问候。

"方大人,回来习惯不?"

"承蒙叶首辅关爱,下官一切习惯。"

首辅驾临,这么高的礼遇,方从哲手脚不晓得往哪儿放。吏部的主官,赵焕赵尚书,他没见到,叶首辅到了。

"中涵,你我别大人、首辅的称呼了。老朋友了,像从前在南方那样,称呼彼此的字号吧。"

内役上了茶,方从哲亲自给叶首辅奉上一盏。

叶向高道了谢,方从哲方落座,笑意恭敬:"叶首辅,当年在南京,您是礼部侍郎,仆是百姓。结交首辅为友是从哲毕生之幸。"

"从前的仆算哪门子侍郎,'养鸟'侍郎。"叶首辅刻意拉近与方从哲的距离。方从哲骤然升上高位,难免惶恐不安。他俩不久的将来要合作,却不属同道,只好多提一提从前失意的日子里纯粹的友朋之乐:"想来南京的日子是一段美好的岁月啊。仆做了九年的'养鸟'侍郎,交了不少的知心朋友。回朝做上高官,再无昔日的快乐了,与过去的朋友们不太来往了。"

"那从哲应该也去南京,做个'养鸟'侍郎。"

二人相视,开怀大笑。方从哲以茶代酒敬叶首辅,叶向高捧起自己的茶盏，欣然受了他的敬意，聊着聊着又有了好朋友的感觉："你我是同年的进士，一道主持了癸丑科的春闱，算共过事。"

"与叶首辅共事，从哲受益匪浅。"方从哲颔首。他穿上了正三品的官服，对面的叶首辅绯色罗衣，腰间的玉带銙，胸口的仙鹤补子分外招摇。同年之谊，叶首辅六年前从南京礼部侍郎任上还朝，青云直上，成了当朝独一无二的正一品，自己也熬上了正三品。

叶向高挑挑眉毛，坦荡一笑："中涵，说好不客套了。仆来没别的，看看你这儿。你那个主官赵尚书是仆的人，怠懒得很。他照料不周，仆代劳咯。中涵得陛下青眼，进了吏部受了屈，是仆的罪过。"

"谢首辅大人。"方从哲尽量放从容些，他不信东林的首辅能与浙党的新秀保持他们在野时的友谊。他心知肚明，叶首辅来探他虚实。至于那位赵尚书，近在咫尺的东林，吏部的主官，他定会倍加小心："从哲这里一切都好，叶首辅事务繁忙，劳叶首辅费心。"

叶向高环视四周："仆瞧你屋里，没几样东西，内役做事不尽心。"

"不怨内役，从哲十几年不为官，不熟悉了。"

叶向高隔着茶桌，探过来小声叮咛："中涵，部里就你一位侍郎和赵焕尚书。赵焕不常到衙门，你有事情遣书办到内阁问仆。好好干，中涵回朝，大有可为。"

方从哲深深点了下头："多谢叶首辅。"

"不谢，同气连枝。"叶向高站起来，抖抖袍角。他出门换了公服，以示与方侍郎会面的郑重。他回头瞅瞅拘谨着的方从哲，似意犹未尽："内阁庶务繁杂，仆且回了。中涵有空来内阁，我们再叙。"

方从哲自始至终地谦恭："下官恭送首辅大人。"他亲送了叶首辅出吏部的大门。首辅通常不到底下六部的衙门，叶首辅异常的举动令方从哲越发不安。他回来交代书办："主官赵大人到部，立即引本官拜见主官。"

"是，方大人。"

方从哲竭力让自己静心，他回朝是来做事的。他告诫自己牢记为官的责任，不敢怠慢，不敢辜负陛下的信重。坐了炮仗似的升迁匪夷所思，可是陛下信重总有他的理由。去年腊月出发之前，赋闲在家的先任首辅沈一贯沈先生，同是这样教他的：替沈先生，为了浙党，为陛下尽忠。

叶首辅屈尊驾临吏部，看望新来的方侍郎，朝野传得沸沸扬扬。都说方从哲回朝是回来一步登天的。为什么是他？之于朝中的大多数，方从哲根本是个陌生的名字。嫉恨莫过于吏部的赵焕赵尚书，眼睁睁瞧着乡间野老横空出世，虎视眈眈本应属于他的阁臣的位置。他奉叶向高为座主，跟从叶首辅亦步亦趋多少年了，叶首辅不请他进内阁？赵焕自己得去问问，请叶首辅说清楚，方从哲是不是要做次辅了。

叶首辅在宫中办公低调得很，从不在官署见他的门生、私人，府上也不见他们，相互往来通过书信，家人传递，阅后即焚。实为朋党，却生怕惹上朋党的恶名。东林先生生前与叶向高通信，时常指责他的做法猥猥琐琐。叶向高比在野的顾泾阳务实得多，一旦被陛下抓到东林结党的证据，十数年的苦心经营全完了。

然而今时不同往日，方从哲如一道闪电降临。别人尚未察觉，叶向高了解，他们这群东林到了千钧一发的关头。三品以上重臣恶狼似的盯着次辅的位置。即使方从哲无心，叶向高注意的是，他这个首辅做不长了。

皇帝叫个老百姓回朝，不冲着首辅的大位，何必大费周章？

赵焕那家伙气鼓鼓的，涨着张大红脸，来了内阁。叶首辅请他进了值房的机要室,另请吏科都给事中翁宪祥。他不想和赵焕说私房话。这么些年,自己写了不下百封奏疏增补阁臣,每次都提到赵焕。陛下不愿意让赵焕入阁,哪来的论资排辈?

叶向高争取长话短说:"仆叫你两个来,俗话讲,胳膊拧不过大腿。你们与方从哲诚心合作,他背着皇命来的。毋论你赵尚书,仆都拧不过他。"

赵焕拧眉立目,极不甘心的样子:"方从哲什么来历,想压主官一头不成?"

叶向高讨厌赵焕不晓大局:"他没有来历。陛下喜欢他。"他侧脸对翁宪祥:"教六科的给事中静一阵子。叽叽喳喳半天,方从哲照样上任了。"

翁宪祥自恃天下言官之首:"下官认为,不妨追击,舆论沸腾,迫使陛下撵方从哲走人。"

叶向高望向门外,确定无书办、内役在外,让翁宪祥掩好了门,用极低的声音道:"方从哲是浙党,陛下就想用浙党。"他恢复了平常的声调和严肃的神态:"不论如何,在朝者务必挑起了东林的担子,随时随地着眼大局。"

赵焕彻悟:"陛下有意动东林,下官和首辅大人危险了。"

叶向高对赵焕一人耳语:"朝中的东林,你与仆是顶梁。不要躲懒了,按时到衙门去。方从哲不是诡计多端之辈,你能与他合得来。大家是同僚,别摆前辈的架子。"

赵焕垂下眼睑,思量一二:"下官甘愿为了叶首辅,与方侍郎精诚合作。"

叶向高对赵焕另有一篇的不放心,他以付托的眼光凝着翁宪祥:"吏部多一位侍郎,方便干活儿。六部、六科的职官多有空缺,六科也要把好钢使在刀刃上。"

赵焕听这话觉得好笑,没官,不干活就是了。吏部侍郎到任,两人商量着办事,他相反忙碌。

吏部、吏科的长官与叶首辅在机要室谈话,内阁的书办敲门:"叶首辅,礼部侍郎韩爌大人到。"

韩爌是自己人。翁宪祥站起,到赵焕身后。

叶向高自若:"请他进来。文光,你二人先回。"

赵焕、翁宪祥依言走了。来者是韩爌,礼部右侍郎,与礼部左侍郎孙慎行同署理部事,礼部尚书空缺。

万历四十一年,经过十六年的缺官不补,朝廷官员的空缺达到了极点:两京六部缺尚书、侍郎十四名,都察院缺都御史、副都御史五名,卿寺京堂缺十余名,总督、巡抚缺四名。

礼部侍郎韩爌来访,为福王殿下就藩的老一套,陛下命礼部逾制筹备福王殿下离京的典仪。韩爌来请叶首辅决断,陛下的中旨下到礼部,奉诏,不奉诏?

"陛下的中旨下得勤呢。"叶向高爽快,"象云,你自己定。搞礼仪,仆是门外汉。"

"请叶首辅示下。"韩爌办事谨遵绳墨。

"典仪的鸡毛蒜皮,顺了陛下的意思不可?只要福王殿下明年按约定离京。"

韩爌急上了脸:"陛下想给福王殿下半副皇太子的仪仗。"

叶向高坚持:"给他全副仪仗,福王殿下越得过太子殿下?节外生枝了。"

韩爌撇嘴,表示对叶首辅的不满。

"没大事,少到内阁来。"叶向高厌烦了。

韩爌耿直,直挺挺站起:"下官走了。"

叶向高起座,朝他拱拱手,唯恐下头的"直臣"闹幺蛾子。韩爌一封奏疏递上去,封驳陛下赐福王殿下半副皇太子仪仗,朝廷先前的心血付诸东流了。

韩爌走了,户科都给事中又来。方从哲回朝后,内阁里门生来来去去的,叶首辅烦不胜烦。做了快五年的"独相",他已不胜烦巨。于他个人来说,方从哲入阁是好的,给他分劳,只要方从哲能够听话。但现今的浙党不可同日而语了,齐、楚、浙三党联合成了一党,与东林对峙。方从哲贵为皇帝一手提拔的亲信,能听话吗?内阁马上从姓叶改姓了方。

山雨来临之前,总是宁静的。正如万历四十一年的盛夏,方从哲回朝的热度慢慢冷了下来,叶向高只办了一件事,帮陛下料理了告发奸人孔学受郑贵妃指使,纠集妖道诅咒皇太子的锦衣卫百户王曰乾。叶首辅让王曰乾及时死在了东厂的诏狱。幸亏王曰乾告状,没像十年前的妖书案闹得满城风雨。

王曰乾死了,糊涂案结了,天气转凉了。李浚厂公带着东厂的宦官、内官监的小火者,一队人马进了清清静静的内阁。国朝从没听说过,服侍皇家的宦官跑来内阁服侍阁臣。叶向高不晓得该不该出去,迎一迎李厂公,就在他值房的二楼,开了正对庭院的大窗,站在窗前。

李浚在院子里,仰头对叶首辅行了礼,直起腰,捏了个兰花指:"叶首辅,叨扰了。"

叶向高小幅度地点了下头:"李厂公,上来说话。"

李浚拿帕子掩了鼻子,晃着腰身上楼,进了叶首辅的书房,尖声尖气的:"叶首辅,您这儿灰够大的。"招呼他带来的小火者,"来几个人，把叶首辅的值房收拾收拾。"

"这是？"叶向高嫌弃这帮人，内阁重地来了一帮阉宦。进屋的几个小火者，举着扫帚、簸箕，拿着抹布。陛下闲得关心起了内阁的办公环境？

"叶首辅，别见怪。陛下命我们收拾两套值房出来，给新来的阁老。"李浚闪开，不挡干活的小火者的道。

"哦。"叶向高瞧着打扫中尘土飞扬的值房，平和了，"李厂公，到下面喝盏茶吧。"

李浚呛得咳嗽两声，打进来他始终掩着鼻子，连忙说好："多谢叶首辅体恤，我呀，最怕灰尘了。"说着打了个喷嚏，快往外走，回身训他的手下："麻利着，别耽误了叶首辅办正事。"

下楼梯，叶首辅走前，不言声。李浚碎碎地自说自话："内役干吗吃的，内阁多大点地儿，收拾不利落。我们在内廷……"又打了个喷嚏。

叶向高暗笑："李厂公不职掌打扫。"他笑，神憎鬼厌的东厂到了李浚手上，不干刺探、逼供的勾当，到处替陛下和郑贵妃办杂事，立了这么个"纤纤弱质"的厂公。东厂尚且如此，锦衣卫更闲了，廷杖有十年不打了。

"叶首辅说得是。"李浚走到阳光下，舒展下身子，舒坦多了，"陛下隆恩，命我收拾出新阁老的值房。新阁老快入阁了，深秋，就在深秋。"

窗棂上掸落的灰尘于阳光下颗粒毕现。

叶向高请李浚到偏厅的会客室坐等。

李浚话说一半，继而奉承："内阁是您叶首辅当家，收拾出的两间值房，规格与首辅大人的没法比。"

叶向高看见了，他值房对面的两间，次大的和略小的值房的门打开了。那两间值房空置多年，打扫起来得花番工夫。

"老夫上过多封奏疏，请陛下增补阁臣，陛下总算同意了。"叶向高迟疑着问出他最关心的，"为什么一下收拾出两间？"

"要来两位阁老呀。陛下说了，先到一位，另一位尚在路上，个把月才能到。"

"哦，陛下拔擢了封疆大吏。"叶向高疑心愈重，"李厂公晓得来的是哪两位？"

"我怎么晓得？我不过是个听差的，陛下命收拾几间，我收拾几间。"李浚睁大了细长的眼，"叶首辅，大的那间是次辅的。"

"老夫明白，内阁三人，事务好办多了。麻烦李厂公代老夫向陛下谢恩。"叶向高不动声色，不可多问了。次辅必是方从哲，在路上的是老三。陛下从犄角旮旯里寻摸出个方从哲，又打哪儿淘换来第三位阁臣？

"喝茶，请。"叶向高心头一团乱，陛下行动之迅速打得他措手不及。正月里的平头百姓，夏天当了吏部侍郎，秋天做次辅了。叶向高一晃神，被热茶呛了一口。

李浚跷着二郎腿，呷着茶，品着叶首辅的神色。他在想，陛下这招出其不意玩儿得妙呀。下个旬日内，方次辅到任，吴阁老也快了。

九月初，司礼监通过六科颁下谕旨：吏部侍郎方从哲、前礼部侍郎吴道南加礼部尚书、东阁大学士，入内阁，参理阁务。方从哲年资高，列次辅。

吴道南何许人也？叶向高记起，吴道南回家丁忧，三年期满，一复职，即入之阁。陛下降下了第二名天兵，叶向高竟然毫无防备。陛下谆嘱，吴道南从家乡江西崇仁上京且需时日，暂由叶向高与方从哲同理阁务。

重阳未过，方从哲搬进了叶向高对门，次辅的值房。

叶向高听着随方从哲从吏部来的内役搬运东西进出的脚步声，一掌拍在象征首辅地位的红木书案上，长叹道："不久的将来，这书案也归你了，方阁老。"

方从哲头天入阁，拜过叶首辅，附送了礼品。叶向高推说头疼，叙了叙闲篇，各自闭门办公了。次辅头一天到，叶向高回府便早了一个时辰。方阁老强干，叶首辅微恙，奏疏送来，方阁老票拟了多半。叶首辅感叹，方从哲也是做"独相"的好材料，不知他当"独相"支撑得了几年？

新来的方从哲不可能不使叶向高感觉别扭，方从哲人望甚高，与朝中现有的两派牵连较少。南边的东林书院来了信，建议叶先生多与方从哲结交。而叶向高看得透，方从哲是位彻头彻尾的浙党，他倘若投靠了东林，他的"靠山"陛下头一个抛了他。陛下重用他为了和东林，和叶首辅斗智斗勇，不让东林一家独大。方从哲入了阁，陛下对他的支持越发明显。叶与方完全不是首辅与次辅的隶属关系，次辅不对首辅负责，二人皆对陛下负责，均分内阁的权力。皇帝倾向于方阁老，待叶首辅越来越冷淡了。

新的分配造成了新的形势。仍然关于福王就藩，郑贵妃恳求陛下延缓原定的日期。今时不同五月间，方从哲到了，二位阁臣商议着办事，叶向高感到了处处的掣肘。自他六年前入阁，于慎行死了，李廷机走了，他熟惯了单打独斗，说不好听，大权独揽的工作方式。叶向高想要的是帮手，比如赵焕、韩爌，不要合作者。叶首辅背后的东林强势犹在，方从哲来不及培植三党做他的势力。但方从哲更强大，他有皇帝撑腰。

郑贵妃吹枕边风的消息一经传出，照自己"独相"的做法，叶向高肯定首先送信给太子殿下，稳住太子殿下，再写一封义正辞严的奏疏给陛下，恳请陛下守诺。如今他必须与方阁老商量，还必须参考方阁老的意见。可是陛下商量的机会都不给他，陛下传方阁老进乾清宫了。叶向高多久没这待遇，他自己都记不清了。

第十四章

皇帝想用方阁老,叶首辅变得多余了。方从哲岂能与他的旧友为难?他又不是昔年的张居正。唉,初来乍到,被夹在陛下与叶首辅之间了。

李恩领他进乾清宫面圣,方从哲腿软了。他没见过当今圣上的龙颜,叶首辅陪他就好了。皇帝倒体谅他是新来的,在乾清宫东偏殿的耳房、阁臣的值房召见方阁老。这间特别的值房是隆庆年间设的,书案、客椅、书架俱全,空间狭小,十分暖和。皇帝命常云叫两个小火者抬上一桌点心,与方阁老边吃边聊。

方从哲拘束坏了,又是磕头,又是谢恩。

皇帝上来以抱怨的口气:"若非叶向高在,你入阁的第一天,朕就召见你了。"

方从哲才坐,再起,手在袖筒里紧抓袖口。陛下看上去不算威严,然而天子不怒自威,令他心生畏惧。

皇帝示意他坐好："朕晓得你想说什么，叶首辅没功劳，有苦劳。朕亦晓得你与叶首辅是故交。方中涵，你是聪明人，不会不明白你是怎么进的内阁。"

方从哲坐着躬身："臣明白，陛下的知遇之恩，臣铭感五内。"他观察到，陛下穿了一双肥大的鞋，耳闻陛下年轻时患上足疾，年过半百还没好？

皇帝拿起一块枣泥糕，吃着点心，拉拉杂杂："叶向高，怎么说他。朕换个首辅不可以？亏得你名声好，言官的嘴才放干净些。朕看重你，看重你在野十五年独善其身。臣子嘛，不忠君，何谈其他。叶向高，朕对他失望，不等于朕以前没器重过他。他心中没了君，臣子做下去是虚的。为首辅，为谁的首辅？"

皇帝倏然停下，将吃了一半的枣泥糕往地上一掼，等方从哲表态。他看着方从哲的眼光，似一把匕首穿透他心里的小九九。

"臣为陛下的次辅，为陛下的臣子。"方从哲斩钉截铁，却低着头，屁股像坐在钉子上。

"但愿你永远记得你对朕的承诺。"皇帝悻悻然，"王曰乾一案，朕没准吏部插手。"

陛下忽而提及王曰乾的案子，事发时方从哲就奇怪，有人诅咒皇太子，朝廷惶惶不安，唯独吏部得以置身事外，搞地方上官员的考核。是呀，没有陛下的回护，哪有他入阁的今日。方从哲想透彻了，外界传言不虚，陛下宣他回朝，势必要他入阁。叶首辅为王曰乾的案子惹毛了陛下，令陛下再等不及，九月就让回朝没几个月的方侍郎进了内阁。

方从哲冷眼旁观，王曰乾的案子事出蹊跷。锦衣卫百户王曰乾无凭无据，告发郑贵妃指使奸人诅咒太子殿下。方从哲和叶首辅的判断相同，郑贵妃贼喊捉贼，把水搅浑，以拖延福王殿下就藩。叶首辅没让郑贵妃得逞，利落地把案子了了，上奏疏定案：王曰乾和他控告的奸人汪学都是无赖，走正常审案的程序即可。三日后，王曰乾死在了东厂诏狱。叶首辅没中郑贵妃的计，不像万历三十一年的妖书案，朝廷忙中出乱，兴起了大狱。叶首辅的处置是对的。

如了朝臣的愿，事情没闹开，福王殿下该走还得走。方从哲亦认为，虽然郑贵妃经东厂，和锦衣卫多有勾连，陛下应该是知情的。郑贵妃一介女流，独自安排一出冤案，方从哲、叶向高都不信。叶首辅错在自作主张，违拗了陛下的心意。

经此一案，皇帝下定决心，尽快让方从哲入了阁。

"方中涵，在想什么？"

"臣在想王曰乾一案。"方从哲不假思索。

"过去了，多想无益。"皇帝淡淡一笑，揭开碗盖，喝了口牛乳茶，"现在呢？方中涵，考虑的如何？"

方从哲略迟疑："臣听陛下的。"

"朕的要求不高，不准讲话，好的、坏的都不准讲。"皇帝推给他一盏牛乳茶，"有人讲话特难听的，别让朕听见。"

方从哲跪下谢恩，捧起陛下赐的牛乳茶抿了一口。

皇帝面含春意："还有叶向高，替朕盯紧了他。瞧见东宫的人到内阁去，派你的内役告知朕。"

"臣遵旨。"

"去忙吧。希望你陪朕走上很久。"

"臣告退。"方从哲始终战战兢兢的。

皇帝看了看侍立在侧的常云，犹豫了一下："李恩……不，传李浚来。"

"是，陛下。"常云叫马鉴入内伺候，和方阁老一道出去了。

南行出了乾清门，方从哲手拢在袖中，走在前面，像个闷葫芦。他若是不老实，陛下不会看重他。万历朝斗争了三十年，方从哲一直是局外人，六十岁了粉墨登场，陛下所以能够信赖他。常云如是想着，叫了声"方阁老"。

方从哲停步，等常云跟上，偏过头瞧着他的脸："常大珰，有事吗？"

"陛下器重方阁老。"常云说着弯下身去，"请方阁老多担待。"

"不敢当，不敢当。"方从哲抱拳，"你我同是陛下的人。"

"陛下有个问题，命奴才私下问方阁老。方阁老回京数月，去没去过德胜门内的钦赐会馆？"

"还没。臣会去的。"方从哲忽然想起，钦赐会馆供奉着陈矩的牌位和遗像，陈矩是对陛下最忠心的宦官。照陛下的标准，陈矩或许亦是对陛下最忠心的人之一。陈大珰在司礼监掌印太监的任上积劳而死，陛下下旨为他立了祠堂供奉。方从哲肃了肃容，与常云客气："陈大珰是常大珰的师傅吧？"

"可惜奴才伺候陛下，没工夫出宫祭奠干爹。"常云解了帕子，揩了下眼角，"奴才替干爹伺候陛下。"

"陈大珰的忠诚，我等悉应学习。"陈矩的事迹，方从哲耳听而已，说起来似他的老友那般的痛惜，"陈大珰教给我等怎样做个尽忠的臣子。陈大珰无愧于陛下的评价：三辰无光，长夜不旦。"

"方阁老记得，表彰干爹的奏疏是叶首辅给陛下代笔的？"常云的激动溢于言表，"干爹无愧任何身后的哀荣。陛下说过，干爹忠于陛下的心是金子做的。"

常云沉浸在对干爹的追思中，李恩踩着小碎步跟了上来："方阁老，慢点儿，总算找着您老儿了。"

"李大珰。"方从哲转身，低了低下巴。

李恩站定，喘口气："方阁老，郑娘娘有请。"

方从哲瞄了眼常云，他清楚常云和李恩不是一头的，李恩、李浚是郑贵妃的人。

"命官不得出入内宫，恕臣不能从命。"方从哲对"内相"凛然，"后宫不得干政。"

方从哲言语间外圆内方，常云默记，等会儿传给陛下。

"是。"李恩不反驳，"方阁老回内阁？"

方从哲轩眉朗目，定定看向前方。不能往郑贵妃那摊儿掺和，自己作为陛下的私人回朝，和内宫的郑贵妃已然捆绑在了一起。他是臣子，不是陛下胡来用的替罪羊和挡箭牌，更不会听郑贵妃的指使。

最糟糕的情形，方从哲初回朝，就做好了准备，打回原形，当他的乡间野老。假如他待陛下百依百顺，名声定比十年前的沈一贯还臭。沈一贯，沈先生都饶不了他，他的下场只会比被陛下骗上贼船的王锡爵更惨。

常云替方阁老解围："李大珰还有事吗？下属去东厂，与方阁老同路。"

"去东厂出东华门。常云，陛下要见李浚吧？"遭了拒绝的李恩逾德性了。

"是。"常云微屈着身。皇帝跟前的"管事牌子"对"内相"不敢造次。

"你是陛下的人，咱家哪儿敢挡你？"李恩转向方阁老，阴阳怪气的，"郑娘娘不同于宫里寻常的妃子。方阁老怎么说的，我怎么带给郑娘娘。"

一 月 天 子

"有劳李大珰。"方从哲内心一样厌恶阉宦，尤其是郑贵妃的奴才，他面上似笼罩了阴翳，"常大珰，走吧。"

"下属告退。"常云给李恩打了个躬。

甩开了李恩，向东行的路上，常云不便与方阁老多谈。陛下交代了，这群大臣骨子里头全一样。今天他看明白了，陛下这叫抬一打一，朝廷该换换口味了。

常云送方阁老到内阁的门口。方从哲刚进门，在庭院里等他的叶首辅便走上前，关切地问道："中涵，陛下好吗？"

"陛下很好。"方从哲向叶首辅施礼，"陛下的足疾……"

"到仆的会客室说。"叶向高拉上方从哲，"不怕你笑话，仆几年没见过陛下。"

"叶首辅挂念陛下的龙体。"

叶向高像有一肚子的话，少了条理："地方上来信，吴阁老出了河南地界，快到京城了。方才启祥宫的姜大珰来过，请中涵过去。仆说你面圣去了。"

"启祥宫？"方从哲受惊不小，一路李恩，一路姜严，郑贵妃想拉拢他吗？

可读过书的，谁能为福王殿下讲半个字？别以为陛下召他回朝，郑贵妃和福王殿下可以天真到那个地步，欲把他次辅大人把弄于股掌。看来须立即表明他的立场。

"是启祥宫。"叶向高先抬腿上楼梯了。

方从哲跟从："听闻叶首辅与太子殿下时常往来？"

"太子殿下是仆的学生。东宫不开讲，仆辅导太子殿下功课。"叶向高轻巧带过，仿佛他与太子殿下真的只交流学问。

方从哲初来乍到，信以为真："这样的。"

上了楼,叶向高请方从哲进他的会客室,方从哲推脱了:"叶首辅,改日吧。仆有几件公务处理。"

"那好,以后有的是机会。"

方从哲仓促解释:"仆非有意回绝您,仆……"

"公务要紧。中涵请便。"叶向高笑笑,推开门,进了他的值房。

方从哲留在走廊上,他不急着办公,急着为自己筹算筹算。他的本能告诉他,自己的处境比昔年的王锡爵首辅更险恶。他满脑子都是王锡爵,被陛下诓骗,与陛下合伙演了一出"三王并封"的闹剧。王锡爵以为,当时的皇长子先与皇三子、皇五子同时封王,立皇长子为皇太子得以推进一步,结果帮助了陛下拖延立嗣。"三王并封"未成,断送了王锡爵一生的英名。在倒张居正的事件中,王锡爵多么正直,陛下虽恨张居正入骨,也因此看重王锡爵。可王锡爵的结局,"三王并封"过去了二十年,依然人人喊打。王锡爵为陛下所利用,惹出了事端,陛下护不了他。王锡爵的昨天何尝不会成为他方从哲的明天?陛下对王锡爵的利用在暗,对自己的笼络在明。满朝都在盯着他,看他入不入陛下的套儿。

方从哲盯着叶首辅闭上的房门。陛下想抛了叶首辅,叶首辅救不了他。得以维持现状也好。那么吴阁老呢?他是个怎样的人?陛下召自己回朝,装病推脱掉就好了。可是天下没有后悔的药。对,方从哲顿悟了,他必须跟叶首辅同舟共济,被陛下抛了比被同僚轰下台强。名声是不能不要的,人活着,名声没了比死了痛苦。他敲开了叶首辅的门,请叶首辅晚间到府上倾谈。入阁十几天,次辅应该对首辅敞开心扉了。什么东林,什么三党,同为阁臣,就是一条船上的。哪怕哪天叶首辅致仕了,自己与吴阁老,与未来入阁的阁老继续通力合作,决不助纣为虐!

这边，方从哲想定了主意。那边，李恩回启祥宫，传方阁老的回话。

郑贵妃被气着了，她以为陛下找来了没当过大官的乡间野老，他会感恩戴德，唯她和陛下马首是瞻，不成想方阁老上来给她钉子碰。方从哲指望不上，没人指望得上了。

随着福王就藩的时间越来越近，郑贵妃心越来越虚，感到了越来越深重的危机。她感觉自己被孤立了，失去了依靠，害怕自己的儿子离开。生下常洵那时她就知道，儿子做不上太子，当个藩王啥都不是，不可能留在身边。皇子离京就藩，宫中的母亲一无所有。

仅有一次例外，世宗从湖北安陆州回京即皇帝位，他的祖母、兴献王朱祐杬的母亲、宪庙的邵宸妃方扬眉吐气，孙儿封她为太皇太后，追封她儿子为睿宗献皇帝。可惜邵宸妃哭瞎了眼，不到一年，高龄薨逝了，死后终于和孝宗的生母孝穆皇后、宪宗生前的纪淑妃平起平坐，葬入了夫君宪宗的茂陵。

郑贵妃不能重复邵宸妃一波三折的悲苦命运。她的信条就一个，做不了皇后，她这一生得到再多的圣宠，全无意义。王皇后活着，唯一的办法，常洵成为嗣皇帝，最次陛下驾崩前，常洵不可离京。

"李恩。"郑贵妃一想到未卜的前途，软弱了下去，多少年实际上的内廷之主全是空的，"本宫会不会是下一个万贵妃？本宫有儿子啊，常洵他长大了。"

"福王殿下孝顺。"李恩无话可说。福王殿下走了的话，郑娘娘再风光，也成了无儿无女、光有盛宠的恭肃皇贵妃万氏。恭肃皇贵妃的福气在于她死在了宪宗之前，宪宗为她的丧仪辍朝七日。

"孝顺？他去了洛阳，孝顺谁去？"郑贵妃愤恨。陛下争了几十年立皇三子为皇太子，为了阿洵，也为了她的晚景。"国本之争"招来了群情激愤，郑贵妃的将来愈来愈不能想象了。

悲哀的情绪蔓延，姜严带来了更坏的消息。

李浚调任司礼监秉笔太监，卢受任东厂提督。是陛下的谕旨，陛下将郑贵妃的私人调离了东厂厂公的位置。郑贵妃却不怀疑陛下的用意，李浚纤弱，不宜提督东厂。陛下换了厂公，想用一用东厂和锦衣卫的职能了。

姜严刚刚说完，周尚宫带来了顶好的消息，刹那间提振了启祥宫的士气。

"太子妃娘娘病得很重。"

"太子知不知道？"郑贵妃目光晶亮。

"臣不知，东宫的高司仪来报。"

"太子妃病重，太子不晓得。抑或朱常洛待太子妃有半分的冷遇，咱们便有文章可做。"

李恩感奋："给太子妃娘娘办丧仪，福王殿下身为皇子，一时半刻走不了。"

"皇太后殿下病重，没人顾得上东宫。郑娘娘紧着皇太后殿下吧。"周尚宫严慎，她以为太子妃娘娘的病，启祥宫不掺和为妙。

郑贵妃气哼哼的："李太后从没讲过本宫一字的好处。把李太后留给皇后，她不是喜欢皇后吗？"

"假若皇太后殿下和太子妃娘娘都没了……"李恩嗤的一声，不敢笑出声。

周尚宫翻了李恩一眼："让福王殿下留京为皇祖母尽孝是天大的理由。"

"对，太子妃那头，阖宫上下不许搭理，谁搭理，谁是本宫的对头。"郑贵妃紧咬银牙，从牙缝里挤出的话相当狠，"朱常洛，抢本宫儿子的太子位，本宫誓不容你好过。"

一月天子

周尚宫容色清冷："太子妃娘娘早不病晚不病，凑皇太后殿下的热闹。"

"周大人去趟慈庆宫瞧瞧，小心有诈。"李恩道。

"臣这就去。"周尚宫告退了。太子妃娘娘年轻，如果生的是小病，郑娘娘空欢喜了一场。周尚宫去慈庆宫看看情况，有必要。

秋凉的慈庆宫，一派荒景。秋风吹起地上的枯叶，扫到周尚宫的锦绣鞋面上。周尚宫嫌弃地踢开，目不斜视地往前走，风扑在脸上。慈庆宫门前的广场没遮没拦，红墙内的树上似挂了满树枯黄的蝴蝶，风一吹翻翻落下，挂树梢的"枯叶蝶"是没有生命的。

"琴华，你去叩门。"周尚宫在慈庆宫门前远远地站下。

"谁？"门里的人问。

"大白天关什么门？"周尚宫的侍女琴华咚咚叩响门环，"周尚宫奉郑娘娘之命，前来探视太子妃娘娘。"

门开了，门里闪出个人，三步并作两步上前，请周尚宫的安。

"起来。"周尚宫道。

"奴才有失远迎。"刘庭哈着腰给周尚宫领路。

太子殿下心烦，不喜眼前人多，刘庭遂出来和李鉴一起守门。东宫哪儿有人来，说是守门，两人干瞪眼，你坐一头，我坐一头，守着紧闭的宫门。

"白日不兴关门。"周尚宫责问，"东宫也属于陛下，规矩忘了？"

刘庭语塞："太子殿下……"

"太子殿下病了？"

"没……"刘庭不敢说太子殿下心绪不宁，犯了心悸。不知周尚宫来打探，探的是太子殿下或太子妃娘娘，"周大人，太子妃娘娘卧病，不便见人。您见太子殿下，还是探望太子妃娘娘？"

周尚宫微微一笑:"郑娘娘惦念东宫,令本官来看看有什么需要的,本官倒不一定见太子殿下或是太子妃娘娘。"

刘庭通透极了,引着周尚宫,无丁点儿的怠慢"周大人,里边请。"

到穿殿,刘庭叩门,穿殿的门一样紧闭。

韩本用开的门,太子殿下在,西李选侍也在。

周尚宫朝屋里寻视:"太子殿下好兴致,太子妃娘娘病了,西李娘娘陪您。"

"没兴致,她陪孤下下棋。"太子受了周尚宫的礼,请周尚宫到正殿坐,教西李上茶。

"不必了,臣说几句就走。"周尚宫站着不欲久留。慈庆宫这冷清地界,是个人都不愿多待。她打听太子妃娘娘的病情,太子殿下漠然,说不上什么。

"要不传高司仪来问话?"太子提议,他难为情了,正妃病了有日子了,他尚未过问,只晓得她起不来床,理不了事,不清楚具体生的啥病。

"不了,西李娘娘,您知道吗?"周尚宫干笑。

"周大人,我是东宫的大忙人,顾着由模,顾着太子殿下。您若觉得我们做妃妾的有侍奉主母的责任,您问王才人。"西李噼里啪啦说了一大堆。

"王才人避疾,搬出来了。"太子对周尚宫甚是随和,"孤和周大人同去瞧瞧太子妃吧?"

"郑娘娘等着臣复命呢。"周尚宫隐隐地替郑娘娘责怪她的小辈,"东宫够呛啊。臣告退,太子殿下请留步。"

周尚宫出了穿殿,令琴华跟上,和她私语:"看东宫乱的,多半因为方从哲入阁,叶首辅地位不保。太子殿下向来瞧不上太子妃娘娘，可太子妃娘娘的病，咱们得做文章……"

琴华牢记周大人的安排："奴婢立马去办。"

"明日吧，明日你借故替郑娘娘送补品。今儿天黑，本官派人知会西李娘娘，你来时让西李娘娘支开高司仪，你好跟贴身伺候太子妃娘娘的两个都人说上话。"周尚宫与琴华一对眼神。

"周大人放心。"

周尚宫领着琴华加快步伐："随本官回去请示郑娘娘。"

"周大人的妙计，郑娘娘必定高兴。"琴华奉承。

"那本宫也得请示。"

周尚宫前脚刚走，太子就在寝殿里骂："看热闹，都来看孤的热闹。说问太子妃安好，还不是想看方从哲入阁，孤有何异动？那方从哲人倒不赖，郑贵妃请不动他。他若敢同郑贵妃狼狈为奸，孤请叶先生领衔弹劾他！"

周尚宫来之前，西李陪着下棋，开导了太子殿下好一会儿，别往内阁送信，且等等内阁的动作。叶首辅与方阁老之间究竟怎样的情形，东宫全然不知，送信，信怎么写呢？

"叶首辅谨慎，妾想叶首辅与方阁老相处，会不错的。方阁老不是无耻之徒。"

太子口气颇重："妄下断言！父皇召方从哲回朝，为襄助父皇，说白了襄助朱常洵。朱常洵这回走不了了。郑贵妃吹枕头风，父皇不表态，外朝不见有大臣催。方从哲入了阁，万马齐喑。"

"不到来年春天，福王就藩有希望的。"西李稳稳的，"太子殿下，您莫心烦。不如去陪陪太子妃姐姐？"

"她没事儿！"太子无法安静下来思考。

西李深知，太子妃病她的，太子殿下有闲工夫，亦懒得关心。

太子妃有事没事、活着死了,太子殿下有他钟意的女人,正妃在东宫算不上个贵重的摆设。然而太子妃的生死对于西李极端重要,她渐复了恩宠,与傅淑女平分秋色,怎么说,西李自认最有机会做继任的太子妃。

"妾传殿下令旨,令高司仪几个照顾好太子妃姐姐。姐姐年轻轻的。"西李坠了几颗泪珠子。

太子感觉西李很是贤惠、体贴:"孤不希望太子妃出个三长两短。多事之秋,孤顾不上她罢了。她好点儿了,让由校到床前孝顺嫡母,太子妃喜欢由校。"

"是,殿下关心太子妃姐姐。"

太子吩咐西李:"你退下,叫刘庭进来。"

西李不问太子殿下叫刘庭干吗,太子妃重病的节骨眼儿上,讨太子殿下欢心,出不得岔子。从哪个角度看,太子妃郭氏殁了,自己都会是太子殿下的继室。活不到新皇登基的发妻大有人在。穆宗潜邸的裕王妃即是无福早死的一位,穆宗登基追封的皇后。

西李打着她的小算盘,退下了。

刘庭被叫来,领了命,上内阁给叶先生送信去。非常之时,太子殿下想要冒次险,刘庭忐忑着走了这一趟。

第十五章

叶向高见了刘庭，心一下子提到了嗓子眼儿。太子殿下忒沉不住气。叶向高暗示刘庭，到庭院里廊下的隐蔽处。刘庭会意，转身下楼。须臾叶先生跟下去，至廊下四处望一望，方低声道："给我你的东西，快走。"

刘庭塞给叶先生被他团成团的太子殿下的手书。他明白此行凶险，不比从前，内阁多了一位方阁老，敌友不明。他进内阁的头道门，见茶水房里便有两副生面孔。他的心扑通扑通地跳。

叶先生接过纸团，顺手揉他。刘庭想溜边快走，耳后传来一个陌生的声音。是方阁老吧？

"叶首辅，您在这儿呀？"

"中涵，你找我？"叶向高也慌了。刘庭僵住，不敢回身。

"叶首辅不在值房，仆想您到楼下的会客室了。"方从哲认出了刘庭的服制，不紧不慢的，"这是内宫的公公？太子殿下宫里的？"

叶向高局促不安，扯了下刘庭袖子："还不给方阁老见礼？他是东宫的小火者，不懂规矩。"

刘庭手脚不听使唤，硬着头皮转身跪下，下巴抵着胸前："奴才刘庭见过方阁老。"

"如你的差事了了，回吧。本官与叶首辅谈公事。"方从哲抬手教刘庭起来。

刘庭站起，犹不敢走。

叶向高避开方从哲的目光："方阁老叫你走了。"

"奴才告退。"刘庭迈不开步，心上想要快逃，脚下慢吞吞的。

叶向高不等刘庭走开，冲方从哲抱拳道谢。

方从哲受了，耸了下肩膀。刘庭走了，他不经意地说："仆不会说什么……内阁新来的不止仆一人。"

"中涵。"叶向高感激地叫他。

方从哲一语带过，"仆与叶首辅同年嘛。"说完，先上楼了。

叶向高提了好久的一口气放了下来。方从哲的立场，他明了了。叶向高满以为刘庭逃过了此劫，以后不来内阁就安全了。他却疏漏了，方从哲说得对，内阁新来的书办、内役个个危险。

十月中的夜晚，更深露重，太子殿下不歇息，穿殿里没人能歇息。刘庭白天送了密信，惊魂未定，晚上照旧和李鉴在慈庆门后对坐。太子殿下恩典，赏他俩一人一条毯子披着挡挡风寒。

一阵急促的拍门声，比周尚宫来的那次更加气势汹汹。

刘庭和李鉴忙站起来，拉门闩，开门。

来人不晓得是谁，揪住刘庭的领子，劈面一记耳光："就是你，胆子不小，带走！"

"公公，我犯了什么错？"刘庭挨了一嘴巴，眼冒金星。上来两个大汉，拖着他向外走。

李鉴尖着嗓子大叫："太子殿下！太子殿下！"

又上来个大汉，掩住李鉴的嘴，死死钳他脖子。

押着刘庭的一个大汉吓唬李鉴："再叫唤，一起带走！"

太子闻声赶出，岳才明边走边给太子殿下披上大氅。

太子疾言厉色："半夜三更，东厂来东宫撒野！谁借你们的胆？"

领头的新任东厂提督卢受站出来，打了个躬："太子殿下，这小子犯了禁，往外朝私递消息。依照宫规，奴才要带走他。"

"不禀告孤，带走孤的人？"太子立愣眼睛，"慈庆宫住着女眷，你深更半夜带锦衣卫来，什么意思？"

钳着李鉴的大汉一松手，李鉴摔在地上，爬到太子殿下脚边，仰着脸，可怜兮兮地望着殿下。

卢受轻慢道："奴才并没进入太子殿下的慈庆宫。既然殿下知晓了，奴才有权带走刘庭。太子殿下，得罪您了。"

太子欲张口说明，是他令刘庭送的信。刘庭被按在地上，用眼神告诉太子殿下使不得。

太子嗫嚅着，犹豫该不该救刘庭。他不敢看刘庭，埋首凝视地砖上的花纹，茫茫然的无助席卷而来。如他承认了给内阁传递消息……卢受冲着自己来的，他认了，他的奴才也脱不开罪。他为什么沉不住气，让刘庭犯险，白搭进了他的忠仆？

卢受不着急走，立在门口，等着太子殿下出言搭救刘庭。

那一刻太子内心煎熬，嘴上一声不吭。

王安从他的值房赶来，对卢受施了一礼："刘庭罪大恶极，卢厂公您请便。"

卢受怪腔怪调道："我还奇了怪了，没太子殿下的令，这小子吃了熊心豹子胆,敢往外朝递信儿?"

"太子殿下不知情。"王安冲跪着的刘庭怒目,转脸对卢受满含着歉意,"怪我治下不严,下属自请罚俸。"

卢受没辙了,王安是出了名的精明,太子殿下回身进殿去了。

卢受怒冲冲地说:"东宫上下一个别想跑。天儿亮了,赎好吧。"

卢受阔步走了。两个大汉拽起刘庭,押着他去了。一群东厂的,身穿黑衣,脚蹬皂靴,乌压压的,夹着几名身穿彩衣的锦衣卫的武士,在夜色中耀武扬威,到东宫带走了太子殿下的亲信。

"关门。"王安严令李鉴,"守好大门,不许任何人进殿打扰太子殿下。"

李鉴一骨碌起身,赶快上门闩。

王安疾步进殿。太子脸色煞白,坐着直发抖。王安跪到太子殿下身边,不顾主仆之嫌,抓起太子殿下的手:"殿下,无碍了。我们不认,啥事没有。刘庭回来说,信,他交给了叶先生,叶先生看完,肯定烧掉了。"

"那他们……"太子紧攥王安的手。

"该是内阁的内役看见刘庭和叶先生了。您想,他们得了您的手书,今儿晚上拿着手书发难了,不会只带走刘庭。"

"刘庭不会说的。"太子顺势起身,刘庭最关键,手书不泄漏,他不认,火烧不到自己身上,"叶先生?孤害了叶先生!"

"叶先生丢官是迟早的。"王安老练,沉着,"太子殿下,您权当一切都没发生,该怎样怎样。奴才让李鉴把门看好。"

"刘庭!"岳才明哭了出来。

太子坐下,站起,再坐下,猛地拽住王安衣裳。他心疼刘庭受苦:"刘庭怎么办?"

"太子殿下，刘庭聪敏。他不招认，没犯大罪，下个年节，咱救他回来。"

太子快急哭了："东厂是什么地方？"

"刘庭受苦免不了，太子殿下更救不得。"王安掰开太子殿下拽他衣裳的手，"殿下您越安静，越帮了刘庭。他不招，您不认，中不了启祥宫的计。"

太子喝干了岳才明递上的温茶，深吸口气，盯着王安，满眼的忧惧："孤听你的。王安，别走。"

"奴才不走，奴才扶殿下躺会儿。"

太子到床上枯坐了半宿。他越想，王安说得愈对。不往郑贵妃的圈套里钻，就是对刘庭最好的保护。他怕呀，风吹草动足以动摇他的地位。朱常洵这把利剑悬在头顶，他怎能在这种关头以身犯险？

那封手书交到了叶先生手里，东厂没证据。刘庭是可以信任的……

太子整整掂量了一宿。天光大亮，王安、岳才明守着太子殿下，殿下刚说合会儿眼，高司仪来敲门："太子妃娘娘不好了！"

太子被吓得风声鹤唳。明知父皇不待见太子妃，他又顾虑起太子妃是父皇和母后选的，太子妃出了事儿，父皇会怨怪他，夺了他的太子位。

太子光脚跳下了床："孤去看看。"

太子妃病了月余，太子终于想起去探视了。

去了方知，太子妃病得如此重，发着高烧说胡话。负责东宫的林太医早晨来问诊，他讲太子妃娘娘昨夜冻了一宿。都人心粗，午后窗户开了一道缝通风，忘记关了。太子妃娘娘睡到半夜喊人，没人听见。太子妃娘娘本就病重，怎受得了吹一宿的冷风？

"废物！"太子气急，踹了两个都人一人一脚。

"徐从宝，昨儿晚上你上哪儿了？"王安问。

徐从宝缩在角落，不寒而栗："回太子殿下，内侍不能为内命妇值夜。都怪这俩丫头。"

"够了。"太子一直看着面容哀戚的高司仪，清泪淌下，梨花带雨。他哑着嗓子，"高司仪住得远，不怪她。"

"谢太子殿下谅解。"高司仪垂下头，屈了屈膝，"臣有罪。"

太子背着身，始终不看床上痛苦的太子妃，呓语中隐约喊的是殿下。

"孤……这俩丫头照料不周，高大人，交她俩到尚宫局处置。"

高司仪瞧着太子妃，娘娘烧得脸都红了，她给娘娘换了一条凉的抹额。

"都人没了，谁服侍太子妃娘娘？"高司仪问。

"传王才人来。"太子头也不回走了。

高司仪跟了出来，岳才明在后，合上奉宸宫的门。

回了穿殿，太子叫王安几个下去，只留了高司仪，交代明白："高大人，太子妃的事得禀告母后，求母后请葛太医来给太子妃诊治，并告知郑娘娘。"

"太子殿下，太子妃娘娘现在很需要您。"高司仪斗胆直言。

太子也不遮掩，平静道："只要太子妃不出事儿……唉，传扬出去太子妃病笃，郑贵妃对东宫下不了手了。"

高司仪声色幽沉："太子妃娘娘……太子殿下做两手准备吧。"

"孤怎么觉得，抓走刘庭和都人开窗户貌似是一件事。"太子支着额头，愁眉苦脸，"郑贵妃抓孤的短儿！"

高司仪憋着气愤，她倒不信奉宸宫的两个都人出于故意。

一 月 天 子

太子坐在那儿,越想越明白了:刘庭那事,孤淡定了,不妄图辩解,只能盼着刘庭守住了口风。倘若太子妃死了,死就死了,父皇该不过问。怕只怕郑贵妃煽风点火,污蔑自己苛待太子妃。

太子渐理顺了思路:"高大人,麻烦把由校,还有由楫叫来。对外这样说,孤与长子、三子一起陪着太子妃。太子妃病好前,他俩不准离开孤的寝殿。"

"但愿太子殿下疼惜太子妃娘娘。"高司仪不留情面,板着面孔退下了。

太子的无助再一次涌上心头。他叫了岳才明进来,问他:"你说,太子妃会有事吗?"

"太子妃娘娘福大命大。"

太子脑仁疼:"传西李,孤烦得慌。"

岳才明扬起不适时的笑容:"西李娘娘陪伴,殿下开心。"

"孤有啥好开心的?太子妃真会给孤添乱,孤中计了!"太子半靠在床上,沉沉合上眼,眯上一会儿。

那日王皇后才知道她的嫡子媳生了重病。王皇后想去探视,王安拦了。

"东宫乱成一锅粥。王才人和西李……"王皇后对太子妃的境遇感同身受,东宫的情形越发不合她的意,"王安传孤的懿旨,东宫上至王才人,下至淑女,给太子妃侍疾。东宫的皇孙们抱到孤这儿。"

王安理解皇后殿下的好意,唯恐太子殿下的妾室在太子妃娘娘重病的当门,争着继任太子妃。

他带皇后殿下的都人回东宫抱皇孙们。西李爽快地让小祺带走了由模,由楫、由检不是亲娘养着,没问题,他们到王才人那儿受了巨大的阻挠。

唯独王才人哭哭闹闹，她当继太子妃的筹码是她的由校。王皇后带走由校，那是说母后支持西李做继室，由模晋升嫡子。要她母子的命啊！

"你敢碰皇长孙？"

小悦贴着门站，不挪步，王安进来了："王娘娘，您放皇长孙去几天，就几天。太子妃娘娘病笃，移进内宫为皇长孙的周全不是？"

小悦得了王大珰眼神的指令，要牵走王娘娘怀里的皇长孙。皇长孙的乳母客氏与两位大伴立在王才人身后，垂首为难。

王才人护得紧，小悦碰不到皇长孙。

王安越过王才人娘娘，敲下魏朝钦的脑袋："棒槌！伺候皇长孙。"

魏朝钦白长一身的力气，不动弹。王安只好伏到王娘娘身边，好声好气："王娘娘，大伴儿、乳母随皇长孙一道过去。皇长孙在东宫，亦非每天跟您在一块儿。皇祖母待皇长孙能不好吗？"

王才人不担心皇后殿下照顾不好由校。她在乎的是，太子妃快死了，她不可以和她的希望分开。王才人抱住儿子，死活不撒手："反正太子殿下不搭理我，我陪由校过去。"

"那哪儿行？王娘娘是东宫太子妃娘娘之下的第二人，太子殿下重视娘娘您，让您为太子妃娘娘侍疾。"王安一筹莫展，瞪了眼魏朝钦。

"王安你甭诳我。"王才人流泪，她怀里的朱由校，小手抹上母亲的脸，"娘，由校不走，娘别哭了。"

"哟，这儿闹哪出？"西李挑了帘子进来，"谁夺了您王娘娘的骨肉？"

王才人见到西李，咬牙切齿道："你出去！"

"妹妹为王姐姐计虑。皇后殿下迟迟不见由校，生姐姐的气了。"

西李缓步近前，一把拽过朱由校，按在自己身前。朱由校哇地哭了，乳母客氏上来，将他带到边上。客氏蹲下搂着皇长孙，安慰他："哥儿，想不想皇祖母？客妈妈陪你找皇祖母。"

朱由校流着泪点点头。

王才人起身扑过来还要抢，西李挡在当间，抓住了她："王姐姐，不闹了。皇后殿下能吃了你儿子？招太子殿下烦啦。"

王才人眼中冒火："你凭什么管我的事儿？由校是我儿子！"

"他是你儿子，谁都抢不走。朱由校也是朱家的子孙，太子殿下的长子。"西李直起腰，摘下发间的一支金钗，"王大珰，带小殿下走吧，事儿我帮你办成了。这钗子赏给乳母，教乳母到内宫护好了由校，免得王姐姐记挂。"

客氏接了西李的钗子，揣进怀中，诺诺谢赏，带皇长孙下去了。

王才人坐地不起，啐了一口："拿上你的破东西，滚！"王才人想定了，太子妃一咽气，她就和西李撕破脸。早几天、晚几天，没大分别。争继太子妃，争的是将来的皇后大位，你死我活！

西李做得甚有风度，不理睬王才人的盛怒，再打赏了两个魏大伴儿。魏进忠不谢赏，她也不怒。

王才人这儿闹得正欢实，方尚仪到，传皇太后殿下懿旨，宣东宫王才人带皇长孙觐见。

王才人立刻掸掸衣裳，从地上起来，摘下帕子擦眼泪，笑对西李："西李妹妹可以走了。朝钦、进忠把东西还人家。我换身衣裳，见皇太后殿下。"

方尚仪见过西李娘娘，叫上王安一道离开："本官答复太子殿下。王大珰，您送三皇孙、四皇孙和五皇孙到坤宁宫。"

"好。"王安应了。

皇后殿下的懿旨，带几位皇孙移去坤宁宫，皇太后殿下是知道的。王安紧随方尚仪的脚步，东宫的两位娘娘他都开罪不起。他寻思着，太子殿下高明的话，千万不要继立太子妃，太子妃娘娘痊愈了最好。王娘娘、西李娘娘全不省油。

方尚仪与王安在承华宫前分开，她禀过太子殿下，带王才人母子去慈宁宫。

李太后的慈宁宫，王才人从没踏足过。晴明的阳光从稀薄的云彩中洒落，落在慈宁宫的瓦顶。王才人晃得眯起眼，指给由校："这是你皇曾祖母的寝宫，叫慈宁宫。"

朱由校张着小手，指着屋脊上蹲的六只神兽道："娘，真好看，父王的寝宫是慈庆宫，皇曾祖母住慈宁宫。"

"是，由校，你的嫡皇曾祖母生前住咱慈庆宫。"

客氏随着王才人母子来慈宁宫，拿着皇长孙的斗篷。台基上慈宁宫掌作太监陈声亮在等。他规规矩矩地给皇长孙、王才人娘娘见了礼。方尚仪转过身道："王娘娘，您在此等候，乳母领皇长孙进去。"

居然不让自己进？王才人讶异。

陈声亮对王娘娘心怀不甘的表情视而不见："王娘娘，您请偏殿宽坐，奴才伺候您。"

"你？"王才人轻视。

方尚仪容忍了王娘娘的小家子气："这位是慈宁宫的陈大珰。"

王才人光堵气，没看到陈声亮腰间的牙牌。转念一想，让慈宁宫的大珰伺候自己一遭，没白来。皇太后殿下久病，床前不宜人多。她识相，儿子进去够了，她单单陪儿子过来，讨皇太后殿下欢心。

"王娘娘，请。"陈声亮说了话，王才人伸长了脖颈，向内张望。

方尚仪与陈声亮分头领开了皇长孙母子。

皇长孙朱由校小小年纪，迈进殿门，只感觉慈宁宫里漂亮，分不出个奢华的所以然。前头的都人姐姐打珠帘的声音清脆，好听。朱由校摸摸珠帘上的水晶珠子，冰冰凉凉的，笑了。客氏捏紧了皇长孙的左手道："哥儿，别笑。"

"小孩子的天性，皇太后殿下见了高兴。"方尚仪领路，"小殿下，随意。"

朱由校听准了教他随意，他淘气地揪揪方尚仪衣裳上绣着花的下摆。

客氏管不住他，紧紧牵着皇长孙。方尚仪领他们进了寝殿。

李太后躺在锦帐后的床上，病中，帐子挂得厚。床前坐着三个年轻的男子，皇长孙认出来一个。

"六叔。"朱由校开口叫人。

"由校。"惠王朱常润侧过身，朝侄儿招招手。

方尚仪自客氏手上牵过皇长孙，带他到惠王殿下那儿。朱常润牵起他的手，教他认："五皇叔，七皇叔。"

正对着朱常润坐的是瑞王朱常浩，身边的是朱常润的胞弟朱常瀛，常瀛今年八月新封了桂王。三位皇子中最小的桂王朱常瀛十六岁，在京城开了王府，有了王号。按照祖制，他们哥儿仨都该就藩了。

由校一个个叫："五叔好，七叔好。"

朱常浩、朱常瀛叫他名字："由校。"

李太后听见稚子说话，卧于帐后的床上道："常润，带来给孤瞧瞧。"

"是，皇祖母。"

方尚仪拉开帐子，朱常润扶着由校到床头。曾祖母和曾孙对视，不等六叔教他，朱由校甜甜地叫："太奶奶。"

"乖哟。"李太后笑得堆了满脸的皱纹。方尚仪会意,从被子里把着皇太后殿下的手,碰碰朱由校的脸蛋。李太后夸道:"由校和皇帝小时候真像。"

"太奶奶!"朱由校笑着,他没见过皇曾祖母几面,可他不怕,贴着太奶奶的枕头,"您好吗?"

"见了你,全好了。"

"父王想着您呢。"朱由校眨眨一双水汪汪的眼睛。

李太后太欢心了:"这孩子,小大人儿似的。"

"皇祖母喜欢,叫由校常来。"朱常润道。

"孤的病气别过给了由校。"李太后面容慈祥,她待朱由校有种天然的亲近。

朱由校转脸叫他六叔:"我好久没见过六叔了。"

李太后甜进了心里,笑着问他:"由校,喜欢你六叔吗?"

"喜欢。"

下面坐着的朱常浩、朱常瀛乐了。

"由校让孤想起常瀛你小时候。"李太后道。

朱常瀛上前,站到他哥哥边上。常润、常瀛幼年在皇祖母膝下抚养过,和皇祖母很亲。

朱常润就自在些:"由校生得有几分像七弟,都像父皇。"

"比常洛长得好。"说了会儿话,李太后累了,犹拉着朱由校不撒手。她的曾孙八岁了,伶俐可人。想到这孩子将会是大明王朝的主人,李太后说不出的高兴。

等李太后撑不住了,朱由校该下去了。

朱由校握着皇曾祖母的手:"太奶奶,由校再来看您。"

"好。"要不是体力不济,李太后不放由校走了。常润、常瀛在她膝下承欢的时日，多快乐啊。

"皇太后殿下，歇会儿。"方尚仪扶了李太后躺好，放下帐子。

朱由校不用乳母牵，奔到他五叔那里，缠着五叔送他回去。三位叔叔全喜欢他。朱常浩拜过皇祖母，送出皇长孙，交给他母亲。朱常浩猜想，由校人小鬼大，是不是知道老六、老七与皇祖母特殊的情分，所以要他送。他依稀记着，儿时母亲周端妃带他到慈宁宫问安，皇祖母便是这般喜爱他的七弟。

老六、老七的母亲李敬妃生下老七常瀛，不到一个月亡故。皇祖母心疼两个小弟弟，他俩在母后宫中养大一些，住皇祖母的慈宁宫去了。侄儿由校令朱常浩想起了幼年的七弟，为着常润、常瀛的缘故，皇祖母还记得李敬妃。朱常浩常替自己的母亲暗自抱不平。李敬妃进宫晚，生前非常得宠。她死后，父皇追封她为恭顺皇贵妃。假若李母妃不早逝，郑贵妃不会专宠至今。李母妃仁善，如她尚在世，兴许父皇还能记起钟粹宫有个周端妃和他老五。

不想也罢，人死不能复生。这几年，皇祖母时不时传他们三位年岁稍幼的皇子进宫陪伴，他想皇祖母定厌倦了大哥和三哥的争斗。皇祖母病重以来，朱常浩每次进宫侍疾，皇祖母待他都很好。他早看出来了，皇祖母实非久病，厌倦而已。就连常瀛那小孩子都想着就藩，教太子哥哥消停消停。

"瑞王殿下，皇太后殿下叫您。"方尚仪出来寻他。

"本王来了。"朱常浩抬起手肘，气宇轩昂。他们三兄弟，父皇不正眼瞧上一眼，他们同是大明的亲王，和福王朱常洵一样。

第十六章

被皇太后请去一遭，王才人回东宫，总算伸腰扬眉了，硬要王安去禀告皇后殿下，留朱由校在慈庆宫多住三日。王皇后不理会王才人，你分身有术，照顾得好太子妃和由校，孩子爱送不送。王皇后只怕王才人分心，照料不好病重的太子妃，遂命小悦到慈庆宫帮着高司仪。眼见太子妃一病不起，东李、西李、傅选侍和几个淑女全到了床前侍奉，独王才人进奉宸宫点卯。

一日魏朝钦带着皇长孙念《千字文》，朱由校难得安静一会儿。魏朝钦负有教导之责，讲到"桓公匡合，济弱扶倾，绮回汉惠，说感武丁"，他教给皇长孙的却是："瞧您那几个叔叔，您的弟弟跟他们一样，长大了全得走，紫禁城是小殿下的。"

"他们走了，剩我一个。"朱由校嘟起小嘴。

"傻孩子！"王才人拿绣花绷子敲了下儿子的头，"跟你三皇叔似的，弟弟不走，没你的份儿。"

"他们是我的弟弟呀。"朱由校纯真,"母亲,我想去看弟弟们,听说他们在皇祖母那儿。"

"王娘娘,小殿下多留了五日了,您和皇后殿下怎么交代?"乳母客氏搭腔。

王才人没言语,她派去奉宸宫盯着的都人雪儿慌慌张张地跑进,被门槛绊了一跤,逗得朱由校哈哈大笑。

"雪儿,皇长孙在呢。"王才人哼了声。

"王娘娘,太子妃娘娘不好了。"

王才人拍下手中的绷子:"坏了!快走!"

太子殿下将太子妃托付于她,发现她玩忽职守可糟了!

走出几步,王才人马上转头:"把由校带去坤宁宫。"

王才人避疾,现和东李选侍同住东边的勖勤宫。离奉宸宫隔着堵墙,听得墙里的哭声,起初还是压抑着的,而后渐渐扬声,向外传出阵阵的哀哭。

王才人提起裙角,小跑着进了奉宸宫,二话不说,跑到最前跪下,捶着地道:"郭姐姐,你不等等妹妹就走了?"

"王姐姐,你这是?"傅选侍止了哭泣,问道。

西李也停下,咬了咬牙,低下头接着痛哭。忍耐,务必忍耐,西李的地位尚低于王才人,可离她翻上去的那天不远了。

太子殿下跟前的韩本用到了,宣太子殿下的令旨:王才人与西李选侍共同主持太子妃的丧仪,并带来几样粗陋的祭品。

"太子殿下不过来吗?"傅选侍膝行转身。

韩本用摇摇头。

放眼整个东宫,谁真心对太子妃娘娘?王才人心虚,哭得最卖力。她后头跪的西李,一滴滴掉着泪珠子,盘算着晚上见了太子殿下,如何告王才人的状。郭太子妃病笃之时，王才人失了人心，继太子妃的大位，西李势在必得。

傍晚，郭太子妃身后，第一次举哀毕。大家哭累了，奉宸宫静得鸦雀无声。妃妾们各自埋首站起，回她们的住处。自始至终，两个时辰的举哀，不见太子殿下，坤宁宫的"管事牌子"宋正东来过，叫出西李选侍，商议郭太子妃小殓的事情。傅选侍瞧得真真的，西李被喊出去，王才人气得扁了嘴。傅选侍更诧异的是，众妃妾未散去，韩本用直接把她从人群中请出，去穿殿陪太子殿下用晚膳。傅选侍提前晋了位分，她近来陪伴太子殿下的时间多些。

见到太子殿下，见殿下如此低落，傅选侍想，即使不因为太子妃姐姐英年早逝，近来事儿那么多，殿下不好过。她不好为太子妃姐姐说什么。

傅选侍静默着，陪太子殿下用晚膳。她自我安慰，好在有皇后殿下给太子妃姐姐主持。

"你为何不说话了？"太子夹了块剔了骨头的肋排。

傅选侍不语，太子自顾自地吃着："为郭太子妃？她的事儿，孤做不得主。郭太子妃是未来的国母，她的丧仪听父皇的。"

"嗯。"傅选侍木然，瞅着一桌子的佳肴。

"吃啊。"太子未带丝毫的悲伤，"芷彦，立了新的太子妃，孤晋你为才人。"

傅选侍勉强站起，谢了恩。她看不懂面前这个男人了，自她承宠，太子殿下待她温柔、体贴。可是发妻早亡，殿下怎能无动于衷？他不当郭姐姐是妻子，当她不过是他口中的太子妃，未来的国母？太子殿下真是令人莫测。

傅选侍分了神，太子没问她什么。一桌子佳肴，她食不甘味。

用过了晚膳，傅选侍服侍太子殿下漱口、喝茶，西李不请自来。

太子见了他不愿见的人，冷淡道："母后令你主持丧仪，有空到孤这儿？"

"殿下，王姐姐她……"西李尖酸的话语就要出口，太子给她堵了，"孤晓得，郭太子妃病中，王才人怠懒了。孤自有主张，你下去吧。今晚你主持守夜，明晚王才人，你俩轮着。"

西李以为得了太子殿下的首肯，摇摇地退下了。她自信十拿九稳成为继太子妃，那她可不能学了王才人，太子殿下的吩咐必得做好。

西李出了穿殿，行经纯禧左门，心血来潮："亚茹，皇后殿下交代我主持郭太子妃的丧仪，你将好消息带给郑娘娘，立刻。"

"天儿晚了，娘娘。"亚茹小心着道。

"去！我使唤不动你了？"西李得意了，王才人自己不争气，太子殿下多疑多思，自己稍稍扎了一针，太子殿下必往心里去。

穿殿中，傅选侍听了太子殿下的话。对于继太子妃的归属，她的理解和西李的相同，西李更有希望。她和通常似的，对太子殿下直来直去，而这回她的神情不确定了："西李姐姐……"

太子冷笑道："孤没说。唉，料理不清的麻烦。"他拨了拨傅选侍的耳坠子，"没了刘庭，孤做事不顺手了。你伺候孤写封奏疏，送内宫报丧，算了，孤歇歇。"

傅选侍陪着太子殿下闭目养神，缄默了。她犹想着故去的郭太子妃，夜里西李、王才人轮流守夜，灵前不会太冷清吧。太子歇了会儿，奏疏没写，令傅选侍服侍他睡下。傅选侍躺在他旁边，心犹难安。

太子殿下睡熟了好一会儿，她翻身下床，穿鞋，起身披衣。值夜的岳才明闻声而进："傅娘娘，您喝水？"

"嘘。"傅选侍按上自己嘴唇,让岳才明噤声,"别吵醒殿下。"说着,披了斗篷向外走。

岳才明趋步跟上:"傅娘娘,您上哪儿?"

"我去去就回。你守着太子殿下。"傅选侍甩开了岳才明,推门出去,走进清冷的夜色。

岳才明赶到门口,叫了一嗓:"傅娘娘,当心着风。"

傅选侍独自往奉宸宫去,她忧心西李怠慢了郭太子妃的丧仪。她裹着斗篷专心走自己的路,想快点儿回去,莫教太子殿下察觉。

十一月的天气好冷啊。却听背后有人喊她傅姐姐,是阿沅的声音。

"阿沅,大半夜的。"傅选侍回头,是阿沅,也是一个人。

刘沅近前,拉了傅芷彦的手,在自己手心暖着:"这么凉,姐姐穿得少。"

"我从穿殿来的。"傅芷彦小声道,二人站在宫墙的暗影下,"你去哪儿?"

"我去看郭太子妃。"

"我也要去。既撞上了,两个人甭去了,免得西李姐姐多心。"傅芷彦抽回手,正正刘沅的风帽。

傅姐姐得宠以后,刘沅不常见到她。今儿见着了,天儿冷,心上暖和:"姐姐,我不冷。你睡下了又起身?"

"你不会熬到现在吧?"傅芷彦打个喷嚏,携了刘沅往回走,"最近好吗?"

"老样子。太子殿下一直很喜欢姐姐。"

傅芷彦傍着刘沅:"太子殿下心意难测。咱们白天再去看郭太子妃。你当心王才人和西李。"

刘沅生活在东宫的是非之外,她听着就是,哪儿有她招惹那二位红人的地方。西李和王才人或许不认识她,太子殿下也该忘记了她。

"妹妹。"傅芷彦叫她。

"我困了。"刘沅低着眉眼。

"困了,回房睡觉。白天我去找你。"

二人一路走,一路说说话儿。傅芷彦进纯禧左门,回穿殿。刘沅一人继续走,回她的屋子。她仍住在荐香亭和撷芳殿之间的屋子。自从她进宫做陛下的淑女,待她好的人不多,伺候她的两个小都人,如今调走了一个。傅姐姐是最亲的,郭太子妃算对她好过。郭太子妃冷清清去了,刘沅想尽一点儿心,送送她。

刘沅回了房,月上中天,天色已晚,还睡不着。她在想她自己的境遇,又想着郭太子妃早逝。在这紫禁城里,也许默默无闻,就能平安终老。这辈子她能求的只有由检、自己和傅姐姐的平安了。

另一边,傅芷彦回到床上躺下,太子殿下熟睡着。晨起,她留下伺候殿下梳洗。

启祥宫的刘成来了,说郑娘娘请太子殿下过去。

太子见傅选侍青了眼圈:"你昨晚没睡好,先回吧。"

傅选侍告退,太子传了王安同去。太子不情不愿,等王安到,随刘成去启祥宫了。

"郑娘娘安。"太子问了安,径直坐了。

郑娘娘今朝早早地坐在她的宝座上,祎裙的胸前飞着翟凤。

不等郑娘娘开口,太子生硬地问:"郑娘娘叫孤来,母后晓得不?"

郑贵妃以为他陷入了丧妻之痛,不与太子计较,冲他和气地笑:"太子,你也是本宫疼过的孩子。皇后姐姐病着,不便理事,你和本宫别见外。"

太子想起郑贵妃污蔑他行为不检,那年他才十三岁,冷冷地歪了歪嘴:"郑母妃,郭太子妃是皇家的子媳,她的丧仪,父皇和母后做主。"

郑贵妃吃了个大憋,她略一思忖:"对,昨晚你父皇跟本宫讲的,郭氏的丧仪……"

太子仗着丧妻,回击郑贵妃:"父皇大不过祖制。郭太子妃的丧仪有成例可循。"

郑贵妃性急,一股脑倒出:"唉呀,皇太后殿下病着,非常时期为了你的皇祖母,不能按照太子妃的礼制,大张旗鼓地给郭氏发丧。不然,大办白事,皇太后殿下上了岁数,不吉利。"

"父皇孝顺。"狠话冲出了口,太子掂量起他用语的轻重,"尊卑长幼,确实不能违背。"

"太子明理。"郑贵妃缓了神色,心上却气太子,对她愈来愈没个小辈的样儿,"暂时委屈了郭氏,等到皇太后殿下痊愈,再给郭氏风光发丧,上谥号。"

太子冷不丁地直瞅着郑贵妃:"郭氏的噩耗,皇祖母知道了吗?"

"皇太后殿下从不关心孙媳。你娶郭氏是陛下做的主。"

太子哀叹:"皇祖母没见过郭氏。"

"皇太后殿下身子骨一向不好。宫里这些子人,她见不过来。"郑贵妃装模做样,为郭氏悲哀,抹了下眼角,"郭氏福薄,没给太子你生下一男半女。"

太子听郑贵妃怨他薄待了郭太子妃,装糊涂道:"她……不是易生养的好体质,否则不会早逝。"

郑贵妃神气越发温和,某种程度上福王能不能留,能留多久,得看太子。

"常洛,你是个孝顺孩子。皇祖母从小疼你,你的郭氏为皇祖母受些委屈,是你应尽的孝心。"

太子以为郑贵妃还在说郭氏的丧仪,她真误以为他与郭氏夫妇情深?除开驳他皇太子的颜面,暂不按太子妃的礼制给郭氏发丧,他没感觉不妥当。发不发丧,与他何干?反正他说了不算。

"是,郑母妃,儿臣理解。"

"明年是皇太后殿下的整寿,七十大寿。陛下想为皇太后殿下大办寿辰,留常洵给皇祖母祝寿。"郑贵妃见了太子诡异的表情,推度着道,"常洵走了,皇太后殿下的孙子少了一位,太子忍心你皇祖母的大寿不圆满?"

如一记闷雷响在太子头顶,他极力忍住愤怒。这算什么理由?却又是不可反驳的理由!百善孝为先,以皇祖母的状况,她过不上八十岁的整寿了。

太子畏葸的表象下心思周密,他忍不住出口的话语使郑贵妃猝不及防。

"可是皇祖母的生辰在十一月。藩王当于春季离京就藩,那么常洵要拖到万历四十三年去洛阳。"

郑贵妃恍了神,庞保抢过话头:"太子殿下,为了皇太后殿下的安康,福王殿下万历四十三年、四十二年走有区别吗?"

王安睨着庞保:"留福王殿下给皇太后殿下祝寿,须问过皇太后殿下方能决定。皇太后殿下想留,福王殿下留到后年,必须留。"

郑贵妃厉声道:"大胆,你敢说皇太后殿下不喜爱福王,大寿都不要福王在跟前?"

太子耐不住心乱如麻,懒得坐了,匆忙起身道:"王安不是这个意思。儿臣也以为问清皇祖母更好,儿臣告退。"

太子离了启祥宫,给刘庭求情,没心情说了。皇祖母病笃,间接帮助了朱常洵再留一年。

太子生气，没处发泄，只会骂骂王安出气："你说你，多那句嘴，孤怎么给刘庭求情？"

"皇太后殿下大寿，刘庭最晚明年十一月，碰上大赦，定回了慈庆宫。"

太子一甩袍袖道："你呀，明年年底，孤能见着刘庭？刘庭能活着出来？"

王安凑近道："殿下，刘庭已出了诏狱，在浣衣局服苦役。他什么都没说。"

太子听了本该松心，焦虑却愈甚。朱常洵啊，他就走不了了。太子偏不信，郑贵妃一己之力，拿皇祖母的整寿当借口，得以多留朱常洵一年。是父皇用尽了招数，不放朱常洵离开，还把皇祖母抬出来了。问题从根本上依旧是，父皇百年之后，假若朱常洵还在京城，和太子仍有一争。叶先生在内阁撑不下去了，到了那一日，谁帮他呢？

太子算来算去，他的胜算在今年的后半年变小了很多。父皇扭转乾坤，浙党的方从哲入阁，形势向着有利于朱常洵的方向发展。太子拽着王安道："你去，带话给叶先生，千万不可与方从哲起冲突。"

"太子殿下，您糊涂了，刘庭怎么栽的？"

太子陡然消沉道："王安，孤完蛋了！"

"殿下，不论您作何想法，您是大明的皇太子。您谨小慎微，克勤克俭，白璧无瑕，没人能够动摇太子殿下。"王安鼓励太子，"您忘了，刘庭会被带走，奴才是陈大珰的徒弟。陛下看在陈大珰的分儿上，不会动奴才，奴才护着您。"

太子畏怯到了极点，像抓救命稻草，只想抱住王安，奈何是在宫里。他看着王安，兀自想要依赖他，但是独一个王安成得了什么事儿？

"殿下，回东宫了。"王安扶稳了太子殿下，不知如何让殿下平静下来。他冷眼看着，心疼不已，太子殿下始终活在恐惧中，没过过一天舒心的日子。

回到东宫，太子芒刺在背，他想跟叶先生接上话。王安力劝殿下不要再派人去内阁冒险。

午膳的时辰到了，太子无心饮食，令膳房的小火者把饭菜撤下去。岳才明急急火火，跟端汤的小火者撞了个满怀，热汤泼了他一身。岳才明来不及擦，直冲进来，不管不顾，倒顺了气，嗓门大得像在喊："太子殿下，好消息！"

王安冲他努努嘴，怕岳才明脏兮兮地过来。太子殿下爱干净，衣裳纤尘不染。

"远点儿，好好说话。"太子满脸的嫌弃。

"皇太后殿下发了话，福王殿下来年春天必须走。"

"啊？"太子的情绪瞬间从谷底跃到高峰。峰回路转了！

王安亢奋地问道："快讲，怎么回事？"

"你来！"太子招招手，顾不得岳才明满身的汤水了。

岳才明不敢近前，原地跪下，一五一十地学："方才方尚仪来，教奴才转达，午膳前皇太后殿下令郑娘娘去，问了郑娘娘个问题，'福王留京为孤做寿，孤的潞王回来吗'，问得郑娘娘张口结舌。皇太后殿下遂下了懿旨，福王殿下明年二月离京，让郑娘娘带走了皇祖母给福王殿下就藩的贺礼。"

岳才明口条没理顺，太子全明白了，皇祖母又一次救了他。父皇孝顺，从不忤逆皇祖母，无人敢忤逆皇祖母。朱常洵，孤赢你了！

太子殿下昂扬，王安也跪下了，喜笑颜开："奴才恭喜殿下。"

太子搀起了王安，让岳才明自己站起来："你俩立功了！孤这就把刘庭救回来，刘庭立功了！"

"太子殿下，勿乐极生悲。福王殿下走了，往后殿下更得谨慎。"王安建议。

太子使劲儿点头，他多么期盼明年的春天快点儿到来。

幸运总是伴随着不幸。太子没狂喜半日，岳才明被泼了汤水的衣裳洗了还没干，一个坏消息降临了东宫：皇帝将他对福王就藩一事的怒火撒在了阁臣头上。

就在母后的懿旨颁下的午后，皇帝没有睡午觉，他睡不着。趁郑贵妃没来闹，皇帝破天荒召见了阁臣。叶向高四年没面过圣了。

知道了懿旨的都了解，陛下此时召见凶多吉少。

陛下是不是怀疑内阁暗中使了绊子，怀疑他们三个私下求了皇太后殿下？贸然发难非陛下的风格。但福王殿下走了，陛下想出口恶气。陛下有理由发脾气，郭太子妃的丧仪给了陛下发难的动因。

叶首辅、方阁老、吴阁老叩见陛下。

皇帝绝口不提"福王"二字，将火烧到郭太子妃身上。

吴道南刚来，是三位阁臣中的"愣头青"。传闻他从家乡江西上京赴任，行装简朴如平头百姓。所经之处，无地方官知晓阁老过境。他对陛下进言亦不懂得转圜。吴道南入坐最后，底气最足。

"陛下，留不留福王殿下为皇太后殿下祝寿，请示了皇太后殿下。郭太子妃娘娘的丧仪，如果您说为皇太后殿下的病势考虑，同样应请示皇太后殿下。"吴道南清了清嗓子，以引起注意，"民间都说皇太后殿下是观音菩萨的化身，她岂能为了自己，使孙媳死而难安？臣请求陛下，即刻为郭太子妃娘娘按礼制发丧。"说罢，吴道南撩起官袍的下摆跪下。

一 月 天 子

皇帝从御座上站起。常云见陛下面色阴沉，替陛下回答："陛下是说，这不一样。"

"是一样的。"叶向高随着吴道南跪了，"郭太子妃娘娘身为未来的国母，她的早逝，举国悲恸。郭太子妃娘娘更是太子殿下的结发妻子，夫妇一体，陛下切莫疏忽了太子殿下。"

方从哲也不敢坐了，第三个跪下："即使世宗秉持二龙不相见，亦未疏忽了孝懿庄皇后的丧仪。陛下明断。"

"朕是想和你们谈谈郭太子妃的丧仪，朕没说不给郭氏应有的礼制。朕是说等母后痊愈。"皇帝转了转眼珠，"你们怎说的，像朕苛待了朕的子媳。"

吴道南严峻着提出异议："敢问陛下，不给郭太子妃娘娘发丧，东宫今后如何？立不立皇长孙的生母为继室？"

"不急于立继太子妃。"皇帝紧盯着叶向高，尽管叶向高戴的官帽压得很低，让他看不清他的脸，皇帝权等着他出言不逊。

叶向高果然不负皇帝所望，出言无状："陛下，不立继太子妃，则社稷不宁。皇长孙为陛下心爱之皇孙，皇太后殿下也喜爱皇长孙，皇长孙的生母是理所当然的继太子妃。以求社稷安宁，故太子妃应当速速发丧，赠予谥号。敢问陛下，郭太子妃娘娘多年在东宫的功劳得不到承认，您不给郭太子妃娘娘发丧，上谥，她嫁进了皇家，算什么？"

"是，陛下，不能任由太子殿下的正室虚悬，伤害大明之根本。皇太后殿下不愿意看到。"吴道南越说越严重，方从哲识趣儿，保持沉默。

皇帝动了怒，冲着叶向高："好你个叶向高，污蔑朕的社稷，大放厥词！你认为朕不讲人道？难道你认为朕的子媳比圣母重要？"

叶向高心中不惧，早知陛下会来这套，郭太子妃娘娘的丧仪全是借口。他摘了官帽，以头抵地，正声道："臣惶恐。"

"叶首辅他……"方从哲惊惶。

皇帝脾气发得愈大："叶向高，居功自傲，对朕的微词积攒了七年。郭氏没有生养，对社稷无功。叶向高胆敢扯到社稷上。"皇帝敛起怒容，转为伤感："郭氏病重不治，朕也遗憾。尔等且下去。"

天子之怒，强硬如吴道南，不好再说。他和方从哲是新来的，对陛下没有把握，吓得颤巍巍地跟在叶首辅后头。

从头到尾，只有皇帝与叶首辅参透了大局。叶向高在心中叹息，陛下赶他走呢。吴道南讲话刺耳，陛下却说自己顶撞。陛下当着另两位阁臣，对他发了这顿脾气。叶向高做了七年"独相"，任他根基深厚，在朝中一呼百应，陛下有意撵他，朝廷也没他待的地儿了。

第十七章

回到内阁,吴道南进叶首辅的值房宽慰叶向高。郭太子妃娘娘一事,吴阁老意犹未尽,欲与陛下斗争到底,为郭太子妃娘娘争个公道。

"吴阁老,你几年不做官了?"叶向高累极了。他暗暗嘲笑吴阁老,争什么争,太子殿下不领情,争回公道有何用,万历朝有过公道吗?

"叶首辅,咱们仨联名递奏本。"吴道南誓不罢休,"带上六科给事中。"

"你先去吧。"叶向高尽显疲惫。

吴道南恼着脸,埋怨首辅大人:"叶首辅,您可软弱不得,太子殿下靠您呢。"他不多说,让叶首辅自己想想他的责任。他从外掩上值房的门,没收住力气,他的怨气凝聚在那一声门响。

叶向高懒得理他,铺开纸笔,写辞呈。

晚间太子收到了信儿，皇帝申斥了阁臣，确切地说，申斥了叶首辅一人。

"为什么？"太子手上转着茶盏的盖子。

"陛下坚决不为郭太子妃娘娘发丧。"王安答。

太子将盖子按在桌上："郭太子妃的法身停在煤山，不争就不是他们了。"

"陛下多此一举，为什么不为郭太子妃娘娘发丧呢？"韩本用喃喃，像自言自语，"郭太子妃娘娘没招惹过任何人。"

"陛下不是冲着郭太子妃娘娘，陛下抓这个由头撵叶先生走。奴才愚见，上奏给郭太子妃娘娘讨公道的绝对不少。不发丧，不管为什么理由，忒不人道。"王安执言。

"叶先生必然为郭太子妃娘娘讲了情，撞上了陛下的刀口。"韩本用猜测。

太子终为亡妻说了句公道话："苦了郭氏，她去的不是时候。郭氏成了父皇与朝臣斗争的牺牲品。"

王安心软道："殿下有心，奴才陪您上煤山，给郭太子妃娘娘烧炷香。"

太子的心愈硬，"孤再招父皇不痛快，父皇何时能对孤满意？"他转向韩本用，"你下去。"

韩本用退下，王安有谱儿："太子殿下想说继太子妃的人选？奴才想，两个都不立。"

"孤也这么想。郭太子妃没发丧，立哪个都不合适。"

"郭太子妃娘娘发丧了，东宫也不需要继太子妃。"王安蹙额思量，"奴才斗胆，维持现状最好。"

"东宫的日常事务呢？孤想先晋封西李为才人。"

"王娘娘闲着,原先帮着郭太子妃娘娘打理庶务。请王娘娘主理,西李和东李娘娘协理,太子殿下您看?"

太子尽量打起精神,"王才人与西李一同主理,东李协理。"他仍旧偏心,"由模的身子向来不好。晋西李为才人,不用再东啊西啊的分了。"

"太子殿下,想想皇长孙,您可以不宠爱王娘娘,可王娘娘的位分……她是皇长孙的生母。"王安吞吞吐吐,"再说了,皇太后殿下和陛下钟爱皇长孙。"

太子也在寻思,王才人和西李像不像过去的母亲和郑贵妃?他不想让由模取代由校,由校那孩子是阖宫钟意的未来天子。父皇在上,不动摇皇长孙的地位最好。这对他不难做到,他的儿子当中,不存在偏爱,王才人也是他宠过的。王安说得在理呀,两个都不立,东宫不需要继立的主母。

"王才人和西李皆不值得信任,东宫的琐事得你和刘庭担待。要是高小鸾不调回尚宫局,这个继室一点用处没了。另外,之于郭氏,孤不能不表态。"太子心生一讨好父皇的良策,"你代孤写封奏疏,请求父皇给郭氏发丧,表达孤的哀恸。请求父皇允准,办理郭氏丧仪的同时,追封孤的次子由樱。王才人对社稷有功,追封由樱是对她,对由校的承认。王安,你还感觉孤亏待了皇长孙?"

"奴才不敢。"王安脸泛微红,太子殿下对皇长孙没得挑。

"孤登了基,立由校为皇太子。孤不能让孤的悲剧重演。由模顺利长大,孤给他 块富庶的封地。"

"是,太子殿下对哪位皇孙都不亏欠。"

太子指了指王安:"快写奏疏。由校挺大的了,求求父皇,准他读书吧。"

"是。"王安回他的值房,起草太子殿下的奏疏。

陛下批了太子的奏本,朝臣看不懂了。陛下待太子殿下不薄,追封早夭的朱由㰘为简怀皇孙,赐给王才人太子妃的仪制。关于皇长孙读书,陛下称赞了太子殿下给皇长孙找的先生,大伴儿魏朝钦。而郭太子妃,陛下只字不提。莫非陛下对郭太子妃有意见?陛下斥责叶首辅又是何意?叶首辅连续三日递上三封辞呈,陛下朱批挽留。陛下请方阁老和吴阁老火速入阁,不是要逼走叶首辅吗?

圣意困扰着太子,令他成天地费思量。

"陛下冲叶先生来的。"王安犹疑了片刻,"奴才恭喜太子殿下,福王殿下离京的日期定了。陛下给次皇孙的追封,间接肯定了您的地位。"

"你是说,孤的儿子将来会成为皇子?由㰘会被追封为亲王?孤问你,父皇为什么不恢复东宫讲学?为什么不给皇长孙请像样的讲官?"太子连珠炮似的。

李鉴进内,打破了王安的尴尬。

"回太子殿下,西李娘娘求见。"

"不见。"太子冷若冰霜,自傅选侍侍寝的那个晚上之后,他没传过妃妾,"你告诉她,封赏王才人是陛下的旨意,与孤无干。"

李鉴退出,王安笑言:"殿下请看,西李娘娘的确不安生。"

"王才人也不是好东西。"太子尖刻。

"东宫有好女人。"

"行了,好女人,孤见过。"太子自嘲般的,推了王安一掌,"孤不缺女人,不缺儿女,孤多揣度揣度父皇的圣意吧。"

"太子殿下,您三个月前宠幸的都人冯氏有身孕了。郭太子妃娘娘殁,奴才跟您说过,您没留意。"

太子对这类事情心不在焉："冯氏不是父皇的女人就好，都人嘛，生下孩子册封。"

"冯氏仍和都人住在庑房。"

"挪她到傅选侍那儿。"太子并不过心。

"回殿下，傅选侍也有了四五个月的身孕。"

"傅选侍有个姊妹是吧，老五的生母，教那个什么氏来照顾冯氏。"

"是，太子殿下。"

"以后这种事儿别问孤，你问王才人，问西李都行。"太子又焦躁了，"孤何时能和叶先生通上信？"

"奴才想办法。"

太子殿下对待女人的冷漠，让王安心寒。太子殿下说得在理，他的儿子、女儿一大堆，往后生下来的更不重要了。东宫的女人命苦。而今的王安格外想念刘庭，郭太子妃娘娘殁了，西李娘娘、王才人娘娘私心偏狭，东宫的庶务有一些压到了他的肩上。刘庭回来能够帮他分担，刘庭比韩本用、岳才明可靠。

太子也在想念同一个人："刘庭，高司仪，能干的都不在了。"

太子焦头烂额之际，郑贵妃和心急火燎的西李走得愈来愈近。吴道南风风火火地接过叶首辅曾致力于的改革事业，重提万历四十年叶首辅的谏言，重申陛下的伟大，从三代以来在位四十年以上的帝王仅有十人，所以请求陛下推行新政，废除矿税，增补缺官，广选人才。皇帝不予答复。李太后缠绵病榻。郭太子妃的灵柩停在煤山的寿皇殿。刘庭还在浣衣局服苦役。

万历四十一年走到了尾声，进入冰天雪地的腊月，新年还会远吗？

郑贵妃请福王和福王妃进启祥宫的暖阁说话，一家人其乐融融，周尚宫作陪。

"若是陛下在的话……"郑贵妃接了子媳剥的橘子，塞进嘴里，"下次带由崧来，我带由崧去看皇祖。"

"谢母亲。"王妃姚氏和她夫君并肩而坐，快过年了，喜气洋洋，"由崧很想念祖母和皇祖。"

朱常洵揽了揽他的王妃，碰碰她小巧的鼻子："我的王妃有福气，给我生了大儿子。那个郭氏，太子有多薄命，她就有多薄命。"

"还说呢。由崧比由校小两岁，不比由校不可爱。哼，皇太后看得起朱由校，人家皇长孙富贵命，咱们由崧是普通孩子。"郑贵妃酸气冲天。

王妃姚氏道："有皇祖和祖母疼爱由崧，是福王府最大的福气。儿臣与由崧不敢奢求。"

刚说到皇太后，坤宁宫的宋正东到启祥宫外，托庞保带进个消息。

郑贵妃闻知皇太后殿下召见皇帝和皇太子，气倒不气，酸得厉害，不讥刺一番过不去。

"难怪陛下来不了，领着他的长子见母后去了。也好，皇太后殿下只看得上朱由校。"郑贵妃拉长了声调，神色古怪，揪起没吃掉的橘子瓣，丢进痰盂，"朱常洛是大明名正言顺的未来天子，咱比不了。"

福王哈哈笑了两声："阿洵陪母亲过年。"

郑贵妃的忧愁挂上眉梢："我能跟你去洛阳就好，省了受他们的闲气。庞保，你跑趟慈宁宫，瞅瞅朱常洛和陛下待多久？"

慈宁宫那个院子，寻常的不轻易去，特别是郑娘娘宫里的。为什么？害怕。李太后笃信佛教，慈宁宫摆满各式佛像，像个大佛堂。

也就王才人那种不懂事的被请去慈宁宫，乐得屁颠屁颠，亏了李太后没准她进去。

慈宁宫的后殿，也就是李太后的寝殿，供着李太后五十大寿时南直隶进献的大尊观音像。供台上一道长长的千佛龛，佛龛里供奉李太后收集的五彩描金佛母像。一座寝殿终日檀香袅袅，李太后病中亦不熄灭，简直一座名副其实的佛殿。

闻着冲鼻子的檀香气味，皇帝和皇太子经过观音像和供台上的佛龛。皇帝神态自若，走在前面。后面跟从的太子，低着头盯着地，恰见地毯上织的满是佛教的莲花纹样。距皇太子几步，常云带乾清宫的马鉴、苗全随侍，东宫的王安和韩本用候在殿外。

"太子，你来。"绕过供台，皇帝驻步，教太子近前。

太子没懂父皇的意旨。里面的都人打了帘子，皇帝不动，太子只能紧走几步，先进了。

两重纱帘之后，李太后靠坐在床上，穿着冬日赤紫色的寝衣，室内生了很暖的地龙。

皇帝做对了，李太后先叫太子："常洛。"

太子比他儿子朱由校拘谨多了，下跪叩头："儿臣给皇祖母请安。"

方尚仪搀了太子起身，再向陛下和太子殿下见礼，拉开纱帘，请二位到床前去。

皇帝还是让太子坐前头，他落座在太子之后，让太子离母后近一点。

李太后看着孙子，她的容色中透着慈爱。祖孙俩许久未见，李太后牵过太子的手，隔着太子端详皇帝："二圣，好不？孤瞧你俩都苍老了。"

皇帝哄着母后："常洛才三十岁，怎能说是苍老？"

"常洛周岁三十一岁。"李太后笑呵呵地看着太子的脸庞,"跟小时候一样,越长越秀气。由校那孩子,生得不像太子。"

"由校像他母亲。"太子面对祖母的关爱,显得有几分局促。他虽记着幼年祖母待他很好,但他们祖孙常年不见,生疏了:"儿臣感谢皇祖母疼爱由校。"

皇帝待在他们祖孙之间,仿佛局外人。

李太后对皇帝不满许多年了,从皇帝年轻时就开始,今次她果然说到了潞王:"皇帝,看着你,孤想到孤的翊镠,他也老了。孤年岁大了,人活七十古来稀。卫辉潞王府来信给孤,翊镠生了病,入冬就病倒了,孤十分忧心。"

"母后,皇弟的身子比儿臣强健。明年您的七十大寿,儿臣准皇弟回京,为母后贺寿。"皇帝恳切,向前拉了拉绣墩。皇帝打小不听话,母后管教他严厉,更喜欢他弟弟翊镠。可是呀,翊镠就藩去河南卫辉,近三十年没回京城,没见过母亲。

皇帝对他弟弟感情其实一般,他想准翊镠回京倒是真心的。因为他的母亲病了,他深爱他的母亲,为了母亲欢心,小弟务必回京。皇帝不嫉妒小弟更得母亲喜欢。他对着衰老的母亲,有点后悔,小弟不在的三十年来,他一人在母亲膝下,没少惹母亲烦心,没能孝顺好母亲。

年近七旬的李太后,对皇帝说话的口气严格依旧。这就是她称病不问事的缘由,她既然管不住成年的皇帝任性,约束不住皇帝在束缚中长大并日渐膨胀的心,便眼不见为净。她由着皇帝胡闹,然而每一次都没顺了皇帝,每当最关键的时刻,李太后必出手制止。今年的福王就藩,十几年前的立太子,种种的种种,李太后维护着大明的纲常。只要她出手,皇帝输得无话可说。

卧病在床的李太后知道，这次见面，估计是她最后一次出手，是她给予常洛最后一次的回护。

"孤不能不遵守祖制，藩王无大事不得回京。"李太后重重喘了口气，握着太子的手，"皇帝待孤有心，给孤办丧仪，翊镠可以回京致哀。"

母亲言及身后，皇帝流泪了，老泪滑过他的脸，他顾不上擦。

"母亲。"皇帝低低叫了一声，"儿子不懂事。"

"人情大不过礼法。"李太后坐舒服些，语重心长，"如人人不守规矩，藩王满地乱窜，皇帝的皇位坐不稳。"

皇帝惭愧，垂下了头，推了下太子，教他宽慰皇祖母。皇帝明白，母后稍搭常洵，她让常洵去了封地谨守本分。可阿芳那儿……

皇帝嗯嗯呀呀应了："是，母亲，阿洵是好孩子，会守规矩的。"

"但求他去了洛阳，不要胡作非为。"李太后忧切，"皇帝的几个小儿子全该走了，教他们和常洵一起走，皇帝别疏忽了他们。"李太后停下，缓了须臾，话说多了，讲下去费了力："人说十指连心，孤和穆宗待你们两兄弟，从无厚此薄彼。"

李太后浑浊的双眸看向太子，诉说着对太子的喜爱。打常洛生下来，她就喜欢常洛，因为常洛是大明江山的继承人。她看待由校亦有这层用心。

太子表面讷讷，而内心欢悦，他读懂了皇祖母的目光，皇祖母是他的依靠。他与皇祖母相握的手不觉更用力些，另一只手给皇祖母掖掖被角。方尚仪上了茶水，太子伺候皇祖母润了润喉咙。李太后喝了水，歇了一气儿。今儿的这些话，她说完才能放心地走。

"别看你父皇在时，孤就常喝参汤，孤的身子没那么糟。皇帝是孤的亲子，你该明白孤深居为了什么。你成人以后，多数的事情孤不过问。但是皇帝儿时，孤教育你的，你必定从小记到了老。孤如若像皇帝一般的任性，今日坐在皇位上的不是你。"

皇帝震动，旋即跪倒，泪越汹涌了。他抹去了眼泪，越多的眼泪流下。

皇帝深深颔首，说不出一句话，记起他小时候，去西内醉酒胡闹，母亲说要废了他，请潞王登基。张居正当时教训他，皇帝是朱家的子孙，出于忠，出于孝，务必遵从历代先皇的教导。如果说张居正表里不一，没资格教训他，母亲终生以身作则，言传身教，严守祖制，舍弃了和翊镠的母子亲情，做到了朱家的好子媳。皇帝猛醒，帝王并非唯我独尊，天比他大，祖比他大。那些沽名钓誉的大臣，应该不会存心逾越帝王的权威，他们维护心目中活着的天地和祖宗，敬天法祖，共同维护王朝赖以绵延的秩序。

李太后欣然笑着，也许翊钧到了这把年纪，方能懂事，或许不晚吧。李太后高兴，她对皇太子更有信心。三十一岁的太子已经长成了一位标准的大明天子。

"皇帝！"皇太后等了半晌，等皇帝想清楚，唤醒皇帝，将皇太子的手郑重交到皇帝的手心，"翊钧，这是你的皇太子，大明的皇太子。母亲把皇太子交给你。常洛，叩谢你父皇。"

皇太子听话，矜重地磕了三个头。他的心头涌动着一种使命感，活到这么大，此刻才真正有了做皇太子的感觉，为人子的感觉。皇太子激动叫道："父皇！"

皇帝冲动之下拍了拍太子的肩："常洛。"

李太后释然了，她这一生总算轻松了，可以无愧地去见她的夫君，见朱家的列祖列宗。

太子从地上起身，挨到皇祖母枕边："祖母，常洛常来看您。"

"去吧,用功读书。"李太后用从前嘱咐皇帝的话,嘱咐太子,"翊钧,你也去吧。"

皇帝、太子拜过李太后,太子正欲离去,皇帝控制不住了,扑到母亲床边,泪流满面。他对不起母亲一生的辛苦,对不起列祖列宗。

李太后摸一摸儿子的头发:"孤累了,翊钧,你去吧。你愿意的话,再来看孤,带常洛一起来。"

"嗯,母亲。"皇帝哽噎。

皇帝与皇太子一同进慈宁宫,看望过李太后之后,在庆祝新年的几次宴会上,很明显他们的父子关系有所缓和,皇帝待太子多了几分宽容。郑贵妃气恼也白搭,过了新年,二月中福王要离京了。她有工夫生气,不如替福王打点打点。李恩劝郑娘娘,自皇长子立为皇太子,咱启祥宫的胜算就不大了。陛下对福王殿下非常的优容,福王殿下去了封地,过上了神仙般的生活,该知足了。

郑贵妃细想,她何尝不早已认了命?如若尚有可为,她唯一能做的,是让自己在陛下身后好过。或许还能期盼,常洵有朝一日成为嫡子。如果常洵真的没有天子的命数,儿子好歹过上了富贵安稳的人生,困在紫禁城的她呢?要她拉拢朱常洛不成?郑贵妃办不到,她需要的转机恐怕今生等不到了。

皇帝见过李太后,直到元宵节,不见朝臣,不见郑贵妃母子,谁都不见,只去了几次慈宁宫陪伴母后,没带上太子。皇帝在考虑什么?太子又感到了恐慌,父皇会不会变卦,皇祖母薨逝后,一鼓作气废了他?

李太后病笃,皇帝取消了今年元宵放的鳌山灯,下旨像张居正为首辅时那样,从今往后节省年节的开支,取消每年元宵的鳌山灯,节约中元祭祀使用的灯油。某些好事之徒传言,陛下想给张居正平反了！叶向高递上了数十封的辞呈，每递一封，朝中总有新的话题可谈。波云诡谲的氛围未随着新的一年的到来有所改变，抑或正在发生的和即将发生的一切，为将来更大的事变积蓄着力量。皇帝、皇太子、福王、朝臣，每个人都不曾松懈分毫。

皇帝御宇四十二年，年过五旬，国本的形势仍不明朗，多事之秋，人心浮动。吏部尚书赵焕大大咧咧，不顾影响，大正月的闯进内阁来了。叶首辅压根儿不知他要来。叶向高认为，这时候朝臣还为一己私利斤斤计较，太不明事理了。

第十八章

"叶首辅,您真想辞官?"赵焕心内焦煎,他不会隐藏情绪,叶向高一眼看穿了他。

叶向高捻了捻长须,令内役掩上值房的门:"正月十五,仆上的奏疏,你看过了?"

"叶首辅的奏疏,吏部是看过的。听您的口气,您打定主意想走。"赵焕怄着气,言之凿凿,"叶首辅您走,我赵焕跟您一道辞官,不多留一日。"

"文光,你岁数不小了,像个小孩似的,逞一时的义愤。仆的那封奏疏写了什么,被你平白看出了这么多的内容。仆感谢了陛下的挽留,把一些奏疏不下发、重臣不补任、选擢贤才的制度得不到推行揽在了仆自己身上,向陛下重申了河洛地区和山东的流民之祸,希望陛下予以处置,采纳我等共同的建议,仅此而已。"叶向高讲得详细且中肯,"文光,你听到了怎样的传闻?"

"叶首辅只是向陛下陈情？那您为何把仆的名字写进去？"

"六部主官位多空悬，文光你是仆的门生，上次仆对你讲，朝中的东林靠你我二人支撑。现今东林仅占据了内阁的三之有一。你的历练，还配不上入阁。"叶向高深知，赵焕死拦着他，不要他辞官。赵焕怕叶首辅辞官后，东林势微，影响他的仕途。殊不知陛下一旦决断，情势是不可逆转的。赵尚书只能跟东林，跟他叶首辅共进退。

座主话说重了，赵焕灰心丧气，叶向高宽解他："文光，你的脾气太急躁。好比方才，命官从不拿自己的仕途赌气。"

"叶首辅……仆……"赵焕憋屈，"座主，自从您在御前受了陛下申斥……"

"哪怕离开朝廷，挺直了脊梁走。"叶向高习惯性摸了摸下巴，"你入仕晚，非庶吉士出身，没入过内阁，阁臣的辛劳，你体会不了。仆明知陛下不理睬，为什么在辞呈中大费笔墨，议论时弊，仆写给太子殿下的。"

"皇太子？"赵焕愈懵懂了。

"你且等等。"叶向高吩咐门外的内役，"请方阁老来。"他想下面这段临走托付的话，应当抛却党争的成见，让方阁老这位继任者听听。东林先生去世后，叶向高愈发感觉朝中的东林人才凋零，不及几年前，他刚做上首辅时了。陛下故意将几位强干、有为的东林人士撵出了朝廷，自己再辞官了，东林在朝独木难支了。既然群臣都忠心维护正统，陛下一定要自己致仕，像方从哲这种正直的浙党，叶向高可以把皇太子托付于他。

方从哲进了叶首辅的值房，看见赵焕很是惊讶。

"叶首辅，赵大人，仆等会儿来。"方从哲欲回避，赵焕是几个月前他的主官，在内阁见面不免尴尬。

"不必，同僚嘛。"叶向高摒弃门户之见，不看赵焕黑着脸，犹气愤方从哲初来乍到便顶掉了自己入阁。

方从哲坐了赵焕的上首，还向赵焕拱拱手，以示恭敬。赵焕往下座挪，与方阁老隔开一个座位。叶向高爽朗地笑，走到二人中间。

"好了，方阁老，赵尚书。不管怎么说，我们同为陛下的忠臣，仆唯愿我等同心协力护持太子殿下。三十年来，为官者无一人支持福王殿下，中涵的座主如是。"叶向高刻意言明，看方从哲的眼神格外锋利，"仆想我等能够和衷共济。"

实然，浙党和东林的希冀是同样的，期待一位端正、仁义的新君，陛下积习难改，大家的希望在皇太子。

方从哲表示："仆不是王锡爵，仆不糊涂。"

"今时不同往日，陛下对如今的太子殿下，与当年对待皇长子殿下不同。中涵说得对，王锡爵糊涂，前车之鉴，咱们更不能再犯糊涂。"叶向高的心态无比滞重，"二位晓得，仆给陛下递了数十封的辞呈。若仆辞官回了家乡，当然仆是自愿的，仆在内阁干了七年，累得撑不下去了。朝廷需要比仆更强干的忠臣，护持太子殿下，仆走到哪儿都安心了。"

下面坐着一位东林、一位浙党，了解叶首辅与太子殿下的师生情谊，心生感佩。叶首辅是好人，特别是教导太子殿下，他是位无可挑剔的老师。满朝确实应该携起手来。拥戴曾经的皇长子、现今的皇太子，是三十年来朝臣共同致力的事业，前仆后继牺牲了那么多的前辈，不能因为党同伐异而功亏一篑。

叶向高的胸怀够宽广，他宁可信任方从哲的人品，也不放心赵焕的能力。他自己门生的性情，他了解。亲眼瞧见了赵焕对方阁老按捺着的不服不忿，叶向高下了决心："赵焕，你随我一起回老家吧。"方从哲和赵焕回了，叶向高写下一封辞呈，又提到了赵焕。

皇帝没理会叶向高辞官，然而关于赵焕致仕的意见，皇帝准了。不出正月，赵焕致仕，叶向高举荐的兵部尚书王象乾改任吏部尚书，兵部侍郎郑继之署理兵部尚书。王象乾入职吏部，也受了叶首辅的托付，将太子殿下托付给新任的"天官"保护。

内廷的太子、郑贵妃密切注视着朝廷的每次变动。不等郑贵妃和她的心腹李恩、李浚想明白陛下意旨的所以然，河南卫辉传来了噩耗，潞王朱翊镠薨，年四十六。

郑贵妃唰地站起，带翻了宝座边摆设的精心装饰的烛台："走，我们去安慰陛下。"

"慢着，郑娘娘。"周尚宫挡了郑娘娘，教郑娘娘的都人取一身素青的衣裳，给郑娘娘换上，"娘娘，最需要安慰的是皇太后殿下。"

"皇太后殿下素来不看重本宫。"郑贵妃笑着捋捋发上的金宝流苏，"对，周大人，本宫不能落在皇后之后，本宫是得换套衣裳。"

"潞王殿下是您的小叔，您越悲伤越好。陛下和皇太后殿下肯定悲伤坏了。"周尚宫替郑娘娘摘下璀璨夺目的金宝流苏，"臣给娘娘换衣裳。"

郑贵妃嗤的乐了："潞王啊，本宫的这位小叔，薨得适时。皇太后殿下的病若为此变得更重，本宫的常洵就留下了。让庞保传常洵来。"

"郑娘娘，传福王殿下干吗？您快着点儿去慈宁宫。"

郑贵妃在启祥宫换丧服，东宫的太子也摩拳擦掌，表现他仁孝的好时机到了。韩本用和岳才明服侍太子殿下更衣，王安教太子殿下怎么说，好宽慰皇祖母。

太子心急火燎，扯开了青袍的领子："太紧了，刘庭不在，那俩臭小子偷懒儿,孤的衣袍不改下针脚。有没有换的?"

岳才明麻利,取个搭扣让都人给太子殿下改领子:"宫里久不办丧事了,青袍到不了位,正常。"

岳才明又说错话了,郭太子妃娘娘去年十一月殁的,什么叫"久不办丧事",想起来就令人伤心,转过年了,郭太子妃还没发丧,亦不再有人提起她。

王安挤开岳才明,替他服侍殿下:"太子殿下您先凑合一回。潞王殿下的丧仪不在京城办,您穿这身青袍,穿不了一会儿。"

"孤的小皇叔是孤的长辈,太可惜了。"太子自叹,"孤忠孝两全啊。"

韩本用摘下太子殿下翼善冠上的穗子,交给王大珰,探探脑袋,想知道外头的情形:"潞王殿下一走,皇太后殿下的心伤透了。"

"不许妄议主上。奴才教李鉴备好了辇轿。"王安道。

太子倏忽转了念头,这位小皇叔在他两岁那年就藩,与他从未谋面,而小皇叔是父皇唯一的手足⋯⋯他心慌了,小皇叔薨逝之于他是福是祸?如皇祖母一病不起,朱常洵还能不能按约定,二月中离京?父皇会不会又变卦?

"王安,内阁接到小皇叔的噩耗了?"

"必然的。"

"孤先去慈宁宫,留个人注意着内阁的动作。"

"奴才愚见,刘庭可能快回来了。"一身青袍穿戴完毕,王安随侍太子殿下去慈宁宫。

慈宁门前的广场,王皇后第一个到的。王皇后没换装扮,穿她平时素朴的衣裙。太子利利落落一套的青衣角带,紧接着到了。

"太子来了。"

太子向母后行礼："母后，请节哀。"

"你皇祖母不叫进去，在这儿等一下。"

"儿臣陪母后等。"太子离母后近些，"小皇叔薨逝，儿臣非常难过。"

王皇后替婆母担忧："母后如何受得了？你的皇祖和皇祖母很疼爱你小皇叔这个幼子。"她凝望着紧闭的红宫门，似要看穿了厚重的宫墙，"你皇祖母不叫咱们进去，她一定悲伤万分。"

太子与母后看向一处，流下两行泪水："儿臣也担心皇祖母。"

"你皇祖母的孙儿，除你以外，全不住在宫里，你要好好宽慰皇祖母。"王皇后看了眼太子身穿的青袍，"潞王不在京城发丧，你这身衣裳单薄，不用穿了。"

方尚仪自偏门步出："皇后殿下、太子殿下，皇太后殿下请您二位回去。天寒，二位殿下别站在风口上。"

"母后……"王皇后关切，迫视着方尚仪。

"皇后殿下放心，臣会侍候好皇太后殿下。"

说话间，皇帝的御驾到了，众人伏下身去。

"起。"皇帝匆匆下了辇轿，"皇后，太子。"

"回陛下，皇太后殿下不见人。"方尚仪回禀。

皇帝愁云惨雾："母后不能不见朕呀，翊镠是朕的亲兄弟。请方大人替朕通禀一声。"

方尚仪径直跪下："臣恳求陛下，莫在慈宁宫前喧哗，妨碍皇太后殿下休息。"

"陛下，晚点儿再来？"王皇后克制着眼泪，与陛下保持了适当的距离。

太子在父皇面前，不敢说话，攥着深青色的角带，缩在母后身后。

"朕……"皇帝急痛下不知如何是好,"母后有事,方大人随时来乾清宫。"

"是,陛下。臣恭送陛下。"方尚仪请陛下上轿。

王皇后和太子步行来的,目送御驾先行。

御驾远去,太子直起身,贴心扶了母后:"儿臣送送母后。"

王皇后回望紧闭的宫门:"不了,孤自己回。常洛,你回东宫警醒些。"

"儿臣陪母后走走。母后,您别太担心了。"太子觉出了母后为小皇叔悲伤,又担忧皇祖母。他安静地陪着母后,盼母后明白他体谅她的心。

皇帝、皇后、皇太子齐集于慈宁宫前,郑贵妃领着启祥宫的宫人躲在西侧的街角,遥遥地瞧着。她不敢上去凑热闹,便观望着皇太后殿下叫不叫他们进去。皇帝乘上辇轿走远了,郑贵妃带她的人抄小道走了。她本想回宫,换下丧服不穿了,一时又改了主意:"周大人,随本宫去乾清宫,余下的人回。"

"是,见不着皇太后殿下,安慰陛下也是好的。"周尚宫随郑娘娘加快速度赶往乾清宫,争取让陛下晓得,郑娘娘在弘德殿等他。

郑娘娘到得及时,皇帝穿过乾清宫西间的廊道,踏进弘德殿的内院,郑贵妃已然站在院中。皇帝忙迎上去:"阿芳,这儿多冷,到多久了?"

"臣妾刚到。"郑贵妃福了福,"陛下,您恼了臣妾,不理臣妾了。"

皇帝拿自己的手炉塞给郑贵妃暖手:"哪有?事情多,朕忙。你还换了青衣!"

"陛下惯会哄臣妾。潞王的事,臣妾非常痛心。"郑贵妃团握着陛下的手炉，冻得吸了吸鼻子。

皇帝揽了郑贵妃，双双进了弘德殿，坐到御榻上叙话。

"阿芳，你帮朕出个主意。朕从慈宁宫来，母后不见朕，朕怎么办？"

"臣妾也去了慈宁宫，宫门不开，臣妾便回乾清宫等陛下了。"郑贵妃倚靠着皇帝，"臣妾是有个想法，也许能帮助皇太后殿下纾解心怀。"

"什么？"皇帝似不置信。

郑贵妃好似自己也不相信自己："陛下可以封赏潞王，告慰母后……封赏潞宗的世子。潞王墓，潞王的丧仪，您都能为您的小弟尽兄长的情意。"

"好主意。"皇帝释然了，吁出口气，"安置好了皇弟的丧仪，建好他的陵墓，优待他的遗妃、遗子，母后会宽心的。朕便照着朕的定陵，为潞王修王墓，赐他使用十四种石兽。"

郑贵妃展开了深锁的秀眉："陛下，您记得慈宁宫的赵氏吗？"

"哪个赵氏？"

"潞王的侍妾赵氏，从慈宁宫出去的，跟随潞王去了卫辉，深得潞王的宠爱。她出身不正，生前没得过名分。赵氏十三年前殁了，追了个次妃的名号。陛下若圆了潞王的心愿，将次妃赵氏与潞王合葬……"

皇帝振奋了，夸奖郑贵妃："阿芳，你真是个好皇嫂，潞王的赵氏，你还想着。朕想啊，潞王有王妃和潞世子常淓的生母，赵氏随葬不合礼制。朕在潞王墓的西侧修建赵氏的墓，阿芳以为？"

"臣妾感谢陛下。"

"阿芳你谢朕什么？你替朕的小弟着想，朕谢谢你。"

郑贵妃莫名地吃起谁的醋:"李恩递进了礼部的奏疏,臣妾看了吴道南写的,潞王心性勤饬,每年坚持给朝廷纳贡,助工助边无所吝惜。"

皇帝认可:"是,朕也看了那本奏疏,潞王得的赏赐虽丰,他做藩王做得像样。吴道南请朕赐潞王'简'字为谥号,朕允准了。"

"陛下,吴道南含沙射影讽刺阿洵,您居然准了他?"

"他说的是朕的小弟,你吃啥心?"皇帝嗔她,"你呀,小心眼儿。阿洵尚未就藩,他做藩王,不定什么样。"

郑贵妃流露出了情屈之态,夹着小女儿的委屈:"陛下,您为何生臣妾的气?臣妾做错了什么,您冷落了臣妾一个月?自从臣妾进宫,陛下从没这么长的时间不见臣妾。但臣妾坚信,陛下待臣妾的心,好像潞王钟爱赵氏。臣妾只能全心全意报答陛下对臣妾和常洵的厚爱。"

皇帝弹下郑贵妃脑门,笑她多心:"浑说!赵氏何出身?她母亲是倡优,她是慈宁宫粗使的杂役。阿芳你是好人家的姑娘。况且,赵氏红颜薄命,阿芳与朕白首到老。"

"臣妾哪有赵氏的福气,百年之后葬在陛下身边。"

郑贵妃哪壶不开提哪壶,皇贵妃不能与皇帝合葬,最令皇帝痛苦而无策。皇帝的陵寝,不可能存在潞王墓中,葬王之爱妾于王墓西侧有违祖制。

皇帝依恋地搂着阿芳:"朕想办法,朕与你永远在一块儿。"

郑贵妃的泪如断线的珠子。潞王之死,她目睹了李太后的凄惨,想到阿洵马上离开京城,郑贵妃抑制不住地为自己悲哀:"阿洵快走了,我们母子生离,今日的母后白发人送黑发人……"

听着阿芳在耳边啜泣,皇帝心如刀绞:"别说了。"皇帝心痛了,未来茫茫，与阿洵天各一方，爱妃死后不能葬入皇陵……皇帝脆弱了，只想与阿芳安安静静地待着。他最不能忍受分离，小弟的死够他难过了，还有母亲，不晓得她挺不挺得过。可是与朝臣争斗了大半生，万历皇帝与爱妃、爱子终要面对那一天。

祖制如此残忍，为什么要求皇帝遵守？比如他的高祖宪宗，爱了一辈子的万贵妃，死不能同穴。

"朕不敢想了，阿芳，朕不许你离开朕。"

郑贵妃紧靠着皇帝，揪着帕子哭泣。

皇帝抚着阿芳的背，让她平静平静，伺候笔墨，皇帝写下谕旨：于卫辉城郊修建潞王墓，安葬潞王与次妃赵氏，赐潞王朱翊镠谥"潞简王"。命司礼监掌印太监李恩、东阁大学士吴道南赴卫辉为潞简王治丧。

恩旨颁下，李太后犹把自己闭锁在慈宁宫。她不传人进去，亦不准方尚仪传出她的消息。皇帝方知道，郑贵妃建议他给翊镠厚待，纯属多余。翊镠死了，母后的心跟着死了。翊镠薨逝，母后隔绝于世，说明母后对皇帝失望。皇帝懊悔，他陷入了内心的挣扎。他与朝臣的争斗伤透了母后，也没求得他想要的。他与阿芳，与常洵注定分离。他朱翊钧做了四十年的皇帝，干了什么？到头来不如翊镠，身后得到皇兄的恩典，与他的赵氏生死相随。哪位祖宗活过来，赐他个恩典？

"马鉴，告诉福王，别急着走，留京守着皇祖母。皇祖母病笃，他走不了。"皇帝徒然想要多留常洵几天。

"陛下，皇太后殿下已经弥留。"马鉴带着哭腔，面对陛下不得落泪。

"慈宁宫的消息？"

"是。"

"备着母亲的后事吧。"五十多岁的皇帝抱头痛哭。

小弟去了,母后不久于人世,阿淴即将离京。短短两月,太多的生离死别,皇帝一瞬间老了。贵为天子,人的绝望,他经历了。万历四十二年的正月,万历皇帝终究承认了天子也是凡人。翊镠薨逝以后,他常念起父皇隆庆皇帝。父皇只活了三十六岁,做了六年皇帝,自己御宇四十二年。他们一代代的朱家天子,传承着大明的江山社稷,他们自己亦有着各自不可抗拒的命运。他的皇太子如是,藩王们如是。天命面前,天潢贵胄有何用?

翊镠身后与赵氏常伴于地下,他朱翊钧的心愿无非和爱妃、爱子一家团圆。天子、藩王凡俗得如凡人一般。我,朱翊钧,只是个凡人。我年过半百,方发现这世上没有万岁,没有独尊。我的父亲也是个凡人,不是上天。

万历四十二年二月初六,慈圣皇太后李氏薨于慈宁宫,年七十。

皇帝静坐在乾清宫,收到母亲的噩耗,他没有流泪,他的泪流进了心底。皇帝感受到了深不见底的恐惧。恍惚间,皇帝看见了他的父皇,僵卧在东暖阁的龙床上,一缕香烟凑到他的鼻子下,燃得笔直。他看见了冯保,自己犹靠在母亲怀里。父皇的梓宫前,冯保讲着高拱多么多么的悖逆,母亲和嫡母攥着帕子抽泣,母亲的泪水滴在他的小翼善冠上。母亲护着他走过了风风雨雨,扶稳了他端坐于龙椅之上。长大成人之后,他却没能孝顺好母亲。

皇帝掩面,无边的悔恨涌上,他永远地失去了母亲。他们一家就这样分散了,只剩下他孤单单被抛在这世上。那种被抛弃的无助与凄绝,对于未来的茫然,和父亲崩逝时一样,不,比父亲崩逝时还要强烈。皇帝拄着小几站起,泪水模糊了视线。他不敢想,母亲临终不肯见他，对他有多失望。皇帝想去母亲灵前叩头，不敢去。他在东暖阁里来回踱步。母亲弥留之际，皇帝搬回了历代先皇住的东暖阁，睡在这里的龙床上，离他的父、祖近一些。他太孤单了，阿芳和常洵缓解不了他的孤单。而且他特别想他小弟，他从未如此想念过翊镠。

"翊镠，你孝顺，代我孝顺父母，等着哥哥过去。"

皇帝扶着墙壁喃喃自语。他忆起了儿时，父皇喜欢收藏瓷器，这面墙摆满了多宝格，陈列父皇精挑细选的官窑烧制的瓷器，每一件都精美绝伦。他打碎过两件，父皇不怨他，母亲抽他屁股。以前他总觉得比起母亲，早逝的父皇更疼爱自己。其实母亲的爱与父亲的爱，不过形式上不同，母亲给他的爱一点不少。母亲希望他做个好皇帝，他让母亲失望了。

皇帝抚过如今空荡荡的墙壁，该他住的东暖阁，空置了太久。他努力回忆着儿时满墙陈列瓷器的模样。父皇的收藏随着父皇进了昭陵，那是母亲要去的地方。

第十九章

李恩和吴阁老去了卫辉,办潞简王的丧仪,常云带来了代掌司礼监的李浚,他和卢受在内廷负责大行皇太后的丧仪。

"他什么事儿?"皇帝懒得见人,更懒得说话。

"回陛下,李浚接了福王殿下进宫给大行皇太后守灵。"常云趴在门边轻声道。

皇帝粗暴:"应该的。"

"还有,陛下,李浚请陛下旨意,用不用福王殿下暂留京城一年,为大行皇太后守制,或等到奉安之后离京?"

"该二月走二月走。"皇帝口气淡漠,令常云错愕。

常云等了等,没立刻出去回了李浚。

他等来的下文越令他错愕,皇帝道:"让福王三天后离京。"

"啊?"常云把这一声惊叹压在喉咙里。

皇太后殿下薨逝,陛下哀恸过度,现在不要招惹陛下的好。但愿福王殿下仓促离京，陛下别后悔。

陛下的旨意进了启祥宫，郑贵妃慌了，匆忙赶去乾清宫，结果吃了闭门羹。

"陛下，是我。"郑贵妃扯开嗓子喊。

"郑娘娘，陛下为大行皇太后伤心呢。"马鉴严守乾清宫的宫门。

郑贵妃气急："常洵是陛下最爱的儿子。"

"福王殿下离京为大行皇太后的遗命。早早晚晚今年春季，不差这几日。"

"你！"郑贵妃差点儿在乾清宫前发飙。

常云开了道门缝，闪身出来，欠了欠身道："郑娘娘，陛下说您为了福王殿下就藩过来的，可以走了。您给大行皇太后尽孝，请去慈宁宫。"

"陛下！"郑贵妃骄横起来。

"奴才奉劝您，大丧得有大丧的样子。"常云对马鉴道，"送郑娘娘。"

郑贵妃受了气，她感觉常洵被李太后薨逝拖累了。但她实在没必要多心，人人都说陛下古怪，躲在乾清宫伤心，不批奏疏，不到大行皇太后灵前致哀。郑贵妃猜不透了。大行皇太后的丧仪由王皇后主理，每次奠仪都是由王皇后和太子主持，自己则与各宫妃嫔同列。宫内有人猜测，大行皇太后临终跟陛下说了郑贵妃的恶行，郑贵妃将就此失宠。万幸，传闻没被郑贵妃听到，即便她听到了也于事无补。

国有大丧，如今政事全被搁置了。叶首辅、方阁老忙着协助礼部，备办大丧的各项奠仪，务求盛大而隆重。发丧后，天下举哀，为大行皇太后戴孝。小殓、大殓的仪式上，皇子、皇孙、内命妇、女官、宦官在慈宁宫的正殿，满朝文武集于皇极殿前，拜地大哭。皇帝要万民以最诚挚的孝义,送别天下之母,自己却不露面。叶向高率群臣停工、尽哀,大家理解陛下心怀愧悔,哀恸赤诚,无人敢说陛下一字。

再见到陛下,是半月后叶首辅呈进礼部侍郎韩爌为大行皇太后拟写的谥号。

"孝定皇后。"皇帝翻阅谥法,念道,"安民大虑曰定,安民法古曰定,贴切。"

叶向高上次面圣挨了责骂,这次不由得惴惴。这个斟酌再三的"定"字,他把关打回了礼部和翰林院三次,才定下了皇后的谥号中盖棺定论的这个字。陛下首肯,叶向高心上的大石头落了下来:"回陛下,历朝历代无皇后以'定'字为谥号。"

"朕知道,'定'是用于帝王的谥号。"皇帝以指肚点点红纸上誊抄的大字。大行皇太后李氏是庶皇后,嗣皇帝的生母,不祔帝谥,谥号共十二个字。接在"孝"后面的字,皇帝为圣母定了"定"字,是对皇后生平操行的定论,至为重要。其次是最后一段什么"天"什么"圣",是对皇后毕生对于夫君、对于嗣皇帝做出贡献的评价,皇帝用心揣摩这两个字:"朕认为'弼天'比'仪天'更好。"

"这……"叶向高发怵,不好直说。大行皇太后李氏原为穆宗的贵妃,诞育了嗣皇帝而成为居西宫的慈圣皇太后,宗法上低于前头的嫡皇后孝懿庄皇后,继后孝安皇后,字意的选择不能够越过尊者。

皇帝决心已定:"母后辅弼先皇,抚育嗣皇帝,'弼天祚圣',母后当得起。"

"是,陛下。"叶向高不与陛下为难,谥号再重,纸面上的几个字罢了。大行皇太后是陛下的生母,做了四十二年的皇太后,稍微过分未尝不可,"陛下说得是。孝懿庄皇后为穆宗的伉俪,孝安皇后为穆宗的襄佐，圣母便为辅弼。"

皇帝满意而笑，却面带遗憾："若是为母后衬上父皇的谥号就好了。"

嫡庶尊卑，万万不可。大行皇太后于社稷立有大功，亦决不可与嫡皇后并尊。不劳叶向高反对，皇帝改口："朕浑说的。母后最遵从祖制，衬不衬帝谥，她不在乎。母后的功迹，史书会给她公平。"

叶向高见陛下似怀怨怼，忙懦懦道："臣回禀陛下，福王殿下已于今晨动身。陛下所说的三日着实是仓促，福王殿下不及备置行装。今晨，太子殿下到朝阳门给福王殿下饯行。陛下守制深居，没敢惊动陛下。"

"太子送的福王？别人呢？"皇帝匪夷所思。

"司礼监送出了东安门。"

"好。"皇帝安心地点点头，"太子不错，他辛苦了。"

叶向高不晓得该不该笑一笑，他紧绷着，生怕说错话，再受陛下斥责。

"福王殿下出了朝阳门，上了官道……"

"福王该走了。"皇帝闭上眼，泪水滑落。

叶向高试探，给陛下服个软："陛下要不要召回福王殿下，大行皇太后奉安后，您亲自送福王殿下？"

皇帝靠上御榻，摆摆手，命他退下。叶向高忐忑依旧，忐忑甚于他进乾清宫前。慈圣皇太后薨逝对陛下的打击太大，陛下变了？回内阁的路上，叶向高思绪茫无头绪，令他的书办上慈庆宫告知太子殿下，不能放松警惕，小心陛下反复。

太子近来在皇祖母的灵前表现卖力，朝野对他好评如潮，他的心比身更累。父皇怎么了？朱常洵就这么轻易走了？直到朱常洵的车驾消失在视野中,他仍然难以置信。父皇强硬了大半辈子,小皇叔、皇祖母相继过世,足以改变父皇的个性?无需叶先生提点,太子自会警惕。

上过尊谥,大行皇太后称孝定贞纯钦仁端肃弼天祚圣皇后,别祀奉先殿。定了谥号,可以奉安了。皇帝欲尽快让孝定皇后入土为安,孝定皇后的梓宫于慈宁宫正殿停满四十九日,即送往昭陵从葬。

孝定皇后薨逝的第四十八日,最后一夜的子时,内廷、外朝集体哭灵,紫禁城内哭声如天崩地坼。皇帝跪于梓宫之畔,哭得伤心欲绝。太子适时上去,扶持父皇。皇帝将送陵一事交付了太子,今夜行过送陵礼,明日平明时分,太子就要送他的皇祖母孝定皇后离开她生活了四十八年的紫禁城。

人群散去,皇帝仍跪在灵前,太子跪到父皇身后。

"太子。"皇帝淡淡叫他。

"儿臣陪陪皇祖母。"太子声如细蚊。

皇帝跪着,纹丝不动:"去吧,朕陪母后单独待会儿。"

"父皇保重。"太子叩了三个头。

皇帝回身瞧了瞧他,太子身穿齐缞青袍,衬得他脸色发暗,眼圈乌青,胡子毛糙,他那身衣裳也乌沉沉的。

"你身子不好,别累坏了。"

"父皇。"太子感动,俯伏在地。

皇帝回过身道:"去昭陵,记着祭奠你的皇祖。"

"儿臣遵旨。"太子贴着冰冷的地面。

皇帝欣慰,母后若看见他们父子的这一幕,必定高兴。

常云扶起了太子:"殿下节哀。"

常云送出太子,皇帝的心方静下。他隔着供桌,触了触母后的梓宫，凄凉叹道："母后快和父皇团聚了。"

父母在时，人子总妄想着父母常在，父母故去才发现双亲相伴的时光那么短暂。皇帝从前以为，母亲住在西边的慈宁宫，见或不见，母亲一直在，儿子的心有了归处。母亲长寿是他的幸运。不幸的是，他没珍惜过上天恩赐的母子缘分。纵然母亲薨逝，他已到知天命之年，也只能在灵前做一回孝子。皇帝恨自己糊涂，捶着大腿："母亲，儿子不孝。"父亲走得早，小弟十七岁就藩，他和母亲只有彼此，却错过了彼此。

"母亲，翊钧今后做个好皇帝，您会知道吗？母亲，代翊钧向父皇认个错。"

那一夜的朱翊钧只是朱翊钧，他是朱家和李氏的儿子。少年天子到垂暮帝王，我朱翊钧为了那份无上的尊荣失去了什么？我想要的温情得到了吗？我的百年之后，谁陪伴我呢？皇帝想到了阿芳，他身边最亲的人了。

第二天，皇帝挪回了弘德殿，传了郑贵妃。见了面，郑贵妃离得远远的，捂着嘴轻轻咳嗽。

"阿芳，你怎么瘦成这样了？"

皇帝让她坐近些，郑贵妃拒绝了："陛下，仔细过了病气。"

"阿芳，坐吧。"皇帝准了郑贵妃坐他对面。

"陛下，您这么久不见臣妾，又恼了臣妾？"郑贵妃一双精明的眼睛像会说话。皇帝最爱郑贵妃的眼波，多大年纪自有她的清澈，让他感到她对自己的需要，没有疏离。

"你冤枉朕了，母后薨逝，朕伤心而已。"皇帝摩挲着郑贵妃的手背，"朕没见你，也没见旁人。"

郑贵妃绷起脸："陛下，臣妾恼了您了。陛下伤心，为什么不找臣妾分担？我们多年的夫妻，陛下想见外吗？"

"我和你不见外。"皇帝恋着郑贵妃历经岁月保有娇憨的美丽容颜和那天真的神态，与她说几句话，便释怀了好多，"我也要有独处的空间。"

郑贵妃拿帕子掩了口鼻，咳了两声："陛下伤心与母后的母子情分，可曾想过臣妾与阿洵的母子情分？阿洵稀里糊涂地走了。"

"什么稀里糊涂？朕放他走的。"

"阿洵哪儿招惹您了？"郑贵妃直欲掉泪。

皇帝无奈叹息，阿芳还说这种话刺他的心，难道他不想念阿洵？

"阿芳，这是母后的遗命。你准我听一回母后的话。母后生前始终记挂阿洵就藩，了了母后的一桩心事，我谢谢你了。"

"陛下谢我做甚？好像臣妾真的很刁蛮似的。"郑贵妃背身。

皇帝拍拍她，极有耐性："好了，朕几时说过你刁蛮？安葬了母后，朕心已安。朕想啊，阿洵走得仓促了，朕准他折返回京，你送送他？"

"此话当真？"郑贵妃转脸，眼泪在眼眶里打转。

"当真。不过阿洵回京，不能进皇宫了。"皇帝意态慎重，"朕破例准你出宫，去阿洵的府上送他。"

郑贵妃拭了泪，顾忌道："陛下去吗？陛下不去，见不到阿洵了。"

皇帝忍着泪意，不忍惹郑贵妃更多的泪："我与你同去，我们穿微服，让卢受带东厂护卫。"

"谢陛下。"郑贵妃破涕为笑，搁下帕子，与皇帝四手交握，"陛下带不带太子去？"

"什么？"

郑贵妃嗔怪："陛下命阿洵三日后离京，阿洵迅速地收拾了行装，太子巴巴儿地赶了阿洵走人。"

皇帝假意瞪她："胡说。阿芳，阿洵迟早得走。以后咱们的儿子不在，你孤单了，朕让太子常去看你。太子虽然不及阿洵，聊胜于无。"

郑贵妃又抓起了帕子，皇帝说话，意味愈加深长："太子的生母过世了，你做太子的母亲好不好？"

郑贵妃低下颈项思虑，为自己的将来，只有缓和自己与太子朱常洛的关系。常洵一就藩，不能回京城长住了，亲子这边绝了念想，她能依靠的只有太子了。她瞅见墙角清供的海棠，插在宣德青花缠枝花卉纹梅瓶，另一只摆在她的启祥宫，一对梅瓶分开孤孤单单。郑贵妃心下苦涩，怯怯地说："臣妾收了太子为养子，皇后姐姐呢？"

"皇后的嫡公主和驸马住在京郊。"皇帝颦蹙，"咱们唯一的儿子去了封地，你做出了牺牲。太子做你的儿子，朕补偿你。"

郑贵妃感激陛下，跪倒在地："臣妾多谢陛下体恤。"

"快起来。"皇帝蹲下，拥住了啜泣着的郑贵妃，"阿芳，让太子孝敬你，朕无能。"

"臣妾无能，没能为陛下诞下长子。臣妾对不住阿洵。"

两个人依偎着，皇帝差一步挑明了，他们夫妇还想在死后的世界永世相伴，郑贵妃必得接受太子为养子。这种希望亦是渺茫的，更残忍的皇帝没说，郑贵妃要讨太子的喜欢，让太子当她是母亲，方有在皇帝身后，郑贵妃作为嗣皇帝的养母，册封为皇太后的可能。

郑贵妃宽解皇帝："臣妾会善待太子，太子是孝顺的孩子。"

太子人尚在昭陵，主持奉安的奠仪。父皇召朱常洵回京的消息传来，太子仰天长叹，该来的总会来。皇祖母的梓宫刚入土，父皇变了卦。来送信的是内阁叶首辅的书办，他还带到了一个更骇人的消息：陛下想要太子殿下认郑娘娘为养母！

"孤岂能认贼作母？"太子气得半死。天寿山皇陵松柏苍翠，昭陵后大峪山上种满了古柏，漫山遍野的绿浪，亭亭的树盖密密地压在太子心上。他指着那书办："你回去问叶先生，父皇忘记孤的母亲怎么死的？"

"太子殿下息怒，成不成看您的态度。叶首辅说了，郑娘娘之于您，何曾有过养育之恩？"

只亲信的人在旁，太子不顾风度，往地上啐了一口："孤该做母后的养子。"

书办慎言："叶首辅劝太子殿下少安毋躁，吴阁老人在外头，内阁的局势不稳。"

"是的，殿下，福王殿下今春走定了。您何妨再忍耐一回？"王安妥帖。

太子的心情复杂极了。办完了皇祖母的奉安大礼，回京途中，太子想清了所以然。父皇要他认郑贵妃做养母，等于是他的太子位坐稳了。他日后坐上了皇位，才有权力照料郑贵妃的余生。如若这样的话，他犯不上生气，大好事一件。对王皇后，他一如既往，对郑贵妃，他虚应故事。让父皇看看，他不计前嫌，孝敬郑贵妃，父皇会钦赏他的。太子越想越有企望，回到紫禁城，父皇没召他进乾清宫复命，他正正经经地去乾清宫前磕了个头。

从天寿山回来的皇太子不同以往了，意气风发的。福王今春离京就藩，京城没人与他争了。常浩、常润、常瀛三个弟弟就算留京到死，对他的地位也构不成威胁。

太子回宫不出五日，郑贵妃特赦了刘庭。这个好处给得太大了。新年与大丧两次恩赦，没能救出刘庭。郑贵妃施恩，刘庭放出来了。

如今太子最高兴的，郑贵妃讨好他。刘庭终于不用服苦役了，他回慈庆宫的日子，太子和西李站在慈庆门前等他。刘庭不是罪奴了，回了慈庆宫，他是天大的功臣。然而刘庭的模样令太子当场蒙了。他被两个小火者抬回来的，换了身新衣，人脱了形，辛劳的面庞，两只圆眼更大了。太子掉了泪。

两个小火者未及放刘庭下地，太子上前攥住他枯瘦的手臂道："你怎么了？"

"奴才受了一点小伤。"刘庭见到太子殿下，露出了满足的笑容，"奴才无碍。太子殿下安好。"

太子抓着他不松手："刘庭，都是为了孤……"

王安不让太子殿下说下去："刘庭伤了，教他回庑房歇息吧。"

太子反应过来，不能当着外人叙话。他冲刘庭点下头，令王安送刘庭回他原来的住处，拨侍弄衣裳的两个小火者去照顾刘庭养伤。

望着刘庭坐在门板上单薄的身影，太子泪湿了眼眶。

西李贴着太子，温柔道："刘庭实在是个忠心不贰的好奴才，妾瞧着也感动。"

"他为了孤，成了这样。"太子伤怀，"你说刘庭在东厂的诏狱死不开口，遭了多大的罪？"

"太子殿下想成大事，刘庭吃点苦头是值得的。"

太子表示赞同，西李讲话合他的心。她总能讲出太子爱听的话，为了这，太子离不开她吧。

西李看太子殿下的眼神却是游移的，她还在打自己的小算盘。郭太子妃殁了快半年了，太子殿下迟迟不确定立她和王才人谁为继室。西李仍旧认为自己握有更大的胜算，由模的身子渐有起色，又听闻郑娘娘想收太子殿下为养子。如太子殿下和郑娘娘有了养母子的关系，郑娘娘支持她，她不愁做不成新朝的皇后。至于新朝的皇太子是由校还是由模，没准儿。

西李和王才人都在翘首以盼继太子妃的归属。鼎沸了一年有余的紫禁城在孝定皇后薨逝后平静了下来，根本无人记起东宫缺一位主母。

多事的万历四十一年的余波到此告一段落。皇帝和王皇后一如往常沉静。郑贵妃送走了福王，示了弱。她讨好太子，回到尚宫局任职的高司仪升任了从五品尚侍，慈宁宫的方尚仪回了尚宫局，与年轻的高尚侍同为周尚宫的副手。郑贵妃令高尚侍给太子殿下送来礼品，一件内库珍藏的宣德炉，一件官窑进贡的新瓷器——万历青花釉里红麒麟纹盘。太子收了郑娘娘的礼品，但婉拒了司礼监提拔韩本用的好意。

万历四十二年的春夏，内阁之外，无波无澜。内阁当中风起云涌，吴道南风尘仆仆地从卫辉赶回京城，他的冒失把叶向高逼入了绝境。

本来皇帝想放叶向高一马。叶向高并不是个跋扈的权臣，只消他与方从哲齐心合作。翊镠和母亲去后，皇帝没有容不下叶首辅。可自从吴道南从卫辉回到内阁，变本加厉，打着叶首辅的旗号，时常上疏呼吁改革。清闲了几年的六科给事中受了吴阁老的鼓动，精神焕发。吴阁老领衔，和底下的言官不论进什么样的言策，恢复东宫讲学，荐选言官，补充缺官，废除矿税……全要拉上叶首辅做领头羊。

叶向高既不能怪罪吴道南，亦不能推卸责任，因为吴道南所提皆为叶首辅首倡，就是先前叶向高领衔谏议过无数遍的万历弊政。而且六科还是东林的地盘，所剩不多的言官对座主叶首辅近来的昏懦多有微词。他们做分内之事，呈上过分聒噪的奏疏害惨了叶首辅。

皇帝认准了这一概的劝谏皆出于叶向高的授意。非他授意，也是他无能,百官之首管理下官不力。皇帝总算找到了由头,轰叶向高走。

自方从哲回朝、入阁,陛下冷落他的日子里,叶向高自始至终是清醒的,一两年内自己必致仕。陛下已经厌烦了他,离开不过是时间长短的问题。叶首辅既有本事位极人臣,便有知趣的素养。皇帝寻来的方从哲非常合用,由不得自己审时度势,坚守到太子殿下的位置完全稳固的一日。他越快主动致仕,对他个人,对于太子殿下愈好。

太子实难理解叶先生的苦心。

"叶先生病了?"闻知叶先生三日内上了五封辞呈,太子急得团团转。

刘庭服了一年的苦役,损伤的元气恢复了六七成,就开始为太子殿下奔忙。近身侍候,出宫传信,协理东宫庶务,回到东宫的刘庭忙得脚不沾地,俨然太子殿下最信赖的奴才之一。现今刘庭照旧负责太子殿下与叶先生的联络,叶先生辞官的内情,唯他与叶首辅本人和叶学士府的管家知情。

"回殿下,叶先生没病。"

太子疑忌:"叶先生以退为进,或是撂挑子不干了?"

刘庭比下诏狱前沉稳了:"叶先生都是为了太子殿下,最大的退等于最大的进。"

太子竭力不愠:"孤不明白。"

"叶先生说,太子殿下可以信任方阁老。"

"方从哲是浙党,沈一贯的浙党!"太子敛起了愁容,他说的浙党沈一贯是父皇用过的首辅当中,他最讨厌的一任。

刘庭传达叶先生的原话,不经意略过了"浙党"二字:"太子殿下,叶先生说，时间会证明一个人的品性。"

太子盯着手心发愣，刘庭把语速放得极缓："奴才愚见，太子殿下适当看远一些。或许学学陛下，看待大臣，往下看看。"他指指自己的心口。

太子转而盯着刘庭，他全没懂得叶先生的深意。东林、浙党，素来泾渭分明。倒是刘庭晓得，方阁老是从民间超拔上来的，他本质上和叶先生，和沈一贯都不同。

太子单纯地认为："朱常洵人走了，他的势力尚在。"

"太子殿下，您说福王殿下什么？"刘庭费解。

第二十章

太子独自进了寝殿,关上门,躺到床上,没脱鞋。

朱常洵像他头顶久久不散的乌云。

他做了那么多,做得那么好,父皇为什么还不相信他,铁了心撵走他的叶先生?他付出了最大的努力,当一位称职的储君,父皇就不能明说对他哪里不满意?仅仅因为他无从改变的生母卑贱的身份?

太子爬起,走到外间的穿衣镜前,端详铜镜中的自己。他身材颀长,面容清隽,眼睛纤长,五官生得纤秀,胡须修得齐整、干净。他继承了父皇的眉毛和嘴唇,某些地方他比朱常洵肖似父皇。从哪个角度看,他都是储君的不二之选。

"刘庭,取皇祖和皇曾祖的画像。"太子托着胡须并不浓密的下巴。

刘庭纳罕,太子殿下心血来潮,看世宗和穆宗的画像做甚?他感觉太子殿下不大对劲儿，负责任地将太子殿下的状况告知了叶先生。

刘庭到叶学士府上，叶向高正翻看着案上写的还剩两句的辞呈。每一封辞呈，他在奏本的右下角标了小小的序号，这是第五十九封了。不晓得自己能不能打破朱赓的记录——七十二封辞呈挂冠。叶向高认为朱赓迂腐，他不迂腐，他做完了该做的，自会离开，回乡的路上记着找赵焕赔个不是。

"刘庭，你先回吧。"刘庭说了太子殿下的情况，叶向高送他出门，他借口养病在府上办公，"照顾好太子殿下。"

刘庭明了叶先生的心意："叶先生，您不进宫告别太子殿下？"

"徒增烦恼。"叶向高安之若素，"刘庭，保重。"

"叶先生，您也保重。"刘庭不分轻重，"待到太子殿下登基，您回来。"

"休言来日。老夫还算淡泊名利，不介意回乡。"

刘庭收敛了莽撞："叶先生当了七年的阁臣，六年的'独相'，在国史上会留下浓墨重彩的一笔。"

刘庭的宽慰恰到好处，叶向高已当他是朋友："你没读过书，却知道读书人追求什么。刘公公，恕不远送，后会有期。"他向刘庭拱了拱手。

怕是与叶先生的最后一面，刘庭深鞠一躬，回身离去。

叶向高回到书房，书案上堆积着等他批阅的奏疏。他平静地将奏疏扫到一旁，趴在案上。累了，想走，不光为保全太子殿下，也为了自己。叶向高了解自己，他和张居正、高拱非一类人，骨子里不恋权位。不提张居正，单说高拱，当年隆庆皇帝的老师，万历朝排第一的顾命大臣，多么不可一世。挨了张居正和冯保算计，倒朝上小皇帝一道圣旨将高拱逐出了京城，荡平了他为官四十载的威信。专横、自负的高胡子，从不低头的高胡子，和他的老妻乘着一辆吱扭扭的牛车，被锦衣卫的军士押送出京。没有一位门生故旧敢为他送行。

　　这场景，叶向高不可能亲眼所见，但在他的心里，高拱凄惨的下场上演过无数遍。叶向高认了，他没有徐阶的命，功未成，身就要退。为了全己始终，叶向高退了一大步。听说过没见过的悲剧，高拱的、张居正的、世宗朝夏言的、严嵩的，阁臣是危险的职位，叶向高做出了抉择。

　　叶首辅请了礼部侍郎韩爌、刑部侍郎张问达到府上来，他们是他的门生。

　　张问达先发了顿对吴道南的牢骚。

　　"好了，毋论吴阁老有心或无意，他是陛下选的。陛下说他的奏疏是嘉奏，咱们能说不？"叶向高平心易气，平顺了去年以来门生们替他不平渐长的脾气。

　　"德允，吴道南就是只纸老虎，何必浪费口舌论他的短长。"韩爌说起吴道南，根本看不上他。

　　"虞臣，你也乱讲。仆没工夫担着嫌疑，请你两个到仆的府上议论吴阁老。"

　　"他不是东林的人，四处打着您叶首辅的旗号。"张问达红脸争辩。

　　"吴阁老信服仆，他说的正是仆想说的。"叶向高不得已拍了下桌案，"方阁老是能人，吴阁老升任次辅，对朝局能怎样？"

　　韩爌火急，吴阁老不分轻重，东林内部那些言官帮助吴阁老劝谏陛下，反过头害了叶首辅遭陛下冤枉。

叶向高极其温和，端起茶盏，吹了吹尚烫的茶水："仆还那个意思，皇太子是我们的希望。"

两位侍郎沉默了。

"韩爌。"叶向高对他的门生几乎不直呼其名，这一番事态严重，他破了例，让韩爌精神起来，"方阁老、吴阁老是你的主官。你跟仆提过的孙如游、刘一璟亦堪大用。韩爌啊，你有识人之明，再接再厉。"

"多谢座主夸奖，晚辈不敢当。"

"张问达，你署理刑部，兼任佥都御史。仆致仕之前，争取让你转为刑部的主官。"叶向高安排。

"谢座主。"

叶向高仿佛看到了未来，眼光里饱含了力量，重现他初入仕途时的昂扬。

"想到我们的皇太子，仆觉得大明的明天是灿烂的。太子殿下和陛下，和世宗不同，他像他的皇祖穆宗。仆与虞臣曾闲聊，倘使穆宗活到五十岁，养育今上成人，不会这样了。你们身居要职，切记遇事莫紧着私利，想想太子殿下，想想我们肩上的责任。"

"太子殿下的处境不妙，陛下想教太子殿下认郑贵妃为养母。"韩爌眉头微锁，"座主此时离开？"

叶向高轻笑："仆的能力有限。太子殿下离不开朝臣的支持，不等于离不开仆。你说太子殿下处境不妙，怎样从根本上改变太子殿下的处境，令皇太子无可取代？"

一语惊醒梦中人，张问达登时朗笑："座主，福王殿下走了，趁热打铁。"

"仆退隐，朝中留给你们。仆做一回昔日的东林先生，在野保着你们。我们一起保着大明的未来。"叶向高挺直了身板，双眸坚定，愈显他老来精神矍铄。

韩爌与张问达都明白了，叶首辅致仕是大局中的一环。

东林不谋眼下，谋来日。拥立太子殿下为新君，他们想要实现的，吴道南正在呼吁的，皇太子登基的那日全能实现了。

韩爌表示："座主，哦，不，叶先生，我等在朝听凭叶先生差遣。"

叶向高摇头："好了，仆祝你俩仕途顺遂。"

"座主，朝中对您在府上办公已有微词，您不打算搬回内阁？"张问达问。

叶向高豁达："仆一个快致仕的人，内阁归方从哲了。"他的心思回到辞呈上，内阁生涯的结尾，他得画得漂亮。刘庭说得好，不定哪天他回朝了。叶向高有预感，自己的仕途没到头。太子殿下亦是叶向高个人的希望。

第六十二封辞呈，叶向高让数字停在了六十二。

上奏的当天晚上，叶向高收拾好了行装，轻装简从，带上他的家眷，几乘马车，离开了生活了七年的学士府。回家了，漫漫六千里路的那一头是阔别已久的家乡。最后一封的辞呈，算是对他七年内阁生涯、三十年宦海沉浮的总结。

　　向高尝上疏言：今天下必乱必危之道，盖有数端，而灾伤寇盗物怪人妖不与焉。廊庙空虚，一也。上下否隔，二也。士大夫好胜喜争，三也。多藏厚积，必有悖出之衅，四也。风声气习日趋日下，莫可挽回，五也。非陛下奋然振作，简任老成，布列朝署，取积年废弛政事一举新之，恐宗社之忧，不在敌国外患，而即在庙堂之上也。

叶向高接过了吴道南的笔,最后一次痛陈时弊,就此卸下了首辅的重担。这一回的谏议,叶向高是写给自己的。他的仕途至此,用这封辞呈盖棺,很完满了。

回首自己在内阁的七年,可叹生不逢时啊。当年自己历尽坎坷,进入内阁,将要大展宏图之时,他发现从小兼济天下的志向全是空想。他面对的是皇帝怠政,官员空缺,矿税大兴。他做"独相"亦无能为力。起初他还上呈一封封慷慨激昂的奏疏,劝谏陛下砥砺改革,后来他便转移到了调和党争,成了同僚心目中懦弱无争的"老油条"。最终,只能以这样一封奏疏离开朝廷。

叶向高感到了委屈,他最大的优点是无私,心系太子殿下,效忠陛下,安抚同僚。他的心胸和眼界不俗,与曾经处处刁难他的沈一贯、沈首辅的门生方从哲和平相处,甚至委以方阁老信重。他做到了什么?他可以无愧于心,但他可以仰不愧于天,俯不怍于人?位极人臣,眼瞅着万历弊政愈演愈烈,他寄希望于太子殿下,而不抗衡现实,他还是软弱了吧?

终于,皇帝对叶向高的辞呈不再无动于衷。第六十二封辞呈,皇帝给了批复。

"他已经走了,朕不追他回来。"皇帝分不清是喜是忧,他应该高兴,却失落了,"传旨,叶向高致仕,加封少师,赐黄金百两,彩帛四匹,大红坐蟒一件。遣锦衣卫护送叶向高回乡。"

"陛下。"常云问,"您同意了?"

皇帝遣锦衣卫护送,因为叶向高走官道出行,用的是他首辅的堪合。皇帝准他辞官,即收回他的堪合,按正常的官员致仕返乡,当发给驰驿回籍。御赐锦衣卫护送,皇帝承认了叶向高是功臣,荣归故里。

"传旨，方从哲接任首辅，吴道南任次辅。"皇帝对叶向高隐忍了许久的愠怒烟消云散，"朕收了他的堪合，新首辅走马上任。省得又给朕玩儿偷跑的把戏。"

常云出去教乾清宫的文书官苗全传旨，他暗喜，陛下了却了心病。陛下用同一个方式撵走首辅，前有朱赓为戒，叶首辅还着道。常云想，自己都知道，换首辅，那是城头变幻大王旗，朝廷要乱了。

方从哲默默无闻地做了大半年的次辅，让人感觉到他的手腕，是这回的首辅交接。无声无息，六部、大理寺、都察院、通政司、翰林院、六科、五寺转接到方首辅的领导下，没有慌乱，平稳完成了内阁权力的交接。

竖起了新的内阁班子，方从哲继续不作为，搞得他像次辅，吴道南冲锋陷阵，像首辅。吴道南不拿方从哲当上司，没了叶向高，他自己充大头，领衔言官上奏，践行他的理想。皇帝一时没拿吴道南怎样，对他所奏倒是留意了些。

吴道南转陕西巡抚本，言福王殿下就藩后，自主营业，派出福府的伴读、承奉清丈、划界，敲诈勒索，断人水道，掘人坟墓。河南、山东、湖北的庄田，皆有惨祸发生。

常洵以自经营为名，为非作歹，使皇帝触目惊心。皇帝遣御史去洛阳警告福王，剥夺福王两千顷庄田小惩大诫。皇帝的小惩，治不治得住福王殿下，是另一说。但这是个极重要的信号：皇帝对福王殿下不满意了。御史送回的奏本禀报，陛下收走了两千顷庄田，福王殿下在洛阳自暴自弃了，白日闭门饮酒，所好唯美女倡乐。

接下来，皇帝不过问福王改不改，他不再管了。所幸郑贵妃此番很懂事，没找陛下给儿子求情。皇帝遂更宽容些，东厂报京城仍有人走福王殿下的门路，皇帝一概不理。皇帝深信，郑贵妃会理解的，他的惩戒为保护常洵。皇帝却不晓得，常洵闹出这档子事，郑贵妃的心痛是翻倍的。她以为常洵自暴自弃，因为常洵知晓了母亲讨好太子，为她自己的来日背叛了他，父皇也为了一点小错放弃了他。

为娘的能怎么样呢？亲生母子远隔千里，谁也帮不到谁啊。郑贵妃哭成个泪人，周尚宫瞧着心快碎了："娘娘，您跟启祥宫哭没用，去乾清宫哭给陛下看。"

"阿洵没出息，都怪我。陛下不怨怪本宫，不错了。"

"怪娘娘？"李浚发傻，"郑娘娘，不怪您，怪祖制啊。"从前目睹了郑娘娘与福王殿下亲密无间，如今母子生离，他看了都难受。

"你这话说的，不合体统。"李恩睨了李浚一眼。

郑贵妃在愧疚的情绪中难以自拔："阿洵生本宫的气，才恼了他父皇。本宫担心阿洵的身子，他老喝酒……"

周尚宫晓之以理："郑娘娘，福王殿下能理解您的苦衷。福王殿下就藩，您总要在宫中生存下去。太子殿下是晚辈，郑娘娘您贵为皇贵妃，何来您讨好太子殿下一说？"

"本宫知道怎么办了。"郑贵妃低落极了，双手用力绞着帕子。

李恩狠辣："依奴才的，孝定皇后薨了，剩皇后殿下病歪歪的，护不住太子殿下。"李恩刚从卫辉回京，办完潞简王的丧仪，吴阁老先回京了，他盯到潞简王墓动工。

"你没看出陛下的心意已然转变？"郑贵妃双泪长流，"陛下认了这个太子。"

"那……"李恩没话说了，悄悄地瞥了眼周尚宫。

"太子是温靖皇贵妃的儿子，他不会饶了本宫。"郑贵妃难安。

李浚迷迷糊糊："郑娘娘，依太子殿下的性情，如他一朝行差踏错？"

"太子几时犯过错？"郑贵妃厉声反问。

周尚宫心思机敏，计上心来："娘娘您只用待太子殿下稍微缓和。您主要对着皇后殿下，搞好和皇后殿下的关系，不再僭越。"

"皇后殿下的凤体？"李恩蕴笑。

"皇后？你指着本宫当上继后？王皇后不像郭太子妃，说死就死。话说回来，王皇后孤傲，本宫讨好她，自取其辱！"

"郑娘娘，别老用'讨好'这个词。您有奴才们，司礼监、尚宫局、陛下手中的东厂全是您的。皇后殿下和太子殿下撼不动您。娘娘没发觉，福王殿下走后，陛下待您更好了。福王殿下的过错，陛下并未苛责。"李恩磨着磨着，垂下眼皮，骤然说到点子上，"关键在西李娘娘，西李娘娘安插于太子殿下身侧。您把牢了西李娘娘，即掌握了半个东宫。"

郑贵妃豁然开朗："李恩，你说得对，陛下和太子不知道西李是本宫的人。可是……西李是王才人就好了，她生的是四皇孙，和本宫的常洵一样。"

"不难，郑娘娘。"李恩附到郑娘娘耳边。郑贵妃愈明朗了："本宫没到那么糟糕的时候。"

周尚宫离郑娘娘站得远，严正道："娘娘，您提防着太子殿下即可。眼下一动不如一静。"

"鹿死谁手，未见分晓。"郑贵妃擦净了泪痕，狠狠把帕子攥入掌心，"哭什么哭，本宫没输。本宫是阿洵的母亲，阿洵没输。"

"郑娘娘，您出门走动走动？"李浚问。

"本宫看王皇后去。"郑贵妃奋然一笑，"你们仨听好了，本宫为的是陛下，太子终非陛下的钟爱。"

"朝中的形势也对娘娘有利，叶向高致仕了，现在的两位阁臣是陛下提拔的。"李恩愈加周到,"周大人言之有理,求稳为务。"

郑贵妃再次陷入了沉思:"本宫且瞧着西李。周大人,西李是你结交的,你替本宫巩固巩固,莫教她生了二心。"

"王娘娘、西李娘娘心态不平衡了,启祥宫有的可为。"周尚宫仰起脸,出神地望着藻井。郑娘娘的思路是对的,孝定皇后薨逝,福王殿下就藩,内阁更换首辅,三件大事赶在一起,当下务必考虑清楚了前路。

东宫那头如是,叶先生临走前,曾忠告太子殿下求稳,暂时的平衡不能由自己打破。这种玄妙的平衡会从哪个地方打破,什么时候打破?至少,郑贵妃没认输。

朱常洛做了十三年的皇太子,在万历朝亦不是板上钉钉的嗣皇帝。倘若万历皇帝希求江山永固,借万历四十二年的三件大事,他应该完全放弃他的任性,将郑贵妃母子的气焰压制下去。别让形势逼着他认头,这对于皇帝终归不体面。

一年后,万历四十三年五月初四。

端阳的前一天,天气晴好。大朵的团云停在慈庆门的上空,青色的琉璃瓦绿莹莹的,大红门的金边明灿灿的,弥漫着艾草清新的药香气。

王安、刘庭轮休,在西李的承华宫帮忙备办明日的端阳节。东宫关起门过日子,一宫过节的事务,清洗粽叶、熏艾草、缝香包,由这几十号人筹备。刘庭侍弄过衣裳,会点儿针线活,帮着都人缝制五毒香包,王安带人到娘娘们住的房门口悬挂。端阳习俗,驱虫辟邪,祛病防疫。东宫年年重视这个"恶月恶日",为太子殿下祈求平安。

日头渐渐偏西,阳光熏暖,热气蒸得太子不舒服。所有人都在忙,唯独太子在正殿闲坐,手捧一卷书。今年天儿热得早,图凉快,正殿的门窗洞开,抬头瞧见热灼灼的太阳,燥热的阳光洒落于院中,让太子心烦。

太子抹了把薄汗,端起手边的茶盏,茶喝干了,他烦躁地叫道:"来人!韩本用!岳才明!"

无人回应,太子心想,那俩当值的也去凑热闹了,备着明日过节。

突然听得一声巨响,什么重物落地了。端阳节西李玩儿啥花样,往大门口挂了啥?太子想出门瞧瞧,别大过节捅个娄子。父皇上了岁数,今年龙体不适,不喜热闹了。

刚走两步,没出正殿的门,听得一阵嚷嚷,夹着刺耳的叫声,太子吓得立马坐回去,又起来关好殿门。出乱子了!外头的响声听着很近,侍卫抓住了夹带私逃的宫人?大白天的,谁缺心眼儿,这时辰下手?

门被急促地敲响,太子警觉问道:"谁?"

"太子殿下,奴才柳奇。"

太子没听过这名字。

"奴才是管洒扫的小火者,奴才等抓了个刺客。"

"进来!"太子吓一大跳,刺客?慈庆宫不在内宫,也是深宫。刺客闯到了慈庆宫,会飞檐走壁不成?

名叫柳奇的小火者开门进了,跪倒在门口,忘了磕头:"奴才见过太子殿下。"

太子打量他服饰,他不是东宫的,是二十四衙门的小火者,该是执掌洒扫的直殿监的,他扫东宫门前一带。

"刚才什么声音?"太子捂了鼻子,柳奇带进室内一股冲鼻的艾草的气味。

柳奇埋头跪着，回话相当实诚："回太子殿下，守麟趾门的两个公公和李鉴公公被打伤了。"

"李鉴？"太子惊着了，李鉴是他的内侍，东宫有三道门，李鉴掌通传，守最后一道慈庆门。好厉害的刺客，打过了徽音门、麟趾门，前头的侍卫去哪儿了？琢磨一二，太子察觉出了异样："咦，你说刺客是你等宦官抓住的？"

"他只拿了根木棒，奴才等四个，人多。"

"侍卫呢？"

"奴才在慈庆门内，没见到侍卫。"柳奇抬了下头，旋即低下去。

"反了天了！"太子拍案而起，"传韩本用，押刺客到东华门，交东华门守门指挥。寻回守慈庆宫的侍卫，多传几名侍卫来，小心同党。"

柳奇站起，他也吓得不轻，地上湿哒哒的，他滴下的汗。

太子惊魂未定："传王安。"

"是，太子殿下，奴才告退。"柳奇缩着脖子退下。

太子悬起了心，郑贵妃要害孤？刺客铁定是个宦官，不然他怎么进的宫？郑贵妃支走了慈庆宫的侍卫！太子索性不等王安，自己躲进了穿殿。天快黑了，明儿一早禀报父皇，自己遇刺了。好在刺客没有同党，晚上慈庆宫加强了戒备，无一可疑人员现身。

万历四十三年，京城干旱，五月天儿的早晨都是干热的。太子一夜未曾好眠，起了大早，令东宫今日过端阳从简。那个不知来历的刺客在太子心上投下了阴影。王安猜，刺客不是宦官，就是疯子。有理有据的猜测缓解不了太子的疑惧，他感到深宫保护不了他的安全。郑贵妃教宦官行刺他的话，防不胜防。父皇知道了他身处险境，方能保护他。

可皇帝知晓了，不当回事。刺客被擒获了，审讯即是。皇宫的防务，疏漏难免。审明刺客的身份，惩办玩忽职守的宦官和侍卫，太子遇刺一事可了结了。皇帝还以为，对太子毋需安慰，皇太子应泰山崩于前而色不变，给东宫多派些人手即是。皇帝遂把加强皇宫防务交给了东厂卢受，把审讯刺客交给了方从哲。

方从哲按制，将发生于京城重地的案件交由巡城御史刘廷元审理。

第二十一章

方从哲尽责,亲自来东宫慰问受到惊吓的太子殿下。

"方首辅,请坐。"太子待方从哲礼敬有加。

方首辅破例进了东宫的穿殿:"太子殿下,您大可不必忧虑。刺客已被下狱,玩忽职守者亦被惩处。"他例行公事的神情惹得太子不大愉快。

"韩本用和岳才明是无辜的。"太子道。

"不说这个,太子殿下,玩忽职守而已,东厂不会拿他俩怎么样。"方从哲坐着欠欠身,"严惩涉事宫人是陛下的意思。"

太子的拳头握紧了又松开:"孤怕……"

"保护太子殿下的安危,不缺韩、岳两个奴才。回禀殿下,东厂查明,共三名宦官在东宫遇刺案中受伤。徽音门和麟趾门之间,当时有两名年迈的宦官看守。徽音门外的侍卫因换岗的缘故,一时松懈被刺客钻了空子。刺客武艺平平,持一枣木棍行凶,三名宦官皆为钝器所致的轻伤。"

方首辅敷衍般说着，太子揪着不放："六部衙门的门口都有兵士守卫，到了孤这儿，侍卫换岗便空无一人。刺客过得了徽音门、麟趾门，东华门总有侍卫吧？"

方从哲平没在意太子殿下的忧心："太子殿下，臣已令巡城御史刘廷元审讯刺客，刘大人会给出答案的。刺客闯入皇宫，同样惊扰了陛下。"

太子深思："方首辅，您是说刺客误打误撞闯入东宫，刺客另有目标？"

"不排除这种可能。也许刺客不认路，东宫守卫松懈。刺客不过是个草民，他没理由针对太子殿下。"方从哲见太子面色惶惶，适当宽解他，"太子殿下，无知刁民分得清宫里的恩怨？"

方首辅这么一说，太子的情绪稍缓和了："那刺客究竟是什么身份？"

"京城无业游民。具体的等巡城御史的答复。"

"父皇怎么想的？"太子说起父皇，关心万分。父皇若和方从哲一样轻描淡写，他便可以装作若无其事，不再过问一字。

"殿下，这真的是件小事。"方从哲正视太子，诚恳道。

太子坐端正了："方首辅，父皇让您来东宫的？"

"臣自己来的。"

"噢，没事儿了。孤被昨日的响声吓的。"太子遮掩，"孤不胆怯。徽音门侍卫换岗，慈庆门内还有内侍，孤有什么好怕的？"

方从哲和悦："太子殿下仁慈，关怀您的内侍。您放心，李鉴等三人挪去了太医院养伤。韩本用和岳才明有殿下的这片心意，不会受到重罚。"

"孤有空儿到太医院看望三个忠勇的奴才。麻烦方首辅转告父皇，孤很感谢父皇的处置。"

"是，臣告退。"

方从哲奉公来看他，太子送出方首辅，表达了对方首辅个人的感谢。方首辅宽解他半天，太子心中的惧怕犹在，回来他令王安吩咐西李，晚上他去承华宫，近几日他都住承华宫了。承华宫在穿殿之后，隔着一堵墙，太子住到更安全的宫室，谨防夜里再有图谋不轨者擅闯东宫。太子如此慎重防范，因为他的直觉告诉他，东宫遇刺的事儿没那么简单。宫内侍卫换岗，给刺客闯宫留出那么大的空间，根本说不通。而且刺客不是宦官，他一个无业游民，谁给他的胆子闯皇宫？

太子静下心细想，除非有人做刺客的内应。假若刺客为郑贵妃所指使，父皇力主不了了之，合情合理了。方从哲和巡城御史给不了他公正。太子亦非吃不得亏，保证不再来一次，危及他的安全，太子可以不要公道，随了父皇不了了之。问题是他的安全如何保障？太子深受困扰，特别想念叶先生。算了，自己留着神，叶先生以前常教他的，多一事不如少一事吧。

几日后，巡城御史刘廷元上奏：刺客名张差，蓟州井儿峪人，言语颠三倒四，是个疯子。疯子的说法，太子接受了，亦符合皇帝处理此案的宗旨。只有疯子干得出这等荒诞离奇的事情，拿根木棍胆敢闯宫，横冲直撞，见人就打。至于刺客如何通过的东安门、东华门，为什么来到京城，问不清，不用问了。

原本能结案了，不过一件发生在京城的普通案件，按制结案于巡城御史衙门。结果，疯子行刺皇太子的消息传到了宫外，京城朝野人言鼎沸，尤其是朝廷上将矛头对准了郑贵妃。太子舒心了，父皇想要大事化小、小事化无，本有包庇之意。朝臣们的想法非常到位，要求父皇严审。此事用脚趾想都知道，幕后主使必和孤有仇，孤的仇人只有郑贵妃。若非郑贵妃帮助刺客进入皇宫，刺客怎能熟悉路线，直奔孤的慈庆宫？这些不是"疯子"解释得了的。

皇帝发怒了，朝臣惯会聒噪，聒噪疯子行刺有意思吗？皇帝仍没留意，朝臣要审，刘廷元不能干，遂下谕旨将人犯张差移往刑部，由刑部审理。皇帝自信，升东宫遇刺为要案，转交刑部，足以堵住悠悠之口。疯子用枣木棍行刺，分明是个误会，别有用心的大臣拿住此件小事，发泄对郑贵妃母子的积怨。查出了真相，方能让朝野闭嘴，洗掉郑贵妃的嫌疑，等于还给了太子公道。

皇帝想，事情了结以后，即使查不出风声具体是谁走漏的，得治方从哲、吴道南一个办事不力，解了自己的恼怒。皇帝平生最恨流言，一件荒唐事儿引起京城流言沸腾，非头一遭了。比起东宫遇刺的真相，皇帝更想追究泄漏内情之罪。

事情没进展到追究责任的一步，内阁就开始乱了。方从哲和吴道南做阁臣的时间不短了，对陛下有些了解，自知消息传出去了，他俩谁也脱不掉干系。方从哲甚至想，如叶首辅尚在，区区疯子行刺，不至于陷入今日的窘境。

吴道南颇有不打自招的率直，急着向方首辅辩解。

"仆知道不是你说的。"方从哲无可奈何。吴道南亲口承诺过他，不会掺和东宫遇刺，方从哲相信他。

"仆以为陛下把案子送进刑部，刑部问不出什么。"吴道南屈得慌，"绝对是言官捣的鬼。福王殿下去年就就藩了，他们把东宫遇刺的消息散出去，多此一举！"

"刑部不审，还让刘廷元审？仆后悔呀，该直接交了刑部。仆高估了刘廷元。"

吴道南顿足："方首辅，您有心思埋怨刘廷元？"

"是，他尽力了，张问达也不强干呀。"方从哲双手扶腰，难持重了，"会甫，刑部由你分管，你递仆的手笺给张问达。"

吴道南接了方首辅自袖中掏出的手笺，嘴唇张合了两下，想问它的内容。方从哲不隐瞒他："仆昨儿想了半宿，同僚们之所以不服，刘廷元的结论不足以服人，他没给出刺客行刺的动机。不管刺客疯或是不疯，他肯定有个动机。"

吴道南眯缝起眼，顿悟了："您说的动机即要刑部上奏的结论。"他抓着那张手笺，心气难平，"方首辅不想要真相？万一真是郑贵妃指使的？"

"仆亦认为，不会是郑贵妃。但是张差的背后定有主使，他们的目的不可告人。不能揭开，更揭不开。"

"方首辅为何不将那大阴谋家绳之以法？"吴道南重重地道。

方从哲冷静地看他："会甫，你不想做次辅了？"

吴道南竭力学着方首辅冷静，他的智谋不足，应对不来这件悬案，跟紧了方首辅就是了。陛下迟早开消他和方首辅，自己不能往浑水里蹚。

方从哲坐下，接着写票拟："会甫呀，你说它是个阴谋，它跟你在乎的民生大计，完全不值一提。"

吴道南鼓起了干劲儿，帮方首辅做事："仆这就去送信。"他出去一会儿，又回来了："方首辅，慢着，陛下要严审了，您貌似反对。"

方从哲无语地笑笑："咱们的工作是弥合陛下与朝臣的矛盾，咱们自己决不能伤害陛下。仆看呀，太子殿下没有被刺客伤到，此案即能抹平。"

吴道南一怔，越发佩服方首辅。京城为数不多的言官，干吗不听方首辅的？与其呼吁东宫遇刺的真相，不如干点儿实事，与他一道为民请命。方首辅说得对，太子殿下无碍就好。

东宫遇刺案发到刑部，刑部郎中胡士相、岳骏声负责审理。方从哲特意选了他俩，他们是浙党，与方首辅同心。胡、岳二郎中接了方首辅的指示，上奏：张差乃蓟州贫民，被地方官误烧毁了自家的柴草，于四月间上京伸冤，五月初四无意间闯入皇宫。胡士相、岳骏声遂依照大明律"宫殿前射箭放弹投石伤人律"，拟将人犯张差处决。皇帝准奏，刑部审清了案件的来龙去脉。皇帝命方从哲草拟一封谕旨，以一场闹剧定案。尚存的疑点构不成实际的意义，继续纠察一个疯子，胡士相、岳骏声问出的够多了。

可是皇帝高估了方从哲，他用方从哲什么都好，恰恰忽视了方从哲是他用过的首辅当中势力最弱的一任。方首辅上任不满一年，浙党相对东林来说，组织比较松散。朝廷中尚留有大量的东林，来不及赶走他们。小小一个刑部，便存在东林人士，不受方首辅控制。其中扭转乾坤的这位，名叫王之寀，万历二十九年进士，现任正六品刑部主事。王之寀的工作是刑部狱中每日例行的提审，以防犯人翻供。王之寀把他寻常不过的公务变成了重大的翻供。

五月十一轮到王之寀提牢，刑部狱关押的人犯不止张差，王之寀的目标唯有张差一人。他躲在暗处观察着他，正值放饭，他瞧那张差领了饭，蹲到墙角吃饭，神态举止和正常人无二。这解答了王之寀的疑问，他的上司胡士相、岳骏声如何让疯子供出条理清晰的案情。其实张差没疯，胡、岳二郎中上奏的实非张差所说，他们替张差开的口。张差是行刺太子殿下的钦犯，他装疯在情理中，总需有人撬开他的嘴,让他自己说话。

王之寀问过了狱卒,张差坐牢一直这个状态,心里有底似的。那么张差相信指使他的人能救他出去,他明显是正常人,不是疯子。

"带他出来!"王之寀吩咐狱卒,"带上他的饭碗。"

两个狱卒打开牢房,一个夺了张差的饭碗,另一个揪了张差站起来,反剪他的双手,押他出了牢房。王之寀走在前,经过阴暗的走道,墙壁湿漉漉的,贴近点儿能感到墙上青苔的黏腻。行至走道的尽头,王之寀摘下腰间挂的一串钥匙,拿铸有狴犴的一把打开门锁,踏进一处高墙封锁的院落。这里是刑部审讯重犯的刑房,张差在刑部狱关了几日,没进过这里的刑房。王之寀开门,令狱卒带张差进右边的第一间。刑房里黑乎乎的,泛着股潮湿的霉味。王之寀站在门外,深吸几口气,适应下污浊的环境。环顾这八间刑房,刑部狱是唯一恐怖不输东厂诏狱的地方。

"大人。"狱卒绑了张差在椅子上,请王主事。

王之寀进了刑房的小门,悠悠然坐了主审的位子,跷着二郎腿,仿佛他落座在宽敞、明亮的刑部大堂。他瞅了眼五花大绑的张差,仰头看了看悬在头顶的横梁。这间房里的刑具不起眼,把犯人头朝下倒掉,那滋味可想而知。

"松绑!"王之寀很有气势。

"啊?"狱卒难以置信。

王之寀重复:"松绑!"

解开绳了,张差跌到地上拼命磕头:"大人饶命!大人饶命!"

王之寀冷脸,教他老实交代。张差还是老一套,瞪着惊恐的双眼,自言自语"告状进宫","打死我吧","效劳难为我"之类的疯话。

王之寀看他面如土色,估计以为要动大刑。张差进了刑部狱,胡、岳二郎中没给张差动过刑。王之寀也认为没有动刑的必要,他冷笑一声,端起张差的饭碗:"招,给你饭吃,不招当饿死。"

张差磕头的动作停滞了,他趴着像一条狗,而后躺下打滚,嘴里连连喊着"大人饶命"。王之寀欣赏着张差装疯卖傻,不教狱卒制止他。他倒想看看,张差装疯装到几时。

半晌,张差滚够了,爬到刚绑他的椅子上蜷着。

王之寀静如止水:"说吧,本官给你饭吃。"

张差停下了念念有词,盯着王之寀两眼发直,终于他跳下了椅子,五体投地,透着他心中的震颤:"大人,不敢说。"

王之寀令狱卒出去,刑房里就他和张差两个。王之寀敲了敲陶土的饭碗,张差招了:"蓟州井儿峪人,我叫张差,我父叫张义,病死了。马三道、李守才叫我跟老公走,说事成给我几亩地种,够我受用。老公骑马,我跟着走。初三歇在燕角店,初四到京。"

王之寀知道,张差出于恐惧,对他不敢欺瞒,他引导他说详细了这个故事:"到了京城,你和老公住在哪儿?"

老公是民间对宦官的俗称。

张差颤颤地答:"到不知哪儿的大宅子。一老公给我饭吃,让我撞一遭,撞着一个,打杀一个,打杀了,我们救你。老公给了我枣木棍,领我从厚载门进。有守门的老公阻我,我打杀几个,老公多了,我被绑了。"

王之寀听张差讲了完整的经过,和胡士相、岳骏声编造的大相径庭。他立马令狱卒送张差回牢房,给他吃饭。他就在院落里,借着天光,把张差的供词写入他的奏疏。他希望陛下下旨,押人犯到文华殿前进行朝审,或者举行三法司会审,彻底查明东宫遇刺案中的疑点,缉拿张差招供的草民和宦官归案。

一 月 天 子　　　　　　　　280

王之寀的奏疏，涉及要案，司礼监不得阻拦，直送上了陛下的御案。皇帝把他的奏疏压下了，但王之寀另有防备，他把这封奏疏抄了四份，都盖了张差的手印，经他的友人散播到京城去。直至沸反盈天，刑部右侍郎署部事张问达，首辅方从哲，次辅吴道南才后知后觉。

方首辅被迫下了决断，陛下可不理，内阁不可旁观。当年争国本，几百封的奏疏一拥而上，四位首辅接连辞官，今日的"梃击"算不上甚大事件。他自信能够稳住局面，陛下不理总归不是办法，方从哲欲上疏请陛下准王之寀所请，举行三法司会审。

吏部尚书王象乾来了内阁，力图阻止方首辅："方首辅且耐心观望几日，再论。"

"为什么？"方从哲支着手肘，坐在他的书案后。

吴道南拿着一封大理寺右寺丞署寺事王士昌的奏疏，王士昌以主管刑治的身份上疏，批评陛下将王之寀的奏疏束之高阁，陛下对太子殿下不近人情。这一本奏疏司礼监批了红，陛下下发了，照内阁票拟的，批道"法司提了问"。暂不采取措施，照方从哲折衷拟的这五个字办，怎么办呢？

"太蹊跷了！方首辅……"吴道南向来不话说一半。

王象乾道明了他理解中的原委："审能审出什么？胡士相、岳骏声没审过张差，王之寀也没审过。"

"什么？"吴道南丈二和尚摸不着头脑。

方从哲重新缜密地思考，三法司会审，审得，审不得。

"王之寀比胡、岳二郎中高明，他会演戏。为了一碗饭，大刑不动，张差就招了。"王象乾蔑然，"张差非疯即傻，为何之前审讯的官员不说他傻？"

"仆感觉张差疯癫。王之寀让张差装傻……乱了，乱了。"方从哲推开手边堆积的奏本，"果真有人一意追查真相，不，王之寀针对的是老夫。"他适才发觉，疯子张差背后的那股力量浮出了水面，感到了那股强大的力量正在迫近。

方从哲锁眉："张差说的老公，肯定是郑贵妃的内侍。"

"学叶首辅，堵上张差的嘴，早干掉他好了。要不是方首辅您的刘廷元、胡士相、岳骏声，张差早吐口了，吐的就是今日这套。"吴道南右手搓着左手的食指，慢慢地开了茅塞。

方从哲大约知晓了是哪拨人所为，真相不能大白。陛下的对策最佳，不理，拖延，等待风头过去。

"不用会审了，教刑部暗地里结果了张差。您二位发现了嘛，事情越来越脱控了。陛下命内阁负责，假如此案脱了控，牵出不该牵的人，仆和会甫都得完蛋。"方从哲不由得疑心深重。他睨着王象乾，叶向高调他到吏部尚书任上，顶替了赵焕，他来内阁阻止自己是何居心？

王象乾回了吏部，方从哲方请吴道南联名写一封密信，写给郑国泰，郑贵妃的胞弟。吴道南坚决不肯给郑国舅送信，方从哲说服吴道南，拖了半日，户部行人司正陆大受上疏了。

起先聒噪得起劲儿的大臣，以言官为首，慑于郑家的威势，怀疑郑贵妃罢了。自陆大受始，直犯国舅郑国泰。陆大受在奏疏中对东宫遇刺案中的疑点一一提出质问，张差何以不言老公的姓名，何以不知他去过的那座大宅大致的方位？这些疑点不弄清楚，怎样结案，所以三法司会审是必需的。陆大受最狠的，提及前年他因福王殿下就藩弹劾"奸豗凶锋"，竟说"幸而不验于前日，而验于今日"，指的正是郑国泰，郑国泰始终如一是"奸豗凶锋"。

事发至今，郑国泰经他姐姐，密切盯防朝臣们上的奏疏。他一听说陆大受的矛头直指郑家，直指自己，他扛不住了，立即给陛下上了一封揭帖，声称"不必哓哓于辩"。郑国舅您写这封奏疏，不在辩解，在干什么呢？您写即此地无银三百两。不出一个时辰，工科给事中何士晋穷追猛打郑国泰辩帖的奏疏呈上了御前。

自此一揭之张皇，而人遂不能无疑于国泰矣。且据其揭云：倾诸何谋？主使何事？阴养死士何为？又云：灭门绝户，万世骂名。又云：事无踪影，言系鬼妖。臣不知谁谓其倾陷？谁谓其主使？谁谓其阴养死士？谁谓其灭门绝户？又谁无踪影？谁系鬼妖？种种不祥之语，自捏自造，若辩若供，不几于欲盖弥彰耶！即此揭词之狂悖，而人益不能无疑于国泰矣！人之疑国泰，亦非始于今日也。陛下试问国泰：三王之议何由而起？《闺范》之序何由而进？妖书之毒何由而搆？陛下又问国泰：孟养浩等何由而杖？戴士衡等何由而戍？王德完等何由而锢？

皇帝的御案上，左手郑国泰的揭帖，右手何士晋的奏疏。皇帝万般无奈，朕的小舅子，"蠢"字是这么个写法啊！朝臣怀疑郑国泰和郑贵妃，没有证据，张差尚未供出老公的名字。何士晋周密的分析，字字句句以郑国泰的矛攻郑国泰的盾，将"梃击"与郑国泰紧密联系在了一起。言官何士晋比之户部的陆大受更狠，他把梃击写成是先前诸多围绕皇太子的事件中的一环，欲置郑国泰于死地。皇帝对郑家的信任起不到作用了，郑国泰自找的。皇帝想保护郑家，被小舅子的愚蠢害到进退维谷。

李恩提议："陛下，事已至此，继续审吧。"

"只能继续审了。张差再翻供一次不成？"皇帝懊丧，直想给郑国泰的揭帖撕成碎片。

"张差还没说老公是谁。"李恩喟然,"让张差闭嘴,尚且混得过去。"

"张差暴死,中了王之寀的下怀。刑部有十三个司,几个可信,朕都不知道。"皇帝翻来覆去,"僵着吧。"

"陛下,别多想了,您累坏了。"李恩语塞,拾起墨块,又搁下,"陛下交给方首辅?"

"方从哲,无能之辈,越搞越糟!"皇帝怒骂,恨不得赶方从哲回老家。不,方从哲不是最可恶的,可恶不过言官,王之寀同是言官出身。本该一个言官不留,留一个全是祸害。太祖定的什么制度?

李恩不好劝了。皇帝怒火中烧:"李恩,传旨,警告方从哲、吴道南,他俩看着办。搞砸了,朕追责!"

到底让大臣揪出来了,行刺太子的幕后主使是朕心爱的郑贵妃。皇帝最后的安慰,方从哲势力不大,人亦无能,终归信任他不至于吃里扒外。"梃击"的后续还得让他办,但是让方首辅帮助朕对付言官,不妥。首辅的屁股永远坐在大臣的板凳上。皇帝只叹自己不拥有权力,把言官统统撵走。万历朝的言官有出息,不仅骂皇帝,更暗算皇帝!

第二十二章

皇帝教李恩去内阁见方首辅了,皇帝叫声常云。

常云正在门外徘徊,畏惧于天子之怒,开了一道门缝,探进头来:"陛下,您叫奴才?"

"进来。"皇帝捻着御笔,朱红的墨汁滴到御案上,红得像血,"你说是不是太子干的?"

"什么?"常云装没听清。

"天下对朕和郑贵妃的这口怨气总算出了。"皇帝叹道,神情落寞。曾梦想着唯我独尊,眼下他却连自己的女人都保护不了,能力甚至不及一个凡人。七品给事中都能痛快淋漓地骂他在乎的人,他深恶痛绝的家伙一个个却安然无恙,"常云,这阵了,郑贵妃不要出门了。"

"是。"常云今儿唯唯诺诺,陛下禁郑娘娘的足,是没办法的办法。

"让卢受打听一下,刑部十三司,几个东林,王之寀什么来路。"

"陛下疑心东林党？"

"东林党！"皇帝从牙缝里挤出三个字，自从言官王士昌上疏声援王之寀，他就疑心东林党了。后来的何士晋、陆大受等等，加重了皇帝的疑心。现在皇帝全明白了，就是东林党干的："叶向高，他报复朕！朕的臣子报复朕！"

皇帝哭笑不得，暗笑自己，朕若不生在皇家，必当用功读书，也做文官。朕做了四十三年的皇帝，玩不过睚眦必报的叶向高。叶向高不定心里怎么取笑朕？

"捉弄皇帝真有意思。"皇帝从御案后站起，走到床边坐下，蹬掉龙靴一躺。他稍一寻思，威胁方从哲不妥了。拿致仕威胁，方从哲恨上他，哪天再来叶向高这套。他老了，斗争无休，他招架不住了。

皇帝未及召回李恩，李恩到了内阁，传达了陛下的旨意。方从哲挨了陛下斥责，他也着急快点儿结案，干脆自作主张，将东宫遇刺案交刑部内十三司会审。

十三司会审即刑部十三司的十三位正五品郎中会审，作为一种审讯的方式，在国朝的刑治制度中，其规格仅次于刑部、大理寺和都察院的三法司会审。

这一次关于"梃击"的十三司会审，方首辅点了七位命官。而今的刑部空有十三司，何来十三位郎中？他找来的七人，不尽是郎中，审讯过张差的刘廷元、胡士相、岳骏声、王之寀皆在内。主审官则挑了个局外人，刑部的候补郎中、员外郎陆梦龙。

方从哲挑这七人，只为尽快结案，却忽略了立场的问题。他是想不了了之，洗清郑贵妃的嫌疑？还是想坐实了郑贵妃的嫌疑？七人会审，站方首辅这头的，站王之寀这头的都有。刑部侍郎张问达发现了问题，不想小题大做，没跟方首辅沟通，硬着头皮让他的下属们会审张差。

会审的当天，五月廿一，张问达身为刑部署部事的主官，坐在旁听的席位上。王之寀，那个不起眼到刑部侍郎没注意过他的低级官员，大摇大摆地走进了大堂，跟在他身后的是一群乌泱泱的刑治官员。张问达看出来了，王之寀带来的人，不仅有刑部的，还有大理寺、都察院的。王之寀带来他们旁听，今日张差说出什么，不会是秘密了。方首辅不想把事情扩大化，王之寀把刑部内的会审生生变成了公之于众的三法司会审。

王之寀带来的一拨人落了座，旁听席变得很挤。旁听的官员陆续又来了几个，旁听席上挤挤挨挨，弄得刑部大堂人声鼎沸。员外郎陆梦龙久在候补任上，没干过实事，惊慌地看向张侍郎。张问达递了个眼色，让陆梦龙稳住。陆梦龙一闭眼，拍响惊堂木，带人犯。

张问达第一次见到这名不同凡响的刺客。他长得瘦弱，关在狱里日子长了，脏兮兮的，满脸的泥垢，模糊得辨不出他的五官。堂上满坐着长官，外表的凌乱盖不过张差的镇定。张问达一眼断定，张差不是疯子，"梃击"是阴谋！

照例，陆梦龙教人犯老实交代。

张差答话，思路清晰，令在场者皆震惊。他先交代了他那帮无关紧要的同党："老公到蓟州井儿峪黄花山盖房子，马三道、李守才等人给老公送炭。"

堂上响起零落的笑声，陆梦龙拍惊堂木，教大家肃静。他看了看张侍郎，看了看王之寀，继而问道："张差，你老实说，到蓟州盖房子的老公是带你进京城闯皇宫的老公？"

张差竟然反问主审官："无人指引我，我怎么认得皇宫里的路？"

张问达慌张起来,冲陆梦龙再使个眼色,别问了,够了,有答案了。回去查一查大内的档案,也能见分晓了。去蓟州黄花山干过工程的宦官就是指使张差的老公。

陆梦龙没领会张侍郎的用意,追问:"是谁?"

张问达欲拦阻张差当堂交代,怕他说出启祥宫内侍的名字,不及叫住陆梦龙,张差说了:"庞老公,刘老公。"

没跑了,张差招了。陆梦龙令书办去查档案,确认启祥宫近侍庞保、刘成最近去过蓟州井儿峪黄花山,监督一项修建铁瓦殿的工程,全对上了。

张问达如梦方醒,方首辅挑谁参与审问,无济于事。张差攀扯郑娘娘,整个刑部吃罪不起。先前何士晋的分析,加上张差当堂招供的证词,郑贵妃主使刺杀太子殿下,铁板钉钉。陛下会头一个拿审出真相的刑部开刀。

张问达慌不择路,朝陆梦龙挤眼,暗示他立即停止审讯,今晚结果了张差。

不承想,张差不疯不傻。七人会审,陆梦龙除外,都没说话,张差吐干净了:"我到京城,庞老公、刘老公给我一把金壶、一把银壶,要我打小爷儿。"他还一鼓作气供出了"红封教"。

张问达知道红封教,那是个邪教,发源于郑贵妃的老家,京城东南郊大兴县。张问达如炸雷响彻头顶,直接站起。带下去张差也来不及了,几十号命官全听见了。无暇多想,张问达仿佛看见王之寀坐在审讯席上,挂着隐微的笑容。王主事用吃饭诱供张差,为的是让张差说出这个结果,王之寀未卜先知?

场面大乱,众官交头接耳。吵吵嚷嚷中,胡士相生怕人不晓得他是浙党,大叫:"不能问了!"胡士相大嗓门一出,霎时鸦雀无声,满堂的人瞧着他。张差没供您胡郎中，您激动啥？

张问达的心沉了沉，拿出了署理主官的权威。他走出旁听的座位，到陆梦龙座边，替他敲响惊堂木："到此为止！带张差下去！"

张侍郎发话了，王之寀只好遗憾地看着张差被押下去。没什么好遗憾的，张差能说的都说了，三法司全听到了。郑贵妃指使"梃击"成了铁案！

王之寀稳坐着，瞧着张侍郎失却血色的脸，感觉自己比张侍郎更强大。

张问达匆促从后门出，他得进宫复命去。张侍郎以外，无人离开，大家坐在原位议论纷纷，唯独王主事不与身边人议论，胸有成竹。

张差的口供在朝中飞快地流传，快过了张问达进宫的脚步。

张问达挨了方首辅骂。方从哲也明白，张问达没错，张差要当堂招供，拦不住。横竖再审是陛下的主意，旁听的官员是王之寀带来的。难就难在，十三司会审过后，内阁与刑部的主官受了夹板，压力压在了他俩和吴阁老的肩上。陛下、郑贵妃、皇太子、同僚，搞不定哪头，对他们仨都是万劫不复。

"德允，你没觉得国本之争重演了？"方从哲眸中掠过惊慌，"福王殿下就藩了，郑贵妃的指望没了。"

"郑贵妃的指望不是陛下？"张问达困惑。

方从哲踱到窗前："郑贵妃没了亲生儿子，想认太子殿下为养子。太子殿下的老师刚刚致仕……"他开了半扇窗，"在内阁说这些不合适，晚间仆到刑部。"

张问达紧追不放："郑贵妃是无辜的？证据全指向她。"

方从哲脸向外，下了逐客令："德允，你请便。"

张问达带着满腹的疑团回到了刑部他的值房。挨了骂，舒坦了好多，有方首辅、吴阁老和他坐一条船，一损俱损。张问达掂着他的官帽，正三品，叶首辅没替他争来正职，乌纱快摘了。方首辅说得对，国本之争的殊死较量重演了，一个跑不了。张问达考量着自己的将来，开罪了陛下，开罪了太子殿下，本官辞官吧。

吴道南如是，他和张问达在内阁匆匆见了一面。见过张问达，他关上了值房的门，一个人待着，唉声叹气。什么命啊，当了才一年的阁臣，摊上这种事儿。吴道南无心公务，早早回府去了。

晚上，张问达没有回府，在刑部等着方首辅。值房里只点了一根蜡烛，装在一盏八角灯里。张问达候着，五味杂陈，拈起一串串珠在掌心搓着。天色向晚，余晖洒入，算时辰阁臣该出宫了，要不宫门下钥了。

月亮升上了天空，刑部的书办领方首辅进了值房。

张问达迎上前："方首辅，下官有失远迎。"

跟随的两人进来，张问达的脸霎时阴了。

来人是胡士相和岳骏声，张问达忍了，向方首辅打个躬，请他坐了上座。

书办上了三盏上好的贡茶。皇家的贡品分给重臣尝鲜，六部衙门得的都不多。不招待阁臣，张问达轻易不拿出手。

胡士相揭开碗盖，茶香扑鼻："好香，刑部的好东西都在张侍郎这儿。"

张问达恨恨的，胡士相这浙党成天想取代他。见到胡郎中与方首辅同来，张问达想起以前跟着叶首辅心安理得的日子，非常不痛快。

方从哲不说话。岳骏声啜饮一口热茶："陛下赏赐贡品，当然赏给主官。"

方从哲沉着有度："自然的。仆想了想，'梃击'呀，不能审，不能不审。"

继续审,审红封教了,抓张差的同党和主使进刑部审讯。

"怎么着?把庞保、刘成缉拿归案,抓捕李守才、马三道他们。"胡士相的口气不容置疑。

方从哲点下头,以命令的眼光注视张问达。张问达愈发不痛快了,与方首辅合作是叶先生临走嘱咐的,可他决不和浙党同流合污。方首辅结党营私,带来同党对他指手画脚。胡士相、岳骏声是自己刑部内的下属,张问达有种被浙党拖下水的感觉。

方从哲于是慎言,按制六部直接对皇帝负责,首辅下到六部欠妥当。他让张问达自己想,这案子如何接着办。

张问达又玩儿起了串珠。方首辅同意把嫌犯抓起来,他的道理不难琢磨,把水搅浑。

"郑贵妃她……郑贵妃给陛下写了数封揭帖。"张问达颔首,认错,"抱歉,方首辅。下官管制下属不力,王之寀带来一帮人旁听,口供当即传开了。"

方从哲宽容,没到问责的时候,张侍郎还有用:"德允,郑贵妃脱不了干系了。可是摊子铺开越大,案子越好了结。"

胡士相讪笑:"张侍郎,您何妨将邪教扯入'梃击',助陛下脱困?"

张问达的惭愧显露无遗,白天的会审审成这样,他作为刑部侍郎难辞其咎。

方从哲不多留了,扬了扬唇角,关怀一番张问达:"德允,你辛苦了,你看再审一回?查清了红封教,基本上结束了。"

"下官知错。"

"德允何错之有?"方从哲起身,掸了掸手,"你们好好谈谈,仆先回了。"

胡士相送方首辅，张问达坐着不吭声，再没心思计较胡士相的野心。他了解，方首辅帮他想办法，只能帮到这里。可是查清了红封教，就能结案了吗？到底怎样帮助陛下脱困呢？张问达猛地想起，叶先生临走前，自己随口说的"趁热打铁"。他始终不明所以，莫非"梃击"就是东林的"趁热打铁"？那他有点儿懂了，方首辅为什么要他去查红封教。东林和朝廷要的无非是陛下对太子殿下的态度。

张问达吩咐岳骏声："本官晓得了，明日你去蓟州，抓捕张差的同党，查查蓟州井儿峪的百姓和红封教有什么联系。"

岳骏声领了署理主官的令，和方首辅、胡士相前后脚走了。

次日一早，张问达派出了三路人，一路进宫抓捕庞保、刘成，一路去蓟州抓捕马三道、李守才等人，另一路到郑贵妃的老家大兴县暗访红封教。

一查张问达又傻眼了，刑部即有一条郑国泰的案犯记录，涉嫌资助邪教红封教。庞保、刘成也是经井儿峪的红封教头领找到了李守才，教李守才和他亲戚给铁瓦殿工程送炭。红封教寂寂无名，和同在北直隶发展的白莲教的浩大声势无法相比，它的后台居然是郑贵妃的母家！又被耍了，张问达服了自己的刑治水平，堂上他还漫不经心，以为红封教只是个农民吃不上饭搞的名堂。他现下全懂了，自己的同党们不止要陛下的态度，还要往死里整郑贵妃，灭了她三十多年的威风。现在朝野皆知郑家和邪教的渊源了。王之寀原来是张侍郎的同党，东林安插他在刑部的暗处。张问达开始庆幸了，幸好有个王主事，如叶先生令他在梃击案中扮演王之寀的角色，他的乌纱丢定了。而今尚有转圜的余地。

张问达决定了，不听方首辅的了，转移庞保、刘成到东厂诏狱关押，马三道、李守才等暂押在刑部狱，余下的散在京城以外的刑部的人，张问达召了他们回来。他袖手旁观，权等陛下表态。

五月廿六，梃击案过去了二十二天，皇帝下了一道谕旨：

今春偶尔卜部动火，静摄稍可。昨夏突有疯癫奸徒，持梃闯入青宫，震惊皇太子，吓朕恐惧，身心不安。已传本宫添人守门，门防不时卫护。连日览等所奏宫闱等事，奸究叵测，行径隐微。既有主使之人，即着三法司会同拟罪具奏，毋得株连无辜，致伤天和。

张问达读到陛下的谕旨，笑出来了。陛下将梃击案定性为"疯癫奸徒，蓄谋叵测"，这么说，刑部审了一圈，他张侍郎帮到了陛下。

五月廿七，方首辅和吴阁老面圣去了。皇帝宣方从哲一人进弘德殿，吴道南留在东配殿等。

方从哲进陛下的寝殿，见到了不该见的一幕。郑贵妃跪在陛下腿边，哭得凄凄惨惨。皇帝不避方从哲，给郑贵妃一条帕子。方从哲跪在了御案边，不敢往里进，将官帽压得低低的，非礼勿视。

皇帝做书生打扮，扎了顶儒雅的程子巾，声气极淡："中涵，你尽力了。"

"臣有罪。"方从哲听郑娘娘的哭声，脸红到耳根，盼着陛下请郑娘娘下去。

郑贵妃坐倒，使陛下的帕子抹眼泪。皇帝方拉她起身，让她坐床上。郑贵妃去坐了，陛下神气变得刚硬："中涵，你帮帮郑贵妃。现今举朝谴责郑国泰有专擅之嫌，福王都来信了。"

"臣……"方从哲心慌意乱，是他搞砸的，陛下还命他帮郑贵妃，怎么帮？红封教的底细，又不是张问达瞎编的。

"朕跟郑贵妃说,朕帮不了她。"

"臣更帮不了。"方从哲斗胆。

郑贵妃起了身,走到方首辅跟前。方首辅跪着,她鞠了一躬:"求方首辅,替本宫跟太子讲讲情。只有太子能了结了。"

"臣有愧。"方从哲磕了个头,官帽滑落,郑贵妃替他捡起,放在茶案上。

皇帝十分为难:"朕想让郑贵妃单独去求太子,中涵帮着说和说和。"

陛下糊涂了?臣不是叶向高,叶向高是太子殿下的老师,太子殿下忌惮臣不够呢。方从哲不应,也不推。郑贵妃不住地落泪,教人不落忍。"方首辅看在本宫除了陛下,无依无靠的分儿上,帮本宫和太子说说。"郑贵妃抽噎了一下,"本宫不为了自己,本宫为了福王和本宫那不争气的弟弟。"

方从哲勉为其难答应了郑娘娘。太子殿下对他……方从哲心一横,自己搞砸的,活该自己碰钉子。他仍深信郑贵妃不会那么蠢。倘若郑贵妃有心刺杀太子殿下,岂会派一个农民,持一根枣木棍,成得了何事?梃击案最大的疑点,迄今没能解开。方从哲想,郑贵妃应该是冤枉的。

皇帝留下了郑贵妃,命方从哲和吴道南回内阁。皇帝不准方首辅告诉吴阁老,他答应了郑贵妃的。方从哲糊弄过吴道南的好奇心,关上门给太子殿下写揭帖,求太子殿下网开一面。太子殿下是苦主,说不定还在生气。方从哲简直无法落笔,替郑贵妃辩解,为什么不可能是她所为。方从哲下笔措辞婉转,他却错误地估计了太子殿下的性情,他不了解太子殿下。

太子收到方首辅的揭帖,怕了。二十九天来,他平复了心绪,也觉着梃击案是件小事。刑部审讯，外间谣传，闹得多凶，和他无关。结果他好不容易平复的心绪，再一次被方首辅激起了不安。郑贵妃刺杀他，犹贼心不死，拉了方首辅做她的保护伞。太子愈加担忧自己的安全，他猜是父皇命方首辅回护郑贵妃，郑贵妃对他行凶是父皇默许的。

太子遂问王安："你弄清了没，红封教，什么东西？"

"邪教罢了，规模很小。郑国舅和红封教，不晓得怎么回事。"王安迟吟，"殿下，您问问西李娘娘。"

"她？哦，对，西李是宛平人，大兴县边上。"太子抿了嘴，浑忘了王才人是大兴人，郑贵妃的同乡。

西李到了，她适时地微笑着，跪下："太子殿下万安。"

"孤无妨。孤问你，红封教听过没？"

"什么东西？臣妾只听过白莲教。"

太子愈感惶惑，白莲教，谁没听过？郑国泰如此之笨，资助那么小的一伙儿邪教，纯粹胡闹！太子殿下想到西李是穷苦出身，换种问法："你家里穷的日子，有家人信过白莲教吗？"

"没有，绝对没有。"西李赶紧辩白，"妾家是良民。"她扶了亚茹吃力地起身，揉了揉膝盖。

"也是，你家没穷到揭不开锅，不至于加入邪教，反抗朝廷。"太子丧气，"红封教和白莲教，什么关系？"

王安笑色闪烁："奴才好像有点儿眉目。"

"你说。"

"回太子殿下，穷人家加入邪教，因为穷，走投无路。郑国舅资助红封教，据刑部所载，是福王殿下十五岁成年之后的事。会不会是郑国舅拉拢宫外的势力，给郑娘娘做援引？白莲教名头大，拉拢白莲教,早暴露了。"

"郑国泰拉拢红封教,一样被记了案底了。他顶风作案,想造反啊?"太子比了个大拇指,露齿一笑,"你说得好,郑家人是蠢,与邪教往来乃大罪。"

西李讷讷地道:"邪教手上握有兵器。郑国舅资助红封教,陛下从未过问,刑部如何备的案?"

太子思量几许,明朗了:"西李,你退下吧。"西李走了,太子方道:"对呀。父皇下了那样一道谕旨,郑贵妃求了方从哲,方从哲来求孤。父皇求孤了。"

"郑娘娘是欲加之罪,陛下急于为郑娘娘洗脱,唯有殿下能办到。"王安渐剥开了梃击案中的千丝万缕。

太子心里头转瞬间踏实了:"是东林,吓死孤了。孤就说叶先生走了,不会不管孤了。"

恰在这时,刘庭送来叶向高的密信。太子连忙拆信,读着读着,没去了释然的表情,努力表现出冷静。他将叶先生的密信交给王安:"叶先生够大胆。万历朝送信出差子,走漏风声犯过两起,他还敢往宫里送密信?"

"回太子殿下,信是叶先生的次公子骑快马送来的,万无一失。"刘庭道。

"估摸着案发之前,叶公子就上路了。"王安专心看信,随口一说。

太子十指交握,他内心里欢喜过头了。

第二十三章

"王安，叶先生为了孤，以身犯险。"太子容光焕发。

"细细想来，从头到尾，得利的只有殿下。闹到今天这步，谁干的不重要。"

夏季的熏风吹进室内，沁人心脾。

"王安。"太子抓住了王安胳膊，"父皇会不会怀疑是孤干的？"

"殿下深居东宫，您想干也干不出来。闹出那么大的动静，陛下怀疑不到您。"

太子的焦虑愈甚："父皇会发现是叶先生吗？"

"叶先生辞官回乡了。殿下请相信东林可以做到天衣无缝。"王安平缓道，"太子殿下，听叶先生的，陛下叫您做什么您做什么。少胡思乱想，快结案了。"

"孤知道，孤知道。"太子的情绪波动很大，"大明有上百个东林都护着孤。王安，拟一封奏疏，表明孤的态度，呈给父皇。不需要方从哲来东宫说服孤,孤主动点儿,让父皇看看孤的大度。"

"太子殿下来给梃击案收个尾。"王安去研墨了。

太子拍了下大腿"孤照父皇的心意做,护了郑贵妃,孤得利更多。王安,你注意用词,不能让郑贵妃小看了孤。"

太子特准了王安坐了自己的椅子,王安遣词造句,花去了不少的时间。

王安写完,太子读过,这封奏疏没写多少字,不减文章的漂亮。太子相当欣赏王安的说辞,不拿郑贵妃当长辈,说孝顺母妃云云,只说郑母妃侍奉父皇多年,值得太子尊重。关于梃击案,说成是与郑母妃沟通不足。王安以太子殿下的口吻做出承诺,日后进内宫看望母后之余,多去看望郑母妃。这样一来,郑贵妃想做太子殿下的养母,亦被糊弄了过去。

太子让王安用了他的印。墨迹未干,太子尚捧读着新写的奏疏,坤宁宫掌作太监宋正东到,请太子殿下往坤宁宫走一趟。

太子留心问了,不是母后要见他,父皇和郑贵妃在坤宁宫。太子拖了半晌,令刘庭备一身簇新的朝服。他换了衣裳,戴上纱帽,王安留守,刘庭随侍去坤宁宫。

走在路上,太子理理帽子,这顶纱帽也是新的。为表郑重,太子穿上了朝服,喜气洋洋。宋正东犯嘀咕,郑娘娘在坤宁宫等着见太子殿下,殿下不该气愤不平?宋正东多嘴提了一句:"太子殿下,陛下要郑娘娘给您道歉。"

"孤晓得。"太子满不在乎,抖了抖宽大的袖子。他戴的这顶纱帽,仿通天冠,系着猩红色的帽带。

太子殿下穿得如此隆重,宋正东不知殿下用意:"殿下……"

"孤会给郑娘娘台阶下。"太子表示,"请母后放心。"

太子今日步履轻快，刘庭紧跟着，手上托着王安写好的奏本。

到坤宁宫前，太子待在墙根下，先听听里头父皇、母后和郑贵妃在说什么。

坤宁宫里闹哄哄的，又是哭，又是高声的讲话。听那声音，是西暖阁，母后的会客室中传出的。别看碰面的就一家子四口人，但规格高，太子的这身朝服没穿错。来的路上，宋正东说，陛下带郑娘娘来找皇后殿下，求皇后殿下替郑娘娘跟太子殿下说情。听来是这么回事，西暖阁中郑贵妃泣涕，父皇恳求母后，对，是用了求人的口气。

父皇说："朝臣靠不住。皇后带阿芳去求求太子才好。"父皇的声音越来越低："皇后你最有威望、最公正，阖宫都信服你。"

母后说："陛下呢？陛下信服臣妾吗？"

"朕向来信服皇后，否则朕怎会头一个找到你？"

太子嗔笑，父皇为保全郑贵妃，什么都敢说。父皇早找过了方从哲。

伶牙俐齿的郑贵妃只剩下哭了，哭声哀戚，父皇安慰她："阿芳，你别哭了。"父皇带郑贵妃来求母后说和，对郑贵妃依旧好声好气，说明父皇没怀疑她。那么父皇怀疑谁呢？自己还是东林？抑或父皇历来爱重郑贵妃，无条件相信她罢了，父皇谁都没怀疑。

郑贵妃的哭声转成了小声的抽泣，西暖阁中静了片刻。

母后直截了当："陛下，臣妾无方，郑贵妃得自己找太子面谈。她有何冤，和太子讲。"

父皇调了头劝郑贵妃："朕早让你找太子嘛，太子是个通情达理的孩子。你无愧，怕个孩子做甚。"

太子出面的时刻到了，他没让宋正东通禀，径直进到西暖阁，向三位长辈一一见礼。皇帝见他的打扮隆重,给惊着了。

太子决定戏弄一下郑贵妃,出出他这么久以来被她欺负的恶气。

"儿臣以为,梃击案绝对有人主使。"

太子心想,郑娘娘你也有今天。过去孤的母亲说,孤会长大,孤不仅会长大,孤更会强大。

皇帝神色骤变,王皇后掩了嘴,宋正东直欲移开太子殿下的话头。

郑贵妃承受不了:"如果是我主使,我郑家人死光!"她伸出右手的食指指天,赌咒发誓。

皇帝吼道:"阿芳,关你何事?是朕的事!"

父皇脸色发青,看样子父皇要发怒了,孤来接父皇下台。

"回父皇,儿臣以为梃击案就是张差干的。"

"你?"父皇皱着眉,瞪视太子。

"儿臣说,张差一个人干的。张差指使了张差。"太子看向郑贵妃,补了把刀,"张差招供得很明白了,按律处置即可。"

刘庭呈上太子殿下的奏本。

皇帝即刻打开读了,满意地笑了:"好,依太子的。"

郑贵妃止了哭泣,正要拜谢太子,王皇后拉住了她,笑吟吟地说:"孤就说嘛,太子明辨是非。"

"谢谢皇后姐姐。"郑贵妃也反应过来,太子是不能谢的,谢太子像自己做下,得了太子的原谅一样,不打自招了。天晓得是谁做的,张差的罪定了。若非王之寀提审张差,打了陛下猝不及防,能闹这么大?张差那只小蚂蚁,杀了他还不容易。郑贵妃方松了口气,用擦眼泪掩饰她的释放,骤然间想起自己宫里那两个近侍关在东厂诏狱,还有刑部关押的马三道等人,总不能无罪放回去吧?

郑贵妃复以请求的眼神望向太子。

一 月 天 子

太子耍郑贵妃，没耍够："张差可处置了。没招认的，还要审。"郑贵妃才泄下的气提了上来。太子的笑容颇耐人寻味："儿臣恳请父皇将余等人犯交刑部审问，包括内廷的宦官。"

没事了，刑部的张问达会给出公正的。皇帝适才放了心，太子清楚他的位置。皇帝拍了拍太子的背，另一只手拽了皇后衣袖，算对他们的感谢，仍是那句："依太子的。"

太子不宜久留，他怕露馅儿："疯子而已，本无大事。父皇，母后，郑母妃，儿臣告退。"

皇帝待太子和善，准他退下，命常云收好太子的奏疏，天黑前由六科廊抄出。皇帝对郑贵妃说："阿芳，你也回吧。用热水敷敷眼睛，哭得像什么样儿。"

皇帝想留下陪陪王皇后。郑贵妃垂头，赶在太子之前走了，或者说是逃了。她没话跟太子讲，她光忙着哭，忙着喊冤，哪有精力梳理梃击案的前因后情。

平安过关就好，冤从天上来。受了这回梃击案的冤屈，郑贵妃再不奢望常洵回京继承大统。不知陛下作何感想，郑贵妃十分窃喜过关。她终于晓得什么叫作怕了。朝臣要陷害她，陛下亦难庇护她。郑贵妃回启祥宫，真是清静了。

太子回到东宫，狂喜犹在继续。刘庭说梃击案没完，庞保、刘成还没审讯，陛下待太子殿下不同以往了。太子等着瞧父皇如何堵悠悠之口？靠方从哲和稀泥，张问达亡羊补牢，堵不住。叶先生在密信中教了太子一招，用舆论保护自己。

为平息梃击一案，万历皇帝上朝了。

五月廿八早晨，司礼监掌印太监李恩传谕旨，召见内阁辅臣、六部五府堂上官与科道官于文华门，后改于慈宁门。陛下的谕旨写了,今次非例行的朝会,选在西宫的慈宁门,想让群臣拜拜孝定皇后,见见皇太子。

那日的晌午,方从哲、吴道南和被宣召的官员陆续进宫。天下着蒙蒙细雨,漫天的雨丝,带着暑热的温度。文书官安排大臣们在会极门前列队,引他们到慈宁宫内,孝定皇后的神位前叩首,再引他们出慈宁门,在阶前排班跪下。

彼时,皇帝与皇太子已到。皇帝穿青袍,戴遮了白布的冕旒,靠慈宁宫的左门西向坐。皇太子也穿青袍,戴乌色的翼善冠,站在御座的侧后方。东宫的皇孙们也到了,三个孩子立于左阶下,一字排开。

大臣们三叩首,高呼万岁。

皇帝宣:"方首辅、吴阁老上前。"

方从哲、吴道南膝行上前,离慈宁门的台基几步之遥。

皇帝良久不语,空旷的广场上万籁俱寂。绝大多数的官员已经受宠若惊了,自他们中进士以来,没见过天颜,今日这样近距离的聆听陛下的圣训,跪在这儿就很荣幸了。

方从哲代表群臣问陛下安。

皇帝开口说话了:"诸位爱卿,朕自圣母薨逝以来,哀恸无已。朕每逢年节,及每月的朔望日,必到圣母灵前致哀,从无懈怠。尽管朕今春足疾复发,虚弱无力,朕亦坚持至今。今夏端阳,忽有疯癫奸徒张差闯入东宫伤人,外朝闲说纷繁。朕想问你们,尔等谁无父子,要离间朕父子?刑部郎中赵会桢奏请,将人犯张差、庞保、刘成即时处死,不牵连无辜。朕准如所请,恐伤天和,惊扰圣母神位。"

细雨纷纷,皇宫被包裹在水气里。皇帝从御座上站起,睥睨阶下文武。他以玉旒挡面,内心翻涌,被这群东西架到这里,耐着性子与他们解释。

皇帝回看了一眼太子，转过头来，容色沉沉："朕的皇太子今年三十四岁了，素称仁孝，朕岂有不爱之理？东宫的皇孙们，朕亦非常喜爱，特别是皇长孙由校。福王之国，一年有余，洛阳去京城几千里。朕宣召福王，福王能插翅到京？"他走到御座后，执起皇太子的手，宣告群臣，"常洛孝顺，朕极爱重常洛。"

言尽于此，可以了。朝臣想听的不就是陛下对储位的肯定？底下风闻不动，多少人按捺着心中的欢腾。静默间，突然冒出一名列于后排的官员高声叫喊："天下共仰，愿陛下怜爱太子殿下孤苦。"

皇帝头晕目眩，听不真切，问侍立的常云："谁在说，说什么？"

"回陛下，是都察院的御史。"常云看那出声官员的位置，估计他的身份。常云磕磕巴巴的，不敢学御史的话："他说请陛下爱惜皇太子……"

皇帝震怒，朕按你们的意思，讲了那么大一篇朕对皇太子的感情，你们不信朕怎么着？皇帝将梃击案发以来对朝臣的愤怒尽数发泄："内廷父慈子孝，外朝离间！"

刚说话的御史刘光复扬声为自己辩解，皇帝气得脸发白："锦衣卫何在？"

守在两侧的锦衣卫上来，把刘光复带了下去，一时气氛尴尬。今日来此者皆知，梃击案是陛下被朝臣要挟了，陛下存着火儿呢。陛下盛怒，大家都怕了。吴道南惊慌失措。方从哲稳健，再往前挪了一步，为触怒陛下的御史开脱："小臣无知胡言，陛下息怒。他，他是说请陛下恢复东宫讲学，培养太子殿下。"

年迈的皇帝早非年轻时那般任情使气，御史的胡言只是个插曲，回去收拾他。皇帝消解了怒色，把话和这帮大臣讲清楚："东宫讲学乃大事，近来因为圣母服丧，不便举行。"他又拉了拉皇太子的手，坐了回去，"你们看见了，朕不爱惜皇太子？尔等的儿子长大成人了，你们不爱惜？"

皇帝命东宫的王安带三个皇孙上来。朱由校十一岁了，双手各牵着两个弟弟——六岁的朱由楫和五岁的朱由检，年长朱由检一个月的四皇孙朱由模在养病中，不能过来。弟弟人小腿短，迈高高的台阶，步履还困难，朱由校牵着他俩慢慢地走。朱由检脚下绊蒜，大哥一把拉住他，叫他当心。皇帝让朝臣看看东宫兄友弟恭，朱由校天生聪明，做得很好。

三个孩子到跟前，皇帝摸了下由校的头，以示亲昵，推一下由校，让他牵着弟弟找他父王去。朱由校天真地笑着，先让弟弟上去，太子碰了碰两个小儿子："由楫，由检。"他越过朱由检头顶，摸摸朱由校的头："好孩子。"

皇帝顺着太子夸他的长孙："由校是个好哥哥，天性敏慧，将来定成大器。"

皇帝笑得脸上的皱褶层叠，他要告诉群臣，即使你们怀疑朕对太子的心意，朕打心底喜爱皇长孙。储位必定属于皇太子，你们当放心了。

太子立刻向父皇跪下，父皇扶他起身，轻揽他一下："朕与皇太子父子至亲，祖宗俱鉴。离间朕父子、祖孙的都是奸臣。"皇帝重复一遍，变得严厉。

方从哲回话："臣等岂敢！"

群臣齐道："臣等岂敢！"

皇帝扶了扶朱由校头上的小圆帽，待皇孙们先下去，他方说起召见群臣的正题："张差闯宫伤人，庞保、刘成是主使，将他三人处决,不准波及。"

大臣须退一步了,谨遵圣谕,主使仅追究到庞保、刘成。

皇帝看向太子:"你和诸位爱卿说说吧。"

"是,父皇。"太子严肃加之恭敬,看父皇的脸色说话,"诸位,张差疯癫,杀了他完了。奴才奸恶,与主上何干?"

皇帝回头,示意太子走上前。太子第一次对满朝文武讲话,手心里全是汗。他七上八下的,怕说错了话,又看父皇,父皇气定神闲,太子遂大胆些:"外朝风传孤与父皇不睦,尔等为无君之臣,使孤为不孝之子。"

皇帝以目光命方从哲回话,方从哲会意:"圣谕既明,人心安定,望陛下与太子殿下莫介怀。臣等知罪。"

群臣俯伏认罪。皇帝网开一面,饶恕了群臣的离间之罪,叮嘱方从哲速拟一封谕旨,叫群臣退下了。

大臣们退下后,无不欢欣鼓舞。唯独方从哲、吴道南回内阁草拟谕旨,仍旧忐忑。他俩严格按朝会上陛下所言拟写,呈进后皇帝把处决张差、庞保、刘成改成了处决张差一人,庞保、刘成押候待审。奇怪了,陛下留下内廷的二犯,想保他俩性命?两位阁臣只得令三法司照办。

五月廿九,张差以凌迟处死。

至于当朝触怒陛下的御史刘光复,皇帝欲拿他杀鸡儆猴。方从哲、吴道南联名给刘光复求情。皇帝以震慑圣母神位为名,着锦衣卫将刘光复议罪,最终定了斩监侯。皇帝从重惩处刘光复,犹为了堵塞朝野的猜疑,与他在朝会上的表态,算是恩威并施了。

五月三十,皇太子奉诏往乾清宫向父皇请安。皇帝在东偏殿召见皇太子,所为还是梃击案。

太子谨小慎微，垂首不敢正视父皇。皇帝倒是和气："太子呀，梃击案没完。"

太子纳闷儿，杀了庞保、刘成不就完了？

"朕……你再出面讲几句吧。"

"儿臣……"皇太子嗫嚅。

皇帝扬首，常云领会，跪在太子腿前，诚恳道："太子殿下，庞保、刘成是启祥宫的近侍，他俩定罪处死，郑娘娘脱不开干系。"

太子了悟，父皇留下庞保、刘成，救他俩为了给郑贵妃开脱。太子犯了难，父皇让他替郑贵妃，不，替庞保、刘成说情。

常云大胆盯了眼太子，太子组织了一番，字斟句酌："回禀父皇，儿臣以为，庞保、刘成原系张差随口攀诬，若一概治罪，恐伤天和。望父皇思之。"

"常云，把皇太子的原话转告内阁。"

常云退下，暖阁里父子二人，皇帝教皇太子坐近了，婉转地对他交代一通。

太子莫不从命，处置梃击案，他帮了父皇，父皇将来会念他的情。

三日后，司礼监与三法司奉旨，于文华门前会审庞保、刘成。张差已死，死无对证，庞、刘矢口否认与张差的关系。胶着之际，皇太子的令旨到：孤反复参详，庞保、刘成身系宫廷近侍，虽欲谋害孤，于庞、刘何益？孤体念人命至重，造逆何等重大事情，岂可轻信仇口，株连无辜？

参与会审的刑治官员懂了，太子殿下的令旨传达的是陛下的圣意，意在开脱郑贵妃的指使之罪。况且文华门前会审，除庞保原名郑进，刘成原名刘登云，审不出东西来。给陛下面子，放了郑贵妃，未尝不可。陛下当众表达过对太子殿下的爱重，陛下再反悔国本，

一月天子

当众抽自己的脸。

刑部侍郎张问达却不识时务了，会审后他上疏称，有马三道等人的供词在案，庞、刘的供词不足为据，请求陛下严审庞、刘，他二犯不招认，无从拟罪。

皇帝不理张问达。六月初一，六科廊抄出陛下的谕旨，为梃击案定案。

郑进、刘登云原系张差所供，名字不对。前者，皇太子在朕前悉言的系肆口诬攀。今司礼监回奏，二犯招词异议。明系妄供无实，难以凭据。且皇太子屡数面奏，的系诬攀，不必再问，恐伤天和。昨皇太子又复行奏请，着与马三道等一体斟酌，遵行拟罪来奏。

当天晚上，张问达私放了庞保、刘成回内宫，郑贵妃秘密处死了二犯。次日，刑部郎中赵会桢拟马三道、李守才等充军之罪，皇帝准奏。三日后，皇帝下旨将御史刘光复无罪释放，着实令人费解。

太子几次送人情，皇帝纵使从头至尾没放弃过对叶向高的疑心，却对太子的印象大大改观，信服了太子的人品。太子为人忠厚，太子的包容，皇帝自认比不过。长子受了太多的委屈，练成了常人不具备的大度，皇帝觉得亏欠了长子。

半月后，皇帝下旨，为故太子妃郭氏发丧，谥恭靖太子妃，按太子妃的规格葬于西山，修饬简怀皇孙朱由㰀的墓园，追赠简怀皇孙为简怀王。

皇帝又下旨，恢复东宫讲学，以张潮署詹事府事，赠故詹事府少詹事黄辉礼部尚书衔，并为皇长孙开蒙。

太子终得到了皇太子应有的待遇，这无疑是东林党的功劳。不出两月，梃击案中冲锋陷阵的王之寀落了个贪污的罪名，革职回乡。王之寀中进士后，只当过两任小官，七品清远知县，六品刑部主事，回了老家。皇帝还顺手料理了几年前贬官的李三才。有人告发李三才盗用皇木，侵占皇厂。皇帝革去李三才的官籍，发回家乡，永不叙用。

而张问达奇迹般地升了官，被调到都察院，做上了他梦寐以求的主官——正二品左都御史。都察院掌管监察与弹劾，工作比较清闲，张问达以为自己不再能够胜任刑部工作的烦巨，能调又能升是最好的。刑部接替他任侍郎的，不是胡士相，皇帝选重了郎中赵会桢。

第二十四章

时值万历四十三年六月末，消停了半个多月，皇太子的好运似是用光了。

四皇孙朱由模病重的讯息一传开，刹时间不少人翻起了梃击案的旧账。某些东林的对立面，浙、齐、楚三党人士想到了贼喊捉贼。太子殿下在梃击案中获利最多，嫌犯郑贵妃则销声匿迹。太子殿下的儿子生了重病，遭报应了。

太子殿下害怕父皇听信人言。他写了道奏疏，称四皇孙先天体弱，因而幼年病重。皇帝让常云转告太子，小儿生病治病，治不好办丧事。

朱由模自出生起，小病淋漓，郑贵妃拨了医正葛太医给他调养，好了一年多，万历四十三年入夏，先染了时气病，暑伏又染上鹅口疮，雪上加霜。其实鹅口疮也是一种小儿的常见病，保持清洁，下几副败火的药，少则一旬，多则一月就会大好。可是朱由模生了鹅口疮，不到十日病笃了，口唇生了一层白色的斑，呼吸困难，伴有脱水的症状。

西李再强悍的女人，抱着发热的由模，也六神无主。葛太医劝西李娘娘放下四皇孙，鹅口疮本是不洁净引起的，切忌二次感染。他劝西李娘娘暂时远离，利于四皇孙养病。西李哪里肯依，死活不撒手。她抱得紧了，由模喘不上气，哭了两声，听着可遭罪了。

"我问你们，由模养尊处优，怎么染上这不干不净的病？"西李抱着孩子大吼。

葛太医担心西李娘娘口沫横飞，感染了四皇孙，给乳母递个眼神，教她把四皇孙抱过来。

西李瞪着乳母，骂她不干净，传给四皇孙脏病。

葛太医忙解释："西李娘娘，小病难以避免，小儿总是娇贵的。"

"你敢说四皇孙生病，他自己活该？"西李蛮不讲理。

"臣不敢。西李娘娘您配合几日，会好的，肯定会好的。"葛太医无话可说，鹅口疮的病理，翻来覆去给西李娘娘讲了多少遍。她乱发脾气，耽误的是她儿子的病。

西李一心在她儿子，刘庭进内，她没发觉屋里多了个人。

四皇孙在母亲的怀抱里，张着小嘴使劲喘气。刘庭挤到前面，大声叫醒西李娘娘："西李娘娘安，是奴才。"

"滚！"西李不看刘庭是谁，凶悍道。

"西李娘娘，太子殿下请您去穿殿，免得误了四皇孙治疗。"

西李横目道："我是由模的娘，我能误了我儿子？你让太子殿下把不中用的奴才给我处置了！"

"西李娘娘，您处置了他们，谁照顾四皇孙？"刘庭向前蹭了两步，忧切道，"太子殿下有请，娘娘不好不去吧？"

"殿下找我何事？"西李活像一头护犊的母兽。

"太子殿下是四皇孙的父王，殿下会误了四皇孙？"刘庭悄声反问。

西李一怔，不甘心地将由模给了乳母。她闪着泪光，扯住刘庭领口："你说，太子殿下找我何事？"

"娘娘去了就知道了。"刘庭枉自回避着西李娘娘的怒。

"蠢奴才，太子殿下为何不到承华宫来看由模？"

"回西李娘娘，以防感染，太子殿下不便到承华宫，离四皇孙过近。"

西李略想清了，仿佛太医也是这样说的。她蛮悍地扯着刘庭："走！"

刘庭请西李娘娘放开他，正了正领口，带西李娘娘过去。太子殿下正是怕西李娘娘发疯，干扰了四皇孙医治，派了他这个苦差，请西李娘娘去穿殿。

太子在寝殿坐等西李，平素温柔可人的西李，眼下不可理喻。太子躲她，不愿她近身，冷脸训斥："你在由模身边只会添乱。由模痊愈之前，你住孤这儿。太医讲的医理，孤都懂了。"

西李哭得妆花了，面目可怖："太子殿下说是妾害了由模？"

"你讲不讲道理？"太子别过脸，不与她计较。他理解孩子病重，最痛苦的是母亲。可西李不理解他，失去儿子，他不想经历第二次。看着喜欢的女人痛不欲生，他也不好受。

西李跪不住了，坐到地上，无力地哭泣。

太子叹息，痴痴望向窗外："你想由模好起来，得理智。伤心不解决问题。"

"殿下，妾理智。"西李也懂得，太子殿下跟前，伤心不能过火。

"鹅口疮不是大病，由模底子差，多调养几日，就好了。"

西李从地上站起，背对着太子殿下坐下："太子殿下，妾求您，把妾的女儿还给妾。"

八郡主徽媞为避她孪生弟弟的疾，挪去了东李的勖勤宫，和三皇孙由楫、五皇孙由检在一起。五岁的小女儿不太懂事儿，陪她玩儿的兄弟多了，她还高兴。

"也好，让徽媞来穿殿，你们母女在一块儿。"

西李起身，弯下膝盖，算谢了恩。太子始终不看她，他生怕由模夭折时，王才人悲痛的脸与眼前西李的面目重合。失去了次子由榉，王才人悲恸过度，从此他再不敢与王才人亲近。假若由模也夭折了，他以后怎么面对西李？

太子干搓把脸，令刘庭带西李到偏殿安置，领八郡主来陪她母亲。韩本用调去了神宫监任掌印太监，岳才明去了混堂司，太子的近侍只有刘庭了。他不信任新来的，便不调新人了。

刘庭下去，没人陪他说话了，太子想叫王安，算了。他干坐着，祈祷老四不要死，他坚信由模不会死，由模没得由榉那种要命的病。他记得当年，由榉夭折之前，连着发了三天高烧，王才人哭碎了他的心。太子喊都人打盆洗脸水，都人退下，他把脸埋进凉水里，好受多了，他受不了娘亲哭儿子的哭声了。

三日后的清晨，四皇孙朱由模还是走了，鹅口疮，他没扛过去。

西李哭昏了，醒来扯着太子殿下，要他杀了那几个奴才陪葬。太子应付她，东宫的奴才也是父皇的奴才，他没权力责罚。

葛太医无功无过，拎着药箱回了太医院。

西李病倒了，由模走了三天，她水米不进。西李瘦得脸颊凹陷，眼眶塌了下去，脱了形，再无昔日的艳丽。徽媞陪伴在母亲床前，哭着摇摇母亲垂下的手臂。西李狠心推开了女儿："要你何用？"

徽媞哭得更凶了，乳母抱走八郡主安慰。

西李直愣愣盯着床帐。由模没了，她这辈子没指望了。五年前，她拼了性命生下这一对双棒儿，徽媞是姐，由模是弟。生下两姊弟，太医说由模哭声不亮，先天不足，她也亏了元气，难生育了。西李想着，我还能生儿子吗？没有儿子，活什么劲呢？精心养了由模五年，他怎么就夭折了？由模长到五岁，多灾多难，闯过了一关又一关，翻在了鹅口疮这小阴沟里。

由模去后，太子来过承华宫两次，不敢进门。他这次来，在外头听见西间传来徽媞的哭声。他知道西李心气高，拿女儿撒气。想想，她是比王才人悲惨，王才人有健康的由校，西李只剩个女儿。太子记起了母亲，宫里的女人大多数活得很绝望。

太子敲敲门，里面没应声："燕丽，孤来了。"

刘庭跟着："殿下，进吧。"刘庭给太子殿下开了条门缝，太子推门进了。他为西李挡了一切来客，担心东宫有人不怀好意，打扰了西李。那个王才人，她自己受过丧子之苦，昨日太子还听见奉宸宫里的笑声。

"燕丽。"太子站在外间叫她。

西李躺在东间的床上，立即拉上被子，蒙住脸。

太子自己开了东间的门，轻手轻脚走到她床前，低下身，却不坐："蒙着脸做啥？人死了才蒙脸。"

"太子殿下，别看妾。"西李翻身，后背冲着太子。

"孤晓得，你想由模，可我们还有徽媞。你喜欢儿子，由楫和由检，你都可以抱来抚养。"

西李压抑着哭声，蒙着头，她的声音透着坚强："殿下，妾过几天就好了。"

"那就好，想开点儿。"太子松快了些，拉拉西李的被子，"你好生休养，努力加餐饭。"

"太子殿下再来，妾上了妆，换了衣裳迎候殿下。"西李边说边在被子里流泪。她若是过分悲伤，失了太子殿下的宠爱，万劫不复了。没了由模，至少她有太子殿下的心，太子殿下待她是最长情的。西李没忘记，王才人因为次皇孙的夭折而失宠。如今的王才人空有名号，自己失了独子，也能跟她争一争。

太子见西李强撑，他怜惜她，掉了眼泪。

"你好起来，孤来看你。"太子略坐坐，走了。不惹彼此相对伤心，他待不下去了，出门嘱咐亚茹和其余的都人照顾好西李娘娘。

太子离开了承华宫，果然放松了。西李痊愈以前，太子不必来了，不用再伤心了。太子想快点儿忘却先天不足的由模。他宽慰自己，皇长孙健康，旁的儿子少一个没大关系。他还年轻，西李还有机会再生。然而自我的宽慰往往是空洞的。太子眼前常闪过由模的笑脸，由模长到五岁夭折，比刚出生即夭亡的由樨难以承受得多。太子最怕想起由模的小模样，怕到他念着和西李还有徽媞，却不愿意看到徽媞和由模酷似的面容。

"太子殿下节哀，四皇孙去了，傅娘娘有孕了。"刘庭也陷入了一种失落。

"傅氏的两个女儿都好，这一胎生个儿子更好。"太子不敢对傅选侍新得的孩子抱以信心了。宫中长不大的孩子多了，父皇亦失去过两个皇子。但愿这样的悲剧不要再发生在自己头上。

刘庭不喜欢西李娘娘，实际上东宫的都人、内侍都不喜欢她跋扈，御下苛刻，西李娘娘不如恭靖太子妃。刘庭遂多嘴："得看娘娘是不是好生养。"

太子被提醒了："西李是难生养了。也罢，孤不该软弱。"太子抿去了泪意，"走，去瞧瞧傅选侍。"

刘庭随着太子殿下去昭俭宫。傅选侍接连有喜，她是东宫最好生养的妃妾。刘庭觉着，太子殿下看到傅娘娘的两个玉雪可爱的郡主，定会开怀的。尽管太子殿下不常去昭俭宫了，傅娘娘靠子嗣，长盛不衰。如果傅娘娘生了儿子，太子殿下便不会为四皇孙难过了。

西李的坚强仅仅换来太子殿下一丝的怜悯，太子顾着有孕的傅选侍，人没如约到承华宫，只遣刘庭送去了补身子的药膳。西李没空消沉，她起了床，画上娇艳的妆等待太子殿下。太子殿下去看东李和她养的三皇孙、五皇孙了，西李干等着，泪水花了妆。太子殿下因为夭折的由楧，害怕触景伤情，真真要疏远了她。

太子殿下不来，王才人来了，拦都拦不住她。西李最不想见王才人，有啥了不起？对，王才人最了不起，她生的皇长孙康健，十一岁了，没生过一场病。

王才人是嚣张的货色，人家孩子新丧，她插了支王皇后赏赐的赤金步摇招摇。西李不与她寒暄："王才人，你来做什么？"

"姐姐怎敢平白无事扰了西李妹妹伤感？"王才人大大咧咧的，假装无心，口无遮拦，"周尚宫带话儿，郑娘娘想来东宫看妹妹。姐姐我怕妹妹怠慢了郑母妃，问妹妹见不见？"

"我病了，东宫你说了算。"西李鼻孔出气，咒王才人幸灾乐祸，没好下场。

"东宫是你我二人做主，姐姐我不敢擅专。"王才人假意关怀，"西李妹妹呀，快好起来吧。妹妹想见太子殿下，殿下不来，姐姐来了，妹妹生气不？"

王才人凑上来，她发饰的流苏扫到了西李颊上。西李屏住了怒，反唇相讥:"王才人,你少得意,你还没当上东宫的主母。"

"哟,我好歹比你高一级,你不叫我姐姐?"王才人扑哧乐了,她的心腹大患朱由模没了。朱由楫的生母死了,朱由检的生母卑微,他们威胁不到皇长孙的地位。西李死了儿子,别想跟她争继太子妃了。她和西李争的更是新朝的皇后,西李无子,皇长孙的生母势必成为皇后。哼,到时候拿祖制压西李,不生儿子的,皇贵妃,她都当不上。

西李死瞪着王才人,恨生生憋在心里,没到发作的时候。她知道王才人想什么,由模夭折,王才人渔翁得利。她区区厨役出身,想当皇后,她也配?

王才人在西李的寝殿,摇着帕子转了一圈,她是来示威的:"东宫的主母有啥要紧?西李呀,你以为你傍上了郑母妃,稳操胜券?郑母妃快倒了,亏你精明一世。"王才人讲话拖着长音,那长音狠狠扎在了刚刚丧子的西李心上。

西李眼梢轻扬:"王姐姐,陛下尚在。"

"咱走着瞧。"王才人昂着头,踩着她的新绣鞋走了。

西李笑王才人浅薄,她以为我失了儿子,她赢定了?哪怕我西李不能生了,你皇长孙的生母未必赢。西李往地上唾了一口,要治了这个女人,她得振作精神。王才人居然敢讥讽郑娘娘,她活腻味了!

郑娘娘说想来看她,西李主动去了启祥宫拜见,保险起见,郑娘娘不来承华宫的好。西李只携了都人亚茹,递了牌子进内宫,避人耳目,趁着月色,七拐八绕到了启祥宫。

夏夜雨过天晴,月光如流水一般,掺着淡淡的银色,自薄薄的云间流泻而下。西李仰头望月,恍惚间回到了由模和徽媞出生的那个夜晚,同样好的月色,初为人母的幸福。亚茹感到了西李娘娘手上的颤抖。西李沉在溶溶月色中,往启祥宫去。郑娘娘会安慰她的。

进的是启祥宫的后殿，郑贵妃今夜依皇着贵妃的礼制，谦逊地穿了身双凤对襟的烟紫色翟衣，发髻上戴了顶小巧的凤冠。她没让西李行礼，赐了她座。

郑贵妃屏退左右，笑她："宫中不兴给孩子戴孝。"

西李身穿乳白色的上衣，搭了件灰白色的马面裙，发间簪了几朵白色的绢花，通身莹白似雪。

"郑娘娘，妾穿的不是孝服。"西李颤声道。

"本宫晓得，开你玩笑。"郑贵妃扬起淡淡的笑，"燕丽，本宫生过六个孩子，死了五个，常洵也去了洛阳。本宫夸过你性子像本宫，这点坎儿过不去了？"

"郑娘娘，妾……"

郑贵妃声色俱厉了："本宫不喜欢没出息的子媳。本宫知道，你想说你难生养了。但是……算你走运，生下健康的儿子，像本宫的常洵，又如何？"郑贵妃稍稍迟疑，眼中闪出清冷的光芒，出言狠厉："你能做皇后吗？由模能做太子吗？"

西李被震住了，无辜的表情泄露了她的脆弱。

郑贵妃娓娓道来："由模的出生顺序是他的软肋。好比本宫的常洵，至多得到一块富庶的封地，比别的藩王多一点自由。"郑贵妃端起茶盏，凑到唇边吹了吹，眼泪滴在茶水里，瞬间消弭了痕迹。她开解西李，拿自己举例，诛自己的心。梃击案后，郑贵妃想了许久，换种方式谋她的将来。陛下援皇孙，本宫谋皇孙。

"皇长孙活泼，健壮。太子殿下膝下有三个儿子。"满腹的凄苦纠缠成一团，绞痛着西李的脏腑。

"燕丽你悲伤傻了？"郑贵妃斥责她，"东宫的王才人，招人烦又蠢，你比她还蠢！"

西李半晌不语,强自按住了伤痛的心神,止住泪水道:"妾求郑娘娘指点。"

郑贵妃看出她清醒了,舒然问道:"想通了吧?"

西李刹那间现出了狠毒:"皇长孙不死,王才人活得安稳!"她的眼光噙着饱满的恨,她和王才人不共戴天,不止争后位那么单纯。

郑贵妃的泪凝在了眼底,她才不让子媳察觉她的伤感。她不想朱由校出危险,朱由校那个人选不错,空生了个机灵的脑瓜儿,活得像个白痴。王才人会生,不会养。养而不教是生儿育女最大的悲哀。

郑贵妃继而搬弄:"燕丽,由模的死,你没感觉蹊跷?葛太医给由模调养了一年多,他已经好了很多,忽然间一场鹅口疮夺了他的性命。"

西李来不及去想王才人害死由模的动机,听信了郑贵妃的挑拨。她攥起拳头,直要掐出了血:"妾把朱由校抢到手,抢到手。"

郑贵妃蹙眉:"你为了你自己,不许懦弱了。西李,你比我命好,恭靖太子妃不在了,皇后之位离你远吗?"

西李照着外命妇的礼节,向郑娘娘郑重三拜。多亏郑娘娘开解,她开窍了,报复王才人,非抢皇长孙到手不可。而且皇长孙那孩子心性单纯,等皇长孙登上大位,她与郑娘娘把持朝纲也说不定。陛下年过半百,太子殿下年近不惑,国朝多少位皇帝活不过四十,皇长孙和自己的好日子快到了。

西李拨开云雾,看见了将来。

郑贵妃以过来人的姿态,手把手教给西李:"王才人无宠,你有宠。抓回太子的心是当务之急,东宫统共那几块料,于你不难吧?"

西李犹跪着,点点头。

郑贵妃走下她的宝座:"燕丽,起来吧。你听本宫的,先把王

一 月 天 子　　　　　　　318

才人比下去，决不让她得逞。王才人那蠢货，仗着生了皇长孙，横行霸道。本宫做长辈的，和皇后姐姐都看不起她。她远不如你温顺，妥帖。"郑贵妃笑色弥漫，"本宫若是你，头一个制服王才人。王才人厨役出身，小家子气，东宫哪个人真心服她？她妄想当皇后？王才人如像陛下的李敬妃，本宫劝你认了，本宫绝非教你吃醋。"

西李站起，眼光凌厉，与郑娘娘四目相对："郑娘娘，妄想通了。"

郑贵妃戳戳西李的心口："得这儿明白。本宫盼着你争气呢。"

西李像一下子从地狱重回了人间，郑娘娘指的路，比靠着由模，注定成为藩王的由模，开阔得多。抢夺皇长孙，这是条阳关大道。由模可惜，只好可惜了。怪自己命不好，没赶在王才人的前头生下儿子。过往无从追悔，无论朱由校是谁生的，他是东宫唯一有价值的孩子。朱由校就是国本！

西李的神色越发笃定，她怀着满腔的志气，朝郑娘娘笑了。郑贵妃对她放下心来，付之一笑。失去由模多少天了，西李头一次笑。

郑贵妃令周尚宫领了内侍崔文升来。崔文升内书堂结业，原在御药房写字，刚顶了庞保、刘成进启祥宫伺候。郑贵妃拨了崔文升给西李，带回东宫照顾八郡主。

西李带走了崔文升。郑娘娘赏她一名内侍，西李有底气了。她有了崔文升，恭靖太子妃的徐从宝跟了东李，王才人啥没落着。西李走着回宫，月光洒落，她掩着帕子喜笑起来。王才人言之凿凿，郑娘娘快倒了，但郑娘娘依旧是内廷屹立不倒的第一人。她带回了郑娘娘赏她的内侍，王才人瞧见了，那张脸哟。

西李不禁佩服自己找了郑娘娘做靠山。恭靖太子妃靠着王皇后，白忙活一场，死了两年才发丧。西李喜不自禁，浑然不觉自己被郑娘娘利用了，成了郑娘娘安插在东宫的棋子。她欢欢喜喜领回去的崔文升，同是郑娘娘用来监视她的。西李不知不觉上了贼船。

西李回到东宫，郑贵妃通过崔文升指点，教她当个刚强的可怜女人，背着人伤痛流泪。让太子殿下知道，她这么的坚强是为夫君着想。终于，西李唤回了太子殿下的垂怜，太子来了承华宫。

二人并坐灯下，太子执着西李的手，发自肺腑："燕丽，苦了你了。"

西李柔弱："太子殿下，求殿下别抛下妾。"

"你心里苦，你忍着，不肯惹孤难过。"太子感叹。

西李的泪积蓄着，哭腔也克制着："妾有错，没照顾好由模。妾一定把徽媞带大。"

太子待西李格外温柔："孤很想与你再生一个儿子，代替由模。"

"妾有徽媞，知足了。"

丧子后分开了一段时日，太子对西李越发宠爱了。

第二十五章

西李复宠之后,她重新考量了东宫的形势。东李出身良家,仁善寡言,太子殿下敬重她,她养着三皇孙和五皇孙。傅选侍怀着她的第三个孩子,宠遇大不如前。除掉了王才人,将来的后位是她的囊中之物了。西李估计,太子殿下厌弃王才人,他登了基,王才人不一定被追封为皇后。朱由校由乳母和大伴儿带大,和他生母的感情不过尔尔,朱由校归了自己,自己善待他,他会听自己的话。王才人殁了,太子殿下应该不会立自己为继太子妃。但太子殿下登基,必须立后之时,王才人已死,皇后非自己莫属了。到时自己再求新皇追封由模为皇太子。

西李想得多了,振作了,侍候太子殿下细致入微。她复了宠,太子殿下的新宠冯淑女,以前是个都人,小产后太子格外怜爱她,都比不过她这旧人的宠爱。西李的地位随着她宠遇的复苏上去了。她没熬上才人的位分,太子殿下给她求来了太子妃的俸禄。

西李走下一步棋了，她教崔文升请皇长孙来承华宫玩儿。

去了半日，崔文升未归，西李绕着帕子，手边放着太子殿下新赏的步摇。石榴红的玛瑙镶嵌在步摇的顶端，名贵、璀璨。

西李心态闲适："王彩菊那贱婢，鬼知道她跟崔文升在扯什么？"

"娘娘宽心。打皇长孙出生，他不常来您这儿。"亚茹道，"王娘娘护皇长孙护得紧。"

"把朱由校变成我儿子，非一日之功。那孩子挺有主意的。"西李自首饰盒里拿出那枚步摇把玩，"可惜了，上好的玛瑙不给我的徽媞，反用来讨好朱由校。"西李讪讪地将步摇丢回首饰盒，令亚茹取一块绸缎包好，过问了给皇长孙备的点心，"恭候"皇长孙光临。

西李一直候着，午膳没用。睡午觉的时辰，崔文升带来了从不睡午觉的皇长孙。皇长孙十一岁了，个子长得高，身板强壮。他见了西李娘娘，收起他一贯纯稚的笑容，羞怯怯的，跟在大伴儿身后，探头探脑。

西李挥手招呼他："长孙殿下，来。"

带他来的是大伴儿兼师傅魏朝钦。陛下下旨给皇长孙开蒙，没选像样的师傅，还是魏朝钦教他读书。

西李慈爱地笑了，不急，不恼。

朱由校记忆中的西李娘娘，看见他就捏他脸。她下手重，总捏得他疼。他四下巡睃，西李娘娘这儿阔气，摆了不少好东西，这屋子比父王的屋子好看。他想转转，进忠大伴儿和客妈妈不在，没人护着他。

西李娘娘叫声"由校"，朱由校愈显生疏了。他记着西李娘娘对他向来大呼小叫，连名带姓叫他"朱由校"。

爱说爱笑的皇长孙不言声了，躲躲闪闪的。小时候的皇长孙见到西李，主动问安。这孩子长大了，反而忌惮她了，肯定受了他母亲挑唆。西李强压着不生气，和颜悦色地问魏朝钦："王姐姐准你带皇长孙来的？"

"是，西李娘娘。"魏朝钦道。

"我喜欢由校，王姐姐不准的话，我也没办法见到由校。"西李说着拿起块点心，"这点心好吃，由校，来。"

朱由校瞥见了西李娘娘桌上的点心精致，看着比母亲给的好吃多了。点心勾起了馋虫，朱由校孩童心性，从魏朝钦背后出来，犹怯生生的。他最怕西李娘娘，想吃她的东西，不敢明说。

西李让魏朝钦端了碟子，给皇长孙吃。

皇长孙取了一块最好看的，尝了，好吃，又拿了一块，坐到茶桌那头吃点心。

西李温柔备至，令亚茹端盏牛乳给皇长孙润润。

皇长孙喝了牛乳，一声"母妃"叫出了口。对面的西李娘娘慈眉善目，不像他印象中的李母妃。朱由校渐渐卸下了防备，边吃边露了笑影儿。

西李笑眯眯地说："由校用过午膳来的，仔细吃多了点心胀肚子。你喜欢哪样，教亚茹包了给你带回去。"

"谢李母妃。"朱由校点了几样，亚茹退到小厨房包点心去。

西李问了魏朝钦皇长孙的起居。魏朝钦提着十二分的警醒，王娘娘叮嘱过，西李丧子，她想拉拢皇长孙。魏朝钦皮笑肉不笑，拣不紧要的答。

西李便不理魏朝钦了，一意关心皇长孙。她见皇长孙吃够了，对着她眉眼弯弯的，她像亲生母亲那样过问他功课。她知道朱由校聪明，爱显摆，问他唐诗，她说两句，朱由校接两句。

她问的第一首，骆宾王七岁作的《咏鹅》。朱由校答了，冲着李母妃乐，那表情在说你难不倒我。

问了几首简单的，西李挑了首稍困难的："岭外音书绝，经冬复立春。"

朱由校睁大了亮闪闪的眼睛，想了半晌。

魏朝钦没教过这首《渡汉江》，他跪下告诉小殿下："近乡情更怯，不敢问来人。"

朱由校捧着盏，喝着温热的牛乳，两只眼睛活泛。看得出他对诗书没兴趣，不要紧，西李再试他一试。

崔文升捧上了送皇长孙的礼物，一套木工的工具。

皇长孙的注意全被吸引了去，他丢下喝了大半盏的牛乳，打开匣子取出一把刨子，手指刮过刨子的刃。

西李抓着帕子，紧张地悬了心："由校，别刮了手。"

"没事儿，我从小玩儿这个。"他一件件看了一遍，这套工具甚好，比进忠大伴儿寻来的称手。朱由校放下锉刀，开心极了，跑到西李身边，由衷地感谢："李母妃，多谢了。"

西李顺顺朱由校的垂发："你的礼物，喜欢？"

朱由校用力点头，笑成了眯眯眼。谢过母妃，他忙把装工具的匣子抱在怀里，坐回去十分的快活："由校回去，使李母妃送的工具，给李母妃打件礼物。"

"你会打什么呀？"西李很好奇的模样。

朱由校并不骄傲："我会打小椅子了。"

魏朝钦赞道："回西李娘娘，皇长孙早慧，心灵手巧。"

西李捂了嘴，想笑，未来的天子该在诗书上用心，师傅竟夸他木工活儿好。

这下西李对朱由校有了把握，多机灵的孩子，被他见识短浅的母亲耽误了。

她趁朱由校高兴，再送给他那枚玛瑙步摇。朱由校乐呵呵地收了，贪财样儿得他皇祖的真传。

"送你将来的媳妇儿，当见面礼。"西李道。

朱由校笑容明媚，嘴甜了："我媳妇儿要像李母妃，好心肠儿。"

西李爱看他笑，朱由校笑得那么透亮。她不由得想起了由模，若由模长到朱由校这么大……恍恍惚惚，西李落泪了。

朱由校懂事，凑过来，手在西李眼前晃了晃："李母妃，别难过了。四弟去了，您有由校。"

西李揽他入怀道："你真好。"

魏朝钦瞧着皇长孙待西李娘娘亲热，煞是刺心，说了他多少遍，皇长孙对谁都轻易抛却一片心。

西李陪朱由校玩了会儿，让魏朝钦带他回了。出了门，魏朝钦就说他："你不该亲近西李娘娘，她不怀好意。"

"李母妃亲和，娘老凶我。"朱由校抱着木工匣子，怀里揣着玛瑙步摇。

"有奶便是娘，小殿下，您长点儿心。"魏朝钦批评皇长孙，跟王娘娘学的，严格教这孩子。王娘娘不得宠，没事儿净拿皇长孙作筏子。皇长孙长到十一岁，总是大伴儿和乳母三个人带着。皇长孙不生病，健健康康，快快乐乐，其实工才人没啥好忧虑的。

魏朝钦又想夸夸皇长孙，皇长孙走前头去了，不搭理他了。朱由校不喜欢训他的人，不喜欢魏朝钦，像进忠大伴儿、客妈妈由着他开心，他欢喜。

"小殿下，等等奴才。"魏朝钦赶忙跟上，跟着皇长孙出门，秋凉了，跑得魏朝钦出了汗。

皇长孙回奉宸宫，专心用新工具做木匠活儿，魏进忠伺候。魏朝钦通诗书，不用他给皇长孙打下手。皇长孙玩儿得不亦乐乎，不让魏朝钦教他念书了。

魏朝钦为此挨了王才人训，王才人是亲娘，也没法子把西李送的礼物扔出去。

"只要由校身子无恙，他爱玩玩儿吧。"王才人嘴上顺了由校天性，遽然变色，责令魏进忠、魏朝钦和客氏："不许由校再见西李，西李抢我儿子。"

"王娘娘，奴才定护好了皇长孙。"魏进忠带头应了。

王才人令魏朝钦下去，她信任魏进忠和客氏。他俩纵容由校，她也放心。

"进忠，客氏，我这心上呀，说不出的怕。"王才人捂着心口瑟瑟道。她的强悍是面儿上的，近来王才人常被无来由的惶恐包围着，忧心自己和儿子的将来。

魏进忠憨直："皇长孙好，娘娘您怕什么？"

"进忠，咱们的日子好过了，是吗？"

"奴婢跟着王娘娘享福嘞。"客氏温顺道。

王才人吸口气："那好，我防住了西李。"

客氏跪在了王才人脚边："娘娘，咱东宫，您和西李娘娘全说了算。西李娘娘能害了您不成？"

王才人紧抿着嘴，想起重夺太子殿下的宠爱。由樗走了九年，她尝试了无数次，太子殿下再没宠过她。朱由模死后，西李的应对使王才人明白了，当年她不该不顾太子殿下的感受，沉浸于自己的伤痛。后悔没用，她和西李毕竟不同，她生了皇长孙，她的胜算更大。西李占据太子殿下的心，如何？我占据了大明的命脉。王才人拉着魏进忠袖子，魏进忠之于她，是个特别的奴才。

"你们俩得保护我们母子，进忠你保护我。"王才人悲观道。

魏进忠人如其名，王才人自信不会错信他的忠诚。魏进忠的忠诚超越了一般的宫廷仆役，出于曾经落魄时的友谊，魏进忠待他们母子是真心的。关爱皇长孙，除了自己和太子殿下，谁能够超过魏进忠和客氏？

魏进忠跪下，迎着王娘娘闪烁不定的目光："娘娘且宽心，我们仨待皇长孙忠心。"

"嗯，嗯。"王才人点头微笑，魏进忠是最可靠的。

然而，西李很快找到了魏进忠，魏进忠面对了他人生中第一次的挣扎。他四十七岁了，这般的挣扎违背了他乐天的本性。

夜中时分，承华宫的内侍从庑房绑了魏进忠去。魏进忠被带进了承华宫的西间，按在地上，缚着绳子，仰视强势的西李娘娘。

"听说你劝王才人争夺我的宠爱？"西李兴师问罪。

"奴才不敢。"魏进忠否认。

西李轻挑柳眉，不信魏进忠的话："进忠，你是忠仆。王才人是你的主子，你劝她争宠，好极了。可是我劝你别让王才人自不量力。"

魏进忠双手被绑得很紧，耷拉下脑袋。他心中疑问，西李娘娘来者不善，说些不着边的话，她为什么不找魏朝钦？

西李含着奚落："我也为你主子好，进忠大伴儿莫会错了意。"她施施然命令内侍："来人，给进忠大伴儿松绑。"

押魏进忠来的小火者，上来解了绳子，仍反剪着魏进忠的胳膊，不准他动弹。

西李上前，浅浅一笑："他是皇长孙的大伴儿，你俩的手爪子轻着点儿。"

那俩小火者松开手，魏进忠晃了晃，谢了恩。今晚跪在承华宫，魏进忠明白了件事儿，王娘娘失宠即失势。西李娘娘无子，都敢绑了皇长孙的大伴儿。他惊魂甫定，豁地念起一句老话，后宫的女人，宠遇最重要。

"哟，进忠大伴儿，不信我？"西李闻见了宦官身上的皂角香，解下帕子挡了鼻子，"那冯保权倾一时，不就是皇长孙的大伴儿起家？"

她的话戛然而止，引起了魏进忠无边的遐想。他拨浪鼓似的摇摇头，告诫自己清醒。冯保是内书堂的佼佼者，自己大字不识几个。莫忘王娘娘，莫受坏人的挑拨。再说，就算有天他成为了冯保第二，也是因为皇长孙当了皇帝。

西李站远点儿，和声道："进忠大伴儿前途无量。你若想让你无量的前程变成现实，记住，东宫的哪头能助你一臂之力。"她探到了魏进忠沉寂的外表下挣扎的内心，话说到此，恰好。西李扬了扬手，小火者押了魏进忠下去。

他俩送了魏进忠到庑房的院外。天渐凉了，魏进忠直奔到水缸那儿，舀起半桶凉水兜头浇下。承华宫的香气熏得他难受。他靠着水缸滑坐在地，浑身浇得透湿。魏进忠警告自己："我魏进忠进皇长孙的忠。我四十七岁了，不可能看到皇长孙登基，我做不了冯保。我不能帮着外人抢王娘娘的独子，王娘娘对我有恩。"

魏进忠撩起贴在前额的湿发，他清醒了，自地上爬起，进屋换衣裳。他揪了揪身上的湿衣裳，留神看了看这身大伴儿的衣裳。他的一切全是王娘娘给的。没有王娘娘，会有可爱的皇长孙？他仿佛

一 月 天 子

看到了皇长孙，又隐约看到了冯保，威风凛凛站在龙椅之后，龙椅上坐着小皇帝，冯保冲着他微笑。

魏进忠靠到墙上，他再扯了扯湿了的前襟，仿佛自己看到了皇长孙登基，能够穿上斗牛服了。进宫混了二十几年，我运气好，做了皇长孙的大伴儿。皇长孙当上太子，我就是王安了。我明明可以进一步，做个东宫掌印太监。他的左手攥住了右手，皇长孙成全我，我当然可以再进一步，扶皇长孙坐稳了太子位，照料他长大。而皇长孙的皇位，魏进忠依旧不敢想。对他而言，那个梦遥不可及。

魏进忠的时光随着皇长孙的成长过得飞快，皇长孙长得快，魏进忠很知足了。但王娘娘生了多一重的心思，他很难一心一意带着皇长孙了。

年末，三皇孙生病。王娘娘老派魏进忠去勖勤宫打听。魏进忠不爱鬼鬼祟祟，尤其躲藏在门口，听见三皇孙的哭声，忍不住想起皇长孙。阿弥陀佛，皇长孙没遭过生重病的罪过。

三皇孙朱由楫的生母是王选侍，三皇孙未满周岁，王选侍过身，后来三皇孙养在东李娘娘膝下。按说三皇孙身子一向不错，这回闹病是偶感风寒引起的。朱由模刚夭折，朱由楫病重，太子大发雷霆，骂了东李。东李只会哭泣，来诊病的负责东宫的林太医只会说，小儿闹病是难免的。雪上加霜，傅选侍生了个小猫似的儿子，六皇孙提早落地了一个多月。太子随口取了名字，叫朱由栩。冬日来，两个月大的六皇孙发了寒症，两个病孩子令太子不胜其烦。

太子的运气实在不好，当万历四十四年的新年来到，太子巴望着新年转了他的坏运气。无人之处，他常叹惋，梃击案的三个冤魂回来报应他了。朱由楫病情日重，朱由栩寒症加吐奶。略感宽心的，洛阳福府乱了，大乱了。父皇忙于弹压，焦头烂额，过不好年。

洛阳福王府的守卫士兵共八百人，去岁腊月爆发了哗变。河南府地方救下福王全家费了不少力气。不用查也知道，哗变的原因唯有一个，尽管皇帝不认账：福记的淮盐。福记专卖淮盐，影响到了征收军粮，拖欠军饷日久，士兵为了生计走投无路，包围了福王府。

皇帝坚称，拖欠军粮不可能拖欠到福王府的守军身上。皇帝严旨，免了陕甘总督、陕西巡抚和陕西道御史三位大吏的官职。皇帝欲问责免职了事，但是事情的复杂远超乎他的想象。福王就藩不到两年，河南和陕西被整成了什么样子？皇帝不闻不理。哗变前方从哲和李恩配合，有关福王殿下的奏疏，来三封递一封。方从哲认为，首辅当为天下计，洛阳周边仅天下的一隅。陛下为福王殿下就藩一事屡次让步，那福王殿下就藩以后，到了洛阳惹的事端，陛下不愿意管就不管。

正因为方首辅带头宽纵福王殿下，福王在洛阳捅了马蜂窝。官军上次哗变是武宗正德年间，一百年后，福王府守军哗变一出，成堆的奏本涌来，指责陛下对福王殿下赏赉过侈，求无不货，恳请陛下对福王殿下加以管控。大臣们劝谏改变不了福府奢侈无度、与民争利的现状。哗变、民变之类的动乱，只能按下葫芦起了瓢，越镇压越乱。方从哲对此类奏疏深以为然，递上去又恐招惹了陛下。可是大臣们奏得对，河南、陕西的老百姓没了活路，因为那儿立了一座福府。

方从哲左右为难之下，作为陛下一手提拔的私人，呈上同僚的奏疏，不多言。他眼睁睁地瞧着，陛下为了保护他的爱子，处置朝臣的戾气不减争国本当年。吴道南上奏，受了申斥，颜面扫地。一批力谏的朝臣遭到重罚，革职回乡。方从哲救不了这群同僚，他们不该在陛下为福王殿下忧虑的时候，针对福府哗变一事口出不逊。

陛下不过是感觉朝臣借题发挥，朝臣担上了出尔反尔之嫌。唉，方从哲心痛，无计可施，指望着地方上速速平息哗变。相比洛阳福府，他更在意京城的稳定，乱不能乱在天子脚下。他理解陛下的心思，陛下抓着朝臣的把柄，两年前朝臣急于赶福王殿下就藩，陛下给福王殿下的赏赐是朝臣答应了的。所以方从哲希望福府哗变一事，朝臣向陛下让步，小说一说，且闭上嘴。万一陛下和朝臣顶了牛，会引起京城的骚乱。

教方从哲猜中了陛下的心意，陛下心意坚决，常洛主贵，常洵主富。梃击案遭东林党坑了一道，皇帝心下不平，没可能再退让了。福王府的哗变，皇帝压根儿不想管，撤了陕西的三个官，他没再管。他忙于处置违逆他心意的佞臣，朕教你们沽名钓誉，梃击案和这一回污蔑常洵，新账旧账一起算。或许是承平日久，皇帝没有丝毫危机意识。八百士兵哗变的确不严重，福王继续贪婪搜刮下去，将来会出什么事儿？军心动乱摆在目前，哪支军队来保卫当地的安全？

朝臣的话应验了，不在西北，在东北。

万历四十四年正月初一，女真人努尔哈赤在辽东赫图阿拉建立政权，号大金，年号天命。

异族的政权成立，比官军哗变严重多了。皇帝依然固我，在国朝的视野中，边境上的异族是强盗，构不成大的威胁。土木堡之变消散进了历史的云烟。近百余年，边境上全是好消息。前有隆庆年间王崇古以封贡互市收拢了蒙古，后有李成梁异军突起，消灭了零星不驯服的鞑靼。李成梁去年高寿去世，你辽东告知朝廷，女真统一，建立了独立的政权？

元宵节前，皇帝把聒噪的大臣收拾得差不多了，和首辅方从哲、兵部侍郎魏养蒙坐下来谈一谈女真的问题。据辽东新来的奏报，女真首领努尔哈赤于故辽东总兵李成梁在世时，和辽东地方的关系非常好，一向受到李成梁的庇护。李成梁的次子，铁岭卫都指挥佥事李如柏向陛下辩解，辽东新变一则由于家父去世，辽东缺少有才干的将才，二则辽东民怨沸腾，陛下曾派往辽东的矿税太监高淮余毒未清。皇帝斥其为无稽之谈，朕召回高淮惩处，事过七年，建立一个异族的政权并不是甚大事，李如柏存心找朕的晦气。

皇帝信任李成梁的眼光，李成梁一生威震辽东，努尔哈赤是李成梁的亲兵出身。皇帝道："嗯，努尔哈赤统一了分裂的女真，他也没必要和朝廷开战，更不具备能力对抗朝廷。李如柏说了，努尔哈赤待他父亲非常恭顺。"

"回陛下，努尔哈赤的父、祖横死，和朝廷有关。"魏养蒙隐着一种浓重的不安，他感觉弱小的女真没那么好对付。

"多少年前的事了，李成梁代表朝廷给过他补偿。父祖死后，努尔哈赤给李成梁效力了几十年。"方从哲亦不认同女真统一，建立政权是件大事。努尔哈赤称的是汗，不是帝，就像北边的鞑靼。他像顺服李成梁那样，顺服朝廷，互市还可谈："臣启奏陛下，李成梁殁，辽东急需一位将才经略辽东，监视女真。统一了的女真毕竟不同往日了。"

是啊，得找个人接替李成梁，辽东的女真人不是没给朝廷找过麻烦，皇帝如此作想。

杨静媛 ◇ 著

一月天子

〔下〕

山西出版传媒集团　北岳文艺出版社

·太原·

目录

第二十六章 ……………………………………… 333
第二十七章 ……………………………………… 346
第二十八章 ……………………………………… 358
第二十九章 ……………………………………… 370
第三十章 ………………………………………… 382
第三十一章 ……………………………………… 394
第三十二章 ……………………………………… 405
第三十三章 ……………………………………… 417
第三十四章 ……………………………………… 429
第三十五章 ……………………………………… 441
第三十六章 ……………………………………… 453
第三十七章 ……………………………………… 465
第三十八章 ……………………………………… 477

第三十九章 …………………………………489

第四十章 ……………………………………501

第四十一章 …………………………………513

第四十二章 …………………………………525

第四十三章 …………………………………538

第四十四章 …………………………………550

第四十五章 …………………………………563

第四十六章 …………………………………575

第四十七章 …………………………………586

第四十八章 …………………………………599

第四十九章 …………………………………611

第五十章 ……………………………………623

第五十一章 …………………………………636

第五十二章 …………………………………648

第五十三章 …………………………………661

第二十六章

辽东的新任总兵，皇帝想的是王象乾，他历任督抚，兵部、吏部两任尚书，曾镇压过苗疆起义。而王象乾年老，已从吏部任上乞休、致仕，上辽东怕是难了。另外兵部也缺尚书，魏养蒙为兵部左侍郎署部事，福府哗变，辽东分立，他难辞其咎，兵部亟需主官扛过多事之秋。朝中有位黄嘉善，总督陕西军务，和鞑靼作战，立下了"三边大捷"的军功。皇帝说出黄嘉善的名字，方从哲说黄嘉善的身子不好，上不了前线。

魏养蒙提出："李成梁的公子李如柏就在辽东。"

皇帝挠了挠松松挽起的头发，不摆皇帝的威仪了："如柏不如如松。"

宁远伯李如松是李成梁的长子，才干最似其父，可惜万历二十六年阵亡了。

方从哲见陛下作难，举荐了他的私人："臣拙见，兵部尚书之位可从长计议。辽东总兵,拖延不得。臣有一人,杨镐。"

"谁?"皇帝耸了眉毛。

魏养蒙明着嘲弄方首辅:"在援朝之役中出过糗的杨镐。"

"都过去了。"方从哲搪塞道,"放眼朝廷,资历老,能上前线,打过仗的就杨镐了。"

皇帝沉吟片刻:"嗯,杨镐现任何职?"

"回陛下,他在都察院任职。"方从哲推荐杨镐,魏养蒙剜他一眼,却举荐不出比杨镐合适的人选。他想提醒陛下,杨镐在朝鲜输仗又输人,被方从哲"都过去了"一言带过。

皇帝神气闲定:"好,二十年了,他翻上来了。先派杨镐去辽东,看他表现。"他也记得杨镐在朝鲜战败被免官的往事。朝中无将,试试他吧。

"让如柏帮着他。"皇帝坐直了,伸伸腰。

"臣遵旨。"方从哲欣悦,他亦做起了首辅惯常做的事,培植自己的势力。

方从哲吸取了梃击案的经验教训,准备以他带领的三党逐渐取代东林。吴道南失去了陛下的信重,对方首辅无疑是件幸事,他做事更趁手了。

杨镐能翻上来,他在朝鲜战败被撤职后,加入了浙党。几个月前,方从哲拉拔杨镐去了都察院,升任张问达的副手。就在梃击案后,方从哲见识了东林党的实力,他虽为首辅,却处处受制于东林。方从哲遂立志接过沈一贯的衣钵,重振浙、齐、楚三党。推荐杨镐只是方首辅试水的一小步,明年为京察年,沈一贯教过他,如何利用京察将朝廷改头换面。人有了权力的得失心,方首辅再不是初来乍到的方从哲。他被卷入了朝廷斗争的漩涡,不觉间与托付过他的先任叶首辅渐行渐远。

据方从哲的观察，现在的形势比争国本的时候，比沈首辅当政的时候，乃至比叶向高当"独相"的时候，安定得多。浙、齐、楚、东林关于国本的立场高度一致，不会出现太大的分歧。方从哲正想用眼下的机会，做些好事，他想借杨镐到辽东建功。而陛下不肯动的弊政，征矿税、肥福王、空缺官职等，方从哲没有东林的意气，他不想无故招惹陛下。还有吴道南，陛下要抛了他，他得给陛下搭把手。

"方首辅。"书办敲门。

方从哲刚从乾清宫回来，摘下官帽："何事？"瞅眼天色，天快暗了，该出宫了，这时辰出了大事？

"东宫的信儿，六皇孙殁了。"外头的书办磕巴道，"东宫连丧……两位皇孙，陛下命内阁慰问、致哀。"

"六皇孙？"方从哲嘟哝，太子殿下何时有了六皇孙，他提高了声调，"你请吴阁老来。"

书办回头看了下吴阁老的值房："回方首辅，吴阁老回府了，房门落了锁。"

方从哲心生不满，坐到书案前，提笔就写："老夫给东宫做一副挽联，以内阁的名义。宫门下钥前，老夫出宫来得及。"

他教书办站门口等。方从哲的文采不及庶吉士出身的先任沈首辅和叶首辅，紧赶慢赶，交上了一副沉痛的挽联和一篇悼文，用了内阁的公印，交给书办送进内宫。方从哲自嘲，自己啊，不具倚马万言的水平，居然当上了首辅。

皇帝那日留了礼科都给事中，于六皇孙殁的当天，抄出内阁献祭的悼文，挽联送到东宫，并降旨追封四皇孙朱由模为怀惠皇孙，六皇孙朱由梴为湘怀皇孙。连着没了两个皇孙，三皇孙犹在病中，皇帝想给东宫做场法事，驱邪祟。皇帝去了坤宁宫，问皇后。做法要请太子的嫡母，王皇后不悦，呛了皇帝："陛下，法事如果管用，用太医做什么？"

"邪了门了，半年死了俩。"皇帝敲敲桌边，"皇后你说……"

王皇后截下陛下不吉利的话："夭折的两个孩子都是先天不足。"

"老三呢？"

"由楫他会好的。"王皇后也敲了敲桌边，不苟同陛下。她不迷信，宫中养不大的孩子多了，赶在一块儿罢了。

"走背运哟。"皇帝没敢明说，由梴夭折，他净想着灾异之说。上天降下灾异，接连夺走了两个皇孙的性命，"朕看太子出了毛病。"

"顶多太医不力，关太子何事？"王皇后探寻着道，"陛下听到了那些传闻？"

言下指宫中流传的风言风语，自从四皇孙病笃，即有人说太子殿下伤了阴骘，报应在他儿子身上。

皇帝低下眼眉，默认了。

"郑贵妃传的。臣妾亲耳听见，她来臣妾这儿，报应长，报应短。"王皇后刻意添点儿佐料，"她说太子做下的，报应了四皇孙。陛下若畏惧人言，臣妾愿代陛下，为太子做场法事。"

"阿芳说的？"皇帝疑心，瞭着王皇后。

"臣妾犯得上说这么不积德的话？"王皇后凝睇，令皇帝信服。

"唉，这个阿芳。"皇帝烦透了，郑贵妃怎么不消停，"皇后，你歇着吧。法事不做了。"皇帝离了坤宁宫，以后再没提过东宫皇孙的夭折。王皇后难得出面一次，顶了郑贵妃的权威，将流言弹压了。王皇后说四皇孙和六皇孙先天不足，今后内命妇有孕，太医院和宫人伺候务必更加仔细。

太子仍然惦记着换来父皇的垂怜。东宫的悲剧仿佛一日甚过一日。朱由栩夭折，他的生母傅选侍备受折磨，卧病不起。没人说得清，东宫泰山压顶般的厄运到底为哪般？传闻顺着宫墙根儿溜进了太子的耳朵里，人说东宫的两个病人，三皇孙和傅选侍都活不成，慈庆宫的风水不好。

太子怒不可遏，冲进了王才人的奉宸宫。他怪王才人，恭靖太子妃在时，东宫的孩子们好好的。

太子殿下来势汹汹，刘庭小跑着跟上："殿下，傅娘娘……傅娘娘夜寐缠身，林太医建议……建议做法。"

太子大步流星道："做什么法？"

"是，做法未必管用。治疗夜寐，心病心药医。"

"安神药呢？"太子一个急停，刘庭没撞他身上，"劝她解开心结吧，由栩的死固然遗憾，傅选侍尚有两个女儿。"

"殿下，王娘娘那儿还去吗？"

"去。对了，林太医给由楫看病，给傅选侍另拨一位太医。"

"是，太子殿下，奴才转告王大珰去请。"

"慢，负责内宫的韩太医医术精良，请他给由楫医治。傅选侍用林太医。"

太子迈开步子，刘庭趋步跟从。太子又道："赖王才人，由楫病重，不张罗给由楫换一位得力的太医。"

"殿下，王娘娘尽心了。"刘庭想替王娘娘说句好话，不晓得说什么，"即使王娘娘不及恭靖太子妃，王娘娘的心系着殿下。"

不提恭靖太子妃也罢，太子听了邪火横溢，冲到奉宸宫，恭靖太子妃的旧居。太子一脚踹开门，惊得王才人丢下手里的绣活儿。

"妾见过太子殿下。"王才人跪下,瑟瑟发抖。久不见太子殿下,见了面瑟缩着,越不招夫君待见。

"嗯。"太子的修养使然,他稳重地坐下,扫视一圈恭靖太子妃住过的这座寝殿。

"你治理东宫……"

王彩菊急惶惶的,打断了太子殿下:"回殿下,妾照料不周。"

雨儿给太子殿下上茶,太子漠视。他实在不知道怎么教训她。恭靖太子妃在时,王才人帮主母打理庶务,而今西李丧子,王才人主理东宫,她不行了?太子说不好,王才人是不是故意的。

"你起来吧。孤从内宫请来韩太医,他是小儿科的圣手,你安顿好他。"

雨儿在旁,搀了王娘娘起。王才人畏缩着,太子不睬她,自说自话:"由楫病重,你派几个宫人,给东李分劳。由楫病的时间长了,你做的得周到。"

"妾必定悉心照料,照料由楫和傅妹妹。"王彩菊垂头,瞄了眼太子殿下,今儿不是叙话的氛围,她看出太子殿下压着火儿。

太子陡然刻薄:"孤看你蛮清闲的。"

"妾忙里偷闲。"

雨儿收起王娘娘做的针线,王才人搔搔头。她闲着是爱做些活计,她做给由校的,不算她偷懒呀。

"你觉着由楫他……天儿全暖了,能好吗?"

太子殿下问三皇孙,问得王彩菊哑口无言。东宫的事务,她不够尽责,指了林太医给两个人看病,也不关心三皇孙和傅选侍的病情。倘若太子殿下认为她玩忽职守,她将来怎么做皇后?

她的沉默使太子疑窦顿生:"你不去勖勤宫问问吗?"

王彩菊支吾:"妾……"

"跪下!"太子拍了桌子:"孤问你三皇孙,你答不上来。你代掌东宫,做不做得好?你告诉孤,你每天在忙什么?"

王彩菊砰砰磕头:"妾知错。妾带着皇长孙,照料不周由楫,妾并非故意。东宫的一应事务,妾不熟悉。"

"按祖制,由校是乳母和大伴儿带着。"太子喘着粗气,被王才人气着了,"恭靖太子妃过世三年了,你说你不熟悉。上有母后,下有恭靖太子妃,宫中有你的榜样,孤看西李比你强。"

王彩菊无言以对,她疏忽了,诚心认错。

太子越来越凶,手指着她:"你说你王彩菊,没事儿干。由楫病了几个月,你每天去瞧瞧,给东李拨几个宫人,都好。你毕竟是由楫的半个嫡母。孤是父王,不能常去看,你一丝一毫比得上恭靖太子妃?"

王才人竟然窃喜,太子殿下拿她比恭靖太子妃,暗示她会是继太子妃?她犯了渎职的错,太子殿下会照旧属意她吗?也许正如魏朝钦所说,不看僧面看佛面,太子殿下尊崇正统,在意由校,说不定想让由校从庶长子变成嫡长子。她往后尽忠职守,太子殿下能原谅她吧。

王彩菊的心神渐趋平稳,没开始那么怕了。太子浑不知她的小九九,他是觉着王才人拿不出手,东宫少了像样的女主人,惩戒王才人怠懒是应当的。他没指望过王才人像恭靖太子妃,撑起东宫的门面。怎么着王才人代掌东宫,得跟她做厨役时那样能干。

太子终究好性儿,责备责备她完了。他清楚王才人不是不能干,就是自私、小气,吓唬吓唬她,令她认真做事。小家子气的女人不适合做皇后。

太子斥责王才人，西李闻声赶到，守在门口听着。

这时，勖勤宫传来三皇孙的噩耗，三皇孙不好了。

西李推门而入。王才人翻她一眼，太子殿下找我说话，你来做甚？西李跪倒，眼泪夺眶而出："太子殿下，由楫他不好了。"

太子长吁一声，手扶住了桌子。

西李膝行上前，紧握太子殿下的手："妾陪您去勖勤宫，东李姐姐哭得好惨。"

太子虚着推了西李："孤不去了。"

西李的泪滴在太子的手背上："妾听殿下的。"

王才人像块木头戳着，惘然看着西李与太子殿下痛在一处。

"燕丽，陪陪我。"太子低下了头，倚靠着西李。

西李的手抚着太子的背，无声地安慰他。

"第三个，第三个孩子了。"太子哽咽，"孤只有一个儿子了。"

"太子殿下，您有皇长孙，还有五皇孙。"西李道。

太子拽住西李光滑的绸面衣裳："老五……"

"由检本来养在东李姐姐那儿，由楫病了，由检挪去了内宫的钟粹宫，瑞王的生母周端妃娘娘在照顾他。"西李讲得头头是道，颇令太子动容。

连丧三子，太子又悲痛又恐惧，必然是报应了。

"王才人，你出去，孤和燕丽待会儿。"

王才人退下了，关上门，冲着西李的后背，唇语骂了个"呸"。太子殿下心疼你丧子，准你歇息，你背地里把我的活儿干了。

出了奉宸宫的大门，王才人冷笑连连。那又怎样？太子殿下的儿子越少，我的皇长孙越金贵。

王才人翘了翘嘴，望望天光："李燕丽，你个劳碌命，给我打

一 月 天 子

下手吧。"

"娘娘，咱去哪儿？"雨儿问道，"戳这儿不太好吧？"

王才人忽然精明了："走，递牌子进内宫看皇后殿下去。"

王才人洋洋去了，走起路招招摇摇的。

万历四十四年二月，三皇孙朱由楫殁，年七岁，追封为齐思皇孙。

朱由楫发丧，太子不露面。他的心伤透了，一共六个儿子，四个得了谥号，前几年冯淑女小产的同是个男胎。连续早夭的三个儿子，朱由楫是最揪心肝的一个，他的底子明明很健康。随侍太子殿下的王安、刘庭拿小儿病当借口之外，无从宽慰。太子感慨，由楫命不好，东李待由楫、由检无所谓厚薄，男孩儿不能放一起养。太子终于问起了由检："老五进了钟粹宫，习惯吗？周母妃上了岁数，顾得了他吗？"

刘庭提防着悲剧发生第四次，是他进内宫禀的王皇后，三皇孙病重，东李娘娘无暇他顾，请皇后殿下在中宫和启祥宫以外，寻一位清闲的庶祖母暂时看顾五皇孙。王皇后恩准，请的周端妃是瑞王殿下的生母，她心善且有养孩子的经验，暂养五皇孙一阵儿，不成问题。

"殿下放心吧，周娘娘健旺得很。"刘庭千方百计宽解太子殿下，"您看瑞王殿下，身子多好。"

"周母妃养大了五弟，倘若她能把老五带大……算了，周母妃该享清福了。"太子清秀的脸黯然失色。

"瑞王殿下成年，迁居宫外。周娘娘含饴弄孙是好事。"刘庭道。

"由楫的丧仪亏了燕丽操持。"太子蓄了泪意，"东李好些了吗？"

王安垂泪："东李娘娘将齐思皇孙和五皇孙视如己出，齐思皇孙七岁夭折,东李娘娘没有自己亲生的孩子……"

"先让东李休息吧,她照顾由楫生病这几个月,累了。"太子蓦然忆起由楫的生母王选侍,"周母妃养儿有方,她带带老五,挺好。"太子捋了一把下巴上的山羊胡:"钟粹宫风水宝地。由校和老五不能有事了。"

太子倦怠,走了第三个儿子,日子愈发难熬。父皇只给了由楫追封,没有别的表示,父皇不会疑心了孤?到底是意外,还是天谴?若是天谴,该到头了。孤赔上了孤的三个儿子,别再夺了孤的储位。

"傅选侍,她好些没?"

"奴才去请傅娘娘。"王安留下刘庭,去请傅选侍。傅选侍卧病后,多了一位刘淑女与她同住。刘淑女和原先住在昭俭宫的冯淑女、邵淑女一同照料傅选侍养病。

王安进昭俭宫,烛火笼着莹白色的灯罩,他穿过蒙着白纱的圆门,进了寝殿。床前垂着薄罗纱的床帐。王安透过床前青玉的圆镜,照见自己憔悴的面庞,这段日子够受的。

圆门内走出一位女子,淑女的打扮,襟上系了一块紫黑色的方绢,端着一碗浓黑的药汁。王安退后让开,让她放了药碗在床头的小几上,她去柜子里取了个小盒子,放到盛药碗的托盘上。

王安看那女子羞答答的,给她见了礼,这位是和傅娘娘同住的刘淑女吧?刘淑女礼貌地笑了笑:"公公来看傅姐姐?她在偏殿。"

她不认识王安,王大珰?

"你能带我去吗?"

"是。"女子温文,端起托盘。王安请她领路,她脚步迈得很小,让王安念起先前东宫的高司仪,都是雅致的女子。

进了偏殿,王安见到了冯淑女,在给傅选侍敷粉,遮盖傅选侍缺少血色的脸色。

"傅娘娘，太子殿下有请。"

傅选侍的杏眼红着："我卧病多时，打扮打扮，别吓着了殿下。"

"是，傅娘娘能出门走动，大好了。"王安规矩回话。

傅选侍知道刘淑女对王大珰陌生，叫了刘淑女放下托盘近前："王大珰，这位是五皇孙的生母，刘氏，刘淑女。"

"王大珰。"刘淑女福下身去。

"使不得，刘娘娘。"王安低首，"刘娘娘安。"

冯淑女下去了，傅选侍关照刘淑女："阿沅，你不是想见太子殿下？王大珰来了。"

刘淑女俯首，低低弱弱地说："我想和傅姐姐一道见太子殿下。"

王安问："哦，刘娘娘有什么事？"

"由检……"刘淑女搜肠刮肚着词句，"东李姐姐为三皇孙伤心，我想接由检来跟我住几天。"

"哦，太子殿下将五皇孙送去了钟粹宫，五皇孙很好。"

"好吧。"刘淑女咬牙，她和儿子又好久未见了。三皇孙生病，东李姐姐忙，她想把由检接回自己身边。等到了傅姐姐的身子大好，由检跟着周端妃娘娘，或许已经习惯了。刘淑女思念儿子，日盼夜盼傅姐姐好了，她好抽出身来。

好不容易问出了口，见到王大珰为难，刘淑女恨不得自己像由楫的母亲王选侍一样早早去了，省得活着见不到自己的儿子，更拖累了由检，跟她一样无人搭理。听邵淑女说，由楫病笃，太子殿下每常念起王选侍。自己如果死了，太子殿下会记起有个她，给他生下了五皇孙吗？

刘淑女失了魂般说："多谢太子殿下。"

"奴才到外头候着。"王安走出几步，转回来，神情写着抱歉，"傅娘娘，您喝了药再走吧。"

"待它凉一凉，有劳王大珰。"傅选侍面容恬静，施了脂粉，面色红润多了，显得脸颊没那么凹陷。

王安出去掩上门，等傅娘娘好好打扮一番。

太子教傅选侍过去，为确认她的状况尚可。朱由梈夭折了，他害怕宫中的流言一语成谶，傅选侍殁了。和傅选侍说了会儿话，太子安了心，傅选侍大好了。太子嘱咐她放宽了心，没了由梈，还有徽妍和徽婧。傅选侍与太子谈起由梈，无泪，情凄意切。

"咱们的由梈，日后能够追封为王，追封湘怀王。"太子亦怜惜丧子后活泼不再的傅选侍，和从前的她判若两人。

傅选侍暗下决心，真切道："太子殿下，妾多想为您生个健康的儿子。可是，妾不一定有这样的福分。殿下，怜取眼前人，您的皇长孙和五皇孙还在。孩子要长在生母的身边，妾恳请您接由检回东宫吧。"

太子以为傅选侍病糊涂了："芷彦，东李丧子，有精力抚养由检吗？"由检才满五周岁，太子莫名惧怕，由梈和由模是六七岁上下夭折的。由校长成了，由检尚需用心。他不能失去老五了。

"太子殿下可以将由检还给他的生母。"

"孤都不记得他的生母是哪个。"太子哂笑。

"由检的生母刘氏是妾的姊妹。妾能证明，刘氏是好女人，她可以养好由检。"

太子主意已定，由校和由检是东宫仅存的皇孙，他能把由检交付给他毫无印象的女人？东宫的女人多了，算她走运生了儿子，莫非是个女人就配抚养孤的儿子？太子想起来了，刘氏是父皇的淑女，

一月天子

她更不配了。

"你回吧。"太子冷酷,"你想通了,再到穿殿来。"

"妾告退。"傅选侍低落了。

回去没法跟阿沅交待,她说什么全没用,太子殿下几句话给堵了。刘淑女没有正式的封诰,没资格抚养亲子。想来东李是位称职的养母,由检回了东宫,刘淑女和她儿子也能偶尔见个面。由检养在钟粹宫,应该不是常态。

傅选侍冥思苦想,怎样帮到阿沅母子呢?

第二十七章

　　由检进了周端妃的钟粹宫,不知东李姐姐的身子何时康复,刘沅没来由地有种预感,由检涉入了险地。傅姐姐求了太子殿下,没用。早知这个结果,刘沅不会让傅姐姐丢脸。刘沅道了声"谢谢"。

　　"陛下一把年纪,内宫不至于那么乱吧。"傅芷彦的心和刘沅的一样苦。

　　刘沅抚上了傅姐姐的肚子:"姐姐,你还会有孩子的。太子殿下疼你,你快接徽妍、徽婧回来吧。"

　　"等太子殿下心情好,我再求求殿下,别着急。我想抚养由检,可是东李姐姐好了,她也需要依靠。"傅选侍七零八落的,说来说去,好像由检成了东李的儿子。

　　"只要太子殿下对由检上心。"刘沅目光黯淡,"周端妃娘娘人不错,东李姐姐人也不错。由检就藩的那天,我就踏实了。"

　　"你能这么想就好。"傅选侍一笑。

"我心里老不安生。"刘沅话未说完,攥着傅姐姐的手,"姐姐,我不踏实。"

"你的儿子离你远了,自然不踏实。没关系,盼东李姐姐快快康复,接由检回勖勤宫,咱们去看他。"

"姐姐。"刘沅扎进傅姐姐怀里,泪水决堤。她太憋屈了,由检被抱来抱去的,她从不是母亲的人选。她想由检也是爱她的,想和生母在一起。她们母子团聚这么难!她唯一的宽慰,抚养由检的东李姐姐和周端妃娘娘都是善良的女人,善待她可怜的儿子。如若由检给了王才人或西李?

万幸,由检越来越金贵,冯淑女常服侍太子殿下,她说太子殿下重视由检了。由检去了钟粹宫,皇后殿下总去看望。周端妃娘娘待由检极好,钟粹宫里欢声笑语。皇长孙也爱护由检。刘沅听了很开心。但是愈金贵的孩子,越是众矢之的。

由检在钟粹宫是过得好,大哥由校经常去陪他玩儿。三个弟弟的死使朱由校消沉了一阵子,不过能和五弟做伴儿,朱由校高兴极了。他平素无忧无虑的,整日忙于做木工,送给五弟他打的玩具。

有天午后,睡过了晌午觉,王皇后和周端妃看顾着一大一小两个孩子。小的闷头闷脑,眼珠随着好动的大哥转。大哥捡起地上的玩具,塞进由检手里。由检举着,也不玩,愣愣地看着大哥。魏朝钦带人搬来了皇长孙打的小木马,朱由校抱了朱由检骑上木马,摇摇晃晃,朱由检呵呵笑:"大哥,大哥。"

朱由校从后抱着五弟:"由检,我给你打好多的玩具。"就一个弟弟陪他玩儿了,朱由校爱惜朱由检,他蹲在五弟边上,伸出小拇指,绷起脸像个大人:"跟哥哥拉钩,由检不许生病。"

朱由检和大哥勾勾手,他比朱由校小六岁,也像个小大人:"不分开。"

"我教进忠大伴儿扎了秋千，回东宫带你荡秋千。"朱由校疼弟弟，朱由检依恋大哥。

王皇后站在正殿的台基下，俩孩子在院子里玩儿，王皇后瞧着，泛了泪花："瞧他哥俩儿，这场面上一辈儿没见过。"

"由校心好。"周端妃展颜笑笑，"俩孩子差了六岁，能玩儿到一处，可见大哥仁义。"

"由校、由检都是好孩子。"

周端妃站在柔和的日光下，显着她有种老祖母的慈祥："太子的孩子招人疼。郑姐姐来过，送了由检衣料。"

"由检性子文静，是块读书的料。由校从小坐不住。"王皇后话锋一转，"郑贵妃送的东西，周妹妹最好提防着。"

"不会吧。"周端妃率直。

"周妹妹有福，置身事外。由校和由检是阖宫的眼珠子，劳周妹妹呵护由检。太子三十五岁了，本有六个儿子，剩下两个。"

"养大了这俩好孩子，够了。"周端妃宁和，王皇后眉宇间却有浅淡的愁绪。皇家的孩子，尤其是男孩子，逃不过阴谋算计。由检乍然间金贵得不行，皇帝亦交代过王皇后，东宫的由校和老五不能再有闪失。

如此想来，陛下比太子幸运，多子多福。陛下又迷信了，陛下说子嗣的多寡反映了一个人的运数。陛下的迷信确有几分道理，一年来东宫发生的，背了大运。短短半年，三十五岁的太子变成了子嗣单薄。不幸中之大幸，皇长孙可称无虞。

王皇后经过的风浪多了，她以为把由检养在钟粹宫很好，相当于养在自己的眼皮底下，她和周端妃妹妹的日子也有了滋味。由检住到内宫,由校常来常往,王皇后的心情舒畅了,比那时候她带吃奶的常润、常瀛惬意。

王皇后心情好了,睡了几日早觉,起床拾掇好,去钟粹宫和周端妃、由检一同用早膳。起床梳妆,她夸起了周端妃:"周妹妹会带孩子,自己养大了常浩,和由校、由检也投缘。"

"殿下带过太子殿下和您的大公主,惠王殿下和桂王殿下。小辈儿全喜欢您。"小祺哄着皇后殿下开心。

王皇后对镜戴上耳坠,凝视镜中苍老的自己,深有感触:"是孤的福报呀,孤的外孙进不了宫,太子的儿子在膝下承欢。"

小悦维持着熨帖的笑容,试着向王皇后渗透:"皇后殿下,东宫刘淑女的事,您知道了?"

"哪个刘淑女?她怎么了?"王皇后讶异,手一抖,花钿贴歪了。

小悦用小镊子夹去了贴歪了的花钿,重新取一片给皇后殿下。她没再说,王皇后问:"你说刘淑女怎么了?"

"没什么,王才人娘娘会处理的。"小祺难以启齿,宋正东递的信儿,她两个比皇后殿下起得早,都知晓了。

王皇后眼光略略飘忽:"王才人会处理什么?"

"是,所以说不关殿下的事。只是……事关五皇孙。"小悦被小祺暗着拧了一把,她俩尚未商定回不回禀皇后殿下。小祺认为,说不得,东宫有王才人娘娘主事,内宫不好置喙。再者,刘淑女娘娘死得不明不白,似乎和太子殿下有关。郑娘娘执掌六宫,皇后殿下晓得了也没用。小悦以为,必须说,五皇孙的生母殁了,请皇后殿下让五皇孙速回东宫。这事儿王才人娘娘管不了,她自己背着嫌疑呢。

王皇后摸不着边际:"吞吞吐吐的。太子的家事,孤理当过问。"

小悦诚实道:"回皇后殿下,刘淑女娘娘是五皇孙的生母,她前天夜里……过身了。"

"五皇孙的生母是位淑女?"

"您见过刘淑女娘娘,五皇孙落生的那会儿。"

"可怜呀,她殁了,发丧即是,干吗神神秘秘的?"王皇后如释重负,瞧她俩的神情,伺候自己这些年,还像未经世事,咋咋呼呼。王皇后转念一想,不对,五皇孙生母的死有古怪:"刘氏前天夜里殁的,为什么今天早晨来报?"

"刘娘娘非自然死亡,太子殿下给整死的。"小祺压低了声音。

王皇后大惊:"有这种事?太子素性温和,刘氏是他儿子的生母,怎么惹了他了?"

"宋大珰讲,因为五皇孙。"小祺语焉不详,她也弄不清原委,都是宋大珰传的信儿。

"五皇孙先不回东宫了,别告诉周端妃。"王皇后决计。这事儿太可怕了,假如让陛下晓得了,太子逼死了自己儿子的生母,太子位不保啊。

当断则断,王皇后上了妆,穿一套轻便的衣裳,不去钟粹宫了,她没法面对年幼丧母的由检,到慈庆宫见太子。

慈庆宫这座宫院,自从太子入主,她没来过。她来慈庆宫给嫡婆母孝安皇后问安,陈年往事了。这里的一草一木,她熟悉,和孝安皇后住的时候没多大区别,相反更凋敝了。

太子有意避着她,请母后到他的书房稍候。太子久不现身,他心虚吗?

王安给皇后殿下上茶,王皇后傲气如她年轻时:"五皇孙的生母暴毙,孤喝得进去茶?太子忙什么呢?今儿不是开讲的日子,太子能忙什么？"

太子确实有意避着皇后殿下，王安不晓得如何作答。

王皇后进而讥诮："东宫找不出一个伶俐人儿，孤问太子本人，孤等着。"

站在皇后殿下身旁，王安如芒在背。他几天前才见过，似一抹剪影的，低眉顺眼的刘淑女娘娘。她的暴毙充满了疑问，会给太子殿下招来祸患。

王安脑中混乱，自前天夜里刘淑女娘娘过身，太子殿下几近崩溃，自己也像过了几辈子，挨了几辈子的煎熬。皇后殿下来问话，他哑口无言，像被扔进沸水里煮。恰在此时，刘庭进内，替了王安。王安退下，如逢大赦。刘庭看上去比他从容。

"刘庭，刘淑女怎么死的？"王皇后淡定，"王大珰都不稳重了。"

刘庭把稳了情绪："奴才斗胆，敢问皇后殿下，殿下相信太子殿下吗？"

"他是孤的庶长子，孤相信他。"王皇后气度如常。梃击案后，刘庭职掌东宫的传宣，时常到坤宁宫，王皇后对刘庭有几分信任。

"刘娘娘的死，不是太子殿下直接造成的。"

"什么叫直接造成的？"王皇后耐着性子破刘庭给她出的哑谜。太子那孩子，王皇后看着他长大，她不信太子能做出逼死妃妾这等禽兽不如的事。处置犯了过错的妃妾必有凭有据，好比世宗，再如何厌弃他的女人，没逼死过一个。

刘庭话说得玄乎，从容不迫："回皇后殿下，太子殿下训斥过刘娘娘。但刘娘娘的死，应算作自然的死亡。"

王皇后费解："刘庭，太子训斥刘氏，刘氏一时不忿自戕，讲得通。莫不成刘氏二十出头的岁数，生气、羞愧，一夜之间重病而亡？"

"刘娘娘不是被气死的,奴才不好说。"

王皇后理了理思路,她讨厌刘庭耍小聪明。他是太子的近侍,拿些不着边儿的昏话,替太子遮遮掩掩。王皇后一语切中要害:"一介淑女,不算是太子正经的妾室,刘氏敢顶撞太子?"

"皇后殿下如不信,随奴才去看看刘娘娘。刘娘娘的法身停在昭俭宫,太子殿下在那儿。"刘庭噤声,悲恸直抵心底。说到刘娘娘的法身,他悬点儿落泪,吸了吸鼻子。他管传宣,傅娘娘和冯娘娘得宠,刘庭没少到昭俭宫传信,送太子殿下的赏赐,帮衬过同住昭俭宫的邵娘娘和刘娘娘。无宠的淑女位分低微,用度不足,手头拮据,刘庭帮她们带些针线活计出宫换钱,贴补日用。前天夜里暴毙的刘娘娘,刘庭觉得她人蛮好的,不争,不怨,托他带东西给五皇孙,总是眼泪汪汪,可怜见儿的。

"孤看出来了,你都为刘氏难过。或许太子替什么人背了黑锅?"

"奴才无状。"刘庭把持着分寸。

"带孤去见太子。"王皇后起身,随刘庭去了昭俭宫。

看到刘淑女的法身,王皇后才发现,刘淑女的死不是自戕或被气死。刘氏的指尖泛着乌青的颜色,王皇后头一个反应,刘氏被毒死的。凭太子的为人,何来深仇大恨,毒杀五皇孙的生母?

太子给了母后一枚如意簪,太子说是刘庭掰开刘淑女紧攥的手发现的。如意簪躺在王皇后的掌心,如在诉说刘氏的冤屈。簪子的琉璃顶饰弯出了弧度,许是攥得太用力的缘故。王皇后被这枚顶饰变了形的如意簪震撼了,她托了它在掌心,一枚凝结了后宫女子血泪的并不奢华的发簪。进宫三十余年的王皇后依旧柔软的内心受不了这种刺激。

"母后。"太子咬着嘴唇,站在刘淑女的法身旁。

王皇后触了触太子苍白的脸颊:"常洛。"

"母后。"太子惊怕,一声声喊着母后。

"这簪子是你赏给刘氏的?"王皇后将那枚如意簪还给太子。

太子接过如意簪。他辨认过,东宫像样的首饰不多,这一枚值些价钱,可是式样老旧。他忽而记起了这发簪的主人:"孤赏给王才人的。王才人生下由校,孤给的赏赐为何在刘氏手中?"

"生由校?十二年了。王氏诞下长子,和合如意,多么珍贵的纪念品,王氏随便拿来送人?"王皇后嗤道,事态渐趋明朗,亦渐趋扑朔迷离,"由校是长子,王氏有何理由谋害刘氏?"

"王彩菊自私自利,狠毒在情理当中。"太子恨恨地抹去他委屈的眼泪。

"不要对你儿子的生母妄下断言。你骂过刘氏,刘氏和你讲了什么?"

"刘氏来求儿臣,接由检回东宫,她想亲自抚养由检。她温温吞吞,不会讲话。儿臣心烦,没把她当回事儿,骂她是儿臣过分了。"太子扶额自省,"刘氏气性不大,不然她模样不难看,从不争宠。儿臣……"

王皇后从为人母的角度考虑:"你骂刘氏,捎搭由检了?"

"没有。"太子出于畏惧,因而坦白,"由检是儿臣的儿子,安静、木讷,儿臣捎搭他什么?"

王皇后心念不忍,不敢看刘氏的法身。刘氏那么渺小、卑微的人,引不起任何的利害,谁动心思毒害她?王皇后坚信,刘氏不会服毒自戕。由检还小,她自戕不合情理。

太子指向王才人,王皇后颦蹙,以善意度人:"假若由校病重,王氏谋害刘氏,讲得通。"她强压着内心的恐惧,颤着手揭开了蒙着刘氏头部的白布，又盖上了。由检失去了他的母亲，刘氏不明死因。王皇后说不上是怎样的情绪，为这对母子悲伤，苦于抓不出酿成悲剧的凶手。重点在于太子背了锅，能够宣之于众的原因只一个，刘淑女挨了太子的骂，悲愤而死。若王皇后对外认定了刘氏自戕，那是太子逼的。太子凉薄至此，和他父皇如何交代？

"别发丧了，秘密地埋了吧。"王皇后冷厉道。

太子道："儿臣还请母后明查，还儿臣清白。"

"公开为刘氏发丧，你推卸不掉责任。一枚十二年前的如意簪，能说明什么？常洛，给你的由检留点儿体面，给你自己留点儿体面。"

太子跪下，叩谢母后，直眉瞪眼对着冰冷的地面，恍惚觉着自己就这么完了。他是骂了刘氏，骂得不重，刘氏当晚亡故，他跳进黄河洗不清。他丧失了思考的能力，脑海一片空白。逼死儿子的生母，他的罪责大了。

"刘氏是五皇孙的生母，史书必有记载，怎么写？"太子余悸未消。

"暴毙！不能说是自戕。你知，我知，刘淑女死于服毒。让外头的人知道，传进了你父皇的耳朵，太子你的前程……"

太子清醒了，必须保守秘密。外人知晓了，第一个遭怀疑的便是他。刘氏死前没挨过他的骂就好了。这盆污水得以泼到王才人那儿，更好了。

太子默许，王皇后果断，对王安、刘庭做出安排："由检年幼，担不住事儿。刘氏入了土，接由检回来，交东李抚养。由检长大几岁，告诉他母亲殁了。刘庭，你出宫方便，送刘氏的法身到西山，找块儿偏僻的地埋了。不准立碑，就说东宫淑女刘氏身染恶疾暴毙。"

太子诺诺，连声向母后道谢。

"好了，孤走出这间屋子，东宫上下不准再提刘氏。"王皇后忽地心上一紧，"教和刘氏同住的女人闭嘴。反正刘氏活着不显眼，没几个人关注她。由检回了东宫，由检的母亲唯有东李选侍。"

王皇后只想快点儿离开这间晦气的屋子，忘却刘淑女的死。深宫中浸淫了多年的人都懂得，真相没有分量，不牵连活着的人，死者就没白死。她走到门口，扭头用眼角的余光瞥向仓皇的太子，太子满脸的惊惧。

母后走了，留下太子继续吓唬自己。

刘庭赶紧请了太子殿下出去："殿下，别怕，奴才立马送刘娘娘出宫安葬。黑不提，白不提，过去了。"

"今天过了，全好了。皇后殿下令内档上记作暴毙，人入了土，还能掀啥风浪？"王安道。

"郑贵妃！她跟父皇嚼舌根！"太子总算明白了自己怕什么。

刘庭忍痛，平白可怜刘淑女娘娘母子，但太子殿下的大业要紧："郑娘娘也没掌握证据。郑娘娘再厉害，杠不过皇后殿下。皇后殿下替殿下压着，刘娘娘暴毙成为定案，再与殿下无干。"

"太好了，太好了。"太子落下了提到嗓子眼儿的一颗心，"权当东宫没刘氏这个人，由检是东李的儿子。"

刘庭还忧心太子殿下对刘淑女娘娘怀了愧悔，迟吟着换种方法开导："殿下，五皇孙成年封了王，刘娘娘地下有知，会安宁的。"

太子没这想法，他感慨呀，刘氏暴毙，白让他染了一水。亏得母后精明。教东李好生照顾由检吧。

一日之内，遂了太子的愿，淑女刘氏暴毙记于内档，事情解决了。两天后，刘庭安葬了刘淑女回宫，尘埃落定。

刘沅的来，刘沅的死，如一场薄雪，融化，了无痕迹。

极少有人在意真相，在意刘沅命运的悲苦。太子侧耳谛听对他不利的动向，唯恐教人知晓了去，唯恐听到刘淑女悲愤自戕云云。朱由检从钟粹宫回了东宫，事情一天天过去，本以为风平浪静，竟有那不知死的还说。

王安告诉了太子殿下，傅选侍对秘密发丧持有微词，怨怼太子殿下刻薄寡恩。刘庭和傅娘娘翻来覆去解释，刘娘娘之死与太子殿下无关。刘庭凄凄惶惶，傅选侍嘤嘤涕泣。太子听不下去了，傅选侍和刘淑女交好，她就是闭不上嘴。孤何尝薄待过傅氏？孤不得已而为，她凭什么怨怼孤？

太子决定暂不踏进昭俭宫。刘氏枉死，她昔日的姊妹，太子无法面对。

"王安，挪冯选侍到勖勤宫，昭俭宫住的余下的人挪去荐香亭后头。"

"是，太子殿下。"王安伺候，大气不敢出。

"那个刘庭，暂时不让他到跟前来。"

王安翻过头替刘庭抱不平："太子殿下，刘庭没有对不住您。他非多嘴之人，傅娘娘问，他不得不答。他说的处处保全了殿下的颜面。"

"不许提傅选侍！"太子的脸阴得可怕。

王安不说了，刘庭避一避也好。

"内宫没传闲话吧？"

王安惶惶："内宫更没人知道东宫有个刘淑女。"

太子凄然："说实话，由检丧母，孤同情他，到头来和孤有点儿关系。"

"陛下只知道五皇孙的生母是暴毙，内宫皆作此说法。皇后殿下素有手腕，殿下忘了？"

"孤怕郑贵妃，这是倒太子的良机。"太子窃窃。

郑贵妃的确想借题发挥，刘淑女的死本能结结实实栽到太子头上，可王皇后出手太快，一日内解了太子的困。郑贵妃只能叹息："这么一来呀，由检回了东宫，由校就不用常进内宫了。原想着西李接了由检去养，多个儿子多张牌打。"

"郑娘娘帮西李娘娘，帮到这里，看她自己的道行了。"周尚宫道。

"谁说本宫帮了西李？由检的娘死了，下一步轮到由校的娘。"郑贵妃悠闲拈起一枚棋子，按在棋盘上。周尚宫陪她下棋，二人心思全不在棋上："多等一等，时机是等来的。可惜太子老有皇后护着，总不能一击即中。"

"郑娘娘英明，不忙。"周尚宫被吃了一子，缓了声气，"您琢磨琢磨，把陛下的心拉回来吧。"

"陛下从没与本宫疏远。"郑贵妃自负，"不忙，开春儿，天暖了，本宫会和陛下和好如初。"

第二十八章

四月份的时节,北国才是草长莺飞。

郑贵妃邀了皇帝同游煤山。这座小土山是永乐年间挖紫禁城护城河的泥土堆积而成,在京城的中轴线上耸立,是皇家登高望远的最佳之处。皇帝不好动,五十多岁了第一次登上煤山。到了万历年间,煤山的景致修得很美了。山下遍植果木,于嶙峋的山石间,沿平坦的石甬道乘软轿登山,道旁草木葱茏。春天里傍晚的煤山,霞光流云,生机盎然。

郑贵妃见此美景,陪皇帝深居惯了,拿皇帝打趣,说陛下像个大姑娘,大门不出,二门不迈。煤山的风景多好,陛下从不张罗着出门玩玩。皇帝逗她,少时你说朕是老太太,年岁大了你说朕是大姑娘。郑贵妃清凌凌的笑声回荡在煤山上,轿子抬了帝、妃登上最高处的观景台。

视野开阔,皇帝神清气爽:"你拉我上来看夕阳。"

"瞒不过陛下。"郑贵妃牵皇帝手并肩而坐。

俯瞰山下的紫禁城，夕阳映红了天，愈显红墙黄瓦金碧辉煌。晚霞流光溢彩，为那红黄二色的天家宫殿添了颜色。视野之内，紫禁城高高低低的房子，天家的富贵尽收眼底。

"陛下您看，那是您的乾清宫。"郑贵妃指给皇帝。

皇帝指着西边的一片黄瓦顶，一指就指准了离乾清宫近的那座宫院："那是你阿芳的启祥宫。"

"臣妾没看出来呢。"郑贵妃依偎着皇帝，"下面全是您的家。"

"对，阿芳，你说天下在哪儿？朕看得见朕的家，看不见朕的天下。"皇帝从俯瞰的视角，看着他的宫殿，奢华与气派衬得上天子的至尊。他生下来没离开过京城，感慨涌上心头。这皇宫对朕足够了，朕的天下对朕的意义呢？用天下供养这一座宫殿中的人吗？

"朕多数的大臣对朕来说只是个名字。他们为朕效忠一生，朕却从没见过他们。他们死后，朕嘉奖他们的忠诚，赐给他们荣耀和谥号。可朕看不见，摸不着，朕只看见了你，看见了朕身边的人。"皇帝仰脸，仰望苍天，他甚少与人说这么真实的话，"朕治理那看不见的天下，心力交瘁。你掌管朕的家，兢兢业业。"

郑贵妃用心倾听："陛下，臣妾应该的。"

"谢谢你，阿芳。你进宫三十余年，你我携手，共同经历了太多太多。幸好有你，朕不孤单。"

回想一同走过的大半生，皇帝与他的贵妃，总是抱着同一个目标，心往一处想，力往一处使。为了常洵与常洛争储位，和朝臣斗了二十余年，郑贵妃做好了皇帝身后的贤内助。自打王皇后隐退，一壁保养凤体，一壁孝养慈圣皇太后，郑贵妃将后宫打理得井然有序。她占据着皇帝的视线，皇帝看得到的，总有她。

郑贵妃语笑嫣然，却在慨叹无常："陛下，臣妾愿和您把握当下。因为下一刻会发生什么，谁都不知道。我们能看到的唯有当下。"

皇帝摩挲着她不再光滑的手背："你记得我们共同的心愿？当为了朕，对太子再好一些。太子仁善，他不会不顾念他父皇和母妃的情谊。"

皇帝言下指身后合葬之事，又让郑贵妃念起了阿洵。郑贵妃眼眉低垂，紧靠着皇帝："臣妾明白。求陛下，莫言身后事。"

皇帝淡然："朕感觉自己老了，不受控地去想。你看定陵修好多久了。"

郑贵妃的泪濡湿了皇帝肩上的团龙，叱咤后宫的她感到了彻骨的无助，怅然若失："陛下，别说了。"

"好，朕陪你看夕阳。你瞧那晚霞越来越红，红彤彤的，琉璃瓦都泛着红。"

"云彩也染红了。"郑贵妃的笑含着暖意，"陛下，您看御花园里的树，那棵生得好奇怪。"

"对啊，为什么独它的颜色不一样呢？"皇帝浅笑。

两人依傍着，影子重叠在一起，像一个人似的。皇帝与郑贵妃沐浴在余晖中，皇帝始终牵着她的手。自少年夫妻一路走到白头，那样的安然无可取代。

古人云，色衰而爱弛。陛下不重色，他要的是个伴儿，阿芳就是他的伴儿，风风雨雨相互搀扶的伴儿。

"阿芳，你想起朕年轻的时候？"

"臣妾初见陛下，陛下胖乎乎的，戴了顶翼善冠，两个耳朵。"郑贵妃揪揪皇帝冠上的折角，他今儿也戴了顶黑纱的翼善冠。

皇帝神气婉转："你那年十四岁，是很美，然而……"

"陛下要说恭顺皇贵妃。"郑贵妃犹有少女的调皮神态,冲陛下挑挑眉毛。

"你简直是朕肚子里的虫。"皇帝弹她脑门。

郑贵妃嗔怪:"陛下还会时常怀念恭顺皇贵妃?"

"佳人难再得。"皇帝诚实答道,"她走了二十年,再没个女子有她的风韵。"

"李妹妹幸运,陛下记着她最美的模样,见证了臣妾的鸡皮鹤发。"郑贵妃的眼闪着柔光,酸溜溜的。

"多大岁数你还吃醋?"皇帝扯下她鬓边的一根白发,"朕何时嫌弃过你?"

"臣妾没吃醋,陛下误会了。"郑贵妃碰了下皇帝笑起来额间的皱纹。不吃醋,她说的是实话,她真没吃过恭顺皇贵妃的醋,吃不起。恭顺皇贵妃生前称李敬妃,李敬妃进宫之时,她郑贵妃已然占据了陛下的心。李敬妃秀美而多才,只能空叹后来了。

"朕与你在一起,想念的是你年少美丽的模样。朕独自待着才思念霄云,你和霄云不是一类。她和朕的遗憾,朕与你不能重复了。"皇帝望向山下紫禁城的眼光深邃,凝在了恭顺皇贵妃住过的咸福宫。

郑贵妃适时地沉默了,陛下满腔的心事,他太想要两人死后同穴。陛下说起李敬妃的遗憾,那是万历二十五年,李敬妃诞下皇七子常瀛,产后一个月不幸离世。皇帝欲把她葬入定陵寿宫的右穴,无奈群臣反对,葬了李敬妃在宪庙宠妃万贵妃墓的边上。所以皇帝想与郑贵妃合葬的愿望如此强烈。郑贵妃回味着皇帝的伤感之语,呢喃道:"不会的。"她也回忆着她的憾事,和皇帝念着同一个人,李敬妃。

李敬妃名霄云,江南名媛,比皇帝小十四岁,比郑贵妃亦小了十二岁。万历二十年,郑贵妃年二十七,李敬妃以才女之名,由南直隶荐选入宫，青春貌美，风姿绰约，一入宫即封了敬妃。记得那年，郑贵妃还不够自信，皇帝玩心犹盛，自己年岁不小了。新入宫的李敬妃，无时不使郑贵妃忆起十一年前初入宫的自己。她入宫就知道美貌留得陛下一时，留不住一世。她初入宫，陛下宠爱她，宠爱她的美色。她多有生育，孩子不断夭折，自己也因生育染病，久不能侍奉陛下。

郑贵妃心高气傲，急了，眼见着陛下不来，从前被她盖过的九嫔中的另八嫔，陛下雨露均沾，各宫都有了宠幸。郑贵妃无法忍受，当时的司仪大人教了她一招，她用到了现在。司仪大人对她讲，以色侍君不能长久，为陛下分忧解劳，与陛下心意相通，要理解陛下的闭塞、恋家，理解陛下所珍视的，让陛下保持对她的欣赏。于是郑贵妃开始跟随王皇后学习治家，求了陛下的恩典，协理六宫。王皇后自诞下荣昌公主，凤体不安，兼之替陛下侍奉两位母后，分身乏术，郑贵妃渐接掌了皇后的职责。忙碌中，她的身子恢复了，诞下的皇三子常洵非常健康。常洵生下来天庭饱满，让陛下喜不自胜。常洵是陛下的爱子，助郑贵妃巩固了宠爱。

但是常洵六岁那年，李霄云来了，她给后宫的冲击太强大。当时郑贵妃刚代替王皇后主理六宫，尚不确定自己做得够不够好。陛下仍旧常来启祥宫，不过夜也来坐坐，没忽略过她们母子。李敬妃有身孕后，陛下待阿洵一如既往。郑贵妃放心了，她知道自己成功了，抓住了陛下的心。

夕阳西沉，郑贵妃扯了下陛下的袖子，从自己的回忆中超拔出来。李敬妃早成过去式了。陛下仍在沉思，郑贵妃怕扰了陛下，轻声提了个意见："陛下思念霄云妹妹，常润和常瀛在京城，您叫他们进宫来呀。"

"朕不想看见他们。"皇帝流露的痛楚如常瀛初生，李敬妃新丧，她的早逝令皇帝遗痛万分。李敬妃是生常瀛死的，她去世后，皇帝待她留下的两个儿子很一般。郑贵妃体谅陛下，陛下认为常瀛害死了他的母亲。

"自己的孩子嘛。常润的名字还是臣妾取的，温润如玉。常润当得温润，太子更是谦谦君子。"皇帝眼圈红了，郑贵妃以掌心传递给他温暖，"陛下从前常说，霄云美好而短暂。陛下将这份美好深藏心间，回忆是甜蜜的。"

"你会讲话，你讲得朕品出了甜蜜。"皇帝酸楚，"时隔多年，朕对常润他哥俩儿应该释怀了。可惜……他俩生得不像霄云。"

郑贵妃同感陛下的哀凉，恭顺皇贵妃宛如汉武帝的李夫人，美好长留，是君王心头抹不掉的痕迹。她伏在皇帝怀里："常润的琴艺得了他母亲的真传。"

皇帝幽幽叙起过往："常润抚琴，七八分罢了。朕这辈子亲耳聆听过天籁。三月初，春意荡漾，梨花雪白，花落翩跹，霄云琴意绵绵。她一袭雪色的罗裙，人比梨花纯洁，长发绾起，薄施粉黛，天然去雕饰。绝的是她弹的那首《高山流水》，纤长的手指一拨，一挑，如入化境。"

郑贵妃讲玩笑话，打断了皇帝的追忆："陛下当年听得痴了，敢造次江南来的才女，夸她比冯大伴儿奏得好。"

皇帝为昔年旧事失笑，他的话说得像个少年郎。他微红了脸，尽被郑贵妃看进眼里，皇帝不好意思了："不说了，不说了，免得提起不高兴的事儿。"

"臣妾与陛下一道迎来了霄云妹妹，又送走了她。"郑贵妃怡然，万种心绪融进了她的软语温情。

"朕不能将朕与霄云的遗憾与你重复一次。"皇帝用力抓紧阿芳的手,定然看着她的眼眸,"朕离不开的是你。"

"臣妾有幸没做了陛下生命中的过客。"郑贵妃贴着陛下胸口,合上眼静听陛下的心跳声。此情此景的美好,她要牢牢地记住,送走了陛下,老了好怀念。

而皇帝五味交杂,再聊起霄云,他更加惧怕分离。有聚就有散,好似天上的太阳。夕阳无限好,只是近黄昏,写尽了他晚来的心境。

待皇帝平复伤情,皎白的月亮高悬,皇帝牵着郑贵妃步行下山,喜欢牵着她慢慢走。他活着,没人能把阿芳从他身边带走。皇帝烦躁了,今夜他想一个人待会儿,不陪阿芳了。下了煤山,坐上辇轿,皇帝送了郑贵妃回启祥宫,他回乾清宫独寝。方才坐在山顶看的紫禁城,身处其中,竟觉着自己,堂堂天子这般渺小,红墙无情遮挡了视线。仰望夜空,天都是方方正正的,无趣。

进了弘德殿,皇帝盘腿上床,今夜的思绪过多。皇帝命常云温一壶酒,看他和马鉴忙进忙出,皇帝眼前闪过一个熟悉的身影,和常云一般的清瘦。那道身影即当今乾清宫所有内侍的师傅陈矩。陈矩死后,皇帝彻底灰了心。李敬妃之死,使皇帝疏远了女色。陈矩的死,使皇帝看透了朝臣的丑恶嘴脸。伪楚王案、妖书案、劫杠案,活活累死了皇帝的心腹宦官。陈矩堪称国朝最好的一位宦官,他具有皇帝自小寻觅的表里如一的品质。他虽是个宦官,皇帝看来,陈矩的品性比读书的士子中进士、入朝为官的臣子都好。

"常云,帮朕找本书。"

"陛下请讲。"常云端着温着的酒壶掀帘近身。

"《大学衍义补》。"

"陛下想看这本书?"常云愕然,陛下要的这本《大学衍义补》,

是干爹生前令司礼监刊印的。书成之日，干爹已去。乾清宫存的版本是陛下特意收藏的司礼监刊的那版。

常云从浩繁的书架上寻来《大学衍义补》，陛下不经常翻看，而收在显眼的位置。他恭恭敬敬呈给陛下。皇帝接过，抚着封面，掉泪了。

"陛下。"常云踟躇。

"陈矩忠义。"皇帝爱惜地翻开这本书，他收藏的这本是司礼监刊印成书的头一本，皇帝留作了纪念。《大学》的这部精解，陈矩推荐的，皇帝读得熟。睹物思人，怨常云他几个不成器，学不来他们师傅的皮毛。常云他几个，近身伺候的活儿干得挺好，李恩、卢受亦算当今宦官中的干才，可是谁能像陈矩德才兼备，担得起朕的信赖。"明儿你去趟慈庆宫，把太子的《大学衍义补》取来。他那儿收了幅画儿，陈矩带进宫的，朕让王安给了太子，你给朕取来。"

"什么画呀？"常云惊讶于陛下记性好，他都忘了。干爹任司礼监掌印，他就在乾清宫服侍，没听说干爹交过大师兄王安一幅画。

皇帝隐有愠色："宋人画的《鬼子母揭钵图》。"

"是。"常云记住了这拗口的名字，明日回给太子殿下。

皇帝捧着《大学衍义补》，信马游思："方从哲……沈一贯，你说方从哲视沈一贯为座主，朕信任方从哲，对不对？"

常云无言，他是内侍，不得议论朝政。皇帝谈论方首辅，得请李恩大珰来。

皇帝道："畅所欲言，无妨。"

"奴才愚见，方首辅和沈首辅不是一路人。"

"他们同是浙党。"皇帝考他细不细心，做皇帝的近侍，睁眼瞎不行。

"回陛下，方首辅是陛下一手提拔上来的。方首辅应视陛下为他的座主。再者说，陛下容禀，方首辅为人老实。"常云掂量着道。

皇帝露出赞赏的笑容："不愧是陈矩的徒弟，你看的方从哲与朕看的没差。"

"陛下谬赞。"常云忖着陛下的心思，少说为妙。

皇帝朝他抬抬眼，教他斟上酒："去过慈庆宫，到内阁请方从哲来。"

常云不禁疑惑，朝中无事，陛下召见方首辅干甚？陛下见方首辅勤，今年刚四月份，拜年之外，陛下见他方首辅，这是第三次了。

皇帝审视常云，煞有兴致，抿了口酒，拉家常似的问他："你进宫多少年？"

"奴才进宫早，明年满三十年了。"

"你见过申首辅申时行？"

常云勤谨，执着酒壶司酒，担心陛下多饮伤身，顾及不了答话的周全："申首辅任上，奴才尚为小火者。"

"哦。"皇帝喝干了一盅酒，教常云满上一盅。聊聊往事下酒，再美不过。

第二天，皇帝午后起床，进了一小碗清粥，换身常服，盘领窄袖黄袍，前襟、后背、双肩各绣一条织金盘龙，腰间佩玉，穿一双布靴。等方首辅到，皇帝见方首辅和内侍穿同一款的粉底皂靴，漆黑的鞋身，以木料制成的厚底。国朝定制，靴为官靴，庶人不可穿靴。让饱学之士和宦官穿相同的鞋子，驳读书人的脸面了。

"坐吧。"

方从哲被召进了弘德殿，当了三年首辅的他仍然局促不安，像他刚做上首辅、头回面圣时，手脚不知往哪儿放。皇帝点了点他旁边的榻，方从哲没敢坐。皇帝又指指镂刻雕花的西窗外，方从哲顺着陛下手指的方向看去。

"今年初春，朕让东厂给朕在小院里栽了棵树，花房修剪过枝条。等会儿出去，马鉴带你看一下。"

"谢陛下。"方从哲犹站着，皇帝不为难他，示意侍候的马鉴搬个绣墩，请方首辅坐下。

方从哲纳罕，陛下找他所为何事。福王殿下作威作福，陛下想开了，想整治整治福府？或是吴道南请假误工，陛下动了气，想找他麻烦？

皇帝见方从哲肿起了两个大眼袋，体谅他："吴道南请假，辛苦你了。"

"其实……内阁现下没那么忙。"方从哲答道，明白了，陛下找他因为吴道南。

"朕看吴道南满一月不归，他不用回来了。"皇帝干脆，"听闻吴道南在次辅任上，出了本治《书经》的心得。他蛮清闲嘛，没关系，放他回乡，专心治学。"

方从哲被陛下盯得脊背发凉，谈笑间，吴阁老致仕了。当今圣上表面上不问世事，首辅做得越久，愈感觉陛下了不起。大事小情装在陛下的心中，细枝末节一概逃不过陛下的法眼。

皇帝待方从哲安定下来，适应了寝殿中慑人的环境，徐徐开口："方中涵，与朕共事过的首辅，少说快十位了。你与朕的私交，不逊世宗与徐阶。徐阶就住在紧挨着世宗西苑的宅子，你与朕也经常见面。"

方从哲愈受不了陛下和他套近乎，这是要他致仕吗？他慌忙站起，欲跪："臣万死难报陛下大恩。"

"朕没让你报恩,闲聊。"

马鉴用一套万历青花的新茶具泡了茶,端上来,皇帝道:"中涵,喝茶。"

方从哲进退两难,该他谢陛下赐茶,陛下说了闲聊,谢恩不妥。他便颔首,当作谢恩。见陛下神色温和,他稍稍安了心。

"中涵,你和沈一贯很熟吧?"

这一问非同小可,陛下不是要他致仕,要定他与先任首辅私相授受之罪。陛下欲拿浙党开刀,惩治朋党之祸?

皇帝转移了视线,替方从哲答了:"沈一贯是以前的首辅,又是浙党的领袖。"

"臣有罪,臣铭记陛下栽培了臣。臣荣任首辅,靠陛下,不靠沈一贯。"方从哲剖析自己,眼眶微湿,"沈一贯,他是臣的浙江同乡。"

"同乡?"皇帝哂他自己,"你们做大臣的有同乡、友朋之乐,朕没有。你和沈一贯还有书信上的往来吗?"

方从哲诚挚:"是,臣与沈一贯是有通信。"

皇帝不问他们通信谈什么,关心起了沈一贯:"他回老家十年了吧?他好吗?"

"回陛下,沈一贯生病有日子了,他八十多岁了。"

皇帝眸子里突然雾蒙蒙的:"朕的故人全走在了朕的前头。他若不病,朕想请他回京,朕想见沈一贯。"

"啊?"方从哲乍惊之下,叹出了声。沈一贯和陛下的关系,据闻糟糕透了。而且沈一贯的官声不好。方从哲沉默,皇帝和言解了他的疑问:"朕用过的首辅,申先生高寿,去年过世。只沈一贯和叶向高尚在人世。"

"陛下念旧。"方从哲感怀,说了向来万不敢讲的,"沈一贯年过八旬,怕挨不了几日了。求陛下不计前嫌,赐沈一贯美谥。"

皇帝肃然应允:"好,朕答应了。中涵,你多大了?"

"臣虚龄六十六。"

皇帝啪地一甩手里把玩的念珠:"你求太子赐你好的谥号吧。"

方从哲涩涩,失声叫道:"陛下,老臣感激涕零。"他的泪断了线,哽噎着:"臣愿陛下万寿无疆。"

谈起生死,皇帝避过:"你先回吧,下次再聊。送方首辅。"

方从哲伏地叩首,皇帝见方从哲对皇恩的感念,如果自己早几年对朝臣们平易些……然而他妥协了,立了他们要立的皇长子,让常洵就了藩,一退再退,他与朝臣方能像今日这般的平和相待。朝臣万分可恶不假,与方从哲一席倾谈,皇帝感到了当朝首辅的可贵。方从哲是沈一贯的浙党,秉承的却是申时行做首辅的路数。事过境迁再想,沈一贯的首辅做得私心过重,但与自己还算贴心。沈一贯建立了浙党,浙党发展成了三党,发掘出一个方从哲。凭这一点功,他大可不必理会沈一贯官声不佳,赐沈一贯美谥与身后的哀荣。

第二十九章

万历四十五年初夏,沈一贯卒于浙江鄞县,年八十四。皇帝追赠沈一贯为太傅,赐谥"文恭",命司礼监刊印沈一贯的文集《啄鸣集》和《敬世草》十九卷。大明王朝的股肱重臣沈一贯走完了他毁誉参半的人生,寿终正寝,得到了皇帝的肯定。他漫长的人生,自三十六岁中进士,与万历皇帝和皇太子这对父子紧密相连。后人谈到沈一贯,最辉煌的自然是他五年的首辅生涯,谈到他的幸运、他的挣扎、他的不堪。

万历二十九年,沈一贯,沈阁老入阁参与机务七年了。论资排辈,排他前面的赵志皋、张位、陈于陛,死的死,走的走,沈阁老顺理成章升任首辅,位极人臣。初登大位,沈首辅办成了申时行、王锡爵未能办成的大事,他给陛下上了一道奏疏,两个月后,皇帝立皇长子为皇太子。

沈一贯以为,立太子的骤然成功是个奇迹,同僚中的确没人将此大功记到他的头上。他给皇帝上的奏疏，措辞平常，仅以"多子多孙"为由，奏请陛下早立太子，为业已成年的皇长子、皇三子举行冠礼、婚礼，为皇家开枝散叶。最终一锤定音的，无人不晓是慈圣皇太后。李太后四两拨千斤，她对皇帝说"你也是都人的儿子"。这样，前有十余年忠臣节烈前仆后继的努力，终有皇太后的威吓，沈一贯的"多子多孙"白捡了个大功劳。

皇帝下了立太子的谕旨，过了半个月反悔了。沈一贯驳了陛下反悔的中旨，"万死不敢奉诏"，终胁迫皇帝举行了立太子的典仪，皇长子成为了皇太子。沈一贯自觉得罪了陛下，带头违逆圣意，形势对他不利，内阁中就有次辅沈鲤与他势同水火。沈一贯遂决定，从此敬听陛下的差遣，稳住自己首辅的位置，然后壮大自己的势力。那时的东林书院刚起家，东林尚不成熟，浙党犹在沈一贯的酝酿中，党争方兴。沈一贯深知自己的分量，他还不及沈鲤背靠东林，自己靠捡漏爬上了首辅的大位，能够保他大位的只有陛下。收矿税那种恶政，沈一贯也站陛下这头，以换取陛下对他的支持。

万历一朝，苛捐杂税，矿税害民最甚。万历皇帝派出宦官采矿，充实内廷用度，始于万历二十四年，兴于立皇太子后。立太子后的一年间，武昌、苏州接连民变。沈一贯本有机会劝谏陛下废除弊政，匡扶社稷，立下不世功勋，他放弃了。

万历三十年二月，乍暖还寒时节，皇帝染了急病，感觉自己不行了，急召沈一贯、沈鲤进启祥宫后殿的西暖阁，交待遗命。

两位阁臣须臾不敢耽搁，一溜烟儿小跑着进乾清门，入月华门转西，走西二长街，进养心殿斜后方的启祥宫。陈矩候在门口，领他俩往后去，进得后殿的西暖阁，满目凄凉。皇帝躺在妃嫔宫中，绛纱帐后的床上。常云跪在床侧澄手巾，马鉴半个身子在帐子里，给皇帝额上敷手巾降温。

看不见陛下,亦不清楚病情。陛下近几年好好的,足疾都未复发,怎么就病笃了?沈一贯和沈鲤磕头问安,不确定陛下还能不能讲话。病床前只有他两个和郑贵妃。郑娘娘坐在床头,绞着衣裳下摆低声哭泣。

"郑娘娘,太子殿下在哪儿?"沈鲤以微弱的声音问。

郑贵妃悲从中来,跪倒大哭:"陛下!"

常云忙放下手巾给马鉴,搀了郑娘娘起来坐好:"郑娘娘,朝臣在此。"

沈一贯对沈鲤耳语:"太子殿下和皇后殿下该在路上,咱俩动作快。"

却听陛下发硬的嗓音,坚决道:"不要太子。"

沈鲤抑制不住悲恸,泪水纵横。沈一贯膝行挪挪,挡住泪崩了的沈鲤,道声:"陛下万安。"

大家静了片刻,陈矩领了太子进来。太子既惊且怕,沈一贯起身,过去告诉陈矩:"陛下不想见太子殿下,陈大珰带太子殿下到外间稍候。"

非常时分,用不着拘着规矩。沈阁老、郑娘娘大放悲声,太子怕到了实处:"嗯,孤到门外。父皇叫孤,孤再进来。"太子转身出去。陈矩先跟出去,安置好了太子殿下,随后进内,跪到阁臣身后:"陛下,太子殿下到了。"

皇帝发出了粗重的喘息,好像是在犹豫。光听陛下的声音,陛下似乎没病得那么重,危及性命。沈鲤和郑贵妃一劲儿地哭,沈一贯面带凄凄,隐隐期盼陛下的遗命。

皇帝不叫拉开床帐,他于帐后抬抬手,陈矩立时领会,教两名近侍退下。陛下要宣遗命了，没让郑贵妃回避。反正郑贵妃平时就干政，让她听去遗命，无妨。

事出仓促，没备下写遗诏的黄绢。陈矩跪着比二位阁臣踏实，不懂下去准备准备。静默持续了许久，沈一贯和沈鲤目光一碰，沈一贯禀道："陛下请讲，臣和沈阁老在。"

"皇后。"皇帝念念。

"陛下先说国事。"郑贵妃直身拦了。

陈矩木着脸，原地欠欠身："皇后殿下该到了，奴才领皇后殿下进来。"

"不了，谈国事。"皇帝似被沈鲤的哭声招烦了，顺了顺气息，口气显得焦躁，"沈首辅，朕将皇太子托付于你。皇宫失火，修理得差不多了，矿税可以停了，矿监全召回来。赦免谏言获罪的官员，致仕者官复原职。"皇帝糊涂了，忘了才说不要太子："太子呢？"

沈鲤爬起，请太子殿下进来。太子顶了郑贵妃，搬开她坐的绣墩，跪到床头。沈一贯向太子投去信任的目光，太子殿下是他要拥立的新君。沈鲤回到原位，举袖不停抹泪，不能出声的哭泣令他更悲恸了。陈矩敛住悲伤，递给沈阁老帕子，沈鲤接了，抓着不擦。沈一贯在旁，泛着泪光，一言不发。

"太子，你要接受给事中和御史的谏言。"

太子肃了颜容："儿臣谨记父皇教诲。"

"嗯。朕累了。"皇帝的气息变得急促。

郑贵妃钻进帐子里，替皇帝抚胸口，声声叫着："陛下，陛下。"

小小的西暖阁中，人人憋着哭，悲伤铺天盖地。陈矩忍回了泪意，站起主持："沈首辅、沈阁老，劳您二位回内阁拟旨。太子殿下，请您到外间等。陛下需要休息，奴才和郑娘娘守着。"

皇帝屏了口气，再叫："皇后。"

"奴才去请。"陈矩跟在最后，随太子殿下、二位阁臣躬身退出。

郑贵妃犹在帐子里哭泣。

出了乾清宫，二沈放慢了脚步。沈鲤依然哭着，他坚信陛下不会驾崩。

沈一贯揉揉红肿的眼："召见过太子殿下，岂能有假？"

"你盼着陛下不好！"沈鲤反驳。

沈一贯生气了，他的次辅惯来不逊，自己脾气也不小。他俩搭班子，话不投机半句多。皇帝病笃，首辅和次辅回到内阁，沈鲤伤心难抑，推给沈一贯拟遗诏。遗诏等到陛下晏驾后颁下。晚上，他俩得通宵守在朝臣能过夜的、距启祥宫最近的内阁。当太阳再次升起，沈一贯和沈鲤趴在桌上瞌睡，乾清宫管传宣的苗全来敲门："陛下大好，沈首辅、沈阁老可以回府休息了。"

"我就说陛下没事。"沈鲤伸个懒腰，冲启祥宫的方向拱拱手，"臣祝陛下福寿绵长。"

"陛下有福气。"沈一贯揩了揩脸，"唉，本官写的那封遗诏作废了。"

沈鲤心情极佳，幸之所甚，今早懒与沈首辅斗嘴。他撑着打架的眼皮，由着自己的思路："肩吾，陛下的'遗诏'是仁政，趁陛下反悔前快发。"

"你讽刺陛下！"沈一贯醒了，不困，"仲化，你回吧。陛下大好，应该还有事儿，本官留下。"

"快把遗诏换张纸抄一遍，发下去。我实在撑不住了，下回我替你当班。"陛下好了，沈鲤打了个大呵欠，困得眼睛睁不开了，站起来直晃，生生熬了一宿，天亮才趴下眯会儿。沈鲤犯困，将善政交给了沈一贯。

耗了沈鲤走人,内阁清静下来,沈一贯令内役上碗浓茶提神。这么重要的遗诏,你沈鲤傻呀,贪一朝酣眠。陛下闹病的前前后后,都是发展自己的好时机,傻子才放过呢。

沈一贯抓住了时机。启祥宫里,皇帝用了参汤,补了中气,跟宦官起了争执。皇帝后悔了,命陈矩追回昨日的遗诏。朕没晏驾,遗诏不能算数。陈矩和沈鲤是同一想法,仁政既出,不能废黜。陈大珰磕头,磕得额头出了血,力求陛下,切勿收回成命。常云等内侍一并遣出,跟随陈矩的是司礼监秉笔太监田义。陈矩磕一个头,田义磕一个。

陈矩大义凛然,顶着额上渗着鲜血的伤口:"陛下昨日说过,皇宫修得差不多了,矿税真的没必要收了。"

"反了你了!"皇帝已经坐起,团起被子朝陈矩掷来,勃然大怒,"别的能算数,矿税不行。不行,赦免谏言之臣也不行,统统不行。"

"天子一言九鼎。"田义坚辞,"君子一言既出,驷马难追。恳请陛下重信守诺,全陛下千古美名。"

"没发下去,不算天子之言。"皇帝强词夺理,"朕是皇帝,朕收不回一道没颁下的圣旨?"

陈矩不顾疼痛,砰砰又磕三个头:"收矿税本来就是弊政,陛下借此良机废除弊政,成就陛下一代圣君。"

皇帝气极,你陈矩敢和朝臣联起手来反对朕!病中,气力尚不足够支撑皇帝下地,他指着陈矩鼻子痛骂:"反了天了!"

话音未落,言官之首,左都御史温纯到。

"陈矩,你真行!"皇帝欲翻身跳下床,拿宝剑砍了田义,忘了是在启祥宫,不是他的弘德殿。陈矩待他有情有义,他动不了陈矩,田义能动。

陈矩忙压上,以强壮的手臂按住陛下挣扎的身子:"陛下息怒!陛下息怒!"

皇帝想一把推开陈矩,推不动:"你,你想气死朕,朕生着病!"

"奴才有罪,奴才劝陛下以生民为念。善政出自陛下,何不做到底?"陈矩切痛,他松开手,扶陛下躺下。

皇帝吼不出了,哑着嗓子:"滚,出去!"

陈矩、田义先退到正殿守着,晌午时分,他俩回司礼监的当儿,皇帝缓了过来。下不了床,皇帝没别的法子,命苗全寻来宫内管传宣的文书官,去内阁要回昨日的遗诏。文书官去了,问过,沈首辅二话不说,给了。

沈一贯并非没有彷徨,写是圣意,收也是圣意,圣命不可违。如有人痴傻,为民请命,违拗了陛下,怪他不开窍。自己无条件地配合陛下,陛下会看出他的忠心。遗诏交还,沈一贯的良心也痛。可惜没辙,他没势力,没资本,等他坐稳了首辅的位置,给自己争取到时间,再给老百姓做好事吧。他想有了这遭,即便将来得罪了陛下,陛下念及今日,他交还遗诏,信任他的忠心,陛下不会重责他的。

沈一贯全其一生的始终,从交还遗诏的一刻开始,他的官声亦从那一刻全毁了。文书官送遗诏回启祥宫,被田义撞见了。几日后,田义在外朝碰到沈首辅,当时另有沈鲤、温纯和其他几位大员在场。皇帝本欲保全沈一贯,将遗诏悄悄烧掉,不牵连他。可田义不依不饶,当众唾了沈首辅的面,疾言质问他:"沈首辅,我敬重您是读书人。您多坚持一下,或者您但凡发发慈悲,矿税就能撤销。你为何如此胆怯？"

大庭广众下，首辅、宦官，人品高下立见。以后沈一贯做多少年的首辅，地位多稳，他逃不开骂名。追遗诏一事的真相传出，次日吏部尚书李戴上疏弹劾沈一贯。往后的十几年中，奏请废矿税的奏疏，皇帝再不予批复，矿税之弊终不能废除，沈一贯明了自己的责任。

出了这场有关废矿税的闹剧，次辅沈鲤和首辅沈一贯公开决裂了。沈鲤发誓为深受矿税之苦的百姓，与同在内阁的沈首辅，分道扬镳。

天下第一臣和第二臣之间的争斗，沈鲤占尽了人和，有正义感的大臣都支持沈鲤取代沈一贯，执掌内阁。沈一贯有陛下撑腰，虽骂声阵阵却赶不走他。皇帝为了安抚群情，提了礼部尚书朱赓做东阁大学士，第三位阁臣，让这老好人入阁调和二沈的矛盾。一位和事佬化解不了二沈之间必然的一斗。二沈斗法预示的即在不久的将来，分庭抗礼，你起我伏的浙党和东林的斗争。二沈要斗起来，且需要一个契机，两千里外的武昌楚府提供了这个契机。

事情要追溯到隆庆五年，回到隆庆五年的湖北武昌。第八代楚王朱英㷿薨逝，年仅三十岁，谥楚恭王。楚恭王无子，楚府面临绝嗣、旁支入继的危机。楚恭王的死惊动了隆庆皇帝，楚府是藩宗当中很尊贵的一宗，出自太祖的第六子楚昭王朱桢。自洪武十四年，朱桢和他的后人一直住在武昌，绵延楚宗。

万幸，楚王府发现有个楚恭王的贴身都人胡氏怀了楚恭王的骨肉。假如她生下儿子，楚宗后继有人。隆庆皇帝特派内廷服侍陈皇后的内侍郭纶去武昌楚王府，照料胡氏。隆庆六年，隆庆皇帝驾崩之后，胡氏诞下了一对孪生子。长子取名朱华奎，受封为楚世子，次子取名朱华壁，为楚王子。胡氏母凭子贵，一跃成为楚府的女主人楚恭继妃，称太妃。她生的楚恭王仅有的两个儿子都是楚府的嫡子。

当年楚世子降生，内阁首辅高拱当即给楚府指了一位宗理，楚世子的叔祖、楚恭王的叔父武冈王朱显槐，在楚世子成年前，代理楚府事。高拱这么一指，为日后楚府大乱埋下了祸端。

朱显槐是与楚世子血缘最近的在世的宗亲，且年岁长，素有贤名。楚宗内部没人比朱显槐更胜任宗理。但是远在京城的高拱，包括次辅张居正忘了，朱显槐是襁褓中的华奎、华壁兄弟的亲人，亦是仇雠。没有华奎、华壁兄弟，楚宗由朱显槐的孙子朱华增继承。关于华奎、华壁兄弟血统的流言就是从朱显槐这儿传起的。实然自胡氏有孕，楚宗人的怀疑从没停过。

藩宗之内，大宗占利最多。大宗被遗腹子霸占了！如何证明遗腹子是不是楚恭王的血脉？不能证明，只能怀疑，宗人皆不认这一对遗腹子。楚恭王朱英㷿活过来，承认华奎、华壁兄弟是他儿子，楚宗人可以服气。不然他们还怨朝廷多管闲事，随意将传袭了二百年的楚宗交于来历不明的遗腹子。楚宗人争的是楚宗的利益，楚宗宗人极多，郡王数不胜数。祖制规定，藩宗内生一个男孩，得一大笔银钱，恩养宗人从出生到终老。另有藩宗内部的利益分享，楚宗的好处，楚王占去大头，而并不由楚王独享。二百年楚府，因为分利不均，宗人间常起冲突，甚至出过楚世子弑父的人伦惨祸。

这一对遗腹子的存在，愈引起了楚宗人强烈的不公。有关遗腹子的天大的猜疑，在楚世子朱华奎九岁那年达到了顶点。

那是万历九年，宫里办喜事，皇弟朱翊镠成年开府，封为潞王。皇帝一并给楚府颁了恩旨，封九岁的朱华奎为楚王，正式继为大宗，朱华壁封为宣化王。恩旨颁到武昌，即有人提出异议。新楚王的姑父，楚恭王胞妹的夫君，楚宗仪宾汪若泉上疏，称朱华奎兄弟非楚恭王亲生，朝廷没理他。

楚宗的矛盾还在激化，朱华奎承袭王位，最愤怒的定是宗理武冈王朱显槐。他满腹怨气，借宗理之便，偷盗楚王府的财物，欺凌楚恭太妃。楚宗人和朱显槐祖孙沆瀣一气，宁服朱华增，不服朱华奎。朱显槐对楚宗的亲支近脉承诺，拉朱华奎下马，他作为新楚王的亲祖父，与大家分享大宗的利益。朱显槐争得凶了，不给朝廷留颜面。封朱华奎为楚世子，为楚王，是隆庆、万历两代陛下的旨意，你说陛下误认楚宗的血脉，你当陛下是什么？正好赶上万历皇帝励精图治的几年，皇帝发现了朱显槐与楚王兄弟的仇怨，撤掉了朱显槐的宗理，换上了另一位血缘稍远不具利害冲突的楚恭王的族叔父朱显梡担任宗理。但那朱显梡亦非合适的人选，此人庸庸碌碌，压不住阵。他一登位，楚府大乱了。

楚府的乱，地方上的官府治不住。朱显槐拒不退还他隐匿的楚王府的财物，偷盗的从一个宗理变成一群宗人，楚宗人屡次三番打伤湖北巡抚，楚恭太妃被逼自戕。楚府大乱持续到了万历十八年，楚王朱华奎亲理楚府事。大乱由朱华奎以雷霆手段压服。朱华奎对犯了罪的宗人严惩不贷，招致了更大的愤怒。震动天下的伪楚王案，终于万历三十一年爆发，激起了朝中于短时内波澜比起争国本更大，最终鲜明化了的党争。

起因仍在武冈王朱显槐、朱华增祖孙。三年前的万历二十八年，朱显槐薨逝，谥武冈保康王，朱华增袭祖父爵，为第二代的武冈王。朱华增袭了爵，继续鼓动遭了朱华奎惩戒的宗人对抗楚王。他找来一位宗人，性情强悍的辅国中尉朱华赿，他是第二代楚王，楚庄王朱孟烷的六世孙。朱华增与朱华赿用了三年，搜集证据，联络宗人。

一切就绪，朱华趆当出头鸟，写了一封状子，领衔二十九名楚宗人联名告发朱华奎是伪楚王，递状子进了京城。

朱华趆告状，有备而来。他称朱华奎是都人胡氏贪慕圣恩，抱来的几个月大的男婴冒名顶替，而且朱华奎和朱华壁根本不是亲兄弟。朱华奎是楚恭王朱英㷿的原配嫡妃王氏的胞兄王如言和他的侍妾尤氏之子，朱华壁是楚恭王妃王氏的族兄王如綍的家人王玉之子。关键的证人是朱华趆的内人王氏，王如言的女儿，她的话有可信度。

朱华趆告得详细，有凭有据，加之楚恭太妃自戕，上告就会成为大案。国朝对于混乱藩宗的血统，惩治极为严苛，成化年间早有先例。朱华增就是要告倒朱华奎和朱华壁。而朱华奎手眼通天，他知道了朱华增派人上京告他，他楚王府的人紧跟着朱华趆的状子进了京城。

楚王府的长史身着六品官服，派头挺大，来了沈学士府，求见沈首辅。楚府的事，沈一贯有耳闻。他也笑话楚宗，一天到晚闹事、争利。楚王殿下理府事十二年了，争执不休。他本没想见远道而来的楚王府长史，管家讲长史带大礼来的，因为有封要楚王殿下性命的奏疏到了通政司。

"楚王殿下谱儿大，不上通政司，找到本官这儿。"沈一贯讲着风凉话，背着手往出走，"请他到府上的朝房。"

沈学士府上有一座"朝房"，沈首辅在此接见他的亲信，私密起见，在花园边盖了一间三楹的小房子。

管家奇怪，老爷的态度为什么来了个大转弯。虽说各地藩宗当中，以太祖之子的后裔地位最高，沈首辅实在没缘由当楚王府长史为私客款待。湖北地方上的人，老爷论私论公，没见过一位。况且当今圣上处置了张居正之后，谁敢和湖北人热络？湖北那边的藩宗没事儿捅个篓子，辽王和张居正的私斗犹在耳畔。

沈一贯将思绪纷乱的管家甩到后面，憋着笑道："楚府的乱子淅淅沥沥十几年，没个定案。你说一对遗腹子是不是楚宗的血脉，除了楚恭王，没人辩得清。哎，湖北虽远，里头的学问大了。"他说什么，管家没听见。

"老爷，老爷。"管家快步跟上，"藩王的礼不能收，您忘了张居正和辽王，最后完蛋的都是大臣。"

"张居正和辽宗结下世仇，败在辽宗手上，天经地义。楚王府的人来求本官帮忙的，不是来与本官结仇的。"沈一贯咧咧嘴，"斗倒沈鲤的机会来了。沈鲤那个榆木疙瘩，他势必怀疑楚王殿下的血统。为保皇家的颜面，陛下不会理会告状的朱华越。本官收了银子，给楚王殿下做个顺水人情，交个朋友，帮了陛下，岂不美哉？"

管家对老爷的一石三鸟深感危险，楚宗上京告状，老爷交状子给通政司秉公处理即可，为何多染一水？为了沈阁老要染一水楚宗的家务？沈阁老未必掺和。

沈一贯补充道："东林？哼！沈鲤即便疑心，他能证明朱华奎不是楚宗的血脉？楚恭王死了三十年，滴血验亲都没法子。"

之所以沈一贯认准了沈鲤会管，礼部右侍郎署部事郭正域是沈鲤的得意门生。有关藩宗血统的案子过了通政司，归礼部办，礼部左侍郎李廷机是沈一贯的人。他想以郭正域为突破，借楚宗的事攻伐沈鲤。

第三十章

炎炎夏日，熏着灼人的热风，比湖北还热。瞧那夜空中的层云，掩着一弯新月。沈学士府的"朝房"盖得窄小不提，更憋屈得慌，夏天开了窗户，热风吹不进。门外传来脚步声，楚王府的长史穿着夏装的鸳鸯补子六品官服，迎了出来，动辄行下大礼。

沈一贯扎着诸葛巾，做文士打扮，拖了长史起来，揉进朝房，关上门说话："莫惊扰了内眷。你不该出现在此。"

"楚王殿下走投无路。"长史站着寒暄。

沈一贯端详他那双无神的小眼，端起首辅的做派，面露鄙夷："穿成这样，招摇！你是六品的文官？"

"回沈首辅，王府的长史一般是正五品，小人是正六品。"长史也打量着眉目清秀、不显老态的沈首辅。

"嗯，楚王殿下懂得低调。"沈一贯点了点桌面，让他坐下，让管家出去候着，"你为了通政司的状子来的？"

长史认了："小人知道办事的规矩。辅国中尉朱华越告状不是紧急的军情，奏疏通常按下三天。他告状，要楚王殿下的命。求沈首辅救命。"

"你倒实诚。"沈一贯瞅他紧张分分，寻他开心，"楚王殿下那么不自信，朱华越空穴来风，能要了他的命？"

"朱华越找着了证人。"

"陛下赐的楚王殿下袭爵，楚王殿下出事，打陛下的脸。"沈一贯捻捻胡须，"把本官的话传给楚王殿下，请他安心。"

长史愈发的煞有介事："这种谣言让陛下听了，终归不好。小人不当沈首辅您是外人，说句大不敬的，楚王殿下对他的身世也不确定，没法安心。楚恭太妃自戕死的，是个疑点。万一陛下追查，楚王殿下多丢面子。楚王殿下无辜，殿下出生就有人造谣，诽谤殿下的身世。"

沈一贯冷冷地笑，一字一顿："死无对证。"

"沈首辅，小人带您的良言回去，楚王殿下不可能安心。楚王殿下少不更事，求沈首辅成全，救救殿下。"长史说着跪下。

沈一贯蹲下身，扶着长史的胳膊，二人的脸离得很近，沈一贯小声问："殿下要本官怎么办？"

"楚王殿下知道通政使沈子木是沈首辅的亲信，殿下求您教沈子木大人淹了朱华越的状子。"长史说着，眉心聚拢，掏出他笼在袖中的银票，塞进沈首辅手心，"区区一万两，不成谢意。"

"楚王殿下实乃英年才俊。不过，殿下如何得知，沈子木是本官的人？"沈一贯心安理得，收了银票进他的袖筒。

他两个说的通政使是通政司的长官，通政司执掌臣民的建言、陈情和军情、灾异的奏报，遇事请旨定夺。朱华越的状子，沈子木收进通政司，他有不上报的权力。楚王朱华奎遣长史来求沈首辅，沈子木的座主，找对了人。

"沈子木沈大人是浙江吴兴人。"

沈一贯笑着安抚楚王府长史："不难。楚王殿下的银票，本官收着。事成之后，本官退还给殿下。本官也不爱给陛下添乱。"

"楚王殿下还有一事相求。"长史松弛下来，瞟了眼地面，顿了下，"这张银票请沈首辅务必笑纳。不日楚王殿下将上一封奏疏，状告朱华趆，求沈首辅教沈子木大人通融通融。"

沈一贯捂紧了银票，愈好说话："小事，楚王殿下无需在意。来，坐下。"沈一贯先起了，虚扶了长史一把。他向窗外望望，四下寂静："本官得提醒殿下，本官帮得了一次。如若争端不断，朱华趆再告……"

长史的脸又绷紧了："沈首辅贵为辅臣，能救楚王殿下的只有您了。您关照殿下，风头过了，殿下定有重谢。"

沈一贯搭上长史放在桌上的手："好，本官会尽力的。你速回楚王府，替本官谢楚王殿下美意。"

"小人谢过沈首辅了。"长史感激不尽。

次日去到内阁办公，沈一贯果真按楚王朱华奎所求，令沈子木压下了朱华趆的状子。

一个月后，楚王朱华奎告辅国中尉朱华趆强悍无礼，欺罔君上的奏疏抵京。沈子木奉沈首辅的令，片刻不耽误，将楚王殿下的奏疏呈送进乾清宫。皇帝没当大事，交礼部查办朱华趆。礼部右侍郎郭正域公事公办，派出礼部的郎中下到楚府询问朱华趆。朱华趆被朝廷命官问讯了，醒过味儿了，朱华奎一手遮天，反咬他一口。朝廷只看到了朱华奎告他的奏疏，他告朱华奎的状子上哪儿了？

朱华趆带上与他联过名的二十九位宗人上了京城，状告楚王朱华奎和通政司,不止告朱华奎非楚宗的血脉,还告朱华奎行贿、诬告,告通政司邀截实封。朱华越此行,带了几位楚宗的头面人物,武冈王朱华增、东安王朱英燧、江夏王朱华蠹,誓要告倒朱华奎为止。

沈子木闻讯,大慌,他得信儿的时候,朱华越一行人已经住进了京城国子监对面,国子监丞郭正位的宅子。郭正位是专办此案的郭正域的兄长。沈子木认为,告状的那拨楚宗人刚进京城,勾结上了次辅沈鲤。沈阁老处处与沈首辅作对,沈首辅护佑楚王殿下,沈阁老一定护佑楚宗人。沈子木越慌了,他顾不得与沈首辅通个气,立马亲赴郭正位府,求朱华越放过他,别告通政司,助他脱罪。

朱华越为人蛮悍,沈子木是正三品的大员,那辅国中尉不拿他当盘儿菜,也不给他的宗人、不给主人郭正位面子。他和同行的楚宗人,挤在一座四品官的宅邸。朱华越爵位不高,因为他是领头的,独占了一间大屋。

见了面,沈子木同样瞧不起楚宗人,以命官自居,张口不讲客套:"通政司压了您的奏疏,阁下怨不着仆。那是沈首辅的命令,仆是沈首辅的门生,不敢不从。阁下大可去问问,仆做通政使,发什么奏疏,驳什么奏疏,向来听沈首辅的。"

朱华越反感沈子木求人没有求人的样子,他故意装傻:"我不明白,通政司是天子开的,为什么听沈首辅的?"

"朝廷办事历来如此。譬如阁下住的这座宅邸的主人,郭正位大人和他弟弟正域大人听沈阁老的,礼部左侍郎李廷机大人听沈首辅的。陛下谋求沈首辅和沈阁老两派间的平衡。"沈子木火烧火燎,把他的座主和陛下全摆进去了。

朱华越拿他开涮:"出卖座主,沈大人不仗义咯。"

"仆人微言轻。请阁下看在通政司情非得已,从未有意干涉楚宗内务的分儿上,饶了仆的失察之罪。"沈子木为官倒是清廉,觍着脸求人,送不出大额的银票,空手来的:"仆保证,仆往后替阁下做事。阁下的奏疏、状子,仆以最快的速度往乾清宫递。"

"沈大人帮我,你怎么和你的座主交代?"朱华越咋舌,"沈首辅护佑楚王,对付我们。你是沈首辅的门生,怎么着得为你的座主承担些罪过。暂住这座宅邸的可是太祖的子孙,沈首辅想得罪我们,得罪得起?诶,沈大人,据说沈首辅收了朱华奎的贿赂,你替他卖命,他不分给你点儿?"

沈子木的焦虑暴露无遗。他清楚出了事儿,通政司被告了,沈首辅不会救他,他会弃卒保车。沈子木只能自救。

"阁下,仆被逼无奈,仆有苦衷。"沈子木说足了小话儿。

"你们读书人沐浴皇恩,进士及第,却背弃陛下,投靠宰辅,不出于自愿吗?"朱华越审着沈子木焦惶的神色,忍俊不禁,"哦,对,沈大人和沈首辅、沈阁老都姓沈,你三个是亲戚?"

"沈首辅与沈阁老,此沈非彼沈。仆是沈首辅的同族,同出鄞州沈氏,座主长仆一辈。"沈子木不甘不愿吐出了他的难言之隐。

朱华越笑得开心:"原来如此,怪不得你说你有苦衷。我们是楚宗,你俩是沈宗。鄞州沈氏人才辈出。"

"阁下说笑了。仆受沈首辅的提携,但仆是陛下的臣子,仆忠心陛下。"沈子木木然瞧着朱华越,博取他的谅解,"仆私心里不赞同沈首辅,仆亦认为遗腹子不靠谱。"

"真的?"朱华越唇角上扬。

沈子木赶紧点头:"是,仆不求别的。阁下告楚王,仆立即呈送。阁下告通政司……"

"知道了。"朱华越随性摆了下手。他没心思搭救这个通政使,耍弄他半天，沈子木求了白求。我们楚宗不认朝中形形色色的大官、小官，全是为我朱家效忠的奴才。朱华越敷衍了沈子木，沈子木不送礼，他该告还告。若非沈子木作梗，用得着他三十三个楚宗贵胄鞍马劳顿，跑到京城来。朱华越见了沈子木，更恨他了，将收贿的情节栽给了沈子木。他递状子不走通政司了，给司礼监随堂太监使了银子，交了他这回的状子到司礼监，由司礼监即时呈进。

皇帝像上次处理楚王朱华奎告辅国中尉朱华越一样，发朱华越的状子到礼部处置。沈子木被告了，避无可避，要接受问讯了。问讯他的是吏部尚书李戴，东林党。沈子木丢官是必然的，座主那儿他也暴露了，落了个里外不是人。

沈子木被停职了。朱华越的第二封状子下到礼部，传遍了京城各个衙门。楚王朱华奎和辅国中尉朱华越互告，有趣儿。群臣闲着爱说嘴，某些湖北出身的官员生怕同僚借今日的案子，谈起"楚人重利""楚人好斗"等源自春秋战国时关于楚人的风评，恐怕吃了楚宗的瓜落儿，污了自己的名声。

有关楚王殿下和朱华越的争执，朝中大致分出两派意见，争执了起来，皇帝便给予了重视。陈矩说楚王殿下的血统，楚宗人闹了三十年了，始终没得出定论。皇帝以为借此机会，帮楚宗了结一下吧。太祖皇六子的后裔，总传大宗来历不明，丢朱家的脸。

陈矩执掌东厂，向陛下汇报舆情，他说有关伪楚王一案，朝中不以沈首辅和沈阁老泾渭分明，亦有少数的东林赞同沈首辅，主张大事化小。

皇帝遂给陈矩念了左都御史温纯奏疏中的一段："即楚王华奎平日绳削太过，然诸宗被戒俱各有因，如华越私娶护卫王如言女为妻，则违禁矣；以妾之子润儿预妻之子三节，则污名矣……"以下还有很多条,温纯查到的楚王朱华奎苛待宗人的证据。

陈矩温厚:"是,陛下,温大人一语中的。楚王殿下的血统没可能得出定论,但是他的行为足以追究,算是替楚宗人出了气。两边各打五十大板。"陈矩又感叹:"楚王殿下也是无法无天,他过分节制宗人,朝廷不知情。"

皇帝却跑了题,揪着温纯不放:"关他何事?用他去调查朱华奎做过什么?都察院的手伸到湖北了!"

"弹劾不法在都察院的职辖范围内。温纯大人所奏,当是湖北道巡按御史提供的线索。"

"命官无权纠察藩王,只可监视。楚宗这种二百年的强藩,巡按御史对它都不能发挥监视的作用。武昌地方上净围着楚宗瞎转。"皇帝顺手扫了温纯的奏疏到地上,"传沈一贯、沈鲤。"

常云捡起那本奏疏,放到一边,低着眼色施了一礼,退下找到苗全,让他去内阁。苗全去了,皇帝又教陈矩帮忙跑腿儿。

"陈矩,你到礼部,把管事的叫来。"

"是。"陈矩毕竟是"内相",掌批红,与六部应当避嫌,免得涉及揽权。他把他的牙牌给了内侍马鉴,教马鉴拿着出宫,去礼部传右侍郎署部事郭正域。

皇帝见了郭正域就来气:"朱华越的状子进宫,拖了这么久,你干吗呢?"

"回陛下,陛下不曾明言怎样一种查法,臣不敢查。"郭正域道。

陈矩帮郭正域打圆场:"陛下只说,发状子到礼部。楚王殿下和辅国中尉朱华越各执一词。对楚宗要不要公勘,陛下没说,郭大人不敢擅作主张。"

"公勘,为什么公勘?"皇帝被绕晕了,"丢人现眼!"

确实，国朝现有藩宗二十余家。地位最高的是三家，成祖的皇兄朱樉、朱㭎传下的秦宗、晋宗，和成祖的胞弟皇五子朱橚传下的周宗，其次便是和成祖年龄相近的庶出皇弟，皇六子朱桢传下的楚宗。楚昭王朱桢识时务，军功卓著，对成祖恭顺有加。楚宗历来和成祖一脉帝系的关系非常好。到了万历皇帝，楚宗的案子，朝廷想管，不方便管。皇帝下旨对楚宗进行公勘，楚宗二百年的荣耀要不要了？

皇帝拿捏其中分寸，沈一贯见状，偏袒楚王："正是此意，陛下。宫闱暧昧，楚宗与陛下血缘疏远，陛下好心欲帮助楚宗厘清内务，这不是陛下和朝廷管得了的。陛下出手，楚宗不一定领您的情。名义上，楚王殿下不受朝廷的辖制。恕臣冒昧，陛下不该交礼部，当交给潞王殿下代掌您族长的职分，为楚宗调停。"

潞王朱翊镠顶着宗人府宗正的空衔。皇帝没有叔父活着，穆宗仅有皇帝和潞王两个儿子，潞王与皇帝最亲，在朱家诸王中颇有威望。

"派潞王去湖北武昌？"皇帝眉头深锁。

沈鲤回头看郭正域，郭正域接了沈阁老信赖的目光，他心一沉，公然唱沈首辅的反调："陛下，为了楚宗的体面，必须肃清楚宗的血脉。臣恳请陛下准礼部辅助湖广巡抚公勘，以定虚实。太祖留下二十五家藩宗，绵延至今的不多了。陛下岂能容忍图谋不轨者冒认太祖的血脉？"

"楚王殿下是你能污蔑的？"沈一贯转脸瞪视郭正域，目光如刀。他睚眦必报，三品侍郎在御前反对他，令他难堪，这仇他得报。

"问题是，朱华奎是不是楚恭王的儿子，很难说。"沈鲤更加无所顾忌，"臣以为，暂停朱华奎理楚府事，由武冈王阁下朱华增任宗理代掌。朝廷也不能冤了朱华奎，查明朱华奎的血统是否纯正，还朱华奎清白，让三十年的流言真正得以终止。"

皇帝全然理解个中难为，惟怨楚宗人欲求不满，上京告状。楚王朱华奎反告，同样小人。传谣也好，分利也罢，你们在湖北搞你们的。同为朱家的子孙，国朝的哪位皇帝亏待了你们楚宗？楚宗净给朝廷，给皇帝添乱。嘉靖年间，楚世子弑父，前所未闻。皇祖世宗早该废了楚宗，一了百了。出了那么大的案子，丢尽了朱家的脸面，朝廷不是继续优待楚宗？楚宗人不知足啊。再闹，找个由头，朕废了你！

沈鲤还在执言："楚宗被公勘，不是第一次了。"

沈一贯回击："那是弑父的大案，必须公勘。"

郭正域正色道："混乱藩宗的血脉，危害不亚于弑父。"

三人你来我往，争执不休，皇帝脑子里嗡嗡作响。

"够了！爱卿的意思，朕听懂了。"皇帝热得难受，抓起一本奏疏扇风，心浮气躁，"你们仨各有各的道理。郭正域，着礼部送朱华增以外的楚宗人回武昌。必要的时候，请楚王朱华奎来。还有，定案之前，卿等不许直呼藩王的名讳。全当为了太祖。才几年呀，辽府的悲剧不可重演。"

"陛下，请楚王殿下进京接受问讯，您教楚王殿下以后怎么做人？楚宗怎么往下绵延？陛下让楚宗永远背负野种的骂名？"沈一贯心潮澎湃，他自信掌握了陛下的心意，陛下不肯公勘，不觉陛下正在动摇，渐渐倾向于公勘。

"沈首辅，查明真相方能证明楚王殿下的血统，方能攻破楚宗的流言纷纷。"沈鲤针锋相对。

"有什么办法得以证明？事出久远，无从求证，楚宗人所言皆为猜测。"皇帝语重心长，"二位沈爱卿，朕理解你们的忠诚，下去吧。"皇帝揉着自己的太阳穴，无可奈何地看着二沈鼓着对对方的仇恨，忿忿地行礼、退出。

皇帝暂且不难为二沈，他俩利用伪楚王案争他们在朝的利益，二沈和讨厌的楚宗人如出一辙。惜哉，伪楚王案要办，办就离不开二沈，拿二沈没辙。办完了伪楚王案，再收拾他们俩。朱赓那窝囊废，朕选他入阁，草率了。

至于郭正域，三品侍郎在御前表现出了超凡的勇气，令皇帝眼前一亮。皇帝叫了退下，郭正域行了个标致的大礼，直面陛下，斩钉截铁："陛下，您想查，总有蛛丝马迹。"说罢，他站起，转身走出敞开的殿门。

这句"蛛丝马迹"打动了皇帝，你郭侍郎负责伪楚王案，既有如此信心，查明真相是好的。你态度坚决，意指朱华奎非楚宗的血脉，朕便无需过分顾虑楚王朱华奎的体面，让郭侍郎领礼部去查吧。敕封朱华奎为楚王是朕年轻时做的。再者说，高拱和张居正先认的朱华奎，朕大可推翻。

晚上，皇帝问起了陈矩，郭正域的来路。

陈矩告诉陛下，郭正域做过东宫的詹事，太子殿下的讲官，太子殿下很敬佩他。

"哦。朕明日和福王聊聊，公勘不公勘，朕不确定。慎重！朕感觉呀，皇家血脉被湖北人以讹传讹了三十年，朕给他个了断。二沈怀揣私心。朕但求楚宗人闭嘴，不许任何人往朱家的脸上抹黑。"皇帝替楚宗倍感羞耻。

"陛下圣明，楚宗人告到了京城，出于业已激化的矛盾。楚宗人和楚王殿下的矛盾在武昌积攒了多年，跑来了京城爆发。"陈矩浮起了笑意，他替陛下着想。不仅陛下为难，天下都在看楚宗的笑话，看皇家的笑话。

皇帝信誓旦旦："宣朱华奎来。他苛待宗人，罚！楚世子弑父，皇祖宽其从而严其首，给放过了。皇祖不管，朕必得治一治楚宗。朕记得实录上写，楚昭王是太祖最优秀的儿子之一，他的后裔被楚地那片水土带坏了。辽王就在荆州和张居正打起来，白折损了太祖的一支血脉。张居正，朕最恨湖北人！"

"陛下，张居正早过去了。"陈矩诺诺，听陛下数落，"奴才愚见，陛下尽量避免被沈首辅和沈阁老利用。"

"朕中庸！"皇帝生平最恨朝臣损公肥私，这俩姓沈的胆敢搅和朱家的家务，争自己的地盘儿。这么重要的事，朕和陈矩商量，和朕亲近的人商量。

第二天，皇帝去问了郑贵妃和福王朱常洵。

郑贵妃傍着常洵，甫听了去，张大了嘴："天呢！历史重演了！"那时的郑贵妃主要打理内廷庶务，司礼监和东厂在陈矩的把持下，也就是皇帝的手掌心，轮不上郑贵妃置喙。

"何来历史重演？"皇帝烦心，翻了翻眼皮，"阿洵，你都十六岁了，你说说。"

郑贵妃絮絮叨叨个没完，皇帝想听儿子的意见。

朱常洵嘴角一扯："儿臣知道母亲说的历史重演。"

"你说。"皇帝目示郑贵妃安静，听儿子讲。

朱常洵瞪着圆溜溜的眼珠，灵光乍现："回父皇，楚恭王和武宗死后一样，大宗面临绝嗣，楚恭王留下一对遗腹子，咱们帝系从宪宗的长子孝宗落到了次子兴王一脉。朱华增想做楚宗的'嘉靖皇帝'，有了这对遗腹子，他做不成了。父皇试想，若武宗有一对遗腹子，当年十五岁的兴王……"

"有道理！"皇帝转念，不容常洵妄议祖宗，可他说的太有道理了。皇帝假意责备他："胡扯啊！"

"儿臣没胡扯，儿臣的曾伯祖父武宗好比楚恭王朱英㷿，壮年暴毙，无子。"朱常洵会错了父皇的意，看向母亲。郑贵妃马上补充："是呀，陛下。阿洵在坊间有所耳闻，楚恭王和武宗都于三十岁上下暴毙，都有不同常人的癖好，两个人生前因而都无子。"

"行了，武宗如何如何，不许再说。朕的皇祖是货真价实的宪宗的孙子。"皇帝倏然豁亮地笑，"朕明白，你们的意思是废掉楚王朱华奎，改立旁支。武冈王朱华增是朱家的血脉，明摆着的。"

朱常洵摆了张弥勒脸："儿臣以为，欲堵众口，请父皇换一位能服众的楚王。如今这位楚王暴虐无道，相比之下，武冈王朱华增口碑不错，他的祖父朱显槐在楚世子弑父案中保护了长兄楚愍王，立下大功。大宗由于绝嗣，旁支继承，二十多家藩宗，先例俯拾即是。"

"嗯，倒是个思路。"皇帝瞄见郑贵妃肯定的眼色，"大宗易主旁支，非同小可，郭正域查到证据，再行废立。"

"是。武冈王朱华增继承楚恭王，血脉疏远了些，父皇慎重为上。"

常洵讲话有条有理，皇帝非常满意，常洵为父皇分忧，楚宗这档子事儿他做了功课。常洵素来不关心外事，他真是急父皇之所急。

第三十一章

皇帝仔细考虑了常洵的意见，他的思路很有见地。倘若武宗有个遗腹子，继了大统，能服众吗？武宗朝有宁王之乱，武宗驾崩，若有遗腹的皇子，靖难会不会重演？要想恢复楚宗的秩序，当立武冈王朱华增为楚王，加之楚宗人拥戴朱显槐、朱华增祖孙。可是若找不到确凿的证据，不能轻举妄动。皇帝自己画了张图，理了理楚宗的亲缘关系，不算存疑的朱华奎、朱华壁兄弟，朱华增是楚端王朱荣㴐唯一的血脉，朱显槐与现楚王朱华奎的祖父是兄弟。楚宗的王脉居然凋零至此。

万历皇帝硬下心肠，楚宗贪婪，楚宗人争执楚王的血统，归根结底，是楚宗占据的庄田等利益不够他们分享。河南一省养了八家藩宗，过得安安生生。湖北就两三家，以楚宗为大，楚宗还不惜颜面的争抢，是该整治整治它。冷静下来，皇帝想定了，效法皇祖世宗吧，整理楚宗，只好宽其从而严其首。无论郭正域查出什么，朱华奎、朱华壁兄弟年幼无辜，杀只能杀混乱楚宗血脉的楚恭王朱英炫的姻亲王氏的祸首，朱华奎、朱华壁顶多发到凤阳府因禁。皇帝想给礼部下道谕旨，命礼部就伪楚王案对楚宗采取公勘，提起了笔又放下，犹疑再三。

郭正域却在此时失了皇帝的信任。陈矩报告，郭正域为伪楚王案和次辅沈鲤往来密切。皇帝以为，郭正域想从此案中渔利，他摇摆到了沈一贯那头。沈一贯赞成息事宁人，郭正域和常洵赞成公勘，哪种意见是对的，哪种意见得以最大限度保留朱家的颜面。如常洵所言变成了现实，朱华奎是伪楚王，朕的颜面何存？

陈矩还说，郭正域去内阁，沈首辅关门办公，郭正域和沈阁老在值房中密议。皇帝愈厌烦了沈鲤，他本不喜欢沈鲤耿直，欣赏沈一贯长于变通。此番皇帝对于二沈的矛盾多了一重理解：沈鲤公然藐视首辅，结党营私，是沈鲤的错。

郭正域浑不觉陛下对他的印象悄然发生了变化。他是沈鲤的亲信，东林党人，照常到内阁找座主议事，特别是礼部承办的伪楚王案，这是一场关乎皇家体面的角力，郭正域不敢擅专。他常来内阁，东厂安插的内役就在内阁一边伺候，一边刺探。

沈鲤和郭正域有一次聊到国朝最敏感的话题"皇太子"，被内役刺探了去。

郭正域问了太子殿下就伪楚王案的看法。陛下问过福王殿下，不问太子殿下，太子殿下很有压力。太子殿下说，如果父皇问他，他走沈一贯的套路，反朱常洵之道而行之。

郭正域复述道："太子殿下说，伪楚王案实非大案。太子殿下要仆愿意查，教礼部的人到武昌走个过场，查不出子丑寅卯。王安说最直接的证人，三十年前去楚王府照顾有孕的楚恭太妃的内侍郭纶早死了，他也没徒弟留在宫里。"

"太子殿下的一己之见。藩宗不宁,影响帝祚稳固,太子殿下偏颇了。"沈鲤现出了对太子殿下的不满。他与郭正域认为,陛下主公勘,福王殿下赞成公勘,福王殿下碰了陛下的心。沈鲤更深信不疑,礼部很快会收到明发的上谕,着礼部协同湖广巡抚、湖北道巡按御史进行公勘:"美命啊,仆多说说,你是太子殿下的讲官,你告诉太子殿下,陛下当的是朱家二十几家藩宗的族长,一笔写不出两个'朱'字。太子殿下坐视他父皇因为楚宗颜面扫地?楚宗人对于朱华奎血统的怀疑,持续发酵到朝廷辖制不住,再出楚世子弑父的大乱,朝野会非议陛下如何当的家。美命,你讲给太子殿下,这是君王之道。普天之下,武昌府之外,只知陛下,哪知楚王!"

"哪家藩宗成天闹事儿,往上说三代,楚愍王、楚恭王、朱华奎,没消停过一日。"郭正域义愤填膺,"沈阁老说得好,一笔写不出两个'朱'字。楚宗不替陛下考虑考虑,有脸上京告状?武冈王阁下列的证据也是荒谬。但楚恭王薨逝时,嫡妃王氏和两位次妃身故数年,确有疑点。嫡妃王氏素不得楚恭王喜爱,她殁后,王家势微,铤而走险,贪慕皇恩亦有可能。"

沈鲤付诸一笑:"楚宗几代和当地人联姻。但是武冈王阁下没有真凭实据,辅国中尉朱华越的内人,王如言女儿的说辞缺少佐证。对了,朱华奎到京城了吧,住哪儿了?"

"朱华奎住在了南城的湖广会馆。他骑了匹快马,只带了一个随从。仆见了他,怨气冲天的嘴脸,吵嚷着进宫面圣伸冤,要和武冈王朱华增当面对质。"郭正域挽起衣袖,露出手腕上青紫的伤痕,"仆不收他的礼金,你看他硬塞,给仆掐的。"

"朱华奎果然不具备藩王的气度。他送你多少?"

郭正域大大方方:"一万两,给沈一贯多少,给仆多少。"

沈鲤鄙弃："仆早知是沈一贯收了朱华奎的贿赂，而非沈子木。这俩家伙，藩王不像藩王，首辅不像首辅。"

"朱华越、朱华奎都不是好东西。"二人异口同声，相对会心一笑。

郭正域兴奋地说起了他寻访到的传闻："沈阁老，仆跟您说一事儿。仆询问了近三十年在武昌府乡试中举的京官，您猜他们怎么说？"

"说什么？"沈鲤兴致大增，双眼放光。

"楚恭王好男色，走谷道。他满武昌城搜寻男童，王府里养了上百个娈童，吓得武昌人不敢生儿子。白净、漂亮点儿的男孩，十一二岁全被楚恭王挑走了。"

"藩王纳侍妾，无需奏报朝廷。看来楚恭王的女人或许只有一王妃，两次妃，平常伺候他的是娈童。"沈鲤大悟，"我也听到了传闻，楚恭王不近女色。可他是服用春药过量死的，他不近女色，为什么吃春药呢？"

"兵部有个衙役，进京城不到一年，他家祖孙三代都在楚王府当过差。他说楚恭王薨逝的那晚，他父亲在镇楚门外把守，听得王府里半夜乱糟糟的。第二天清晨，传出楚恭王死在了床上，几个娈童伺候他。是他父亲说的，出事儿时还没他呢。"

沈鲤抿唇深思："这么重要的信息，你不跟陛下讲……仆明白了，楚恭王好男色，不能直接证明他没有与女人同过房。胡氏曾是楚恭王的贴身都人，亦有可能临幸过她。藩宗的内档记载不详，不可作为凭据。最好陛下快下令公勘，你派人到楚府查清楚，有没有确切的证据能够证明胡氏被楚恭王临幸过。"

郭正域阴恻恻的："仆也是这样想，深入楚府找证人，必需湖北地方上的协助。咱们不好明着向着武冈王阁下揣测的方向，去寻找对朱华奎不利的证据。"

"你先和太子殿下讲清利害,请太子殿下支持公勘。我等全为了太子殿下,和殿下始终在一条船上。"沈鲤无意表露了心迹,"仆呀……别等到太子殿下登上大位,不理解你我彻查伪楚王案的苦心。"

郭正域耸耸眉毛:"一定,为了太子殿下,拉沈一贯下马。"

几日后,圣旨姗姗来迟,下到礼部。皇帝终究决定了,查一查是必要的,但是礼部的人不用去当地,公勘由湖北地方全权负责。沈鲤请礼科的人帮忙,用八百里加急将公勘的谕旨发到湖北,交湖广巡抚赵可怀、湖北道巡按御史吴恺会同公勘伪楚王案。湖北地方上奉圣命,尽力摸查,寻来了楚恭王有龙阳之好的证据,楚恭王曾养在楚王府上的娈童。而胡氏近身服侍楚恭王,没人说得清楚恭王把她怎么样了。更无人能够指证,现楚王兄弟被抱进的楚王府。宫里派去照料的内侍郭纶,胡氏生产时不得近身。郭纶于现楚王兄弟降生一个时辰后,看到了新生儿,已由他回京后,记载在宫廷的内档。郭纶已死,服侍过胡氏的人,随着胡氏自戕而四散。现楚王兄弟降生的当夜,用过的稳婆、太医、都人,乃至两兄弟的乳母都下落不明。湖北地方上找到了胡氏生产的时候,在楚王府服侍的七十几名下人,这七十几人都没直接服侍过胡氏和现楚王兄弟,不足以作证。湖北地方上的公勘草草了事,湖广巡抚赵可怀奏:查无实证。

皇帝收到这样一份尴尬的公勘结果,哭笑不得。查来查去,越查越丢人!查无实证,朕没准你们捕风捉影。楚恭王见不得人的私癖,湖广巡抚写上了朝廷的公文。赵抚台,你这么写,你让楚宗往后如何立足?

皇帝气愤下,问陈矩,阁臣、礼部、抚台皆不可信,唯独陈矩忠心不贰。

陈矩给的建议：由朝廷做一次复勘。

"给楚王殿下和武冈王阁下一次陈述的机会，陛下可以定案了。"陈矩甚是清明，"郭大人怂恿陛下彻查，失之急躁。依楚人的脾性，楚宗人和楚王殿下不会善罢甘休，须陛下出面压服楚宗。"

"什么意思？朕想让东厂调查郭正域，他出的馊主意。"皇帝的脑筋还围绕着郭正域。

"不忙，奴才来查郭正域大人。奴才恳请陛下出面，命令楚王殿下和武冈王阁下重归于好。"

"朕想起来了，朱显槐，从武冈王朱华增的祖父闹起来的？"

"是，武冈保康王祖孙失利最多，武冈王阁下的地位尊崇……"

"传楚王和武冈王进宫面圣，再请他俩一路回去。"皇帝想透了，"这么办吧。"

楚王和武冈王一同面圣，乃藩宗享受不到的礼遇。寻常藩王进趟京城都是不敢想的。皇帝命司礼监给这哥俩儿备下亲王和郡王的仪仗。身着金甲、执金瓜的锦衣卫大汉将军，骑高头大马为先导，引着分头两列百人、两列六十人的仪仗，跟着抬出一顶十六人抬、一顶十二人抬的绿色围帘的大轿，跟从红盔青甲的扈卫，也骑着马。这副出行的阵仗，和在他们楚地没有两样。皇帝让这两队人马并肩而行，一齐入东华门，楚王走左门洞，武冈王走右门洞，给足了楚宗荣耀。事前，皇帝搞清楚了，楚宗华字辈的二王长他一辈。皇帝穿好了最高规格的冕服，戴冕旒，玄衣黄裳，玄衣章纹数八，黄裳章纹数四，配前用玉的革带和素表朱里的大带，执玉圭，在乾清宫正殿升座，以帝王的威严震慑这两个不驯服的藩王。

楚王的亲王朝服，从福王那儿借的。武冈王的郡王朝服，福王亦有，备着给他将来的儿子长大穿的亲王世子朝服，和郡王的服制相仿，武冈王将就着穿。亲王和郡王着赤色的皮弁服为朝服，以黑纱冒于外。亲王的皮弁分九缝，每缝前后各用五彩玉珠九颗，郡王的皮弁则分七缝，用三彩玉珠七颗。皮弁与皇帝的冕旒一样朱纮悬系，一端系于左侧的玉簪，从颔下绕过，系于右侧的玉簪。亲王、郡王皆着赤衣，绛纱袍，同执玉圭。

不准楚王朱华奎穿他青衣纁裳的亲王冕服，戴九旒五色的亲王冕，朱华奎略感不快。上京城来，不如在楚府当老大自在。进了紫禁城，朱华奎立时心旷神怡。红墙金瓦目不暇接，四目里满是红彤彤、金灿灿。他楚王府的亭台水榭比之天家的富贵，只是小巧别致而已。刚才坐轿通过的东华门，赤红的城台，三座外方内圆的券洞，九排九颗的铜鎏金门钉，金琉璃瓦重檐顶，城台上围着汉白玉的栏杆，足够并列走两匹马。皇宫的东门都比大江边的楚王府正门镇楚门气派。他坐在轿子里，掀着轿帘贪看着，自己解了皮弁，扯开了领口的纽子。在楚府他戴着和皇帝相差无几的冕旒，称孤道寡。轿子抬着朱华奎走的是偏道，避开正中的御道。他看见了金水河上汉白玉雕刻的桥，泛着温润的光泽，和金水河比，滔滔大江算个什么？兴宗真好运气，以藩宗的身份入主紫禁城，做了天下的主人。他呢？仪仗再阔，只能走偏门偏道。朱华奎不想想，进了紫禁城坐大轿，朱家的王爷谁行？

大轿直将楚王殿下、武冈王阁下抬上台基，至乾清门前，两顶轿子并列落下。下轿，武冈王让了楚王先行，依次序进殿向皇帝行大礼。陛下端坐在龙椅上，九旒遮面。陛下的头微微一动，玉旒叮叮当当，看不真切陛下的面容。

陈矩侍立于龙椅的侧后，一身御赐的斗牛服，威风赫赫。他沉声叫了二王平身，赐坐。二王谢恩，落座。皇帝清晰地看出了楚王神情中的桀骜，皇帝怯场了，各家藩宗，他只见过亲弟弟潞王。楚王朱华奎和他出了五服，长了他一辈，称呼上皇帝不称他俩的名字，称他俩为楚王、武冈王。

皇帝微笑着，不说话。陈矩代陛下道："楚王殿下、武冈王阁下，您二位放心回吧。殿下、阁下，复勘为朝廷办事的程序，陛下心中已然有数。程序得走，亲缘亦得顾及。"

陈矩侧脸看看陛下，皇帝清清嗓子，分外严肃："都是一家人，回武昌好好过。"皇帝瞧见朱华奎领口的纽襻没扣好，开了。殊不知，那纽襻是殿外常云给朱华奎扣上的。朱华奎坐在轿子里，扯坏了衣服。皇帝观察楚王的姿态和表情，他没见过楚恭王，不好说。

"是，陛下赐楚王殿下、武冈王阁下车马仪仗，送您二位回武昌。"陈矩道。

楚王和武冈王一同起身谢恩。楚王貌似不情不愿的，武冈王谦卑地低着头，恰见他皮弁上的钉亮闪闪的。

皇帝观察着二人，也琢磨着，教他两人于御前言和，回了武昌，楚宗人应该不敢说了。他晓得，楚宗人激愤，行为失当，背后是两代武冈王给楚宗人撑腰。武冈王罢了休，与楚王讲了和，疑心颇重的楚宗人必会偃旗息鼓。

楚王冷不丁发话，底气十足："臣敢问陛下是否拜谒过兴献王陵？要不臣与武冈王先不回藩，代您去承天府给兴献王进份儿孝心。"

皇帝鼻子气歪了。兴献王？那是睿宗！兴献王陵？那是显陵！朱华奎揭兴宗旁支入继的老底，皇帝没了底气。说来是皇祖不地道，搞大礼议，追封父亲兴献王，也就是皇帝的曾祖父为睿宗，与孝宗成为一辈并列的两位大宗。皇祖有本事做成不可为的事，反观自己，被楚王当廷说三道四。

皇帝懊恼，涨红了脸。陈矩代陛下高声道："楚王殿下，藩王应在封地安分居住，您上京城不合祖制，何况满地乱串？您回楚府孝敬好楚宗的宗庙，武冈王阁下帮您担待着府事。"

皇帝在袖子里攥紧了拳头，陈矩回得好啊。

楚王又恶声恶气针对武冈王："陛下，他朱华增诬告君上，您怎么说？"

楚王针对他，武冈王不吭声，面圣他害怕了。虽说他是上京告状的，陛下赏的，不论什么结果，都是恩赐楚宗的公道。他懂，楚宗是小宗，帝系是大宗，藩宗内争一争，须顾忌着帝系的尊严。到了御前，不要吵。祖父教导过他，天高皇帝远，但不能太过分，你过分了，陛下会料理你的。

"误会，兄弟嘛。楚端王只有你俩和宣化王三个后人，回去多生几个男丁，兴旺楚宗，方为正道。"皇帝暗戳戳地责备他俩，勉强维持了笑容。

幸亏武冈王明事理，起身给陛下认了错，再给楚王道了歉。

皇帝欣慰，武冈王识抬举，抬他打压楚王，对了。皇帝便端了架子，教训朱华奎："楚王，武冈王尊你为大宗，你也要敬他为长兄。你二人协力，别给地方添乱了。湖北一地，楚宗占的利益够多了。抚台管着国计民生，伺候你们楚宗，忙不过来。"

言尽于此，对待频频闹事的楚宗，皇帝仁至义尽了。皇帝当着面定下了最终的赏罚，先奖赏带头告状的武冈王，请武冈王下去。单独面对朱华奎，皇帝斥责他苛待宗人。武冈王不在，朱华奎安分多了。陛下斥责，他安然接受了。皇帝命武冈王担任宗理的虚名，朱华奎反瞪了眼陛下，忍了。陛下声声称他"楚王"，他的心踏实了。其实陛下用仪仗接他和武冈王进宫，他就踏实了。他还心疼起使出去的银子，当今圣上的爹认的他，三十年过去了，他的身份早成了定论，楚王都做了二十年了。

楚王朱华奎服了，认了错，武冈王通情达理，皇帝命陈矩亲送二王出宫。行贿、私自进京之类的过错，不追究了。皇帝靠在御座上，舒心了，全赖沈鲤、郭正域和沈一贯、沈子木，借老朱家的家丑争权夺利，兼之湖北地方上瞎掺和。血浓于水，有什么不能商量的，和他俩聊一聊就通了。朱华奎和朱华增，哪个真有把握，证明对错是非。郭正域误导了朕，公勘不明智。

楚王朱华奎和武冈王朱华增动身回武昌了。事情尚未了结，还有一道程序，陈矩当廷告知过二王，朝廷复勘。

万历皇帝平生始料不及，他人生中会遭遇两次西华门外的廷议，第一次发生在万历三十一年的金秋，会同三十七名命官就伪楚王案进行复勘。

国朝最重大的政事，须下廷臣集议。廷议的结果及时上奏给皇帝，由皇帝裁决。有关伪楚王案的廷议举行之时，礼部署部事的侍郎从右侍郎郭正域转为了左侍郎李廷机。李廷机接替郭正域，负责伪楚王案，主持此次廷议。

据李廷机事后的奏疏，廷议场面相当混乱，三十七人分成两派，争论不休。主要的意见是，凭湖北地方上进呈的证据，不能确定楚王殿下的身世，那么承认楚王殿下是真，诬陷楚王殿下的人务必严惩。

李廷机所奏，要命的是廷议上渐偏离了伪楚王案的原题。巡城御史康丕扬弹劾礼部"壅淤群议，不以实闻"，礼部侍郎郭正域弹劾首辅沈一贯"匿疏阻勘"，收受楚王殿下重贿。

皇帝读了李廷机的奏疏，倍感快慰。康丕扬挑头弹劾同僚，转移矛盾，他是沈一贯的门生，沈一贯深谙圣心呢。郭正域居然还不死心，弹劾沈一贯。听了你郭侍郎的，朕才走了弯路！不过皇帝没有立即处置郭正域，亦没动礼部，他免了沈子木的官，将阻塞奏疏和收贿赖到了沈子木头上，责令沈子木回乡。

　　沈一贯赔上了沈子木，愈发变本加厉，令他在朝的所有门生弹劾郭正域。沈子木走了，撵走郭正域，他才和沈鲤打成平手。先是康丕扬撇开李廷机，指名道姓郭正域陷害藩宗。紧接着沈一贯进呈楚王殿下临走留下的奏疏，控告郭正域是湖北江夏人，私下勾结朱华越诬告本王，朱华越进京住在郭正域的哥哥郭正位的家中，两兄弟一起给朱华越出谋划策。另有给事中杨应文指明，郭正域家和楚王殿下结有私仇，好比当年的张居正。郭正域和郭正位的父亲曾被楚王殿下鞭笞，楚王殿下遭人诬告，郭家兄弟挟私报复，想学张居正对付辽王，扳倒楚王殿下。

　　又提到了张居正，这还得了！张居正和辽王的教训不够吗？张居正的祖父冤死在辽宗之手，张居正入阁，鼓动他的门生诬告辽王朱宪㸅横行不法等十三款罪。赖辽王自己蠢，朝廷的人去荆州的辽府公勘，他举起上书"讼冤"的大旗，揭竿而起，坐实了谋反。穆宗废朱宪㸅为庶人，圈禁于凤阳府高墙内，辽宗封除。直至万历皇帝清算张居正，朱宪㸅已死，他的次妃王氏给皇帝递了刀子，告张居正侵吞辽宗家产，掘辽宗先王墓，大逆不道，皇帝方将张居正击溃。辽宗和张居正冤冤相报，两败俱伤。辽王遭小人诬陷、问罪，朕有多痛心。如今小小侍郎都敢对付太祖的子孙！这个郭正域，朕定得处置了他，决不让楚宗蹈辽宗的覆辙。

　　皇帝感到自己比父皇英明。数年后发觉了朱宪㸅蒙冤，铲除一个奸佞，赔上一家藩宗，太亏了！这一遭除掉郭正域，楚宗不会来做朕的代价了。

第三十二章

尽管皇帝亦讨厌沈一贯假公济私,但他召沈一贯进乾清宫,商议处置郭正域。皇帝处置一个大臣,不能没有借口,朱赓窝囊,沈一贯是郭正域的对立面。要紧的是,得问沈一贯,郭正域陷害楚宗,沈鲤有没有参与?

陈矩劝陛下,郭正域和楚宗是私仇,不干沈阁老的事,沈阁老和楚宗无冤无仇,求陛下放过沈阁老。是,皇帝明镜儿似的,东厂刺探到的内情算不得数。沈一贯不会晓得,沈鲤对郭家和楚宗的仇知情与否。暂时放过沈鲤,然而沈鲤助纣为虐,不怕以后找不到由头收拾他。沈鲤全不知情,他为何和郭正域统一口径?或许是沈鲤和郭正域合谋陷害楚宗。

当然了,皇帝最恨的定是郭正域,言官的奏疏坐实了郭家和楚宗的仇,他更恨那日郭正域迷惑了他。再想,郭正域明摆着一副东林的架势,怎么找了这种人做太子的讲官。睚眦必报,心口不一,郭正域在皇帝心目中成了张居正的一丘之貉。皇帝宁可东宫不开讲，不给太子找东林做讲官了。

太子恰在这时火上浇油，上奏疏替郭正域先生说情。皇帝下了道严旨，停止东宫讲学，将沈鲤停职。

沈一贯正忙着结伪楚王案。他来乾清宫，皇帝找他谈处置郭正域，沈一贯顺手带来了他给陛下草拟的伪楚王案结案的谕旨。

皇帝没情绪看："拣紧要的念给朕听。"

"年远无据，仇口难凭，非假甚明。"这是伪楚王案的结论，沈一贯停下，待陛下首肯，他接着念，"辅国中尉朱华趆及其妻王氏，坐诬告降为庶人，禁锢于凤阳府高墙内。仪宾汪若泉坐诬告戍边充军。附和之宗人东安王朱英燧、江夏王朱华蠹等三十四人，一概免岁禄十之有三。"

"好。"皇帝心下恻隐，"事态平息了，放汪若泉回家，放了朱华趆夫妇，恢复爵位。武冈一地的赋税赏给武冈王朱华增。"

沈一贯赞陛下仁慈。皇帝仍然忧心深重："过几日，朕打算复沈鲤的职。他回内阁，你让他一步。沈子木免官，你不替他求情，朕欣赏你。"

沈一贯抖擞精神："陛下谬赞，臣谢恩。回陛下，臣教沈子木压下了朱华趆的奏疏。臣窃以为不应把事情闹大，楚宗的内务，他们自己解决。"

皇帝展眉："朕问你，郭正域说你收贿？"

沈一贯语塞，皇帝笑着掠了过去："沈鲤、郭正域未必干净。朕不责楚王、武冈王行贿，即不责重臣收贿。朕告诫楚王，不要苛待宗人，朕自不苛待你们。"

沈一贯再赞陛下仁慈，泄了口气。陛下抓住不放的，不会是大员收了楚宗的银子，该是像张居正的郭正域。万历皇帝治下，想扳倒谁，往张居正那儿扯就对了。郭正域埋怨不着他沈首辅。受荆州人张居正和武昌楚宗的累，皇帝对湖北人印象极差，江夏佬儿撞刀口上了。

"朕问你，郭正域家与楚宗的仇怨，确实吗？"

沈一贯虚情假意，仿佛为郭正域求情："楚王殿下鞭笞过郭正域的父亲，郭正域以牙还牙，人之常情。郭家的旧事，楚王殿下在京时，臣与沈阁老并不知情。臣倒曾听闻，郭正域拒绝过贿赂，楚王殿下和武冈王阁下的银票都拒绝了，他的人品是正直的。"

皇帝虎着脸："楚王被告，郭正域自己是利害中人，自然不会收贿。你知不知道郭正域是湖北江夏人？郭正域任太子的讲官，你举荐的。"

"臣失察。"沈一贯战战兢兢道。

"罢了，朕不让陈矩查了。你留着心，翰林院有经纶满腹的庶吉士，推举上来教导太子。"皇帝按着御座的扶手，谛视着沈一贯，"你是首辅，沈鲤复职前，你帮朕料理了郭正域。之前和郭正域同在东宫讲学的翰林院修撰唐文献，停职。"

沈一贯放了郭正域条生路："回陛下，放郭正域回乡听勘吧。"

"好。"皇帝同意了。

郭正域暂不被加罪，他回了家乡，朝廷再行调查。沈子木是革职返乡，将来仍有叙用的机会，郭正域担了罪臣之名，他俩的待遇大不同。郭正域冤啊，他是江夏人，和楚宗有私仇是真的，可他不曾报复楚王殿下，他不是张居正。沈阁老回了京城的学士府赋闲。太子殿下的讲学停了。

沈一贯跪下，正要磕头告退，皇帝叫下他："慢，郭正域回江夏，赵可怀和他一并处置了。赵可怀不成器，御史吴楷得力，你教吴楷盯紧了楚府。"

皇帝话音未落,田义慌张的声音从门外传来:"陛下,楚宗又出事了!楚宗人洗劫了楚王府。"

"进来。"

湖广巡抚赵可怀的邸报到了司礼监,田义马不停蹄送入乾清宫。皇帝看了邸报,寥寥数语,楚王府的乱象尽收眼底。先行回武昌的三十二位楚宗人得知朝廷的处置,心生不满,带了上百个宗人,趁夜洗劫了楚王府。

"楚王殿下、武冈王阁下还在回去的路上。"沈一贯大惊失色。

"传沈鲤回内阁,立即复职。"皇帝当机立断。

沈一贯揣度圣意:"陛下的意思是沈鲤管兵部,让他派兵到武昌,镇压闹事的楚宗人?"

"朕的话,宗人不听。"皇帝一个头两个大,"朕安抚了朱华增,安抚不了整个楚宗。"

"陛下无需忧虑。湖北经不起人事变动,让赵可怀接着干,将功补过。楚王殿下的损失,朝廷补些银两,余下的教地方上酌情弥补。"沈一贯建议。

皇帝心疼自己的积蓄,顶着朝野的骂名,辛辛苦苦收矿税收来的。皇帝咬牙切齿:"你代笔写信给朱华奎,朕收回命他善待宗人的话,他爱怎么管怎么管。"

"以恶制恶,唉……"沈一贯长叹,事态瞬息万变,沈鲤这么快复职了,他真后悔放了郭正域回乡听勘。

皇帝命沈一贯立刻回内阁,协助沈鲤调一支皇帝的亲军羽林军和隶属御马监的武骧左卫营,押送大内银库拨出的给楚王朱华奎的补偿去武昌府维持秩序。

皇帝的亲军一到，楚宗人安宁了。沈鲤立了功，风光了一阵，沈一贯妒忌了。皇帝给予朱赓的信任又有上升的势头，皇帝下旨，分了沈一贯分管的户部给朱赓。沈阁老和朱阁老夹击，分散他沈首辅的权势，沈一贯蒙了，伪楚王案后，陛下明明非常信重他，沈鲤轻而易举翻上来了，朱赓也进益了，陛下对他究竟什么态度？

对沈一贯不利的形势没持续多久，不出万历三十一年，沈一贯的机会又来了，他不会像上次给沈鲤和郭正域留生路了。这次，他誓要斗倒沈鲤，斗倒东林。

万历三十一年十一月十一，清晨飘着丝丝冻雨，东阁大学士朱赓裹着宽大的朝服，疲态挂在皱纹丛生的脸上。朱学士府的大门缓缓推开，朱赓早起去内阁办公。之于他的老迈，内阁的工作辛苦得难以承受。三位阁臣，他年岁最长，年近七十。他现分管户部，朝廷纷起的对陛下征收矿税的抗议，他与陈矩协作，一一压服。朱赓心软，这种差事，不如让沈一贯干。朱赓想起他繁重的公务，想致仕。他掏出帕子擤擤鼻涕，低头的工夫，见他府门外，搁着一张黄底、红红绿绿的纸。

朱赓教他的随从拾起，是枚揭帖，湿淋淋的。朱赓打开读来，三魂失了两魄，吓得面如土色。他就站在自家的台阶上，一半身子淋着冻雨，一字一字读完。

"谁要害我！"朱赓大喊，那纸上点他的大名，说他助郑贵妃废太子，立福王，他是沈一贯的帮凶。这可是谋反诛九族的大罪！内阁有三位阁臣，纸上点了俩人，还说皇帝用朱赓为阁臣，"赓"与"更"同音，意味着皇帝想要更立太子。

朱赓双手发颤，翻到揭帖的封面，揭帖差一点落进雨地。封面上朱笔写着五个大字"续忧危竑议"。

朱赓抓着揭帖，使劲儿晃随从的胳膊："'忧危竑议'的续篇，快进宫！"

为了自证清白，朱赓必须头一个将"续妖书"呈给陛下。朱赓坐进轿子，整个人傻了，自己老实巴交，不得罪沈鲤，不得罪沈一贯，谁有必要害他？他在内阁起不到作用，害哪个沈都牵连不到他。陡然间，朱赓想到了，定是最近压制反矿税的义士，自己伤天害理了。拿谋反加害他，心思歹毒，算哪门子义士？收矿税是陛下的旨意，难为我能废矿税？

朱赓坐着轿子，痛哭流涕，早该辞官，免得今日杀身之祸悬于头顶。进了东安门，朱赓令轿夫抬他去司礼监，把捡到的"续妖书"交给陈矩，然后二话不说，回府闭门谢客，无声表达他的愤怒。陈矩替朱阁老将"续妖书"呈给了陛下。但京城里流传的"续妖书"，不止朱学士府门前的一封，前夜已有数十封"续妖书"传入京城的大街小巷。

皇帝震怒，这封"续妖书"太熟悉了。五年前即有"妖书"传遍京城，《闺范图说》的跋文叫作"忧危竑议"，议论历代嫡庶废立事件，影射郑贵妃助她的儿子争太子位。五年过去了，皇长子被立为皇太子，国本还有何文章可做？"续妖书"的意图更险恶，它写的是废太子。什么人干的？为何还要栽赃郑贵妃？

皇帝命陈矩率东厂、锦衣卫协同京城巡捕衙门搜捕。一日内，陈矩带人在京城的各处，拾获的"续妖书"有二十几封，内容一模一样，神武门与煤山间也拾到了一封。皇帝闭门待在寝殿里，不见郑贵妃，不见常洵，不见太子，不见所有"续妖书"上点到名的人。皇帝想，他该理一理"续妖书"现身的线索，为什么？今年他忙于伪楚王案，他对太子……对，停了东宫讲学。

皇帝颠来倒去读了好几遍"续妖书",全文仅三百多字,和"忧危竑议"同样是问答体。提问者姓名不详,回答者名郑福成,暗示郑贵妃之子福王功成。"续妖书"开头,提问者说天下太平,郑福成反驳。二人一问一答,从皇帝迫不得已立太子谈起,谈到郑贵妃和福王意欲废太子,沈一贯和朱赓都是帮手,又列出了另几位大员,说是郑贵妃埋在朝中的眼线。"续妖书"用语极其刻薄,朱赓昏聩,沈一贯狡诈,就差骂皇帝了。令皇帝啼笑皆非的是,结尾署了两个莫须有的名字,作者是吏科都给事中项应祥,执笔是四川道御史乔应甲。

什么人了解这许多的朝廷密辛?列举的事例基本准确,署名怎么回事?红红绿绿的"续妖书"摆在御案上,皇帝烦到了他亲政以来的顶点,茫无头绪。流传"续妖书",谁会得利?田义来报,"续妖书"提及的大臣们全部待罪回家了,内阁只剩下沈阁老在岗位上。乍看仿佛太子得利,东林兵行险着有何意义?朕没说废太子啊。朕就那么傻,区区"续妖书"足以改变朕对朕家人的看法?

皇帝举目四望,寝殿里冷清清的。门外下了一天的冻雨,湿冷湿冷,多生了几个炭盆,也觉不到暖和。他想见陈矩,陈矩出宫查案去了,田义留守司礼监。常云几个近侍,说话搭不上茬儿。正孤独的时候,苗全报,皇后殿下到。

皇帝觉得好笑,皇后深居,也听说了"续妖书"。他请皇后进了弘德殿。

王皇后行了礼,坐下,瞅见陛下手旁的"续妖书",倒着放的,红绿二色的封底朝上。王皇后吟哦:"续忧危竑议。"

"皇后,你知道了?"皇帝的眼光落在"续妖书"上。

"臣妾不仅知道,臣妾读过。"王皇后笑色柔和,隔着皇帝,拿过"续妖书"托在手上,"妖书等于造谣,陛下不看也罢。"

"皇后你说是造谣,传之于市井,百姓信以为真,于朕,于太子皆不利。"皇帝抢过皇后手中的"续妖书",攥紧了它,"你去启祥宫看过没?阿芳她?"

"陛下忘了,臣妾不问事。臣妾是陛下的妻子,只来安慰陛下。"王皇后牵过皇帝的手,摩挲着让他放松,"臣妾明白,'续妖书'污蔑郑妹妹与常洵的清誉。但是清者自清,更不更立太子,郑妹妹与常洵做了什么,陛下心中有数。"

皇后绵里藏针的话语,愈刺激了皇帝的软弱,皇帝愁眉不展:"阿芳与阿洵是不是背着朕做了做不得的事,于是有了'续妖书'?皇后啊,打完了三大征,朕以为自己是太平天子。朕给自己、给子孙聚敛一些财富,大臣骂朕骂得凶。朕也想办实事,地方上、朝廷得空儿闹出一件案子,朕疲于奔命呀。每天处理没完没了的案子,不胜其扰。那帮大臣也是,谋私利,鸡毛蒜皮的事争来斗去,白读圣贤书了。"

"陛下,您可以从乾清宫把'续妖书'的案子尽量压住,让尽量少的朝臣待罪回家,莫使清查误了朝廷的公务。陛下相信陈矩的能力,会水落石出的。"王皇后轻悠悠地说道。

皇帝嗤笑:"关乎国本的总是大事。"

王皇后垂下了脖颈,她了解陛下最在乎国本,立了常洛为太子,陛下委屈呢,受得了"续妖书"的非议?"续妖书"横空出世,陛下有这么大的反应,因为它冤枉了郑贵妃母子,更冤枉了陛下。陛下纵然任性,也不喜欢受人指摘,不然今天的太子是常洵了。王皇后亦难判断陛下现今对国本的态度。民间邪邪乎乎一传,陛下想更立太子,愈困难了。王皇后困惑的是,如若为巩固太子的地位,"续妖书"为什么点到沈首辅、朱阁老和那几位重臣？朝臣都是太子的支持者。沈一贯人品有瑕疵，朱赓与世无争。那"续妖书"这事争的有公，亦有私。

王皇后起身，淡泊道："陛下，国本已定，您不做更立之举，谣言不攻自破。"

"你要走吗？"皇帝眼神涣散。

"臣妾告退。"王皇后走了，母后的吩咐，她带到了。"续妖书"与她何干？

皇帝晓得，母后托皇后带给他忠告。母后处事的信条，大事化小，小事化无。朕当"续妖书"是惊天大案，它就是惊天大案；朕当"续妖书"是谣言，它就是谣言。

皇帝下旨，沈一贯、朱赓以外，被"续妖书"点到名字的朝臣回各自的衙门复职，沈鲤代沈一贯掌阁务。沈一贯困在了府上，沮丧个半死，气个半死。显而易见，沈鲤借"续妖书"夺权。沈鲤的嫌疑最大，自己和朱赓回府了，陛下竟然不怀疑沈鲤。沈一贯发誓，本官不在职，本官的门生尚在，"续妖书"现世，本官肯定能够扳倒沈鲤。

沈一贯在府上没闲着，指使他的门生给事中钱梦皋上疏，称前礼部右侍郎郭正域和次辅沈鲤与"续妖书"有关。钱梦皋奏，沈鲤和郭正域怨恨陛下对伪楚王案处置不公，怀恨在心，郭正域回乡待勘，写了封"续妖书"传播，祸乱朝纲。

这个看似通顺的小故事，皇帝看了，笑笑，俩字"放屁"！他对沈一贯够失望了。沈鲤贵为次辅，郭正域也没定罪，会傻到把自己的过错越搞越大，搭上沈鲤大好的仕途？皇帝相信"续妖书"不可能是沈鲤一伙儿的手笔。不管"续妖书"是何人所写，他不容沈首辅和沈阁老利用"续妖书"争斗下去。

皇帝没搭理钱梦皋,若教沈鲤停职回府,内阁空了。沈一贯和朱赓被"续妖书"点了名,朕准他两个回内阁?沈一贯不替朕想想,你让朕查沈鲤,内阁谁干活儿?而沈一贯已经失去了理智,他感到沈鲤倒台近在咫尺,"续妖书"是最好的机会。沈一贯一条道走到黑,不惜冒险抗旨。他越过陛下,派出了巡城御史康丕扬。

康丕扬奉座主之命,率领衙门里的捕役,欲在京城大肆搜捕一切可疑人士,嫁祸给沈阁老和郭正域。巡城御史衙门彻夜点燃火把,两位司缉捕的员外郎,带了两队捕役挤满了衙门大院。

名叫爱敬的员外郎行色匆匆回到衙门,禀报康大人:"下官已查明郭正域和何人交往密切,有名僧紫柏大师、名医沈令誉和琴师钟澄。拿下此三人,一人招供,即能作为人证,告发郭正域。"

康丕扬嗤地一乐:"郭正域还挺风雅,交往的朋友,弹琴的,治病的,念经的,全是软骨头,不怕撬不开嘴。沈鲤有陛下保护,沈首辅令我们从郭正域下手。我们找不到物证对付郭正域,找他朋友当人证。"

"赶在东厂陈矩之前,控制那三人进巡城御史的私狱。"爱敬道。

康丕扬准备拿人,纠察妖书案的嫌犯,不算他越俎代庖。陛下没给他谕旨,"续妖书"现于京城,这案子按制归他巡城御史与东厂合办。他疑心郭正域,有他的根据。是不是郭正域,问问他的朋友,所以康丕扬肆无忌惮。

康丕扬更急着立功:"爱敬,快去,趁着天黑。慢着,郭正域走到哪儿了?"

"回康大人,郭正域收拾行装耽搁了时间,刚走出京城地界。"

康丕扬转向立于他身后的另一个员外郎:"权平,你的人马精壮,你去拿郭正域。爱敬，拨两路人捉拿沈令誉、钟澄。本官随你捉拿紫柏大师。"

权平领命而去，带走了大院里一半的人。康丕扬令内役搬把椅子，坐在大堂上，看爱敬分派人手。捉拿沈令誉和钟澄的两路人出发了，康丕扬方出门上马，爱敬带路，连夜前往紫柏大师住持的房山云居寺。

快马加鞭，赶到房山，已是第二天的晚上了。走了一日，未曾休息，康丕扬精神倒好，往山间的名刹云居寺进发。这一队执棒、佩枪的捕役骑马走在香客走的山间小路，引得下山的香客侧目。

到云居寺的山门口，见有一队亮着棒子的捕役，围得山寺水泄不通。康丕扬策马上前，下马，那一队领头的上来，牵好康大人的马缰，伺候他下马。领头的自报家门，他是房山知县，闻知巡城御史大人来小寺缉拿钦犯，怕钦犯逃跑，替康大人提前把小寺围了。

"有眼力见儿。"康丕扬摘下头盔，塞给房山知县，"庙里有异动吗？"

"没有，没有，天儿擦黑，我们就包围了。"

康丕扬问："扰民了吧？"

"没有，没有，天黑我们才上来。"房山知县一脸奉承，捧着康大人的头盔，"康大人，您看在下官勤勉，在沈首辅面前替下官美言几句，下官不胜感谢。"

"你不就想出房山这地方？"康丕扬睨他一眼，"先把差事办好，你在外头守着。爱敬，随本官进去。"

康丕扬懂佛门的规矩，绕过佛殿，经偏门进寺中后院的僧房，拿紫柏大师。康丕扬心虚，进了云居寺，四处看看。他心慌得要命，恐怕扰了佛门的清静。山寺古木参天，苍松翠柏，空气清香。茂密的枝叶挡住了山间闪耀的疏星和明净的朗月，黑漆漆的，不能点火把。

康丕扬一走神，脚下被树根绊了，爱敬搀了他："康大人您慢点儿。"

不觉间在山门里走得深了，迷了方向。康丕扬教爱敬去探路，听得一个安定的声音唤他："施主，贫僧在此。"

顺着声音，寻摸僧房，康丕扬回身，见苍翠的两棵松树间，站着一位穿红袈裟的老和尚，夜色中双目炯炯地看着他。

康丕扬心生崇敬，作了个揖，诚心诚意地叫："紫柏大师好。"

这位老和尚便是他们要捉拿的郭正域的朋友，禅门赫赫有名的紫柏大师。

第三十三章

国朝太祖定制,严禁僧人与世俗的交往,寺庙建在山林中。这条限令于弘治年间渐趋松动,终有禅门高僧卷入朝廷争斗。

紫柏大师与郭正域谈论佛理,交往清清白白,人说他和郭正域谋逆,谁会相信?紫柏大师双手合十:"施主,贫僧达观。"达观是他的法名,紫柏是他自取的晚号。

爱敬狐假虎威:"你晓不晓得和朝臣勾连是重罪。大师您不在寺中修行,下山干什么去?"

"不许无礼。"康丕扬恭敬,"劳驾紫柏大师,随我们下山问话。"

"你们问郭正域吧?"紫柏大师沉声静气,"贫僧随你们去。"

紫柏大师面容安详,康丕扬有点儿畏惧,他想要不算了,捉拿琴师和郎中够了,又怕沈首辅那儿不好交差。沈首辅说了,老和尚最容易问出实话,方外之人不打诳语,不涉俗世,不会为任何人隐瞒。两相抉择下,康丕扬变了口气:"紫柏大师不为自己辩解一二?"

紫柏大师平视着康丕扬，吟了一首偈子："一笑由来别有因，那知大块不容尘。从兹收拾娘生足，铁橛开花不待春。"

康丕扬听不懂，紫柏大师道："贫僧曾经云游四方，身在世外，而见惯了人世。心有慧根的施主，贫僧乐意与他们交游。施主，您带贫僧下山，不要自责。"

康丕扬的脸红了，他挨过了内心的斗争，听从沈首辅的命令："紫柏大师，对不住了，您请。"

紫柏大师谦逊，走在后面，转头望了望他云游半生，最后落脚的这间禅房。他解开袈裟的系带，任圣洁的袈裟委顿于地，不将它穿进污秽的牢房。康丕扬忽地顿足转身，向紫柏大师施一长揖。他的良心隐隐作痛，带紫柏大师走出云居寺，步履极慢。山门口，房山知县牵着雇来的驴，请紫柏大师骑驴下山。出了山门，康丕扬很不喜见知县那张恶心的面孔。紫柏大师谢绝了知县的"好意"："不劳您驾，贫僧骑马就好。"他十七岁出家，做游方僧远游，身材伟岸，慷慨侠义，不同一般的出家人。紫柏大师的气度令康丕扬等世俗的碌碌之辈不由得敬畏。

返城带着大师，康丕扬和他的捕役走得缓慢。请回紫柏大师，另几路人早回来了。回到他的衙门，康丕扬回复到他平日的状态，颐指气使，把捉来的紫柏大师、沈令誉和钟澄三个人犯下狱，令狱卒严防东厂劫人。爱敬和权平审讯，尽快让人犯吐出东西。至于郭正域，康丕扬将他交给了沈首辅分管的刑部。郭正域下了刑部狱，犹不知道他的朋友们因为他也下了狱。

沈首辅的介入使"妖书案"错综复杂，皇帝懵然不知沈一贯回了府，在做什么。沈一贯就等着狱中的三人招供，等着康丕扬上奏，他联名向陛下邀功。陛下恨郭正域，他再次的一石三鸟，助陛下锄奸，报了自己和沈子木的仇，进一步扳倒沈鲤。

那一边，陈矩奉圣命彻查妖书案，东厂尽出。京城官员人人自危，相互告发、攻讦者不计其数。陈矩一一甄别告发的真伪，不停审讯，自"妖书案"发他和司礼监秉笔太监田义没合过眼。人大多如此，畏惧被告，于是先下手为强。

譬如京城有一位同知，名叫胡化，状告给事中钱梦皋的女婿是"续妖书"的作者，钱梦皋告郭正域是栽赃。胡化的状子递进东厂，皇帝刚默许了刑部羁押郭正域，陈矩借胡化之言向陛下力陈，郭正域无罪，钱梦皋告郭正域，有给他女婿脱罪的嫌疑。况且从郭正域被判回乡待勘，他的行踪尽在东厂的掌控。皇帝信了陈矩的，命刑部只把郭正域关在狱中，不准动刑。可是郭正域已然受了严刑拷打，刑部由沈一贯分管，不会禀告陛下实情。

钱梦皋与郭正域的公案，次日有了反转。锦衣卫都督王之祯等四人揭发锦衣卫都督周嘉庆，田义审理这条线索，牵扯出胡化诬告。胡化自己认了罪，郭正域的清白又不能证明了。告发的人越多，线索越多，元凶隐藏得越深。这时候，东厂终于有了突破，康丕扬那儿露馅儿了。

康丕扬私审嫌犯，下私狱，动私刑，死人了，死的是京城的名流。康丕扬不敢贸然上奏，报给了他的座主沈一贯。沈一贯闻讯，暴跳如雷："人怎么死了？跟你说了多少遍，不能出人命？你没问出内容，搭上两条人命！陛下疑了钱梦皋，你岂能引火烧身？"

钱梦皋在旁煽风点火："沈首辅，郭正域的朋友死鸭子嘴硬，问不出。康大人尽力了。"

康丕扬另有知情不报之罪，他衙门狱中的三个人犯，死了两个，紫柏大师和钟澄。提审前紫柏大师在牢房里坐化了，人走了两日，康丕扬瞒着。他心知惹了事儿,着急戴罪立功,审讯没掌握好分寸,琴师钟澄遭拷打致死,康丕扬不得不向沈首辅汇报了。沈首辅要打要骂,他心甘领受。可你钱梦皋算什么东西?我为沈首辅审人犯,承担出人命的风险。你就动动嘴皮子,胡化告你,不到十二个时辰,锦衣卫的跳出来,替你洗清了冤屈。康丕扬鄙视地冲钱梦皋翻个白眼。

沈一贯在屋子里来回踱步:"人死了,只好跟陛下说了。"他横下条心,想说臣沈一贯忠于陛下,闲不住,臣认定郭正域是"妖书案"的元凶。臣待罪在家,令人私查。想来他并未违反国朝审案的程序,发生在京城的案子,该巡城御史查。但办案的规矩不是他横插一杠的理由啊。

钱梦皋眼窝凹陷,狡猾道:"康大人,三个人犯死了俩,您没问出一言半语,沈首辅不好和陛下交差呀。"

"仨人都是硬骨头,没半个字说到郭正域,更扯不上沈阁老。"康丕扬发狠,"沈首辅您说高僧、文士容易审问,他们的骨气不比东林逊色。"

"东林党的朋友,骨头能不硬?"钱梦皋斜眼挑拨。

康丕扬痛下决心:"那儿还有一个,下官加把劲儿。"

沈一贯怒道:"再闹出条人命,你担得起?"

"死两个,死三个同样是死,下官一己承担。"康丕扬道。

"沈首辅,其实可换种渠道,人证不绝对出自郭正域的朋友。"钱梦皋附到沈一贯耳边,"诬告下官女婿的胡化可用。"

"胡化人在东厂,陈矩的东厂诏狱,滴水泼不进。"沈一贯掩口低语,不让康丕扬听,康丕扬避到一边,愈加的气钱梦皋,更恨自己无能。

钱梦皋横道:"锦衣卫,下官有人的。"

"你去办吧，教胡化反口，做本官的人证。"沈一贯沉默了半晌，叫康丕扬到跟前来，"你那儿死的两个人，你拟封奏疏禀报陛下，给本官联名。陛下深信陈矩，你查出的头绪估计会移交东厂。你做事周到些，写完了奏疏，放了沈令誉，送笔银子给他疗伤。沈令誉给陈矩诊过脉的。"

　　康丕扬嗫嚅着应了，心气不平，好在沈首辅愿和他一同承担罪责。可他不信，他抓，他审的郭正域的三个朋友，移交到了东厂，陈矩有比他更加见效的审法儿，审得出个所以然。不全赖沈首辅出的点子蠢啊。

　　沈一贯解不开愁绪，骂康丕扬出气："你别不服，本官骂你，见了陛下，本官一样得挨骂。你审案子，笨到家了！"

　　康丕扬和钱梦皋低着头听沈首辅骂。

　　沈一贯出了气，也做好了准备。等到他和康丕扬联名的奏疏呈进，皇帝宣召三位阁臣，这回他没脸做人了。

　　皇帝召待罪在家的沈一贯、朱赓和不明所以的沈鲤进了弘德殿。皇帝坐在他寝殿的御案后，见了沈一贯，黑了张脸。

　　"沈首辅，你回家几天没闲着啊！"皇帝上来挖苦他。

　　"臣有罪。"沈一贯诚心跪下，朱赓随着跪了，沈鲤仍旧站着。

　　"你胆子愈发的大了，兴私狱，出人命！你养了一个打手、一条狗，把朕的刑部、朕的京城当你家的？"皇帝甚少这般盛怒。

　　"陛下息怒。回陛下，臣以为'妖书案'与伪楚王案系出同源。臣担忧事情过于复杂，给东厂的陈大珰添负担，臣想查出眉目再禀告陛下。"沈一贯的冷汗滴在映出人影的青砖地上，他畏缩着，"回陛下，臣实非有意闹出人命。康丕扬做事没分寸，请陛下处置他失职。"

　　沈鲤听出沈一贯的弦外之音，郭正域身陷囹圄，他怕受郭正域的牵连，不能再在御前与沈一贯针尖对麦芒。沈鲤跪下，跪在了沈一贯前头，被沈一贯抬起头，剜了一眼。

皇帝没留意他俩的小动作，他在想沈一贯说的，两件大案系出同源。沈一贯这回合的公报私仇，仇是上回合他与沈鲤、郭正域结下的。诬告钱梦皋的胡化没准儿是沈鲤派来的。二沈私心误朕，朕想息事宁人，你们无风起浪，刮风起大浪。

皇帝做好了打算，"妖书案"结案，二沈致仕，你二位回老家斗去吧。

"沈一贯，沈鲤，回家待罪。朱赓回内阁，暂掌阁务。"皇帝抿了下嘴，思量那前因后果，"郭正域，挪进东厂诏狱再住几天，陈矩审问，不准动刑。"皇帝犹念着楚宗和郭正域的私仇。假如不出现"续妖书"，郭正域回了江夏，同是要接受勘问的。那就一道把上回合的伪楚王案审清楚，省了湖北地方上包庇郭家。

沈一贯、沈鲤、朱赓叩头谢恩。沈一贯斗胆看看陛下，绝望蔓延。他晓得，自己玩儿大了，陛下厌弃他了。他违逆了陛下，更后知后觉，他想弥补，陛下不给机会了。沈一贯以为，自己私自彻查"妖书案"，出于公心啊。他觑了眼沈鲤，暗道："陛下会原谅我的，你等着瞧，我有将来，你没有。郭正域还关着呢。"

乾清宫前，重檐庑殿顶投映在汉白玉铺就的甬道上。犹行在宫殿的暗影里，沈一贯大声叫沈鲤的大号："沈鲤，沈仲化。"

沈鲤驻足，回头瞧那灿烂天光下的金殿深广："沈肩吾，沈首辅。"

沈一贯小碎步跟上，走上前方道："你那个门生，哦，学生郭正域进了东厂，陛下不准动刑，你放心好了。"

"人在做，天在看。我和郭美命无愧于心。"沈鲤清冷道，敛了敛被风吹乱的长须，"本官给沈首辅留着面子。"他说得是，他当值的白日里，康丕扬带着捕役上他的学士府搜查，吓坏了沈鲤的老妻。私自搜查朝廷命官的家宅，陛下知晓了，沈一贯就不是回家待罪、从轻发落了。

沈一贯唇角上扬，不惧沈鲤："沈仲化，我的过错有康丕扬背着。你告我搜你府上啊？你以为我的门生做下的，我一清二楚？"

"是吗？遇事栽给门生。沈首辅，你不想想你的桑榆晚景，你的生前身后名？望本官与你的恩怨莫清扰了陛下。你我终有致仕回乡的一天，陛下福寿绵长。但愿陛下今后碰不上你我这样的首辅、次辅。"话音未落，沈鲤大步走开，甩下沈一贯，跨步迈出乾清门。

沈一贯仍在乾清宫前徘徊，心上骂沈鲤假清高，骂了多少遍，还琢磨着好听的话，进去再求求陛下，求陛下宽恕他，还有什么好计策献给陛下。

侍卫来请他出宫，沈一贯依依不舍地离开。回府的路上，沈一贯苦思冥想，他能做什么扭转颓势。嗯，回府写封信给朱赓，请他秉公处置康丕扬，法不容情，千万别看他沈首辅的面儿而轻饶了康丕扬。他得先跟朱赓撇清自己的干系，他只下了查郭正域的命令，康丕扬、钱梦皋自作主张，害死了人。他二人是我沈一贯的门生，到今日我才发现我的门生人品卑劣。钱梦皋为何上疏告郭正域，康丕扬为何缉拿京城名流，我被蒙在鼓里，我无心遭人利用了，希望陛下看到我的辩白。沈一贯悔之晚矣，只能这么说了。

朱赓读过沈一贯的信，一笑置之，他才不帮沈一贯向陛下申辩。康丕扬渎职，如何处置他，依陛下的谕旨。沈首辅的私心在国朝算是前无古人了。朱赓猛地想到一句很毒的话，说不定能扳倒沈一贯：莫非你沈首辅想让朝廷上下遍布你的党羽，沈首辅一人说了算，挟群臣以令陛下？回想十一月十一拾获"续妖书"，朱赓心有余悸，开始猜疑，沈一贯贼喊捉贼，制造了"续妖书"，不择手段扳倒沈鲤。算了，别提沈阁老了，我朱赓人单势孤，沈一贯门生遍天下，沈阁老背靠东林，我和他俩谁都无法共事。

朱赓对着书案上积压的奏疏，沈阁老前几日也没认真办公，压了十几封奏疏。三人中最年长的朱赓，握着一根空笔杆，拿起一封奏疏，打开了又合上，深感力不从心。无论妖书案的结果如何，结了案我朱赓请辞致仕。入阁以来，接连不断的风暴，令朱赓心心念念躲开朝廷这是非地，回到家乡颐养天年，不再临深履薄。

"报朱阁老，东厂陈矩厂公报，胡化招供了。"书办道。

"拿来我看。"朱赓读着读着，露了笑容，"好，真好。"

"朱阁老不递牌子，求见陛下？"

"不了。"朱赓心境开朗，埋头写他的票拟。胡化现在是一位重要的证人，他不牵扯旁人，着实可喜可贺。陛下阅过陈厂公的奏报，朱赓走程序做票拟。他不像沈一贯独断专行，不像沈鲤胸有丘壑，他的票拟必遵照陛下的意见，

胡化是这么招的：明卿，我仇也，故诬之。正域举进士二十年不通问，何由同作妖书？

胡化和那三位雅士拒不牵扯郭正域，胡化亦将诬告钱梦皋的罪责揽于自身。皇帝又犯了难，郑贵妃尚在禁足，福王也被限制进宫，皇帝最急于结案。沈一贯疑心郭正域，拉郭正域当替罪羊，不失为一种办法。到底郭正域是读书人，皇帝不忍用他洗刷郑贵妃的冤屈。朝野一堆一堆的明眼人看着呢，拉读书人顶罪有损圣誉。听朱赓说，太子都对朱赓讲了，为何杀我的好讲官。皇帝是恨郭正域，恨他陷害楚宗，恨他蛊惑太子，可是一码归一码。所谓"刑不上大夫"，尽管用在这儿不贴切，让一位读书人担下滔天的大罪，定会继续往

下株连。郭正域顶罪，不明智。不找郭正域，有别的人可用来顶罪？皇帝没在意过真相，来个人顶罪，结案，方为要务。

"传陈矩、田义、王安。"皇帝命常云宣召，再对马鉴，"请皇后来。"

几日不见，再见陈矩、田义，两位大珰已累得脱了形儿，干瘦干瘦的，先前穿得合体的紫衫变得松松垮垮的。俩人一人顶着两个乌青的眼圈，皇帝看了怜惜，给他俩赐座。田义坐下，一通猛咳。

王皇后到，听见田义咳嗽，关怀道："田大珰累了，回去歇歇吧。"

"案子没查完，陈厂公比奴才辛苦。"田义和陈矩起身，王皇后免了二人的礼，教他俩坐好。

王安迟到了一会儿，皇帝见了他，冒了火气，没赐他座。王皇后挡了皇帝责难，温和道："王安，太子好吗？郭正域出事儿，太子着急了吧？"

"回皇后殿下，太子殿下担心郭正域，太子殿下不了解内情。"王安不敢说太子殿下令他带的话。

"吞吞吐吐什么？"皇帝威仪。

"郭正域是无辜的，沈首辅疑错了人。"王安作难，隐去了太子殿下一环。

"太子只认讲官，心中有没有他父皇？"皇帝吹动了胡子。

王皇后好言相劝："陛下，常洛替讲官忧心，恰恰说明常洛仁义。"

"郑贵妃和福王常洵形同软禁。王安告诉太子，'续妖书'与他无关。"皇帝的眼光在站着的王安面上巡睃。

"'续妖书'的内容涉及太子，太子担惊受怕，在所难免。"王皇后道。

"朕如果更立太子，因太子失德。自古太子身正为天下人之典范，方能登基成为天子。"

王安错后半步，跪下："奴才谢陛下对太子殿下的教诲。"

"你看到了，朕这个皇帝如何当的。告诉太子，处变不惊。"皇帝忽视了陈矩和田义的存在，一气儿责备王安。王皇后袖下推了下皇帝，皇帝遂道："王安退下，将朕的话转达给太子。"

"奴才告退。"

王安退出，陈矩明了了陛下的心意。他与陛下一条心，尽快了结妖书案。他和太子殿下也一条心，郭正域务必得保，替罪羊另找一只。

皇帝正想问郭正域的情形，陈矩坦然道："奴才陈矩回禀陛下，郭正域不能再审了，奴才唯恐屈打成招。陛下不能冤枉了对您忠心耿耿的臣子，让天下的士子寒心。"

田义顺着陈厂公的话意，给陛下讲了个故事："陛下，东厂彻查妖书案，郭正域的朋友，名医沈令誉十岁大的女儿被传到东厂大堂作证。陈厂公问，你见过印刷'续妖书'的印版有几块？小女孩说，满满一屋子。'续妖书'仅三百来字，何来满满一屋子的印版？郭正域的冤屈是明显的，沈首辅诬告成立。陛下，奴才敢问郭正域还怎么审？"

"这……小女孩的证词不可信。"皇帝迁延不下，沈令誉女儿的这个故事忒荒谬了。可一时半刻去哪儿找只合适的替罪羊，拉郭正域顶罪完了，"没个明白人指证郭正域有罪？"

陈矩深谙陛下性情，昭然道："陛下，伪楚王案，郭正域有过，陛下发他回乡待勘，则得当。陛下借妖书案惩办开罪过陛下的臣子，非人君之风。"

"陛下和沈一贯有何分别？"田义道。

"大胆！"皇帝以眼神询问王皇后。

王皇后屈膝，徐徐道："陛下，事实足够证明郭正域和沈阁老的清白。沈首辅指向郭正域，是他个人的猜测。臣妾请陛下结案。"

"不揪出元凶，'续妖书'所写成了真的。郑贵妃和常洵白担了污名。"皇帝瞪大了眼，"你们东厂干吗吃的？郭正域是清白的，还有个同知嫌疑很大。"

陈矩低头："陛下，牵扯朝廷命官终归不好。陛下需要元凶，奴才即刻给您找来。"

皇帝疾言遽色："东厂理出了十几条线索，证明全是诬告。你有新线索了？不是朝廷命官，知晓这么多的秘辛？"

"真相只消看上去是真相。"王皇后中肯。

"奴才恳请陛下再给东厂一天的时间，东厂一定抓出元凶。"陈矩言辞凿凿。

皇帝疑虑复起，郭正域的教训，他记得真切。几个月前，郭正域和陈矩一样向他保证，能够查出伪楚王案的蛛丝马迹。陈矩终归是陈矩，王皇后也以信赖对待陈矩和田义。皇帝将信将疑，教他俩下去查。皇帝吩咐，尽快抓出元凶结案，郭正域关到元凶落网，押解出京。郭正域和楚宗的官司，皇帝不追究了。

王皇后原本替郭正域抱屈，皇帝饶恕了他，念他在狱中受了刑，赶他出京，王皇后遂平和了。她不免感慨，对于朝臣，回乡是不错的结局。大臣有乡可回，她呢，陛下偶尔传召，请她帮忙料理麻烦。平时她独守着坤宁宫，唯有四四方方的墙，逼仄的殿宇中了此一生。一想到此，王皇后悚然告退，回她的坤宁宫，日复一日、年复一年地深居。她抚上了额头新生的皱纹，回了坤宁宫，不问妖书案的进展了，也不去慈宁宫回禀母后了。陛下为妖书案烦心，一切为了郑贵妃。郑贵妃禁足躲清静,她何苦给陛下献计献策,搭救郑贵妃?

陛下急的都是郑贵妃和常洵,他亦不在乎太子。"续妖书"满城皆是,找出源头谈何容易?陈矩精干,去抓替罪羊,又有人要因为郑贵妃母子而含冤了。

第三十四章

十一月廿一，"续妖书"现身十天后，妖书案告破。

锦衣卫都督王之祯再举报，他下属的衙役皦生彩形迹可疑。他举报的是"真的"，皦生彩被捕，供出了他弟弟皦生光是"续妖书"的作者和传播者。

这个结论万般可疑，皦生光尚不及他哥哥皦生彩有一份公职，他是个顺天府的秀才，无业。皦生彩也不过是个衙役，他哥俩儿从哪儿知道的朝廷秘辛。就这么个荒谬的结论，皇帝下旨结案。朝野舆论哗然，秀才写"续妖书"，不可能！五年前，"忧危竑议"的作者戴士衡是吏科给事中，樊玉衡是全椒知县。"续忧危竑议"比"忧危竑议"的内容更多地涉及了朝廷和皇家的隐秘，它的作者只是个秀才？

陈矩厉害就厉害在，他找皦生光当替罪羊，这只羊有他可以替罪的道理。皦生光不仅仅是无业的秀才，他被取消了秀才的资格，他是个混混儿,常干勒索的勾当。据陈矩奏,皦生光有案犯记录,他帮不识字的人代笔写信,信里总要写点谣言,或者用几个避讳字,事后上门勒索,威胁人家不给他银子就告官。顺天府惩办过他,革了他的秀才,发配到大同。今年年初,皦生光秘密潜回京城。皦生光之所以能把国本之争写得绘声绘色,他敲诈过郑贵妃的弟弟郑国泰。他以前给人代笔,就写过改立太子的谣言。

这便是陈矩的高明,郑贵妃母子行为不端,欺压太子殿下,害东宫日子清苦,应该给他们点儿教训。皦生光和郑国泰的过节不是陈矩编的,皦生彩招供,陈矩将其渲染了一下。这段过节是非常关键的证据,从郑国舅那儿,混混儿、前秀才才能了解到朝廷秘辛,皦生光作"续妖书"才说得通。

皇帝又吃了哑巴亏,他的小舅子招惹了妖书案的主犯。皇帝无奈将皦生光移交刑部,举行三法司会审。陈矩卸下了重担,他没有休息,皦生光进了刑部狱,皦生彩关押在东厂的诏狱,陈矩和田义以皦生彩为突破,彻查郑国泰的不法行径。皦生彩交代,曾有个人找郑国舅送礼买官,托他弟弟皦生光代笔写信。皦生光在信中造谣,他写的信和那人的礼品一同送进了郑国舅府上。而后皦生光上门要钱,郑国舅府上养了一班护卫,打了皦生光一顿,没报官。郑国舅卖官在先,哑巴吃了黄连,他和皦生光没完没了了。待到皦生光因敲诈勒索,被告上了顺天府,郑国泰给顺天府尹使了银子,皦生光因而罪加一等,革了秀才,发配大同。

小舅子与"续妖书"作者的这段过节使陛下震怒。皇帝不责怪陈矩牵扯郑国泰了,是该教训小舅子。皇帝传郑国泰进宫,申斥了他,当面解了郑贵妃禁足。皇帝坚信,郑贵妃居于深宫,她弟弟卖官鬻爵,她不知情。现在妖书案的元凶落网,郑贵妃的嫌疑解开了,她和福王没事儿了。陈矩能做的只有这么多，查清郑国泰与皦生光的公案，东厂的差事了了。陈矩令锦衣卫将他们搜集到的证据移交刑部：十一月十一最早一批出现的"续妖书"笔迹相似的皦生光书写的文稿、托皦生光写信向郑国泰买官的那个人的口供和走访皦生光的邻居、寻来的几个人证。陈矩写了奏疏，回禀他查案的结论：妖书案非大案，无关朝廷大事，情节是郑国舅得罪了混混儿皦生光，被皦生光报复。皦生光从发配地大同潜回，其人好勇斗狠，满京城散发诽谤郑贵妃娘娘的"续妖书"，仅此而已。

到了刑部，走司法的程序。皦生彩已被判无罪，释放出狱，人犯皦生光则被带上三法司过堂。

审讯皦生光的经过，几乎是十年后审讯梃击案的主犯张差的预演。到了万历皇帝的治下，是个人犯就会翻供。上了刑部的大堂，四面围坐朝廷的刑治官员，皦生光翻供了！他不认自己在东厂认过的——他报复郑国泰，写了"续妖书"。

堂上三法司的官员全蒙了。主审官是刑部的六品主事王述古，他宣布暂且退堂，皦生光不认，事儿大了！三法司会审前，东厂放了郭正域，等于承认了郭正域无罪。皦生光再不认，那就是沈首辅的问题了，贼喊捉贼也是一条思路啊。案发后，沈首辅拼命往郭正域身上推，沈首辅的嫌疑大了，比皦生光的嫌疑大。说破天，皦生光是小混混儿，"续忧危竑议"的大手笔更像出自命官。

皇帝命陈厂公给过王述古密旨，他知道怎么做。他令衙役去东厂诏狱，带来一名人犯，皦生光的邻居，刻字匠徐承惠。"续妖书"的书版据东厂奏是他刻的。

徐承惠上堂，王述古开门见山："皦生光的书版是你刻的？"

"是，小人是皦生光的邻居，他用的书版都是小人刻的。"

东厂的人递上诏狱中徐承惠的口供，徐承惠招的，万历二十八年他在皦生光家刻过他敲诈用的揭帖木板一块，今年六月刻过皦生光《岸游稿》十二张。

王述古放开了嗓子："你把刻'续忧危竑议'的过程讲一讲。"

在座的刑治官员竖起了耳朵听，徐承惠忠厚相儿，说得非常详细："回大人，今年十月半，皦生光给小的书稿三张半，木板两块，让小的作速刊刻，还让小的不要在小的铺子里刊刻，藏掩着，别教人看见。第二天，皦生光让他儿子来催过两次。第三天，小的将刻好的书版送到他家。"

木板的数量和"续妖书"的字数对上了。在座的有些大臣对王述古怒目，不想他问下去，定了皦生光的罪，还想栽赃给对立的那一面。

刑部尚书萧大亨悬点儿喊出"退堂"。

王述古不罢休，大声又问衙役："皦生光的儿子在哪儿？"

"回王大人，皦生光的儿子皦其篇和他的内人赵氏、妾陈氏都在刑部狱中。"

徐承惠也配合："大人，小的有物证，今年十月初小的替皦生光刻的'妖诗'。"

萧大亨无能为力，身为刑部的主官，不能提前离开审讯的现场。很多人坐不住了，提前走了。衙役带上徐承惠说的"妖诗"的刻板，王述古当场念起了"妖诗"的附注。

独访所谓松风狂客为谁？则豪商包继志也。包氏握锱资金宝，明以金钱行问。语曰：巨防容蚁，而漂邑杀人，突泄一烟，而焚庐烧积。则皇长子危乎哉！凡吾臣子，谁不疾首痛心。故直书之，或散其党云。

王述古显出了得意的微笑，无视同僚的坐立不安，继续审。徐承惠下去，带皦生光。

"皦生光，人证物证俱在，你认不认？"

皦生光咬紧牙关，只叫了声"徐承惠"。

旁听席上忽听得有人说："'妖诗'的附注分明是大臣的手笔。"

换萧大亨得意地笑了。王述古托腮，三法司会审不得动刑，这儿不是东厂。他锁了眉，一心想完成陛下密旨上的托付。皦生光死活不认的话，屈打成招得下回了。

"退堂吧。"

王述古下去，将审讯的结果奏报给陛下，陛下给了他第二道密旨：或找出"续妖书"的书版，或皦生光在刑部大堂上认罪。王述古明白陛下的意思，杀人灭口洗不清郑娘娘和福王殿下身上的污水。看他的同僚在堂上的表现，杀人灭口亦止不住沈首辅和沈阁老两派的互相攻讦。

妖书案审到如今，沈首辅最受煎熬。沈一贯大祸临头了。他待罪在家，东林风传，是他令门生作"续妖书"，嫁祸给沈阁老和郭大人。沈一贯见不到陛下，生怕陛下信了东林党的谣言，下一次的三法司会审，他出招了。

为下一次的会审，刑部大堂布置得整洁亮堂，王述古令人备了刑具，用东厂的法子，严刑逼供。王述古渴望这是最后一次升堂。田义大珰回府卧床养息，陈矩来过刑部一次，传陛下的密旨。陈大珰脸色蜡黄，王述古慨叹，妖书案谁摊上谁倒霉。

要升堂了，王述古在堂后的值房，整理他的官服。主官萧大亨屈尊来了。

"萧尚书。"王述古鞠了一躬,明了主官的来意。刑部尚书萧大亨是沈首辅的亲信,沈首辅还执念往郭正域那儿栽?

萧大亨像沈一贯的为人,不讲话,挨近了往王述古袖中塞个条儿。不是纸条,是张银票。王述古握着那张银票,像握着一块热炭。萧大亨隐秘道:"王大人,另有厚礼送到府上,请笑纳。"

"萧尚书,您干什么?"王述古鄙视他。

"没头没尾的案子,陛下只想要个了结,找谁了结不是了结?"萧大亨诌媚地瞅着王述古,"信甫替陛下分忧的时候到了,陛下厌恶郭正域,你栽赃给他。"

王述古最洞悉陛下的心意,是陛下命他主审的,陛下要皦生光顶罪。

"沈首辅让萧尚书来的?"

"郭正域是陛下最想要的结果。"萧大亨拎起王述古的袖子,"信甫,你才六品,跟了沈首辅,没你的亏吃。"

"陛下的旨意,放了郭正域,三法司会审皦生光。"王述古冲主官轻蔑一笑,"郭正域是沈首辅想要的结果吧?萧尚书,案情不出自人犯之口,出自袖中?"说罢,他把萧大亨塞的银票丢到地上,踩上一脚,离了值房。

王述古现下多希望皦生光抵死不认,栽给沈一贯。沈一贯令萧大亨行贿,做贼心虚。本来两头不沾的王述古,蔑视沈一贯、萧大亨的人品。在王述古这里,朝廷对妖书案的立场早见分晓:沈首辅与沈阁老互相栽赃,陛下和东厂要皦生光认罪。王述古不自知地倾向了沈阁老一边。

升了堂、带人犯,那副景象令人啼笑皆非。无休止的僵持挑战

一 月 天 子

着每个人的极限。皦生光不认,率先投降的是沈鲤分管的都察院。

都察院的一位御史站起来,用手点着皦生光,长出口气:"你就认了吧。"

哄堂大笑,左都御史忙示意他坐下。

"肃静!"王述古拍惊堂木。

大理寺的两个人窃窃私语,声音蛮大,大堂上都听见了。

一人说:"昨天晚上我梦见观音大士,他说'续妖书'系皦生光造。"

另一人反问:"观音大士会告诉你?"

在座的人听了莫不窃笑,王述古敲惊堂木,安静不下来了。

"你们能不能不笑了?今日定不了案,本主审拉上你们一起受过。"王述古自己也很想笑,憋着。他侧脸看过去,萧大亨跃跃欲试。轮到萧大亨出马诱供了,王述古截了萧尚书的话,他大声问皦生光,压过堂上的笑声:"本官问你最后一遍,你受何人指示?你认不认识郑国泰?"

问来问去,皦生光硬气:"不认识。"

"不认识"三个字早听腻了,他不认识郑国泰,妖书案无从谈起。皦生光谁都不供,栽不给沈一贯,绕回了起点,没有造谣者,"续妖书"写的是真的,郑贵妃蓄谋改立太子。王述古六神无主,看一看萧大亨。最后让郑贵妃背了黑锅,陛下要他的命。

僵持似乎要永远继续下去,升多少次堂,得不到定论……一筹莫展之际,朱赓,拾到第一封"续妖书"的朱阁老,像一束光降临在刑部的大堂上。王述古忙站起,抱拳一揖。除了萧大亨,大理寺卿和左都御史,满堂的人全站了起来。

"列位同僚不必多礼。"朱赓径自走到主审官的座位旁边,王述古犹拘着礼。朱赓压下他的双拳,低语道:"借一步说话。"

王述古怔忡着，领朱阁老到大堂后，进最里面的一间值房，闩上门，请朱阁老上座。朱赓不惯客套，不坐，似背负千斤重担般的沉重："毋论人犯招与不招，停止审讯。"

"不签字画押，三法司定案，如何定罪？陛下不复核，如何执行？"王述古迂阔了。

朱赓目光闪着灵气："非常之事有非常办法。你就这么僵着，陛下那儿如何交代？"

王述古貌似清明了，刹那间又迷糊，兀自坚持："审案的规矩是祖制，不定案，人犯出不了刑部狱。朱阁老，皦生光嘴硬，三法司的命官撬不开他的牙关。"

"再拖几日，本官的两位姓沈的上司也烦了。"朱赓教王述古上前，将一张银票拍在他掌心，隐隐地道，"陛下的赏赐，你看着办。"

王述古攥住了银票，一颗心落下了，陛下不准他审了。

朱赓给他打打气："东厂会帮你料理的。"

握着陛下的赏赐，王述古愈生了份骄傲："多谢陛下。"大忧与大喜在瞬间转换，他掐了自己一把，怕是在做梦。他帮陛下解决了麻烦，赏赐何止这张银票？他按捺下了激动："下官这就叫他们退堂，不审了。"

王述古卸下了门闩，打开房门，请朱阁老先走。

退堂后，王述古上奏，代皦生光招供：我为之，朝廷得我结案已矣。

第二日，皇帝下旨给皦生光定罪：皦生光捏造妖书，谋危社稷，无上无君，反形显然。妖书律未尽其辜，着加等凌迟处死。

刑部定皦生光于次年春天处决，其妻妾、儿子发配充军。

妖书案稀里糊涂结案了，东林和浙党都安分了。一时间，风声鹤唳到皆大欢喜。最大的受益者是王述古，皇帝嘉奖王主事审案有方，升他为刑部右侍郎。郑国泰上了一封奏疏，书面上向陛下请罪，皇帝饶恕了他。

最后，皇帝宣了太子来乾清宫，赐给他一本面谕。

"太子，你的纯善、孝敬、友爱，朕是知道的。朕亲笔给你写了一本面谕，赐你细加看诵，你就晓得朕的心了。你回东宫安心调养，用心读书，毋听小人引诱。"皇帝和风细雨宽慰太子。

太子不提郭正域了。他二十出头，做太子不过两年，没资格过问此等大案。吸取停止东宫讲学的教训，妖书案发以来，太子始终在东宫避嫌。他疑心的和别人不同，他疑心"续妖书"的真与假，父皇是不是要废了他。王皇后宽解过他。直至父皇出面，太子的心落了地，他含泪叩谢父皇。

皇帝含糊着笑笑，和太子无话可说："妖书案真相大白，小人造谣离间，太子安心。"

"是，父皇。"

皇帝走下御座，触了下太子肩膀，太子起身。皇帝命常云把给太子的礼物送去东宫。太子噙着泪退下了。

安抚了太子，父子和好，妖书案告终了。皇帝、皇太子、郑贵妃、福王和满朝文武被个小混混儿折腾了一个月。腊月中，皇帝驾幸启祥宫，与郑贵妃、常洵团聚了。再进启祥宫，一切如旧，一切又不同了。

郑贵妃与朱常洵站在正殿前恭候皇帝，皇帝忍着复发的足疾，快步上前。郑贵妃就着皇帝的手拜下："陛下，您来了。谢陛下为臣妾平反昭雪。"

"快起。"皇帝一手拉郑贵妃，一手拉朱常洵，"委屈你们了。阿芳清减了，阿洵，圆润了。"

郑贵妃笑中带泪，看得随侍的庞保感动不已："奴才恭喜陛下和郑娘娘、福王殿下团圆。"

皇帝打量着郑贵妃，一月间阿芳憔悴了，眼角爬上了细碎的皱纹。皇帝又看了眼跪着的庞保："启祥宫、福王府赏一年的份例。"

郑贵妃与陛下心有灵犀："陛下，我们到后殿坐。"

朱常洵道："父皇在母亲的后殿养过病呢。"

郑贵妃推着皇帝进了后殿，直把皇帝推倒在靠里墙的床上。

皇帝嬉笑着坐起："胡闹，朕记得。"

郑贵妃让常洵坐床头，自己坐床边的绣墩："陛下，您看这里跟您养病那时，有什么不一样的？"

"布置得更清爽了。"皇帝掀开枕上盖的枕帕，"哟，双面的。"

"臣妾禁足中绣的，陛下喜欢？"郑贵妃笑吟吟的。

"阿芳，你禁足中有这等雅兴。朕竟不晓得你的绣工了得。"皇帝拿起枕帕，用手掌抚过凹凸的花纹。

"陛下您仔细看，哪里了得了？臣妾的绣活儿平整都做不到。"郑贵妃凝视那一方小小的枕帕，说着带了哭音，"臣妾盼着臣妾微末的功夫赢得陛下的欢心，陛下愿意来小住，像从前那样。"她咬重了"从前"二字，皇帝不落忍："朕不是有意的，你何来这一篇。你禁足，朕查案，同样不易。"

"这是给我的吗？"常洵无心听母亲对父皇掏心掏肺，不懂给母亲帮帮腔，到衣柜里翻，一手扯出搁在最上层的一方枕帕。

"放下，给你父皇的。"郑贵妃抽抽鼻子，对儿子没好气。

"你委屈，凶儿子。"皇帝揽了爱妃，招阿洵过来，"你喜欢，父皇做主，归你了。"

"多谢父皇，儿臣也喜欢枕衾间有母亲绣花的雅兴。父皇，儿臣这方比您的雅气，您的那个是杜鹃，儿臣这个是荼蘼。"常洵见了好物件便爱不释手，"父皇，母亲的双面绣出自苏州那边的技法，母亲用的素绸也是苏州产的。"

"阿洵见多识广。"皇帝说着话，郑贵妃挣开皇帝，抢下儿子手上的枕帕，"阿洵，给你父皇的，一对儿好换洗。你要，母亲再给你绣。"

"阿芳。"皇帝见了郑贵妃落魄的眼色，真心不知她何来的情绪，"阿芳，你不习惯冷清，没关系。结案了，朕卸下了包袱，朕每天过来。不，朕住这儿了。你满意了？"

郑贵妃拉来儿子靠到身旁，三口并坐，适才转喜，羞惭了："臣妾没有无理取闹，臣妾不敢不满陛下。只是，阿洵在王府禁足，臣妾在启祥宫禁足。母后教常润和常瀛来陪过臣妾，臣妾触景伤情。对了，陛下，您安慰了太子没？臣妾听说太子被吓病了。"

"朕安慰过他。太子病了？朕那天看他好好的。"皇帝满不在意，"太子若病了，王安理当通禀。"

"还说呢，父皇，您给大哥主仆吓的。"常洵口无遮拦，脱了鞋子盘坐上床。

皇帝隔着郑贵妃点常洵脑门。郑贵妃瞧他父子，咯咯笑："陛下对太子过分严厉，却待阿洵过分骄纵。太子是储君……"

"太子的天资比不上阿洵，阿洵一点即通。太子病好了，你不用关心他。他身子不好是小时候，能长这么大，全好了。"

郑贵妃向地下看看，净想着打听太子。一边的阿洵专心玩着母亲绣的枕帕。

"太子肯定被吓坏了。'续妖书'可怕，刚出现的时候……陛下，'续妖书'真是混混儿写的？"

"你当是他写的不完了?"皇帝漫不经心。

"造臣妾谣的大臣呢?臣妾的弟弟为什么被陈矩卷进去了?"

"郑国泰当了次幌子,朕私下补偿他。"皇帝以为说得够清楚了,想起二沈又烦心,"姓沈的两个,可恶。母后传朕去慈宁宫,嘱咐过朕。"皇帝停下,瞭了下常洵。朱常洵乖觉,立时反应:"儿臣去正殿吃点心。"朱常洵出去了,郑贵妃撇下嘴角。阿洵不配知晓陛下的事,她泛酸,说句怪话儿:"陈大珰治理内廷,母后有啥好操心的?陛下不让阿洵听,难不成太子……"

"你来。"皇帝拉郑贵妃挨紧了,把母后叮嘱的结案的办法,一字不落地告诉了她。

皇帝这一趟去了启祥宫,在后殿住下了,郑贵妃东山再起,重掌六宫的权柄。王皇后回坤宁宫赋闲,用不上她了。换郑贵妃主持妖书案在内廷收尾,她的亲信御用监掌印太监李恩、内官监掌印太监李浚在宫中抓了一大批散播谣言的奴才。半实半虚的,被抓的多半是莫须有。郑娘娘出手整治内廷,陈矩、田义亦礼让她三分。

第三十五章

妖书案结案后不久,朝中兴起一种传闻,"续妖书"出于武英殿中书舍人赵士祯之手。赵士祯是个奇人,精于制造火器,早年因书法好,以布衣身份被万历皇帝召入朝廷,任鸿胪寺主簿。传说,瞰生光下刑部狱,赵士祯就精神错乱了,果然没活过万历三十二年的新年。随着他的死,这个奇人是不是"续妖书"的作者,再得不到定论了。妖书案也就彻底了结了。很显然,妖书案不是一个孤立的事件。二沈斗法,更体现出了朝臣以舆论的压力,力图巩固太子的地位。

太子的讲学停了,但是妖书案后,他过得很踏实。反观福王朱常洵解了禁足,异常的活跃。他身为未就藩的亲王,上疏弹劾沈一贯和沈鲤,诬告、乱政谋私、构陷皇亲等罪。皇帝压下了爱子的奏疏,二沈复职,回到内阁。因为朱赓病了,内阁没人做事了,皇帝得接着用二沈。过了年,朱阁老满七十岁了,腊月末开始生病,开了春没能下地。朱阁老卧病中，几次递辞呈，皇帝一一驳回。

教人看不懂了，沈一贯、沈鲤经妖书案，留不得了，朱赓老病，陛下为什么不选任新的阁臣？沈一贯和沈鲤，陛下处不处置了？许多人说，二沈斗法实为沈一贯的独角戏，沈一贯会致仕，陛下想留用沈鲤，接任首辅。郭正域和楚王殿下那段亦是沈一贯诬陷的。

沈一贯生怕听到他要致仕的传闻。他复职后，表现很好，实心认事，也能和沈鲤配合了。沈首辅和沈阁老能干，陈矩掌管司礼监和东厂，万历三十二年的前几个月，皇帝非常轻松。四月初，朱赓病愈，皇帝将他召回内阁。圣旨一下，沈鲤坦荡，沈一贯的惴惴之心又提起来了。他自己门儿清，他的错大，沈鲤的错小，陛下让朱赓复职，极可能是想动他了。他不晓得自己勤奋了几个月，能不能赎了他兴冤狱的罪过。貌似是可以的，朱赓回来了，皇帝对他们这个内阁班子，总是赞赏和鼓励。到了万历三十二年的五月，熬过了整半年，沈一贯自以为度过了危险期，他还要扳倒沈鲤。同僚传了数月，沈鲤将取代他，沈一贯决定先下手为强。

湖广巡抚赵可怀新送的密报，郭正域已在老家江夏务农，地方上看管他甚严，他不可能离开湖北，去无锡东林书院和同党会合。郭正域如一条死鱼，陷进了湖北的水坑。满打满算，湖北的巡抚和御史都是他的人，湖广承宣布政使司是陛下今年重点关注的地区。朝廷内，萧大亨调任兵部，新上任的刑部左侍郎署部事沈应文、工部尚书赵焕是东林党，此外浙党基本把控了朝廷。沈一贯想玩一把铤而走险，重获陛下的圣心。他浑然不觉，皇帝现下最烦的人，不是沈鲤，不是郭正域，是他沈一贯，而他重新挑起了楚宗的矛盾。

起头是这年的三月，沈一贯欲投陛下所好，陛下爱财货，湖广巡抚赵可怀告诉了沈首辅一个人。此人是楚宗几代的姻亲，湖北的名门望族,定远侯王弼的六世孙王锦袭。赵可怀说王家有一大笔田产,管理在楚府的名下,是太祖皇帝赐给定远侯王弼的八十六处庄田。自永乐年间,这八十六处庄田的田租由楚府代收。王锦袭希望沈首辅替他禀告陛下,他愿把八十六处庄田的不菲收入献给陛下,只要陛下在定远侯以外多赏赐王家一个爵位,不要俸禄,空衔就好。

自永乐年间迄今二百年,王家的这笔田租,名义上属于王家,实际上属于楚府。楚府哪儿那么大方,吞进去的银子往外吐。皇帝一听折银一千三百万两,登时来了神儿,八百里加急给赵可怀下旨,命他即刻代表朝廷接收王家的庄田。银子一两没见着,皇帝收到了楚王朱华奎哭穷的奏疏。

朱华奎说王家的田租早花光了,楚王府屡次失火,屡次修缮王府,兼有楚世子弑父案、武冈保康王朱显槐率宗人偷盗王府财产等等内乱,这笔银子留不到现在,庄田变卖光了。朱华奎请陛下明察,倘使楚王府有这么多的存项,一年前楚宗人洗劫楚王府,他不用陛下出资补偿了。朱华奎报上楚王府的账目,存银仅有十八万两。一千三百万两是那早已不属于楚府的八十六处庄田的收入的虚数,事实是楚府无银。

朱华奎的奏疏呈上御案,万历三十二年的八月了,距沈一贯起意过去了小半年。皇帝苦等王锦袭的赠礼,等了四个多月,等过了万寿节,等来了楚府无银。沈一贯让皇帝下不了台。皇帝停了沈一贯的职,遣唾过沈一贯面的田义代自己到沈学士府训斥沈一贯,并警告沈一贯,到年底楚府交不上孝敬,你沈一贯挂冠回老家。

沈一贯落入了湖北人的陷阱,自己给自己挖一大坑,赵可怀误我!朱华奎一毛不拔,去哪儿凑年底给陛下的孝敬。沈一贯横下心,一不做二不休,修书一封送往武昌,令赵可怀生逼,也要逼朱华奎吐出几百万两。

万历三十二年九月，武昌城的暑热总算结束了，和京城的秋天不同，武昌的秋季并不凉爽宜人。大江之畔，城郊群湖林立，潮湿感常伴四季。小半个月内，湿热转为湿冷。武昌无春无秋，冬、夏漫长。冰凉的水汽入骨，冬天更难受。

朱华奎从不认为他住的武昌是个好地方。武昌建城是东吴的黄武二年。吴主孙权在黄鹄山北侧筑城，面朝长江，与夏水口遥遥相对，初名为夏口。也是孙权，图霸业溯江而上，将夏口更名为武昌，取"以武而昌"之意。东吴建国，武昌成为陪都。昔年东吴大帝的军事要塞成为千年来的形胜黄鹤楼。武昌城创于孙权，兴于国朝太祖。洪武年间，江夏侯周德兴奉旨扩建武昌城，揽黄鹄山入城内，建成绵延二十里的城墙，开了九座城门。这武昌城的一半就是楚王朱华奎自先祖朱桢继承下来的楚府。自朱桢赴武昌开府建立楚宗，大江见证了楚府二百余年的兴衰更替。

朱华奎此番凑齐了二百万两白银，以助工为由，奉送朝廷。二百万两的"皇杠"从武昌城的南门中和门，由兵巡衙门派的重兵护送，出城绕行，到江边的港口装船，过江到汉阳改走陆路。

二百万两的巨款装在"杠"抬的箱柜里，护卫是武昌府兵巡副使周应治精挑细选的，押解"皇杠"很是仔细。三骑环围一马，一马驮一箱，不错眼珠地盯着，沿着汉水岸北行。汉水的对岸是汉口镇，离汉阳城渐远，道边见了树林。领头的说，再往北走几十里，有一城，进城里打尖儿。走出了汉阳府，护卫或多或少放松了警惕，却听道旁树林中喊声震天。头儿不明情形，命令他的军士放下武器。

冲杀出来的人目测有几百个，护卫只有三十几人。劫匪各持一把大片刀。头儿狐疑，湖北地方上，唯独巡抚衙门和兵巡衙门的军士可持兵器。这伙儿不要命的劫匪哪儿冒出来的?

头儿站在马前,堆了笑:"好汉,小的运的是皇杠,劫不得。"

"劫的就是你。"跟着领头的劫匪的喽啰大拇指一挑,"知道我家主子是谁?"

"小的有眼不识泰山。"头儿的心咚咚地跳。

"见过崇阳王阁下,不拜?"

头儿瞄着他面前做莽汉打扮的郡王阁下,和他身后众多手持大刀的莽汉,楚宗的宗人?完了,他裹挟进了楚宗的内斗!后头的劫匪围上了押解皇杠的军士,脚步声越来越近,心跳声越来越响,头儿眼前一黑,栽倒在地。

崇阳王朱蕴钤用脚踹了踹倒地的头儿,一干军士齐刷刷跪下,束手就擒。不是他们打不过"劫匪",亦非他们不肯尽力保护皇杠,对方是楚宗人。地方上向来不干涉楚府事,他们押的又是楚王殿下进贡的银钱。天若有眼,把劫皇杠的楚宗人交给朝廷处置。

持刀的"劫匪"都是楚宗人,朱蕴钤是带头的。一群朱家人粗暴至极,拿粗麻绳把护卫们绑在树上,抢了皇杠扬长而去。等他们走远了,没响动了,军士齐声喊:"头儿,头儿,怎么办?"

头儿靠着树,耷拉着脑袋。

"怎么办呀,咱们丢了皇杠,死路一条。"

"劫杠的姓朱,教咱们如何是好。"

"等等,帮我摸摸,我裤子里是不是有把小刀。"

两个军士被绑在一棵树上,一个摸出了另一个身上藏的小刀,割开绳子,再给其他人松绑。抬着头儿,一伙人速回汉阳府报官。

"不对,在汉阳劫的杠,报汉阳府安全吗?"

"不安全,去汉口。"头儿醒了,挣扎着下地,自己走。

"头儿怕楚宗勾结汉阳府？"

"会水的，我们去汉口求救。"头儿勉力清醒，快跑，救大家伙儿的性命。

一行人都会水，游过了汉水，湿漉漉的进了位于汉口镇的一处官军的驻地。天黑前押解皇杠的护卫总算见到了匆匆赶来的武昌府的通判，像过了一辈子那么漫长。

"周应治大人呢？"头儿慌慌着问。

通判道："兄弟们辛苦了，周大人去捕人了。你们坐本官的船回武昌。"

抓捕劫杠的楚宗人，只用了两天。经当事的护卫指认，三十二名主犯全部下狱。彼时，湖北道巡按御史吴楷人在荆州府，未及赶回。等吴按御史回来，和湖广巡抚赵可怀一起升堂审讯。

就几天的工夫，法不责众而逍遥法外的楚宗人突入巡抚衙门，要劫回被捕的宗人和皇杠。周应治率兵，赶是把人赶走了，可他被楚宗人打成了重伤。人退了，赵可怀下令，抬伤员进府衙的后宅救治。

"赵抚台，下官无能。"周应治发间鲜血淋淋，胸前的铠甲被血染红了。

"不就几十个人？拿的钝器，伤成这样？"赵可怀忧戚，撩开周应治在额前的碎发，露出伤口，"吴御史快回来吧。楚宗内乱，我们陪葬。沈首辅保佑。"

周应治本能地用手捂住了伤口："楚宗人凶悍，他们袖中藏了兵刃。赵抚台，听下官一言，别等吴御史了。审吧，审完移主犯上京。"

"没有沈首辅的命令。"赵可怀踌躇难安，甩甩手。衙役上来抬周应治到里面看郎中，周应治忍痛："赵抚台小心，上次伪楚王案，楚宗人对您怀恨在心。他们记楚王殿下的仇，皇杠都敢劫。"

"武昌府被楚宗搅得鸡犬不宁,二百年了。"赵可怀挺直了腰板,系紧了颔下官帽的绳,"不用沈首辅说,本官了解,保湖北的生民,楚宗的麻烦必得有个了结。周大人,医过了伤,本官送你到民间住下,避一避。本官去会会他们。"

赵可怀上前头去了。为避楚宗之尊,湖广巡抚的衙门多用府衙的规制,平白低了一等。进深两间、面阔三间的拱券式的仪门后,即衙门最大的一间房:进深三间、面阔五间,斗拱架梁,疏朗开阔的大堂。楚昭王朱桢就藩后,当任的湖广巡抚给他的大堂取名为"退思堂",至今高悬着钦犯先祖楚昭王的墨宝,为巡抚衙门题写的"退思"二字。历任湖广巡抚与楚府共居一城,为官谦和守敬,平时理政在退思堂后的第二间后堂。

赵可怀做巡抚的时日算长久了,为官同样谦敬。幸得座主沈一贯的庇护,伪楚王案他幸免于难。湖广巡抚的生涯,得以升退思堂,审理一桩关系楚宗的特案,算是他做封疆大吏的荣耀吧。赵抚台穿了一件崭新的三品官服,对着穿衣镜里的自己,自嘲道:"你这湖广巡抚当得值了。"

因着今日升堂审案,县衙常设的那套宣示威仪的仪仗,悉数从临近的嘉鱼县县衙搬上了退思堂,两侧列"肃静""回避"等等。赵可怀升座,衙役高喊"威武",按察使宣布"带人犯"。

上堂的两人是崇阳王朱蕴钤和宗人朱蕴訇,带着枷板,朱蕴訇犹显孔武有力。按察使喊声"跪",赵可怀道"不必了"。他走下堂座,到一人身前,对崇阳王打了个躬。按察使站在上边,高扬了声调:"你等可知罪?"

赵可怀扬手,让按察使住声,他来问:"本官看过你们在狱中的供词,还有什么要说的?本官给你们个机会。"

"朱华奎呢？"朱蕴铃瓮声瓮气，扬着脖子。

升堂前，按察使在牢房里提审过几名重犯，他们都说朱华奎四处敲诈宗人，收集给陛下的孝敬。朱华奎自己万贯家私，分文不出，大家气不过，所以劫了皇杠。他们依旧不认朱华奎是楚恭王的儿子。

"楚王殿下是大宗。你们楚宗人同有孝敬陛下的义务。"赵可怀耐心道。

朱蕴訇凶巴巴的眼神瘆人，他动了动困在枷板里的双手："朱华奎算哪门子楚王？"

"你们总不能劫皇杠呀。"按察使盯着赵抚台的一举一动，说不上哪儿不对劲儿。

"我们告状，朝廷向着朱华奎。没人给我们主持公道。"朱蕴铃怨气冲顶，"朝廷不分青红皂白！我们是太祖的子孙！"他和朱蕴訇眼睛里的四道凶光会和在赵可怀脸上。朱蕴訇侧头，与朱蕴铃对了下眼神，大叫："赵抚台，您把我的枷板解开。"

按察使替赵可怀挡了："不行！"

赵可怀往旁边闪了闪，二犯的神情令他胆寒。他想回到堂座上，晚了。两个彪形大汉弓着背，低吼一声，用力展开双臂，挣开了枷板。朱蕴訇一个箭步冲上，夺下衙役执的大棒，抡圆了朝赵可怀天灵盖上打去。赵可怀躲闪不及，脑浆迸裂，登时倒地。朱蕴铃也夺了根棒子，冲着赵可怀腰上一棒。

两边列队的衙役全傻了，四散奔逃。按察使爬到桌下，失声高喊："杀人了！杀人了！"

有几个衙役回过神，没人敢抓朱蕴铃、朱蕴訇。一个衙役动作快，跑到偏房寻来两个大渔网，一群衙役配合着撒网，将人犯网住。几个人拉一张网，困住了朱蕴铃、朱蕴訇。二人拼力挣扎，拉网的人使出吃奶的力气，朱蕴匋怒骂不休："当官儿的没一个好东西。"按察使藏在桌子底下不出来，一直喊，喊来了守大门的军士。两队军士持长矛护身，才把人犯押下去。

按察使方从桌子底下爬出，官帽不晓得滚哪儿去了。

"赵抚台。"按察使哭得鼻涕眼泪一把抓。

一名衙役打横抱起赵抚台，向后堂狂奔。按察使腿软，站不起来，另一名衙役搀他，扶着往后堂去。按察使身子羸弱，胆小，可是声音高亢："郎中！郎中！"太晚了，赵抚台脑袋开了花，当场毙命。抱他回来的那个衙役，试了赵抚台的鼻息，早没气了。

按察使轰地坐倒在地，抱着头，哭不出来："快送我回家，我回家。"

"大人。"几个衙役齐声喊他，"李臬司！"

被这么一叫，按察使李焘焕发了勇气："让别人走吧，我留下。"

赵抚台被打死的消息一传出，湖北的命官作鸟兽散，逃离武昌去乡下避难。按察使李焘留了下来，安置赵抚台的家人。

他留下来，因为他目睹了赵抚台遇害，他怕在外的楚宗人加害赵抚台的遗孀和遗孤，派出一队军士护送赵抚台的家眷去乡下，暂将赵抚台葬在了巡抚衙门的后花园。湖北道巡按御史吴楷闻讯，星夜从荆州赶回。他到时，巡抚衙门人去楼空，过道上、院子里，到处是慌忙撤离时丢下的物件。

赵抚台暴亡，布政使当家，吴楷去了藩司衙门，一样的人去楼空。武昌府，湖广承宣布政使司失控了。吴御史在藩司衙门里搜索，空空如也，不闻人声。这副乱局，命官都不在岗，吴御史赶回，于事无补。

"天呢！"吴楷仰天长叹，突然从堆起的空箱子后转出个人，吓他一跳，"你，你是……臬台李焘？"

"正是。"李焘穿着老百姓的衣裳。

"城里的衙门全空了。"吴楷难以置信。

"楚王殿下都带家眷去龙泉山避难了。"吴御史回来了,李焘没一星半点的释然,"楚宗人围了臬司衙门,仆只能到这儿了。"

"回武昌的路上,仆向朝廷报告了楚宗叛乱,杀害湖广巡抚,打伤武昌府兵巡副使周应治。"吴楷略一注目,"找回跑了的官儿,楚王殿下能去避难,命官不能。楚宗再乱,地方上不能乱。"

"仆让他们跑的。"李焘丧气道。

院中寂静,一只乌鸦飞上树梢,啊啊地叫。

吴楷拉下脸:"人犯呢?"

"押在巡抚衙门的狱中。巡抚衙门留了一队军士,楚宗人会趁官府空虚劫囚。"李焘宽了些心,眼下至少有人能商量,吴御史更握有重权,"吴大人,你我要负起保护这一方水土的职责。"

"仆不会跑的。"吴楷思量,做了最冒险的处置,"你挑个值得信任的军士,快马给郧阳抚治胡心得,请胡抚台带兵进剿。郧阳的军队到,武昌府戒严。"

"是,吴大人。"

"有了兵,咱不怕了。"吴楷又问,"仆进城见家家户户闭门,商市也关门了,城门上的驻军也没了。"

"都怕楚宗闹事,武昌府自动戒严了。"

"闹事儿?闹大了!藩司不在,你负责恢复城里生活的秩序。"

李焘郑重颔首。他了解事态严重,赵抚台丧了命,他和布政使,和吴御史都要被楚宗人连坐。留在武昌,他给自己争取一线生机。

吴楷的揭帖送去京城,首辅沈一贯头一个看到了。坏了大事了!娄子是他和赵可怀捅的,他逼楚王朱华奎给陛下上贡,朱华奎将压力转嫁给宗人，赵可怀为此命丧黄泉……陛下绝对饶不了他。生平下笔千篇，解释"劫杠案"的这封奏疏费尽了沈一贯毕生的文思。陛下得知劫皇杠，他已经绞尽脑汁解释了一通。赵可怀惨死，他还能怎么说？

因臣等面问，承差口称，可怀家眷已归，止有一子在傍，混逃不知下落。周副使被赤剥乱打，生死未审。各恶仍围困，要劫库银，纵横城中肆行抢掠。楚府不知消息，巡按出巡荆州，闻报即驰归省城。本系荆州发行，臣等闻此不胜惊骇，窃惟楚人轻剽好乱，本难抚治。而楚宗繁衍武昌城中有三千余人，虽多善良，实繁凶暴。抚按以皇家支，不敢施法。若有举发止是启王戒饬，而楚王近以华越之诬，身且被辱，安能钤人。此辈目中既无抚按又无楚王，复何忌惮？是以劫杠抢狱，甚至手刃镇抚，旁及宪臣，尚可逭诛乎？

沈一贯的奏疏和吴楷的揭帖一起递进了司礼监。

沈一贯如今停职在家，一刻消停不了。楚宗人打死了赵可怀，湖北大乱，他的仕途到头了。有没有办法挽回？若不是他告诉陛下那一千三百万两，出不了"劫杠案"。陛下处理伪楚王案的努力全由他付诸东流了。沈首辅的腰牌被收走了，他进不了宫，但他一定要见到陛下。

沈一贯去了司礼监，托陈矩带他进宫求见陛下。

到司礼监，陈矩不在，服侍陈大珰的小火者说陈大珰进宫了。沈一贯的心刹那间坠入了深渊。陛下传陈矩议"劫杠案"，陈矩说不了他的好话。遥见田义走出他的值房，沈一贯躲到小火者身后，别让田义看见本官狼狈。

"沈首辅？"小火者欲回身。

沈一贯扯住他衣裳道："别动。"

田义进了屋，沈一贯见不得人："本官到陈大珰的值房等。"

沈一贯进了陈矩的值房，小火者上了茶，退下。沈一贯和在府上一样，急得转磨。看天色向晚，陈矩越晚归，他越没活路。沈一贯焦躁到了家，灌下一大碗浓茶，无心细想"劫杠案"的始末前后。他总觉得自己冤枉，怪赵可怀笨、吴楷蠢，凭空安慰自己，没事儿，只要自己听陛下的旨意，陛下离不开他。像伪楚王案似的，案子结了就好了。我报那一千三百万两，出于好心。必是沈鲤使坏，要不谁给了朱蕴钤、朱蕴訇包天的狗胆？等到天黑了，沈一贯坐下了，身子软塌塌的，生无可恋。他在陈矩的值房候了一个多时辰。小火者说陈大珰在宫里，沈一贯宁可陈矩在东厂，不要他在乾清宫。

第三十六章

陈矩特有的快节奏的脚步声传来,像救命的号角。沈首辅自己开了门,到门外迎陈大珰。

陈矩见了他,扬起一抹笑:"沈首辅别来无恙。"

沈一贯竭力平复心绪:"那个……"

陈矩抢着答了:"沈首辅无需挂心,陛下自有处置。"

沈一贯紧随着陈矩,要进他的值房。陈矩拦下了他,笑脸相迎:"告诉沈首辅个好消息,陛下停了沈阁老的职。"

一说这话,沈一贯愈没底了。陈矩不给他开口的机会,陈矩想独占陛下,把自己和沈鲤都轰走。

陈矩累了一天,撑着和沈首辅说话:"陛下动了大气了,我的袍角都被陛下踹撕了。沈首辅避一避的好。"

沈一贯不肯走:"烦请陈大珰领本官进宫,见上陛下一面。楚宗的情形,本官最清楚。"

"朝廷会办妥的。"陈矩委婉下了逐客令,"沈首辅,劫杠案发生时,您停了职,此案与您无关。"

"那好吧,陛下不怪罪本官。"沈一贯弃甲曳兵,自己空有首辅的名,停了职便没了权,害了赵可怀一条命。沈鲤亦停了职,有名无权。朱赓那个老家伙,陛下用得不称手,还会复沈鲤和自己的职。

沈一贯走了,陈矩又进了宫。

"他想见朕?"沈一贯在劫杠案中起的作用,皇帝心知肚明,"让朱赓办吧。"

"是,陛下赞同吴楷御史的处置,令郧阳抚治调兵,去武昌府严加戒备。奴才在给吴楷御史的信中写明了这层意思。"

皇帝心中有数:"跟吴楷直说,将劫杠案定为藩宗起兵谋逆是书面上的。事实上,不准把武昌府,把湖北搞得更乱,调兵是守不是剿。"

"陛下英明。"陈矩深谋远虑,"奴才再给湖广臬司李焘修一封密信,请他不要张扬,只把主谋的楚宗人控制起来。"

"行,把朕的意思转告朱赓。"

"是,陛下。"

皇帝与陈矩只谈劫杠案本身。至于沈一贯,他对劫杠案必须负责,他致仕是必然的,不必议了。

朱赓奉圣意,上疏将劫杠案的性质等同于武宗朝的宁王之乱,皇帝准奏,经六科廊抄出。湖北地方上,郧阳抚治率湖广行都司的军队到武昌戍卫,逃跑的官员陆续回到任上,楚王朱华奎出面劝服楚宗人。楚宗人见二位主犯定了谋反的大罪,不闹了。皇帝遂收回了预备的"讨伐叛乱"的诏书,命楚府配合湖北地方上自行解决。

万历三十三年四月,劫杠案定案。这一次皇帝终究没有轻纵了楚宗。朱蕴钤、朱蕴䥷解送湖广承天府处死,朱华堆等三人赐自尽,朱华焦等二十三人被革爵、监禁,朱华钫等二十五人被革爵、拘发远府闲宅,朱英遦等三十三人被解送凤阳府高墙内禁锢。皇帝以严刑处置了楚宗八十六人,楚宗老实了。处死朱蕴钤、朱蕴䥷后七日,湖北道巡按御史吴楷上奏,请陛下撤回郧阳的军队。皇帝准奏,调紫荆关参将兵马,维持武昌府秩序一年。赵可怀追封太子太保,其家眷归故里恩养。楚宗不再闹事,湖广承宣布政使司恢复了安定,轮到陛下动手清理朝廷了。

皇帝谨守孝道,去慈宁宫求问他的母后。

"儿臣问母后安。"四十三岁的皇帝,双膝下跪,李太后叫他起来坐。

皇帝落座后说:"多谢母后让皇后给儿臣指点迷津。"

"你的朱阁老老辣。"李太后轻点下头,"方尚仪。"

方尚仪呈上一封陈矩的揭帖,皇帝接过:"陈矩……陈矩送到母后这儿来了?"

"事关你收矿税,陈矩怕招你心烦。你先看看。"

母子半晌无话。皇帝细读,陈矩以东厂的名义写的揭帖,说的是妖书案中冤死狱中的出家人紫柏大师。据东厂调查,万历二十八年,紫柏大师当时在南方回护过一位拒收矿税的知府,而后他上京四方奔走,以他的名望呼吁废矿税。皇帝明白了,沈一贯为何加害得道高僧,原因在这儿。沈一贯支持皇帝收矿税,他和紫柏大师有一段关于矿税的渊源。

"母后令陈矩查的?"

"东厂干这个的。"李太后寥寥几语,"沈一贯讨好皇帝,做太过了。民间的名流高士反对收矿税,有他们的用心。翊钧,你收矿税，收敛点儿。你本性仁善，你派出的矿监、税监打着你的旗号为非作歹。奴才可恨，皇帝得顾惜自己的名声。"

"儿臣知道怎样处置沈一贯了。"皇帝投来感激的目光，妖书案绕回了收矿税。

"孤笃信佛教。沈一贯害死高僧，孤容不下他。他手下的巡城御史，从轻发落吧。"

"是，儿臣贬了康丕扬去山西。"皇帝猛然记起，"还有一条狗，给事中钱梦皋，母后认为怎样处置钱梦皋？"

李太后似笑非笑道："钱梦皋，他给东厂传的信儿，有关紫柏大师。"

皇帝明朗："儿臣知道，不然不会这么容易抓到了沈一贯的尾巴。钱梦皋，弃暗投明，赏。"

皇帝暗惊，母后不问世事，吃斋念佛，可她谈起朝政，自愧不如。

"沈一贯捅破了天，你换一任首辅。沈一贯也帮了皇帝的忙，让皇帝拿湖北作了筏子。皇帝且看，浙直的外官不敢怠懒了。"

皇帝眸光闪亮道："对，俗话说杀鸡儆猴。朕该谢谢皇后，皇后的母家在余姚。浙直遍布私家作坊，私纺丝绸，朕才选择严惩劫杠的案犯。省了浙直的地方官背着朕不作为，中饱私囊，替私开作坊制丝绸的刁民欺君罔上，坏我大明的祖制。"

"楚宗人和朝廷硬顶，就是要让天下见识见识咱们皇帝的手段。"李太后眯笑着，夸奖了皇帝。

皇帝志得意满："朕看哪个地方官敢背叛朝廷，背叛朕。两京一十三省，哪个省失了控，闹事的便是皇亲国戚，朕照样不轻纵。"

"翊钧，你懂得了，怠惰、逃避不解决问题？朝政大事非争国本一件，不止是你和朝臣斗法。"李太后严正了声色，教育皇帝，"孤感觉，浙直的私家作坊违禁归违禁，但是发展起来了，打今儿起，即使浙直的命官勤谨，未必能够根治。孤想着江南无矿，商税丰足，新兴的私家作坊存于法外。避免苦了天下，富了江南，你的矿税停了吧。"

皇帝低下了头，道理他都懂。可他不是菩萨，吃到嘴里的肥肉舍不得。皇帝润了润嘴唇，想和母后商量商量，要不承认江南的私家作坊合法？皇帝同样保有正统的观念，太祖的遗训不能破，不能任由江南私家制丝发达，让商人穿上名贵的丝绸。皇帝敢提，朝廷又是暴风骤雨，误解他敛财，背弃祖制。

"儿臣回去想想。"

李太后心安："好，你回吧，孤给菩萨敬香了。"

"浙直的私家作坊产的丝绸，朕用朕收的矿税出高价买断？免得不本分的刁民穿上丝绸。"皇帝坐着不动，考虑浙直的事情。

"朝廷买断等于变相承认私家制丝合法。你是不是打算收来了丝绸，标更高的价，卖给临省的富户？"知子莫若母，李太后言近旨远，"皇帝，别贪心。'我无为，而民自化，我好静，而民自正。'你好好想想。"

"母后的建议是？"皇帝追问。

"矿税必罢，你可以一步步地罢。你想要的数目，征收够了，不停下来吗？浙直那边，你用湖广的例子震慑过了，放开手交给浙江和南直隶两位巡抚。你皇祖那时，浙江沿海闹倭寇，该让浙直过段好日子了。"

"母后，要不要加征浙直两省的税？"

"加税对不开私家作坊的老百姓不公平。翊钧，多读读你皇祖的实录，向你皇祖学习，管好你的大臣。"

李太后话语里、眉目间总带着皇帝少年时她教子的严厉。她儿子朱翊钧确实不是个听话的孩子,他自己坚持的主见,未必总是对的。遇到大的问题,皇帝知道来问问她,皇帝内心中孝顺她这个母亲的。

万历三十四年,沈一贯辞官,成也矿税,败也矿税。

沈一贯临走,提了个要求,沈鲤一道辞官。沈鲤紧跟着沈一贯的步伐,离开了朝廷。七十二岁的朱赓成为"独相"。矿税之祸,耗走了朱赓,耗走了叶向高,耗到方从哲,依然屹立不倒。

万历三十四年,田义去世,万历三十五年,陈矩去世。陈矩去世后,李恩任司礼监掌印太监,李浚提督任东厂,郑贵妃接掌了内廷,皇帝撒手不管了。

万历三十一年到三十三年间的三件大案,毁掉了二沈的内阁生涯。笔修国史,伪楚王案、妖书案、劫杠案得到了共同的名字——"楚宗之乱"。楚宗消停了,浙江和南直隶成了之后十几年中皇帝最重视的两个省。巡抚、布政使、按察使走马灯似的,而江南人的生活过得越来越富足,越来越自在。

十几年前,私家的丝绸作坊如雨后春笋在江南的土地上兴起,大量的农民摆脱太祖画地为牢的桎梏,涌入城镇,进丝绸作坊做工。十九年后,当万历皇帝自觉风烛残年,太祖的礼教在江南已经崩溃了。

十九年光阴荏苒,皇太子不再是昔日那个轻易被吓病、不管外界出什么样的大事都缩在东宫躲是非的年轻人了。他感觉到了,属于他的时代越来越近,父皇糟蹋的烂摊子亟待他力挽狂澜。而郑贵妃还是曾经的郑贵妃,热忱依旧。

孝定皇后说过,朝政大事非争国本一件。但是单单宫廷里的斗争,扯上三党与东林党的对峙,足以使王朝地动山摇。

万历四十六年的新年，是万历朝第一次大规模庆祝的新年，普天同庆的大喜日子。当今圣上超过了他皇祖世宗的记录，他是国朝在位时间最长的皇帝了。自三皇五帝始，在位四十五年以上的帝王不到十位。万历皇帝向着在位五十年的大关迈进。

然而，万历四十六年是皇帝登基以来过得最辛苦的一年。

万历四十六年四月十三，女真努尔哈赤以"七大恨"告天，向朝廷宣战，三日后突袭攻陷了抚顺。女真的骑兵开始横扫辽东，攻城略地。皇帝忙得焦头烂额，调兵遣将，筹措军饷，把他心目中堪用的将才都派去了辽东。悍将杜松任山海关总兵，原山海关总兵王宣移驻关内，李如柏任辽东总兵。熟谙辽事的杨镐任辽东经略兼辽东巡抚，赐其尚方宝剑。朝廷中黄嘉善任兵部尚书，总理辽事。皇帝在战事上给予了辽东极大的重视，在银饷上依旧吝啬。辽东缺饷已有三年，皇帝声称国库空虚，只发了十万两内帑支援辽东。

皇帝做了如此多的布置，甚至命关内的顺天府、保定府移驻山海、易州，与辽东互相应援，他想和女真速战速决。朝廷内的大员，首辅方从哲、兵部尚书黄嘉善和皇帝所想一样，将全部希望寄托在辽东经略杨镐身上。朝廷尚未搞清女真的实力，一再催促杨镐进兵出关，与女真决战。

万历四十七年的新年，皇帝终于收到了杨镐的奏疏。杨镐奏，他与蓟辽总督汪可受、辽东总兵李如柏、山海关总兵杜松、辽东巡抚周永春、辽东巡按陈王庭商议决定，定于二月十一誓师，二月廿一出兵女真的都城赫图阿拉。

皇帝准奏，命发八百里加急到辽东，并嘉奖辽东一应将领、官员。有了杨镐给的准信儿，皇帝可以舒心过年了。去年辽事给皇帝累得旧病复发，头晕目眩，不时腹泻，身子疲软。皇帝想养一养身子，亦心系辽东战事，命方从哲借新年的吉庆，为二月的辽东决战祝祷。皇帝对辽事仍报以很强的信心，尽管努尔哈赤假意驯服过，自己和朝廷错信过他，他不过是异族的首领。辽事定会像万历三大征，经历些许波折，获得伟大的胜利。皇帝以为，女真的破坏力尚不及倭寇，朝廷的大兵压境，剿灭女真指日可待。

万历四十七年的正月，不到十五，"独相"方从哲忙于祝祷，领衔上了三封贺表。钦天监说，今年的正月十八大吉大利，方从哲要为陛下再上贺表。陛下在位这么久，必有天佑，辽东癣患不值一提。

方从哲拿起一杆大狼毫，在贺表的最后签上自己的大名。

"邹学堂，把本官的贺表送去都察院，请张问达联名。"

说是送去都察院，规矩书办懂得，走一圈六部，请各衙门的主官签上名。方从哲连喊几嗓儿，无人回应。

"邹学堂，邹学堂，人哪儿去了？"方从哲离座，开了门找人。对门的两座值房上了锁，内阁恢复到光杆首辅的状态，三年了。怪哉，没有同僚可以，不能没有书办和内役伺候。

"方首辅。"狭窄的楼梯爬上来个人，嗓音清透。

方从哲试探着叫他："姜严？"这个人他见过，好像叫这个名字。

"是奴才。"启祥宫掌作太监姜严，腰间的牙牌晃着，"郑娘娘令奴才请方首辅到启祥宫一叙。"

"本官的书办被你支开了？"

"奴才不敢，郑娘娘交奴才的差事……"姜严欲言又止，讲话莫名其妙，"郑娘娘请方首辅前去商议正月十八吉日祝祷的事宜。"

"不年不节的。"方从哲掩口，不说话了。

姜严立马接话，透着乖戾："正月中的吉日珍贵。郑娘娘说，辽东战事，龙体和凤体不大康健，务必借这大吉大利冲一冲。吉日刚过正月十五，只要内阁与司礼监协作，赶得及做场祈福的法事。"

话说到这份儿上，方从哲只好去了。自他入阁，始终恪守着和郑贵妃、郑贵妃掌握的司礼监、陛下掌握的东厂的距离。早有同僚污蔑他是皇帝和郑贵妃的走狗。哎，他启祥宫的门没进过，首辅难当啊。应了申时行的名言，对上对下，不，他比申时行多一头，陛下、同僚、郑贵妃，三头得罪不起。

方首辅进启祥宫，那里陈设奢靡，摆着国朝最精美的瓷器。成化的斗彩，宣德的青花，珠光宝气，晃人的眼。他调整下目力，适应殿内的光线。一道厚重的锦帘，挡了天光在外头，室内剩珠光闪闪烁烁。

两个内侍于郑贵妃的宝座前拉上三层珠帘，给方首辅搬了锦凳。方从哲行了礼，咕噔坐了。

"方首辅。"郑贵妃娇媚的声音拉得长长的，"过了正月，东宫讲学。太子的功课，方首辅您关心了没？本宫怎么听说，今年的讲官，您安排的全是您礼部的人？礼部侍郎何宗彦是浙江人士吧？"

"郑娘娘传臣来，臣同意正月十八举行祈福的大礼。"方从哲垂首，不多说一个字，他中套儿了。

"本宫不信天象。本宫晓得，陛下命你祝祷，你给陛下写了快半个月的贺表。方首辅帮陛下指导兵部和户部筹措辽东的军饷、贺表之类的，本宫令李恩找翰林院来写。翰林院的庶吉士少了官缺，候着表现呢。"

听这深宫妇人高谈朝政，方从哲没脾气。陛下屡破祖制，头一桩便是妇人干政。他勉为其难回道："龙体、凤体欠安，为帝后祈福，为辽东战事祝祷是朝廷的重中之重。去年，臣和李恩请示过陛下，让各地留有的矿监、税监访名山古刹，为国祈福，陛下准臣和李恩所请。庆祝黄道吉日亦是陛下的意思。"

"不是什么善男信女，诚心拜佛会有用吗？"帘后的郑贵妃挑了挑无名指，"本宫知道使陛下安心的法子。"

"郑娘娘请讲。"方从哲认可，问题不在于辽事的成败。和女真作战，杨镐能赢的。问题是陛下的龙体，让陛下安心，龙体方可大好。

"本宫思量，给皇长孙选位养母吧。"

"什么？"方从哲向前探了探，话题跳得太远了，现今谁不是满脑子的辽事，"东宫的女眷以王才人为尊。郑娘娘想接皇长孙进内宫抚养？恐怕不妥，皇长孙满十四周岁，陛下这岁数的时候，快成婚了。"

"所以嘛，选养母，拖到皇长孙十四岁没着落。"郑贵妃冷冷道："陛下不喜欢都人生的孩子。王才人出身不正，将来难正位中宫。"

"不到计虑此事的时候，先打赢了女真……"方从哲再探了探，揣摩着郑娘娘的心思，好端端的，她提皇长孙做什么？

"方首辅对陛下的调度和朝廷的军队没有信心吗？陛下的龙体是最紧要的。"郑贵妃气势汹汹，"本宫比你理解陛下的心意。你说了，皇长孙十四岁了，不抓紧给他换一位出身正经人家的养母，耽误了。本宫为了皇长孙，更为了太子。按说同是做过都人，孝定皇后和温靖皇贵妃是好人家的女儿，不逊选秀进宫的后妃。李家是儒商，家境富裕。王家是官宦人家。"

郑贵妃挤兑王才人的出身，皇长孙的外祖家的确令人羞于启齿。王才人的婶母是倡优出身，被她叔父赎身从良。其实说王才人曾为都人，抬举了她。她非良家子，进宫做不了都人。王才人原为东宫烧厨房的杂役，和陛下的生母、皇太子的生母天壤之别。

"臣思考过此事，倘使皇长孙成年开府，因为他母亲的出身受人诟病……皇长孙由内侍、乳母带到十四岁，郑娘娘选的养母承个虚名，比送进内宫抚养合适。"

郑贵妃启唇轻笑，道："既然方首辅亦有此意，本宫拜托您将我们的谏言上奏陛下，本宫再和陛下讲。陛下想了多年，给皇长孙另外择位养母，您方首辅帮陛下圆了心愿。"

"是，郑娘娘。臣且告退。"

方从哲待不下去了，怀着一腔心事回到内阁。想来王才人那种女人诞下皇长孙，对太子殿下、未来的陛下极不体面，更关涉到将来坤宁宫的主人、天下之母。读书人最受不了遭人诟病的事。郑娘娘说他不理解陛下的心意，方从哲理解，皇长孙乃太子殿下年轻时胡闹的产物。皇长孙从母亲那边继承来的劣性，得以通过后天的教育改变。皇家子以母贵，皇长孙的外祖家也能够变一变。不过，皇长孙的养母一事先放放，解陛下的心病，一步一步地走，把辽事解决了，然后解决皇长孙。郑贵妃终归妇人心肠，战事为重。

方从哲忖前思后，他为官还有一层隐忧：去年他儿子方世鸿杀了人，遭巡城御史弹劾，自己以京城地震、天现彗星等妖异现象为理由，自我批评奉职无状，向陛下请辞，引来朝野的嘲笑。现在对方首辅实在不是可有作为的时候，郑娘娘还刁难他。方从哲忖度了形势，上了一道奏疏，陈述近年朝政的缺失，职官空缺，言路堵塞，称病回府休养了。他这一走，内阁空了，没有阁臣理事了。

皇帝着急了，辽事撒给了兵部尚书黄嘉善。方从哲抱定了主意，在府上多待一阵子，对自己的非议平息了再回朝。只有辽东战败，能把方首辅逼出来了。

三月十一，辽东大败的消息传来，震惊了京城。距原定誓师的日子，仅过了一个月，明军兵分四路，三路全军覆没，东路军总兵刘綎战死，只李如柏率南路军逃回了关内。明军与女真的决战，死亡文武将吏三百、士兵四万，损失马匹二万八千。首辅方从哲立即回朝，奏请陛下出御文华殿，召见九卿科道等官集议，共图保辽东、保京城的良策。皇帝拒绝了方从哲的请求，自己虽疾病缠身，但并未放松对辽事的关注。第二日，皇帝下了一道谕旨：百官关于辽事的紧急奏疏，待朕审阅后再行定夺，命首辅方从哲稳定各衙门，静候谕旨。

第三十七章

皇帝下旨,命朝廷安定,方从哲不安定了。辽东战败,他难辞其咎,战败的最大责任人,辽东经略杨镐是他举荐的。详细的战报上写道,天遇大雪,经略杨镐贻误了战机,将拖延了四日的出兵日期泄漏给女真人,导致了女真人在西路军的行军路线上设了埋伏,又突袭了北路和东路。我军的军力确强于女真,女真掌握了我军的动向,集中兵力攻打我军的一路,分而击之,因而战胜我军。杨镐分大军为四路,是失策之举,一路失利,其余的三路会陷于被动。杨镐的罪等于是方从哲的错,战报一到,礼部主事夏嘉遇即上疏弹劾方从哲。

皇帝召见了方从哲。如今的皇帝总算认清了女真强悍的实力,皇帝的身体和精神都垮掉了。皇帝毕生引以为傲的武功,与女真作战一次的失败在后世的史书上足以抵消三大征的胜利。而三大征耗空了朝廷的财力,引发了万历朝最大的弊政——矿税。皇帝知道,离给他盖棺定论不远了。皇帝头晕,嘴里发苦,站都站不稳,辽事还得他来收拾。辽东的位置迫近京城，辽事紧迫。皇帝最犯难的是没有合适的将才经略辽东。事实证明，杨镐愚蠢一如既往，杨镐不能用，先跟方从哲算账。

方从哲承认了他任用私人的过错，呈上了御史杨鹤弹劾杨镐的奏疏。

皇帝摔了方从哲呈的奏疏："朕查办杨镐，轮不上言官指手画脚。朕成了聋子、瞎子！你霸着通政司，你让朕看，让朕听，朕才看得到，听得到。"

"陛下，臣有罪。您加诸臣的罪过，臣担待不起。"方从哲以五体投地的姿势跪着，他心底不甚怕了。眼前的陛下疾病缠身，衰老得快。也许用不了多久，他就领着三党，熬过了万历皇帝，成为拥立新君的股肱。不是辽东战败，他不会轻易回朝。陛下果真对他小惩大诫："朕不罚你，方从哲，朕要你记住今日。"

皇帝恨极的，依然是张居正凸显的每个人身上皆有的私心。方从哲的私心越来越重，暴露得越来越明显。只是皇帝苦于无人可用。

"陛下，臣查明了兵败的原因。杨鹤说得不确切，是李如柏，不是杨镐。南路军总兵李如柏的小妾是女真匪首努尔哈赤的侄女。臣恳请陛下彻查李家，软禁李如柏。"方从哲跪直了。

"军报上说，杨镐自诩光明磊落，将出兵的日期写信通知了努尔哈赤。"皇帝气得脸色发乌。

"杨镐向臣修书解释，他以为光明正大是必要的。李如柏才是叛徒。"

"朕不想深究。"皇帝以手扶额，头痛欲裂，"战死、负伤的将领予以嘉奖。杨镐押回京城，下东厂诏狱论罪。"皇帝费力咽了口唾沫，没问方从哲新任辽东经略的人选，皇帝不信任他了，"你下去。"

"是，陛下。"方从哲起身，抖了抖袍角，却见陛下气色晦暗，"陛下，您不舒服？臣找常云请太医。"

"不用。"皇帝冷淡。

皇帝的女婿，荣昌公主的驸马杨春元举荐了新任的辽东经略，南直隶督学熊廷弼。放眼朝廷，熟悉辽事的唯有熊廷弼了，万历三十六年他曾巡按辽东。尽管他是湖北江夏人，唯有熊廷弼尚把握着拯救辽东危局的可能。

熊廷弼星夜上任，人未到京城，辽东再传败报，开元失陷。皇帝的希望全部转移到了熊廷弼，赐给了熊廷弼尚方宝剑。熊廷弼上奏，他认为辽事应以固守为务，对了眼下皇帝的路子。皇帝方清楚，决战，尤其是派杨镐决战，是天大的错误。他批准了熊廷弼的方案，以应有的十八万官兵镇守诸关口，首尾相应，小警自为堵御，大敌互为应援。但是熊廷弼需要的招募、征调所缺官兵和养活十八万军队的粮草辎重，皇帝仍然吝啬。

选任了新任辽东经略熊廷弼，皇帝的情绪好了点儿。辽东是大患，却非不能解决的大患。被辽事折磨了一年多，他的目疾和脾胃病很严重了，一种暮气笼罩着皇帝，他的心境再难开阔起来。郑贵妃想方设法，让陛下开心一些。

皇帝带着方从哲称病前上的奏疏，来了启祥宫。郑贵妃旧事重提，皇帝手上掂着那本奏疏，心有戚戚："方从哲指东李……若是和皇后商量一下……朕也这么想，由校那孩子不错，没随了生母的脾性。"

教郑贵妃猜中了："陛下还等什么？由校大个一两岁，该行婚冠之礼了。"

"东宫没像样的女主人。由校的冠礼、婚礼，光有他父王是不行的。跟常洵的福府比，东宫不完整。"皇帝明确了："就东李了。"

郑贵妃直截了当："不，臣妾属意的是西李。"

"西李？"皇帝瞄她一眼："西李的名声不好。"

"那是东宫的妃妾嫉妒西李得宠，讲她坏话。陛下了解太子的人品，他会宠幸那种不堪的女子多年？西李，臣妾了解她。王才人不省油，成天在奉宸宫打鸡骂狗，从不知足。"

"她还不知足？"皇帝平生最恨不知足的，张居正之流。

郑贵妃像扯闲话："东宫求得平衡最好。王才人的位分高，东李抚养由检，西李抚养由校，三足鼎立，好安慰西李的丧子之痛。"

皇帝呷了口参茶，晕晕的："你替西李讲话，貌似与她亲近。"

"陛下说过，要臣妾与太子搞好关系，臣妾所以关心太子的家事。恭靖太子妃薨逝后，王才人不顶用。东宫的事务，臣妾也有过问。"

"难为你了。"皇帝心里怪堵的："太子喜欢西李，王才人不治家，她干嘛的？"

"嗨，太子说王才人私心重。"郑贵妃睨着皇帝脸色。

"私心重？朕百年之后，假如王才人当上皇后，后宫会成什么样子？"皇帝不忿："朕就说得给由校换个母亲。"

"小气的女人做不成皇后，中宫须像皇后姐姐。"郑贵妃叹惋："恭靖太子妃……"

"可怜郭氏福薄早逝。"皇帝瞅瞅健旺的郑贵妃，心生悲凉："朕百年后，你代朕给太子……给嗣皇帝挑选一位端庄、可亲的皇后，照着喜姐挑。朕的身子办不来了。"

"陛下浑说。"郑贵妃掩了皇帝的嘴："陛下和皇后姐姐养足了精神，一起给太子选继太子妃。咱不要西李，不要王才人。"

皇帝思虑周详："不单少了中宫，太子亦需几位有德的妃子，出身书香门第的。他宠幸了一群都人……"

皇帝说话快了咳嗽，郑贵妃给陛下拍拍背："陛下息怒。国朝的后妃忌惮出自高门大户，忌惮高官之女。陛下可为太子选几名宛平、大兴秀才家的女儿，女孩子读过书的。"

"阿芳所言甚合朕意。"皇帝止了咳，牵过郑贵妃的手。

"皇长孙的养母？"郑贵妃目不转睛盯着皇帝，转回了她的本意。

"让西李先带着。"皇帝轻咳一声，"由校心善，天资也高，长到十四岁，教育上耽误了。可他大度，心疼弟弟，难得。"

郑贵妃暗喜。皇帝疏朗了，开始闲扯："太子未来的皇后年轻，有望诞下嫡子。未来的皇太子不定是谁。"

"陛下英明。"郑贵妃咕哝道，皇帝心绪平复，换她失落了。陛下说出这种话，她有数，常洵从出生就输了，正统的观念对于陛下一样是坚定的。陛下疼爱由校，不妨碍他嫌恶王才人的出身。陛下以前坚持立常洵为皇太子，陛下活到五十多岁，常洵没能变成嫡子，假若现在立太子，他立的还是皇长子常洛。如常洵输给王皇后的嫡子，郑贵妃心服口服。现下这般的情势，她只能去谋皇孙了。皇帝说的嫡孙是后话，郑贵妃费心筹谋数年，誓把朱由校按进自己掌心，扶持西李。但郑贵妃最大的愿望，皇帝陪着她越久越好，这些忧患便不存在了。

她心事重重，服侍陛下用晚膳，进汤药，在启祥宫的后殿歇下。郑贵妃回了正殿，见到姜严，姜严喜悦："郑娘娘，崔文升准备好了。奴才跑了趟太医院，看过王才人娘娘的脉案，她的心悸症不轻了。"

"崔文升这副药，慢功夫，够慢的，好几年了。"郑贵妃扶了扶鬓边的榴花步摇，"王才人的病情有没有魏朝钦的佐证，崔文升糊弄本宫呢？"

"不会的,有魏朝钦看着。"

"是啊,皇长孙只喜欢魏进忠跟着,魏朝钦好替咱们做事。"

"崔文升也说该收网了。他帮西李娘娘固宠,西李娘娘身段婀娜如少女。"

"朱徽媞玉雪可爱,本宫瞧着太子年岁越长,越喜爱女儿。"郑贵妃志满,"西李以色侍人,花无百日红。行吧,收网。调崔文升回内宫,别教人抓了把柄。升崔文升为御药房掌印太监。"

"奴才敢问,换西李娘娘做皇长孙的养母,陛下有旨意了?"

"陛下的口谕作数。王才人讨人嫌,她生了皇长孙,陛下没准她养过一日。选一贤妃代行母职,宫中不会有异议的。看西李的,王才人不撒手,西李怎么抢孩子。王才人不开窍,今后愈没她的份儿。"

"是,娘娘不仅要王才人娘娘失子……"姜严狠呆呆的。

"嗯。本宫乏了,你退下吧。"郑贵妃摘下华丽的榴花步摇,掼在姜严手中。

"谢娘娘。"姜严退下,郑娘娘对为她做事的人从来不薄。崔文升通药理,办事得力,晋升了。崔文升在东宫就是承华宫的"管事牌子",郑娘娘令崔文升放弃在东宫的前程,图谋来日。姜严也想要那个璀璨的来日。崔文升调去了御药房,王才人娘娘的这件差事落到了姜严肩上。

姜严再访东宫,太子殿下比以往更加谨慎,穿殿里一共刘庭和两个奴才轮值。内宫、内阁来的,太子殿下一个不见。那俩新来的奴才,据说是太子殿下的心腹刘庭刚进宫刷恭桶时,结交的过命的弟兄。

启祥宫的姜严大珰造访,太子遣刘庭出去见了个礼,他自己不露面。姜严笑太子殿下草木皆兵,深居简出,忒耐得住寂寞。东宫

一月天子

两年多没纳过新人了。

姜严此来宣陛下的恩旨，陛下命西李娘娘做皇长孙的养母。姜严到承华宫，崔文升已然离任。太子殿下克勤克俭，东宫上下没几个得力的奴才。皇长孙的大伴儿魏进忠离了职守，在承华宫。

西李见了启祥宫的人，不无炫耀："姜严，坐，都是自己人。由校偶感风寒，教魏进忠给我请安来的。"

魏进忠赶忙起身，他在西李娘娘这儿坐着，有一会儿了。他给姜严打了个躬，姜严点下头。西李不隐晦她和郑娘娘的交情了，而今太子殿下愿意她结交郑贵妃，好打听内宫的情形。何况，郑贵妃身子硬朗，东宫与启祥宫暂时的友好相当重要。

"皇长孙孝顺。"姜严道。他知道西李娘娘的地位为什么不稳固，太子殿下循规蹈矩，西李娘娘不像郑娘娘，没有占据太子殿下的心。郑娘娘于是有了可乘之机谋皇孙，其实郑娘娘也看不上西李娘娘。

西李面带倨傲："由校常来陪我，可贴心了。他母亲多病，太子殿下让他跟着东李住。由校不能去看他母亲，来孝顺我了。"

"正好，陛下的旨意，请西李娘娘抚养皇长孙。"

西李假意推托："由校这么大了，用我抚养？他有乳母、大伴儿伺候，足矣。"

"西李娘娘，抚养是个说辞罢了，陛下计虑的是皇长孙的婚冠之礼。"

"哦。"西李忙表示感激，"谢陛下看得起我，让我抚养由校，太荣幸了。"

姜严说到正题儿："王才人娘娘的母家不光彩，您代掌母亲的名分，给皇长孙长脸。"

西李喜出望外，陛下把皇长孙许给了她！王才人的病势，魏朝钦时时汇报。宫里没人在意身后的虚名，抑或王才人活不到太子殿下登基。王才人从没亲自照料过皇长孙，自己做了皇长孙的养母，将来皇太子的养母，她的皇后之位到手了。可是西李只高兴了片刻，就动开了脑筋，想要将皇长孙抓得更牢："由校大了，他和由检同住在勖勤宫，怪挤的。我这里地方大，挪他来住吧。"

魏进忠媚笑："奴才替皇长孙多谢西李娘娘关心。"

西李对魏进忠关切："由校住得不舒坦，你不早说。由校这孩子忒实诚。"

姜严点拨西李娘娘："郑娘娘晓得西李娘娘疼爱皇长孙，所以求了陛下，请西李娘娘做皇长孙的养母。"

"王姐姐身子不爽，两年来一直是我关照由校。我自己的由模没了，由校的母亲生病，我们母子同命相怜。"西李说着凄怆，"进忠，给由校收拾东西。我教人打扫间屋子，让孩子住宽敞了。"

"西李娘娘忙，奴才告退。"姜严起立，魏进忠跟着站起。

"你俩一道去吧。"

魏进忠跟在姜严之后，出了承华宫。姜严拖了魏进忠到墙根，吓唬他："魏进忠，你是王娘娘的旧友。上次传你去启祥宫，你不开口，郑娘娘给你气着了。我倒看你和西李娘娘处得不错。现在的形势你看见了，陛下选的西李娘娘。你有眼力见儿的，别咬着屎橛儿给麻花儿不换。"

"奴才，奴才微贱。是皇长孙和西李娘娘的关系好。"魏进忠的脸颊皱褶丛生，他一年比一年苍老，也一年比一年认清了形势。

"你明白就好。郑娘娘没指着你当魏朝钦第二，为郑娘娘进忠。太子殿下的地位稳固，郑娘娘保皇长孙，保国本。"姜严语带讥讽，观察魏进忠，"我问你，王娘娘的病怎样？"

"奴才不敢撒谎，王娘娘病得很重。王娘娘的心悸症犯了，整夜整夜睡不着觉。皇长孙老闹着去看母亲，奴才等依太子殿下的命令，不敢带皇长孙去，顶多趴门边望望。"

姜严怜悯："王娘娘可惜了。太子殿下做得对，免得陛下为区区小事烦心，不声不响给王娘娘治病就好。哼，王娘娘生这种病，亏心事儿做多了。"

"不敢，不敢。"魏进忠连连摇手。

"你慌什么？你听好太子殿下的吩咐，少带皇长孙过去。皇长孙有西李娘娘做他的养母，是福气。"姜严严正，把话说透，"你不想皇长孙做个无忧的太子？"

"是。"魏进忠尽量放轻松些，说句实在话，敷衍了去，"西李娘娘做了皇后，皇长孙是半个嫡长子。"

"聪明！国朝的皇帝，几个嫡长子？王娘娘命薄啊。"姜严拍了下魏进忠的肩，走了。

阳春三月，风是香甜的，吹拂在脸上，魏进忠却像身处数九寒天。郑贵妃的人偶尔来拉拢他，他恐怕自己做下对不起王娘娘的事。至少皇长孙的境遇愈来愈好，王娘娘高兴。假如王娘娘撑不住了，皇长孙能做半个嫡长子，也好。

魏进忠自己没去，教西李娘娘的小火者们去奉宸宫皇长孙原先的寝殿取些皇长孙的东西，搬去承华宫。辅佐王才人代掌东宫的萧司仪，瞧着内侍进出，往外搬皇长孙的东西。她捧着自己代王娘娘给皇长孙做的寝衣，手足无措。

"你们这是干什么？皇长孙搬去哪儿？"

"让开。碰坏了西李娘娘的箱子，咱担不起。"挂木牌的小火者不把东宫品秩最高的女官放在眼里。万历四十六年，王才人掌了东宫太子妃的印玺，尚宫局配了萧司仪辅佐王娘娘。

萧司仪站到了道中间，挡住那帮人的去路："猴儿崽子，睁大你们的眼睛看看，这是王娘娘的奉宸宫。"

与她面对面的内侍阴森："萧大人，皇长孙是西李娘娘的儿子了，劳驾您让让。"

萧司仪捧着寝衣，恨不得扇这猴儿崽子俩耳光。

后头搬东西的小火者应和："我们是郑娘娘调来，专门伺候西李娘娘和皇长孙的。"

"贱人！"萧司仪恨声道，顾不上体面，调头就走。回正殿，嘴一快，讲给了王娘娘，西李娘娘要带走皇长孙。王彩菊恨得拳头砸在腿上，嗓子里甜腥发痒，喷出一口鲜血。萧司仪傻了，雨儿和雪儿调去尚宫局了，王娘娘近身换来两个小都人。萧司仪深深自责，光顾着自己气愤，忘了王娘娘病着。王娘娘知道了这坏消息，如晴天雷劈，教王娘娘怎么活？

萧司仪拭去了王娘娘嘴角的血痕。王彩菊拼力支撑住："给我更衣。我护不住我的儿子，我不配活了。"

萧司仪叫小都人去找干净的帕子，喉头哽涩："娘娘，臣问过，是陛下的旨意。您如何要回皇长孙？臣以为，静观其变，择机而动。"

"由校受了贱人的蛊惑。贱人趁我生病。"王彩菊软绵绵的，快支撑不过倒下，四肢的力气被抽空了。

萧司仪扶着王娘娘，悲切道："王娘娘，您先养好了身子，您病中不适宜带皇长孙。娘娘放心，皇长孙是您的亲子。您的尊荣，西李娘娘夺不走。"

"贱人的儿子活不成，她的报应！抢我的儿子，嫌报应不够！"王彩菊像头母狼，双眼泛着凶光，"怨我这两年身子不好。由校大了，

一月天子

淘气，跟了东李住，让贱人钻了空子！我咽不下这口气。"

王彩菊目光如火，瞪着萧司仪。萧司仪看不过，王娘娘爱子心切，她让两个小都人给王娘娘梳妆。王彩菊要求盛装，见西李不能失了颜面。她再不得宠，病势沉重，都是代掌东宫的主母，皇长孙的生母。

嫣红色的鞠衣，大襟宽袖，仿佛汉朝皇后的礼服，套一层对襟的深青绿色的大衫，饰以鸾凤的图案，外披一件藏青色的霞帔，恭靖太子妃生前常穿的颜色。三层的衣服上身，等萧司仪系上领间的纽襻，理好霞帔，王彩菊伏在萧司仪怀里喘息。

"娘娘，歇一下，臣给您戴冠。"萧司仪抚抚王娘娘的背。

王彩菊不甘："我不是太子妃，不能戴九翟四凤冠。"她触触亲王妃制的九翟冠上的两朵牡丹，牡丹是象征皇后的花朵。

"您有皇长孙，终有戴上凤冠的一天。"

王彩菊扯扯衣裳，想更平整："你说我这辈子生了由校，我还有什么？"她叹口气，死拽着衣襟："我今日非要见到贱人。"

"来，王娘娘。"萧司仪扶王娘娘在妆台前坐好，戴正了九翟冠，上了妆，请王娘娘对镜照照。王彩菊看自己的模样，犹不满意，苍白的脸色浮现在鲜润的胭脂红下，上好的脂粉扑了，浮浮的。王彩菊对着自己凄然一笑，挂着萧司仪的手站起来，霞帔从肩头滑落。她枯瘦的身子穿不了宽大的霞帔了。

三月的小雨润物如丝，衔着馨香，自天际流泻。

到承华宫前，没人出来迎她，王彩菊勃然变色道："西李贱人，出门迎接！"

萧司仪上前叩门。西李出来了，左右两名内侍随侍，身后也站着位女官，全是生面孔。

"崔文升哪儿去了？"王才人问。

西李趾高气扬道:"高就了。"

萧司仪喝道:"内命妇中,低位见高位,西李娘娘不参拜问安?"

"你说你自己,还是在说我?"西李一摆手,跟着她的女官稳步上前,穿着和萧司仪相同的服制,"这位是孙司仪,郑娘娘拨给我用的。东宫不缺六品女官。"

"东宫只有一个六品。"王才人硬撑着萧司仪的手臂,不往她身上靠,自己站稳了,啐了一口。

西李张扬而妖娆的模样令人作呕:"为什么?东宫快变天了。我有一大帮的宫人服侍,恭靖太子妃生前都没这阵仗。"

王才人的恨翻搅着五内,她的眼光似要刺穿了西李:"西李,你当你的太子妃,我要我的儿子。"

"由校是太子殿下的儿子。你的婶母是什么东西,你忘记了?由校快成年了,怎能教卑贱的生母拖累他,终生抬不起头?"西李步下台阶,到跟前整了整王才人繁琐的衣领,"王姐姐,你的儿子长成了,恭靖太子妃也死了多年。你知道你为何仍然只是个才人?"西李将萧司仪挤开,贴近了王才人,轻蔑道:"紫禁城没人看得起你。"

蚀骨的恨吞没了王才人,她大叫一声:"贱人,还我儿子!"说着,扑将上来,西李不躲,病人能奈她何?西李反手一掌,将王才人推倒在地,脑袋磕在石头台阶上,额角鲜血如注。

第三十八章

丝丝的细雨湿透了承华宫前的石砖。萧司仪泣不成声，蹲下揽过王娘娘，用手徒然堵住王娘娘额上的伤口。王娘娘人事不省。

"太过分了。"萧司仪一弱女子，何来的力气，抱起了王娘娘回奉宸宫。

西李幸灾乐祸，她的心腹大患这下活不成了。斗了好几年，由校终是我的儿子。西李扶了身旁的内侍，唇齿间笑意澹然："给王才人宣林太医。"

新来的孙司仪慎重："娘娘，皇长孙丧母，太子殿下若纠察怎么办？"

"由校多久没见过他生母了。由校和王才人不如和我亲。"西李先进去了，"今晚接由校到我这儿住，太子殿下怕孩子过了病气。传我的令，东宫谁敢去看王才人，谁是我西李的敌人。请东李带由校来。"

王才人身染重疾,加上重伤。回了奉宸宫,林太医看过,只说"无力回天"。

王娘娘气若游丝,口中呓语不断。萧司仪附耳到王娘娘嘴边,听她念着两个字:"由校,由校。"

林太医医治过恭靖太子妃,又是他要送走王才人。林太医举袖,泪湿衣袖:"萧大人,王娘娘有何心愿未了?"

"皇长孙。"萧司仪的悲戚抑制不住,王娘娘没救了。她站到一旁,拭去了泪水:"太子殿下不许皇长孙来探病,皇长孙被西李娘娘扣下了。"

林太医同情王娘娘:"萧大人不要去招惹西李娘娘,如果可以的话,请来皇长孙的大伴儿。"

王彩菊面色灰败,嘴唇青紫,她额角犹在渗血的伤口触目惊心。

"我知道。"萧司仪道,"麻烦林大人了。"

夜色深沉时,王彩菊醒转过来,睁开眼睛,仍以微弱的气息,不停地念着"由校",却认不出眼前人。

"娘娘,奴才是进忠。"

"魏四。"王才人眼里模糊,一字一断,喊出魏进忠的本名。魏进忠憨厚地笑笑,忍着泪:"是奴才,魏四来了。"

王才人气力全无,只想合上眼。可她拼着口气,挣扎着要看清她最信赖的朋友,断断续续:"西李……险恶……由校……信任你……"

"奴才懂,奴才拼了这条老命,保护皇长孙。"魏进忠没背过脸去,对着他的主子,落下大颗大颗的泪珠。那一刻,魏进忠的恨,对西李的恨,对自己的恨,激发了他的心志。他毕生头次对自己有了信心,他咬了下嘴唇,郑重其事抬起右手捂上胸口:"奴才发誓,奴才一定护着皇长孙坐上皇位。"

王才人想扯扯唇角,没了力气。她眸中的希冀一闪而过:"我……不入土……等由校……戴凤冠……"

"好,王娘娘,"魏进忠伏到床边,攥住了王娘娘形同枯槁的手,悲从中来。他满眼都是烧厨房里的厨役彩菊,沾满了油腻的衣裳掩不住彩菊的明艳活泼。

"娘娘,您还叫过奴才哥哥。奴才忘不了,奴才进宫涮恭桶,后进东宫的烧厨房。别人都嫌奴才傻、耍奴才,您待奴才好。到今天您是奴才唯一的……"僭越的话,魏进忠不说了。他感到他手心里王娘娘的手放松了,纤长的手指舒展了。

王才人在深夜时分停止了气息,陪着她的唯有魏进忠。魏进忠抓着王娘娘渐渐冰凉的手,让他在深宫中引以为靠。算上在老家的二十几年,世上只有王才人母子待他好。王才人惨死,也只有自己能够替她报仇,实现她的心愿。

魏进忠以袖拭泪,扶皇长孙登基,这是大业。他不能再哭,不能再软弱了。他成为冯保,才能助王娘娘如愿。王娘娘落魄,得宠,失宠,他从未背弃过。这一对悲情的母子已将这个大字不识的老宦官与大明的未来紧紧相连。

魏进忠从怀里掏出一枚绒花,别在王娘娘胸前:"娘娘,从前在烧厨房,日子苦,没首饰戴。我送您的绒花,您封了才人还给了我。娘娘说了,等到娘娘做了太后,我再把它送给您。娘娘您安心地去吧,会有那一天的。皇长孙是您的希望,也是奴才的希望。"

王才人殁了,萧司仪去给太子殿下回话。她回来传魏进忠去穿殿,魏进忠忽感兴奋,太子殿下仍旧在意王娘娘。他先回庑房,照了照镜子,确认眼睛红肿,由刘庭引着他见太子殿下。刘庭带他到外间,与寝间一墙之隔。刘庭进去请示，听太子殿下喟然而叹："教他进来。"

"奴才魏进忠……"

"行了，行了。"太子不耐烦，催他免礼，"王才人留了什么话？"

"娘娘反复要奴才……保护皇长孙。"魏进忠以哭腔道，余光向上见太子殿下诡异的神情，殿下该知道了王娘娘怎么死的，"王娘娘说了，暂不入土。"

太子想起了他的母亲："为人母，最放不下孩子。"太子仰脸，逼回了夺眶而出的眼泪。他已下定决心，一旦登基，即刻册立由校为皇太子。

魏进忠磕头，磕出了以头抢地的响声。

"你起来吧。"太子幽然，叹了又叹，"西李恃宠生骄。孤奏请陛下，由校暂由你们几个照顾。"

刘庭沉默，领魏进忠出去。太子又叫下他："魏进忠，带由校给他母亲守丧。"太子黯然，他不愿他的遗憾，儿子再经历一次。王才人千万个不讨喜，不明事理，她为他生育了两个儿子。未来皇太子的生母，太子犹可追念："王才人不愿入土与孤分离，也好。孤便不用请父皇恩旨，备办太子妃仪制的丧仪。"王才人临终的这点儿祈望到头来博得了太子殿下的心。

刘庭直送了魏进忠到承华宫的偏殿，皇长孙昨晚睡在这里。天未亮，魏进忠推醒了魏朝钦，叫醒了皇长孙，告知小殿下母亲的噩耗。

朱由校大惊："我不信！我不信！"

魏进忠使了个眼色，朱由校令魏朝钦上外头守着，魏进忠原原本本讲给了皇长孙，他母亲的死。朱由校叫了客氏来，光着脚站起，指着西李住的正殿："她就是只笑面虎。我要报仇，客妈妈，给母亲报仇！"

魏进忠赶忙按住了皇长孙:"别喊,小殿下。君子报仇,十年不晚,王娘娘最放不下您的安危。"

"父王为什么放过了她?她推了我母亲,她是凶手。"朱由校热血直冲头顶,他这么大正是有血性的年纪。

客氏拉朱由校回床上坐下,服侍他换丧服,也屏着泪道:"哥儿,你要忍耐。你平平安安坐上了皇位,咱们什么都有了。太子殿下让老奴几个照顾您,可是您住这地儿,还在西李娘娘宫里。您得学会护着自个儿。"

朱由校顺从地伸直了胳膊,让客妈妈给他穿衣。他脸涨得通红,清亮的泪在眼眶里打转。年岁渐长,正值青春年少,朱由校愈发依赖客妈妈,胜过依赖进忠大伴儿。

"我是皇长孙,她为什么迫害我母亲?大伴儿,由检的母亲也是被害死的。难道生了儿子就活不了?"

"忍耐。"魏进忠再三重复,看皇长孙的眼神充满了怜惜,"哥儿,你当了皇帝,一样为小哥儿报仇。"

"我想请五弟和我一起为母亲守丧。"

"好,王娘娘迟早是小哥儿的嫡母,小哥儿应该的。"

朱由校和朱由检兄弟为王才人守满了四十九日。东李晋升为才人,掌东宫事,照顾两位皇孙。西李禁足,对外称因病休养。孙司仪和萧司仪回了尚宫局,东宫没有女官了。暑热袭来之时,王才人的灵柩出宫,移到煤山暂安。国朝规制,储君和亲王、郡王的侧室没有追封,没有谥号。王才人生没做上太子妃,死亦得等上几年,等待追封为皇后,达成心愿。

八月初,辽东传来了好消息,熊廷弼抵达辽阳,着手整顿,劝逃亡者回归,任李怀信为辽东总兵,督军士造战车,冶炼火器,修筑城池，做好长期防御的打算。皇帝身染重疾，精力不济，别的奏疏可以不看，唯独熊廷弼的奏疏一一批答。皇帝的健康每况愈下，夏日中了暑湿，目疾严重，力不从心了。今年的方从哲倒是不像去年虚与委蛇，劝谏陛下增补缺官，给陛下荐举了新的阁臣。皇帝的精神跟不上了，朝廷处于半瘫痪的状态：内阁只有方从哲，部院主官只有八九人，科道官只有十几人。言官攻击方首辅的言论又上来了。幸而皇帝谴责了那批言官，方从哲亦敬业，朝廷就这样将就着维持。

秋凉时气易感，王皇后病笃，更分散了皇帝的精力。方从哲委实无助，陛下到了这把年纪，言官不肯体谅。他每日到内阁办公，赴文华门恭候朱批。他上呈的票拟，特别是简用阁臣，陛下批准了，而未点用他荐举的人选。朝廷的事务总落不了实，怨不得方首辅，怨不得陛下。

太医院下了断言，皇后殿下已然是拖延时日，皇帝忙着伤心。王皇后这辈子病痛不绝，四十来岁时葛太医说过"带病延年"，延寿延到快六十岁，葛太医尽力了。王皇后病笃，皇帝悲恸，郑贵妃本欲不离陛下左右，皇帝破天荒撇下她，去了周端妃那儿。稀奇，李敬妃殁后，皇帝没宣过妃子进乾清宫侍寝。过了万历四十年，王皇后和郑贵妃以外，旁的妃子都见不到陛下。皇帝这是念旧了，他念起了皇五子常浩的生母。为他生过皇子，活在世上的女人，仅有郑贵妃和周端妃二人。实际上，王才人的横死让皇帝看出了什么，因而疏远了郑贵妃。

周端妃面圣，惊喜交集。皇帝像对着老熟人，正因为不熟悉，许多的心里话方便讲。

周端妃在侧，皇帝入神地说起了他两个孙子："宫里的孩子，唉，由校的母亲没了。由校还有个弟弟，几岁没了母亲。朕见过由检，他刚一丁点儿,而今八九岁了。时间过得快呀,由校成大人了。"皇帝越想,越替他俩孙子难过。他的母亲孝定皇后前几年过世,他年逾五旬,孙子们年幼丧母什么滋味。

"陛下快抱重孙子了。"周端妃不及郑贵妃善解人意。她笑起来,脸上的褶子有种别样的温暖。盛年时,周端妃诞育了皇五子,陛下不拿正眼瞧她。陛下老了,记得来钟粹宫坐坐,周端妃知足了:"由校和由检是好孩子,陛下多见见他俩。"

"朕确有此意。朕对不住由校,王才人横死,朕下旨让西李抚养由校,朕有份儿啊。"皇帝的眼光在钟粹宫简朴的东暖阁中打转,"你的钟粹宫过于简陋了。朕宠了郑贵妃一世,她背着朕做了什么?郑贵妃起的意,太子处置了西李,朕没老糊涂。"

"陛下,郑姐姐为了皇长孙的声名。王才人自己想不开,她还病着。"

"你也替郑贵妃讲话?"皇帝唏嘘,捧起茶盏,热热地喝了一口,"朕悔不当听郑贵妃的,内阁的方从哲跟着裹乱。王才人出身不体面,日后封为皇贵妃,皇长孙登基尊为圣母皇太后,有何不可?养到十几岁的儿子,教人平白夺了去,是你,也想不开。"

"陛下仁慈。"周端妃温顺低首。

"生下朱家的子嗣,是你们和朱家的缘分。朕过去苛待了你们。可……温靖皇贵妃,朕只好到地下补偿她了。"皇帝犹如喃喃私语,"王氏给朕生下的皇太子,现在看有点儿出息。"

周端妃感极而泣,陛下变了。陛下认可了温靖皇贵妃,认可了太子常洛,她和常浩有出头之日了。

皇帝自忧思中慢慢平复:"朕来有正事。常浩年近三十,尚未就藩、成婚,朕误了常浩。朕再不准他就藩、成婚,侄儿先成婚了。"

周端妃激动万分，立马跪倒："陛下能记起常浩，臣妾感激陛下。"

"常润和常瀛有皇祖母疼爱长大，苦了你和常浩。"皇帝语意恳切。

周端妃善心，记挂着常浩的两个异母弟："陛下的幼子常瀛年满二十三，三个孩子都应当离京就藩，好让他们成婚。"

"朕为常浩选一块富裕的封地，补偿你们母子。"皇帝用心想来，"汉中富庶，朕封瑞王常浩到汉中。常润、常瀛亲哥俩儿，封地挨着。辽王复宗，封去了广东，让惠王常润到荆州开府，帮朝廷镇着楚宗。桂王常瀛就他哥哥的近，封到湖南衡州。三兄弟着手准备，快亦需两年后动身。端妃你觉着呢？"

"臣妾谢恩。"周端妃再拜，"叩谢陛下隆恩。"

皇帝见她感恩戴德，本属于常浩的东西，怪自己，让这些来之不易。

皇帝心酸："端妃，皇后病重，朕心不安。朕晋封你为贵妃，协理六宫。"

周端妃目视陛下，真心诚意："陛下恕臣妾抗旨，常浩有了封地，去就藩，臣妾不要封赏。"

"好吧，朕会多来陪你。"皇帝失笑，摇了摇头，"朕呢，叔叔们再不就藩，五六年后，太子的由检就藩了。朕见见由校兄弟，你和朕一起？"

"谢陛下。臣妾算了吧。"

周端妃一口一个感谢，使皇帝难过极了。郑贵妃执掌六宫，各宫过得算是安稳，但嫔妃们不见圣颜，更有三个被他耽误到老大，未婚未娶的儿子。皇帝到老病的那天，知道自己做错了，晚了。光阴不能倒流，人生太多的错误无从弥补。

下了瑞王、惠王、桂王就藩的谕旨，皇帝与郑贵妃和好了，他终究离不开她，病痛更让皇帝离不开郑贵妃。秋冬时节，皇帝连服温补的食物，目疾和足疾加重了。太子常遣人来乾清宫问安，皇帝不提自己的病情。太子懂事，知道父皇介怀由校生母的死，快过新年了，没放了西李。

王皇后病笃了几个月，万历四十八年到了。这一年的新年没有庆祝。皇帝足疾，下不了床，不能去看望皇后，空记挂她。葛太医说，皇后殿下过了今冬，就大好了。他是说皇后殿下过不了今冬，多则两三个月的光景了。王皇后十数年服药、养息，终战胜不了天命。

新年，皇帝遣常云几次去坤宁宫看望皇后，下旨安抚了要他临朝的群臣。皇帝了解方首辅被不知深浅的言官要挟，方首辅成了言官弹劾的众矢之的，然而皇帝未苛责任何人。

朕前因中暑伤脾，又患目疾足痛。昨入春以来又发眩晕。其各项文书繁多，日每查简，俟简出何项文书，即发何项文书。卿且回内阁候旨，仍传与大小九卿各官，俱著回原衙门办事，毋得再有渎扰。

皇帝命文书官到思善门传旨，给自己争取了休息的时间。皇帝洞明，不是方从哲做首辅做得不好，底下的大臣趁他生病，发泄对朕的积怨。他们甚至怀疑，朕又在装病，因为他以前经常装病。皇帝已经到了神思恍惚的地步，他给方从哲传了道谕旨。

朕因动火，头目眩晕，身体软弱，又足痛，动履不便，见今服药调摄。且疾病痛楚，是人所乐受否？真疾非假。所请临朝未便。

皇帝饱受病痛，安抚好了朝臣，给了他们出气的机会。皇帝感觉好些了，大正月的，召郑贵妃、周端妃入弘德殿，为王皇后的病。皇帝自觉亏欠了皇后太多。

皇帝坐在弘德殿的纱窗前，清透的纱窗滤过雪光，照射入室内便成柔光。皇帝落下一脉剪影，怅然道："喜姐是朕册立的皇后，史上在位最久的皇后，正位中宫四十三载，从无行差踏错。喜姐有慈孝的美名，孝侍婆母，规束朕躬，维护太子。"皇帝转脸，煞有深意瞅着郑贵妃，"中宫皇后最紧要的是大度。容人之量，朕比不上喜姐。"

"陛下。"周端妃温婉、良善，感怀王皇后的不易，"皇后殿下确实是位不可多得的贤后。臣妾等日夜感恩皇后殿下对臣妾等的关照。臣妾等于后宫安居，常浩兄弟平安成长，得益于皇后殿下。"

郑贵妃白了眼周端妃，你们过上安生日子，是本宫不跟无宠的摆设计较。王皇后经年养息，六宫都是本宫在料理，关王皇后何事？

皇帝现在把万历朝后宫的安宁归给了王皇后："朕的孩子，除开先天不足者，全部平安长大。朕儿孙满堂，比起世宗，比起太子，朕幸运多了。朕感谢朕的皇后贤良。"

郑贵妃替自己悲哀，表现出大气："臣妾想，把给福王府诊脉的京城名医唐大夫请进宫，给皇后姐姐诊病。臣妾以为，太医院说药石无医，何妨换位见多识广的民间郎中？"

"爱妃机智。名医在哪儿？"皇帝刹那间燃起了希望。

"回陛下，唐大夫在启祥宫候着。"

皇帝急不可待："唐大夫得用的话，请唐大夫驻太医院。等他瞧过喜姐的病，速来乾清宫回话。朕不信喜姐的消渴症治不好。"

"是，福王的肺热、津伤就是唐大夫调理的。臣妾也听常浩提起，郑姐姐请的唐大夫，最擅医治和消渴症相关的症候。"周端妃附和道，皇帝握了下她的手。郑贵妃吃心了，陛下怎么想起她了？自从陛下去了钟粹宫一次，之后请郑贵妃议事，周端妃必在场。

郑贵妃遣姜严回启祥宫，领唐大夫去坤宁宫诊脉。皇帝和郑贵妃、周端妃在弘德殿坐等。这位民间的名医唐大夫，师法传自医学世家谈氏，谈家的医法亦是从太医院出去的。唐大夫到弘德殿，见过陛下、郑娘娘、周娘娘，禀道："草民回陛下，皇后殿下的消渴症发展到下消了。"

皇帝对消渴症略有了解，福王的肺热、津伤是上消的症候，喜姐得的下消，他不清楚了。皇帝问："说，什么是下消？"皇帝心急，一阵晕眩，自去年皇帝头疼得厉害，经常后脖颈发硬，吃不下东西。他自己说，是温补的食物进多了。皇帝瘦了点儿，王皇后一年多前就枯瘦了。

"下消就是肾虚精亏，脉丝细数，舌红少津，腰酸腿痛。据草民观察，皇后殿下视物不清，小腿以下发黑肿胀，即是下消症了。"

民间的郎中不懂避讳，一席话说得皇帝心惊肉跳："如此严重，有得治吗？"

"依草民愚见，皇后殿下虽称病笃，未到危重的程度。草民拜读了太医院的药方，葛医正大人开的是一等一的好药。草民愚见，只需加一味菟丝子，一味巴戟天，补亏损的阳气，再加一味黄芪，培补元气。另外，皇后殿下积年的血瘀之症，下不下丹参和红花，草民与太医院的诸位大人商议，请葛医正大人定夺。"

"朕知道，你医治过福王，福王的症候有所缓解。朕信你，你留在太医院，授七品御医。"皇帝手抵住了太阳穴，一着急头就晕。

郑贵妃凑上前，望切陛下："陛下仔细您的头风。"

皇帝心切："唐太医说,皇后有积年的血瘀。朕记得她生轩媖,胎儿过大,伤了母体。你们都生育过,轩媖自小强健,出嫁后生了五个儿子,她的好体格是母亲拿性命换的。"皇帝说着,望向她俩。

郑贵妃愈加不平,陛下将常洵的肺热、津伤挂在嘴边,还夸赞荣昌公主体格好。王皇后到底只生了一个嫡公主,本宫生了六个儿女。陛下怪罪臣妾的母亲生养得臣妾强健,产后病早早治愈了吗?

"郑姐姐。"周端妃唤回了郑贵妃的神,心平气和,"郑姐姐,您求求陛下,恩准杨驸马全家回京?"

杨驸马犯事,事过多年,杨驸马回固安县老家为母亲守满了三年的孝期,给陛下推荐了辽东的熊经略。"罢了,朕非常想念轩媖,让他们回来吧。"皇帝心境苍凉,答应得爽快,"朕亏待了喜姐。轩媖是个懂事的姑娘,身为朕的长女,以身作则。杨驸马被沈一贯牵连之前,轩媖也守本分,不时常进宫看她母后。"

郑贵妃酸气四溢,陛下话里话外,责备她和常洵不本分。她尽力摆出执掌六宫的架势:"臣妾令司礼监把京城的公主府打理出来。"

皇帝许可了,不夸奖郑贵妃了,的确是疏远了她。

第三十九章

固安县在京城大兴县的正南,离京城几十里路。皇帝降旨,荣昌公主一家两日即到。荣昌公主朱轩媖年长皇太子朱常洛一岁,她是皇帝唯一的嫡出子女。荣昌公主嫁得显贵,承母后和皇祖母慈训,嫁为人妇,尽孝守礼。杨驸马受沈一贯牵连,革职,公主亦没为此与夫君闹过口角。

回到阔别多年的紫禁城,荣昌公主进了坤宁宫的东暖殿。王皇后的寝宫比起六年前,公主最近一次进宫更简素了。小悦说皇后殿下年纪越大,越不喜铺张。仪典上用的香案堆在公主坐的洋漆寿字桌旁。寿字桌上摆了个锦边天鸡彝,炼洋铜铸成了茶蜡色。这张寿字桌是王皇后五十大寿,皇帝送的寿礼。荣昌公主幼年读书习字在东暖阁,那时的东暖阁是王皇后的寝殿,公主用的是一张楠木香桌。

母后病笃召她回宫,荣昌公主伤心,不免忆起儿时。她进东暖殿见到母后,公主已然红了眼圈。

"阿媖，你回来了。"王皇后唤着女儿的乳名，拉过女儿的手。公主泪如雨下："女儿在。"

"阿媖回来了，我和陛下还有你。母亲遗憾呀，没给你生个弟弟。"王皇后摸上公主的脸，最熟悉的身影模糊了。

荣昌公主止住了泪。母亲伸出的手臂枯干，全无昔日的丰腴。母亲的眼睛像蒙上了云翳。公主不敢哭泣，想说点儿高兴的，让母亲宽心。"母后，您不用遗憾嫡子。"她贴紧了母亲，"父皇原谅了春元，女儿的三个儿子封了官。杨家世代武职，女儿的儿子入了五军都督府，光夔、光皋任左、右都督，光旦任中军同知。辽东的熊经略也是春元推荐的。"

"好啊，好啊，孤想孤的外孙们长成了好男儿。辽东再打仗，你的儿子们既受皇恩，为大明建功立业。"

荣昌公主怜子，笑着答道："女儿的儿子还小，缺历练，再说他们的父亲……"

"不小了，老大、老二比由校大几岁。这么年轻做了高官，他们不建功，旁人能心服？"王皇后向上瞧着帐顶，开心地笑了，"阿媖啊，我这脑子，记东西倒清楚。吃了唐太医的方子，精神好多了。"

"母后，您少操心，外孙的前程有女儿和春元呢。"荣昌公主歉然。

"春元没和你一块儿来？"

"春元没品秩，不能进宫。"

王皇后就剩下对外孙们的牵挂，如今太子的位置稳了，由校亦高枕无忧。她紧握女儿的手，思绪犹是深沉的："春元那孩子，一言难尽啊。"

"是，女儿谨遵母亲教诲。五个儿子的教育，女儿没怠慢过，春元也没怠慢过。"荣昌公主说起驸马的好，莞尔一笑，"春元知道母后生病，以女儿的名义，在固安南关的千佛庵捐了一座千手千眼大佛，为母亲祈福。"

"固安的千佛庵灵验，我无缘前去参拜，驸马有心了。"王皇后恬适，"阿姨，见过你父皇了吗？"

"没呢，女儿直接来的坤宁宫，想母亲了。坤宁宫和女儿小时候大不同了。"

王皇后又伤情了："阿姨你嫁得早。去看看你父皇，他很想你。"

"女儿过去，母亲睡会儿。"荣昌公主出了坤宁宫，放心不下，问起了东宫的事情，"皇太子和他的妃妾不来侍疾吗？"

"皇后殿下不准人来侍疾。太子殿下韬光养晦，倒是皇长孙常来问安。"小祺随荣昌公主去前头的乾清宫。

"我的侄子由校是好孩子。东宫出了那么多事儿，就剩两个皇孙了。"荣昌公主走到交泰殿边，台基之上，向下面的西六宫望望，"这次回宫，我看见母后……宫中的日子不好过。母后始终忍让郑贵妃，郑氏还不知收敛。"

"公主关心太子殿下。"

"母后关心常洛。"

小祺推了门，常云在正殿候着荣昌公主，皇帝在等女儿。

常云领了公主进来，皇帝显出几许窘迫，从小他疼爱轩姨，叫了声"轩姨"。

公主见了父皇，替母亲流下两行泪水："父皇，母后她……父皇和太子弟弟不去瞧瞧母后。母后瘦极了，眼睛看不清了。"

皇帝指指自己肿大的脚，裸露在外面。他被女儿勾起了更深切的悲伤和对皇后的愧疚："朕愧对皇后。太子不去，着实不该。皇后真的不好吗？"

"母后精神不错,可是父皇您?儿臣不确定母后能不能痊愈。"荣昌公主咬了咬牙,解了帕子抓在手心,看来父皇的病也不轻,"儿臣……儿臣恳请父皇保重龙体。"公主与父皇谈论母后的病,皇帝觉出了女儿的怨怼。皇帝怪自己迁怒于杨驸马太久,轩嫘再回京城,皇后已是病笃。见女儿噙着泪水,皇帝掏出了御用的明黄色的帕子:"闺女,擦擦吧。"

"儿臣不敢。"

"朕亏欠了你们母女。"皇帝谛视女儿,"轩嫘生得像朕。"

"父皇素来只瞧得上常洵。"公主居然拿话刺了父皇,轻笑道,"父皇对儿臣另眼相待,儿臣谢过父皇赏赐儿臣小犬的官职。"

皇帝心痛,嘘出口气,想要求得女儿的谅解。他薄待了皇后,皇后的女儿岂能不怨?轩嫘说得对,自己不是个好父亲,常洵以外,只对轩嫘还好,赐了她一门配得上她的亲事。

"杨家是名门望族,杨春元不争气,赖他自己。春元和你的儿子是朕的外孙,朕自当器重他们。"

"母后怕儿臣的小犬担当重任,无功于社稷,母后希望儿臣的小犬上辽东前线建功,儿臣请求父皇允准。"荣昌公主传母后的意思,又掉泪了。

"皇后还惦记这个。"皇帝大为感动,"辽东的女真人凶蛮,日后有旁的机会,朕准朕的外孙上前线建功。辽东局势平稳,多亏了春元举荐,熊廷弼将辽阳、沈阳两座废城修整一新。轩嫘,朕足疾不便,你且在宫里住下,孝顺你母亲。"

公主满心牵挂母亲,一想起母亲的病容,她的心扯着痛:"多谢父皇。"

"你别伤心,皇后吉人自有天相。"皇帝宽慰女儿,他也不知道,唐太医说皇后的病不到危重的程度，治愈尚有几分可能。皇帝不便去看，不敢去看。他日日过问，太医院报的总是皇后殿下病势好转。新来的唐太医学会了太医院隐晦的招数，报喜不报忧。皇帝防着他们据实不报，每日遣常云去坤宁宫问候。

吃了唐太医新开的方子，王皇后的确精神见好。王皇后有女儿常伴左右，不平静的是郑贵妃。皇帝不见她了，和王皇后似的，不让人侍疾。郑贵妃比以往任何时候都忐忑。王才人死了，她的良机近在眼前，却抓不住。陛下不明说对她的不满，拐弯抹角捎搭她，愈使她忧心。郑贵妃挂念着陛下的龙体，皇帝不许她探望，怨她自己偷鸡不成蚀把米，酿成了王才人横死。西李怎么那么不小心，一掌推了王才人？王才人自然地病死，就没事了。

郑贵妃反过头盼着王皇后薨逝。她没时没晌地费思量，如何挽回陛下的心，求陛下继立自己为皇后。生生把自己逼出了病，郑贵妃犯了肝气。荣昌公主和太子见郑贵妃被父皇冷落了，全痛快了。

皇帝亦非有意避世，避着郑贵妃，他有足疾，行动不便，坐轿子都懒得动弹。皇帝正在喝清肝火的药，同是唐太医开的新方子。清肝火的药是最苦的，皇帝端起药碗，手打晃："常云，朕的手麻了。"

"陛下，太医说过，切忌动怒。奴才给您沏盏茶？"常云接了药碗，替陛下端着，喂陛下喝下两口。

皇帝喝了两口，推开药碗，嫌苦，顺手取颗糖渍梅子含着："朕这把年纪了，动什么怒？辽东都向好了。"

"陛下，辽东的问题会解决的。批红那一块儿，有李恩呢。陛下的病痛，朝臣们能理解您的。"

"但愿他们理解。"皇帝胸口还憋着怒气，大臣们以为他装病，威逼方从哲代他们上疏，求见天颜。方从哲尚有用，没有他，谁替朕应付底下的大臣？皇帝没心力换个趁手的首辅，或者说这世上压根儿不存在趁手的首辅。皇帝决心，缓上多半年，不去理会外朝，任他们威胁朕。朕足疾甚重，出不了门。

"常云，传辇轿，朕想去看看皇后。"

"好啊，陛下早该去看望皇后殿下。荣昌公主来请过您，陛下忙于辽事。"

皇帝犹然踌躇，他情怯而不敢见皇后。心知对不住她，没办法补偿，那种感觉复杂难言，愧疚使皇帝难以面对他的发妻。相伴了一辈子的夫妻，走过了四十三载，不曾用心相待，皇帝空怀遗恨。

常云鼓励陛下迈出这一步，他认为陛下待皇后殿下情深，而有误会难解。

"陛下，过去的让它过去吧。"常云给陛下取来大氅，殷勤道。

皇帝听来忽地感觉心上轻松一点，端起剩了大半碗的汤药一饮而尽："朕去瞧瞧皇后。"

常云给陛下戴上帽子，马鉴进来通禀："皇长孙和五皇孙到了。"

"太子韬晦，他的两个儿子孝顺。请进来。"皇帝哂笑，"常云，卢受报上来，太子多少天没出门？"

"回陛下，办完王才人的头七，太子殿下足不出户。"

皇帝忍俊不禁"一年多了，不晓得太子缩着干什么。他畏惧朕？"

常云垂手侍立，细想过方回话："祖训皇太子远离朝政，以读书为务。太子殿下勤学而专注。"

"他误过几年的功课，能够好学勤勉，不辍用功，愿他终生如此。"皇帝近年来方对太子怀了期待。他终了解了太子的长处，梃击案后恢复东宫讲学，太子无一日偷懒，补上落下的功课。常洛踏实、勤奋，是称职的皇太子。皇帝内心也以常洛比孝宗，常洛不及常洵聪明，但是他有望成为如孝宗的一代仁君，君臣共治，中兴大明。

皇帝想着太子，摘下帽子，由校来了。看见由校的笑脸，皇帝难安了。由校的笑容无忧无虑，一如他童年时，十六岁了仍像个天真的孩童。

朱由校一双水汪汪的眼睛，大人了，他的眼睛空洞了，比不上小时候机灵，活泼好动倒和小时候一样。

"由校请皇祖安。"朱由校草草见了礼，蹦蹦跳跳到外间去，带进个比他小比他矮得多的男孩。那男孩戴着顶大帽子，慢腾腾的。朱由校牵着他，带他到皇祖跟前来，让他行礼。男孩拜下，袍子过长，他磕绊了一下。朱由校给他撩起了袍角，站在他斜前方再拜了一次。

男孩子磕了头，不说话。皇帝问朱由校："他是你的五弟？"

朱由校笑容满面，回身拽他五弟向前蹭蹭："翁翁，他是五弟由检，父王和刘娘娘的儿子。"

皇帝挑了挑手指，让两兄弟起来，对由校严肃了："由校，你跟朕来。由检，你也来。"

皇帝留心瞧他哥俩儿，大哥一边走一边四处乱看，两眼闲不下来，左看右看，探出手摸摸一个摆瓶。小弟走得格外当心，盯着脚下的地，跟着的内侍怕他摔了，过门扶了把五皇孙。皇帝平添顾虑，皇长孙太活络，少他父王的耐性，功课误到了十六岁，不一定补得回来。他长大了坐不住，麻烦了。而五皇孙静得过分，不像十岁上下的孩子，不知他是迟钝，或是发扬了他父王的优点。皇帝后悔了，当早几年让他的两个皇孙读书，对他们严格约束。太子的俩儿子，没教育好。

"来，你们两个。"皇帝让他俩进寝殿，朱由检在襁褓中来过这里一次，他不会记得。

皇长孙的大伴儿，教读书的魏朝钦让两位皇孙按长幼次序坐了。

朱由校坐下，开始晃腿。朱由检一动不动。朱由校瞅见皇祖小几上摆的点心，要吃。皇帝准魏朝钦拿给他。朱由校吃起点心，顺手拿了一块给弟弟，朱由检接了，握在手上。朱由校自顾自地吃，喝了半碗茶水，向皇祖道谢。皇帝撑起一抹慈祥的笑，半天才开口："由校，你父王不关注你读书吗？"皇帝转而敛神："你父王他自顾不暇，怎有心思管你们两个？由校，等你名正言顺地读书了，把你的聪明用到功课上，学做个好皇帝。别贪玩儿，你是大人了，集中精神。由检规矩，让五弟做你的伴读。"

"谢谢翁翁，我喜欢五弟陪我。"由校频频点头，全没理解皇祖的深意。

皇帝越发失望，转向魏朝钦："你是教皇长孙读书的大伴儿。教过什么书？《四书》教完了吗？"宫中的内书堂教习典籍，只教《四书》，旁的经典宦官通常不会。皇长孙没开过讲，十六岁读好一部《四书》，程度算好的了。

魏朝钦面红耳赤，含混其词："教是教过。"

皇帝斥他："朕听闻你当年是内书堂考试的'状元'，《四书》教不好？"

皇帝动了气，拍桌子了，病中火气盛，小几上的茶盘震了三震。皇帝定睛注视朱由校，欲试试皇长孙的学问。当今的皇长孙，问到的《论语》，一句不通。五皇孙出人意料，背出了《孟子》"生于安乐，死于忧患"的那段。皇帝问他《孟子》中的"大丈夫"，朱由检一板一眼地答："富贵不能淫，贫贱不能移，威武不能屈。"再看皇长孙，五弟背书，他仿佛听不懂，手脚乱动。皇帝气闷，朱由校基础差不论，还好动。读书须有静气，有定力。

"由校，看你弟弟，心思多用到书本上。"

"是，翁翁。"由校答应着，张手管魏朝钦要茶喝。

魏朝钦颇为难堪，僵住了。陛下考察他们带大的皇长孙，是这样一种成果。幸好陛下表示了体谅："魏朝钦，你不是没用心教。要不由检念书，朗朗上口？"

皇帝明白，和由校多说，他目前懂不了。教育未来的皇太子，是由校父王的责任。太子拘于规制，不能给由校提供良好的教育。待到由校成为皇太子，请最有学问的名儒言传身教。但求由校莫重复了常洛的老路，由校十几岁有书读，好好地读。皇帝发愁他的皇孙，将由校交给皇太子，他放心，亦不放心。

朱由校和朱由检回去了，皇帝询问常云："他俩身边什么人侍候？"

"回陛下，皇长孙身边有大伴儿魏朝钦，还有照顾他生活的大伴儿魏进忠、乳母客氏。五皇孙身边是服侍李才人娘娘的都人和内侍。"

皇帝起身整理衣裳，准备往坤宁宫看皇后："皇长孙的乳母还在？"

"回陛下，客氏和魏朝钦结了对子。"常云赔笑，听王安说的，"客氏负责皇长孙的饮食起居。"

"朕看魏朝钦，奸诈之徒。"皇帝劈头盖脸，"朕的大伴儿冯保，那是个细作！"

"陛下息怒！"常云给陛下加一件披风保暖。

"宦官之中，少有好东西。这宫里头，除了陈矩的徒弟，没好样儿的。"

"陛下，您省点儿心，龙体要紧。皇长孙有太子殿下管教。"

皇帝心焦，不愿意戴帽子，扔给常云，常云仔细捧着。

"朕头疼，火大。走，看皇后去。"

烦起了别的事，反而冲淡了皇帝对皇后的愧悔。他越不舒服，服药调摄，心情越烦躁，想和皇后待待，不没事念念着郑贵妃了。

可是到了坤宁宫，见到病榻上久不谋面的皇后，他的喜姐张合着干燥的嘴唇，艰难地发出声音，问候陛下："恕臣妾不能起身，陛下安好。"

"皇后，喜姐，躺好不动。"皇帝按下皇后的肩，锁骨硌了他的手。皇帝掩面，坐倒在皇后床前的软椅上："喜姐，我来晚了。"

"皇后殿下知道陛下行动不便。"小祺鼻子发酸。

"皇后呀，我来晚了。六年前，母后薨逝，我就后悔了。"皇帝挨到皇后的手边趴下，老泪沾上她的手，"喜姐，你陪我最久，咱们有什么说不开的？"

皇帝的心跳加快，皇后病笃，他也受着头风、腹泻和足疾的折磨。他们这一对夫妻携手走到暮年，他是国朝在位最久的皇帝，她是有史以来在位最久的皇后。

小悦拉着小祺一同跪下："陛下，皇后殿下念着和陛下的情分。"

"我错了，喜姐，我错了。朕……如若我们有一个儿子，一切都不会发生了。"皇帝伏在床边，常云扶他，皇帝不肯起来。

王皇后用力说道："臣妾不计较。"

"朕明白了，小悦，去东宫请王安。"皇帝起猛了，犯晕，跌坐在软椅里。

小祺替皇后殿下道："陛下，当心龙体。"

皇帝挪近些，紧握皇后冰凉的手："你身子不成了，朕就不成了。"

王皇后躺着，一滴浑浊的泪凝在眼角。"姐姐，你的脸不圆了。"他想摸摸皇后的脸，触到削尖的下巴，皇帝缩回了手。

一 月 天 子

等来了王安，常云伺候陛下擦了把脸。皇帝不情愿见太子。召见王安，当着王皇后的面，算托付遗命了。

皇帝正要开口，依恋地瞧了瞧王皇后，眷恋夹着不舍，似征得她的同意。皇帝说一句，看上皇后一眼，皇后便眨眨眼。

"太子仁厚，读经知史，朕没什么好嘱咐的。朕苦了老百姓，太子与民休息。浙直就此弛禁，以浙直民间的财赋充福府。福府周边地区以外，轻徭薄赋。太子善待兄弟，教育皇子……"皇帝停下，常云伺候陛下喝水。皇帝等王皇后许可他命太子给常洵的优待，继续道："朕做了四十八年的皇帝，亲政三十八年，不外两件事：征矿税，争国本。太子不任性使气，和朝臣有合作的前提。用好大臣，太子以东林为太子党，方从哲亦不可罢。三党、东林，两派兼用，不得偏狭。"

王安受命，俯伏在陛下跟前，牢记陛下讲的每个字。他想快点儿回东宫，禀告太子殿下喜讯，陛下传命于太子殿下了，太子殿下可以静候履行父皇的遗训了。尽管陛下有可能再活十年，这次和万历三十年陛下闹病危的那次不同。皇帝对王安口传，等于面授太子殿下。太子殿下终于成为了板上钉钉的储君。

皇帝靠坐了半晌，马鉴端药入内。皇帝喝了药，苦得吐吐舌头，对皇后温情以待："喜姐，你坚持一会儿，朕还有几句交代太子。"

王皇后闭了闭眼："陛下说吧，您的话，臣妾转达给母后。"

皇帝悲从中来，转向俯伏着的王安。皇后的状态，很像母后临终前见他的最后一面，皇后的病该不会好了。

"你告诉太子，他朱常洛与国朝别的太子不同，与朕不同。他历经磨砺，心志刚强。他没受过朝政上实践的历练，能学，向大臣们学。大臣们是饱学之士，勿忘发挥大臣们各自的长处。世宗皇帝的祖训'二龙不相见',废了吧。太子登基后,抓紧对由校的教育,不许溺爱由校和由检。由校十六了,能够在东宫独立生活了。"皇帝瞧着王安,眸子冷浸浸的:"最后一件,国本既立,太子不用选秀了。中宫,就东李吧。"

王皇后用力点了下头,皇帝冲她笑,彼此心安了:"教宫人下去,咱俩待着。"

"陛下。"王皇后叫他,眼波粘在皇帝脸上。

皇帝由衷感激她:"喜姐,多谢你为我养育的太子。其实朕离不开你,始终离不开你。"

王皇后安然合眼:"臣妾先去,告知母后。"

"不急,朕也想念母后。"

皇帝静静地补偿皇后,静静相伴的日子只过了十几天。

万历四十八年四月初六,王皇后薨,年五十七。

第四十章

朕中宫皇后，配朕有年。芳声令德，中外仰闻。方膺遐算，倏尔仙逝。朕追思勤敏贤淑，恸悼无已。中宫乃圣母选择，朕之元配。见今侍朕，同居一宫，就少有过失，岂不体悉优容？中宫皇后侍奉勤敏，与朕同食息起居，不意因虚劳年久，服药不效，遽尔崩逝，朕心伤悼深切。

王皇后薨逝，五日后，皇帝悲恸过度，病倒了。皇太子主持母后的丧仪，尽人子的孝道。方从哲协理，尽人臣的忠道。

大行皇后为皇帝的原配，赞襄宫闱，垂范天下四十三载，她的丧仪规格至高。郑贵妃等皇帝的妃嫔，在大行皇后的丧仪上，谨执妾妃之礼。皇太子有主事的才干，他主理的丧仪极尽哀荣。毋用过问陛下和郑贵妃，东宫的王安配合司礼监，丧仪办得像模像样。太子嘱咐了方首辅，勿打扰父皇静养，勿进宫求见。

四月十一，方首辅率朝中重臣到思善门，为大行皇后哭灵。礼毕后，方从哲独自到仁德门恭请圣安，请值守仁德门的文书官传达他面圣的请求。方从哲并非故意违背太子殿下的令旨，他下面的大臣总要他面圣，知晓了陛下真实的病情，臣工们好做打算。文书官进乾清宫通禀，回来传陛下口谕，召方从哲进弘德殿。

皇帝病重，弘德殿的陈设一如往常，没挂上厚重的帷幔，御案上一本奏疏没了。陛下这样，遇事不能批示，不能亲裁，臣工盲目地等待。陛下卧病，朝廷势必难运转下去。方从哲看见御案就明了了，不怪同僚们发牢骚，陛下起身都困难了。

常云和马鉴引方首辅到龙床边，皇帝侧身卧着，后背冲外。方从哲跪拜了，代表众臣向陛下致意："臣方从哲叩见陛下。请陛下谅解，圣躬违和，外间不得尽知。且值皇后殿下薨逝，圣心哀悼。臣闻御医传示，不胜惊惧。望陛下宽解圣怀，善加调摄，以慰中外臣民之望。"方从哲叩下首去。

皇帝背身，嗓音粗哑："朕知道了。国家多事，朕卧病，劳方首辅尽心辅佐。"

方从哲回话非常沉稳，摘下官帽，搁在地上："臣蒙皇恩，倘可报效，臣定当尽力。"

皇帝"嗯"了两声，方从哲另奏一事："回禀陛下，礼部侍郎孙如游谏言，礼部与内织染局合计，宫内举丧，遍以白色覆盖，妨碍了陛下养病。内宫的孝布、孝幔不妨撤掉一半？"

皇帝低沉沉道："无心肝。"

常云在旁，甩了下宽袖："陛下哀恸，孝布、孝幔按制悬挂。"

方从哲急声："孙侍郎考虑不周。"

"不通人情。"皇帝捂上心口，想坐起来，"这点儿小事，报给太子。"

方从哲听见陛下的喘息声，忙认错，生怕惹陛下动气："是，臣失当。"

皇帝的脾气近几年愈发易怒、暴躁。常云欲帮陛下起身，皇帝拒绝了，仍冲里躺着，碰了下枕边放的大行皇后大婚时戴的九龙四凤冠。大行皇后下葬，穿的是皇后的礼服，翟衣，玉带，戴九龙九凤冠。皇帝想留下这顶有特殊意义的九龙四凤冠，带进自己的棺材，留了几日，还是将凤冠还给大行皇后："明日大殓，把它放进皇后椁中。皇后不喜热闹，大殓后，挪皇后的梓宫去煤山停放。"

"皇后殿下千古。"方从哲大放悲声。

皇帝放平了声气，说起了自己的病："让皇后在煤山等着朕，朕就来。朕自去年三月以来，时常动火，头晕目眩。五月后中了暑湿，脾胃不调，数次呕吐，至今不时泻痢，身体软弱，下部肿痛难坐。朕又湿痰流注右足，动履不利。每日文书，朕拣紧要的看了，神思恍惚，眼目昏花，难以细阅。"

陛下说他下部肿痛，平躺都难，何况坐起来处理朝政？

皇帝转了身，脸冲着方从哲，昂起头，把胳膊伸出来，让方首辅看他的小臂："你看朕容。"

方从哲膝行近前，看了陛下骨节粗大的手腕，顿时涌出了泪，酸涩极了。陛下本是个富态的体型，如今消瘦得厉害，同僚们太难为陛下了。方从哲发自真心地劝慰陛下，扬起了挂了泪痕的脸："陛下加意调摄，自然万安。辽东的情形稍安，又值大行皇后丧仪，内阁唯臣一人，实难支持。臣请陛下将臣与吏部点选的史继偕、沈㴶补入内阁。"

皇帝听了朝政，晕头转向地闭上了眼："嗯，辽东有熊廷弼。补任阁臣的事，朕批了，不晓得放在哪儿了。"

方从哲紧叮道:"补任阁臣乃今第一要务,陛下。"

"等朕好点儿。"皇帝的声音轻了,他累了。

方从哲该退下了,他惴惴着地提了朝臣的第二个要求:"今大僚科道缺乏至极,当此多事之秋,请陛下即赐补用。"

常云给陛下盖好了被子,客客气气地请方首辅走:"方首辅,陛下撑不住了。"

皇帝口中犹喃喃道:"朕知道了。"

方从哲亦不忍,陛下需要休息,他叩了头:"臣告退。"

常云目示马鉴,送方首辅出去。方从哲回去,将陛下的病情告知了同僚。陛下真的病重,没办法的事情。群臣能做的,唯有祈祷陛下早日康复,再有便是督促太医院尽心。

唐太医和葛太医给陛下诊治,用了几万个小心。太医诊断,陛下的病是积年的头风引起的。自万历四十七年起,皇帝大急、大悲,去年辽东大败,今年皇后殿下薨逝。陛下少敞开心怀,五内郁结。皇帝体质火旺,脾气暴躁,加之情绪失调,邪毒侵体。为今之计,祛除陛下体内的斜毒,多用牛黄、白芷、川芎、地黄,使血气归经。

两位太医来东宫禀报,太子认真地听:"孤懂的,父皇的病忌讳情绪的大起大落,有劳二位大人了。王安,送送二位大人。"

"臣等告退。"唐太医和葛太医给陛下主治,暂住在离乾清宫最近的庑房,日夜守候。

合上了殿门,进了书房,皇太子朱常洛松弛了些。父皇病笃,来往东宫的人不绝如缕,太子相反不习惯了。叶先生的书信中,以《易·乾卦》教他,说太子殿下是一条潜龙,深潜在渊。沉潜越深,来日方能飞龙在天。太子听叶先生的,专注自保,父皇没吩咐的,他一概不闻、不看。方从哲率吏部尚书周嘉谟、左都御史张问达来过东宫，奏请皇太子监国。太子把朝臣统统挡在门外，他畏葸惯了，熬到了三十八岁，胜利来得依旧像从天而降的巨大惊喜。

太子令刘庭跟他进的书房，关上了门，靠在门上："你说，父皇真不好了？"

"千真万确。方首辅去看过了。"

"孤不是在做梦？"太子指向满架子的藏书，心潮起伏，"孤读书读得脑仁儿疼。不，孤还不能出去，孤务必稳住。教王安闭门，谢绝一切来客。"

刘庭全然不解："陛下病笃，太子殿下不监国？常言道，国不可一日无君。"

"父皇三十年不上朝，朝廷照样运转。"太子拉了刘庭同坐，直勾勾盯着他，"父皇病笃了，孤就差半步。你想啊，母后薨逝，中宫空悬。父皇如想起来什么，立郑贵妃为继后，朱常洵成了嫡子。"

"殿下您担心这个？"刘庭困惑了，觉着太子殿下多虑，"陛下待大行皇后的深情，有目共睹。陛下不会想起立继后。陛下是当着大行皇后对王安大珰授的命。"

"母后在与不在，大不一样！"太子现在的每个念头都是紧绷的。父皇病笃，他激动了一瞬，即拿出了枕戈待旦的姿态。"不到孤坐上龙椅……母后薨逝，孤更加危险。父皇动了立继后的念头，麻烦了。"太子絮絮叨叨，"潜龙在渊，飞龙在天。刘庭你记住，你和王安做了内廷的大珰，只能信任叶先生。"

"方首辅请太子殿下监国，他没理由害殿下，殿下应为礼稷考虑。"

"再说，再说，孤不贪一时。"太子打定主意，闭门到父皇驾崩的一日，他在既亢奋又胆怯的情绪当中愈陷愈深，"刘庭呀，孤也难熬。孤的兄弟们全盼望着父皇多看看他们，可孤最怕父皇记起有孤这号人。孤当了十九年的太子，从不招摇，甚至不敢走在阳光下。孤的母亲和孤蒙冤、被害，孤不可以伸冤。孤熬到了年近不惑，决不能功亏一篑。"

刘庭俯下身子，替太子殿下难受。他想起自己被郑贵妃的人逮了个正着，罚去浣衣局做苦役。他服侍了太子殿下十年，仅仅十年，太子殿下暗无天日地过了十九年，前面更有十九年的皇长子的时光。太子殿下的苦楚令刘庭升起了一股加倍的忠诚，他情不自禁地说了犯上的话："太子殿下，奴才和王安大珰陪您，快熬到头儿了。"

太子从椅子上站起，在书房里转转。他回首见四壁收藏的书籍，堆放得满满当当，太子感到了骄傲，目光闪亮。"你瞧，孤读书好，圣人、先贤的教诲保着孤挺到了今日。由校他是幸运的，脚边没趴个虎视眈眈的对手。"太子忽而念起，低声吩咐刘庭，"去，解了西李的禁足。她与郑贵妃来往密切，到她派上用场了。"

"是，太子殿下。"刘庭的心悬上去了，西李娘娘是害死王娘娘的凶手，太子殿下放她出来了？

"郑贵妃是孤最大的拦路虎，以保万全……"

刘庭仔细着去承华宫，因为西李迫害王才人致死，难平众愤，太子殿下令他偷偷地放了西李娘娘。刘庭去的路上，经过奉宸宫，王安立在回廊下，抄着手。刘庭上去，打了个千儿："王大珰好。"

"刘庭，行色匆匆，上哪儿去？"

"王大珰，奴才去承华宫。"刘庭心里打鼓，看王大珰的样子，他或许晓得太子殿下教他干什么。太子殿下的事，王大珰都知道。

"太子殿下解了西李娘娘禁足，我跟你一块儿去。"王安笑了。

刘庭露了窘态。王安阴阳怪气道："刘庭呀，我无意抢太子殿下给你的差事。陛下到了这个状况，咱俩帮太子殿下做事，得分个主次。"

"王大珰，奴才资历浅。"

王安抱着手在胸前，讪笑道："你没上过内书堂。咱们常在太子殿下跟前，分了主次，好共事。"

他理了理刘庭竖起的衣领。刘庭没上过内书堂，不好升为大珰，小火者穿的贴裹用不得平领。刘庭退后半步，手指碰到了腰间的木牌。他懂得王大珰的意思，自己算不上太子殿下的伴儿，日后他进不去司礼监。刘庭低眉："王大珰，奴才肚子里没墨水。您读过书，大臣们看得起您，看不起奴才。奴才只愿侍奉太子殿下左右。"

"你性子软，日后在御前多多历练。你成熟了，你是我兄弟，我自会提拔你进东厂，咱俩接着共事。"王安森冷的目光射向刘庭的眼眸。

刘庭下意识抹了把脑门，"御前""新君"之类的字眼令他胆寒。

"陛下的脉案日日传到东宫。陛下下不了床，神志不清。即使陛下能痊愈，最少得养上三两年。"王安迈步，朝后一招手，招呼刘庭同去承华宫，"这你就不明白了。我跟你实话实说，都是内阁的意思，助太子殿下登基，陛下不行了。"

刘庭傻了，脉案上没说陛下不行了，方首辅比太医通医术？

"二十四衙门和尚宫局仍由郑娘娘把持。"刘庭唯唯诺诺。

"你说对了，不接掌内廷，谈何开立新朝？拥立新君何尝不需司礼监、东厂的助力？陛下不会明言，不立郑娘娘为继后，郑娘娘不会撒手。"

刘庭才搭上了王大珰和太子殿下的脉，懂了为什么这时候放了西李娘娘。太子殿下教西李娘娘替他串联内宫，串联郑娘娘，拉内廷重要的衙门到东宫这边。问题是，西李娘娘就有办法教郑娘娘死心？他和王大珰唯有传话的份儿，看西李娘娘的。抑或单他刘庭不通个中关窍，王大珰是将来的"内相"，他和方首辅通关窍，足够。

刘庭边走边发着呆："奴才听王大珰的就是。其实……奴才弄不懂，方首辅是叶先生的对头，他为什么？"

"何人不支持太子殿下，支持福王殿下？要我说，朝臣是今上的对头。他们是分成了三党和东林党，共同点却多于不同点。"王安欲指点刘庭。刘庭如扶不起来，以后他王安在内廷和外朝，与东林呼应，光他一人势弱了。太子殿下的处境素来险恶，王安随之审慎，从未在内廷安插过亲信。快要功成的时候，才发现内廷无人的弊端，王安遂与刘庭掰开了："陛下对太子殿下的储位，不可能动摇了。我忧的是郑娘娘的势力盘根错节，内廷顶了朝廷的半边。"

"还得依靠西李娘娘。"二人终默契了。

说到西李娘娘，隐患是明显的。太子殿下和王安都怕西李自私，滑到郑娘娘的阵营去。所以，太子殿下不会立西李娘娘为将来的皇后，但必须厚待她。太子殿下的妃妾之中，在这新旧更替的时分，必得有个强悍的人物，助太子殿下一臂之力，赶郑贵妃和她的爪牙去西宫养老。

忧虑郑娘娘的有太子，更有病榻上的皇帝。送了大行皇后的灵柩出宫，皇帝见了郑贵妃，单独召见。

这一见，郑贵妃的泪如小河流淌。皇帝侧躺着，囫囵着道："朕不忍心劳烦你了，皇后的丧仪，劳累了你。"

皇帝的意思，他心疼阿芳辛苦。

"陛下您变了，您晾了臣妾那么久。"郑贵妃不管不顾，想把陛下翻个身。

常云挡下郑娘娘"陛下不能平躺。郑娘娘息怒，陛下请您来侍疾，只请了您。"

郑贵妃放肆，哭个痛快。大行皇后薨逝，陛下突然病笃，使她猝不及防。陛下生病的这几年，始终是她伺候陛下治病，吃药。她不想继后不继后的了，陛下好了，她当继后才有意义。陛下病笃，太子监国，她做继后，只会受气，不如清清静静的省心。

"陛下，把话和臣妾说明白了。王才人的事儿，臣妾不是故意的。"郑贵妃有自知之明，陛下恼她什么。

"朕伤心皇后的死，也想你。"皇帝左半边的身子僵着，阿芳推他，他没感觉。

郑贵妃愤而扭身："臣妾把阿洵叫回来，伺候父皇。"

皇帝目示常云，常云跪到郑娘娘身前："陛下有旨，请郑娘娘别再添乱。陛下已将天下托付于太子殿下。"

"陛下您误会了，您不想念阿洵？"郑贵妃扑倒在皇帝手边，大哭不止，"臣妾想见见臣妾的儿子，您让臣妾怎么办？"

皇帝抬起右胳膊，碰碰郑贵妃头发，嘴里哼哼唧唧。

常云冒大不韪，触下郑娘娘肩膀："郑娘娘，陛下说了，太子殿下会给您想要的一切。"

郑贵妃撅了嘴："这个时候了，臣妾还计较那些？"

"朕也想阿洵，祖制……适时，传阿洵回京……奔丧。"皇帝断续道。

郑贵妃抽泣着："自从阿洵离京就藩，陛下与阿洵不复相见了。陛下，您好起来，等着阿洵回来。"

祖制不可违，皇帝的心也痛，他哭了。

常云看不下去了，忙劝："陛下，请福王殿下回来吧。"

皇帝不置可否："朕累了。"

郑贵妃陪了陛下大半日，陛下睡熟了，她从乾清宫出来。周尚宫和姜严带着启祥宫的宫人在门口等她。

周尚宫迎上来问："郑娘娘，陛下答应了福王殿下回京侍疾？"

"不知道。"郑贵妃从没有这般颓唐过。算了，这一天她早想到了，常洵回不了京城。十九年了，朱常洛的太子当了十九年了，她挑不出他的错处。"陛下令常云对本宫讲，太子会给本宫想要的一切。"她抚上自己保养得宜的面颊，"你们不觉得太子人很好吗？陛下是眷顾我的。本宫的常洵不比太子差。"

"娘娘，何妨冒险一试？郑家……"姜严道。

郑贵妃瓮声瓮气："本宫一没权，二没兵。皇帝把嫡公主嫁给了武将世家，嫡公主的儿子们进了五军都督府。"

姜严的心随着凉了，服侍郑娘娘的奴才不甘心陪她去养老。现下没人想起为了郑娘娘丢掉性命的庞保、刘成。

周尚宫道："看来陛下早有此意，陛下为太子殿下铺平了道路。"

"陛下考察了朱常洛三十八年。"郑贵妃的指甲掐进了肉里，疼了，振奋了，"阿洵回不来，本宫也不能输。"

"太子殿下仁孝，陛下不会置郑娘娘于不顾。"周尚宫道。

"本宫不愿接受朱常洛的施舍！本宫有西李，西李有由校，由校是国本。"郑贵妃破愁为笑，"假若朱常洛奉父皇遗命尊本宫为皇太后，本宫排到王恭妃前头去了。先册封本宫，再追封王恭妃，本宫是先皇封的。"

"王娘娘和郑娘娘您有过节，太子殿下记仇的话？"姜严疑虑。

"姜严，走一步看一步吧。陛下若痊愈了，本宫不当继后也罢。"

姜严打了个激灵，才想起庞保、刘成，陛下痊愈，郑娘娘又要把谁推出去？

一 月 天 子

郑贵妃马上解了姜严的困:"本宫得帮帮陛下,让陛下舒心,传李恩、李浚来启祥宫。"

周尚宫会心一笑:"郑娘娘想把司礼监给王安腾出来?"

"本宫的态度从来和陛下是一致的。"郑贵妃望望天色,大步向前,"你俩别忘记了,本宫在东宫的布置。"

"西李娘娘靠得住吗?"周尚宫怀疑。

"跟着本宫,西李才能得到她想要的。只有皇长孙,没有后位,对西李是个空壳子罢了。"郑贵妃是从陛下口中知悉的如今的情势,陛下病笃,她心系陛下,来不及做出什么行动。倘若她将来不认输,启动在东宫安插的西李,共谋皇孙。

"郑娘娘英明,西李娘娘解禁,过不了几天,她会来拜见娘娘。"

郑贵妃脑中浮现出陛下的样子,双眼哭得干干的,默念道:"陛下,您别怪臣妾心狠。臣妾没害您的皇太子、您的皇长孙。常洵是没指望了,臣妾靠自己了。"

那天,李恩、李浚见过郑娘娘,递了辞呈。李恩改任直殿监掌印太监,李浚改任司苑局掌印太监。二位大珰再碰面,各自调了职务,不再是内廷的一二号人物,内侍见到他们不用避让了。他们依旧是一方衙门的长官,但是此掌印非彼掌印,下一步即告老出宫了。

郑贵妃指示李恩、李浚辞官,明眼人得到了一个讯号,陛下将不久于人世。东厂的卢受是陛下的人,郑贵妃调不开,也就是说陛下晏驾前,甚至太子殿下采取雷霆手段前,郑贵妃将控制着朝廷的特务机构。东林复兴还要吃些苦头。

李恩、李浚在长街上碰面了,领着新的司员,彼此拜过,少不了恭维加奚落一番。李恩久掌司礼监,登高跌重,跌进执掌大殿清扫的直殿监,丢了面子。

李浚自己也惨，损李恩愈不留情，耷拉下嘴角："恩兄，宦海沉浮，老弟哪儿跟您老人家比。老弟我从东厂提督降格做了您的副手，又贬去运送蔬菜瓜果。老弟见了您，愧不敢当，告老算了。"

"呵呵。"李恩连声冷笑，"你舍得拿偌大的内廷拱手让给王安？"

"我一管蔬菜瓜果的。"

"不，不，浚兄你还是太顺利。掌供给的八局，我干过五局，方进了司礼监。针工局，我都蹲了三年。"说起个人的发迹史，李恩相当自豪，"我比不得你，郑娘娘的近侍出身。你干了多年近身伺候的活儿，陛下都嫌你女里女气。"

"你！"李浚翘起了兰花指，"我文采好，司礼监有目共见。"

"得嘞，浚兄，我向你赔罪。"李恩拉过李浚到苍震门边密语，"不扯闲篇儿，太子殿下密诏叶向高回京，你晓得不？"

"有这等子事？"李浚咋舌。

李恩绷着脸："叶向高回朝，王安要接司礼监，刘庭接了东厂，咱俩咋办？"

"刘庭接东厂，会吗？"李浚自问自答，"会，卢受的位子不稳。你是卢受的师兄，甭说刘庭，若是王安兼掌了司礼监和东厂，够咱哥儿俩喝一壶的。"

"你知道就好。"李恩心灰意懒，"咱哥儿俩是人家砧板上的鱼肉了。"

第四十一章

李恩反过来挤兑李浚:"你以前管的东厂算个球,就替郑娘娘欺负欺负太子殿下,前几天我司礼监的批红还管用呢。"

李浚委屈了:"说回来恩兄又恶心我。"

"王安是东宫的伴读起家,他和咱哥儿俩不同。"

"那刘庭呢?"

"刘庭和你我一样,是狗奴才。"

"咱俩不是,咱上过内书堂。"李浚狡黠地笑了,"可是你恩兄内书堂结业,跑最没出息的浣衣局写字去了。"

"再损我,好差事没你的。"李恩一努嘴。

"你说,你说,恩兄。"李浚猴儿急。

"陛下爱好金器,卢受说东厂卸了件差事给银作局、内官监,挑选一批陛下日用的金器陪葬定陵,这就备好了装箱。你想啊,寻常的冥器都是玉器,金器刮个损耗啥的,油水大了。"李恩严肃,"卢受要调我去内官监，我推荐你调银作局。咱告了老，日子得往下过不是？"

李浚两眼放光："老弟谢恩兄了。"他正愁司苑局的蔬菜瓜果没油水捞。

李恩示意他凑过来："你记着，郑娘娘不让咱哥儿俩告老，留咱俩还有用处。甭管咱俩到哪个衙门，给郑娘娘警醒着。"

"卢受送咱俩这笔进项，定是郑娘娘从中回护。"李浚脱口道。

"你心里清楚就好。玉器那块，你盯着点儿。"

"这么说，陛下快不行了？"李浚以探询的眼光看向李恩。

"没有，没有，大行皇后的随葬，咱们也得备着不成？走了啊。"

李恩和李浚往南、往北两个方向去了。李恩、李浚闲了，姜严、崔文升忙着。特别是崔文升，皇后薨逝，皇帝重病，自打他调任，忙得脚不沾地。他的御药房不属于二十四衙门，他可是现下最忙的大珰，管着陛下入口的药。郑贵妃却令他撂下本职，回东宫探探西李的底。

崔文升人还没到东宫，西李当晚就来了启祥宫。

"妾李氏请郑母妃安。"西李主动带来了刘庭，给郑娘娘引见，"这是太子殿下跟前的刘公公。"

"奴才刘庭……"

"免礼，刘公公，本宫认识你，故人来了。"郑贵妃口气不善。

"奴才不敢。"刘庭跪下，免冠叩了个头："奴才刘庭请郑娘娘安。"

"本宫的李恩、李浚被调离，太子殿下派你来感谢本宫的？"

"太子殿下遣奴才给郑娘娘请安。"刘庭道。

刘庭回话，西李瑟索，关了她一年半，关怕了她。她解禁后，太子殿下偶尔去看她，比起怀了身孕的冯选侍、邵淑女，太子殿下陪她的时间长。但是，太子殿下待她不如以往，她觉得出。她现在很听太子殿下的话，太子殿下令她带刘庭去启祥宫，求见郑娘娘，她立马照做。当着刘庭，西李多半个字不敢对郑娘娘诉说，忍受着双方对她的疑忌。西李感觉自己是这宫里头眼下最难过的一位，太子殿下拿她当工具，让东李后来居上。弄死了王才人，上来个李才人，由校成了她西李的养子，而皇后之位离她越来越远。她见了郑娘娘，委屈得想哭，只想问问，陛下有没有说过，立东李为新朝的皇后。刘庭用余光看她，无时无刻不提醒她，太子殿下所言"你不安分，将来的后宫没你的位置"。

郑娘娘的神色含了一股子悲凉："许久不见，燕丽你清瘦了。"

"妾大病初愈。"西李带了哭音。

刘庭催促："二位娘娘谈心，奴才暂到偏殿候着。"

郑贵妃知道，刘庭带太子的话来。陛下病笃，太子的位置稳了，刘庭来启祥宫耀武扬威了。

"燕丽，坐吧。"郑贵妃正了正衣襟，坐端正了，"太子的话，你讲。"

西李垂眸，道了福："妾告退。"

郑贵妃豁地一笑："燕丽，你坐下听听。刘庭，太子莫疑心，她是无辜的。王才人的死，纯属意外。"

"郑娘娘，东宫那疙瘩事儿，旁人不了解，您还不了解？"刘庭平视郑娘娘，煞有深意地一笑。

"哟，口气不小。"西李斜了眼梢，"刘庭呀，浣衣局的日子不好过。你都敢找郑娘娘兴师问罪了？"

"二位娘娘，奴才不敢冒犯，奴才进浣衣局那档子是奴才罪有应得。"刘庭神态自若，口齿伶俐，"太子殿下托奴才给郑娘娘带句话儿，郑娘娘肯暂时放弃后位，太子殿下甘愿承诺郑娘娘所有不过分的要求。"

"不过分的要求，比如什么？"郑贵妃扫了西李一眼，让她先住声。

"比如皇太后的名分，郑娘娘百年后与陛下合葬定陵，比如福王殿下的封赏。"

"太子慷慨，等到太子登基，再给本宫皇太后之位，常洵是嫡子也没用了。"郑娘娘挑眉，冷言冷语，"太子的算盘打得精明。本宫请问刘公公，本宫不是嗣皇帝的生母，朝臣他如何摆平？"

"郑娘娘得陛下钟爱，怕陛下不赏一道圣旨？叶先生一朝回朝，头一个助郑娘娘达成心愿。"

"太子好啊，张口闭口本宫的心愿，本宫何曾盼着陛下遭遇不测？"郑贵妃惘然，"还有方从哲，陛下非常钦赏方首辅，太子这么快要抛了他？"

"郑娘娘，您以为方首辅和您、和陛下同心？"刘庭反问。

"本宫懂了，太子认准了，陛下活不长了。"

"郑娘娘，太子殿下全为防微杜渐，您不必臆测。"刘庭学着太子殿下教他的新词儿。

太子亮出锋芒，郑贵妃接招了，太子欲让她做个有名无实的皇太后。太子不可能像陛下奉养孝定皇后那样奉养她，更不可能认她是养母。郑贵妃感到了危机，提心吊胆而无从言说，她言语上继而逼人："本宫让出了司礼监，太子该明了本宫的意思。太子不可不孝。"

郑贵妃语带双关，刘庭惭然，论说陛下的身后事，确实不合适。

"太子殿下讲，郑娘娘到了颐养天年的岁数。您忙了二三十年了，太子殿下孝顺您,请您享清福。"

"哼,本宫哪有皇后姐姐的福气,本宫得伺候陛下。"郑贵妃瞅瞅西李,"刘庭,你坐吧。本宫和燕丽聊聊,你一五一十地记下,回去学给太子,省得太子疑心。"

"郑娘娘说哪儿的话?"刘庭挠挠头,局促地坐了。好在郑娘娘和西李娘娘聊不出大事儿,家长里短的,刘庭便不记了。

郑娘娘送了客,刘庭随西李娘娘回东宫。太子殿下令刘庭严加防范西李,刘庭不敢松懈,候到承华宫的烛火熄了,去跟太子殿下复命。

走了一趟启祥宫,西李回宫躺在床上辗转反侧。她看出来了,郑贵妃想监视她,太子殿下已经在监视她了。禁足的时日里,西李想通了,她务必回归郑娘娘的阵营。郑娘娘派人来监视,是帮助她。太子殿下对她千防万防,刘庭阴魂不散。西李选择当郑娘娘作筹码,低估了太子殿下派来的刘庭。

几日过后,郑贵妃派了崔文升回承华宫,他会看病,教他给西李诊平安脉,伺候上几日。郑娘娘就交了崔文升一个任务,帮她和西李娘娘说上话,避开刘庭。崔文升刚到承华宫,刘庭找着了他。刘庭这一找他,崔文升没胆子待了,抓紧收拾包袱回御药房,向西李娘娘辞行。

"奴才没办法呀,太子殿下疑心颇重。"崔文升解释。

"不怪太子殿下,太子殿下生怕我坏他的大计,怕我和郑娘娘谋皇孙。"西李从床上坐起,道,"文升,我为什么当不得皇后?我最得宠,生过一儿一女!"

"恕奴才直言,王才人娘娘的事,您莽撞了。"崔文升怀着期望,"都过去了。"

"怪我推了她？她本来就病得要死。"西李急得直扯头发，被刘庭盯着的滋味真是快疯了。

崔文升道："李娘娘莫灰心，东李娘娘胜在默默无闻，东李娘娘绝无才干治理得了将来的六宫。奴才回御药房，想办法让您见到郑娘娘，从长计议。"

"拜托你了。"西李如释重负，"你也保重。"

崔文升回去，果真想到了办法，调了两名御药房的小火者，往内宫送药，换了西李出东宫，扮成小火者随太医进了启祥宫。

太医问了平安脉，退下，留下个做小火者打扮的，两眼哭得像桃儿似的女人。

"燕丽，你哭什么？太子啥人，你不知道？倒是本宫，陛下病笃，本宫背过人掉了多少泪珠子。"郑贵妃颇为自伤。

"郑母妃您早说过，妾追随您有风险。妾暴露在东宫，夹在当中，妾活该。唯有郑母妃能助妾脱离困境。"西李双拳紧握。

"燕丽，你比旁人强，强在坦诚。眼下，你安分些吧，学学东李。"郑贵妃坐在宝座上懒懒的，扬了扬下巴，教西李摘了小火者的帽子。郑贵妃给陛下侍疾，累坏了她。"本宫不想再操劳了，燕丽，你得长进啊。"

西李被教训了，满腹的抱怨，直来直去地说："郑母妃，您也想当皇太后。妾的儿子夭折了，妾孤立无援，您能理解妾的心情。"

"说什么呢，皇长孙是你的养子，等于是你的儿子。"

西李问："郑母妃还要妾抓牢了皇长孙？"

"我们费了那么大劲儿除掉了王才人，终有这一步的用处。"郑贵妃不加掩饰，"少安毋躁，你有胜算。倘若太子十四五岁时，本宫收了他做养子，他生母没了，本宫封皇太后有了道理。至少，太子和本宫不至于生分至此。"

"朱由校和他母亲的情分没多深厚。"

"只消朱由校在你那儿老老实实的,本宫凭过来人的经验,太子看重朱由校这个儿子,不会抬举东李越过了你。太子不想让东李养朱由检了,要把朱由检送去钟粹宫,给周端妃抚养。你也老老实实的,太子教你做什么,你做什么,挽回太子的心。"郑贵妃没闲心陪西李扯,西李心气尚足,她安心了。夕阳西下,初夏散着热气的余晖洒进窗棂,郑贵妃该去乾清宫服侍陛下喝药了。她站起来,揩了揩眼角:"你别伤心了,夫君的心意最重要。你有心眼儿,帮东李料理东宫的琐事。司礼监空虚,本宫忙于侍疾,你多做实事。本宫腾出司礼监,给你机会呢。"

西李干巴巴地笑,起身恭送:"多谢郑母妃,妾明白了,多为太子殿下分担。"

"算你通透。"郑贵妃捶了捶酸痛的腰,西李识趣儿,上来扶住了郑母妃,对上她疲惫却明亮的眼光。西李多想探知郑娘娘长盛不衰的秘密。陛下心目中家重于朝,太子殿下则像个谜团。禁足后,西李常常感叹,郑娘娘无愧是后宫中最成功的女人,她、王才人、恭靖太子妃都走不进夫君的心。太子殿下的眼神从来坚定,坚定地看向前方。他可以在他喜欢的女人那里停靠、休憩,但他的心里没装下过哪个。或者说,太子殿下的心很大,大到装得下整个天下。

万历四十八年五月初九,端午节的五毒香包犹配在腰间。五月上旬,暑热已至,半月余不下雨了,毒辣的阳光快把紫禁城烤干了。

皇帝的半边身子不能动弹了。唐太医说,今年热得邪乎,对病笃的陛下愈添一重磋磨。朝中人心浮动,懂医理的都知道,身染邪毒的病人最忌炎热。陛下体热,因而畏热,体内的邪气忌讳受风。

郑娘娘和唐太医、葛太医磨叨了几日用冰不用冰，弘德殿的窗子只开了一条小缝。郑贵妃担心陛下痛苦，可陛下的病症怎受得了冰的凉气？

陛下的病势日渐危重，朝中开始流言纷纷，言说陛下病势不妙。兵部尚书黄嘉善，一个与世无争的人，亦来了内阁找方首辅聊天。

方首辅眯着眼："你哪拨的人都不是，紧张啥？辽东打败仗，陛下没怪你。"

"陛下竟然下了道谕旨，召回几个东林党。"

"嗨，这个呀。陛下没生病时就提过辛亥京察有失公允，前几日召回了几个上次京察遭罢免的东林。不关你的事啊！是不是心上乱，干不下去了？"

"方首辅，仆有种预感，老做噩梦，要出大事儿了。"几场噩梦搞得黄嘉善神神叨叨，"仆光会干活儿，求方首辅护我一程。"

"是，是，现在没几个人干得进去活儿。不过没必要多心，陛下岁数大了，病也病了几年了。"方从哲捋捋胡须，"惟尚，要仆说，亏你明理，你想傍个靠山，要不早，要不待到形势明朗了。惟尚官声出众，你好生与熊廷弼合作，他在辽东干出了成绩，陛下一高兴，你就稳了。"

黄嘉善为官近五十载，犹保有几分憨直："不如仆去辽东。仆的籍贯在山东即墨，鲁党和浙党、楚党是一致的。"黄嘉善属投笔从戎的武将，打过仗的，立足于党争之外，然而朝中党争炽烈，同僚们默认他属于三党。他想加入三党了，碰上陛下病重的大动荡，忙不迭跑来内阁与方首辅亲近。

"你年逾古稀，生过大病，兵部的主官才是你的位子。你熬上两三年，熬到新君登基，朝局平稳了，你再荣休，全了你黄惟尚的始终。"方从哲亦焦灼，比起黄嘉善，他更害怕东林回朝，党同伐异。黄嘉善好歹有实打实的军功傍身。辛亥京察，三党的吏部尚书郑继之做得太过，不出四年，陛下召回了当年遭罢官的几位东林，风水轮流转了。黄惟尚还傻乎乎的，往三党这头儿凑。

方从哲慎重地问："你看六部具体有何异动？"

"唉呀，朝廷谁坐得稳？京城的名医被他们请遍了，询问陛下的病，跑棋盘街搜罗医书，玩忽职守。"黄嘉善胸口憋闷，"仆的兵部一个名医没请到，摊上几本看不懂的破医书。"

方从哲笑出了声，黄嘉善真够逗的。他能干，人又爽直，何愁将来的新君不器重他。方从哲与黄嘉善亲近，对他自己，对三党皆有好处。方从哲遂诚心相邀："不急。仆的府上有位郎中，给老妻治病的。实不相瞒，家父生过和陛下相同的病，半边身子动不了，挺了六年。中间家父还让人搀扶，下地练过行走。唐太医和葛太医说过，陛下的病看起来凶险，且将养着。"

"是吧，大吉大利。"黄嘉善长出口气，也不谢谢方首辅请他到府上做客。

"惟尚稍等片刻，仆把今日的公文整理整理，咱一道回。"方从哲从书案后起身，冲黄嘉善苦笑，"案牍劳形。"他打开首辅的书案存积压奏疏的抽屉，丢了几本进去。

黄嘉善惊着了："方首辅要回府吗？陛下病重，方首辅不在内阁守着？"

"陛下像家父似的，仆在内阁伴下，六年回不了府？"方从哲合上抽屉，啪的一声响，"咱俩这把老骨头，看开了。"

"愿陛下像令尊延年。"

"嘘，别出去说。"方从哲食指压上嘴唇，"差不多了。"

象征首辅权力的书案上，犹摊开了几封奏疏，一沓空白的藤纸，待方首辅写好票拟夹在奏疏上，呈进内宫给陛下批阅，再交司礼监批红。司礼监人去楼空，没了批红，用不上票拟。方首辅现今特事特办，基本上无事可办。黄嘉善瞧着方首辅这儿堆的公文，暗道：说我呢，你也浮躁，干不了活儿了。陛下像令尊将养六年，朝廷非瘫痪六年。

"走吧，惟尚。"

黄嘉善撩起灰白的长须，调调胡夹别的位置道："方首辅先请。"

二人正要出门，书办来报：六科廊的给事中杨涟和顾慥到。

杨什么，顾什么，方从哲连名字没听过。万历朝，言官变动勤，来来去去，政制废弛，每月初一、十五六科言官和阁臣见面的"会揖"不按时举行。六科廊的六品、七品官们，方从哲都认不全。

"仆且告退。方首辅您定，仆先回仆的府上，备下酒菜，晚上您把郎中带来？"

六科直属于皇帝，品秩不高，地位崇高。黄嘉善不善与人打交道，先行避开，这群值守于宫内的言官老爷没一个善茬儿。

"你留下随仆听听吧。奏疏不畅，言官找到内阁来了。"方从哲拽了黄嘉善到他值房的会客室，令书办备下清茶，请二位言官进来。

进来了一位。来人亦没见过方首辅，没见过"大司马"，自报家门：杨涟，户科给事中。方首辅介绍，客座上的是兵部的黄尚书。

杨涟再作一揖，面向黄嘉善，目光含着崇敬。

"杨大人多礼。"黄嘉善面目慈善。他以为杨涟是个愣头青的年轻人，见他也两鬓斑白，年岁不小了。

"下官是万历三十五年进士，曾任常熟知县。"杨涟站在堂正中，七品的官袍崭新，官常服胸口绣的鸂鶒悠哉并游。

一　月　天　子　　　　　　　522

"杨大人请坐。"方从哲点了点下首的椅子。

杨涟不坐,又向黄嘉善行一礼。方从哲觉得他迂腐,拜了四五拜,像只磕头虫。

"杨大人,与您同来的顾大人怎么不进来?"黄嘉善问,顾慥是新到任的兵科给事中,与他常打交道。

杨涟笼了袖子坐了:"顾大人犯怵,下官说就好。"

"哦?杨大人和顾大人有何指教?"方从哲来了兴致,浅浅一笑。

"方首辅,陛下病了,您应当坚持每日问安。"杨涟端起温热的茶水,一口气喝干半盏,"起码到乾清宫前叩个头。"

"陛下忌讳他的病,郑娘娘亦忌讳,本官如何问安?"方从哲哑然失笑,看向黄嘉善。

黄尚书道:"方首辅没事儿到乾清宫前去,像是提醒陛下,陛下您病得很重。"

杨涟彬彬有礼,语速稍快:"为陛下尽忠,满朝文武责无旁贷。方首辅有福能到陛下身前去,下官和黄尚书、顾大人没这福气。"

"这……"黄嘉善挤出了笑容,"是啊,本官风闻如陛下好些了,方首辅点选的两位新阁老就入阁了,朝廷回到正轨上了。"

"方首辅,您多去乾清宫几次,见到了陛下,能和陛下说说话。陛下器重您,举国皆知。"杨涟的气势凌驾于首辅和尚书之上,方从哲无言以对了,黄嘉善竟附和杨涟:"对,方首辅深得圣心,该去。"

方从哲不肯到御前,自有他的用意,他不想当着黄尚书,被七品小官架上去。方首辅面有不快,杨涟并无畏惧,凛凛命令上了方首辅:"方首辅住在内阁,不要走动了。黄尚书也住在衙门吧,非常之时。"

杨涟不用商量的口吻,教方从哲触了霉头。黄嘉善给自己下了台,架得方首辅更高了。他站起来，眼笑眉舒："杨大人说得对，本官正要回兵部衙门休息。本官和你一起出去，见见顾憷，有日子没见他了。方首辅，下官告退。"

"下官告退。"杨涟喝尽了盏中的茶，起立冲方首辅拱了拱手，随着黄尚书出去。方从哲气得捏紧了拳头，说好今晚回府吃饭，和黄尚书攀攀交情，被杨涟几句空话给搅和了。杨涟和顾憷，两个小官，郑娘娘看见阁臣煞有介事跟内阁住下，什么事儿啊？

等一刻，等杨涟和黄嘉善走远了，方从哲再离宫回府吧。

出了方首辅的值房，黄嘉善请杨涟先走。下那道窄窄的木楼梯，杨涟回身护着年事已高的黄尚书。黄嘉善小心足下，抓稳了栏杆，打趣道："内阁的楼梯这般难行，老朽才不想进内阁。诶，杨大人待会儿去哪儿？"

"仆回六科廊，不和黄尚书同路了。"杨涟一脚踏到平地，伸手搭了黄尚书慢行。

黄嘉善点头致意："谢杨大人，杨大人有公务要处理？"

"下官今晚留宿六科廊。如黄大人不嫌弃，称呼下官的字'文孺'吧。"杨涟仍随在黄尚书身后。

"为了陛下的病，杨大人真用心。"回到阳光下，顾憷站在院中，黄嘉善甚感亲切，直呼其名："顾憷！"

"黄尚书。"顾憷远远施了一礼。

顾憷是杨涟在六科的同僚和挚友，他无意间向黄尚书推举了杨涟："杨文孺做常熟知县，曾举全国廉吏第一。"

"杨大人有为。我们去六科廊聊聊，好吗？"黄嘉善对眼前不起眼的杨涟不禁另眼相待。

"黄尚书过奖了。"杨涟恭敬道。

一月天子

第四十一章

六科廊在内阁正西的归极门内。杨涟和顾慭陪着黄尚书到六科廊并不宽敞的值房宽坐。

方从哲仍旧在他的值房，山雨欲来，杨涟是第一位造访内阁的奇奇怪怪的人。杨涟的到来给他提了个醒儿，他今儿不出宫了，递了牌子进内宫，问陛下的安。乾清宫中，郑贵妃守着皇帝，皇帝昏睡不醒，她瞧着伤心，避到外间捧着白瓷的药碗愣神。

"郑娘娘，药煎好了。"

郑贵妃的贴身都人煎陛下的药。郑娘娘放下药碗，都人拿去耳房，盛好汤药，端了回来。郑娘娘舀起一小勺滚热的药，抿着尝一小口，令都人搁架上晾着。皇帝病倒快一个月，郑贵妃尝了上百碗药。陛下的病不见起色，郑贵妃心碎了。常洵在的话有多好。

"郑娘娘，您待陛下的心感天动地。"崔文升挑了帘子进内。

郑贵妃受了他的礼，她刚和王安商定，由崔文升兼任司礼监秉笔太监。朝廷得运转起来，司礼监不能没人，强崔文升所难，一人料理两头。

崔文升递上方从哲新呈的奏疏，郑贵妃看了。问安就问安吧，写啥奏疏，方首辅您寻思什么？

"方首辅递这折子前，见过什么人？"

"回郑娘娘，兵部尚书黄嘉善到过内阁，还有两个言官。"

郑贵妃思考："黄嘉善，言官，看来方从哲听见动静了。"

寝殿里侍候的常云报："陛下醒了，想见娘娘。"

郑贵妃撇下崔文升，进西暖阁，她临时寝殿的妆台前，补好了妆，画好浓淡适宜的眉毛，再喊崔文升："文升，你帮本宫看住了王安。司礼监的秉笔，你给本宫坐稳了。"

"是，娘娘。"

到陛下床前，陛下今儿气色好些了。郑贵妃喂陛下喝了小半碗粥，等汤药凉的工夫，跟陛下递的小话变成了王安不安生。

"王安？"皇帝咕哝道，半边嘴歪着。

"陛下，人都忙着往东宫活动。太子没响动，就是那个王安，勾三搭四。"郑贵妃的狠辣掩盖了悲戚。

皇帝不信，顶了下右手肘，又咕哝了个名字："常洵。"

"常洵？陛下要常洵回来？简单，让六科廊出奏疏发陕西道。"郑贵妃欢喜过了头。

皇帝上下动了动脑袋，又左右偏了偏头："路远，罢了。"

"不远。"郑贵妃恳求陛下，"教常洵回来吧。"

皇帝眨眨眼，同意了。郑贵妃甜笑，靠在陛下胸膛。皇帝抬起右手摸她头发。

郑贵妃贴着陛下，哭了："太医说陛下的病情稳定了，陛下还不见好，左半边的身子一直动不了。"

皇帝说话含混着，声儿放大了："累！"

"陛下能好。"郑贵妃收住了汹涌的泪，"臣妾不哭了。"

"能好。"皇帝点头，"扎针！"

"陛下同意针灸了？"郑贵妃坐起，悲喜交加，"常云，请葛太医给陛下针灸。臣妾说嘛，您不讳疾忌医，能好。"

皇帝咧了咧会动的半边嘴："阿芳。"

郑贵妃真心相信陛下会好，陛下不像太子，身子瘦弱。她扶了陛下坐起，喂陛下喝药。皇帝大口大口喝下了多半盏，郑贵妃替他揉着麻痹的左腿。

皇帝受了针灸，心情甚好，吩咐东厂去打听，王安到底怎么不安生了。

卢受果然察知，王安背地里和六科廊的言官有过来往，出过宫，到江西会馆见过东林八君子之一的邹元标。

皇帝病榻上嘟哝着，送了王安四个字"乌七八糟"。

"确实乌七八糟。"郑贵妃应和。

皇帝突然直了右手："巡城御史！"

皇帝说的巡城御史即京城大名鼎鼎的左光斗左御史。左光斗和户科给事中杨涟是同年的进士，他比杨涟名声大得多。自从左光斗任巡城御史，逮捕贪赃枉法的官吏一百余人，缴获假印七十余枚，正人君子的风范直逼嘉靖朝的"海青天"。有左光斗掌京城巡防和稽查，官治向好，皇帝嘉奖过他。然而左光斗是台面上的东林党。皇帝不禁疑问，太子想要密谋？朕好着呢，太子就联络"太子党"。郑贵妃见皇帝立起了右边的眉头，笑道："都是王安干的。左御史是干吏，陛下对他欣赏有加，不许太子欣赏左御史？"

皇帝使劲儿摇头，表示那不一样。

皇帝真是误会了太子。王安的动作，太子不知道。太子拒绝了监国，比皇帝没生病前蛰伏更深了。实际上太子比方首辅知情知意，每日递一封请安的奏疏，郑贵妃念给皇帝听。太子是无辜的，王安给太子殿下屏蔽了部分消息，包括杨涟托王大珰带的话。王安以为杨涟那人微不足道，没听出他的话至关重要。杨涟说，陛下不传召太子殿下，太子殿下给陛下递奏疏问安固然是好。不召见太子殿下，非陛下的本意，太子殿下应主动一些，主动提出给父皇侍疾，尽到人子的本分。

王安以为，杨涟的话有理，但是不到火候。陛下那边，王安和御药房的崔文升搞好了关系，崔文升把陛下的情况及时传回东宫。崔大珰也通医理，懂得望闻问切。据崔大珰的判断，陛下针灸后，状况见好。葛太医和唐太医用药便加了一倍的药量，让陛下快点儿恢复。脉象上看，用针灸加内服外敷的方子治疗，需要一段工夫的调养，陛下痊愈大有希望。

"父皇有希望了。阿弥陀佛。"太子学会了跪在佛龛前祈祷。

"崔文升的一孔之见。二位太医则不敢妄下断言。"

太子让王安扶他起身，腿跪麻了，站起来虔诚地在佛前敬上一炷香。这尊救苦救难的观音像是恭靖太子妃的旧物。

"孤想着父皇快好起来，孤怕自己没准备好。"

王安一副古里古怪的表情："太子殿下不用怕，邹先生他们陆陆续续回到京城，孙如游安置好了。"

"孤欲成大事，凭几号东林党？"太子倒尽心中的顾虑，"西李那儿安分吗？"

"刘庭看着，西李娘娘协助东李娘娘理事，照顾皇长孙也尽心。"

王安肃了容色，和太子殿下在佛龛前谈起，"回殿下，五皇孙跟了周端妃娘娘。二位皇孙都好。"

"好。"太子想到两个儿子，舒展了眉头。

"太子殿下您别多思了。您和郑娘娘各退让了一步。"

"你和刘庭多帮着孤。叶先生拒不动身，他在等圣旨。"太子搓了搓手，捂在脸颊上。他早从狂喜中冷静下来，思量他的前路。不是父皇的龙体转好转坏那么简单，他想要成为帝王，开创自己的王朝，这条路还很漫长。

太子深吸口气，感喟万千："孟子云，得道多助，失道寡助。"

王安有心给太子殿下舒缓舒缓，打陛下生病至今，太子殿下的这根筋儿绷得越来越紧："太子殿下，您有东林，有朝臣，您是'多助'，会水到渠成的。"

时近六月，皇帝的病总算见了起色，在针灸的作用下，皇帝能说出完整的句子了。皇帝提出要求，想搬到养心殿养病。

养心殿位于西六宫的南侧，与郑贵妃的启祥宫一街之隔。这座工字型的殿宇建于嘉靖年间，原作为皇帝临时歇息的宫殿。皇帝想来此养病，太医乍然间无所适从，挪动病重的陛下必定大费周章，唯恐辛苦了陛下。

问郑贵妃，郑贵妃满口说好，听了太医的担忧，她亦满腔的忧虑。

郑贵妃再问问陛下，碰了碰陛下有知觉的肩膀："陛下，葛太医来了。"

"哦。"皇帝昏沉，睁开眼。

"陛下万安，臣不建议陛下搬到养心殿。"葛太医道。

"为啥？"皇帝口齿清晰多了。

唐太医看郑娘娘眼色回话："消夏住养心殿过于闷热，陛下不如秋凉了再搬。况且收拾出新的寝殿，需要时间。"

"陛下您看？"郑贵妃惶然得很。

"养心殿近。方便阿芳住。"皇帝的意思，他搬去养心殿，郑贵妃就近可回启祥宫居住。

"陛下待郑娘娘情深意重。郑娘娘您看？"葛太医忖度着问。

"唐大人。"皇帝注目郑贵妃，"阿芳。"

"臣妾在。要不让奴才准备着？李恩在内官监。"

"李恩、李浚，好奴才。"皇帝拉过郑贵妃的胳膊，"咱去养心殿。"

在陛下的坚持下，李恩领上内官监去收拾养心殿的东暖阁，备着给陛下住。太子平静地关注着内宫的风吹草动，如深水里的潜龙，静待时机。他明白，父皇预备迁居，病势已然稳定，住进养心殿相当于要长时间将养了。方从哲率六部长官又来劝太子殿下监国，太子坚辞不受。

方从哲还坚持那一套，陛下会休养个五六年。

太子却开始心神恍惚，崔文升配了副药给太子殿下服用。

"请太子殿下多多保重。"西李温懦，看着太子殿下将一碗冒着酸气的药汁一饮而尽，加服了一碗参汤。西李递上润口的话梅："殿下。"

太子含了一枚参片在舌下，他不爱吃酸甜的食物，招呼皇长孙，"过来，由校。"

朱由校歪着脑袋坐在边上，父皇叫他，他犹歪着脑袋，走近了。太子笑笑，拍拍他："孩子，不高兴了？"太子眸中起了笑色，拨拉拨拉儿子帽子上的缨子。

"父王，您接五弟回来吧。"朱由校摇晃父王的膀子。

太子抓过他的大手道:"东宫纷乱,孤为你弟弟好,送走了由检。你是皇长孙,是孤的世子,你有责任留在东宫。"

"父王。"朱由校懵懵懂懂,太子放了朱由校到西李脚边的小机子上坐下,焦心地问,"魏朝钦,近来教了皇长孙什么书?"

"奴才教了《礼记》,正在教《礼记·仲尼燕居》。"魏朝钦睨一眼皇长孙,皇长孙默然。

太子转过眼光,由校垂下了头。

太子随口背出:"郊社之义,所以仁鬼神也。尝谛之礼,所以仁昭穆也。"

"馈,馈……"由校吐了吐舌头,"父王。"他扬起天真的脸。

"馈奠之礼,所以仁死丧也。"魏朝钦突然跪下,打了自己个嘴巴,"奴才有罪,奴才没教好皇长孙。"

"你尽力了。"

西李给了由校一柄葫芦玩着:"从前对由校疏于管教了。由校聪明,读书为时不晚。"

"这是由校自己做的?"太子拿过葫芦,摸了摸它光滑的表面,"磨得很细。由校聪明,有股子韧劲儿。这葫芦打三个孔,做葫芦丝?"

"太子殿下说笑了。"西李感觉暖暖的,也有了一家三口的感觉,假如时光能停留在此刻多好。西李感到了郑母妃的幸福,趴到了桌子上,朱由校靠着西李的腿,叫道:"母亲。"

"由校叫你母亲了。由校呀,书读得不多,胜在聪颖、仁孝。燕丽,孤想请叶先生做由校的老师。由校肯在书本上用心,很快能赶上来。"

"太子殿下决定,不用与妾商议。"西李为由校骄傲,"由校是来日的储君,殿下不会疏忽他了。哦,陛下喜欢由校,太子殿下不敢见陛下,可以让由校去呀。由校多讨人喜欢。"

"由校十六了，你不可能当他是小孩子了。"太子郑重其事。

"妾以为，若陛下封由校为皇太孙……"

"是个好主意，可以争取一下。刘庭，带皇长孙去乾清宫求见。"太子微微一怔，"等等。"

刘庭牵了朱由校立在当间。太子交给刘庭一封奏疏，珍重道："今日的请安折子，带给父皇。"太子拍拍儿子臂膀，由校长得比父王矮了一个头："去给皇祖请安，替父王带个好。"朱由校的身影落进太子的心上，带着无限的期许。

"燕丽，孤的太子长这么大了。"

"殿下说什么？"

"没什么。"

那一刻，管由校叫了"太子"，太子对九五至尊是那样的渴望。将近二十年的皇太子生涯耗尽了他的心力。皇太子、皇太孙的名分是对储位的一种确定，朱常洛要登上大位，还须走一道程序，由顾命大臣确认他继位。

皇长孙朱由校跟了刘庭去乾清宫。他过去时，弘德殿中的帐子挂了上去。郑贵妃见到十六岁的朱由校，欢欢喜喜的，不由得歆羡陛下含饴弄孙之乐。

"陛下，如由崧在跟前，和由校一般大了。"

"由崧小两岁。"病中的皇帝瞧着皇长孙欢实，坐不住，不犯愁了。他沉浸在祖孙的天伦之情中，由校比小时候的朱常洛可爱多了。

郑贵妃看似随便搭话："常洵给由崧许婚了，明年成婚，陛下想不想抱重孙子？"

朱由校扎到皇祖床前，跟小孩似的，怎么看不像到了许婚之年的大人。

皇帝嘿嘿笑了:"不,不。"

郑贵妃的笑影儿凝住了:"陛下心坎儿上只有由校。"也是,陛下钟爱由校,看着由校长大的,由校这孩子有他天真烂漫的长处。

朱由校更有他实在的好处:"皇祖快快好,由校给您做个小推车,推着翁翁逛御花园。"

"好孩子哟。"皇帝笑得动了动唇角,会动的右手揽过由校。

郑贵妃调侃着笑了:"由校是孝顺的孩子。"

"好好读书。"皇帝叮咛他的继承人,"收心。"

"翁翁,魏师傅教了我《礼记》,我回去背熟,背给翁翁听。"

"由校,你必成大器。"皇帝内心十分欣赏由校,"回去吧。"

"来,由校到郑娘娘这儿来。"郑贵妃冲由校招招手。

"郑娘娘。"朱由校笑嘻嘻的,停在离郑贵妃几步远。

郑贵妃不无尴尬:"由校,经筵得坐住了,养成好的习惯。木匠活儿做累了,晚上早点儿睡,早起背书记得牢。"

皇帝心满意足,踏实地躺回他的枕头。郑贵妃交了皇长孙给常云,带他下去,自己有意跪得离陛下远点儿。

"陛下有许多的儿子、孙子,可臣妾只有阿洵。"郑贵妃合眸的一瞬,滑落两行清泪。听她说起这些,皇帝心酸不已:"阿芳,起来说话。"

"不,陛下,您听臣妾说完。"郑贵妃挪动一下膝盖,"臣妾做过傻事,做过错事,也做过坏事,陛下没责罚过臣妾。"说着双泪长流。

皇帝舔了舔干燥的嘴唇道:"朕理解,你放心,朕护着你。"

"陛下好好活着,护着臣妾。"

皇帝沉了脸:"朕是对不住你。"

"陛下的心，臣妾也懂。"郑贵妃眼巴巴的。

皇帝顺了顺气，坚决道："朕说过，相信太子。"

郑贵妃抬眼，凝睇陛下："臣妾一定和陛下千古相随。"

皇帝动动手，招郑贵妃近点儿："你陪了我一生，会的。"

郑贵妃不过去，背过身一个劲儿地抽泣。她怕极了，怕陛下抛下她离世，她舍不得宠爱了她一生的夫君。陛下崩逝了，阿洵不在身边，她多么孤苦。

"哭什么，咱俩去养心殿。"

郑贵妃哭个没完："会的，入了秋就去。陛下别埋怨了臣妾。"

"胡言乱语！"

郑贵妃屈服了："臣妾不说了，陛下。"

见郑贵妃转过脸来，傲气又娇气的容颜，皇帝蓦然想起了皇后，端庄持重的王皇后。这辈子他唯独没亏欠了郑贵妃，郑贵妃服侍重病的他，算她有始有终。每每见郑贵妃哭泣，皇帝格外想念常洵，被陕西道御史挡在洛阳，不得离开封地的福王常洵。皇帝对郑氏母子的宠，而今想来害了大明的百姓。启祥宫、福府堆积了数不胜数的搜刮来的金银财宝。

"朕做错了。"皇帝颦蹙，"咱一家心是通的。"

郑贵妃倔强，咬唇半晌不吭气。

"朕不怨你，怨自己。"

郑贵妃一下泪崩："陛下，太子会弥补的，您安心吧。"

"朕到老只剩'弥补'了，如果我能好。"皇帝气力不济，合上了眼。

"陛下，您睡吧，臣妾在。"

皇帝的反思，从母后薨逝的那天起，六年了。他的悔过迟了。

皇帝总下不了决心去改变点儿什么。卧在床上,半边身子动弹不得,皇帝真后悔了,后悔征矿税,后悔郊庙不亲,后悔朝讲御稀,后悔边衅渐开……

新的一天,皇帝召见方从哲,口授遗诏。

朕嗣祖宗大统,历今四十八年,久困国事焦劳,以致脾疾,遽不能起,有负先皇付托。惟皇太子青宫有年,实赖卿与司礼监协心辅佐,遵守祖制,保固皇国。卿功在社稷,万世不泯。朕以冲龄,缵承大统,君临海内,四十八载于兹,享国最长,夫复何憾。嗣服之初,兢兢化理,期无负先皇付托。静摄有年,郊庙弗躬,朝讲御稀,封章多滞,寮寀半空,加以矿税烦兴,征调四出,民生日蹙,边衅渐开。夙夜思维,不胜追悔。方图改辙,与天下更新,而遘疾弥留,殆不可起。盖愆补过,允赖后人。皇太子常洛,可嗣皇帝位。

方从哲下笔的手颤抖着,泪珠滴在黄色的绢布上,好几个字写歪扭了。

录完遗诏,方从哲跪着捧给陛下。皇帝没看方首辅落到绢面上了什么。方从哲低首,赤诚道:"陛下千秋万岁,陛下会痊愈的……"

"朕的遗诏一字不改。"皇帝让常云帮他翻个身。

"是,陛下,臣将陛下的遗诏放置在内阁的锦匣。"

"嗯。"皇帝不再说话,方从哲告退。

通常皇帝的遗诏在皇帝驾崩之后,由阁臣代为拟写。譬如世宗驾崩,徐阶口授,张居正笔录世宗的遗诏,把世宗四十五年的统治做了彻头彻尾的忏悔。而万历皇帝的遗诏,出自皇帝清醒时的悔过,由方从哲忠实记录。

方首辅慎之又慎，捧着遗诏回内阁收起，他想今上生前承认了自己的错误，之于一代帝王是莫大的勇气。皇太子终于得到了他应得的，陛下没再犹豫迁延，没立郑贵妃为继后。皇太子的耐力超出了方从哲的想象，时至今日，郑贵妃扶了崔文升上位司礼监，太子殿下按兵不动，太子殿下的静气极为可贵。方从哲赞许太子殿下，实乃一匹千里良驹。在他方首辅的任上，梃击案后，太子殿下忍辱负重，不声不响。太子殿下的资质好，心胸过人，大明未来可期。

皇太子深居东宫的焦躁，朝臣是看不见的。

七月十七晚，皇帝忽感不适，宣全班太医入乾清宫值守。

三日内，乾清宫没传出半点消息，有人说陛下已然大渐，有人说陛下在试探太子殿下的孝心。

人心浮动，各部院彻夜灯火通明。陛下没有大渐的证据是，召方首辅笔录遗诏后，陛下不曾宣召任何一位大臣。方从哲一人在内阁值守，内阁和六科廊亦没人有胆量递牌子进内宫问安。所有人都在观望，观望乾清宫，观望东宫。太子殿下在给父皇做祈福的法事。王安从南边请来一位姓汪的名士，据称来自江西或安徽的汪先生是个术士，进东宫主持法事。

汪先生一到，东宫出了件怪事。七月二十，太子殿下率东宫为陛下守夜祈福时，太子殿下跪不住了，站起踢飞了个香炉。皇太子急了！传言风起，太子殿下受不了他父皇了，陛下晏驾不远了。

方从哲静坐在他的值房里，内阁就他一个人，书办和内役全打发了。他抚着盛遗诏的锦匣，对外界的传言一笑置之。方从哲知道陛下为什么不见大臣，不见太子殿下。陛下要交待的都交待了，人生最后的时光，陛下见他想见的人。陛下毕生和朝臣水火不容，绝不愿让朝臣看到他奄奄一息。陛下好好的时候不见大臣，他和太子殿下的父子情亦疏离。

"方首辅，杨涟大人递牌子进东宫了。"书办不得已违了方首辅的令，上楼来通禀一声。

方从哲报以微笑，杨涟真是个愣头青，年近半百的愣头青闯宫了。

书办再报："巡城御史左光斗把他手下的捕役全部召集到衙门去了。"

"嗯，本官知道了。"

方从哲自认一切尽在掌握，不成想杨涟和左光斗冒失了。方首辅令六部、九卿、五军都督府严守职分，不许擅离职守，特别是掌握兵器的锦衣卫和兵勇。作为"独相"，陛下吉凶未卜，方从哲凭他的能力，将外朝控制得很安定。内廷，司礼监的崔文升、东厂的卢受听命于郑贵妃，郑贵妃在侍疾，他俩不会妄动。

能不能收获拥立之功，全看今朝。想来杨涟、左光斗官秩低，他们捣乱起不到什么作用。方从哲安静地坐在值房，喝茶，看书，等候陛下宣召。

第四十三章

太子不见朝臣，王安请了杨涟徽音门外，拱拱手。

七品的官服穿在杨涟身上气度不凡，他的品秩比王安低，自有他的凛然不惧。王安身后跟着术士汪文言，王安欲给杨涟引见，杨涟急匆匆的，没给王大珰寒暄的机会："太子殿下为什么不进内宫？"

"这……"王安语塞。

汪文言道："杨大人好。陛下不传召，太子殿下在为陛下祝祷。"

王安闹不清，自己为何被一位不相干的言官质问。杨涟的底细，他还没摸过。

杨涟看了眼汪文言，接着问王安："王大珰，请问太子殿下踢翻香炉是真的吗？"

"那是误会。太子殿下累到恍惚，恍惚下失足踢翻了香炉。"王安解释。

"仆就说太子殿下不是不孝的人。"杨涟声色略显尖锐，"仆知道,陛下和太子殿下之间有不太愉快的过往。但是父亲的年龄大了,身染重疾,太子殿下几个月不到床前侍奉汤药,说不过去。"

这话王安有的可答:"杨大人有所不知,陛下坚持'二龙不相见'。"

"假若陛下危在旦夕,太子殿下不见父亲的最后一面?"

杨涟坚称孝道,王安无话可说。

"太子殿下应该到乾清宫问候,人臣可以旁观,人子责无旁贷。"杨涟严正道。

汪文言涨着脸,说了句大实话:"太子殿下跑到乾清宫,跟催命似的。安安分分留在东宫做法事,太子殿下更是关心陛下。"

"仆并没说请太子殿下去乾清宫等待聆听遗命。仆是说太子殿下出于焦灼的挂念之心,去乾清宫问一问陛下的病情,不必非要见到陛下的面。"杨涟的语意诚挚,注视王安的目光同样的诚挚。

王安被杨涟点醒了,他要早说,早解了太子殿下的两难处境。哪怕太子殿下只去一趟,见到常云问上一二,比递请安的奏疏效果好。太子殿下挂念陛下是真,无从全其孝心,令太子殿下难捱。

"杨大人良言,我转告太子殿下。"王安欲回东宫。

"王大珰有劳了。"杨涟作了一揖,谢了王安,走了。

他杨涟的确没有私心,给太子殿下出了这么好的主意,不说见一面,跟殿下表表功。王安将杨涟的功劳带到了,太子听了,是个好主意。父皇渐好,他不上跟前去问问,说得过去。可是父皇不行了,外头不通消息,他住在紫禁城内,该往乾清宫问候一下。不然他对父皇的挂念,谁知道呢?他是皇太子,也是儿了,杨涟的话说中了太子殿下的心,他早当力求到床前侍奉父皇。太子总感觉自己没准备好,前路尚艰险。

"等等,杨涟是个什么人?"太子犹戒备着。他关心父皇的病情,然而局势扑朔迷离，不走到终点，他不得不加倍小心。

"杨涟是户科给事中。"

"言官。"太子略放了心，杨涟官职低微，没甚利害关系。他想叫上刘庭同去，王安道："太子殿下，您去问安，最好一个人。"

"这倒也是，孤带个人，像逼宫似的。"太子想得周到，"汪文言呢？莫让他随意走动，被人瞅见了。"

"汪先生回奉宸宫主持道场。"王安讲话亦加了推敲，"奴才晓得，汪先生身份特殊。"

"孤昨日一不留神，踢了香炉，谣言传了出去。如果孤一个时辰回不来，你和刘庭照料好东宫、皇长孙。哦，不，皇太孙。"

打七月十七父皇宣全班太医入值，太子就提心吊胆。朱由校进乾清宫见过皇祖，皇祖立了他为皇太孙。太子、太孙并立，太子的处境再一次变得微妙了。前有宣宗当过成祖的皇太孙。成祖不喜欢他的太子，即日后的仁宗，而钟爱长孙，宣宗朝果有仁宗的弟弟朱高煦叛乱。太子岂不惶恐？难道说父皇到今日不认可他，选择他继承大统，仅仅因为皇长孙的缘故？荒谬！朱由校没怎么读过书，他不是文韬武略的皇太孙朱瞻基。太子最关切的是他能不能平稳地、名正言顺地登上大位。于是他反思起自己与父皇亲情的淡薄，反观由校待他皇祖纯孝。太子正想着表孝心呢，杨涟给出了建议，他忙不迭地去做了。

太子此去，留在了内宫。

七月廿一，上疾大渐。

内官监临时将乾清宫的东配殿昭仁殿收拾出来，请太子殿下住进去。昭仁殿的布置一应按照倚庐，在地上铺了一层草席，再铺一层棉褥子，请皇太子睡地铺。皇帝最后一次召见，宣布遗命，召英国公张维贤、内阁首辅方从哲、吏部尚书周嘉谟、户部尚书李汝华、兵部尚书黄嘉善、署刑部尚书兼左都御史张问达、署工部尚书黄克缵、礼部侍郎孙如游,唯独不召皇太子。

众臣跪着静听,皇帝说不出话,殿中静寂无声。张维贤推了方从哲,方从哲跪着,撅着臀部,扭了扭向前出列,代表大家问陛下安。

常云跪在床头,离陛下最近,每每回顾陛下,听陛下说什么,复述给大臣。今日进弘德殿面圣的就是万历皇帝的顾命大臣。

"陛下说,用心办事。"常云鼻酸,嗓音却是洪亮,"四十八年了,陛下不遗憾了。"

"陛下。"张维贤噙着泪水,"臣恳请陛下保重龙体。"

"方首辅。"常云伸手拉一把,请方首辅起。方从哲起身,站到床前,掏出笼在怀里的锦匣,面对众臣宣陛下事先留给他的遗诏。

陛下早有预备,临了不致仓促。

众臣一齐磕了三个头,常云从陛下枕边摸出一个锦匣,陛下另备了一道更详细的遗诏。

内阁辅臣亟为简任,卿贰大僚尽行推补,此为其一。建言废弃及矿税诖误诸臣,酌量起用,此为其二。一切榷税并新增织造、烧造等项,悉皆停止,此为其三。各衙门见监人犯,俱送法司查审,应释放者释放,此为其四。东师缺饷,宜多发内帑以助军需,此为其五。

周嘉谟往前蹭蹭,凑到常云边上,问了吏部人事上的问题。

众臣都听清了陛下用喉音道:"问太子。"

"诸位大人可以下去了。"常云颔了颔首。

"陛下保重。"众臣叩首,依序退出。

出了弘德殿,进得正殿,黄嘉善先驻足拜方首辅,孙如游再拜。

"仆承受不起,您这是……"方从哲发慌。

张维贤弯下了腰,和方从哲不是一头的周嘉谟、黄克缵也拜了。几个人围了方首辅在当中,黄嘉善道:"仆等唯方首辅是从。"

黄嘉善年岁最长,方从哲挽了他直起身,后挽英国公,一位一位挽了他们起来,口中声声地道:"不敢当,不敢当。"

"大家商量着办。"方从哲道。

"现在怎么办?"孙如游问得唐突。

"拜皇太子。"方从哲请英国公在先。

按制在陛下的床前行拜新君的仪式,正式将皇太子托付给顾命大臣。顾命大臣和新君相互见礼,建立新的君臣关系。今上不愿意见到这副场景,他们也得到昭仁殿拜新君。

孙如游话多,实觉不妥:"陛下没说,咱能拜吗?"

英国公扭头睨他:"当然要拜,遗诏里写的。"

"当拜皇太子。皇太子拜不拜我们,不勉强。"方从哲脚步细碎,他亦犯怵,却渴望着太子殿下称他一声"方先生"。万历皇帝驾崩时,他是首辅,居顾命大臣之首,是新皇的帝师了,能被新皇和同僚称作"先生"了。

昭仁殿与弘德殿对称,八位顾命鱼贯而入。

太子从地铺上蓦地站起:"父皇叫孤了?"

"请太子殿下安。"方从哲与张维贤交换了眼色,宣读两道遗诏。

太子的泪水一刹那决堤,父皇留给了他一笔丰厚的遗产——将推翻万历弊政的机会、做好皇帝的机会留给了他。他还怀疑父皇不爱他吗?

"陛下命臣等有疑则问太子殿下。"周嘉谟见太子殿下哭得凶，勾起他的伤心，"太子殿下请节哀。"

六部的重臣全来了，太子惴惴不安："父皇怎样了？"他几乎泣不成声，父皇召了八位大臣，他们是顾命大臣了。太子感觉不到惊喜，一朝夙愿得偿的惊喜。

"陛下大安。"黄嘉善哭道，"太子殿下，不能掉泪。"

孙如游不避讳："就一两日了。"

太子穿过人群，推门而出，八位顾命跟随。太子情难自已，命令他们，不讲措辞："随孤到乾清宫外为父皇祈祷。"

入了秋的晌午，没遮没挡的台基上，悬着火球般的太阳，云彩消失得无影无踪。人人穿着厚重的官服，顾命大臣的年岁都不小了。豆大的汗珠砸落，摔成八瓣，没人抬手擦汗，心如坠落谷底，弥漫着山崩地坼般的悲哀。九个人跪在大太阳下，偶尔响起几声涕泣。

太子跪在最前面，有点儿屋檐的影子遮遮他。方从哲瞥见日晷上的光影，正午时分，担心太子殿下吃不消，遂问："太子殿下要不要歇息片刻？进昭仁殿，太阳落山了再出来？"

"不。"太子声气坚决。他的后面，四人一排，跪了两排。太子身子虚，汗流浃背，常服上洇了一大片水印。

跪了不知多久，乾清宫的马鉴从外朝回来，递话给了李汝华。李汝华奏道："太子殿下，荣昌公主和杨驸马全家守在东华门外。"

太子已有了人君的风范："请皇姊和驸马到东宫。"

李汝华道："是，太子殿下。"

跪守在乾清宫外的每时每刻特别的漫长，在心中默诵的经文抵挡不了天命。方从哲须臾难安，一会儿瞥一眼日晷，估算时间。新君就在前头，大明后继有人，心上踏实多了。日影渐渐低沉，看日晷那根针落在圆盘之上的阴影，申时了。方从哲抬袖，抹了下额头。他正后方的张问达瞅着方首辅的背影，低声教他莫失仪。

"是。"方从哲动了下膝盖。跪了近三个时辰，太子殿下纹丝不动。他们有什么理由偷懒？如斯想着，殿门豁开，常云扶着双目红肿的郑贵妃步出。郑贵妃扶了下鬓边的雪白绒花，煞是醒目。太子紧贴着砖地，抽搐着身子号哭。仿佛一声号令，在场的九人，哀声起。郑贵妃一头磕在门上的雕花，扑到门槛上，伸直了胳膊，只抓得到一把虚空。郑贵妃的号泣撕心裂肺："陛下呀！先皇呀！"

"郑娘娘，节哀。"常云维持住冷静，半拖了郑娘娘起身。

马鉴出殿，举着事先备好的竹竿，挑一块白布。郑贵妃抬起绝望的眼，狠狠抽了下鼻子："陛下驾崩了！"

太子悲痛欲绝，得有人说句话，他竭力理智，挣扎着跪直了："常云，找到卢受和崔文升，敲丧钟。"

方从哲想到了关键的，想爬也爬不起："通知通政司，晓谕四方。"

周嘉谟帮着安排："马鉴去六科廊，找言官，让他们出宫去通政司。"

马鉴插上了竹竿，白布招扬，表示大明王朝处在非常时期。他空了手，接下方首辅掌的两道遗诏，送出皇宫颁布天下。两个大行皇帝的近侍，常云和马鉴麻利地跑着去报丧。约摸半刻，浑厚的钟声响彻天地，铺天盖地的哭声回响。太子再次俯伏，郑贵妃跪倒在殿内，"山陵崩"的悲怆压在每个人的心上。

黄昏温煦的阳光照耀着乾清宫，照得汉白玉莹白，黄瓦璀璨，以一种永恒的方式送走了御宇四十八年的万历皇帝。

殿内的几个内侍挪了大行皇帝的法身到东暖阁的龙床。内侍苗全出来，恭请郑娘娘进内伺候大行皇帝。顾命大臣拜新君，须请走郑贵妃，现在可称她一声贵太妃了。

郑贵妃撑着地站起，苗全不扶她，她迈不开腿。

嫔妃避到里面去，新君与顾命大臣互相见礼，确认继位。本该大行皇帝临终授顾命时履行的程序，终于要履行了。

方从哲艰难地爬起来，挽了太子殿下起身。后头的慢悠悠的，相互挽扶着站起来，颤巍巍的，忍着膝盖的酸痛，各自掸掸官袍，正正衣冠，擦擦眼泪，面容哀戚。八位顾命大臣按官职的次序，站好位置。方从哲领衔，冲太子殿下施一长揖，英国公和尚书、侍郎们长揖到底，口中齐道："皇太子殿下。"

皇太子被那种使命感笼罩了。他激动下不顾君臣有别，抱拳就算礼到，太子居然回了他们一个长揖。

张维贤立即扬声："使不得，使不得。"

皇太子待他们礼敬，叫了声"方先生"。顾命大臣的心中升腾起更多的是感动，得此新君，大明未来可期。

皇太子的倚庐，乾清宫昭仁殿就此成为国朝新的权力中枢。皇太子雷厉风行，日头没落山，与八位顾命议定了丧仪。司礼监的崔文升、东厂的卢受忙活内廷，宫内于半个时辰内成服。新朝的君臣定下了几项大事，然后商议细节。次日清晨小殓，没得说，至于何日何时大殓，天气炎热，尚需商议。

黄嘉善和张维贤认为，为大行皇帝舒坦，三日后大殓。方从哲、李汝华、黄克缵坚守礼法，头七大殓。孙如游等余下的三位说折中，天气热没办法，五日大殓为好。

三种立场，各抒发了己见，八大臣不敢争执，请皇太子定夺。

太子和他们同样，悲伤藏于内心，待子时哭灵发泄。太子面上极其稳重："父皇法身的周围放过多的冰桶，不体面。情况特殊，三日吧。"

太子说一不二,礼部侍郎孙如游承命。未行登基大典,皇帝的仪制,皇太子不能用。皇太子是失去了皇帝的王朝,暂时"监国"的储君而已。大行皇帝在皇太子正式登基前依旧是王朝的主人。

太子徐徐道:"传孤令旨,晋乾清宫掌作太监常云为司礼监随堂太监。"

"太子殿下此意甚好,给司礼监添个人手。"方从哲拘束着应和。

张维贤与方从哲并肩,站在前列。他是勋贵,不习朝政,百般关切大行皇帝的丧仪:"臣敢问太子殿下,今夜的子时大祭用不用举行?"

"大行皇帝崩逝的第一夜,按例行奠酒礼。"太子麻木地重复帝王丧仪的规制,"命内侍在停灵的东暖阁设祭坛。"

"太子殿下孝顺。"李汝华搓了下眉毛,瞅了瞅四周。

太子不理会臣下的小动作,神情整肃,凄然感慨:"'生,事之以礼,死,葬之以礼,祭之以礼。'孝布、孝幔、青衣角带备好了?"

"全是现成的。"孙如游回道,"大行皇后薨逝时就备好了。"

太子颔首肯定,安排得事无巨细:"把父皇生前的物品点一点,看看怎么放。"

"太子殿下,您的妃妾、儿女该当如何?"黄克缵问。

太子被问住了,皇太孙应留居东宫,他的妃妾则应搬入内宫的东西六宫中的一宫集中居住,直到大行皇帝发丧,太妃、太嫔们移宫后,分配新的宫院。但大行皇帝的妃嫔不少,东西六宫中哪处空着,太子不知道。

熟悉内廷事务的内侍不在,张问达算了半天,闷声闷气地答道:"貌似……独咸福宫空着。"他忘了温靖皇贵妃住过的景阳宫。

"咸福宫是恭顺皇贵妃的旧居,父皇命保存恭顺皇贵妃生前的原貌。"太子反对。

"这……"张问达游移不定。

"让她们暂住东宫。东宫那边,孤安置过了。"太子优柔,他不好让顾命大臣觉得他过于急切,没想好传不传刘庭来伺候,或者子时奠仪再说。

没人想及太子殿下的思虑,方首辅只道:"甚好,甚好。"

太子低头拾起手边一沓白纸最上的一张,折成一朵白色的纸花,捏在手上。他冲这朵白花垂泪:"传尚宫局的高尚侍来。"

"甚好,甚好。"张维贤学方首辅的话,"乾清宫的内侍服侍大行皇帝,东宫诸事繁忙,请高大人侍候太子殿下正好。"

黄嘉善与黄克缵互视一眼:"是,内命妇致哀,周尚宫一人足以负担。"

太子将他叠的白花置于案几上:"晋尚侍高氏为乾清宫内夫人。"

八位大臣面面相觑。乾清宫内夫人是皇帝近身的女官,地位与尚宫局的尚宫不相上下。如若皇帝信重,乾清宫内夫人即内廷第一女官,辅弼帝后。大行皇帝立皇后五年后,废黜了乾清宫、坤宁宫内夫人的职位。皇太子刚上来,恢复了旧制。他有没有别的目的?不仅为了照料新君大丧期的起居。

"孙如游。"太子叫他,俨然君王的口气,"办好父皇的丧仪,以你为主。"

国有大丧,礼部自然是最忙碌的。孙如游正想好好表现,他怕太子殿下登基,换了他。为大行皇后治丧,他惹过大行皇帝动怒,太子殿下至孝,没准儿八位顾命当中,拿他开刀。

"是,太子殿下,臣遵旨。"孙如游慎而重之。

"请高大人来,太子殿下歇歇。"方从哲拘礼。

"嗯,回去换青袍吧。"

"臣等告退。"

大臣走了,高夫人即刻来昭仁殿赴任,先回禀太子殿下交代她的一项任务。

"尚宫局给温靖皇贵妃打的头面首饰,打好了。"

"多谢,孤的母亲移葬时,新打的首饰随入定陵。"

高夫人呈上这批首饰的名册,太子仔细览过:"有心了,很气派。"太子心下悲哀,母亲走了有十年了。母亲生前没用过好东西,戴过好首饰,幸而母亲身后能够葬入定陵。大行皇后薨逝后,太子秘密地令尚宫局给温靖皇贵妃打一套皇后规制的首饰,将来做母亲的陪葬。

太子特意点了其中的一件:"这件镶宝花丝金簪,样式不错,给恭靖太子妃、王才人各打一件。"

"是,太子殿下。尚宫局整理温靖皇贵妃的遗物,发现了昔年大行皇帝赠给温靖皇贵妃的信物。"高夫人低柔着眉眼,指给太子殿下,名册上的一件鎏金嵌珠宝方胜型带扣。太子记起了,母亲讲过,父皇当年摘下了他玉带上的宝石扣,送给了母亲当作信物。太子的手指抚过高夫人娟秀的字迹,感怀不已:"唉呀,这件随在父皇的棺中。小鸾,孤太感谢你了。"

太子称她闺名,高夫人红了脸,头埋得深深的:"太子殿下谬赞。"

太子不由得发窘,一声"小鸾"叫唐突了:"差事办得好,你留在孤的身边吧。"

"谢太子殿下器重。"高夫人福身,"臣回尚宫局,把随葬的事料理了?"

"好，你去吧。"太子有点不想她走。她找到了父皇赠给母亲的信物，太子感动，高小鸾是个有心人。

七月廿一的亥时，内宫和东宫的女眷到乾清宫的正殿，行大行皇帝崩逝后的首次奠酒礼。大行皇帝的妃嫔居左，皇太子的妃妾居右。内命妇着青色的宽袖衫，和满堂白色的孝布、孝幔融成一体。僧人描画的佛像画于纯白经幔从梁上垂下，粗高的红柱通体包上白布。正殿撤下了金龙宝座，抬上东暖阁的御榻，大行皇帝躺在御榻上，头朝向正东。台阶下放香案，上列贡品。香案前马鉴跪地，端着托盘，上放三支金爵，常云拿长木勺将陈年佳酿舀进酒爵。

皇太子走下左边的台阶，暂无"内相"，由常云喊声"奠酒"。皇太子走到正中，一支一支举起酒爵，将酒水浇到地上。底下的内命妇齐齐跪倒，太子在喷薄的哭声中走回御榻左前他的位置。整座大殿唯有他一人站着，常云和马鉴跪在台阶边上。

当哭声渐低，常云喊"止"，哭声止，喊"兴"，众人哭，反复三次。第一晚的子时哭灵，置备得仓促，好些物件还简陋，可气势一点不差。哭过了头一遭，有的大行皇帝的妃嫔用力过猛，到第二遭变成了干嚎，她们在哭自己。郑贵妃除外，大行皇帝给予过他的哪个妃嫔温情？位列于郑贵妃、周端妃之后的刘昭妃是进宫最早的大行皇帝的妃子，深宫中的孤独熬干了她的大半生。大行皇帝不在了，天塌了。抬头望一眼皇太子伫立在上，后宫的遗妇亦有了主心骨。她们的命运是确定的，移居西宫，继续被人遗忘，可是终归有个依靠，新君会看顾好她们。

第四十四章

第二次的"止""兴"间隙,皇太子以清亮的声音喊:"皇太孙上来。"

皇太孙朱由校跪在西李身侧,他们母子前面,排第一位的是东李李才人。朱由校听见父王叫他,侧头瞧瞧西李,西李推他一掌,轻声道:"去。"

朱由校站起,快步走右边的台阶上去,走到父王的身边。

太子拉了拉他的衣袖,肩搭的部位滑下,儿子穿的这身青袍大了,东宫服侍的人不精心。朱由校自己理正了衣裳,有几位嫔妃扬脸瞧着皇太孙。常云又喊"兴",哭声又起。朱由校转转眼珠,看见下面那么多人哭着,他害怕,想回到他们中间,和养母在一起。五弟由检就跟着周端妃。朱由校真真地见了,漫天漫地的悲戚中,西李娘娘投来鼓励的一瞥。他稍微缩后了小半步。

皇祖崩逝了,他懂,他舍不得他的翁翁,哭红了眼。十六岁的朱由校，仍然理解不了他新的身份。东宫的人忙前忙后，没人回答他，他该做什么。朱由校隐隐约约记得，养母说过的，假如皇祖不测，他很快会成为皇太子。他还是想翁翁活着，进内宫见得到翁翁。朱由校站在父王旁边，眼泪啪嗒啪嗒掉。他的父王麻木地站着，这叫作新君的威仪。

朱由校不习惯这种陌生的感觉，他多少是吓哭的，那么多人跪在他脚下，一抬头盯着他看。而明天的他愈发重要了。他和朱由检生下来是不同的，不习惯终得习惯。朱由校年纪上已经成年，他开府，做东宫之主，不远了。

万历皇帝崩逝后的第一夜，举行了奠酒礼，全京城无人好眠。天色未亮，满朝文武出动，往皇极门前致哀，人人青衣角带。百姓们爬起床看热闹，万历朝，皇帝二十几年不上朝，少有此等盛况。群臣入宫，列好班次。皇极门正北不远处的乾清宫内，重臣、宦官簇拥着大行皇帝留在京城的瑞王、惠王和桂王，荣昌公主的杨驸马为陛下进行小殓。皇太子和皇太孙是一群人里的主子，殿中极静，只听得到内侍走动、袍角拂地的声音。

常云、马鉴和乾清宫管传宣的苗全是大行皇帝最亲近的奴才。常云叫一声"奴才伺候陛下"，马鉴给大行皇帝净脸。大行皇帝生前喜欢常云修面，他接了剃刀，一丝不苟为大行皇帝修最后一次面，用小篦子梳齐整了陛下的胡须，手上仔细极了。唯一忍不住大声哭的是皇太孙朱由校，皇太子拉过他的手，悄声告诉他："不许哭。"朱由校乖乖地住声啜泣，他想上手帮着常云给翁翁括发。

理好遗容，给大行皇帝穿衣裳。大行皇帝的寿衣，穿缂丝十二团龙十二章衮服龙袍。为免挪动大行皇帝的法身，需找个身型合适的子孙做衣服架子，在他的身上穿好，褪下，再掀开锦被，套到大行皇帝身上。皇太孙和大行皇帝的身型相近，朱由校能参与了。

　　常云恭请皇太孙下阶，站到矮凳上，伺候他先穿中单，再套龙袍，配好蔽膝。而后常云将一套的衣裳从皇太孙身上褪下，三个近侍合力给大行皇帝套上。

　　朱由校像个牵线木偶，任近侍们摆布，含着泪水。

　　大行皇帝穿好了衣，皇太子走下台阶，亲手为父皇戴上他生前常戴的那顶乌纱翼善冠。这一刻殿内哀声起，朱由校犹站在板凳上，呆呆地瞧着这群人。父王也跪下了，哭得一塌糊涂。常云边哭，边请了皇太孙下地，按了他跪下。朱由校的哭声在那一瞬喷出喉咙，他哭喊着："我想翁翁！"

　　哭过这一通，皇太孙自己不晓得起来，没人顾他。三个近侍护住大行皇帝的法身，皇太子抬大行皇帝的头，稳稳地将法身放入朱红色漆的棺材。常云、马鉴摆好法身为侧卧姿，苗全把装着金丝翼善冠的锦匣呈给皇太子，皇太子将其放在头枕的右侧。三个内侍再把早先整理出的金酒壶、二龙戏珠金碗、花丝镂空金盒玉盂、龙纹金脸盆、玉带等大行皇帝的常用之物，摆放在法身的两侧。皇太子这时牵起了朱由校，让他在皇祖穿上身的衮服上盖上道袍、中衣和常服的龙袍。最后，皇太子和皇太孙一起盖最上面的一层——一床红底绣金的锦缎花被。

　　"恭送大行皇帝升天！"棺盖合上，方从哲高声道。刹那间，整座皇宫陷入了悲痛。

　　表尽了哀戚，大行皇帝在乾清宫的正殿正寝。在京的全体命官，皇亲国戚，包括不能露面的内命妇在各自的宫中，朝着乾清宫的方向三跪九叩，送大行皇帝最后一程。正寝意味着万历皇帝走入了历史。

　　新的时代从正寝的时刻启程。方从哲率先止哀，膝行至皇太子

一 月 天 子

身前，皇太子起身。方从哲低首，敛好犹在的哀容，掏出笼在青袍袖中的《劝进表》举过头顶。

方从哲朗声道："恭请皇太子殿下为国计，为民计，忍痛登大位。"

皇太子看到"劝进表"三个大字，高昂的情绪涌上。一日内他沉浸在丧父之痛中，总算轮到他了。太子直欲接下，强自镇定，守礼推让了三次。方从哲力荐三次。不需过多的言语，太子向外推就好。接了《劝进表》就是接受了皇位，直接接受等于不忠不孝。来回三次，数目够了，皇太子悲切表态："遗命在躬，不敢固逊，勉从所请。"

殿内，内阁、五府、六部的重臣和亲贵、大珰朝皇太子三跪九叩，新皇的新朝从此开始。朱由校于队列外，懵懂地随着众人叩拜父王。拜过，皇太子为表谦逊，搀方首辅和国公，再搀起他的长子。

礼成，皇太子成为嗣皇帝，可以理政了。翰林院可以启动为大行皇帝盖棺定论与开启新朝的一系列的文书工作了。

孙如游当场奏钦天监择定的登基吉日，八月初一，皇太子准如所请。

隆重的小殓仪式毕，小殓到大殓间，仅有两日，京城内各座寺观敲钟三万下。照万历皇帝的遗命，大殓后梓宫无需在乾清宫停满七七四十九日，他想早日到煤山和大行皇后团聚。移灵到煤山之前，尚有繁琐的哭灵仪式，每日早晚两次，在京文武官员和三品以上外命妇至思善门外，内命妇和宦官至乾清宫前哭灵。哭灵从大行皇帝崩逝的第二天，也即小殓的当天起，每晚子时的哭灵，嗣皇帝必须亲临灵前奠酒。

嗣皇帝朱常洛专注于丧仪，他想要多等两日，等到父皇驾崩后的第三日，大殓完成，开始做他梦寐以求的皇帝。隐忍是朱常洛的习惯，他要让天下看一看，他是不一样的嗣皇帝。住在昭仁殿的倚庐主持丧仪，朱常洛夹着万般的恭谨，做天下孝子的表率。

登基前，嗣皇帝还可称作皇太子，直至登基变成真正意义上的新皇，称陛下。皇太子命刘庭教过皇太孙礼仪，大殓的仪式上，朱由校的表现成熟多了。这一天，内命妇到灵前哭过，三品以上官员、皇亲国戚后到灵前祭奠。皇太子和皇太孙站在大殿的左上首，他二人最后出列，跪于几筵正前，皇太子自称"孝子朱常洛"，皇太孙自称"孝孙朱由校"，对大行皇帝的棺椁行三跪九叩的大礼。

礼成，吉夫上，在内官监掌印太监李恩的指挥下，将棺抬起，放入垫好安神帛的椁，将椁盖钉死。大行皇帝睡进了朱红色的棺椁，升入司礼监做秉笔太监的王安在几筵上立放铭旌，上书"大行皇帝梓宫"。众人叩头，哀哭。

自大行皇帝驾崩当夜子时的奠酒礼到三日后的大殓礼成，乾清宫的装饰不变，一直到大行皇帝移灵煤山，这里都会是肃穆的灵堂。不过大殓后，侍奉供品的内侍以外，无人再有资格走进大行皇帝的灵堂，至梓宫前哭泣。

此后进乾清宫的人走龙光门，进昭仁殿见皇太子。三天的时间，丧父的伤痛缓缓愈合，皇太子对皇权的渴盼愈来愈强烈。父皇享尽了普天下的哀荣，孤什么时候成为大权独揽的皇帝？父皇最不爱住的东暖阁，历代先皇的寝殿，恰恰是皇太子最盼望着住进去的地方。倚庐，他还得住多久？不住东暖阁，也得找一间宽敞的住处。他不情愿缩在父皇的灵柩边上，无休无止地扮演孝子。

皇太子召见了孙如游，问礼部和翰林院给大行皇帝拟的谥号。张问达求见，皇太子一并召了他。

孙如游报上的三个庙号"文宗""昭宗""宁宗"，皇太子皆不赞同。万历皇帝四十八年的统治，极难用一字概括。张问达插了句嘴，有点儿意思："行见中外曰显，受禄于天曰显。臣以为'显'字可用作大行皇帝的谥号。"

皇太子扬了扬眉毛，张问达提的"显"字好，大行皇帝平生最得意的三大征即"行见中外"，国朝在位最长即"受禄于天"。

"显皇帝，孤以为妥。景文，你带回孤的意见，再商议。"

孙如游深感新君随和，与大行皇帝两种风格，使为人臣者如沐春风。他对新君的虔敬发自衷心："臣遵命。"

张问达心存忐忑，呈上周嘉谟和李汝华代大行皇帝撰写的罪己诏，署上了方首辅的大名。

皇太子接过，略翻了翻，甩在手边，面色严峻，拒绝发下这道罪己诏。

"大行皇帝已然悔改，尔等何必穷追不舍？孤不允许你们清算孤的父皇。"

太子一看便知，罪己诏是东林党授意所为。东林在万历朝饱受苦楚，不会放过大行皇帝。新君起用东林，史笔握于东林之手。翰林院中东林势盛，拟出"昭宗"亡国之君这种刻毒的庙号。皇太子于情于理不允许他们这么做，他以探讨的口气："量大福大。世宗皇帝走得仓促，借拟写遗诏污蔑世宗的徐阶、张居正没好下场。"

张问达听出了弦外之音，皇太子不会给张居正平反。皇太子受了多年的压抑，但是他历经千锤百炼，到今日不急不躁。张问达认了错，想和孙如游一道告退。太子留下了孙如游。

"景文，你是'大宗伯'，孤想搬回东宫为父皇服丧，你看可行吗？"太子以孝顺做理由，"孤住在昭仁殿，你们进出扰了父皇清静。"

孙如游无从反驳，木讷道："东宫名义上属于皇太孙殿下，臣不知太子殿下能不能回东宫住。"

太子不苟言笑:"孤也不清楚,孤问司礼监吧。办好父皇的丧仪,孤不急着住乾清宫。"

"太子殿下。"孙如游吸吸鼻子,感动到了心底,"太子殿下至孝。"

"你去忙吧,辛苦了。"

朝臣退下,皇太子请内夫人高氏宣刘庭来,这几日忙得他无暇关心妻妾儿女。王安暂任司礼监秉笔太监,位次在崔文升之上,是内廷的第一把手,执掌司礼监。刘庭一人操持东宫,太子对刘庭信任,他亦牵挂由校。

主仆相见,按捺着内心涌动的情绪,皇太子握住刘庭的手,像见到了家里人:"都好吗?"

"东宫都好。皇太孙殿下安好。"刘庭闪着泪光。

"他还和西李住承华宫?"

"是。太子殿下想回去暂住?"

皇太子令高夫人和刘庭坐下,待他们亲近:"孤回了东宫,内宫不可无人,让由校来住倚庐。由校大了,能当一面了。小鸾、刘庭,你们看,谁留在乾清宫照料皇太孙,谁随孤回东宫掌事?"

刘庭惊讶,太子殿下脱口而出高夫人的闺名。许是思念恭靖太子妃的缘故,太子殿下对高夫人更为亲厚。高夫人笑而不语,刘庭率性答道:"回殿下,女官回去,恐有不便。请高夫人看顾皇太孙殿下如何?"

高夫人垂眸,征求太子殿下的意见。太子极信赖他们两个:"好,都是故人,小鸾和由校也熟悉。"他瞧高夫人的眼神,难见的温柔。眼眸之中,刘庭明白了太子殿下的心意。新朝确实不能再出一位郑娘娘。

高夫人道了福："臣打理好昭仁殿。"

"是，孤回东宫的穿殿。"太子专注地看着她，"孤请你备下的书？"

"臣去拿。"高夫人行事沉稳，暂且退下。太子殿下和刘庭说话，她不宜在旁。

"你看小鸾，孤看她总想起太子妃。"太子感伤，揉了下鼻子，"孤的亲人越来越少了。"

"恭喜太子殿下。"

"太子妃还在，多好。孤期望呀，孤的中宫有一位不同凡响的皇后。"

"恭靖太子妃不幸早逝，您怀念恭靖太子妃是对她最好的告慰。太子殿下将来的中宫不同凡响，恭靖太子妃在天上会欣慰。"刘庭蕴笑。

"太子妃最难的时日，有小鸾陪着她，孤感谢小鸾。"太子追悔，眼含失意，"孤想见由校，你接他来。"

"太子殿下稍候。"

朱由校来了，刘庭和侍候他的魏朝钦守在门口，高夫人陪着朱由校。朱由校跪地就拜，父王要做皇帝了，好像小时候他拜翁翁胸口的龙头。

"起来，由校。"太子让他坐，朱由校盯着桌上的核桃酥嘴馋。

"小鸾，把核桃酥递给由校。"太子疑惑，这孩子怎么回事。

朱由校坐到八仙桌边，狼吞虎咽地吃起来。太子问他："没进晚膳？"

"皇祖崩逝后，养母不准儿臣吃晚饭。养母说，儿臣是皇太孙，要纯孝。"小块的核桃酥，朱由校一口一个。

"你是儿，不是臣。小鸾，教膳房给由校煮碗面。"太子气得拍桌子，"西李胡闹，这样待你，她也有过她的儿子。"

高夫人端了盏茶给皇太孙："殿下慢吃。"

"谢高姐姐。"

仍是昔年称呼，高夫人头一低。

朱由校咕咚咕咚喝干了茶。他饿坏了，也渴坏了。跟着西李，寄人篱下，朱由校不能闹，不能任性。皇祖走了，他好难过。父王给他吃东西，他缓一缓，和父王非常亲密："父王，儿子……由检来看过我，他为什么吃得饱？为什么周娘娘待他极好？"

太子见儿子还穿着小殓上不合身的青袍，愈发生气了："由校，你受苦了。你知道什么是皇太子吗？太者，大也。你是父亲的臂膀，是万民希望之所集。由校，你会做皇帝的。所以你务必经受磨砺，父亲不苛责你，你自己得争气。"

朱由校放下了点心碟子，半懂不懂："儿子明白，弟兄中儿子居长。"

"你的皇祖和父王都看好你。"太子令高夫人站近了，站到皇太孙身旁，"高大人是父王为你延请的女傅，她来照顾你的起居。叶先生是孤的老师，他回了朝，孤立你为皇太子，请叶先生给你开讲。"

"臣惭愧。"高夫人跪下。

皇太子牵了她的衣袖，拉她起来，和气道："由校缺少管教，拜托你了。"

高夫人点了下头。服侍太子殿下，她感到太子殿下御下特别礼遇。她局促地接下了这重任："臣尽心竭力照顾好皇太孙殿下。"

太子让由校站起，抱拳拜了女先生。朱由校从小缺乏正向的引导，服侍他的人必得换掉。

朱由校仰头，见女先生柔和的面庞，忆起他的母亲，难受得快哭了："父王，我做了太子，我娘……"

"你母亲……父王没忘记她。"太子想到王才人，不免惭愧。

"父王，您会封母亲为皇后吗？因为儿子是长子，母亲丢了性命。"

太子又怒了："谁跟你说的？"他以为是西李胡言，结果不是。

朱由校有啥说啥："进忠大伴儿说的，母亲是被养母害死的。"

"你身边的人要不得，什么素质？"太子阴郁，好歹弄清楚了，儿子被什么人给耽误了。由校口中，他最喜欢，与他形影不离的进忠大伴儿和乳母客氏是王才人选的。另一位大伴儿魏朝钦，人品有问题。西李做由校的养母是临时的。太子暗下决心，他坐上了龙椅，最急迫的，搞好由校的教育，给由校好的环境，让他志学、向好。再给他耽误了……

太子看了看站在由校身后的高夫人，端庄，文静。假若她不仅仅做由校的女先生？她是由校的母亲，大行皇帝的忧虑迎刃而解了。

朱由校进了昭仁殿，住下了，替下他的父王睡倚庐，和高夫人在一处。

朱常洛回到慈庆宫的正殿，真正的扬眉吐气了。

挨着父皇的灵柩，发号施令，他的压抑甚至超越了父皇在世时。父子间三十八载从没有离得这么近。昭仁殿和停灵的正殿近在咫尺，疏离感化成瘆人心脾的恐惧。太子睡在昭仁殿的倚庐，整夜合不上眼，父皇的魂灵犹在，就躺在龙床上，坐在御案后，站在窗前，对他耳提面命，甚至他几次听见父皇指责他不孝。白天的丧仪，朱常洛尽了百倍的心力，赤忱尽孝，祈求父皇晚上不要再回来。他一样谨小慎微地处理政事。朱常洛想过，将父皇的梓宫移到皇宫西南部的仁智殿。最终，朱常洛自己逃了，乾清宫不是他现在待得住的。他搬回了穿殿。

他是东宫十几载的主人，熟悉的环境，睡惯了的床榻，朱常洛舒泰了。他深夜不寐，跷着脚坐在紫檀绣墩上，思索他的宏图大志。摆脱了父皇，他方能大干一场。他在想如何一步步将他梦想中的蓝图变为现实。他没有胆量清算父皇，但是他的王朝和万历朝绝对是两个迥异的时代。朱常洛期待着他的帝师叶向高，亦崇敬起了张居正。他想要中兴，想要推行新政，他计划中的新政比张居正的恢弘，必当大快人心。不久的将来，也许不出今年，他，朱常洛会成为万民敬仰的英主。

父皇，朕会证明自己的，您选了朕，您没选错。

清晨，嗣皇帝颁下了他的第一道谕旨，召韩爌、刘一璟回朝。第二道谕旨，"先年开矿抽税，为三殿两宫未建，帑藏空虚，权宜采用。近因辽东奴酋叛逆，户部已加派地亩钱粮，令将矿税尽行停止。其通湾等处税监张烨、马隋、胡滨、潘相、丘乘云等都着撤回。"第三道，以父皇的遗命犒赏辽东，"父皇特念辽东九边文武将士劳苦，悯恤至意。"

嗣皇帝尚未登基，连发三道谕旨，行仁政于九州。相继回朝的东林人士甚为欢欣，拥戴皇太子所做的努力没有白费。短短几日，大明已有欣欣向荣的迹象。皇太子对自己所为颇感得意，君臣一心，坚信大明不日即能恢复元气。皇太子埋头于政务，亢奋到不眠不休的境地。他从朝臣以毕恭毕敬的口吻写给他的奏疏中寻到了极大的满足，不知疲倦。他住回穿殿的第三日的午后，太子歇了午觉，起不来了，脚下虚浮。刘庭想请太医，太子不许："传崔文升来。"

"谁？"刘庭疑道。

太子皱了皱眉，揉着膝盖："孤没登基就生病，让朝臣知道了不好。孤的身子尚可，崔文升给点儿药就行。"

"崔文升治病，不靠谱儿。"刘庭言语生涩，"请负责东宫的林太医来看看也好。"

太子听了不受用："罢了，孤不过是风湿重了，大丧跪的，擦点儿药得了。孤找崔文升。对了，你找了崔文升，召王安来。"

刘庭出去办差，恰见西李娘娘领着一列的宫人逶迤而来，她的架势未因重孝在身，收敛分毫。刘庭避到道旁，西李没瞧见他，他目送着西李娘娘进了穿殿。刘庭叹息，主子之间的事，不是他管的。西李娘娘嚣张跋扈，王才人娘娘因她而死，太子殿下不怪罪她，对她算是一如既往。算了，宫中不公正的事儿还少？

太子见了西李，也腻烦她。父皇新丧，太子不用西李伺候，她来此的目的昭然若揭。西李不懂遮掩她的企图，她一开口，太子明白了她的目的。西李推王才人那一掌，也推在了太子心上。

"太子殿下，您奉父皇遗命，推行善政，海内感佩。"西李拿腔作调，太子越觉着她有备而来，"您记得吗，父皇有一道留给郑母妃的遗诏？"

"后宫不得干政。"太子漠然。

"册封郑母妃是大行皇帝的遗愿，是太子殿下的家事。"西李深沉，"殿下孝顺，海内皆知。"

"孝顺？孤问你，孤的母亲怎么死的？你 口一个郑母妃，你的亲婆母被你抛诸脑后了？"太子说起生母，双眼血红，"孤的母亲没追封为皇后，你等不及给郑贵妃请封！"

西李慌张，不敢看太子殿下的脸。她记忆中，太子殿下甚少发怒，更没激愤地说起过他的母亲温靖皇贵妃。

太子额上冷汗涔涔，扭过脸去："李氏，你告诉郑氏，她想做皇太后，和孤明讲，不用派你来拐弯抹角。"他揩了把汗："由校离了你，你清闲多了。"

西李欲语泪先流。太子见她掉泪，更腻烦她，嫌她矫情。"你何来的伤心？由校十五岁丧母，跟着你左不过一年。他大了，能独立了。"太子的面容冷酷，"孤是说，你清闲了，反思反思你的作为。"

"太子殿下，王姐姐的事，妾不是故意的。"西李举起右手发誓。

"无意？有意？你若有意，你把孤怎样？"

西李死咬下唇，看她真的很委屈："妾不是故意的。"

"孤知道你想什么。由模夭折，你不容易。"太子直直地瞧她，残留了一点昔日的温情，"若你还有个儿子，好歹慰藉些。"毕竟是太子喜欢了多年的女人，西李哭得声泪俱下，太子殿下对她犹怀了怜惜。

但西李不稀罕这点儿仅存的怜惜。自从太子殿下开始疑心她，疑心她与郑娘娘串通害死了王才人，太子殿下之于她成了座沙丘，靠不住了。

第四十五章

西李决计主动出击,依靠太子殿下,她要的得不到。她听魏朝钦说了,太子殿下看上了乾清宫内夫人高氏,把由校托给了她。莫非太子殿下想让高氏跃龙门,一举坐上后位?西李更没想到,太子殿下宁愿抬举东李。太子殿下的筹划中,皇贵妃是东李,西李只能封为贵妃,冯选侍生产后亦会封为贵妃,邵淑女生产后封妃。西李有种不好的预感,她去见了郑贵妃。郑贵妃听了西李的隐忧,恐怕她输得一败涂地,请了太子来。

郑贵妃现暂住在乾清宫弘德殿,协助内官监整理大行皇帝的遗物。

太子是新君了,他不用给郑娘娘打躬问安了。郑贵妃待太子谦和,请太子坐。大行皇帝崩逝,弘德殿陈设如旧,大行皇帝用惯了的桌椅等家具摆放在原位,一应盖上了白布,人坐的地方垫个白色的蒲团当坐垫。太子坐上去不舒服,遂道:"郑母妃,您何苦憋屈着守在弘德殿,移回启祥宫可好?"

"这里有你父皇的影子。"郑贵妃恋恋不舍,抚着大行皇帝躺过的御榻,"本宫想念陛下。"

太子扭了扭,撤了那个蒲团:"父皇的谥号和庙号定了。"

"嗯,是什么?"郑贵妃关注着,怕太子清算他父皇。

"神宗显皇帝,范天合道哲肃敦简光文章武安仁止孝显皇帝。"

郑贵妃纤长的手指摸上了自己的脸颊。大行皇帝走了,她老了:"神宗?"郑贵妃质疑,她诗书不精,可她晓得宋神宗与王安石。神宗?好个讽刺!

"父皇在位的时间长,难以评说,因而用'神'字为庙号。"太子脸色沉了沉,也羞愧。给父皇选了"神宗",明褒实贬的庙号,是太子和朝臣妥协的结果。他不发父皇的罪己诏,翰林院选了"神"字为庙号,驳回太子殿下的意见,定为"中宗"。

一字褒贬,郑贵妃懂得"显"是美谥。宋神宗的故事是皇帝本意励精图治,锐意改革,可惜半途而废,以"神"字评价大行皇帝贴切。万历朝有过张居正的改革,有过三大征,终于辽东惨败,国库空虚。大行皇帝想要得到正面的评价,难。

郑贵妃欣然接受:"很好。"

"郑母妃以为好就好。您让孤来,有别的事儿?"

郑贵妃理所当然的:"太子,你快登基了,中宫的人选得考虑了。比如东宫的二李,伺候你的时日不短了,她们的出身和操行当得起皇后。"

"孤不急册立皇后。孤登了基,先为恭靖太子妃正名位,追封为嫡皇后。对了,郑母妃,孤为母后定了谥号,孝端显皇后,与父皇同日上谥。"太子顿了一下,忖着郑贵妃挂在眼梢的谋算,"还有孤的母亲温靖皇贵妃,追封皇后,移葬定陵,与父皇千古相随。"

太子一语戳中了郑贵妃的痛点。大行皇帝对温靖皇贵妃可谓没一丝的感情,温靖皇贵妃不一定愿意和遗弃她的夫君合葬。可人家的儿子是新皇,她得以轻而易举随葬定陵,拥有皇后的名分。心尖上的刺痛激得郑贵妃急不可待,和太子挑明:"太子,你父皇生前留下一道遗诏。"

太子慢慢抿了口茶:"是,郑母妃,孤着礼部,遵大行皇帝遗诏,册封您为皇太后。"

郑贵妃不无担忧:"礼部?朝臣反对……"

"郑母妃服侍父皇劳苦功高。父皇的遗诏,想来不会有人反对。"太子道,"册封您为皇太后,道理上没不通的。您是皇贵太妃,距皇太后一步之遥。"

郑贵妃觉不出心愿达成的快慰,太子答应得如此痛快,怎么想怎么像圈套。但嗣皇帝一言九鼎,他坑她做什么?他不愿意,大可一口回绝。郑贵妃又想,礼部的孙如游是东林党,太子的私人。太子发话,孙如游敢不从?

太子的下一段表达愈增添了郑贵妃的信心:"但请郑母妃宽心,事分轻重缓急,册封您须等到追封了孤的母亲,父皇、母后和圣母葬入定陵以后。定陵中祔葬、从葬的顺序,以圣母为先。"

"那是自然的,本宫等得起,本宫谢过太子。"郑贵妃适才安生了,她和王恭妃,谁排前,谁排后,她不在意了,只要与大行皇帝同葬,只要她是皇太后。今日郑贵妃才信了,曾聊到百年后同穴的难题,大行皇帝常说的,太子仁孝。她与大行皇帝的心愿,到头来是朱常洛帮助完成的。

太子按了按自己瘦削的手臂,长叹道:"父皇的心愿,孤为人子,岂能驳回？郑母妃，父皇的遗妃中以您为尊，您整理好了遗物，早日移去慈宁宫吧。"

太子再下移宫令，郑贵妃不肯走。身后的事定了，生前还得争一争呢。她不想自此无声无息，去西宫养老。那样的话，自己比大行皇帝活得长有何意思？

郑贵妃闪烁不定，太子言辞越发苛刻："郑母妃常住弘德殿，孤的儿子住昭仁殿，孤亦将不日搬入东暖阁。三代人同住乾清宫，郑母妃，欠妥当了？也是，父皇移灵前，郑母妃陪伴父皇，由校孝顺皇祖，同住没啥不方便的。"

太子犀利，令郑贵妃发寒，这孩子显然不是善茬儿，讲话滴水不漏。好在太子念着父皇，自己有大行皇帝的遗诏。西李可糟糕了，可是西李的命运不是郑贵妃能左右的。西李修为不够，摊上这么个夫君。郑贵妃起了笑容："太子，本宫给你的妃妾腾地儿，情理当中。本宫和诸位妹妹移了宫，启祥宫、钟粹宫空置便空置了，坤宁宫空置就不好了。"

"孤的家事，郑母妃多虑了。孤先走了。"太子不给郑贵妃置喙的余地，站起来，点下头。

郑贵妃含了客套，吩咐她的近侍："送太子。"

"不必了。"太子快速离开了弘德殿。大行皇帝崩逝后，弘德殿前的凤彩门打开了。

太子刚走，郑贵妃传了周尚宫来。周尚宫前日呈上辞呈，自称年老体衰，欲退居西安门外养老。郑贵妃不准，尚宫局她还说了算。太子对王才人的死心怀疑忌，对恭靖太子妃则怀了愧悔，莫不成让高小鸾成了女官出身的继后？

"知道本宫为何不许你辞官？高小鸾掌了太子的事，咱们联系东宫越困难了。你忙大丧，落了丁点儿的好处？本宫的大计，你忘了！"郑贵妃脱了鞋，盘坐在床上，语带怨怪。

"郑娘娘，高小鸾的才华、容貌、性情，太子殿下看上她，不奇怪。"

"嗨，高小鸾，本宫见过。关键她是恭靖太子妃的旧人，太子看上她，难道他疑心恭靖太子妃同是枉死？"

周尚宫不好宣之于口，高小鸾与她共过事，她非常了解高小鸾。实则，她不主张郑娘娘掺扯新皇的后宫。高小鸾被调出尚宫局，看顾皇太孙殿下，没什么大不了的。高小鸾在女官中，一直是年轻有为的人物。西李或是高小鸾，做未来皇太子的嫡母，与郑娘娘没关系。周尚宫不明白，到了今日郑娘娘还打算什么。

"本宫明说了，如果新皇娶了高小鸾，高小鸾饱读诗书，才貌双全，选进宫的良家女子和她没得比。她又是故人，撞新皇的心，她是要做皇后的。你想，高小鸾受宠，生下新皇的嫡子，朱由校怎么办？"

周尚宫照常理，本本分分地答："回郑娘娘，高小鸾知书达理，乳臭未干的嫡子比不过成年的太孙殿下。再者，依照目前的情势，高小鸾嫁给太子殿下，皇太孙殿下缺管教，她是皇太孙殿下的母亲，她更不会坏自己养子的前程。"

"这你说对了。"郑贵妃坐直了，严阵以待，"放掉了朱由校，本宫谈何资本？"

周尚宫不明就里："郑娘娘您有遗诏，太子殿下许了封您为皇太后。您毋用担心太孙殿下。"

"怨大行皇帝走得早。"郑贵妃悲从中来，"本宫移去西宫，当个摆设似的皇太后，了无生趣。新皇不可能孝顺本宫，新皇记恨本宫，旁人能够尊敬本宫？本宫不想做个有名无实的皇太后。你带西李来，教她把朱由校抢回去。西李做了皇后，新朝的内廷才有本宫的位置。"

周尚宫本想说，郑娘娘没必要，皇太后就是皇太后。太子殿下人不错，会善待您，优待福王殿下的。话到嘴边咽了下去，主子给了命令，她不能替主子做主。郑娘娘提拔她，她把命卖给了郑娘娘，自己威风够了，郑娘娘没威风够。郑娘娘需要她，周尚宫没资格离开。

周尚宫出了个主意，让西李娘娘以侍奉郑娘娘为由，搬来乾清宫的南庑房。西李娘娘名义上仍是皇太孙的养母，来乾清宫照料皇太孙，太子挑不出理儿。

太子没工夫注意西李，他废了矿税，正忙着犒边。孙如游掌礼部，太子的仁政没他的事。礼部办大丧，刚闲下来，太子的谕旨到了，封郑贵妃为皇太后提上了日程。孙如游心意不定，奉不奉召，他请来了杨涟商议。孙如游想来，不愿挨骂，即便在东林党的内部，杨涟除外，对着别的朋友，他不敢讲真话。搞不好，哪位仁兄气不顺弹劾他，杨涟却值得信任，不会出卖他，他愿意听听杨涟的。

孙如游的意思，顺应皇太子的谕旨，因为这道谕旨上承大行皇帝的遗诏。

杨涟当时吹胡子，瞪眼睛："你糊涂！"

"文孺，仆糊涂在哪儿？"孙如游不知所措。

杨涟恨不得扯孙如游耳朵："封不封郑贵妃为太后，关乎国本！太子殿下下这道旨，没让你奉诏，让你驳回。封郑贵妃为皇太后，不合祖制，不合礼法。你是礼部侍郎，你清楚。"

"仆自知遗诏可作数，可不作数。郑贵妃非嗣皇帝的生母，亦非大行皇帝生前册立的继后。倘若她能安分，到西宫养老，给她个虚名，有何不可？而且那是大行皇帝的遗愿，想要郑贵妃长伴他于地下。"孙如游稀里糊涂的。

"郑贵妃不可能安分！"杨涟昭然，"幸亏你问了仆。郑贵妃交结西李多年，西李怎么做上太孙殿下的养母，王才人娘娘怎么死的？郑贵妃在下一盘大棋，她做皇太后，定会下懿旨令新皇立西李为皇后。来日西李诞下嫡子，西李既控制长子，兼之控制嫡子。西李偏私狭隘，万历朝的国本之争必将重演！"

孙如游如梦方醒，一拍大腿："哎呀呀！我怎么没想到？国本为重！文孺兄，救救我！"

"后宫争斗，我等不当理会。但是国本，我们务必力争。你且顶几日，别和方首辅讲半个字。皇太子登基，请方首辅联名，上奏早立太子。"杨涟悉心道，"将来的国本，仆想过，不管立谁为皇后，太子殿下春秋鼎盛，多半会有嫡子。先定下了皇太子的归属，起码目前太子殿下十分属意皇太孙殿下。"

"文孺兄高明。"孙如游迫不及待去衙门，写奏疏。大早起的，他请杨涟来他府上商议，杨涟不忘鼓励孙如游："办好这件事，你是新朝排第一的股肱之臣。"

"多谢文孺兄，仆在这儿写，写完您帮仆掌一眼。"

以配而后者，乃敌体之经，以妃而后者，则从子之义。皇贵妃事先皇有年，不闻倡议于生前，而顾遗诏于逝后，岂先皇弥留之际，遂不及致详耶？王贵妃诞育陛下，岂非先皇所留意者？乃恩典尚尔有待，而欲令不属毛离里者，得母其子，恐九原亦不无怨恫也。昭先命之失言，非所以为孝。《中庸》称达孝为"善继善述"，义可行则以遵命为孝，义不可行则以遵礼为孝。臣不敢奉命。

夫子云，三年无改于父之道，无改的是父亲做得对的部分。父亲的过错，改过迁善，替父改过，树立父亲身后的贤名，方为大孝。

太子深以为然，理据上，情感上，郑贵妃作皇太后，不成立。孙如游不写诸纸面的，太子更加在意，郑贵妃以皇太后之尊令他立西李为皇后。他登上了皇位，还要受皇太后的挟制，郑贵妃想得美。太子要的即孙如游的反对。孙如游反对，违逆父皇的遗愿，阻挠立郑贵妃的不是自己，他不会担上不孝的骂名。

太子压下了孙如游的奏疏，收回了他发到礼部的成命，再不提"皇太后"。郑贵妃发现上了太子的当，为时已晚。她还听她侄儿郑养性所讲，太子私下回了孙如游一封揭帖："不仁者不可以久处约，不可以长处乐。"大行皇帝生前低估了朱常洛，朱常洛做了皇帝，做得顺了心，她能有活路？

郑贵妃尚有西李，太子快登基了，不再那般严密地控制西李。西李在乾清宫南庑房住下了，皇太孙同在乾清宫。郑贵妃必须为自己搏一把了，好好利用太子在她身边的女人和儿子。太子肯定牢记他母亲的仇，郑贵妃此时不搏……朱常洛那个人，城府太深。

万历四十八年八月初一，皇太子朱常洛于皇极殿登基，改明年为泰昌元年。

朱常洛终于穿上了衮服，戴上了冕旒，坐上了皇极殿的宝座，接受天下的朝拜。听着跪满了皇极门广场的朝臣山呼万岁，震耳欲聋，那是他一生听过最好听的声音。忍辱负重三十八年，朱常洛终于有了活着的感觉，这口气终于喘通畅了。王安宣读登基的圣旨，以"朕"的口吻书写的圣旨，泰昌皇帝握紧了腰间佩长剑的剑柄。普天之下，唯有皇帝能够佩戴长剑。这柄长剑与衮服上绣的十二章纹象征着皇权的至高无上。皇权生来是朕的，朕命中注定坐上这把龙椅。

一月天子

泰昌皇帝的心中激情满怀，但表面上那样的威仪、庄重。立于阶下的庶吉士秉笔记下泰昌朝的第一条实录，记载陛下在登基大典上不凡的仪态。泰昌皇帝做皇太子十九载，其精神自比冲龄登基、不堪礼仪繁琐的先皇好太多。新皇如今泰然稳坐而红光满面的模样，才是士子们为官、为臣想看到的皇帝的模样。他们呼出的万岁就格外的真诚。

八月初一是泰昌朝美妙的开始。

泰昌皇帝扶剑，阔步走下御阶，步行回乾清宫。泰昌朝拉开了序幕，这是全新的时代，皇帝体恤民生，励精图治，大明必然万象更新。

那个早晨，朝霞满天，染红了天际，与天边一轮初生的红日呼应。灿金的霞光如碧波荡漾，点燃了每个人的希望。经历万历朝的摧残，跨入泰昌朝的大明亟待喘息，亟待革新，皇帝登基前已经做了很多。泰昌皇帝在东林党的保护下，在满朝文武的拥戴下，在儒家的谆谆教化中长大、成熟，他是个好皇帝，毋庸置疑。

泰昌皇帝行走在近于青天的台基上，回乾清宫，走的是正中的御道。父皇在位时不屑于出门走走，享受皇帝的权力。父皇的皇位得来容易，所以父皇把江山社稷整成这样。登基大典上，皇帝一直在想他的父皇神宗显皇帝。自己身后会得到什么评价？皇帝珍惜他的人望，神宗恰恰最不在乎别人对他的看法。父皇一生背了骂名无数，朕要证明朕和父皇不同。

王安和崔文升走在新皇的三步之后，昂首阔步，执着拂尘。王安欢喜，他以新皇的伴读升为"内相"，收获了他陪太子殿下一路踏着荆棘走来的尊荣。

乾清宫归属新皇了，王安兴奋地想着。昨日他和刘庭送了郑贵妃回启祥宫，西李和皇太孙回东宫。自今日起，皇太孙改称皇长子了。王安和崔文升护送陛下进东暖阁，刘庭和高夫人在等，等着服侍新皇。刘庭是乾清宫掌作太监了。

推开了殿门，高夫人和刘庭备好了茶水、点心。陛下近来劳累过度，膝盖稍不舒服，擦了崔文升献的药膏亦没缓解。服侍的人提着小心，陛下没说从哪个衙门调都人和内侍入值乾清宫，刘庭和高夫人的工作繁重。

高夫人上前，侍候陛下更衣。陛下喜欢安静，伺候的人默默的。高夫人行了大礼，道一声"陛下万安"。

皇帝爱听她喊他"陛下"，笑得开心极了："你再叫一声。"

"陛下万安，臣服侍您更衣。"高夫人垂首，手轻触到右衽大襟、宽袍阔袖的衮服的金黄纽襻，解开最上一粒。给主子更衣的活儿，高夫人早生疏了。

皇帝未觉出她的生疏，只想和高小鸾聊聊天，在他人生最风光的一天。皇帝胸中的激情尚未退却，对着高夫人，他愈感到了做帝王的伟大。

"小鸾，你知道帝后的寝宫为什么叫作'乾清''坤宁'？"

高氏摘下陛下的佩剑，交给刘庭保管，姿态虔敬："天得一以清，地得一以宁。"

"交泰殿呢？交泰殿是做什么的？"

高夫人不假思索："国朝于交泰殿举行皇后的册封礼和生辰礼，皇后于交泰殿受内外命妇的朝拜，春季祀先农前察看采桑的工具。'交泰'二字出自《易》，'天地交合，康泰美满'。"

皇帝伸直手臂，由高夫人褪下衮服。她的动作很轻，不给衮服留下一道皱痕。太子面带适意的微笑，接着问高夫人："朕的年号里即有个'泰'字,朕钟意这个'泰'字。小鸾,你怎么理解皇后?"

高夫人匆匆抬头看了一眼陛下,谨慎地垂下头去:"回陛下,臣不敢妄言。臣愚见,古人造字,'后'原为君主之意。皇后以德配天,女子以卑顺为德。帝后为夫妇,亦为君臣。夫妇正,天下之大义也。"

"你说得好,皇后是朕的妻,更是朕的臣。朕当娶一位与朕相配的女子,朕的家、朕的国就正了。"皇帝笑着,"小鸾呀,女正位乎内,你没教朕失望。"

他二人说着话,王安站在远处看着,浅浅笑着。

刘庭拿下去衮服,高夫人替陛下摘下冕旒,依礼退避,和刘庭下去收拾衮冕。

皇帝与王安议事,头一件是先皇的葬期。

"天子择吉而葬,十月是吉利的月份,今年十月葬父皇和母后于定陵。圣母和恭靖太子妃、王才人的追封,待到奉安之后。"

"陛下圣明,尊卑有序。先皇移灵,煤山的灵前由内官监负责。"

"李恩伺候父皇一场,该他尽心。"皇帝沉沉道,"十月份说远不远,命钦天监从速择定吉日。九虞礼开始筹备了。"

王安遵命:"是,陛下,九虞礼是奴才司礼监的分内之事。"

"你和崔文升暂且支撑着司礼监。父皇奉安后,朕从内书堂挑几个学生进司礼监写字。"皇帝论事,板着脸,的确威严。他话头一转:"传旨,晋刘一璟、韩爌为礼部尚书、东阁大学士,入阁参理政务。再传旨,召回遭先皇贬斥的忠臣,着刘一璟、韩爌、周嘉谟办理。另告知方从哲,他身子不适,在家安养,不必回朝。"

"奴才遵旨。"王安适应了新皇办事果断,不拖泥带水,钦佩新皇,"敢问陛下,册封六宫?"

"先立皇后吧。"皇帝眸中掠过了向往,看向外间,高夫人在外间。

王安明知陛下的心意,不多问。皇帝温情脉脉:"多给诸位母妃一些时间,请她们善自打点行装,准备移宫。她们这辈子挺不容易的。"他叫了高夫人进来:"小鸾,你交待尚宫局,不忙,但移宫要办好。朕的母妃们和嫔妃都不能受委屈。"

"是,陛下。"高夫人承命。

皇帝对西李犹不放心:"西李忙什么呢?"

王安和高夫人答不上,问了刘庭,刘庭也疏忽了,东宫的妃妾们全被疏忽了。新旧交接总是遇到很多的困难,千头万绪的。万历朝到泰昌朝,内廷、外朝的人手不够。皇帝处置倒是自如:"刘庭,你有空回东宫看看,由校和西李住在穿殿。"

王安眨了下眼道:"陛下,皇长子殿下成年,无需养母照顾了。皇长子殿下开了府,西李娘娘不得同住了。"

皇帝明晰他的意思,早立太子是朕的本意,只待朝臣给个契机。皇帝算过,不出今年,立由校为皇太子,明年东宫开讲,把魏进忠、魏朝钦和客氏全部换掉。定下国本,大明未来的五六十年就有保障了。

第四十六章

八月初三,孙如游联名三位阁臣,奏请立皇太子。皇帝准奏,他自己做了批红,焦急之心跃然纸上。今年就立,父皇奉安后,快则十月,立皇长子朱由校为皇太子,明年正月东宫开讲。皇帝着急,一则为早日让由校受到正统的教育,二则以继续堵郑贵妃当皇太后的路。依长幼次序,册封皇太后在立太子前,安葬父皇和立太子两件事紧密衔接,至多几日仅够追封皇后。郑贵妃无可奈何了。

批了孙如游的这封奏疏,皇帝将他反对立郑贵妃为皇太后的那封奏疏,交六科廊一并抄出,彻底断了郑贵妃的念想。

郑贵妃抓着崔文升递进启祥宫的孙如游奏疏的抄本,将那文书抓成一团,丢在地上:"朱常洛,你够狠!"

"否定先皇的遗诏,孙如游写得好,翰林出身了不起。"西李伴着郑贵妃,愤慨道。她和郑娘娘知道,孙如游敢这么写,受陛下的意,而非陛下受了大臣的蛊惑。郑娘娘当不上皇太后,她就无望当上皇后。皇帝服丧期间，不召幸妃嫔，高夫人成日伴君。她和东李，两个旧人全没了当皇后的戏。西李无方，只得来与郑娘娘相伴，同命相怜。

"你骂狗官有何用？"郑贵妃说话完全不讲分寸，"我是寡妇，遭人欺凌。你不同，新皇是你男人。"

"陛下边上趴了只狐媚子。"西李比郑贵妃更失了风度，"郑母妃，咱东宫的姊妹坐以待毙咯。"西李气得脸发白，"可怜呀，儿臣的由模。"

"你别由模、由模的了。本宫的儿子，天高路远，常洵回不来，回来了怎样？本宫宁可常洵不回来，免得孤儿寡母一起挨欺负。"郑贵妃懒得描眉，两道稀疏的眉毛一拧，"不对，朱由校在东宫，要当他嫡母的高小鸾在内宫。"

西李蹙了娥眉："儿臣不放朱由校，他做了太子，也是儿臣的养子。"

"朱由检在钟粹宫呢。"郑贵妃冷语，气先皇教她信错了朱常洛，"朱常洛诡计多端，活该他子嗣不旺。"

郑贵妃一言刺痛了丧子的西李，西李缄口不语。周尚宫陪在旁，看不过了："郑娘娘，皇太后是个名分罢了。您当不当皇太后，住慈宁宫正殿的都是您。郑娘娘您是皇贵太妃，新皇的后妃是小辈，阖宫谁比您尊贵？"

"闭嘴！"西李生怕郑娘娘心志动摇，她斜睨着周尚宫，"郑母妃，皇贵妃不得与先皇同葬。恭顺皇贵妃李氏的先例。"

"本宫为了先皇，本宫不能放弃。"郑贵妃翻了周尚宫一眼，鄙弃她懦弱，"出去，全出去。燕丽，跟本宫来。"说着，她站起来，走进里间。

一 月 天 子

郑贵妃想到一个计划，换个方式讨好皇帝，换她的皇太后之位。

八月初十，司西六宫的御医陈玺被召入了乾清宫。据传，皇帝清早御门听政后，倍感不适，回东暖阁便躺下了。司礼监的奏本送来，高夫人叫不醒陛下。一团慌乱中，刘庭稳住了，他了解陛下讳医，请来了太医院中品秩较低的陈太医。

陈太医施了针，皇帝转醒，眼神涣散，疲软无力。高夫人欲伺候陛下喝粳米粥，皇帝背过身，只想躺着，灰败的脸色令人揪心。

高夫人是女官，不能值夜。乾清宫新来的小火者不得力。昨日轮到刘庭值夜，问了刘庭，他根本不晓得发生了什么。

"陛下命我回东宫瞧皇长子殿下，我和何良换了班。"刘庭深感自责，离开一宿，出了事。他揪起叫何良的小火者，劈面抽他俩耳光："你怎么当的差？"

何良冤枉："陛下昨夜……昨夜召幸了郑娘娘献的美女，奴才管不了啊。"

"你再说一遍。"高夫人蹲下，挨着何良，"你说陛下他？"

"陛下昨夜召幸了……八……八个。"何良哆嗦道。

高夫人望一眼陛下的脸色，眼圈黑中泛青："这就对了。"

他三人出来，退到东次间，与龙床上睡着的陛下隔着道门。难怪陈太医开了方子，不发一言走了。贱人是郑娘娘献的！

刘庭是宦官，亦明白人事，恐惧占据了他的心神："我伺候陛下十年，陛下从来没放纵过。陛下龙体清弱，他不会吃了……"

他说不出口的那种药，在宫里是常备品。媚药的药性因人而异，陛下怎能不爱惜自己，他刚登基十天，中了郑娘娘的招！

高夫人抿了下嘴唇，做了决断："不能隐瞒，请王安大珰来。"

刘庭正有此意，他去请王大珰，带来了内起居注官，此人同是宦官。昨晚当值的内起居注官这样写的：是夜，连幸数人。内起居注是机密的资料，王大珰令他拿来看。起居注，同样的史书工笔，为尊者讳。可昨夜发生了什么，他看见了。

内起居注官立马招了："陛下吃的药是御药房取来的。"

"合理了。"王安扶着大腿坐下，意态沉痛，"陛下释放过头了，人是郑娘娘送的。没大碍，听御医的，请陛下好好调养。"他停下，深邃地看向刘庭："不要声张，千万不要声张，陛下还得做人。未出先皇的丧期，陛下做下这种事。"

王安和高夫人一样，满脸的嫌弃。刘庭全心记挂陛下的安危："王大珰，请陈太医再问问陛下的病情？"

"陈大人他不好说。"王安宽慰刘庭，"陛下春秋鼎盛，一点点药，无妨。你们服侍陛下静摄几日，败败火，按陈太医的方子认真服药。"他不说了。

刘庭沉下心，宽慰起了旁人："对，别怕，前朝这种事儿多了。"

高夫人抓着帕子，想着陛下小一个月来待她的好，和几年前的太子殿下大不一样的陛下，眼含悲切："郑娘娘送美女，可恶。我盯着陛下的药。"

"小鸾。"王安叫出了高夫人的闺名，高夫人走了，没理他。

高夫人不在，对着刘庭，王安恨恨地说出了真相："启祥宫的姜严清早送了八个美女出宫。我饶不了几个贱人，郑娘娘出手了。"

刘庭更恨郑贵妃，他被郑贵妃害过："郑娘娘敢对陛下下手！王大珰，您说八个美女和西李娘娘有关吗？"

"不知道。郑娘娘想让陛下吃点儿苦头罢了，她不可能如愿。你和小鸾务必看住了陛下，尤其是你。"

刘庭探头向外看去："我瞧着呀，何良那小子有问题。"

"也许吧。陛下支开你,因何良他是新来的,劝不住陛下。"王安把那本内起居注往左手心一掼,站起来,"今儿不回司礼监了,我守着陛下。往后陛下再支开你,你万不能走。天儿一黑,小鸾顶不上用了。"

刘庭读懂了王大珰的惆怅,高夫人不在,他的惆怅挂在了脸上。

"高夫人不是从前的高司仪了。"刘庭叹道。

"她跟着恭靖太子妃时,我就说过她注定了荣华富贵。"

刘庭迷惘:"做皇太后有那么好,郑娘娘不惜谋害陛下。"

"胡说,也赖陛下不自控。万幸,倘使小鸾做了皇后,泰昌朝没有妖妃了。"王安压着嗓子,"陛下荒唐,可是陛下真心喜欢小鸾,看得出。"

刘庭坐了边上的小杌子:"中宫不是西李娘娘,万幸了。"

王安守了一整日,皇帝终究没能静摄,稍好了点儿,八月十二,上朝去了。许是初九夜里连幸美女,皇帝两天吃不下饭,群臣看陛下"圣容顿减"。方从哲回府休养,韩爌、刘一璟递牌子进内宫问安,王安挡了。东厂闻得了传言,不好的传言。王安堵不住悠悠众口,可他能不让朝臣看去了陛下的病容。皇帝底子不好,早起听政,晨起的状态是不错,到了午后头昏脑涨。王安进乾清宫问安,皇帝抱怨自己火大,燥得慌。王安和陛下想一处去了,可以服一剂通利药败火。

王安提议,请陈太医给陛下把把脉,换个方子。

皇帝要面子,他还没听到传闻。王安顾全陛下的尊严,绝口不提东厂传给司礼监的密报。皇帝以为朝廷上没人晓得,坚决不请太医。

"尚在父皇的丧期,教朝臣知晓了,朕往后如何做皇帝?"皇帝按着脑门,面色依旧晦暗,"通利药是成方,找崔文升要药。"

"崔文升不是大夫，治病对症，陛下才好得快。"

皇帝燥热，脾气渐长："行了，朕要脸，朕翻翻医书都会给自己开药。御药房的通利药是现成的。"

"陛下稍等。"王安叫高夫人进来。

皇帝见了她，舒缓多了："小鸾，赐座。"

高夫人坐在了龙床对面，窗前的小凳上，皇帝叫她："小鸾，朕难受。"

高夫人双手绞着衣襟，瞄了下王大珰，给了个折中的意见："陛下方才说，自己给自己开药，不成。诊脉是必需的，诊了脉方知陛下哪里不痛快。"

王安眼眸中藏着焦惶，跟随陛下久了，便了解了，陛下不听劝。

王安暗暗地坚持："对，请陈太医来诊脉，再找崔文升拿药。他俩一道过来，秘密的。"

"陈玺来了，落了脉案。朕晓得你们怎么看朕。"皇帝赌气，净瞅着高小鸾识不识趣，"你们嫌朕丢人，偏要陈玺来。陈玺长的是太医的舌头，他不会直言朕的病情，不如崔文升。崔文升会诊脉，能说实话。"

王安退让："崔文升个半吊子。陛下，今次不同往常。"

"如何不同往常？朕……朕感觉很好。"皇帝伸长了脖子，嘴硬，"小鸾你说。"

高夫人有点儿怕陛下："先请崔大珰切切脉也是好的，看崔大珰的说法和陈太医的有何不同。如出入大了，请陈太医给陛下调整药方。"她心疼陛下病着痛苦，实不了解陛下的体质。

王安仍坚持宣太医，皇帝火大，差点儿与王安起了冲突。陛下病中动怒总归不好，高夫人赶紧退下，请崔文升去了。

王安气愤，嘴上没了遮拦："奴才不信宦官会治病。您找崔文升平时调理也罢了，陛下您这回病了。"

　　"宦官怎么不会治病？你师傅陈矩学问好，谁说宦官能通学问，不能通医理？"皇帝躺下，盖好了被子等着。

　　王安屈服了："奴才失言。崔文升是会诊脉，他诊脉少一道程序，陛下用药方便。"

　　"你懂就好，朕不肯声张。崔文升是朕用惯了的。"皇帝还有心思玩笑，呵呵地乐了，"刘庭通医理更好了。"

　　崔文升到了，给陛下把脉，把了半晌，又看了舌苔，下不了诊断。

　　"朕的病怎样，你照实说。"皇帝燥热难忍，教王安取了把扇子扇着，"热！"

　　崔文升极不自在，他没把握："回陛下，奴才同意陈太医的判断。陛下肺热，兼之肝火，体热，目眩，乏力。陈太医的方子，泻火辅以温补，加入适量的黄芩，见效慢归慢。陛下耐心，静摄七至十日即可痊愈。"

　　"崔大珰说嘛，陛下无碍。"王安欠身，一下轻松了。

　　崔文升答话周全："陛下，内档上有不少的成例可循。陈太医的药温和，对症，亦对陛下的体质。"

　　皇帝反倒气鼓鼓的："过分！光知道让朕静摄。朕静摄，上不了朝，批不了折子，朝臣看出了端倪，如何是好？朕不舒服，怎么理政？"

　　"陛下，政务让内阁与司礼监担待几日，您安心静摄。"王安窘迫地一笑，没多的话好劝陛下。

　　皇帝怒了："朕问的是，朝臣看出来朕得了这种病，怎么办？朕刚刚登基，耽搁了朝政事小，朝臣知悉，朕失了颜面事大。"

　　崔文升不等王大珰权衡，斟酌着："凡事有得就有失。陛下不愿静摄，病痛折磨，您又不肯看太医。通利药纵然吃不得，奴才可参考内起居注，给您抄一成方，陛下试试看。"

王安记起了先皇："崔大珰，先皇临终吃的方子，管用不？"

"先皇临终是邪毒侵体，不对症。"

皇帝急躁，皱着眉提点王安："找一本世宗朝的内起居注。"他清楚自己吃了"金石药"，曾祖世宗生前修道常服用的。皇帝吃金石药为了壮阳。依世宗留下的仙方记载，金石药含量最高的一味药材是丹砂。丹砂性极燥极热，皇帝生平头一次吃，没耐住药性。

崔文升理解，陛下本因为最近劳累，龙体有虚火，吃了丹砂，上了大火。陛下说查世宗朝的内起居注，对了症。

王安取来了一本皇帝要的内起居注，崔文升翻出脉案，一条条比对着问陛下的症状。皇帝承认了，他吃的是曾祖世宗服的那种金石药。观陛下的表象，舌裂唇干，大便秘结。陛下自己要吃通利药，俗称的"泻药"，对症。然而世宗体格强健，亦没服过通利药泻火。崔文升遂壮了胆子，照抄一副世宗吃了金石药，上火惯用的药方，带回御药房抓药，交高夫人在乾清宫的耳房煎药，热热的给陛下喝下。

皇帝喝了药，进了粥和一小碟鸭酱，情绪舒畅了，睡下了。

晚间崔文升没出乾清宫，密切关注着陛下，让小火者多备了几个恭桶。预料之中，陛下会腹泻，腹泻清火。内起居注上写道，世宗吃了这方子，也腹泻。半夜，陛下开始闹肚子疼。王安留下服侍，搀了陛下起床。陛下腹痛如绞，一宿没从恭桶上起来过，连着拉了十几次。崔文升扛不住了，连夜去请当值的太医。

来者是李太医，亦是太医院的小人物，万历朝司东六宫的，陈太医不当值。

李太医进了屏风后的洁间，跪着给陛下诊了脉。他退到外间，丧着脸。崔文升奉上他抄的那个方子煎过的药渣。李太医验过,丧气愈甚。

"坏了!这是世宗服的泻火方子!坏了!"

崔文升前胸后背被冷汗浸透了:"陛下的症状和内起居注所载世宗的症状一模一样。"

"你个御药房的掌印太监,敢随意给陛下开方子?世宗无冬历夏,一身单衣的道袍,世宗吃这方子,泻积年服金石药的燥火。世宗的方子,陛下哪儿受得了?"李太医气急败坏。

王安霎时反应过来:"药下猛了!"

李太医沉着,迅速处置:"我开个培补元气的方子。崔大珰速到御药房取止泻的丸药。"

王安变了脸色,拦下李太医,情急道:"李大人,陛下的脉象?"

"脉象虚滑,伤了根本了!"李太医腾地坐下,立即写出了药方,交崔文升送御药房煎药。

崔文升睁圆了双目,不接新的药方,痴怔着倒退了几步:"奴才闯了大祸!"

王安按住崔文升,教他镇定:"将功补过,快去。"

仍住在东西六宫的太妃、太嫔们都听见了,净军们运送恭桶的车跑进跑出,车轮碾过砖地,骨碌骨碌响了一宿。

第二日清晨,王安报皇帝重病,取消御门听政。

李太医和崔文升尽了全力,天亮宫门开,陈太医急急忙忙赶来。皇帝吃了丸药,泻没止住,一夜间拉了四十多次。事到如今,先止泻,尽量培补元气。

取消听政,王安没给出具体的理由。坊间传闻,陛下四日前连幸八美,病倒了。有那刻毒之人,拿今上与吃媚药致死的汉成帝浑比。

满朝的东林清正人士逼着方从哲复出，进宫问安。

皇帝不同于先皇神宗，在病榻上召见了方从哲。

刘庭拉开床帐，看到陛下病骨支离的一刹那，方从哲老泪横流。陛下厌弃他，乃至于命他休养，错过了登基大典，不妨碍他忠君的心。上次见面还是先皇崩逝拜新君，再见，新君瘦得腮缩进去了。

皇帝承受着病痛，顾不得那许多，伸出一只枯瘦的手，气息虚弱，向方从哲诉说："朕……朕自十四，两夜不寐，日食粥不满盂，下不了床。"

泪水滴在他的白胡子上，方从哲握住陛下的手，悲悲戚戚，传递给陛下一点慰藉："陛下春秋鼎盛，静摄几日，会好的。"

新皇病重，先皇大丧，今年的中秋节，不准庆祝了。

皇帝拉下嘴角，倔强着："朕最讨厌静摄。"

陈玺入内，他来通禀方首辅陛下的病况。皇帝以凶狠的眼神示意他，不许多嘴。陈玺简单报了脉象："陛下脉象雄壮浮大，面唇赤紫。"

方从哲是过来人，一听便知陛下做了什么。韩爌要他奏报，郑贵妃犹不安分，指使西李娘娘挟制皇长子殿下，逼迫东李娘娘之类的，方从哲不讲了。方从哲耸动了下鼻子："陛下龙体欠安，外朝有韩爌和刘一璟，内廷有王安。陛下安心养病，努力加餐饭。"

皇帝眨眨眼，表示认同。方从哲陪了陛下一会儿，退下了。皇帝现在说话都困难。刘庭送方首辅出去，跟方首辅讲，陛下一夜腹泻了数十次。

"天呢！陛下清弱，金石药不是陛下吃得了的！"方从哲深恨陛下不争气，"陛下须懂得节劳。"

刘庭咬牙切齿恨崔文升："崔文升回御药房戴罪立功了！陛下

本无大事，一副药下去……"

"崔文升是奴才，不是大夫。陛下固执，命崔文升诊脉开方。做奴才的没不顺从主子的。"方从哲仰面，"荒唐呀荒唐！刚送走了先皇，躺下了新皇。老夫说了，外朝有韩爌和刘一璟，老夫告老还乡。"

刘庭连忙替陛下挽留方首辅。叶先生家在福建，六千里路迢迢。叶先生回朝前，方首辅不能离开。

"朝廷最需要您这样的股肱之臣，方首辅怎能节骨上抛下陛下？"

方从哲已了然了自己的命运，无欲无求了。他把手一背："老夫至少等到叶先生回来，做好交接，老夫无愧。"他近七十岁的人了，快步在前走着，刘庭趋步跟从。

方从哲再道："刘庭，陛下病倒，别有用心的人该钻空子了。"

刘庭送他出了乾清门，方从哲没回内阁，出宫回他的学士府。他担着首辅的名义，回府养息，东林还朝，他的官声差到了生涯的极点。今儿这趟面圣，他瞧明白了，先皇为什么看不上当今圣上。先皇最烦以张居正为代表的表里不一，今上即是表里不一。今上的踌躇满志用错了地方，伤了龙体。方从哲对自己的仕途失望，对新皇失望，想到憨直的皇长子殿下，更对大明失望。

方从哲抄着手走出东华门，坐上他的轿子，遥想家乡那一片田园。新皇呀，自他搬回慈庆宫，推行了桩桩的仁政、德政，但他根本上对江山社稷亦不负责任。新皇和先皇走了两个极端：先皇懒惰、任性，二十多年不上朝；新皇勤快，勤于行使皇帝的权力，勤于享受皇帝的权力。新皇压抑了太久的爆发，致命呀！

第四十七章

方从哲出宫，回府，没目睹陛下病容的臣子们依然满怀期许。孙如游将杨涟推荐给了次辅韩爌，杨涟被请进了内阁，大谈要在陛下痊愈前解决郑贵妃的麻烦。

大家于内阁聚齐的目的是等待方首辅传回讯息，方首辅称病，回府休息去了。诸臣顺理成章推测，方首辅既有心情休息，说明陛下没事儿。那么讨论下一件至关重要的议题，唯下这一病，唯恐郑贵妃活跃了。

东林八君子之一的邹元标现任大理寺丞，他断言道："郑贵妃和西李，为了不让自己的计划落空，肯定越闹越凶。可仆认为，美女是郑贵妃献的，崔文升下猛药，抑或不出于郑贵妃的授意。"

杨涟摇了摇手里的光笔杆，深思道："崔文升抄一副世宗的成方，合乎医理。他用药过猛，没考虑陛下的体质，符合他半吊子的水平。"

韩爌以次辅的高位，决然道："讨论啥猛药是不是郑贵妃下的？

咱得提防着郑贵妃趁乱活动。"

"她要是把残余在朝中的三党鼓动起来，陛下病着，咱们没法儿招架。"刘一璟忧从中来，"陛下一直病下去，咱们抗衡郑贵妃，不定挨不挨得到十月份。陛下定了十月立太子。"

"拖延越久，越有利于郑贵妃。局势乱了，她在内廷的势力不容小觑。所以仆说，是郑贵妃指使崔文升下的猛药。"孙如游道。

韩爌剜了眼孙如游，刘一璟继而道："咱们大可把乱局压下去。陛下病而不乱，教郑贵妃没缝儿下蛆。"

刘一璟话说得俗了，韩爌龇牙花子："行了，赖陛下，刚登基就生病。立了太子，郑贵妃凉透了，陛下再歇息呀。"

孙如游顿足，敛不住的忧愁："还有西李，陛下的女人与郑贵妃狼狈为奸！"

"少说没用的。西李更不是我等管的。"邹元标锁眉，"立了太子，太子开府，才能从西李手中救出皇长子殿下，平平安安读书。"

"叶先生不回，没人治得了陛下。"韩爌研究过大局，陛下有失检点，朝廷缺个能镇住陛下的先生。

杨涟望望坐上座的韩爌，当机立断："不等十月份了，陛下稍好，仆上疏奏请陛下即刻立太子。"

"没错儿，夜长梦多。"推门而入的是左光斗，七尺大汉。他坐下，自斟自饮，咕咚咕咚灌下了半壶茶水，将茶壶塞给密友杨涟："给我添点儿热的，累坏了。"

杨涟下去给左光斗续水，左光斗一头的汗，官服汗塌塌的："八月底了，热！"

"热倒不算热，左御史满城地跑，辛苦了。"韩爌给了左光斗把扇子。

左光斗拒了韩爌的折扇,抓起旁边椅子上的蒲扇,大幅度地扇着:"王才人娘娘的娘家可恶。仆满城地抓发传单、传谣言的,昨儿天不亮出了衙门,今儿才抽出空儿上内阁来歇歇脚。"

　　杨涟拎回茶壶,左光斗接过,倒一大碗,一口气饮下,退出门外打了个嗝,回来坐下,接着扇扇子,横眉立目的。

　　"发传单?跟妖书似的,仆就说妖书是娘们儿干的。"孙如游反手一拍。

　　"左御史,差事了了?"刘一璟示意孙如游噤声。

　　"了了。"左光斗脆生道,几道目光齐齐落在他这儿。

　　"王才人娘娘的母家安抚好了?"邹元标问。

　　"王娘娘的兄弟被仆抓了。"

　　韩爌吃惊:"那是皇长子殿下的亲娘舅!"

　　"王家府上印传单的作坊被仆抄了,证据确凿。"左光斗一抹嘴,"不抓?不抓任由他们越传越邪,越传越成了真的。"

　　刘一璟展眉,转圜了立场:"是,左御史做得对,压服乱局,以正视听。王家也不是啥好东西,到处散播谣言。他那传单我捡着了,说宫内危机四伏,西李和郑贵妃包藏祸心,指使崔文升给陛下投虎狼药。王家急于给王才人娘娘报仇,急于立皇长子殿下为太子。子曰,唯女子与小人难养也。"

　　"造谣乃大罪,左御史抓得好。巡城御史衙门不真拿王家人怎样,关了他们消停消停。"孙如游又激越了,"不劳王家人动手,我等自会还皇长子殿下和他母亲公道。"

　　"什么公道?"韩爌缓和了些,"王娘娘的公道和扳倒郑贵妃是一体的。坊间流言鼎沸,郑贵妃动辄称遗诏,王家人激愤不平。郑家和王家都在争取舆论。"

"郑贵妃的内侍与王娘娘的旧仆纷纷传出流言，有其目的。郑贵妃势大，王家多此一举。"邹元标烦恼。

"王娘娘的旧仆？魏朝钦还是魏进忠？"刘一璟明白了个中的奥妙，"转一圈，转回了国本。矛盾不在陛下，在皇长子殿下，永远仕国本。如若郑贵妃死了心，事情解决了一半儿。西李不难对付。"

杨涟和左光斗对视一眼，异口同声："釜底抽薪！"

韩爌不解："釜底抽薪？怎么个抽法儿？"

"让郑贵妃主动放弃。"杨涟有了十二分的把握，"先皇其余的遗妃可以慢慢移，郑贵妃务必立刻移往慈宁宫。"

"难，郑贵妃通过西李控制皇长子殿下，她占有主动，你能让她主动放弃？"邹元标托着腮，"陛下也办不到。"

左光斗成竹在胸，一根手指点着他用过的茶碗："郑贵妃再强大，总有弱点，她有母家。你们记得郑国泰吗？"

众人不言语了，包括杨涟在内，静听左光斗往下说："郑氏一族出了位皇贵妃而已，并非勋戚。郑家不可能像郑贵妃利令智昏，豁出身家性命。依照祖制，郑贵妃封为皇太后，郑家除了个虚爵，什么都得不到。郑家不至于冒这么大的险，支持他们嫁进宫的女儿，失了先皇的庇护，争个名分。"

"是啊，泰昌朝了，神宗的宠妃也好，郑太后也罢，全是虚的。孝端显皇后和她的母家得到的，郑贵妃和郑家统统得不到。"邹元标没去了愁色，"文孺兄、遗直兄，妙啊。"

韩爌意味深长地看了眼杨涟，杨涟起座，拱手领命："韩阁老、刘阁老，左御史维持京城的稳定，仆去和郑养性谈。"彼时，郑国泰已经去世，郑家的当家人是郑贵妃的侄儿郑养性。郑养性年轻，比他父亲更昏，更不堪一击。

韩爌站身，拜谢杨涟，环视诸位同僚："文孺，拜托了，本官与周嘉谟尚书和你同去。"

杨涟回拜韩爌："谢韩阁老。您领仆去，仆六神有主。"

韩阁老到郑府，屈尊降贵，他和吏部尚书周嘉谟随杨涟一同去了。

他三人去的是郑家在京郊昌平的一处花园子。非公务而来，不宜惊动四里，韩爌带二人从园子的后门进入。郑家的管家候在朴实无华的木门边上，带三位命官进园。一进门，别有洞天，绕过两三矮房，石子铺成甬路，园中佳木葱茏，水声淙淙。管家带他们走上抄手游廊，七拐八绕，廊下小池连通清泉潺潺，院墙边芭蕉丛生。韩阁老叹为观止，引温泉水入园，秋日铜缸里香菱亭亭，隔开内宅的粉墙黛瓦，奇草牵藤引蔓。先皇赏了郑家多少银子？收了二十几年的矿税，苦了百姓，肥了郑家。

杨涟埋头走路不看，三人走了许久，进了郑养性的一处小书房，杨涟方注意到左边紫檀架上摆的几个盘子。其中几个，他认出是宋代的汝窑，天蓝釉、冰裂纹的是哥窑，成化斗彩随随便便置于下层。宫里有的郑家都有。杨涟从文人雅好的古董上移不开眼，直到郑养性迎出。他做书生直裰打扮，抱拳施礼："三位大人，小人郑养性有失远迎。"

"无妨，私人会面。"韩爌由着郑养性引他在花梨书案边坐了，愉快道，"郑家的园子漂亮。"

"这是家父的旧园子，小人承自家父。"郑养性还算谦逊，空出了主位，拣最边上的客椅坐了，陪笑道，"韩阁老、周尚书、杨大人，请自便。"

周嘉谟暗道，郑养性有胆子说承自家父？他郑家的还不是先皇赏赐的？不重生男重生女啊！

小厮拿托盘上了三盏盛在青瓷茶盏里的龙井，滚热的。

韩爌不嫌烫手，推了茶盏："不麻烦郑兄，本官说几句就走。"

周嘉谟生郑家的气，出口不留余地："郑兄的姑母一心想做皇太后。令姑母竟然给新皇送了八个美女，不知是何企图？"

八个美女？郑养性只知陛下病重，尚不知姑母献美女一事，被问了个张口结舌。

杨涟不给他回嘴的空儿："令姑母不告诉你，疼你是母家侄儿，有意回护郑家。可是出了事儿，令姑母不说，你不知，就护得住了？"

郑养性惊恐无状，姑母献美女造成了陛下的重病，郑家满门担待不起。陛下生病好几日了，姑母撑到今日安然无恙，因姑母有些势力。若是陛下有个三长两短的，东林的势力更强，治姑母谋害陛下的罪，灭郑家九族。

郑养性没了方才的坦然，拉不下脸面，只道："家姑母所为与郑家无干。家姑母进宫四十年，实话说，小人没见过家姑母。"

"郑家的荣华全是令姑母给的。"杨涟接了韩阁老的眼神，乘胜追击，"王家人说，郑娘娘谋害陛下，有理。使陛下腹泻如注的虎狼药是郑娘娘过去的内侍、亲信崔文升投的。"

郑养性悚然，崔文升下药，他耳闻过。他开始疑心，韩阁老登门兴师问罪，姑母在内宫不会安然无恙。宫外谁人知晓陛下真实的状况？看三位大人的架势，陛下怕是不好了。他向外张望，生怕锦衣卫跟在韩阁老一行的后头，生怕姑母妄为连累郑氏满门。

"韩阁老明鉴，小人全然不知。"郑养性不断地重复，毫无底气。他晓得，管你母家人知不知道，陛下被姑母害死，必定株连九族。

见郑养性无力辩驳，他亦不具备和朝廷命官理论的能力。韩爌品了品茶，笑意舒展，悠悠道："事实如此，宫闱中事多有误会。

陛下仁孝，承先皇遗命，孝养郑娘娘。且陛下春秋鼎盛，实无大碍。其实，郑娘娘无非想守住郑家的荣华，为何偏偏要做皇太后呢？郑娘娘从未做过皇后，郑家过的日子不好？荣宠和名分没有必然的联系。只要郑娘娘不再给陛下捣乱，陛下一定能够孝养令姑母，照顾郑家。郑娘娘再争，'天官'就在这儿，郑兄问他奉不奉先皇的遗诏，违反祖制封郑娘娘为皇太后。继续这么争执下去，都别想过安生日子。"

就差公然说出，郑家第一个倒霉了。

郑养性全听懂了，两撇胡子翘了翘，吐尽了真心话："做皇太后是家姑母的意愿，郑家没有这个意愿。先皇厚爱家姑母，郑家万分感激，岂敢奢望家姑母做先皇的皇后？"

"你既这样说了，令姑母和郑家的荣宠有了保障。我们做大臣的，体念郑娘娘侍奉先皇的功劳，全力支持陛下孝养郑娘娘。"周嘉谟瞅郑养性胆小的样子，大方做出了承诺。

郑养性如释重负："小人和家父一贯谨言慎行。家姑母给福王殿下争太子位，家父一向不予赞成。小人和家父向来对先皇对陛下感恩戴德。"

"祖制就是祖制，你大小是个秀才，基本的规矩不能不懂。"杨涟收起了初来的凶煞，平心静气，"既然郑家没这想法，你得早避嫌疑。老想着不属于自己的东西，老天帮不了你。"

"文孺所言透彻。"韩爌看向杨涟，让他进一步对郑养性缓和。杨涟却放出了更狠的话："瞻前不顾后，贪图荣华，身家性命能不能保，难说。"

周嘉谟顺了杨涟的路子，放狠话，声色俱厉："古来贪婪招祸的例子比比皆是。郑娘娘是郑家嫁进皇家的女儿，郑娘娘一意孤行，铸成大错,郑娘娘的父兄弃世,朝廷不找你找谁?"

杨涟、周嘉谟相互应和,逼出了郑养性的承诺。郑养性跪了,冲着韩阁老郑重地磕了头:"小人无德无才,求韩阁老准许小人进宫,劝说家姑母知难而退。"

"郑兄请起,郑兄见识不凡。"韩爌放下身段安抚,搀扶郑养性起身,"郑兄肯进宫,本官无不准许。本官等臣子忠君,不会不顾及先皇厚爱郑娘娘和郑家的心意。"

"多谢韩阁老,谢周尚书和杨大人。"郑养性大男人哭出了声,感激韩阁老一行给郑家指了条活路。郑家差一点儿因为姑母胡作非为而跌得粉身碎骨。

郑养性进宫了,侄儿慌乱,郑贵妃跟着麻了爪儿。她醒了,清醒透了,如一盆冷水兜头泼下。先皇走了,她为什么想不起她有母家满门要她顾及?

郑贵妃没敢见郑养性,她愧对母家,自己太自私了。韩阁老和周尚书找到郑家的花园子发难,好险,差一步把生她养她的母家推入深渊。

算了,郑贵妃不管西李了,常洵做他的福王,我郑家的血脉也要紧。郑养性转告了韩阁老代表朝廷给的承诺,郑贵妃要不要皇太后的名分,没意义了。只要她不争,陛下保证郑家的荣华。争来争去,争了大半辈子,该争的争到了,不该争的争不到。她最大的遗憾,不能和先皇合葬,辜负了先皇。但是先皇会理解她为了母家的存续,做出了牺牲。怨自己蠢,献上八个美女,闯了祸。郑养性此来,还让周尚宫告知了郑贵妃民间的传言。王才人的母家不停地闹事,朱由校登基时,绝对会处置郑家。

郑贵妃罢手了,她后悔了,先皇崩逝,早该罢手。都怪西李撺掇她！她不做献美女的蠢事，或许有个更好的结果。到最后，东林党救了她，救了郑家。东林党自诩正人君子，惟愿他们信守承诺，郑贵妃别无所求。

郑养性进宫的次日，八月十八，午后传来了喜讯：郑贵妃上奏自清，自愿移往慈宁宫。韩爌和王安代病中的皇帝发下了郑贵妃的奏疏，恭请郑娘娘以皇贵太妃的身份，移宫颐养天年。郑贵妃的李恩、李浚、周尚宫于同一日递上辞呈，王安代陛下批准了。

郑贵妃的祸患，看似解决得轻易。朝廷长长地舒了口气，郑贵妃移宫，形势一派明朗。治好了陛下的病，立了皇太子，万历朝的遗案全部结束，风平浪静了。何人想得到，郑贵妃几十年来呼风唤雨，她会随便善罢甘休？李恩等人辞了官，崔文升反了水，战战兢兢的待罪。西李犹在，依旧把控着皇长子殿下。

郑贵妃临去西宫，将她的遗憾寄托于西李。最后一次的教导，郑贵妃最后一次重复了那个数年不变的原则，抓住皇长子朱由校。郑娘娘教西李，教的细致不过，到启动魏进忠了。

八月廿二，皇帝的病大有起色，在龙床上坐起来，靠着软枕，能撑小半个时辰，召见大臣了。早起听政是不能够的，见见重臣说说话，皇帝做得到。

刘庭往内阁宣韩爌、刘一璟，司礼监随堂太监常云往方学士府请方从哲，小火者何良先往六部宣周嘉谟、黄嘉善，再到六科廊宣杨涟。

刘庭见到韩阁老、刘阁老，刘一璟问陛下召了什么人，刘庭说出杨涟的名字，二位阁老高兴。陛下感谢杨涟替他处理了郑贵妃的麻烦，破例召见七品给事中，杨涟要高升了。

刘庭结结巴巴地道："陛下……陛下还召了……锦衣卫。"

"坏了，杨涟犯什么错了？"二位阁老面面相觑。

韩爌提议："我们等等方首辅？"

"好，等等。"刘一璟不禁困惑，别是杨涟触怒了陛下。陛下做皇太子时，脾气好极了，可陛下吃过那种药，不好说了。杨涟现今被视为东林的希望之星，够智谋，人品更是一顶一的。他俩想举荐杨涟给陛下，陛下直接召了杨涟，刘一璟多了个心眼儿："刘大珰，杨涟给陛下递过奏疏？"

"是，八月十九有一封杨大人的奏疏。陛下看了，没发火儿。"刘庭道。

韩爌若有所思："陛下他不小肚鸡肠。杨涟是言官，说了不中听的，陛下能够体谅。"

韩爌、刘一璟在内阁等来了方首辅，三人行至会极门，恰见周嘉谟、黄嘉善、杨涟从南边赶来。杨涟穿的七品的补服在一群从一品、二品当中分外的醒目。

方从哲是老好人，尽管他是这群人里的异类，唯一的浙党，他也爱才，回护杨涟。他拽了杨涟，仓皇道："待会儿见了陛下，磕个头，认个错，老夫帮你求求陛下。"

黄嘉善添枝加叶："何良说陛下召了锦衣卫。"

韩爌担心地瞅着杨涟："是，我们都替你求情，事儿就过去了。"

"列位上官知道仆写了什么？"杨涟事不关己一般。

"锦衣卫进宫了。"周嘉谟闪到杨涟身后，"你跟本官讲过，谏议陛下翦除郑贵妃的羽翼，驱逐崔文升。你怎么写的？你把木官写进去了？"

"仆没写任何人。"杨涟耸耸肩，无所谓，"大不了陛下打死我，仆有何错？"

周嘉谟忙道:"方先生是好意。大家为了你好。"他怕自己给杨涟出过主意,受他牵连。锦衣卫进宫,显然要施梃杖。孙如游不在,来面圣的几位,周嘉谟最了解杨涟。杨涟行事正,不藏私心,讲话耿介。他谏言,不可能委婉地措词造句。那日杨涟就说了,不论真相,将崔文升定为郑贵妃的同党。

"列位上官害怕仆被打死?杨涟不认座主,只认陛下。陛下纳谏如流,打死我又如何?人生了重病,会死,死不可怕。但仆没错,让仆认错服软,比让仆死可怕。"杨涟说完,盯了他们一人一眼,他的眼睛闪着光,领头走进了会极门。

杨涟不惧锦衣卫的大棍,他写的那封奏疏没给陛下留颜面,目的正是令陛下改过,未曾计虑自己的安危。人呢,你不使他痛,他如何悔改?杨涟坚信,陛下也是人,也有弱点。陛下知错能改,福泽万民。赔上他杨涟的屁股,乃至性命,杨涟在所不惜。新皇登基,心性未定,已有浮躁的苗头。陛下不孝先皇更甚,必给陛下个结结实实的教训。

于是,三天前的八月十九,杨涟上了那封措辞严厉的奏疏,恳请陛下驱逐崔文升。八月廿二,皇帝病好了点儿,宣召了他,亦宣召了锦衣卫。

他六人进乾清宫,新皇住在大明天子应该住的东暖阁,分南北向前后两室,以隔扇隔开。泰昌朝的东暖阁,陈设焕然一新,龙床置于隔扇后的北墙下。龙床边放了一架子书,多是先皇的藏书,多半年来吸饱了药气。龙床前地方宽敞,六位大臣按序跪成一排,杨涟跪得最远。

王安站在陛下床头,皇帝没叫他们平身,却道:"边上那位,杨涟,你上来。"

方从哲替杨涟紧张，手心攥出了汗。大家干瞪着眼，没法救他。杨涟膝行近前，领了下首，忘了磕头。

皇帝和颜悦色："谢谢，郑贵妃的事、朝廷的事，靠你们替朕分忧。"他说话的时候，说的是你们，只看着杨涟，诚恳地对杨涟再说一遍："谢谢你。"

杨涟神会，陛下谢他绝了郑贵妃做皇太后的念想。他以头碰地："陛下，臣愧不敢当。"

皇帝停了停，舔了下嘴唇，仍只看着杨涟，声气微弱，下了旨意："朕听杨爱卿的。传旨，逐崔文升出宫。"

方从哲承命，陛下好涵养，真替杨涟高兴。陛下没赏识错人。大家为杨涟提到嗓子眼的心放下了。

"杨涟说朕兴居无节，侍御蛊惑，朕接受。朕的过错多于朕的无奈。郑贵妃移宫了，有很多的难处……"皇帝断断续续，说了好些，"咱们君臣共同砥砺，先朝遗留的困难……不是一日可料理干净。希望你们……你们理解朕。尽快立太子，不违背长幼尊卑……的前提下，尽快了。"

"臣等领命。"六人齐声道。

王安伺候陛下含了参片，今日陛下气色不错，大伙儿安了心。陛下清弱，需要比常人更长的时间调理，终究会好起来的。

周嘉谟指天为誓："陛下万安，臣等必当切实负起重责，中兴大明。"

杨涟看陛下的眼神满溢着感激。皇帝含笑，看着六位大臣："别多心，杨涟在奏疏中毁谤了郑贵妃。朕宣锦衣卫，敷衍罢了。杨涟除外，你三人是先皇的顾命大臣。朕……朕将政事交给你们，朕养病。"

杨涟上奏疏痛斥陛下，皇帝挨了骂，反而释怀了，不过分纠结于颜面了。

　　皇帝佩服杨涟过人的胆识，七品给事中挑头说服郑贵妃主动放弃，退出了几十年的争斗。即使杨涟仍是小言官，皇帝仍给予了他，给予重臣、给予肱股的信重。皇帝知道，自他不晓得有个杨涟，杨涟屡次三番地帮他。他还是太子时，杨涟献过妙计，建议太子殿下进内宫问父皇安。皇帝在心里对杨涟道，朕这声"谢谢"，你杨爱卿当之无愧。

第四十八章

杨涟抬起脸，撞上陛下的目光，四目相对，他用心感受着陛下的尊重、宽容和信任。他仕途不顺，没渴望过君上的关注，陛下终于看到了他。

杨涟不顾左右，再叩首："臣杨涟叩谢陛下隆恩。"

"杨爱卿请起。"皇帝的眼光不离杨涟，自他听闻杨涟的所作所为，就感到了杨涟的忠心。对于初登大位的皇帝，臣子的这颗真心是有力量的。皇帝愿意相信大臣，相信杨涟。

杨涟从地上站起，热泪蓄在心底。他默默发誓，向陛下也向自己许下一个承诺：臣杨涟定以死报效，报答陛下的知遇之恩。

"下去吧，朕累了。"皇帝抬了抬下巴，"王安，送送各位爱卿。"

退出时，杨涟走在最后，又向陛下鞠了个躬。

诸臣辞别陛下出乾清宫，喜形于色，纷纷恭喜杨涟。杨涟一一谢过诸位上官的美意。周嘉谟揽了杨涟的肩，杨涟不比他小几岁，犹在给事中的位置上熬着。可是皇帝看重他，即使官秩须一级一级地升，杨涟为官一场，做到了臣子的极致。几位重臣看杨涟，没有羡慕，没有妒忌，唯有敬佩。因为杨涟的壮举纯粹出于一腔赤诚、一片公心。他是东林党不假，东林复兴，关他七品给事中何事？升官轮不上他。而为陛下解除郑贵妃这心腹大患，杨涟比起哪位升迁或者还朝的东林大员都尽心。杨涟是言官，他做这等大事，比起大员倍加凶险。国朝被皇帝利用去骂人的言官全没好下场。

假使没有八月十九的谏言，方从哲估计杨涟最有可能当了替罪羊，替陛下背上不孝先皇的骂名。好在陛下圣明，他明白杨涟有更大的用处，是一位得以委以重任的栋梁。

杨涟此番受到陛下的嘉奖，大员们自愧不如，衷心盼望杨涟有个好前程。东林有杨涟，东林之幸！大明有杨涟，大明之幸！后头的困难还得靠他，杨涟无欲无求，身怀锐气、胆气。官位做到尚书、阁臣的品秩，士子的风骨被消磨了。当然杨涟那种个性，若不是今天的特殊情况，他一辈子都熬不出头。

几位大员簇拥着杨涟走了，王安回了司礼监，高夫人进东暖阁侍候。

高夫人站在距床前五步远。皇帝额头渗出了汗，叹道："女官近身服侍，多有不便。有些话，朕想与你说说，碍于祖制，说不得。"皇帝喘了喘，问出了他憋在心中已久的话："小鸾，你有没有想过永远陪着朕？"

高夫人后退三步，避重就轻："宫女一旦进宫，终身不得出宫。陛下不嫌弃，臣在乾清宫侍奉终生。"

皇帝笑笑，像在嘲笑自己："看来你不愿。后边的那座坤宁宫，想不想要？"皇帝横下心，直说了。

"臣命如浮萍,不敢妄想。"高夫人垂眸,站到了隔扇边。

皇帝自己端起碗,饮尽王安放在床边小几上温热的参汤,吊住精气。皇帝想今日得把话和小鸾说明白了。他不舍得唐突了小鸾,要不一道圣旨就办了。

"国朝的后妃从不娶勋贵和高官之女,你虽家道中落,算有几分家世。你更读书明理,朕看重你。小鸾怎好说是妄想呢?"皇帝言语随和。

高夫人擦了胭脂的脸泛了苍白:"臣服侍过恭靖太子妃,所以臣不敢,不敢对不起郭娘娘。"

她话说得真挚,皇帝瞧着她,目光含了温度,愈想和小鸾掏心窝子:"小鸾,方才你在耳房听见了,朕和大臣倾诉朕的无奈。中宫虚悬,西李位高,生一女,丧一子,她的欲求与她惹的事端……永无止境。朕立皇太子,不够,朕必须立皇后。现成的东宫的娘娘们不合适……林英在九泉下,不会乐意看到朕为她空虚中宫,阖宫不宁,撼动国本,更不会乐意大明再出一位妖妃……小鸾,你帮帮朕,帮帮恭靖太子妃,好吗?"

高夫人定睛凝视着皇帝,她从未这样看过陛下。高夫人默然良久,跪下了,诚惶诚恐:"臣年岁长……臣配不上。"高夫人抓着自己的衣角,她在宫里长大,目睹了宫里那么多的腥风血雨,她的惧怕多于喜悦。假如陛下娶了她做皇后,前头有许多的妃妾和孩子,她会成为后宫的众矢之的。高夫人满眼的惶恐,儿时进宫,她没想过今生能嫁人,没存过半分女儿家的心思。陛下忽然跟她提这个,想要她做皇后,她能说什么?

"朕看重你,为你与朕同样,心上敬着恭靖太子妃。你永远不会妄图迈过恭靖太子妃。朕为恭靖太子妃拟了'元'字为谥号,她是朕的元后。"皇帝累了，眉梢带笑，坚持说完，"天下的女子，谁比你懂朕的元后？"

高夫人流下了欢喜的眼泪："臣替郭娘娘谢陛下。孝元皇后，规格太高了。"

皇帝喜爱她纯真，惦念着旧主。他亦低首伤情，自己对待发妻，尚不及辅佐了她一年多的女官。皇帝能为发妻做的，只有追思了。恭靖太子妃不是开国皇后，皇帝许她"元"字为谥号，亦有"元亨利贞"的美意。可惜林英不会知道她身后夫君对她的追悔。林英弃世多年，皇帝后知后觉了发妻的好。忠诚于恭靖太子妃的女官高氏成为继后的人选，为了恭靖太子妃，更是为了大计。

"朕……朕的皇后要明事理。目光短浅者坐上后位，生下嫡子，则撼动了国本。朕不想让皇太子委屈……小鸾，你懂了吧？好比孝恭章皇后，土木堡之变中独撑危局的皇太后非她莫属。朕让你坐稳了中宫，助朕撑住了大明现下的危局。你饱读诗书，该明白皇后是尊荣，更是职守。"皇帝神色中显出了内疚，"朕晓得，你在东宫做司仪时，和王安说过，你求的唯有平安。不能如你所愿了。小鸾，朕请你走到朕需要你的地方来。"

高夫人正视陛下，脑海中浮现的是恭靖太子妃的身影。想当年，她进东宫辅佐太子妃娘娘，考上女官不到三年，恭靖太子妃赏识她，升她做了从六品司仪。那时候，太子妃娘娘不受宠、寂寞，和她聊天说过人得懂得为自己争取。想到此处，高夫人有了些微的祈盼，走到太子妃娘娘留下的位子上，代替早逝的太子妃娘娘为陛下排忧解难，照顾好陛下和来日的皇太子，不枉她入宫门一场，亦是对太子妃娘娘的报答。高夫人朝陛下矜持地一笑，起身向陛下拜下："臣高氏谢陛下赏识。"

皇帝思念着恭靖太子妃:"朕只信任恭靖太子妃的故人。"

高夫人的脸是明媚的,皇帝与她相视一笑,问了她女官不得谈论的话题:"方才杨涟与朕所言,你听到了。小鸾,你以为朕是否信错了杨涟?"

杨涟的事迹,高夫人感佩,此刻的她对着陛下畅所欲言:"'涓流汇沧海,一篑成山丘。欲聘万里途,中道安可留。' 杨大人的心性和品德,陛下怎会错信了他?"

"张居正的诗。你和朕心思相通,你也不认为张居正是大奸?"皇帝会心地笑,拉她起身,坐床上来。

高夫人放开些,坐了床头的小凳,那是王安和刘庭坐的。宫廷礼教森严,她是女臣子,与陛下须谨守男女大防。

高夫人柔婉道:"臣不懂朝政,张居正的某些诗句,拿来说别人蛮贴切的。"

"你呀。"皇帝咯咯地笑,跟高小鸾聊天真开心。他的手在被子下动了一下:"朕快养好龙体,明年春天便是吉期。"

高夫人不语,皇帝见她羞涩,喜爱愈甚。他对小鸾的喜爱不同于以往宠爱过的女人,这份喜欢出自知己之感。好比小鸾不在跟前时,皇帝和刘庭谈起的孝恭章皇后,同样出身宫中女官,侍奉过宣宗的母亲、永乐朝的太子妃、洪熙朝的诚孝昭皇后。孝恭章皇后知书达理,秀外慧中,是宣宗的红颜知己。

皇帝钟爱腹有诗书的解语花,他做皇太子十九载,孤独惯了,初登大位,遭逢突变,坏了身子。回到后宫的生活,他追求起了安稳,追求起了彼此的信赖和相知。大臣说的"妖妃",私心深重,郑氏把他们父子两代帝王,把大明算计得够呛。皇帝总想,他立志恢复仁宣之治的升平,定要一位贤后。他披荆斩棘走的这条中兴之路比宣宗难得多。搞掉了郑贵妃，再收拾了蠢蠢欲动的西李，泰昌元年，明年开春立皇后，万象更新。

皇帝最想要的，泰昌元年开年解决所有的难题。他病了一场，八月底了。朕得争分夺秒，对付西李呀。

晚上是刘庭值夜，皇帝精神大好，笑盈盈的。皇帝生病以来，西李来过乾清宫请安五次，有三次拉着皇长子。大晚上的她带皇长子过来，刘庭挡了她。皇帝不见西李，他头疼啊，她来无非求陛下立她为皇后。由校的情形，皇帝用不着询问西李。

请走了西李，敲过了一更，刘庭请陛下早些安置。皇帝靠在床上看书，兴致盎然。

刘庭问："陛下看什么书呢？"

皇帝翻过书的封面给刘庭瞧，刘庭念道："《贞观政要》。"

"小鸾找给朕看的。怎样解决前朝的遗留问题，很有借鉴意义。"皇帝专注于书本上，闲谈道，"西李，朕不可逼她太狠。她伺候朕十几年，只消她肯安分，朕不介意。"

"陛下仁慈。"

皇帝倦了，打了呵欠："朕封她个皇贵妃吧，绝了她做皇后的念想。只怕……朝臣误解朕，以为朕宠爱西李依旧。"

皇帝钟意的皇后是高夫人，刘庭大胆觑着陛下，出了个主意："如陛下怕朝臣误解，可以一道宣布中宫皇后的人选。"

皇帝明说了："一道宣布对于西李起不到安抚的作用。朕突然宣布新娶一位皇后，东宫会乱。先让西李死了心，她不闹了，何人敢妄想？"

"陛下圣明，奴才恭喜陛下。"

皇帝撂下书，发了愁："事情总有先后的次序、规矩。由校一日不脱离西李，朕一日忧心难安。西李和由校身边的三个奴才只会把由校带坏。由校开了府，开了讲，朕就松泛了，好腾出手干大事。"

"陛下，您不必顾虑西李娘娘。西李娘娘的靠山郑娘娘倒了，皇长子殿下十月就开府了。"刘庭想得很开。

皇帝念起了旧："朕不想亏待了西李。她安分做她的皇贵妃，和郑贵妃的那段，朕既往不咎。"

陛下这么说了，刘庭心头发了毛。他几次回东宫，代陛下看望皇长子殿下，魏进忠托付他，多在御前提提王才人娘娘。刘庭始终可怜王娘娘，王娘娘被西李害死的，既往不咎了？

刘庭佯装无心："陛下立皇太子，王才人娘娘仍旧无名无分。"

"朕记着呢。朕命翰林院拟写谥号，立太子的同时，追封王才人为皇后。"

刘庭双膝下跪："多谢陛下。"

皇帝想想诸人的归宿，又觉出了不圆满，捻着下巴上的胡须思量："嗯，由校到底是庶长子，王才人以从子之义追封为皇后。这样，立太子时，追封朕早夭的三个儿子为王。明年开春让被父皇的丧期耽搁了的三位皇弟就藩，再行朕的大婚。"皇帝越想越细，"明早传王安来写旨。"

"陛下安置吧。明早陛下多睡会儿，王大珰过来候着。"

皇帝躺下了，刘庭把《贞观政要》拿开，皇帝犹念念着："司礼监事忙，朕睡醒了传王安，别让他空等。"

"是，陛下。"刘庭拉上床帐，吹熄蜡烛。陛下尚在养病，龙体好点儿即事事忧劳。陛下这皇帝当的，不易啊。

八月廿三，皇帝起了大早，王安来写谕旨，封西李选侍为皇贵妃。

如皇帝所料，朝臣误解了他。孙如游拒不奉诏，皇帝遂没了确切的表示。

实际上，君臣在往同一个方向努力。群情激愤，皇帝无语了，朕不立西李为皇后，不封她皇贵妃，朕封她什么？你们有辙教她不闹，教她放开皇长子？不过走个过场，给西李一个妾室的封号。孙如游、周嘉谟回奏，西李被封为皇贵妃，势必摄六宫事。朝臣胡乱揣度，陛下没说六宫之主的归属，没说封几位皇贵妃，恐怕西李眼下得的皇贵妃是向皇后的过渡。

事情再一次搞僵了。西李愤愤不平，她恨透了朝臣，恨朝臣连封她皇贵妃都阻挠。她又拉着朱由校去了乾清宫，皇帝不能不见她了。

"皇长子殿下，随臣来这边。"高夫人奉圣意领皇长子到昭仁殿等候。

朱由校亲热地喊她："高姐姐，我想请你陪我去看五弟。"

西李劈头凶他："还叫高姐姐？她快做你的嫡母了。"

高夫人莞尔："西李娘娘说笑了，您请进，陛下命臣带开皇长子殿下。"

"由校，不许调皮捣蛋。"西李冲由校立眼睛。

朱由校缩到高夫人身后，摇摇她的手："高姐姐。"

西李去东暖阁了，高夫人带着皇长子殿下，见他领口有块污渍，什么都没说："殿下，不要叫臣姐姐了，臣是高大人。"

朱由校古灵精怪："高大人，昭仁殿备了点心吗？"

高夫人带皇长子进了昭仁殿的耳房，才驻了步，搓搓皇长子的领口："殿下您还吃不饱？"

高夫人关心他，朱由校竟瑟瑟缩缩道："高大人，我啥时能离开她？父皇为什么把我丢在东宫？我想和由检在一块儿，你能替我给周祖母传个话？"

皇长子问得高夫人辛酸，没娘的孩子可怜，陛下鞭长莫及。

刚十六岁的皇长子学会了叹息。他畏葸的神情告诉高夫人，先皇崩逝后的一个月间，皇长子成熟了不少。他的成熟令人难过。

高夫人红了眼："殿下您且忍耐两个月，到十月您开了府，养母再不能管教您了。"高夫人望着皇长子殿下，他生的像先皇，眉目也像陛下。她疼惜的目光凝着皇长子殿下瘦下去的脸庞。高夫人知道，宫中的孩子长大艰辛，王才人娘娘为她儿子赔上了一条性命。

朱由校再无他在翁翁跟前的自信："我一个人住？我怕。"

"不怕，殿下在东宫开府，是皇太子了。"

朱由校记起了，眼神明亮："对哦，我做了皇太子，接由检来住。"

"殿下随臣去用点心。"高夫人领皇长子殿下出了耳房，到昭仁殿的正殿坐。皇长子幼时，高夫人与他相处过，合得来。高夫人想西李娘娘或是无心的疏忽，害皇长子活得辛苦。以后会好的，陛下非常在意未来的太子。

高夫人陪皇长子用点心。西李进了东暖阁，哀哀地哭。

皇帝靠坐在床上，西李哭得他心乱。刘庭退下了，西李问了安，喟然道："陛下，由校很好。陛下与臣妾终归生分了。"

皇帝煞是淡然："父皇的丧期内，朕不便见你，不便见东李她们。"

西李不讲理，脖子一横："陛下还说先皇的丧期，陛下快当新郎倌了。"

"都知道了。皇贵妃，你该满意了。"皇帝眼中布满了血丝，声音透着生疏，"假若由校的母亲还在，妾宰中唯独王才人高于你。朕怜悯你的丧子之痛，怜惜徽媞，封你为皇贵妃。由楫的生母王氏，朕追封她为贵妃。由栩的生母傅氏，她有两个女儿，朕也封她为贵妃。朕自认待你不薄。"

"东李姐姐资历高,同样是皇贵妃,位在臣妾之上。"西李哭丧脸,"陛下另娶一房做皇后,叫作待臣妾不薄?"

"注意你的言行!燕丽,朕封你为皇贵妃,已然招致了阻力。人说你德不配位,扪心自问,你够资格做皇后吗?"

"臣妾犯过错,陛下责罚了臣妾。"西李硬要说完她那一套。

皇帝面露怨怼:"谁做皇后,不全是朕说了算。孙如游驳了封你为皇贵妃的谕旨,你合该反思,反省!燕丽,给徽媞留些颜面吧。"

"朝臣驳回,陛下坚持封臣妾为皇贵妃吗?"西李退而求其次,情知陛下第一个推了她出去,她无路可走。皇后的梦碎了,也许皇贵妃,陛下亦非心甘情愿地给。西李的悔为时已晚,害死王才人是一招错棋。可王才人不死的话,她比现在还要被动。西李死盯着地面,难道她没有当正妻的命,让女官捡了便宜?

皇帝神情冰冷,给的恩典倒是慷慨:"由校成年,朕不给他另择一位养母。你是养母,王才人是生母。王才人不在了,由校孝顺你。"

西李垂首,敛容。皇帝缓缓道来:"朕盼你做个良善、本分的皇贵妃,养大你的女儿,尊敬皇后。"

西李恢复了她素来的刚强:"敢问陛下,高夫人和臣妾有何不同?"

"朕要的是皇后。"皇帝淡漠。

"臣妾理解,高大人在陛下心目中像恭靖太子妃。"西李忿然,"臣妾恭贺陛下新婚大喜,枕畔常伴窈窕淑女。"

皇帝最烦西李张狂,自知没戏当皇后了,对朕口出不逊,看来安抚她没用啊。皇帝尽力晓之以理:"你是东宫的老人儿了。东李的时气病久久不愈,你合该给东宫的姊妹们以身作则。好了,带由校回去吧。"

"臣妾告退。"西李的膝盖只打了个小弯，谅陛下不致拿她怎样，看在由模与徽媞的情面上，看在昔日的情分上。也正是陛下耍她最狠，西李连带恨上了陛下。她不白白训了由校惧她，西李的杀手锏，皇长子没使出来呢。郑娘娘太软弱了，西李决不认输。西李是揣着信心走的。她前脚走，杨涟从东暖阁的耳房步出，皇帝让他听了他和西李的谈话。

杨涟对陛下越多了体谅："西李娘娘跋扈，又是皇长子殿下的养母。"

"朕宠爱错了人。孙如游帮倒忙。快定下封皇贵妃的事，朕瞅着西李不踏实。"皇帝颇费思量，"朕怕她对由校……"

杨涟弯下腰道歉："陛下，臣和臣的同僚错了，臣认错。"

皇帝两手一摊，失声而笑："无奈罢了。西李的由模没了，朕对她狠不下心。朕原先很不喜欢王才人自私、浅薄。原来西李的私心最重，她隐藏得最深。"

杨涟低下眼睑，主意马上有了："陛下不妨将您的深意和大臣们说清楚，解开了误会，君臣方能合力。"

"朕的家事，你们也管？"皇帝愁思，东林无礼，不怪父皇讨厌朝臣。都说西李跋扈，东林跋扈到以朝臣的身份插手天子的家事。

"陛下，您的家事关乎国本！"

皇帝逼视杨涟，争执起来："朕答应了十月立由校为皇太子，君无戏言！"

"陛下给了臣子信心，臣子岂敢揣测圣意？"

皇帝败下阵来："文孺，不争了。朕请你来，要你给朕出谋划策。你说得对，解开误会。"

杨涟轻声，多了句嘴："请陛下吸取先皇的教训。"

"嗯。"皇帝模棱两可,"他们是拥戴朕登基的功臣。"杨涟笃定的眼神令皇帝渐渐确定,应该待他的臣子们坦诚:"传旨,八月廿五未时三刻,朕于东暖阁召见大臣,名单再议。"

杨涟清楚,陛下欲当面与朝臣讨论家事,陛下着实不易。他的同僚们坚辞封西李为皇贵妃,过分了。陛下尚未痊愈,进行这种无聊的召见,消耗陛下的精力。杨涟不忍打扰陛下,退下了。此后,皇帝与朝臣隔绝,静养了几日。

八月廿五,原定召见大臣的日子,内廷报到内阁,陛下的病急转直下。

第四十九章

召见朝臣推迟到后一日，乾清宫中急召了陈太医和唐太医。病情报到了内阁，阁臣、六部的长官、杨涟和左光斗都在，还是陛下腹泻那夜的说辞：陛下进了午膳，喝了一小碗粥，烦躁不安，满面火升，面唇赤紫，脉搏雄壮浮大。

"陛下又吃金石药了？"韩爌立时反应，"雄壮浮大，面唇赤紫"，过量服用金石药的典型症状。

杨涟信任陛下："陛下体质清弱，病势反复是正常的。"

"陛下病中操劳过甚。"左光斗恨恨道，"不然陛下喝了粥会烦躁？静摄，啥都不想，不干叫静摄。"

"明日见到陛下，问了安，再说吧。"方从哲倒抽了口气。他单独面圣的那次，就感到陛下凶多吉少。陛下心重，初登大宝，但凡有丁点儿的精神，绝对不肯静摄。

周嘉谟厉色，数落起了孙如游："赖你，你不拖几日，陛下痊愈了，再驳那道谕旨？陛下想封西李为皇贵妃，你驳了不说，还写了封奏疏让仆联名。陛下不急躁才怪！"

"奏疏是你教我写的，我属名，你联名。"孙如游反唇相讥。

"够了，相互指责有何用？"刘一璟申斥他俩。

李汝华勉强笑着打圆场："你俩好心办事，却不熟悉陛下的体质。仆也没想到陛下的病会反复。"

张问达转移了话题，他闻知了一种传闻："列位听说了吗？坊间传言，皇长子殿下和他的乳母客氏……"

果然有人听说，黄克缵出乎意料的样子："怎么会？有人把乳母客氏比作宪庙的万贵妃。荒谬！客氏是乳母，不是都人，她儿子比皇长子殿下都大。"

"就是，定是郑家的人在外散布谣言，污蔑皇长子殿下。"黄嘉善义愤，"郑贵妃！"

御史顾慥亦在宣召之列，他问："仆以为世上没有空穴来风。为什么皇长子殿下十六岁了，他的乳母还贴身侍候？"

"皇长子殿下疏于管教的缘故。"方从哲静气，不为谣言所动，"明日见到陛下再说。"他长叹道："叶先生快回来吧。"

孙如游又不合时宜了："咱缺个主心骨啊。"周嘉谟白了他一眼，浙党的方首辅尚在，你公然称叶先生是主心骨。

"谣言，仆去平息。"左光斗情绪激动，"妖言惑众，层出不穷，仆就不信仆压不平。"

"局势不稳，民心浮动。京城乃谣言纷扰之地，谣言纷扰有损皇长子殿下清誉。"杨涟竭力理智，开导大伙儿，"没关系的。陛下明日见了咱们，说明没大碍了。"

李汝华笑着赞同："是，寻常头次服金石药病了，耐心调理一阵儿，

一 月 天 子

会痊愈的。世宗十几岁吃上金石药,一样病过。"

"等明天吧。"方从哲无能为力。

皇帝没有再次失约,八月廿六的午后未时三刻,召见十三位大臣于乾清宫东暖阁。十三个人,排前列的是神宗的八位顾命大臣,方从哲、张维贤、周嘉谟、李汝华、黄嘉善、张问达、黄克缵、孙如游,以及后排的皇帝提拔的阁臣韩爌、刘一燝和言官的代表给事中杨涟、新任御史顾慥、顶替清查谣言的左光斗的给事中范济世。皇帝将他认为可信赖的大臣全部召到御前。

陛下的状况远不如昨日群臣预料的乐观。这一回见到的泰昌皇帝,躺着,坐不起来,像方从哲见他那次,目赤、唇干,上了大火的模样。刘庭给陛下喂了水,润润嗓子,陛下没气力与他们东拉西扯,怪烦的。病了十好几天了,忙活家事,料理完郑贵妃,料理西李,一件正事没干。皇帝顺了顺气息,想了想,先聊国本吧。

"朕见了你们,朕开心。"皇帝仰躺着,盯着帐顶,缓缓道,"朕想让皇长子移宫,移往何处?"

张问达立马联想到了谣言,莫非陛下卧病,知道了皇长子殿下……或许那不是谣言,是真的?张问达嘴快:"回陛下,皇长子殿下理当住在慈庆宫的正殿,该移宫的是东宫的诸位娘娘。臣以为不需移宫,陛下调开侍候皇长子殿下的奴才,就能使皇长子殿下免受不好的影响。"

"你说得是。"皇帝并不知晓谣言,他厌烦魏进忠等三个奴才实非一日,"给他们仨调个差事。"

黄克缵谨慎言之:"陛下,为什么不遣皇长子殿下的乳母出宫?"

"由校成了婚,客氏离宫。"皇帝恍恍惚惚,神飞了。他忽而觉得让由校移宫冒失,离了东宫的母妃们护佑,由校搬到内宫,内宫情势复杂。这样说来，那三个奴才从小照料由校，亦是对由校的一重保护。

"再议。"皇帝一锤定音。

方从哲侧脸瞧了眼张维贤，张维贤木然地跪着。方从哲只好膝行出列，问过陛下安，装作无意，盯问大家最关切的："陛下近来吃了什么药？"

"朕十余天没吃过金石药，朕在补元气。"

又把人搞糊涂了。陛下目前的症状，是十几天前服金石药残余的邪火，或是崔文升下虎狼药伤的元气没补回来？众臣困惑着，皇帝转过脸，与杨涟对了下眼神。杨涟以眼神暗示陛下，皇帝不含糊了："列位，朕的后宫，朕自有安置。朕预备明年春天……春天迎娶乾清宫内夫人高氏……"

话到此处，众臣的思绪立即调了指向。陛下的病是一回事，陛下痊愈，娶了新人做皇后，生了嫡子，有关国本的麻烦将无穷无尽。

周嘉谟忍不了，想要出列力谏，求陛下放弃立新后。皇帝提住了气，手指紧抓着被子，跪着的大臣看不到陛下仰着的脸上的痛苦。皇帝晓得，他们没懂他的意思，忙抬出了皇长子："十月立太子。朕叫来了皇长子，你们见见。"

皇长子殿下见了朝臣，他的储位即定。如此大家都心安了。

皇帝扬起了笑，杨涟的招儿高明，早安人心。朝臣在乎国本罢了。朝臣痛恨西李，因为西李害死了未来太子的母亲。另立高夫人为皇后，无人敢提反对的意见。高夫人的身份，不会有人提出异议，相反欢喜陛下的选择。

陛下扼杀了下一辈的国本之争于摇篮，黄嘉善落泪了。先皇的丧期未完，朝臣的衣裳犹配着青色的配饰，殿内挂着孝幔。册封和

一 月 天 子

追封内命妇，立皇太子必须等到百日丧期满，此乃群臣最不放心的。陛下换了一种方式，以让皇长子见朝臣的方式确定储位。陛下的心意已定，只要皇后不是西李，大臣不管。

皇帝歇了口气，旧事重提："那么皇贵妃？"

周嘉谟戳了下孙如游的脊背，孙如游跪直了，镇声道："回陛下，先后有序。温靖皇贵妃、恭靖太子妃、王才人的皇后名位未定，西李选侍封皇贵妃当在后。"

杨涟扭过头，用眼光肯定他，也责备他。当着陛下别争了，陛下体力不支。周嘉谟缩回去。孙如游改了口，诺诺道："没什么不可以的。"

礼部奉诏，没别的好谈的了，见过了皇长子殿下，众臣可退出了，让陛下歇息。处理干净这一堆关乎国本的家事，皇帝方能静摄，政事留待来日。

刘庭进侧后方的耳房，带出了皇长子殿下和高夫人。高夫人站在耳房的门口，丧期内女官的官服是青色的。皇长子被无形的束缚着，领到前头来。杨涟识相，按拜皇太子的礼节拜皇长子殿下，其他人跟着他拜。皇帝默许，欣然笑着。皇帝认可东林出于好心，东林是被郑贵妃吓怕了。

"父皇。"朱由校回头看看病榻上的皇帝，皇帝抬起了小臂，朱由校领会，给十三位大臣作了揖。大事已成，朱由校的储位不可能动摇了。

东暖阁的门乍然开了，西李气势汹汹地闯了进来。众臣皆跪着，西李行动快，他们来不及起身，护住皇长子殿下。皇帝气不足，喊不出声。刘庭蒙了，高夫人上前挡住皇长子殿下。朱由校躲闪着，扯高夫人的衣裳，小声道："高姐姐，我怕。"

西李大叫:"哥儿,跟我走。"说着,她粗鲁地揉开高夫人,拉拽着皇长子出去。奇怪的是,皇长子不反抗,由着她扯袖子给带出去了。

西李重重地合上了门,不讲礼制,粗鄙,放肆。十三位大臣看傻眼了,听着西李在外面高声训斥皇长子殿下。不一会儿,皇长子殿下开门回来了,极不情愿地走到他父皇床前。皇帝泪流满面,皇长子殿下瑟瑟发抖,弯着脖子绞着青袍的下摆,不敢看他父皇,边哭边道:"封养母为皇后。"

众臣愕然。高夫人护在皇长子殿下身后,紧紧护着他,温言抚慰:"殿下,没事儿,您跟臣来。"

皇长子转过身,差点儿扑到高姐姐身上。高夫人闪开,牵起啜泣着的皇长子殿下,目示刘庭跟上,他二人一起陪皇长子殿下回耳房。高夫人从里落下了门闩,防西李再抢皇长子殿下走。西李如何挟制皇长子,这个丧母的孩子如何孤苦,君臣亲眼所见。皇帝记起了王才人,心下绞痛,用被角擦干了泪。

先皇崩逝后,西李虐待皇长子,使皇长子心生畏惧,野心昭然若揭。皇长子被西李控制得牢牢的。跪着的十三位大臣才明白,陛下先封西李为皇贵妃的用意。礼制将皇长子困在了东宫,东李懦弱,冯选侍有孕,等于将皇长子困在了西李的掌心。陛下为何开门见山问皇长子移宫到何处?不仅因为伺候皇长子的三个媚主的奴才。如今西李挟皇长子以令陛下,是她联合郑贵妃谋害王才人的后续。西李步步为营,志在后位。朝臣缓过了神,决不容她得逞。

孙如游总算机智了一回:"封西李选侍为皇贵妃,礼部尽快备办典仪,臣奏请陛下圣裁。"

皇帝放开了喉咙,答应他:"好。"

"陛下圣明。"众臣齐声承命。

天子金口玉言,西李为皇贵妃,定了。她没希望母仪天下了。

方从哲与他边上的张维贤对视,可以退下了。皇长子殿下被锁在了耳房,西李还想闹,白搭。方从哲领衔告退,在正殿见着了西李,耷拉张脸。出来的大臣行了礼,周嘉谟故意道"贺喜皇贵妃"。西李恼羞成怒,眼睁睁看着"诡计多端"的大臣们远去。

服侍西李的仍是都人亚茹,亚茹生怕西李娘娘发怒,怕她凶皇长子殿下。她嗫嚅着请示主子:"李娘娘,您等皇长子殿下?"

"当然。"西李蛮劲儿上来了,"他们能关朱由校一辈子?"

亚茹退到包着白布的红柱子后头去,她没胆子劝主子收手。西李就立在正殿当间,不进去看看陛下。陛下病势沉重,她不在乎。不立她为皇后,移情他人,算计她的都是陛下。西李自觉和陛下的情分尽了,不抓住皇长子,陛下长命百岁,她和守寡的郑娘娘也没区别了。

东暖阁的门紧闭,西李数了,刚走了十一个,还有两个留在里面。她可算准了,晚上安置,皇长子怎么着得回穿殿睡。朱由校一个半大小子,和朱由检不同,随他哪位祖母同住都不便宜。她毕竟是朱由校的养母,伺候朱由校的奴才听她的。

东暖阁内,杨涟和顾慥留下宽解陛下。他二人跪在陛下的床头,低声说话。

顾慥道:"陛下,苦了您了。"

"朕已向好了,朕急着养好身子。"皇帝气息愈弱,刚才那一通累着了他。

"陛下不急,过会儿臣送皇长子殿下回东宫。"杨涟心疼陛下,讲话柔和了不少。

"是啊,皇长子殿下住慈庆宫穿殿的偏间,西李娘娘挪回了承华宫,他们其实不住在一处。"顾慭平复道。

皇帝愣怔着:"她磋磨朕的太子。"

杨涟及时提出:"要不请先皇的某位妃嫔暂时看顾皇长子殿下?"

"乱套了。"顾慭急忙反对,"礼制不可废。"

"下去吧。"皇帝冲里躺了,烦得要命,"由校多待会儿。"

杨涟放不下心,嘱咐陛下:"陛下千万不要急于求成,病去如抽丝。"

"知道了。"

杨涟和顾慭同路出宫。路上,杨涟心系陛下,讲道:"陛下的病看着严重。休养上个把月,陛下会痊愈的。"

问了郎中,查了医书,全是这样说的。陛下的病是心火,心火加重了身体中的火。陛下还吃了虎狼药,伤了元气。纾解了焦虑,补了元气,病全好了。

顾慭的深意尽在不言中:"盼刘庭和高夫人多劝劝陛下。"

"仆看王安的司礼监不大顶用。"杨涟一针见血。

顾慭胆小怕事,把脑袋凑过去:"文孺不得乱讲。"

杨涟担心司礼监辅佐病中的陛下不得力,更担心陛下的心态。陛下做了十九年的皇太子,初登基激情满怀,一个疏忽大意,得静摄好几个月。搁自己身上,也急,人之常情。

皇帝病得重,不见缓,臣子替他急,他自己更急。杨涟还能理智,韩爌坐不住了。

八月廿六面圣,三位阁臣回到内阁,韩爌说起了一个人。

此人名叫李可灼,鸿胪寺丞,三天前他来过内阁,献仙丹。方从哲没让他上楼,把他轰出去了。李可灼小有来历,他是陛下信重的术士汪文言回南方前推荐的,朝廷命官,业余修炼仙术。

对于"仙丹"之类,李可灼神神叨叨地吹嘘,三位阁臣深恶痛绝。陛下是吃金石药吃病的,你又让陛下吃仙丹?方从哲轰他走,不讲情面。

这回韩爌说起李可灼的仙丹,病急乱投医。

韩爌说,他回府查阅过医书。陈玺的药,陛下吃了十几天,病势反复。书上说仙丹不同于金石药,陛下吃了兴许有奇效。

"李可灼的仙丹究竟是何物?"方从哲嫌弃,"岂能让陛下乱吃药?"

"要是那天容李可灼说清了就好。"刘一璟倾向于韩爌的意见,"仆打听过,李可灼炼丹,小有名声,他和汪文言都与王安大珰有交情。方首辅,假如用了太医院的药,陛下好不了,病一直拖着?"

"术士和宦官一样不是大夫,他们治不了病。"方从哲严厉了声色,"御医用的药再温吞,御医是国手。汪文言就不靠谱。"

汪文言确实什么都懂,换句话说,什么都不懂。那阵子新皇行新政,汪文言就罢烧造和织造,给陛下献过策。陛下病倒后,汪文言退身,回南方了,临走前推荐鸿胪寺丞李可灼到了内阁。据方从哲所闻,术士汪文言不懂炼丹,他的朋友李可灼擅长炼丹。李可灼是业余的,方从哲对他的仙丹必然持怀疑。

"方首辅,请李可灼来问问吧,他的仙丹是什么做的。"刘一璟隔桌巴望着方从哲。

方从哲心念摇动,可是想到崔文升,想到金石药,后背阵阵发凉:"炼丹的,你敢请他进内阁?贻笑大方!请个术士祝祷,够可以了。"

"嗨,病从口入。"韩爌忖度再三,生怕陛下再吃错药。陛下的体质不比常人,贸然尝试不得,陛下慢慢养着最好。

韩爌出了个对策:"请陈太医来内阁,问陛下的病情。方首辅,可好?"

"也好。"方从哲唯恐自己多琢磨,打上仙丹的主意,"李可灼那个人,不准再提了。"

李可灼走不通内阁的门路,经内宫的文书官奏闻御前,他有仙丹。

皇帝病着,头昏脑涨。文书官给李可灼通传,请陛下定夺。陛下听说有仙丹,相当来神。文书官照实讲,鸿胪寺丞李可灼大人称,他是汪文言先生的朋友。

高夫人陪在陛下床前,她知道陛下做太子时,请过术士汪先生进东宫为先皇祝祷。高夫人摇摇头,不让陛下胡思乱想:"陛下,您请炼丹的进寝殿,献仙丹,有损您的圣誉。陛下问过重臣再说,好吗?"

皇帝不干了:"朕吃药,用得着征求大臣同意?"

刘庭摆摆手:"不,陛下,朝臣见多识广,能帮陛下分辨仙丹是好是坏,有没有用。"

"陛下吃普通的药,自不用过问。可是……世宗服过金石药,也服过仙丹。"高夫人轻声细语,说中了皇帝的心坎儿。皇帝再不敢比照世宗,吃世宗吃过的药。正如唐太医所说,陛下年近不惑,世宗不到十五岁,即在安陆吃道教的丹药保养,陛下的体质比不了世宗。

皇帝闭了闭眼,乏得很:"请道教人士进乾清宫不雅观。"他对仙丹依然心存幻想:"小鸾,你去书架子上翻翻,有没有写丹药的书。"

"陛下别劳神了,养养神是最好的。"高夫人涌出了泪。陛下的心就闲不下来,不睡觉便想东想西。来个莫名其妙的献仙丹的大臣,皇帝想了他半天。乱吃药的前鉴未远,陛下又惦记上了仙丹。皇帝说出欲立她为皇后之后,高小鸾在闷热的东暖阁整日守着陛下,想陛下的病,也想她自己的事。

她快三十岁了,在宫中二十来年了。宫里的种种她看够了,看倦了。郑贵妃去了西宫养老,西李是皇贵妃了,陛下的处境好多了。至于自己,她的心气抑或无法胜任皇后吧,陛下肯不肯给她另一条路走?且劝住陛下,别想仙丹了。

白天,皇帝知道了李可灼有仙丹,晚上进了晚膳,食欲不振,早早睡下了。高夫人出乾清宫,今夜何良当值。皇帝时常夜不安枕,刘庭留晚些,皇帝睡着了,他回庑房歇息。刘庭见高夫人心事重重,跟出去开解她。

"刘大珰,我……陛下非吃仙丹不可?"高夫人忧愁着,瞅着刘庭。月如亏眉,悬在乾清宫的上空。夜色似墨,泼泼洒洒,在人心上洒下了暗影:"刘大珰,陛下登基快一个月了。"

刘庭搔搔头:"这个月比我伺候陛下十年还漫长。高大人,李可灼的仙丹是什么,陛下不晓得呢。"

"陛下这种体质,病了十几天了。仙丹,仙丹是能吃的?"

刘庭无谓:"高大人,不急。"

"我不急,陛下急。"高夫人悻悻道,"我不在东宫那几年,陛下生过重病吗?"

"小病常有。"

"我知道了,陛下是心病。丧父,登基,陛下心潮起伏,难以平复。陛下的火不全是金石药的热性造成的,陛下自身的邪火为情绪所波动,表出来了。"

刘庭听了,通明了:"高大人甚有洞见,若是如此,陛下理当泻泻火。"

"我乱讲的。"高夫人失笑,"刘大珰,我感觉陛下和从前不一样了。陛下他待人很好,从前……"

"是吗?我整天伺候陛下,愣没发觉。"

高夫人认真道:"从前的陛下是太子,现今的他是帝王。"

"你这么评价陛下,陛下听了一定开心。"

"刘大珰,我回了,你进去吧。"

"恭送高大人。"刘庭把他擎着的宫灯交给高夫人。高夫人的面容总是那么的温润,谁看了都喜欢。高夫人那番去火的理论,刘庭信了。陛下当太子时,心情压抑,影响了身体。陛下登了基,办完了家事,发散发散,身心得到休息,多花些时间滋补。陛下春秋鼎盛,经过这一通的调养,龙体定比从前康健。

第五十章

人人都想着请陛下静摄、调理，皇帝却一心惦记仙丹。晨起，皇帝召三位阁臣入乾清宫，议事，议仙丹的事。高夫人请来陈太医随侍。方从哲昨日刚上的奏疏，劝谏陛下慎用药物。陛下召见，不问国事，开宗明义："有个进仙丹的鸿胪寺的官员，人在哪里？"

三人全给问蒙了。他们仨私下聊过仙丹，没人当回事，韩爌、刘一璟接受了方首辅"慎用药物"的主张。阁臣们认为已事过境迁，而陛下心系着仙丹。

方从哲审慎奏对："鸿胪寺丞李可灼献上自制的仙丹，臣等不敢轻信。"

皇帝向陈玺看去，陈玺模糊其词："回陛下，仙丹如果是李可灼的家传秘方，须交太医院研究过，陛下方可入口。"

韩爌忙于附和："对，先给御药房的小火者试吃过。"

"宫中无人与朕状况相同，没病的试吃仙丹，试得出有没有用？"

皇帝不耐烦了,"试有毒没毒,交太医院一试即可。"

世宗多疑,他定的规矩,新制一类丹药,御药房的内侍服下,待一旬的光景,看看效果,方子需不需调整。照老规矩等着,皇帝等不起。

陈玺心思摇摆不定:"列位阁老有所不知,陛下用了太医院的方子,见效慢。试试仙丹,也许……"

"你个御医,还也许?太医院开不出管用的药?"方从哲涨红了脸,斥责太医,"陛下的病,太医无能给拖的。"

"太医一向无能。"方首辅急了,皇帝反倒不温不火了,"太医无用,有术士。药石,药石,神农尝百草,仙丹也是药石的一种。"

刘一璟豁然,陛下所言有学问。药与石连用,这说法自古就有。《黄帝内经》记载过"砭石","砭石"是能治病的石头。刘一璟和皇帝读医书不精。砭石指的是出产于山东泗水的灵石,富有药性,用来做外用的刮痧,不是内服的道教的丹药。

方从哲、韩爌皆不知所谓的"砭石"。韩爌提出了他的本意,请李可灼进乾清宫,给陛下瞧瞧他的仙丹。陈玺被骂了无能,不敢说话了。方从哲、刘一璟迷糊着附议了。

"准他给陛下切切脉,看他会不会医病,再定用不用他的仙丹。"方从哲的心安定了,没人想得起前几日被驱逐出宫的崔文升。

等了半个时辰,李可灼进了东暖阁。皇帝头次见他,身穿六品的官服,胸口绣着鹭鸶的补子,仙风道骨,长髯飘飘。他下跪的姿势,皇帝看他与众不同。若非先皇不信仙术,皇帝感觉自己早利用仙术保养,不至于三十八岁缠绵病榻。

李可灼昂起头,红光满面。他搭了皇帝的脉,没看上一眼,即道:"陛下,您心绪不宁,晕眩,眼花,夜不安枕,食欲不振。内火搅得您日夜难安,臣的红丸就是泻火的良药。"

他诊脉好本事!医家讲望闻问切,李可灼切了脉,省略了三步,全说中了。陈玺暗叹,术士不一般呀,比他学医术的强多了。

方从哲看了李可灼切脉,下诊断,相信了他的本领胜过乱抄方子的崔文升。但他多留了心,问道:"李大人,您的仙丹……红丸,对陛下的症,原理为何?"

韩爌频频点头。李可灼转身,正对着韩爌,他敛了下及腰的长须,眯缝着眼,笑得难以捉摸:"方首辅您错了。臣进献的不是仙丹,是一味汤剂,名字叫作'红丸'。红丸的主料是红铅,红铅乃阴中之阳,纯火之精,去火且培本。"

皇帝毫无耐性听李可灼长篇大论红丸的原理。什么是红铅,在场的仅有陈玺和李可灼知晓。红铅是秽物,陈玺却不阻止李可灼,李可灼说的红铅的功效是对的,只是医家不用秽物。李可灼以术士的身份制药,给陛下服用红铅,是个不错的办法。陈玺沉默,皇帝如获至宝,三位阁臣你看看我,我看看你。

方从哲道:"陛下,药不能随意吃。"

皇帝瞪了眼方从哲。刘一璟怯懦,手抓着袖口:"可否请李大人煮上一剂红丸,刘庭替陛下尝过,陛下服用?"

"快去,快去。"皇帝像寻到了救命的灵药,心如火焚。世上居然有又去火又培本的红铅,太医院真是无能,不知道红铅。皇帝此刻再想世宗,想法不同了。世宗服用丹药保身,寿命比父皇长,龙体也比父皇康健。仙丹仙在何处,皇帝领教了,治好了这次的病,他也要吃丹药保养。

李可灼退下,亲自煎煮他的红丸,端上来一碗闻着异香异气的汤药。韩爌不自觉捏了鼻子,刘一璟扳他的手,拉他站好。

刘庭接过托盘，放在桌上，托盘上放着个永乐描金青花荷花缠枝莲纹碗，盛着神奇的红丸。刘庭站在边上听李可灼讲，原以为红丸是红色的，药汁竟是墨一样的浓黑，气味不同寻常的汤药。他取托盘上的汤匙，舀了一勺喝下，喝在嘴里，苦中带香，回味甘甜。刘庭静置了片刻，无恙，端上请陛下用。

　　皇帝眸中惶惶："你再喝一口。"

　　刘庭把药端回桌旁，放下，阁臣们目不转睛盯着他，刘庭又喝了一匙。

　　待他走上前去，皇帝见刘庭面上似有光采。刘庭道："陛下的汤药晾晾？"

　　李可灼近前，停在刘庭身侧，两步走仙气飘然："陛下，红丸是臣从三元丹改良的。臣以红铅加夜半的第一滴露水和乌梅，熬煮七次，变成药浆，加秋石、人乳、辰砂、松脂，三蒸三炼，得此一碗。陛下喝热的，效果好。"

　　刘庭心虚，他猜阁臣们亦未轻信了红丸，否则他们岂会用忌惮的眼光，盯着桌上冒着热气的这碗红丸。

　　刘庭为陛下着想："李大人，陛下喝热的汤药很不舒服。"

　　李可灼胸有成竹："臣的红丸与草药熬制的汤药不同。红丸是热的，但不会引起陛下的不适。陛下喝了热的汤药，气喘，对吗？"

　　"对，李大人，神了。"皇帝信服了，李可灼哪儿是术士，他是神医！初次见面，没读过脉案，切了脉，他就晓得朕喝热汤药气喘。皇帝深信不疑，朕得救了。他本没得什么严重的大病，红丸定会助他快快复原。皇帝急着救命，急着理政，急着临朝。国朝的皇帝多有吃丹药的习惯，自己登基，没有耗费民脂民膏，修炼长生不老，病中用一次术士的汤剂，无可厚非。

一月天子

皇帝坐了起来，兴奋地叫道："刘庭，拿来。"

刘庭忙端红丸，大臣的眼光转向陛下。一声"陛下"卡在方从哲的喉咙，没叫出声，皇帝已经捧着碗，边吹边往嘴里倒了。皇帝喝这碗药，到喝完，漱口，躺下，没有气喘。阁臣们见了，皆大欢喜，红丸确为神药。

皇帝喝了热热的红丸，喝得舒坦，额头起了薄汗，发散了。他大呼："你是忠臣！忠臣！"

"恭喜陛下。"李可灼从容，宠辱不惊，"请陛下盖严了被子，静静躺着。方首辅，二位阁老，不妨出去等待。"

皇帝合上眼，想睡了。见陛下的表情满足，刘庭顺了李可灼的意："方首辅、韩阁老、刘阁老到正殿等吧？奴才送陈大人出去。"

没一会儿，皇帝打上鼾了。情形顺利，方从哲放了大半的心，韩爌满心欣赏李可灼，刘一璟暗喜。三人退到正殿，等候陛下服药后的反应。刘庭去送陈太医，何良和李可灼守着陛下。

皇帝睡到了进午膳的时辰。三位阁臣进昭仁殿，用了一顿尚膳监送来的简餐。刘庭传信，陛下进得香，八月初十生病以来，这顿膳进得最香。陛下喝了两小碗粥，用了小半块点心，还用了小菜。午膳后，刘庭去请唐太医、葛太医来诊脉，二位太医说圣体暖润舒畅。

昭仁殿中，方从哲他们还在等。听了太医给的好消息，方首辅系上了颔下的帽带，自在地笑了："陛下终于好了，咱们回吧，回内阁办公。"

韩爌细心叮嘱："李可灼出宫，教他来内阁领赏。"

"是，韩阁老。"刘庭面带喜色。

"咱们回去喝喝茶，边写票拟，边等消息？"方从哲道。

刘一璟挽了截袖子，先站起来了："昏乱有忠臣。"

刘庭亲自送三位阁臣出了乾清门,尚膳监的人在乾清宫外候着,等着收拾膳桌。宫人们眼见三位阁臣欢欣着离开。方从哲此下信实了红丸,治好陛下的病,旁的不必拘泥。方首辅感到这一年,此时此刻最轻松。陛下好了,能办实事了,朝局就转好了,方从哲可以请辞致仕,光荣回乡了。

申时初刻,何良送李可灼到了内阁。

韩爌迎下了楼,进了院子,见面握住李可灼的手,眼睛都在笑:"李大人,辛苦了。"

"下官不敢当。"出了乾清宫,李可灼像个凡人,戴了胡夹,神态谦恭得很。

"随本官上楼,方首辅备了茶等您。"韩爌请李可灼进屋。

李可灼推脱:"不了,内阁的值房不是下官踏足的地方。"

"你是大功臣。"韩爌真诚,藏不住话,"术士如若存了非分之心,不好了。"

"所以下官出宫,片刻不敢耽误。"

"你得和我们说清了陛下的情形。"韩爌纵起眉头。

李可灼相反坦荡,做了个请的手势:"下官是有话禀报方首辅。韩阁老,请。"

内阁的楼梯陡,李可灼第一次走,脚下比韩爌利落。韩爌观察,李可灼确有仙气。韩爌遂担心,李可灼医好了陛下的病,陛下学了世宗信任术士,内阁不好办了。他的小心思未及与刘一璟分享,他们笃定了陛下服了红丸能好。韩爌是急脾气,他已经开始思考事后怎么赶走李可灼。

然而方首辅优待李可灼,不仅在表面上。李可灼有功,方从哲不惧他贪功。

李可灼见到方首辅，回禀了实情："陛下从喝下第一碗红丸，到申正，请葛太医、唐太医切了三次脉。陛下感觉很好，脉象平稳。陛下怕药力接续不上，又进了一碗红丸。进药后，陛下说饿，刘大珰服侍陛下进了粥。"

"太好了，胃口好了，病就好了。红丸能连续服用吗？"方从哲不免忧虑。

李可灼自信满满："无碍，陛下感觉好，可以连服，巩固药力。"

刘一璟审视李可灼："李大人，陛下的反应具体如何？"

"第二次和第一次进药的反应相同，陛下越来越好了。"李可灼神乎其神，"臣预料，不出三日，陛下能够下地行走了。"

韩爌喜悦："这么说，陛下很快能上朝了。"

"陛下上火，早起伤身。但是批阅奏疏，见大臣没问题。"李可灼道。

方从哲一高兴，说走了嘴："先皇数十年不朝，朝廷照旧……"

韩爌嗔怪方首辅，您先前宽纵先皇，为不义之臣，新皇勤勉，您还说嘴前事。他直爽道："方首辅，先皇那时，朝廷半瘫痪了。"

方从哲忙找补："是。李大人，晌午的经筵，陛下能参加吗？"

"陛下的体力如足够坚持，照常参加。"李可灼察言观色，防阁臣们当着他拌嘴，"臣且告退，明日卯时，臣进宫伺候陛下。"

"等等。"方从哲招李可灼留步，"李大人，不忙着走。您献药有功，得空儿到户部领赏银五十两。"

李可灼打了躬："多谢方首辅。"

"可灼兄。"刘一璟紧几步跟上，"可灼兄医好了陛下，闲暇请您赏光，光临寒舍，给家母看看。家母经年的眼疾，陛下赏赐太医诊脉，不见好。"

李可灼是有几分大夫的做派:"承蒙刘阁老不弃,下官有空儿便去,给老夫人把把脉。"

方从哲关怀下属,容刘一璟和李可灼私下叙话:"季晦,麻烦你送送李大人。"

刘一璟与李可灼相携出门,韩爌直发感慨:"太医院圣手辈出,抵不过掌礼仪的鸿胪寺丞的两下子。"

"李可灼像活过一个甲子的人吗?"方从哲出了会客室,韩爌跟着他,分外的惊奇。李可灼六十了?不像啊。道教的保身术管用。方从哲做了功课,继续道:"金石的药效因各人体质而异。仙丹之类的延年益寿的药物,不服食过量,节制,配合道家的修养功夫,实乃长寿的良方。"

韩爌恍然大悟:"世宗吃过了量,于是乎六十岁暴崩。"

"你懂就好。陛下急躁,以后他吃仙丹,别让陛下吃多了。"

两个人默认了陛下今后用道教的方法养生,延年。

夕阳西斜,日落月升,月如钩,明净,皎洁。宫门下了钥,紫禁城安静下来,该出宫的都出宫了。

二十四监的宦官回到皇城里的衙门,六科廊的言官照例不当值,方首辅留在了内阁。傍晚,唐太医切了脉,陛下大安。韩阁老、刘阁老无需整夜在内阁守候,方首辅教他们回府去,明早一道去乾清宫问安。

方首辅摊开纸笔,夜来静寂,好写文章。他要写的这篇文章是封奏疏,为官数十载,奏疏写过上百封,这一封辞呈他构思了三个来月,无从落笔。写辞呈,总结自己的功过,难啊。方从哲早生退隐之心,动笔犹然不舍。他的手指轻拂过书案的台面,谁有叶先生的福气,两度入阁?七年前承蒙先皇赏识,而今返乡,方从哲身心俱疲，回到了原点。七年的功过，自己说不好，让后人评说吧。也罢，请辞，体体面面地走，就是他的福气。来内阁做首辅，做了七年已是奇迹。

乾清宫的小火者来报，陛下进晚膳胃口极好，喝了锦丝糕子汤，进了半个八宝馒头，还说想吃酒醋面局做的"糟瓜茄"。进过晚膳，陛下坐在床上批折子了，几次说明天试着下地走走。

小火者走了，方从哲酣畅地笑，陛下真的好了。陛下好了，他就踏踏实实回老家了，不等叶向高了。韩爌、刘一璟待他阳奉阴违，朝廷交给他们了。朝中的三党，他本身不是党魁，人事上他动不了。东林有本事，才能一枝独秀。

乾清宫里，皇帝今晚的状态好得出人意料，他从积压的奏疏中翻出了堂弟朱常涝的请安折子，统共三封。皇帝计算道："算时间，潞王抵京六七天了。福王呢，他到哪儿了？"

刘庭遗憾地笑："福王殿下一县一停，且到不了京城。小事一桩，陛下别记挂了。"

"明儿朕问王安。一县一停？洛阳不比卫辉远多少。"皇帝不满。

"地方上安慰福王殿下的丧父之痛，礼节上的款待是要有的。"

皇帝将朱常涝的奏疏放到手边："潞王忠君，合该嘉奖。父皇驾崩，只准了福王、潞王回京奔丧。福王耽搁在哪儿了？"

"陛下，您讲话的底气足多了。"刘庭敷衍，"福王殿下到直隶了？"

"朕不管他了。朕今儿不累，你唤小鸾进来。"皇帝欣喜万分。

"陛下，您别看折子了，节劳。"刘庭退下，叫来了高夫人。

晚膳时分，高夫人代陛下去东宫看望有孕的冯选侍和邵淑女。冯选侍的产期在十月，邵淑女在来年。自父皇生病，皇帝忙忙碌碌，没关心过她二人。

高夫人此去，带去了赏赐，回来见了陛下，禀过冯娘娘、邵娘娘安好。

皇帝道声"辛苦"，向她伸出手："小鸾，坐这儿。"

皇帝让她坐床边，她还是坐了床头的小凳，恪守距离。

皇帝扭下身子，牵了牵唇角，想对她笑："小鸾，朕疏忽了。亏你提醒朕，冯氏和邵氏有孕。"

高夫人坐着，像个朝臣，与陛下生分："陛下，东李娘娘好些了。臣问了林太医，东李娘娘的时气病，天气凉透了，便痊愈了。"

皇帝垂下头："别人的病都不重，朕的病重。"

"臣还看见了皇五子殿下陪周端妃娘娘在长街上散步。"

"由检，那孩子……朕对他……"皇帝说不出话了，对儿子也惭愧，"小鸾，你瞅着由检他好吗？朕好了先去看他。"

"回陛下，皇五子殿下气色很好。"高夫人垂下眼睫。

皇帝蓦然记起了由检的生母刘氏："由检也是可怜，十一岁了，他母亲走了好几年了。"

"皇五子殿下是大人模样了。"高夫人停顿了好一会儿，"臣斗胆，陛下立皇太子，别忘记了您还有个儿子。"

"小鸾，你想得周道。"皇帝怡然应允，"册立皇太子的当天，朕封由检为亲王，并追封他的生母刘氏为贵妃。"高夫人仍以期盼的眼光看着他，皇帝神会："朕破例，许由检与皇太子一起读书。由检的王号……封为信王。"

"臣多谢陛下。"高夫人盈盈下拜，皇帝从床上翻身，伸手拉她。

"陛下小心。"高夫人自己起来了，坐回去。

"你不给自己求点儿什么？"皇帝趴在床上，不免尴尬。

高夫人离远点儿，受不了陛下的热情。她试探着望着陛下的眼睛，旋即低下头去，没做他想，讲出了大逆之言："臣请求陛下恩准臣返乡。"

"你说什么？"皇帝怔住了。返乡？女子一旦进宫，终身不得出宫。高夫人看起来温柔顺从，居然藏着大逆不道的想法！

高夫人跪下："臣妄言。"

向来妙语连珠的高夫人，诚惶诚恐。皇帝慢慢靠回他的软垫，想起了他可怜的母亲，王才人的身影一并涌现。他动了恻隐之心，眼角滑下两行泪水："小鸾你能告诉朕，你的家乡在哪儿？"

"臣的家乡在浙江嘉兴，幼时家中变乱，臣与家人离散。浙江巡抚送了一批小都人入宫，臣即其中之一。家乡一脉山水的自由，臣奢望却不可即。"

"你想返乡，比做皇后更是妄想。朕那天不该逼你。"皇帝想着母亲，寸心如割。他的母亲也做过都人，若有个人成全了母亲，母亲的人生不会如此悲苦，皇后的虚名挽回不了母亲的悲剧。他想也许可以成全小鸾，纵然不舍，当作为了母亲，成全他喜欢的女人的心愿。不想让宫廷女子注定的悲剧，在小鸾身上重演。

皇帝爽朗道："小鸾，伺候笔墨。"

高夫人起身去取笔墨，在小炕桌上摆好。墨是陛下刚批奏疏，刘庭研的朱墨。皇帝抓起一张纸笺，提笔就写。高夫人不敢相信自己的眼睛，失声叫道："陛下。"皇帝龙飞凤舞写下两行字，枕畔常备的私印，他摸出来用印，用得端正。皇帝审了审这两行字，掸了掸，递了纸笺给她，别过脸，恩典赏得不甘心。

皇帝的口气戏谑："朕跟你打个赌，你不会拿着朕的手迹找尚宫局放你出宫。"

高夫人的手在抖,颤抖着接了,将那张薄薄的纸笺捧在手心,泪珠洇湿了陛下的印玺。这份想都不敢想的恩典,沉甸甸的,她承受不起,按了纸笺在地上,哽咽着谢恩。

皇帝的目光写满了柔情:"你哭了,小鸾,你也想过朕?"

皇帝是想过她的,他亦不信自己动了少年人的情肠。小鸾是好女人,她和东宫的妃妾们不同。皇帝与她相处月余,深感彼此有相通之处。小鸾忠诚而睿智,他喜欢她,不只是因为恭靖太子妃。皇帝想,他当上了九五至尊,卸下曾经的烦忧,才会真心地待人。皇帝对不起过很多人,不想再留遗憾了,所以写了这封手札,表白他的心意。

"陛下,臣让您想到了什么不开心的?"高夫人见陛下神色哀惋。

"朕的母亲同是都人……都人出身。"皇帝对小鸾坦诚,"朕的母亲即将追封为皇后,与父皇同葬定陵。朕做儿子的,给了母亲皇后的荣耀,母亲在九泉下无憾了。"

高夫人受了触动:"臣揣度……圣母心中唯有陛下。"

皇帝失落地叹惋:"朕不会像父皇待圣母那样待你。小鸾,朕既给了你恩典,两道恩典,要你想想明白,心甘情愿和朕在一起。"他扯被子蹭蹭眼角,话说多了。一天下来,喝了两碗红丸,看了奏疏,皇帝终于累了,靠着软枕躺下:"朕在想,这后宫女子的命数。由校的母亲同是都人出身。皇祖母孝定皇后一辈子殚精竭虑,与幼子生离。"

高夫人直视着陛下的落寞,倾听着他的诉说,陛下一下子想了那么多,那么多的心事重重叠叠的。活在皇家,贵为天子,那是陛下该承受的。陛下说的是,宫里的每个人都活得艰难,女人更个个是悲剧。这是她害怕的,奢求那个恩典想要逃避的。陛下的好意却使她不自量力地想为陛下分担。高夫人怀疑自己，行吗？高夫人这般想着，不自觉地冲陛下嫣然一笑。

皇帝喜上眉梢："小鸾，你笑起来真好看。"

高夫人绯红的脸，很是纯真。

"陛下，您安置吧。臣叫刘大珰来。"

"好，朕安置。"皇帝的心上充盈了甜蜜，如此美好的感受，对皇帝来说非常陌生。他还没有享受过生命，他就知道做了皇帝，自己的生命才开始。皇帝听小鸾的话，欣赏她娉婷的身影走出东暖阁。

皇帝乐开了花，小鸾不可能离开朕。朕成功了，做皇帝的感觉真好。

第五十一章

清澈的月光照耀下,紫禁城等待着迎接新的一天。八月廿九,今年的八月没有三十,明天就是九月初一了,泰昌皇帝登基满一个月了。每个人满怀着希望,陛下快好了,新的王朝回归了正轨。还不到日出的时候,天空泛着白色的苍茫,散落几颗星星。地上犹黑漆漆的,四周笼在一片薄明中。鸟雀在歌唱,清风吹过秋草的梢。第一拨宫人悄悄起了床,踩着窸窣的脚步出动,忙一天的活计。残月西垂,越到深秋,月越明。秋风凉初透,宫人走上长街,衣裳裹得紧。

住在内阁的方从哲,犹在睡梦中,急促的敲门声吵醒了他。

"方首辅,方首辅,入宫了。"

方从哲睡眼惺忪,趿拉着便鞋,下床开门。要上朝了?陛下好得这么快。他拉开了门闩,揉揉睡眼,迷迷瞪瞪的。

拍门的是个内侍,扯住方首辅,哭叫道:"陛下驾崩了!"

"什么！啊！"方从哲猛醒，以为自己听错了，钳住内侍的胳膊。

内侍再道："方首辅，陛下驾崩了！"

方从哲呆住了，呆了一瞬，急步去穿官服，无暇问为什么，一门心思快进内宫。不可能，可这种事，陛下驾崩了，怎么能乱说？可是……可是……陛下昨儿还好好的。

内侍哭天抹泪，帮方首辅传来内阁的内役。方从哲脑子一片空白，从架子上拿下他的官服，衣裳掉到了地上。七十岁的人方寸大乱，弯不下腰去捡。来了两个书办，伺候方首辅，帮着他穿上官服。传信的内侍也帮忙，打来洗脸水。触到凉水的一刻，方首辅清醒了，脑海中闪现出两个字——红丸！

"红丸害了陛下！"

书办给方首辅整理衣领，他俩伺候惯了方首辅，今日晨起，手都是僵硬的。内侍取来官帽，方首辅跌坐在藤床上。内侍失手，官帽滚到地上，方首辅眼睛随着滚动的官帽，瞥见腰间系的青色角带，触目惊心："陛下春秋鼎盛！完了！完了！"他放声痛哭。

昨夜，留在宫中值守的只方首辅一人，他是头一个得知噩耗的。他沉溺于悲恸和礼数，在内阁痛哭的工夫，被西李钻了空子。

杨涟和六部的主官率先赶到了乾清门，乾清门关上了，不准他们进去，进去给陛下奔丧。六位大员涕泗横流，唯独杨涟麻木的清醒。他也悲恸万分，对他有知遇之恩的陛下不明不白地走了。但是看到闭锁的乾清门，杨涟知道现在不是哭的时候。

方首辅不在，乾清门关着，朝臣失了先机。六部的主官们蒙蒙的，低声啜泣，这儿连个内侍的人影不见。杨涟欲请张问达，随他去东宫请皇长子殿下。张问达挣开了杨涟拉他的手，侧过身拭泪。六个人全没话了。

杨涟恨他六个关键时刻不中用，不顾礼数，大喝道："别哭了！早定大计！"

周嘉谟乃尚书之首，他傻在那儿，说着傻话："什么大计？"

"皇长子殿下！"杨涟掷地有声。

张问达闪躲："我不知道。"

李汝华在悲恸中难以自拔："陛下好端端的，怎么就驾崩了？"

"先皇刚走。"黄嘉善生生拽下了缝在官服上的青色角带。

每个人的脸上不仅挂着悲伤，更有绝望。杨涟那一嗓子"皇长子"，诸臣纷纷记起，皇长子殿下没正式地读过一天书。新君无知，大明何去何从？

杨涟只得口出悖逆，唤醒诸位上官："皇长子殿下不才，大明还有你我！"

"乾清门闭锁，估计皇长子殿下和西李就在里面。"张问达拍响了朱门，"为什么不让我们进去？"

周嘉谟一劲儿地掉泪："皇长子殿下既无嫡母，亦无生母，有个养母西李。"

杨涟最讨厌人当皇长子是孩子，皇长子是新君了。他眼里冒火，悲痛深埋在心，一把推开周嘉谟："西李怎样挟制皇长子殿下？呼来喝去！那样不堪的女人，怎可托付新君？"

周嘉谟缓缓转过脸，对上杨涟火一般的目光，霎时自愧，以头撞门："我……咱们进不去啊。"

杨涟制止了周嘉谟，环视诸位。他得鼓动起大伙儿，保护新君，对抗西李。西李对新君会做出什么，杨涟自认猜得出。进宫的路上，杨涟想定了，忠于陛下，报答陛下，不是为陛下英年早逝掉眼泪，而是护好了新君登上皇位，决不能让西李横在当中。定下大计，再

一月天子　　　　　　　　　　　　638

为陛下痛哭。

"列位上官,仆猜想皇长子殿下就在里面。进了乾清宫,我们见到皇长子殿下就拜,定了新君的名分,带皇长子殿下回慈庆宫。"杨涟振作精神。

李汝华痴痴的,像着了魔:"西李不在里边呢?"

"皇长子殿下是陛下钟意的新君。西李不作梗,不立新君了?"张问达拿出了胆气,"陛下走得仓促,上次面圣的十三人,算作泰昌朝的顾命大臣。咱们要做好顾命大臣,护持新君。"

话音未落,韩爌和刘一燝到了。这俩人满脸的悔恨,相互搀扶着。韩爌声泪俱下,述说了陛下服用红丸的经过。

杨涟又气又恨,直指韩阁老、刘阁老的鼻子:"你们!"

韩爌举袖掩面:"仆找了左光斗,抓捕李可灼。"

周嘉谟恨得牙根痒,一甩袖子:"你们为什么不早点儿来?"

孙如游始终立于人后,才出声:"次辅也叫不开门,等方首辅吧。"

黄嘉善一屁股坐地上,呼道:"天下大乱!天下大乱!"

又等了良久,方首辅坐轿子来的,两个书办搀着他下轿。他竟然完完整整穿了一身青袍!别人仍穿着为神宗服丧的孝服。可是诸人怪不得他,方首辅哭得双目红肿,一丛白须迎风飞舞,伤痛难以自抑,腿都软了。

韩爌与刘一燝上来,一边一个替了书办,架着年岁最长的方首辅,架他上台基,到乾清门前叫门。

方首辅畏怯,呆立于朱门前。杨涟迎上,吞声忍泪:"西李带着皇长子殿下在里面了。"

方首辅方知自己来晚了,酿下了大祸。他拼了口气,放开声量,冲里头的人大喊:"我乃首辅方从哲,前来瞻视陛下。"

方首辅一喊，门那边传来脚步声，内侍来开门了。

出来的是个陌生的小火者。刘庭何在？何良何在？那小火者持一根木棍，虎虎挡在门口，不让顾命大臣进。

他绝对是西李的人。杨涟大怒，冲到前面："狗奴才！你们不让朝臣进去，想谋反吗？"

方从哲点点头，韩爌、刘一燝站在他身后。杨涟怒目圆睁。谋反之名，小火者担不起。他扔了木棍，腰一弯，恭请方首辅率众臣进乾清宫举哀。方首辅脚上加劲儿，快些进去，找到皇长子殿下。其余人跟在他后面，他们急的不再是陛下暴崩的真相，是身处险境的皇长子。十位朝臣都感到了脊背发凉的恐怖。西李挟持皇长子，大伙儿成了罪人。先机尽失，顾命大臣再迂腐，要命了。

进得正殿，照例为大行皇帝举哀。节省时间，亦怕触景伤情，乱了方寸，方从哲挣了挣刘一燝搀他的手，韩爌随刘一燝放开手，方从哲在东暖阁门前跪下。大家将就着按了次序跪了，十个人潦草哭了一通，悲恸在仓促中宣泄。

这十个人都不年轻了，你拉我一把，我扶你一把，站起身。正殿中高挂着悼念神宗的孝幔。不找到皇长子殿下，陛下，不，大行皇帝的丧仪没法办。杨涟把东暖阁的门开了一半，东暖阁内空无一人，刘庭、何良仿佛从人间消失了。大行皇帝孤零零躺着。陛下他睡着了多好，陛下醒来，再与他们谈笑风生。杨涟的泪珠啪嗒啪嗒掉在青砖地上。陛下走得那么凄凉，您的西李娘娘把您的皇长子藏起来了，没个人来伺候您。西李挟持皇长子，利用新君实现她的野心。陛下，臣等决不容西李得逞。

"文孺，里头有人吗？"韩爌轻声问。

杨涟背着身摇头，趴在门上，留恋地望着大行皇帝。

刘一璟豁出去了，大吼："皇长子呢？他人何在？"

"皇长子呢？"黄克缵也亮了嗓子。

"走，进西暖阁搜。"孙如游最绝。

乾清宫不算两座配殿，有九间房子，一间一间地搜，搜到几时？为什么内侍缺位、都人缺位？刚才门口持木棍的小火者逃到外头去了。乾清宫陷入了死寂，新进来的十位大臣以外，殿内生气全无。

倘若西李在杨涟和六部的主官赶到之前，带走了皇长子。满皇宫的寻找皇长子……太可怕了，后果不堪设想。那女人野心勃勃，什么都做得出来。但求皇长子殿下平安。

大门吱吱扭扭，李汝华警觉，赶忙回身，他甚至怕西李设下陷阱，一锅儿端了顾命大臣。走进来的是王安，大家见到他，稍舒了口气，自己人来了。

而王安奇奇怪怪的，他身穿乾清宫近侍的衣裳，像地底下钻出来的。他红着眼，压低了声音："放心，诸位大人，皇长子殿下在西次间。"

"刘庭呢？"黄嘉善压不下的火气，以为刘庭和何良叛变了，投靠了西李。

"嘘！"王安食指压上嘴唇，"刘庭和何良被关在了庑房，由西李的内侍看守。高夫人应该被拦在了宫门外。"

杨涟犹倚着东暖阁的门："西李接掌了乾清宫。"

韩爌怒火中烧："她要乱政！"

"诸位大人少安毋躁，奴才去劝。"王安切痛而尽力自持。如果他没能从司礼监逃出，躲开西李的爪牙，乾清宫内没人能和西李对上话。顾命大臣只能破门而入西次间，抢夺皇长子。但王安有迫使西李主动放人的对策。要知道，卢受尚在东厂，执掌锦衣卫。卢受是神宗的人，即郑贵妃的亲信，现在听西李的差遣。顾命大臣带走皇长子殿下，越快越好。

王安进去了，西次间堆放着未及搬走的神宗朝的杂物，乱七八糟的，西李带着皇长子和魏进忠、乳母客氏在此。她坚决不放朱由校。王安的出现令她意外，漏网之鱼还敢来。外头那帮老狐狸，她听见了响动，他们进来了！西李死咬牙关，王安说啥，自己不离朱由校。朱由校落入他人之手，她数年的谋算打了水漂儿。

"奴才王安……"王安不紧不慢，膝盖不打弯儿。

西李愠怒："少假惺惺的，这就来逼我们孤儿寡母。"

王安不搭理她，冲皇长子殿下深鞠一躬："皇太子。"

"少来，陛下没册封由校呢。"西李搂得朱由校很紧，手臂钳得朱由校疼。

朱由校眼中亮晶晶的，他哭道："王大珰，方先生来了？"大臣们来救他了！还没睡醒，他被养母塞进轿子，抬到了乾清宫。听说父皇驾崩了，魏朝钦领养母的奴才带走了刘大珰。朱由校好伤心，父皇明明还活着，躺在床上。朱由校想摇父皇的手，唤他起来。进忠大伴儿从东暖阁拖了朱由校进西次间，按他在这张床上。养母搂了他两个时辰，他胳膊酸疼。只有乳母和蔼地看着他，进忠大伴儿拿眼神告诉他，父皇的忠臣会来救他。

"是，太子殿下，陛下溘然长逝，方首辅来了。"王安容色矜重，转向西李，"西李娘娘，外面乱了，请太子殿下出面，安抚重臣，安排大行皇帝的丧仪。事情了了，奴才送太子殿下回来。"他坚持用太子殿下的称呼，提醒西李，皇长子殿下现在是唯一可以主持大局的君上，皇长子殿下至关重要。

西李搂着皇长子，不动。

王安强忍鼻酸，动之以情："大行皇帝走了几个时辰，西李娘娘忍心您的夫君僵躺着，伺候的人都没了。"

"陛下非由校一个儿子，你干吗不去找另一个孝子？"西李强硬到底，皇长子被她钳住，惊慌又惊惧。

王安目示皇长子殿下淡定："长子继承大统,太子殿下理当出面。"

魏进忠过来蹲下，握了皇长子的手："李娘娘，误了大行皇帝的丧仪，您吃罪不起。"他颇有深意地瞅了皇长子殿下一眼，"殿下懂了事，知道您怠慢了他父皇，会怪您的。大行皇帝驾崩几个时辰了，丧仪该启动了。"

西李信任魏进忠，王才人死后，她通过魏进忠控制由校，更无意担上这等罪名，耽误了大丧什么的。那帮老狐狸口诛笔伐，她受不住。西李推出了皇长子："带他去，一个时辰内……"

朱由校扎进王安怀里。推出他的一刹那，西李回过味儿了。毋论今后，他们不可能送皇长子回来。没了朱由校，何谈今后？西李悍然，母兽般地扑上来，扯住了皇长子的衣角。王安奋力抱起十六岁的皇长子，扯断了他的衣裳，抱着他冲出了西次间，冲上正殿。

正殿中，十位大臣跪好，像神宗的八位顾命跪拜如今的大行皇帝一样，跪成两排，列好班次。左光斗、顾慥和范济世到了，列于杨涟的左侧。他们不理规矩了，方从哲磕了头，后边有人磕了，有人没来得及磕，匆匆跪下，站起，不管大行皇帝的法身了，拉上皇长子殿下就走。皇长子没回礼，他不懂履行程序，只想着快跑，快快逃离养母。可他想见父皇，想叫醒父皇，又恐怕养母难为乳母。

父皇的忠臣们容不得皇长子殿下多想，刘一璟拉朱由校左手，韩爌拉他右手，王安开路，拽着他向外跑。方从哲紧随，老先生呼哧带喘。杨涟和左光斗殿后。

刚踏出乾清门，西李凄厉的叫声划过乾清宫的上空。

"哥儿，回来！"

顾命大臣吓一大跳，西李追来了，没时间等轿夫了。刘一璟将皇长子殿下塞进了方从哲的轿子。和左光斗、顾慥一道入宫的英国公张维贤没进殿，自告奋勇在外看着轿子。张维贤脚一跺，不顾自己金尊玉贵的世袭罔替的国公身份，抬起了一端的轿杆。杨涟、周嘉谟、刘一璟拥上，抬了轿子。别的人簇拥着这乘小轿，向文华殿狂奔。

后来的张维贤、左光斗、顾慥和范济世带来了群臣，让他们候在文华殿。拥立新君，不讲祖制了，今日请皇长子殿下柩前即位，众臣叩头称万岁。皇长子殿下即了位，就是皇帝，是陛下了。西李的美梦破灭了。

大臣们上了岁数，行进的速度有限。魏进忠领着几个小火者，挥舞着棍子，连喊带叫追了上来，拦住这乘小轿的去路。

四人落下了轿子，朱由校掀开轿帘，嬉笑道："进忠大伴儿。"

魏进忠报以一笑，看向杨涟："你们带皇长子殿下去哪里？"

魏进忠的人光耍棍子，没人上前拉皇长子。魏进忠笑容不褪，嚷嚷了两声，让出了去路。虚张声势一通，即使那些大臣鄙视地看他这叛徒，魏进忠给王才人娘娘进忠了，他冲着远去的小轿拱拱手。

顾命大臣抬着皇长子殿下，来到文华殿。韩爌急匆匆推着皇长子殿下走上台阶，坐上宝座。朱由校仍然不明所以，底下穿朝服的大臣们齐刷刷下跪，山呼万岁。朱由校大哭起来，别人喊他万岁，父皇还躺着呢。朱由校的见识，理解不了大臣们搞的这出便宜从权。坐上龙椅，他越过了皇太子、嗣皇帝的程序，直接成了大明新的天子。等不到新皇登基，柩前即位造成了权力交接的事实。朱由校是天下

一 月 天 子　　　　　　644

之主了，养母西李控制新皇，大逆不道。

"陛下，别哭。"方从哲疾声。他喊第一声，从今往后改口称朱由校"陛下"了。

朱由校哭得特别伤心："我要父皇！我要父皇！"

周嘉谟教训新皇："陛下，从此刻起，您要自称朕。"

朱由校哭得愈凶，王安上去，带下陛下暂到偏殿歇息。新皇声声喊父皇，喊疼了大家的心。大计未了，谁人去管躺在乾清宫东暖阁的大行皇帝？大行皇帝这一走，没有成服，没有哭灵，没有奠酒。当然不能抛下大行皇帝，难道为了给大行皇帝办丧仪，把新皇还给西李？是个问题呀，小殓迫在眉睫，新皇不能不到场。西李盘踞在乾清宫，新皇如何回到灵前，小殓如何举行？

逼西李移宫，新皇必得名正言顺地登基，柩前即位对于西李是不作数的。

选定登基的日期被提上了日程，方首辅在内，大家信赖杨涟。顾命大臣在一起商议，杨涟说什么，大家听着。若非杨涟沉着冷静，顾命大臣还在忙着为大行皇帝悲恸。杨涟是拥立新皇的头号功臣。

然而杨涟在千钧一发的时刻迂阔了。左光斗建议，午后请新皇于皇极殿升座，受朝贺，正式登基。至于衮冕，他问过王安，东宫存有一套大行皇帝备用的衮冕，凑合穿。杨涟称，父亲亡故，未曾装殓，儿子着衮冕临朝，置新皇于不忠不孝的境地。最快，九月初六为吉日，此前务必完成大行皇帝的小殓和大殓，恭请大行皇帝正寝，而后移灵到仁寿殿。煤山卜停放着神宗显皇帝和孝端显皇后的梓宫，且委屈大行皇帝，停灵在紫禁城内的偏殿。

黄克缵提出了折中的办法，杨涟坚定，黄克缵心上没着没落："九月初三吧？三天的时间，够小殓和大殓。"

李汝华赞成杨涟的看法："陛下登基，得选个吉利的日子。随便对付了，惹恼了上天……"

"上天已然发怒了，一个月带走了大明两代天子。求上天庇佑，定个吉日，九月初六。"方从哲悲恸，擤擤鼻子，哭得多了，难受。

刘一璟看方首辅的脸色："对，有九有六，上上吉日。"

左光斗恼火了："初六登基？给大行皇帝小殓，陛下必回乾清宫，被西李扣下了咋办？"他气冲冲的，像堵墙拦在方首辅身前，"方先生，别白忙活一场。"

"父亲尚未小殓，新皇登基，左大人，你教新皇日后如何立足于人世间？"孙如游振振有词。

"唉，大行皇帝的法身在西李手上，不晓得西李定了小殓的时辰是何时？大伙儿散了吧。陛下暂交王安，歇在文华殿。"方从哲失望至极，甩手走了。

几位六部的长官跟上，方首辅定下九月初六登基，就初六了。各自回衙门成服，登基的事尚有几天。

左光斗站在原地："你们！大行皇帝的小殓定在今晚，大臣们出宫了，西李把陛下抢回去！"

杨涟似有所悟，随左光斗留了下来。左光斗气得脸发红，朝杨涟站的位置，唾了口唾沫："杨文孺，夜长梦多！假如没到初六，出了巨变，你死了吃了你的肉，有何用处？"

对呀，杨涟清醒了，今日离初六整好五天，六十个时辰，出什么事皆有可能，五天足以使西李翻天覆地。东宫没有能够保护新皇的人，新皇的安危……新皇能不能回东宫独自居住？杨涟越想越后怕，一筹莫展之际，是左光斗。

"文孺，仆有个兄弟骆思恭，任锦衣卫指挥使。"

"好，请王安大珰在内保护陛下，骆大人在外守好宫门。"杨涟显出定力，"大行皇帝在天之灵保佑陛下，保佑大明。"

杨涟说完，进了偏殿，说到大行皇帝，他倍加心痛。左光斗出东华门去找锦衣卫的骆思恭，请他带人马把守玄武门。杨涟见王安，避开新皇，请王大珰出来说话。

"陛下还好？"

"陛下缠着我问大行皇帝，我没法回答。"王安哽住了。

杨涟的心飞到左光斗那儿去了，心不在焉道："宫中拜托王大珰，仆去寻左御史。"

事态紧急，王安将大计托于杨涟："我是内官，行事不便。杨大人，靠你了。"他没头没脑的来一句，"西李身边不是铁板一块，陛下的大伴儿魏进忠……"

"魏进忠放了陛下走，谢谢他。"杨涟匆促去了，他得见上骆思恭的面，看到锦衣卫出动，才能安心。杨涟走在路上，心生一计，他想重复逼郑贵妃移宫，迫使西李主动离开乾清宫。写这样的奏疏，非巡城御史与吏部尚书联名不可。他为自己提的九月初六，新皇登基懊恼至极。方首辅拍的板，木已成舟。杨涟必须做好准备，接下来的五天，每天都行走在刀尖上。

第五十二章

新皇朱由校经历了这个早上,深切感受到了自己所处的危险。朱由校关心的是父皇。为什么大臣们喊他万岁?他们说父皇驾崩了。他们为什么不早点儿带他逃离养母?新皇有太多的疑问,他吵嚷着要回去陪父皇。王安力不从心,陛下的疑问太难回答。

王安勉强道:"陛下,西李娘娘还在乾清宫,您敢回去吗?"

朱由校颤抖着:"王大珰,我的乳母和大伴儿在乾清宫。魏朝钦害我,客妈妈、进忠大伴儿救不了我。"

王安蹲下,扶着新皇的膝盖,潸然泪下:"陛下,您得自称'朕'。您是皇帝了,不能胆怯。"

"父皇是皇帝。"朱由校拿手背擦眼泪,"我想父皇。我为什么成了'朕'?"

"陛下,您的父皇驾崩了。"王安尽量像待一位帝王那样,对待面前懵懂的少年,"陛下仁义,想念大行皇帝。奴才恳请陛下把大明的江山扛在您的肩上。"

朱由校哭道："王大珰你骗我，父皇没死。"

"请陛下节哀。大行皇帝小殇，陛下要跟奴才回去的。陛下记得神宗崩逝，您和大行皇帝怎么做的？"王安跪下了，心痛不止，"陛下，奴才求您振作。"

王安说出他皇祖的丧仪，朱由校止了泪，愣住了。他偏不信父皇崩逝了，皇祖走了，但是父皇好好的呀。王安只能安慰新皇，别无良策。十六岁的少年了，新皇不曾好好读书，年少丧母、丧父，懵懵懂懂接了大位。让新皇这个不是孩子的大孩子迅速成长，内廷、外朝要费多大的心血。倘使大行皇帝多给新皇几年的光阴，让新皇学会做皇太子，他登基之时不会这般的被动。

王安坐到了新皇身边，挨着他，摩挲他的手："陛下，亲人终会离我们而去。早早晚晚，终有一日，我们一个人孤伶伶地在这世上。所以，陛下您要自己长大，坚强，勇敢，爱您的长辈在天上看着呢。"

"我不是一个人，客妈妈和进忠大伴儿在。"朱由校失魂落魄，抱着膝盖，想到了乳母，他有了力量。

眼见陛下这样的依赖乳母和大伴儿，教王安说什么好。算了，陛下经受丧父之痛，他能宽心，最好了。至少他依赖着客氏和魏进忠，他不孤单。

"王大珰，由检在哪儿？父皇小殇，我能看见他吗？"

"皇弟殿下在钟粹宫，他好得很。"

朱由校从榻上滑下："由检他肯定很难过，父皇不在了。"

陛下承认了大行皇帝不在了，王安长出口气，握住陛下的手。陛下张皇失措地瞧着他，王安道："陛下，奴才等护着您，不只您的乳母和大伴儿。陛下是众望所归，朝臣期待您做个英主。"

朱由校点头，又摇头，他想着父皇好起来，他和由检一道去看父皇。他好久没和五弟在一块儿了，五弟也想父皇了。朱由校莫名地不怕回乾清宫了，父皇在东暖阁，能和五弟一块儿回去更好了。

王大珰说得不对，他不是孤伶伶一个人。

晌午时分，泰昌皇帝驾崩后四个时辰，丧钟一个月间第二次响彻紫禁城。通政司发出丧报，泰昌皇帝落幕了。

西李定了小殓的时辰在九月初一的戌时。晚上，宫门下了钥，没有一位朝臣得以到场，西李潦草地发丧她的夫君。西李选在晚上小殓，老狐狸们进不来，好夺回皇长子。

王安扶着新皇的轿子，回乾清宫。他同样两难，进宫随侍新皇，形影相随，相当于放弃了司礼监。崔文升被驱逐出宫了，常云不顶事儿，司礼监现由新升上来的随堂太监王体乾代掌。王体乾是魏进忠的老乡，北直隶肃宁人，今晨魏进忠举荐王体乾给西李，补了崔文升的缺。王体乾代掌司礼监，他是魏进忠的朋友，王安稍微放了心。令他不安的，西李手下有一帮爪牙把持乾清宫，把持大行皇帝的法身。

天子的寝宫被一介女流占据，五日后新皇登基。王安祈祷，快把西李赶走，腾出乾清宫给新皇居住，社稷就安稳了。

轿子停在乾清门前的广场，王安走上台基叫门。门后出来的是魏朝钦，领着群持棍子的小火者。

新皇坐在轿子里，开了一点轿帘，看见魏朝钦，立马缩回手，死活不出来了。他怕极了魏朝钦，魏朝钦是西李害死他母亲的帮凶。他当了陛下，先处置魏朝钦。

王安僵着脸和魏朝钦寒暄："魏大伴儿好。"

"王大珰又来了。"魏朝钦凶狠道，"哥儿，出来。"

"'哥儿'的称呼不合适了。皇长子殿下已于柩前即位，是陛下了。"王安笑眯眯的，不与魏朝钦起冲突。

"陛下？国朝何来柩前即位的规矩？皇长子殿下此来，做大行皇帝的孝子。奴才魏朝钦请殿下下轿。"

王安下来，给陛下掀了轿帘，声音低得只容二人听见："陛下，别怕。"朱由校摊开手掌。王安牵他下了轿子，不放开他。

朱由校走到门前，魏朝钦扭身，瞪视身后的两个小火者，俩人一哄而上，抢下了他们说的皇长子殿下。朱由校大喊："王大珰，救我！"

"皇长子殿下，您这话儿说的。您来给您的父皇尽孝，救您？"魏朝钦毕恭毕敬的，存心称呼他殿下，跟小时候似的，张口训他，"奴才照顾殿下，教殿下诗书。殿下您得听话。"

"魏大伴儿，大行皇帝驾崩了，皇长子殿下是新皇了。"王安再强调一遍，面上镇静，但他一手难敌众拳。魏朝钦领了一大帮子人，王安想个迂回的办法，跟新皇进去，争取小殓完了，带他出来。

魏朝钦用心提防王安，对那俩小火者使个眼色。小火者架着新皇进了门。魏朝钦带着剩下的人涌上，快步跟进。门里边另有二人，最后一个的后脚迈过门槛，急忙关上乾清门，将王安大珰拦在外头。

王安火冒三丈，用力拍门，高声呼叫："开门！开门！"

门里的那个声音嚣张："王大珰，方首辅来了，门也不开。您供职于司礼监，伺候皇长子殿下的大伴儿、乳母在这儿，乾清宫用不着您。"

"西李娘娘！"王安收回了手，对着红宫门，恨到了骨子里。他下台阶拽过一个轿夫，解下自己的牙牌给他："出宫，找杨涟大人，请他明日一早进宫。"

宫门下钥了，低等的宫人遇了急事，和滞留的女官方可出宫。

这个时辰司礼监衙门也关门了，王安出不去。西李要的即内外隔绝，"内相"无计可施。王安想着，回东宫看看东李娘娘，她能不能出面主持大局？不管怎样，今晚得回东宫。刘庭、何良被关在了乾清宫下头那一排庑房。明日一早，杨涟大人进宫，王安想回趟司礼监，瞧瞧那边的形势。

门里边，朱由校被那俩小火者架到了父皇的灵前。小火者松开他，朱由校冲进东暖阁，父皇不在床上了。朱由校的天塌了，父皇走了，真的走了，东暖阁里不再有父皇。朱由校跪倒在地，绝望地嚎哭。西李来了，从背后抱起了朱由校："别哭，你父皇在等你。"朱由校猛地挣脱了西李，是你，你害死了我娘，又害死了我爹！朱由校转身，狠狠抽抽鼻子，一眼看见正殿的中间，突兀地停放着一具棺材。父皇躺在棺材里！朱由校扑上去，想揭开棺盖，棺盖被钉上了。他拿指甲去抠钉子，大喊："爹，爹，由校来了！"

"哥儿。"魏进忠上前，抱开了朱由校，把他拖远了，"哥儿别碰，惊扰了大行皇帝的安宁。"

朱由校狠狠瞪着西李："养母为什么不等我见了我爹？"

"大行皇帝走得仓促。"西李拭泪，"朝臣们不放你回来，本宫没办法。"

客氏过来，搂朱由校在怀里，拍着他的背："哥儿，大行皇帝走了快一天了。再不装殓，对不住大行皇帝。"

朱由校倚在乳母的怀里恸哭。他见不到爹了。爹怎么走的？一下子不在了！朱由校感觉自己被抛弃了，只有乳母抱着他，给他安慰。

魏进忠站到大行皇帝的棺材边上。西李推了下朱由校："节哀，由校，莫耽误了吉时，送送你父皇。"

朱由校扬起挂满泪水的脸，角落里有一具大椁。他不熟礼仪，但他明白，这么快，把父皇的棺材装进椁，入椁便是大殓了。

西李哄着朱由校："吉时难得。你抬着父皇头的那边，和他们把棺装进椁。"

朱由校哭个没完："我弟弟呢？"

"由检还小，你不怕他伤心吗？"西李神情温煦，摸摸朱由校的头，朝他笑，"大行皇帝只有本宫和你了。"

朱由校记起了，他与父皇一个月前给皇祖小殓、大殓，父皇教过，这种场合不能过分悲恸。朱由校揉了把眼，强忍着不哭了。客妈妈牵他走上去，进忠大伴儿在后搂着他，他们在鼓励他。

魏进忠道："殿下，先给大行皇帝磕头。"

朱由校跪下，自己磕了三个，替五弟由检磕了三个。魏进忠进西暖阁，呈上备好的三爵佳酿。朱由校一爵一爵倒在地上，给父皇奠酒。

"儿子送爹。"朱由校哭到快要昏厥。王大珰教他坚强、勇敢，他做不到也得做到了。父皇走了，父皇的天下归他了。由检还小，他得护着五弟长大。

魏进忠再拖了皇长子起身，示意西李从东宫带来的几个小火者跟上。朱由校，乾清宫里的人不认他是新皇，他在父皇的灵前仍是皇长子。朱由校自觉地走过去，双手托住了父皇头部的一端，其余五个小火者托好，六个人合力抬得稳稳的，将大行皇帝的棺材放进朱红色的椁。大行皇帝的寿材是给神宗打寿材被废弃的备用棺椁。魏朝钦指挥另四名小火者拿锤头和铁钉，上来钉椁盖。朱由校又要扑上去，客妈妈搂住了他。西李看不过眼，对客氏严声："你带皇长子进去睡觉。"

客氏不落忍，站住不动，让皇长子看完了父皇大殓。朱由校涕泣连连,眼瞧着养母的奴才钉严了椁盖,十个人抬梓宫到大殿的正中。

大行皇帝正寝,礼成,泰昌皇帝紧随着万历皇帝走入历史。

众人一齐下跪,哭送大行皇帝。

西李先起了身,抹净了泪痕,拉着皇长子进西次间,留朱由校在身边。

魏进忠挡了魏朝钦,不让他进,自己跟进去和客氏伺候。西李拉紧了皇长子,魏进忠近前耳语:"李娘娘,借一步说话。"

西李欲带皇长子和魏进忠进耳房。魏进忠冲客氏挑挑眉,客氏了然,带开了皇长子,教他在床上坐好。西李晓得,有的要紧的话不能让皇长子听。她遂暂时放开朱由校,听听魏进忠的话。

魏进忠泪汪汪地说:"娘娘,奴才真为您悬心。奴才求您了,送殿下回东宫吧。"

西李气煞了:"不!你少跟本宫说,朱由校懂事了怪罪本宫。本宫是他养母,他父皇的遗妃。大行皇帝都没开罪过郑娘娘。"

"恕奴才直言,殿下长到多大年岁,娘娘您总是殿下唯一的母亲。高夫人被您软禁了,您有何不把牢的?"魏进忠道,"抓殿下的人,不如抓殿下的心。"

"你什么意思?"西李扫了魏进忠一眼。尽管魏进忠不聪明,但他忠心,西李是信他的。她犹豫了,该不该听魏进忠的,抓朱由校的心。魏进忠说的好像有点儿道理。

"李娘娘,殿下没了生母,一年多来跟着您,您怕皇长子殿下登基,不封您为皇太后?"魏进忠且接着说,"外头的大臣最会挑拨离间。"

"挑拨离间?"西李抠着手指,细细品味,"由校的母亲死了,他不封本宫为皇太后封谁?高小鸾当不上皇后了。"

"李娘娘想垂帘，必得抓牢了皇长子殿下的心。"魏进忠嘴一撇，"您真惹了殿下不愉快，殿下可以只追封生母，不封活着的皇太后。"

西李点下头："朱由校不通政事……那他也不能恨上本宫！"

魏进忠添把火："殿下已经疑心了您害死他的生母。"

"进忠，本宫放朱由校回慈庆宫就行了？"西李的狐疑渐消。

"慈庆宫的哪位娘娘足够和李娘娘抗衡？"魏进忠道，"东李娘娘早是您的手下败将。"

"不对，由校回了，和朝臣接触上了。不留住由校，他怎么与本宫一心？"

西李的脑子里，放不放朱由校，两个念头反复拉锯。

"那便是了。您忒过分，朝臣群起而攻之了。"魏进忠缩缩脖子。

西李忽然悔悟了，悔不该把小殓、大殓一起办了。朝臣恶毒，朱由校早晚临朝，理政，受朝臣的挑拨……魏进忠说得对，抓朱由校的心。她没抓住大行皇帝的心，弄到今天这步田地，大行皇帝身后，挟制朱由校。再不抓朱由校的心，养子不是小孩了。

魏进忠看出西李一步步的松动，不教西李疑了自己："李娘娘，让客氏随殿下回慈庆宫吧。她在和您在是一样的。"

"有道理。"西李从来把客氏和魏进忠、魏朝钦当作控制朱由校的工具，为的即是魏进忠今日说的，抓住朱由校的心。从朱由校亲近的人下手，探知他的一举一动。对，让客氏一同回，不就行了。需要朱由校，命令客氏带他回乾清宫。

"你和客氏去伺候皇长子。"西李吩咐。

"不了，求李娘娘准奴才伺候您。"

"你倒乖觉，知道哪头儿炕热。"西李愈得意了，"进忠，你对本宫尽忠，本宫当了垂帘听政的皇太后，亏不了你。"

"李娘娘说中了奴才的心。"魏进忠重复西李今日念叨了一天的话，"大行皇帝走的是时候。"

"大行皇帝不驾崩，本宫不过是皇贵妃。"西李向外走，魏进忠乖乖跟着，暗笑西李愚蠢。和郑娘娘比，西李是纸老虎。郑娘娘的手腕，魏进忠见识过，西李远达不到。西李早输定了，王才人娘娘死后，西李折腾得再凶，顽抗罢了。魏进忠和朝臣的愿望是相同的，皇长子殿下做一位君临天下的帝王。他自知道哪头儿炕热，大臣的那头儿炕热。魏进忠是小皇帝最亲的大伴儿，扶了小皇帝登上皇位，他会成为冯保。大行皇帝走得早，魏进忠今生等来了成为冯保的一天。眼下的西李再强势，白天大臣们抢走了小皇帝，顾命大臣掌握了胜算。小皇帝没用功念过书，说不定还是会当傀儡，他不定是谁的傀儡，绝不是西李的傀儡。

西李将皇长子交给了客氏，令客氏带他回慈庆宫睡觉，切记只能睡在穿殿，不许和东宫别的娘娘接近。

"进忠，朱由检呢？"西李问。

"皇五子殿下在钟粹宫。"

"让朱由检跟着周端妃自生自灭吧。"

西李恶毒的话，朱由校听到了。西李没注意，朱由校看她的眼光充满了仇恨。朱由校认定了是西李害死了他父母，她还敢咒他弟弟？

客氏带走了皇长子，与魏进忠匆忙对视，彼此通了心意。他俩忠于皇长子，从小照顾皇长子的三个奴才，唯有魏朝钦反水，效忠了西李。皇长子丧母以后，特别依赖乳母，魏进忠和客氏愈走愈近。皇长子重感情，在他的成长中，客氏扮演了母亲的角色。祖制使然，神宗和大行皇帝忽视了，没让客氏及时出宫。魏进忠能感到，客氏是女人，又是母亲，某些层面上皇长子对客氏的感情比对他的深。抓皇长子的心，糊弄西李，更是对自己说的。小主子的心意最重要。小主子丧母、丧父，他取代不了乳母的作用，便和客氏坐一条船，护好小主子，也为了自己的前程。

客氏陪伴皇长子回到慈庆宫，王安惊喜万状。王安打定主意，今晚小殓了，大殓的时候，陛下千万不可再回去了。客氏说，大殓和小殓全完了，魏进忠劝服了西李娘娘，送皇长子回慈庆宫。王安确定了魏进忠是自己人。他是王才人娘娘的旧奴，从陛下出生抱持他，不像魏朝钦半路侍候，有理由反水。魏进忠但凡有点儿人性，不会掉头追随西李。

客氏避开，朱由校单独和王安相处，说起西李让他抬父皇的棺材放进椁。王安哭了，哭得肝肠寸断。大行皇帝的丧仪潦草不堪，西李造的孽。他伺候了大行皇帝二十多年，没能到灵前致哀。大行皇帝历尽磨难，初登大宝，做了一个月的皇帝，没等到明年改元，这些都不提了。可悲的是，大行皇帝身后，皇帝的排场都没有。没一位大臣到灵前去，西李草草装殓了把大行皇帝，带了什么随葬品都不知道。陛下说，西李打算明天将大行皇帝的梓宫移往仁寿殿。大行皇帝这辈子太苦了。

新皇哭累了，王安让客氏服侍他睡下。大行皇帝走的第一晚，王安合不上眼，闭上眼满是大行皇帝的模样。第二天天不亮，魏朝钦来穿殿叫门了，请皇长子殿下回乾清宫，主持大行皇帝移灵的祭礼。

新皇被吵醒了，他穿着寝衣跑出穿殿，喊着坚决不回。

王安闻声从庑房出来，护在陛下身前，义正辞严道："朝臣不闻风动，西李娘娘这就将大行皇帝移灵？西李娘娘当顾命大臣不存在吗？"

"王大珰，西李娘娘替大行皇帝考虑，大行皇帝走得仓促，丧仪从速。"魏朝钦不横了，低三下四的，因为皇长子殿下抗拒。

魏朝钦的这套说辞哄不了王安："大丧不合礼制，陛下不能回去主持。大行皇帝生前并无遗命，务必在乾清宫正殿正寝四十九日。西李娘娘不宜留居乾清宫。"

魏朝钦声气低下，瞄了眼皇长子道："事出突然，西李娘娘一人置办大丧，总有不当之处。殿下您是孝子。"

"西李娘娘不等顾命大臣，私自料理了大行皇帝的丧仪，盘踞乾清宫，引诱陛下回去，被她控制。"王安言辞凿凿，领陛下进了穿殿，令小火者关闭殿门。西李的人叫门，死活不开。王安适才安心，等顾命大臣的奏疏呈进，逼西李移宫。

魏朝钦叫得太大声，惊醒了后头勖勤殿住的东李娘娘。

东李病刚好些，昨晚为大行皇帝抄佛经，趴在桌上睡着了，醒来手臂麻了。她抖抖手，想那人不叫唤了，到床上躺会儿。大行皇帝驾崩，她们年纪轻轻成了寡妇，掉进了井底般的日子。住勖勤殿偏殿的冯选侍来敲正殿的门。东李听出是冯妹妹。可怜见儿的，冯选侍和邵淑女肚子里的孩子没落地，成了遗腹子，生下来没了爹。

东李给冯选侍开门，邵淑女也来了。东宫的妃妾中，东李的位分最高，却比不过冯选侍得宠，她没生过自己的孩子。东李让了两位妹妹进来。殿内彻夜燃着火盆，东李的两个都人跪在火盆边上，给大行皇帝烧了一宿的纸。冯选侍见燃烧的火盆，挺着大肚子跪了，抢过都人手上的纸，一张张丢进去，烧成灰烬。东李这儿烧的不是纸钱，是普通的写字的纸。东宫来不及备纸钱。昨日晌午听到丧钟，大行皇帝的妃妾们不能到灵前去，只好用烧纸的方式为死去的夫君尽哀思。

"冯妹妹，你月份大了，快起来。"东李拉了冯选侍起身，到榻上同坐。

冯选侍大腹便便，下个月生产。邵淑女四个月的身孕，她跪到火盆边，泪珠子滴在火盆里，溅起了火星。她把纸丢进火盆，泪水不停地滑落。两个月前，她发现自己有喜了，大行皇帝说想要她生个女儿。

东李起身，跪到邵淑女边上。她的都人站起，退至帐后。

东李悲伤满怀："谁会想到，陛下驾崩了？陛下那么年轻。"

"西李不让我们去见见陛下。"冯选侍恨西李，恨得攥紧了拳头，"西李妄想当皇太后！"

"王安不会教她如愿的。"东李多少有些负疚，"赖我，不该生病。神宗驾崩的当日，大行皇帝去了乾清宫，后来只让高夫人来看过。咱们像被软禁了，哪儿也去不了。熬着神宗的丧期，等着册封。"

"陛下驾崩了，咱要封号有什么意义？"邵淑女悲哀，抚着她微微隆起的肚子。

冯选侍的肚子高高的，不为了这个孩子，她不想活了："若不是西李害陛下心烦，陛下那会儿生病，我们本可进内宫看看陛下，问个安。"

东李恨的更有大行皇帝："陛下沽名钓誉，为着丧期尽孝道，不见自己的妃妾。但是他一夜宠幸八美，坏了身子。二位妹妹有身孕，他不闻不问。"

邵淑女遽然有了希望："唉，陛下呀。皇长子仁孝，终会看顾好我们母子。"

"紫禁城有咱们的容身之地。"东李合眸，止住了泪，拿着一沓纸，一股脑儿丢进火盆。

冯选侍的心凉透了，对西李积累的恨愈浓："西李兴风作浪，谋害嗣皇帝生母，挟持嗣皇帝，她不怕死无葬身之地吗？"

"上天自有公道。"东李按着膝盖站起，以后的日子怎么过，随它去了。自己和东宫的姊妹们，西李除外，大家没行过恶，图个心安，去西宫安心养老。假如她尚存希望，东李但求到灵前送送大行皇帝，想冯选侍、邵淑女给大行皇帝生个儿子，大行皇帝膝下别寂寞了。

第五十三章

冯选侍等着看西李遭报应，九月初二的午后，好戏上演了。吏部尚书周嘉谟和巡城御史左光斗联名，要求西李移宫的奏疏传得京城到处都是，把西李做人的脸面撕得粉碎。

内廷有乾清宫，犹外廷有皇极殿，唯天子御天得居之，唯皇后配天得共居之。其他妃嫔，虽以次进御，不得恒居，非但避嫌，亦以别尊卑也。选侍既非嫡母，又非生母，俨然尊居正宫，而陛下乃退处慈庆，不得守几筵行大礼，名分谓何？选侍事先皇无脱簪戒旦之德，于陛下无拊摩养育之恩。此其人岂可以托圣躬者？且陛下春秋十六龄矣，内辅以忠直老成，外辅以公孤卿贰，何虑乏人，尚需乳哺而襁负之哉？况睿哲初开，正宜"不见可欲"，何必托于妇人女子之手？及今不早断决，将借抚养之名，行专制之实，武氏之祸，再见于今，将来有不忍言者！

周嘉谟和左光斗举武则天祸国为例，武则天先是唐太宗的才人，又被唐太宗之子唐高宗封为昭仪，更废皇后王氏，改立武氏为皇后。他们讲这个家喻户晓的故事，无非指西李居心叵测，欲和新皇同住，以保育之名，行勾引之实。新皇正处青春萌动之年，西李欲诱惑新皇，改嫁给新皇。大行皇帝误于女色，前车之鉴。明宫亦有老少畸恋的旧例。朝臣的污蔑太过，西李恨他们，想要理论，得先移了宫，洗清身上的嫌疑再说。

西李被泼了一大盆的污水，愈发不放弃乾清宫这块阵地。放走了朱由校，她已然失策，大臣们激怒她，她更不移宫了。她要在乾清宫的东暖阁，召左光斗来当面理论。左光斗称自己只赴天子之召，西李好大个没脸。

朝臣也是低估了西李，她的强硬比郑贵妃有过之而无不及。你们越令本宫难堪，本宫越不出乾清宫。朱由校不归，本宫也不走。大行皇帝的灵柩，没有任何仪式地移往了仁寿殿。乾清宫现在是西李的地盘，西李认准了，占住了乾清宫，朝臣不能动用锦衣卫进内宫轰她。即使朱由校不在，她也能翻盘，迫使朱由校登基后封她为皇太后，甚至实现垂帘听政。

西李小看了朱由校，朱由校未见得读得懂奏疏，但他有他的主张。王安跟新皇讲了讲大行皇帝崩逝后的形势，给他讲周嘉谟、左光斗写的"武则天祸国"的奏疏，还有更多的奏疏逼西李移宫，一封一封地呈进了乾清宫。

僵持了两日后，九月初四，新皇下了他的第一道谕旨，新皇口授，王安笔录，促养母李氏移宫，迁往仁寿殿哕鸾宫。到初四，即将临盆，不便挪动的冯选侍以外，东宫的妃妾们皆移往了哕鸾宫，为大行皇帝守灵，就差西李了。

西李不从，朱由校是她的养子，她奉神宗之命抚养朱由校。朱由校是不孝子，受了王安和朝臣挑唆，带头欺负他可怜的寡母。大行皇帝崩逝四天了，西李仍旧霸占乾清宫，内廷流传起了一种言论，说西李在代行新皇的权力。这种言论甚嚣尘上，终于逼得西李恼羞成怒。西李忍无可忍，遣朱由校的进忠大伴儿代她去质问那个不孝子。魏进忠奉命去了，在麟趾门外见到了杨涟，杨涟往东宫见新皇。魏进忠笑着给杨大人打了个千儿。

杨涟虎着张脸："魏大伴儿，西李娘娘哪一天移宫啊？"

魏进忠摇着手，放低姿态："西李娘娘追究左御史'武则天之祸'的意思，娘娘她很生气。西李娘娘说，她与殿下母子同住一宫，有何不可？"话虽这么讲，魏进忠不想替西李娘娘开脱，与杨大人说话，糊弄差事罢了。

杨涟大约理解魏进忠的心，他放了新皇两次。王安说魏进忠是埋伏在西李身边的自己人，那么自己更该申斥他，让他回去更好的埋伏。

杨涟咄咄道："魏大伴儿谬矣。陛下年满十六岁，和亲生母亲同住，亦当避嫌，西李只是养母。左御史的意思是防微杜渐。即便西李无意，陛下少不更事，武氏的先例，谁说唐高宗成心宠幸他父皇的女人？陛下无心之失，倘若铸成了悖反人伦的大祸，亦损了西李的清誉。"

杨大人一席话说得斗大的字不识几个的魏进忠叹服，奉承杨大人："是，杨大人博学，一切为了陛下的声誉。"

"对，昔日的皇长子殿下是陛下了，也为了西李的声誉不是？"杨涟抄着手，掰开揉碎了讲，面带着微笑，"魏大伴儿，陛下年岁渐长，西李一点儿不怕？今晨陛下的谕旨足以证明陛下胸有决断。西李立即移宫，封号还在。她想得到封号，早该自觉随她的姊妹们移去哕鸾宫,等待陛下的册封。"

"是,是。"魏进忠的着急尽写在了面儿上。西李和朝臣僵持不下,她快点儿让步,讨个封号多好。如果西李和陛下闹僵了,自己受了连累,陛下不认他的拥立之功咋办?魏进忠关切地问:"皇长子殿下是陛下了?陛下没行登基大典呢。"

"西李盘踞乾清宫,事出从权,我等已奉皇长子殿下于文华殿柩前即位。皇长子殿下是陛下,没错。"杨涟倨傲,牵动一边唇角,"西李胆大包天,霸占天子的寝宫。你转告西李,无论陛下住在哪儿,陛下总是陛下,是成年的能够亲政的陛下。"

魏进忠生怕朝臣拿他当西李的同党,杨涟及时安他的心,浑未察觉魏进忠掺杂其中的私心:"魏大伴儿对王才人娘娘和陛下的忠心,大家明白。"

"奴才回去多劝劝西李。"

杨涟忧心忡忡,后日陛下登基,必住进乾清宫。西李自己不移宫,朝臣不能生逼她。还得魏进忠这个西李身边的奴才出力。西李油盐不进,骂不走她,明日最后一天,不行,玩儿硬的。

杨涟蹙额叮问:"魏大伴儿,原先服侍大行皇帝的内侍和都人,西李有没有伤害他们?"

"没,刘大珰几个被关在他们自己的庑房。"魏进忠低眉顺眼,"杨大人,奴才不去看陛下了,您替奴才带个好儿吧。"

"你最好不去。"杨涟说得越多,越没底气。西李通过卢受把持锦衣卫,左光斗找的骆思恭仅是锦衣卫的一位指挥使。非常时期,朝臣经玄武门出入,东华门被卢受把控了。大行皇帝属意的乾清宫内夫人高大人,左光斗想去关照关照。他去了宫城外、皇城内的尚宫局衙门,女官住的地方,那里被锦衣卫围得水泄不通。西李和朝臣,双方皆不好妄动，保证各人的安全即可，切勿节外生枝。西李倚仗锦衣卫，霸占乾清宫，万不得已，令骆思恭冒险逼宫。

下一日即九月初五，司礼监随堂太监王体乾斡旋，自宫外的浣衣局，把陛下明日登基穿的衮冕送进了东宫。郑贵妃移去了西宫颐养，西李接掌了她的势力，把持二十四衙门中的多数。新皇行登基大典，极不方便，好在司礼监听王安的，一项项给陆续解决了。能将就的将就，唯一不能将就的，新皇明晚入主乾清宫。魏进忠再劝不通西李移宫，箭在弦上，朝臣进宫愈发困难。左光斗闻知，外朝流传起了极不利的言论，朝臣多听信了西李虚张声势散播的谣言，以为西李大权在握，不贸然支持新皇。群情惶惶，满朝唯独几个顾命大臣能进东宫，面见新皇。

王安代新皇下了死命令，初五日落前，不管用什么手段，西李务必搬离乾清宫。

大行皇帝的灵柩不在，新皇不在，乾清宫亦是普天之下最重要的，象征皇权至高无上的宫殿。西李赖着不走，新皇不能入主乾清宫，窝居在皇太子的慈庆宫，远非窝囊那么简单。事关皇权的正统，朱由校都急眼了。初六能不能解决？就算过了初六，移宫的事迟早要解决。

九月初五是个阴天，层云密布，阴沉欲雨，恰有一片灰色的浓云，停在玄武门金黄重檐歇山琉璃瓦顶的上空。玄武门三个纵深的门洞，红门紧闭。宫城墙的灰色比阴云稍淡，一带碧水泛起微波，从不会流淌。锦衣卫指挥使骆思恭率两班人马，死守玄武门。他带的这两班，多以百户、千户为主，穿青绿色锦绣服，蹬黑色皂靴，走起路来踏踏作响。

最早来的孙如游、周嘉谟和黄克缵，被佩戴绣春刀的骆思恭挡在了玄武门外。骆思恭奉东厂卢厂公之命,执行宵禁,闲杂人等一概不准进宫。

制度上东厂与锦衣卫为平行的机构,互不隶属。东厂由宦官执掌,离皇帝更近,渐渐凌驾于锦衣卫之上。万历朝后期起,东厂与锦衣卫互利互惠,锦衣卫受东厂的指挥,同气连枝。个别不争气的锦衣卫都指挥使,对东厂厂公行跪拜礼,卑躬屈膝。所以今时,卢受以东厂厂公掌锦衣卫,西李支使卢受,卢受支使骆思恭,骆思恭不得不从。

"这耍哪一套?"周嘉谟几乎大发雷霆。

骆思恭奉上西李手书的宵禁令,周嘉谟指着他骂:"有没有气节,让卢受个阉货牵着鼻子走?"

黄克缵拉住了周嘉谟,向骆思恭赔礼:"骆大人不得已而为。"

骆思恭致歉:"方首辅来了,仆立即放行。"

"方先生马上到。今日最后一日,十三个顾命大臣全到。"周嘉谟怒气未消。

孙如游恼了:"顾命大臣不能进吗?"

骆思恭放下颜面,少数阉宦以外,明理人都支持朝臣,拥戴新皇。他解下佩刀,掼到地上,诚心敬意:"西李意图隔绝宫内、宫外。方首辅,她不敢拦。三位大人,到侍卫的值房歇息片刻吧。"

孙如游不肯挪步:"锦衣卫打烂我的屁股,我们今日一定要见到陛下!"

十三顾命大臣约好了,他们今日来,是来逼宫的。方首辅肯定会来,待我们进去了,局势再不是西李能控制的。大明的臣子从不怕锦衣卫的大棍。

方首辅又是最晚到的,坐着轿子,杨涟步行都比他快。方首辅的轿子映入眼帘，骆思恭立刻放行。大伙儿急不可待，小跑着穿过门洞。刘一燝、杨涟留下，等待方首辅。从玄武门到慈庆宫，路途不近，方首辅慢吞吞的，他几日间不见，更显苍老了。何为人老不中用，杨涟心中叹息。罢了，方从哲是首辅，没他，玄武门进不来。催不得，他和刘阁老陪着方首辅慢慢走。

终于到了慈庆宫，过徽音门、麟趾门，仿佛走过了万水千山。方首辅步履蹒跚，最后一位迈过了慈庆门。新皇不准他们进殿，新皇不见人。

王安出来通传，再进去。魏进忠和客氏不在，新皇恐怕人害他。忠心的顾命大臣索性站在正殿外，扯着嗓子议事，请新皇听清楚了。

方从哲妄自揣测："陛下明日登基，咱不好给陛下造成困扰。西李移宫，迟亦无害。"

杨涟反感方首辅畏缩，他神色锐利："方先生，您是两代天子的帝师，不能够不明事理。西李移不移宫，攸关皇位传续，您再学申时行圆滑，行不通了。方先生，夫死从子。何况西李不是陛下的生母，也不是嫡母。她是何等身份，藐视陛下？陛下登基，躲避父皇的妾室，仍然住在皇太子的宫里，成何体统？不让天下人耻笑新的天子，皇家的纲常法纪不如百姓家？"

"对啊，纲常乱了，陛下有何颜面登基，御宇四方？"顾慥每每附和杨涟。左光斗不在顾命之列，牵着马等在玄武门外。顾命之中，三个言官最齐心。韩爌脾气大，忍不了了："方首辅，您委曲求全，对得起神宗，对得起大行皇帝？我韩爌此来，就是来逼宫的。"说罢，他撩起袍角，就要出慈庆门，到午门外跪着。

西李派来探听的内侍藏于暗处，听见他们要逼宫，那内侍替西李忍不了了："西李娘娘也是顾命中人。"宦官的嗓音尖细，平时温吞水似性子的"大司农"李汝华壮了声气,大了嗓门:"我等受顾命,何曾受命照顾大行皇帝的妾室?你们吃的是李家的俸禄?这是朱家的江山!"

黄嘉善赳赳武夫,冲到墙根,揪出西李的内侍,扔出了慈庆门。他回到大家中间,掸掸手。他的同僚们将方首辅围在当中,一个个逼视着他。方从哲有苦难言,他本是大行皇帝弃用了的首辅,上了岁数,精力跟不上了。他自个儿也不明白,为什么自个儿还在这儿。

"仆年纪大了。"方从哲满脸的无奈,嘟囔道,"你们看着办。"

方首辅给了意见,杨涟爽利,甩下宽袖:"走,咱们去午门跪谏。"

刘一璟嚷着,告诉新皇:"西李不移宫,我们不退。"

"请陛下降旨,西李选侍移宫,刻不容缓。"张问达跪在慈庆宫前,跪谏陛下。

杨涟按了按张问达肩膀:"好样的,需要陛下的一道谕旨。仆送方首辅回内阁,仆拟写一封配合谕旨的奏疏。写完,仆去午门找你们。"

十三顾命互相施一长揖,去了午门一跪,豁出了身家性命。

他们慷慨激昂的声音,朱由校在殿内听着,透过窗子看着韩阁老和刘阁老领头,一群老头子向午门进发。

王安道:"陛下,他们为保大明的国祚,不惜性命。陛下要做个好皇帝。大臣的恩情,君上也要报答。"

"王大珰,你替朕拟旨吧。"新皇合上窗帘。父皇在天上保佑他,没有父皇的忠臣,他坐不上皇位,没准儿还会死。父皇借忠臣的手救了他。

新皇的谕旨颁下,午门外,锦衣卫阻拦不了了,跪谏的大臣越聚越多,从顾命大臣集聚到近百人。六部的命官们跪在主官的身后,鸿胪寺、太常寺几个科道的长官没来，下边的属官来了。大行皇帝登基，启用了这群命官，补朝廷的缺官。他们报答大行皇帝的恩情，为了新皇，跟野心昭然的西李据理力争。

近百位命官在午门前跪成了阵，请求西李移宫。杨涟跟随方首辅，得以进了内阁。杨涟胸中翻涌着愤恨，至今不及查明大行皇帝的死因。大行皇帝的妾室欺辱新皇。在杨涟这儿，一颗忠心之外，没什么是不能舍弃的。他摒开了方首辅的书办，自己研墨，放开手笔，孤注一掷。不为孔圣人"三不朽"的理想，为大行皇帝的恩情，他报答不完。他忠于大行皇帝，忠于大明。为了大明，为了大行皇帝，舍生取义是士人的应有之义。

先帝升遐，人心危疑，咸谓选侍外托保护之名，阴图专擅之实，故力请陛下暂居慈庆，欲先拨别宫而迁，然后奉驾还宫。盖祖宗之宗社为重，宫闱之恩宠为轻，此臣等之私愿也。今登基已在明日矣，岂有天子偏处东宫之礼？先帝圣明，同符尧舜，徒以郑贵妃保护为名，病体之所以沉涸，医药之所以乱投，人言籍籍，到今抱痛，安得不为寒心？此移宫一事，臣言之在今日，陛下行之，亦必在今日。阁部大臣，从中赞决，毋容泄泄，以负先帝凭几辅陛下之托，亦在今日。

新皇的圣旨，杨涟的奏疏，午门前跪谏的朝臣，逼得西李走投无路了。不用魏进忠多说一字，西李同意了移宫。她知道自己输在了哪儿，从郑贵妃手上接下内廷的摊了有何用？她输在了外朝，没有一个朝臣与她同路，还不及郑娘娘，母家有几个男人，神宗在世，更有陛下做郑娘娘的依靠。她折腾了好几年，妄害了几条人命，到头来一场空。她的夫君，大行皇帝不是神宗，不是任何女人的保护伞。

西李始终当郑贵妃是保护伞,然而,有用的保护伞,对于女人来说,只能是夫君或是亲子。

皇长子没从她肚子里生出来,她注定比不上王才人。西李抗争了这么久,才知道这是一条不归路。开始一争,失去退路,不争到手,跌下万丈深渊。她移宫去了哕鸾宫,和她的姊妹们不同,她们可以踏实养老,她不能。弄不好,她的女儿徽媞受她的牵连。多想无益,西李不落一滴泪,默然承受东林党的报复,留下魏进忠和魏朝钦服侍新皇,传来女儿徽媞,黄昏时分悄无声息迁出了乾清宫。

一踏进哕鸾宫,王安将她们母女幽禁在了偏室。待到新皇登基,神宗显皇帝和孝端显皇后奉安以后,册封大行皇帝的妃妾、儿女,照样不会有西李和八郡主朱徽媞的份儿。

在皇宫里,被人遗忘是很快的,被人唾弃也是很容易的。

万历四十八年九月初六,朱由校破例在乾清宫登基,定年号为天启。

新的难题出现了,定年号即昭告改元,但新皇的登基诏书里没写,亦写不了"改明年为天启元年"。八月初一,大行皇帝的登基诏书中写道"改明年为泰昌元年"。父在子先,大行皇帝颁的诏书能推翻吗？一年之内崩逝了两个皇帝,纪年上置泰昌皇帝于何地？

初五那日,天黑了,西李移宫了。顾命大臣回到内阁,商量新皇的年号,只将新的年号定为天启。至于两年内怎样使用万历、泰昌、天启三个年号,请来了翰林院的学士、侍读学士、庶吉士,依然莫衷一是。众臣给出了三种方案：第一种,废除泰昌的年号,今年是万历四十八年,明年即为天启元年。第二种,万历皇帝在位四十七年,今年是泰昌元年,明年是天启元年。第三种,今年是万历四十八年,明年是泰昌元年,后年改元天启。

三种皆不合理。执行第二种，今年前七个月的文书需更改时间，改不过来。执行第三种，泰昌皇帝已不在人世，天启皇帝统治，明年如何做泰昌元年？这两种方案会引起纪年的混乱，妨碍民生。至于第一种，于情不顺，抹杀了泰昌皇帝在位一个月的痕迹。别说新皇不忍心，大臣全不答应。

关于年号的问题，僵持到了九月初十，时间停摆在万历四十八年。左光斗遍翻群书，找到了个中庸的办法：只改一个多月的文书，今年正月初一到七月三十为万历四十八年，八月初一到除夕为泰昌元年，改明年为天启元年。将庚申年一分为二，顺了人情，顺了日用。泰昌皇帝在史书上有了他专属的一个月。

朱常洛活着，当了十九年的皇长子，十九年的皇太子，如临深渊，如履薄冰，从七月廿一神宗驾崩，到八月初十自己病倒，他仅仅过了二十天舒畅的日子，卧于病榻上焦心了十九天，撒手人寰。但是东林党给了朱常洛皇帝的待遇，他拥有他的年号、他的皇陵、他的本纪。一个月虽然短暂，朱常洛和他的父皇、他的儿子同为大明天子。朱常洛的梦想实现了的。他初登皇位，郑贵妃送上八个美女，崔文升和李可灼相继用错药，泰昌皇帝的丧仪不成规格，然而历史会还给朱常洛公正的。

泰昌元年十月，奉安神宗显皇帝与孝端显皇后于定陵之后，天启皇帝追封祖母温靖皇贵妃为孝靖皇后，移葬定陵，王恭妃在她孙子这里得到了皇后的名分。天启皇帝再为父皇上谥号和庙号，光宗贞皇帝，升祔太庙。

为缩短工期，早日将光宗奉安，韩爌和刘一燝谏言，定夺门之变中被英宗赶下皇位的景泰帝未完工的陵址为光宗的陵址，节省了选吉壤、卜寿宫等繁琐的工作，兼有剩余的材料可用。天启皇帝遂在东林入土为安的谏议下，将废弃了百余年的遭英宗平毁的"景泰陵"定名为庆陵，光宗贞皇帝之陵，位于光宗的六世祖英宗的裕陵和八世祖仁宗的献陵之间，在国朝天寿山下的皇陵区当中。庆陵与光宗的父皇神宗的定陵，和皇祖穆宗的昭陵距离很远，对于光宗的身后事，实在不是好的安排。天启皇帝勉为其难这样定了，父皇的陵寝成了他身为孝子的遗憾。

天启皇帝孝顺了父皇，然后孝顺嫡母、生母和庶母，安置皇弟、皇妹。天启皇帝追封嫡母恭靖太子妃为孝元贞皇后，与光宗贞皇帝合葬，升祔太庙，追封生母才人王氏为孝和皇后，祔葬庆陵，封皇弟朱由检为信王，追封其生母淑女刘氏为贤妃，并追封早殇的几位皇弟为亲王。光庙的嫔妃得到了封号，尊才人李氏为李庄妃，选侍冯氏为冯敬妃，选侍傅氏为傅懿妃，淑女邵氏为邵淑嫔，等等。

各人得了各人的名分，唯有西李还是选侍李氏，她的八郡主亦没封为公主。神庙皇贵妃郑氏一样没得到她应有的徽号。两个兴风作浪的，东林当她们是祸国妖妃，配不上皇家的封诰。东林襄助新皇顾及了每个配得上的人，偏偏遗漏了新皇的三位叔叔，他们仍滞留在京城，就藩的一天遥遥无期。

忙完了这一系列的礼仪，一气安置了神庙、光庙，天气彻底冷了。京城进入了灰蒙蒙的冬季，今冬坐在龙椅上的皇帝，上一个冬天还是皇长孙。

叶向高回到了京城。他还朝时，方从哲因为赏赐了李可灼五十两银子，遭了弹劾，问罪，赐归乡里。东林追查月余，未能查出光宗的死因。最终，崔文升发配南京，李可灼流放边疆。处理了前朝遗案，欲开天启朝之新气象，必当等来光宗的帝师，光宗最倚重的叶向高叶先生。

叶向高回到久违的内阁，熟悉的座椅、书案，精雕镂空的窗格，清茶和书卷的香气萦绕，那道狭窄的楼梯。他坐进了属于方从哲七年的首辅值房，他也曾在这间值房坐了六年，这次回朝不知能坐多久。

哭光宗的眼泪在漫长的路途中哭完了，叶向高回朝为了实现光宗的遗志。光宗在位一个月，做了许多利国利民的善政，大明而今依然是百废待兴。叶向高心怀壮志，尽管他年纪不小了。如今的局面，起居注上写作"众正盈朝"，给叶向高鼓了干劲儿。陛下的水平低不要紧，朝廷上多是他东林的朋友。叶向高自认，他再做首辅比上一次轻松。叶首辅到任的当日，围绕着他的旧友故交，他只请了一个人进内阁，上次做首辅时未见过面的杨涟。

再次来到内阁，杨大人穿上了绯袍，胸前从悠游的鸂鶒变成振翅欲飞的云雁。两个月内，杨涟连升三级，升了两次官，现在是正四品的太常寺少卿。左光斗升任佥都御史。弹劾方从哲有功的孙如游成了礼部的主官，礼部尚书。三十年前和顾宪成搞京察，得罪了神宗的赵南星回朝，接替周嘉谟任吏部尚书。非东林人士的周嘉谟、黄嘉善辞官回乡了。东林八君子之一的高攀龙回了朝，任光禄寺少卿。

杨涟心力交瘁，须发皆白，谈起神宗崩逝到今上登基的动荡，言至伤情处，叶首辅几度落泪。说到目前的"众正盈朝"，杨涟表现出了和叶首辅相同的顾虑。

"叶先生担忧东林人士尖刻，一旦成功，无所忌惮，居高位，难以服众？"杨涟问。

"是的。"叶首辅初归的喜色荡然无存，"老大刚读了左光斗写的'武氏之祸'的奏疏，太刻毒了。即便情势所迫，左御史失当啊。"

"过度的尖锐易招祸。"杨涟长呼一声，"王安告老了，今上非常依赖大伴儿魏进忠，驱逐了魏朝钦，把他最喜欢的乳母客氏赐给魏进忠做了对食。"

掌控陛下，叶向高是有信心的，他不信从小服侍陛下的奴才翻得出满朝清流的掌心。叶向高轻蔑地笑："你怕甚？陛下荒诞，他刚十六岁，不谙政事，成不了气候。魏进忠和客氏那对儿目不识丁的，也就在宫中洒扫侍奉。老夫之所以不安，咱们说话不可莽撞了，别得罪了陛下。"

"劝谏陛下，万不可重复了神宗当年。"杨涟也有信心，撩起了白须，眉开眼笑，"陛下是东林拥立的，他亦是在艰苦中长大的。陛下不同于神宗，备受父皇穆宗的宠爱，和张居正必定不合。"

"咱们若有苛刻的谏言，不仅得罪陛下，更易招人指摘。老夫上京，路上耳闻了些不利东林的言论，说咱们未必是真君子。"叶向高十分赞赏杨涟，看他的眼光是平等的，"你倒是明智，升了官，回府深居两月，不和他们凑热闹。老夫向你学习。"

"仆是身子不适，累的。"杨涟谦逊依旧，喃喃着，"叶先生高瞻远瞩，仆想到了圣人的教导：人之生也直，罔之生也幸而免。"

"好，文孺，圣人言，你我共勉。"叶向高隔窗望向天空，阳光正好。

尾声

京城西北郊昌平县，天寿山黄山寺岭南麓。

这里是大明光宗贞皇帝的万年吉地，庆陵，天寿山陵区的第十一座皇陵。清晨，这座刚建成不久的皇陵举行了一场移葬的仪式。新皇朱由检的生母孝纯皇后刘氏，从京郊西山移葬到庆陵。随着她的入葬，庆陵的金刚门永远地关闭了。

午后，犹在庆陵徘徊的是光宗贞皇帝的皇五子，新皇朱由检和光宗的老奴刘庭。朱由检定了年号叫作"崇祯"，崇祯皇帝驱散了同行的钦天监夏官和礼部侍郎，站在庆陵的棂星门前，让刘庭陪他说说话。崇祯皇帝想离父母近一点，这道棂星门隔开了阴阳两个世界。他与父母阴阳两隔，大哥天启皇帝刚崩逝。那种孤独，崇祯皇帝从小是习惯的。他方才让刘庭带他去他守陵住的小屋看看，刘庭也是习惯了孤独的。棂星门下，崇祯皇帝以为父皇听得到，他再问一遍刘庭："你真的不跟朕回去？"

"老奴唯愿陪伴光宗，不让光宗孤零零的。"刘庭情真意切，抚上棂星门的石柱，自觉对光宗有亏欠。他才和新皇讲了讲高夫人的事，当年他和高夫人都被西李关起来，错过了光宗的丧仪。当今的新皇，崇祯皇帝亦没能到父皇的灵前，抱憾终生。

"你想留在庆陵，挺好的，闲云野鹤，像你讲的高夫人。"崇祯皇帝悠远的眼光落在庆陵的明楼上，父母躺在明楼下面，"她比我母亲幸运得多。高夫人拿了父皇的手札，唯有她是自由的，我也不是。"崇祯皇帝连用了两个"我"，语气中不无对高夫人的羡慕。王安告老，亦没能在后来的斗争中保全自身。刘庭忠心父皇十年，应该给他个好归宿，留他在庆陵守着父皇，是最好的。

"刘庭，你想留就留下吧，替我们哥儿俩尽孝。"

"老奴多谢陛下。"刘庭欲下跪，动作迟滞。

崇祯皇帝搀了他起来："刘大珰，你不用谢朕。有你陪伴，父皇高兴。"

"陛下，恕老奴年迈，无法伺候陛下。"刘庭悠长地叹息，欣慰地看着面前的皇帝，就是当年襁褓里的五皇孙。刘庭为光宗开心："老奴斗胆多句嘴，陛下往后遇上了艰难，多想想您父皇。"

崇祯皇帝朝刘庭低了低头："朕记下了。从前的事，你和朕未曾经历，父皇仓促崩逝，朕的母亲和皇兄的母亲……"崇祯皇帝说不下去了，回眸处，初冬的艳阳穿过郁郁葱葱的青松翠柏，清风徐来，阳光普照。正东偏南的方向是他皇兄刚动工的陵寝——德陵。伴着庆陵墙外汩汩的泉水声，依稀风送来德陵干工程的响声，仿佛他儿时跟着大哥，大哥做木匠活儿，锤子、刨子叮叮当当。崇祯皇帝泪湿眼眶："朕知道怎么做了。"

刘庭跪在柔软的古柏的落叶上，给新皇行大礼："老奴恭祝陛下顺遂、安康。"

崇祯皇帝再望一眼父皇的陵寝："刘大珰，就此别过。"

一 月 天 子

祾恩殿前正有两棵老松，生得高大、茂盛，遮住了向南开阔的视野。冷风萧瑟，松柏常青，弥漫着清寒的气息。庆陵建在"景泰洼"上，散发出一种难以名状的凄清。

　　　　　　　　　　一稿 2018.4.12—2018.10.2
　　　　　　　　　　二稿 2018.10.8—2018.12.9
　　　　　　　　　　三稿 2018.12.10—2018.12.19
　　　　　　　　　　四稿 2018.12.20—2018.12.27
　　　　　　　　　　　定稿 2019.1.27 于北京

明朝帝后表

名讳	年号	在位时间	庙号	谥号	陵寝	皇后
朱元璋	洪武	1368—1398	明太祖	开天行道肇纪立极大圣至神仁文义武俊德成功高皇帝	明孝陵	孝慈高皇后
朱允炆	建文	1398—1402	明惠宗	嗣天章道诚懿渊功观文扬武克仁笃孝让皇帝	——	孝愍让皇后
朱棣	永乐	1402—1424	明成祖	启天弘道高明肇运圣武神功纯仁至孝文皇帝	明长陵	仁孝文皇后
朱高炽	洪熙	1424—1425	明仁宗	敬天体道纯诚至德弘文钦武章圣达孝昭皇帝	明献陵	诚孝昭皇后
朱瞻基	宣德	1425—1435	明宣宗	宪天崇道英明神圣钦文昭武宽仁纯孝章皇帝	明景陵	恭让章皇后 孝恭章皇后
朱祁镇	正统 天顺	1435—1449 1457—1464	明英宗	法天立道仁明诚敬昭文宪武至德广孝睿皇帝	明裕陵	孝庄睿皇后 孝肃皇后
朱祁钰	景泰	1449—1457	明代宗	符天建道恭仁康定隆文布武显德崇孝景皇帝	景泰陵	孝渊景皇后
朱见深	成化	1464—1487	明宪宗	继天凝道诚明仁敬崇文肃武宏德圣孝纯皇帝	明茂陵	孝贞纯皇后 孝穆皇后 孝惠皇后
朱祐樘	弘治	1487—1505	明孝宗	建天明道诚纯中正圣文神武至仁大德敬皇帝	明泰陵	孝康敬皇后

朱厚照	正德	1505—1521	明武宗	承天达道英肃睿哲昭德显功弘文思孝毅皇帝	明康陵	孝静毅皇后
朱厚熜	嘉靖	1521—1566	明世宗	钦天履道英毅神圣宣文广武洪仁大孝肃皇帝	明永陵	孝洁肃皇后 孝烈皇后 孝恪皇后
朱载坖	隆庆	1566—1572	明穆宗	契天隆道渊懿宽仁显文光武纯德弘孝庄皇帝	明昭陵	孝懿庄皇后 孝安皇后 孝定皇后
朱翊钧	万历	1572—1620	明神宗	范天合道哲肃敦简光文章武安仁止孝显皇帝	明定陵	孝端显皇后 孝靖皇后
朱常洛	泰昌	1620	明光宗	崇天契道英睿恭纯宪文景武渊仁懿孝贞皇帝	明庆陵	孝元贞皇后 孝和皇后 孝纯皇后
朱由校	天启	1620—1627	明熹宗	达天阐道敦孝笃友章文襄武靖穆庄勤悊皇帝	明德陵	孝哀悊皇后
朱由检	崇祯	1627—1644	明思宗	绍天绎道刚明恪俭揆文奋武敦仁懋孝烈皇帝	明思陵	孝节烈皇后

注：

1. 建文帝、景泰帝、崇祯帝的庙号和谥号，及其皇后的谥号，是在南明时确定的。

2. 明成祖朱棣以明太祖的四子，发动靖难之役夺建文帝的皇位。明世宗后改其谥号，并改其庙号明太宗为明成祖。

3. 明世宗由旁支入继，将其父明宪宗次子，兴献王朱祐杬追封为睿宗，追谥为知天守道洪德渊仁宽穆纯圣恭俭敬文献皇帝，葬明显陵。明世宗是明孝宗的侄子，明武宗的堂弟。

4. 南明时，复明太祖长子，建文帝之父懿文太子朱标为孝康皇帝，庙号兴宗。

明楚王世系表

名讳	谥号	在位时间
朱桢	楚昭王	1370—1424
朱孟烷	楚庄王	1424—1439
朱季堄	楚宪王	1440—1443
朱季埱	楚康王	1444—1462
朱均鈋	楚靖王	1465—1510
朱荣㳦	楚端王	1512—1534
朱显榕	楚愍王	1536—1545
朱英㷿	楚恭王	1551—1571
朱华奎	楚贺王（后改谥楚定王）	1580—1643

注：

1. 楚宪王朱季堄是楚庄王朱孟烷的庶长子,楚康王朱季埱是楚庄王的庶次子,楚宪王和楚康王无子,楚靖王朱均鈋是楚庄王的庶三子朱季堧的庶长子。

2. 楚端王朱荣㳦仅有两个儿子活到成年,一为庶长子楚愍王朱显榕,一为庶三子武冈王朱显槐。嘉靖二十四年（1545年）,楚愍王被其世子朱英耀弑杀后,朱英耀伏诛,楚王由楚愍王的庶三子、年仅四岁的朱英㷿于六年后继承。